REBELDE

Bernard Cornwell
REBELDE

AS CRÔNICAS DE STARBUCK
LIVRO 1

Tradução de
ALVES CALADO

2ª edição

EDITORA RECORD
RIO DE JANEIRO • SÃO PAULO
2016

CIP-BRASIL. CATALOGAÇÃO NA FONTE
SINDICATO NACIONAL DOS EDITORES DE LIVROS, RJ

Cornwell, Bernard, 1944-
C834r   Rebelde / Bernard Cornwell; tradução de Alves Calado. -
2ª ed.   2. ed. - Rio de Janeiro: Record, 2016.
(As crônicas de Starbuck; 1)

Tradução de: Rebel
ISBN 978-85-01-06821-7

1. Ficção inglesa. I. Alves Calado, Ivanir, 1953-. II. Título.
III. Série.

14-15434   CDD: 823
                                               CDU: 821.111-3

Título original:
Rebel

Copyright© Bernard Cornwell, 1994

Texto revisado segundo o novo Acordo Ortográfico da Língua Portuguesa.

Todos os direitos reservados. Proibida a reprodução, no todo ou em parte, através de quaisquer meios. Os direitos morais do autor foram assegurados.

Editoração eletrônica: Abreu's System

Direitos exclusivos de publicação em língua portuguesa somente para o Brasil adquiridos pela
EDITORA RECORD LTDA.
Rua Argentina, 171 - Rio de Janeiro, RJ - 20921-380 - Tel.: (21) 2585-2000, que se reserva a propriedade literária desta tradução.

Impresso no Brasil

ISBN 978-85-01-06821-7

Seja um leitor preferencial Record.
Cadastre-se no site www.record.com.br
e receba informações sobre nossos lançamentos e nossas promoções.

Atendimento e venda direta ao leitor:
ndireto@record.com.br ou (21) 2585-2002.

Rebelde é para Alex e Kathy de Jonge,
que me apresentaram ao "Old Dominion".

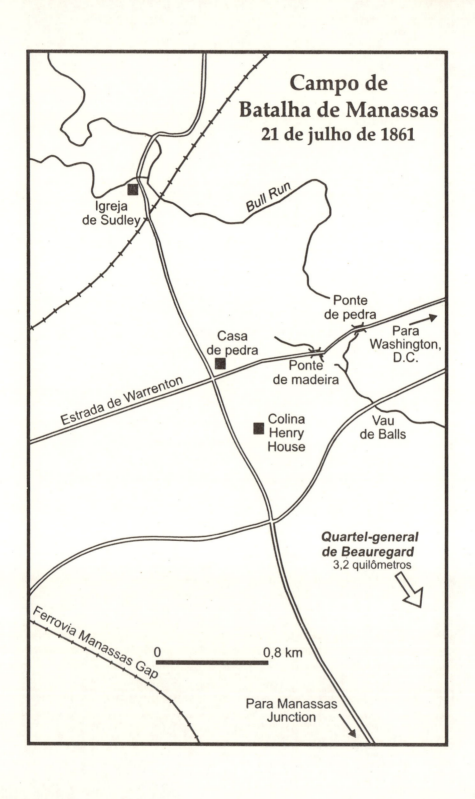

Parte 1

1

O rapaz estava encurralado num dos cantos do perímetro de Shockoe Slip pela multidão que se reunira na Cary Street. Ele havia sentido o cheiro de encrenca no ar e tentado evitá-la entrando num beco atrás do Kerr's Tobacco Warehouse, mas um cão de guarda preso a uma corrente saltou em sua direção, impelindo-o de volta à rua escarpada de pedras onde a multidão o engolfou.

— Está indo a algum lugar, moço? — interpelou um homem.

O rapaz fez que sim com a cabeça, mas não disse nada. Era jovem, alto e magro, o cabelo preto e comprido, o rosto liso e anguloso bem-barbeado, embora naquele momento suas belas feições estivessem afetadas pela privação de sono. A pele possuía uma aparência macilenta, o que acentuava os olhos do mesmo tom de cinza do mar enevoado ao redor de Nantucket, onde moraram seus ancestrais. Numa das mãos carregava uma pilha de livros amarrados com corda de cânhamo, e, na outra, uma bolsa de lona com a alça arrebentada. As roupas eram de boa qualidade, porém estavam esgarçadas e sujas como se pertencessem a alguém que atravessasse uma maré de azar. Não demonstrou apreensão ao ver aquela turba; em vez disso, pareceu resignado diante daquela hostilidade, como se fosse apenas mais uma cruz a carregar.

— Já soube da novidade, moço?

O porta-voz da multidão era um careca de avental imundo fedendo a curtume.

De novo o rapaz fez que sim com a cabeça. Não precisou perguntar "que novidade?", pois só havia um acontecimento capaz de provocar aquela agitação nas ruas de Richmond. O Forte Sumter havia sido tomado, e as notícias, as esperanças e os temores de uma guerra civil se espalhavam por todos os estados americanos.

— Então, de onde você é? — perguntou o homem, segurando a manga do rapaz como se para forçar uma resposta.

— Tire as mãos de mim! — reagiu o rapaz, irritado.

— Eu perguntei com educação — disse o careca, e soltou a manga do rapaz.

O jovem tentou seguir para o lado oposto, mas a multidão se apinhou ao seu redor e ele foi obrigado a recuar atravessando a rua em direção ao Hotel Columbian, onde um homem mais velho, com roupas distintas porém amassadas, fora amarrado às grades de ferro fundido que protegiam as janelas mais baixas do estabelecimento. O rapaz ainda não havia sido feito prisioneiro pela multidão mas também não estaria livre a não ser que conseguisse satisfazer a curiosidade deles.

— Você tem algum documento? — gritou outro homem em seu ouvido.

— Perdeu a voz, filho? — O hálito dos interrogadores fedia a uísque e tabaco.

O rapaz fez outro esforço para passar pelos homens que o perseguiam, mas eram muitos e ele não conseguiu impedir que o imprensassem contra um poste para cavalos na calçada do hotel. Era uma manhã quente de primavera. Não havia nuvens no céu, no entanto a fumaça escura da Metalúrgica Tredegar, do Moinho Gallegoe, da Fábrica de Fogões Asa Snyder, das fábricas de tabaco, da Fundição Talbott e da Companhia Municipal de Gás formava um véu fedorento que criava um halo em volta do sol. Um negro guiando uma carroça vazia vindo do cais da Fundição Samson and Pae assistia passivamente à cena do alto da boleia. A multidão havia impedido que o homem virasse os cavalos para sair de Shockoe Slip, mas ele teve bom senso e não protestou.

— De onde você é, rapaz? — O curtidor careca aproximou o rosto do dele. — Qual é o seu nome?

— Não é da sua conta. — O tom era de desafio.

— Então vamos descobrir!

O careca segurou os livros e tentou arrancá-los da mão do rapaz. Por um instante um cabo de guerra foi travado, então a corda esgarçada que prendia os volumes se partiu e eles se espalharam pelas pedras do calçamento. O homem riu daquilo e o jovem lhe deu um soco. Foi um golpe certeiro e forte, que pegou o careca no contrapé, fazendo-o catar cavaco e quase cair no chão.

Alguém aplaudiu o rapaz, admirando sua reação. Havia cerca de duzentas pessoas na multidão e mais uns cinquenta espectadores que em certos momentos se mantinham alheios ao que acontecia e, em outros, os encorajavam. A multidão em si era mais arteira que maldosa, como crianças que receberam férias inesperadas da escola. A maioria estava em uniforme de trabalho, uma prova de que usaram a notícia da queda do Forte Sumter como desculpa para deixar as bancadas, os tornos e as prensas. Eles queriam alguma diversão, e os nortistas errantes apanhados nas ruas da cidade seriam os melhores fornecedores de farra nesse dia.

O careca passou a mão no rosto. Sua dignidade fora posta à prova diante dos amigos e ele queria vingança.

— Eu fiz uma pergunta, rapaz.

— E eu respondi que não era da sua conta. — O rapaz tentava pegar os livros, mas dois ou três já haviam sido afanados. O prisioneiro amarrado às barras da janela do hotel olhava em silêncio.

— Então, de onde você vem, rapaz? — perguntou um homem alto, mas com um tom de voz conciliador, como se oferecesse ao jovem uma chance de escapar com dignidade.

— De Faulconer Court House. — O rapaz tinha percebido, e recebido de bom grado, o tom conciliatório. Supôs que outros estranhos foram encurralados por aquela turba, depois interrogados e liberados, e, se mantivesse a cabeça no lugar, também poderia ser poupado do destino que aguardava o homem de meia-idade já preso às grades.

— De Faulconer Court House? — questionou o homem alto.

— Sim.

— E como você se chama?

— Baskerville. — Ele havia acabado de ler aquilo numa placa de loja do outro lado da rua. "Bacon e Baskerville", dizia a placa, e o rapaz pegou o sobrenome emprestado. — Nathaniel Baskerville. — Enfeitou a mentira com seu nome verdadeiro.

— Seu sotaque não é da Virgínia, Baskerville — retrucou o homem alto.

— Por pura opção. — Seu vocabulário, como os livros que estivera carregando, indicavam que o jovem tinha boa formação.

— E o que você faz no Condado de Faulconer, rapaz? — perguntou outro homem.

— Trabalho para Washington Faulconer. — De novo o rapaz falou em tom de desafio, esperando que aquele nome servisse como talismã para sua proteção.

— É melhor deixá-lo ir, Don! — gritou um homem.

— Deixe-o ir! — interveio uma mulher. Ela não se importava que o rapaz reivindicasse estar sob a proteção de um dos proprietários de terras mais ricos da Virgínia; estava sensibilizada pelo sofrimento nos olhos dele, além do fato inegável de que o prisioneiro da turba era muito bonito. As mulheres sempre notavam Nathaniel rápido, ainda que ele próprio fosse inexperiente demais para perceber esse interesse.

— Você é ianque, não é, rapaz? — desafiou o homem mais alto.

— Não mais.

— Há quanto tempo está no Condado de Faulconer? — Era o curtidor de novo.

— O suficiente. — A mentira já perdia a consistência. Nathaniel jamais estivera no Condado de Faulconer, mas conhecera seu habitante mais rico, Washington Faulconer, cujo filho era seu melhor amigo.

— E que cidade fica entre a nossa e Faulconer Court House? — perguntou o curtidor, ainda querendo vingança.

— Responda! — ordenou rispidamente o homem alto.

Nathaniel ficou em silêncio, o que entregou seu desconhecimento.

— Ele é um espião! — acusou uma mulher.

— Desgraçado!

O curtidor se aproximou rapidamente, tentando chutar Nathaniel, mas o rapaz percebeu o movimento e deu um passo para o lado. Deu um soco no careca, acertando uma orelha de raspão, depois golpeou as costelas do sujeito com a outra mão. Em termos de resultado, foi como atingir uma carcaça de porco. Totalmente em vão. Então uma dezena de punhos começou a acertar Nathaniel; um soco atingiu seu olho e outro tirou sangue do nariz, jogando-o para trás, com força, contra a parede do hotel. Sua bolsa foi roubada, os livros se perderam, e, por fim, um homem abriu seu paletó e furtou sua carteira. Nathaniel tentou impedir o roubo, mas não teve forças. Seu nariz sangrava e o olho estava inchando. O carroceiro negro continuava assistindo àquilo passivamente e não reagiu nem quando uma dezena de homens confiscou sua carroça e insistiu que ele saltasse da boleia. Os homens subiram no veículo e gritaram dizendo que iriam à Franklin Street, onde uma equipe trabalhava consertando o calçamento. A multidão se afastou para deixar a carroça dar a volta enquanto o carroceiro, sem ser notado, esgueirou-se pela multidão, atravessando-a, antes de correr, livre.

Nathaniel tinha sido empurrado de encontro às barras da janela. Suas mãos foram puxadas para baixo com força e amarradas à gaiola de ferro. Ele viu um de seus livros ser chutado para a sarjeta, a lombada partida e as páginas voando. A multidão rasgou sua bolsa de lona, mas encontrou pouca coisa de valor, a não ser uma navalha e mais dois livros.

— De onde você é? — O homem de meia-idade, companheiro de cárcere de Nathaniel, devia ter sido uma figura muito distinta antes que a multidão o arrastasse para as grades. Era corpulento, calvo e usava um casaco de casimira fina e muito chique.

— Sou de Boston. — Nathaniel tentou ignorar uma mulher bêbada que saracoteava à sua frente, brandindo uma garrafa. — E o senhor?

— Da Filadélfia. Planejava ficar aqui algumas horas. Deixei minhas coisas na estação de trem e pensei em dar uma olhada na cidade. Tenho uma adoração por arquitetura de igrejas e queria ver a Igreja Episcopal de St. Paul. — O homem balançou a cabeça, tristonho, depois se retraiu ao olhar de novo para Nathaniel. — Seu nariz está quebrado?

— Acho que não. — O sangue que escorria das narinas para os lábios de Nathaniel tinha um gosto salgado.

— Vai ficar com um tremendo olho roxo, filho. Mas gostei de ver você lutar. Posso perguntar qual é a sua profissão?

— Sou estudante, senhor. Faculdade de Yale. Ou era.

— Sou o Dr. Morley Burroughs. Dentista.

— Starbuck, Nathaniel Starbuck. — Ele não viu necessidade de esconder sua verdadeira identidade do companheiro de cárcere.

— Starbuck! — O dentista repetiu o sobrenome num tom que sugeria reconhecimento. — É parente dele?

— Sou.

— Então rezo para que não descubram isso — declarou o dentista, soturno.

— O que farão conosco? — Nathaniel não podia acreditar que corria perigo de verdade. Estava bem no meio de uma cidade americana, em plena luz do dia! Havia policiais por perto, magistrados, igrejas, escolas! Isso era a América, e não o México ou o Catai.

O dentista fez força para se desvencilhar das amarras, relaxou, depois tentou se soltar de novo.

— Pela menção a equipes de conserto de rua, acho que vão nos cobrir de alcatrão e penas, mas e se descobrirem que você é um Starbuck? — O dentista deixou transparecer na voz a esperança de que a animosidade da multidão pudesse se desviar totalmente para Starbuck e, assim, o poupasse.

A garrafa da bêbada se espatifou no chão. Duas outras mulheres dividiam entre si as camisas sujas de Nathaniel enquanto um homenzinho de óculos remexia o conteúdo de sua carteira. Havia pouco dinheiro ali, apenas quatro dólares, mas não era isso que Starbuck temia. Em vez disso tinha medo que descobrissem seu sobrenome, que estava escrito em uma dezena de cartas dentro da carteira. O homem encontrara uma carta, que então abriu, leu, virou, depois leu de novo. Não havia nada de especial nela, meramente confirmava o horário de um trem na ferrovia Penn Central, mas o sobrenome de Nathaniel estava escrito em letras de forma na parte de fora e o homenzinho o tinha lido. Ele olhou Nathaniel, depois de novo a carta, depois mais uma vez Nathaniel.

— Seu sobrenome é Starbuck? — perguntou em voz alta.

Nathaniel não disse nada.

A turba sentiu cheiro de confusão e se virou de novo para os prisioneiros. Um homem barbudo, de rosto vermelho, corpulento e mais alto ainda que Nathaniel assumiu o interrogatório.

— Seu sobrenome é Starbuck?

Nathaniel olhou ao redor, mas não havia ajuda à vista. Os policiais estavam deixando a turba agir livremente, e, ainda que algumas pessoas de aparência distinta olhassem das janelas altas das casas do outro lado da Cary Street, nenhuma ia agir para impedir a perseguição. Algumas mulheres olhavam Nathaniel com simpatia, porém não tinham poder para ajudar. Atrás da multidão havia um pastor usando sobrecasaca e uma volta clerical, mas a rua estava muito inflamada pelo uísque e pela paixão política para que um homem de Deus conseguisse fazer qualquer coisa, por isso o pastor deu apenas alguns gritos de protesto, facilmente abafados pela celebração furiosa.

— Estou fazendo uma pergunta, rapaz! — O homem de rosto vermelho havia agarrado a gravata de Nathaniel e estava torcendo-a de modo que o laço duplo em volta do pescoço do jovem se apertava. — Seu sobrenome é Starbuck? — gritou ele, cuspindo perdigotos misturados com bebida e tabaco no rosto de Nathaniel.

— É. — Não adiantava negar. A carta era endereçada a ele, e vários outros papéis em sua bagagem apresentavam o malfadado sobrenome, assim como suas camisas, que o exibiam costurado nos colarinhos.

— E você é parente dele? — O rosto do homem era marcado por veias. Ele tinha olhos opacos e nenhum dente na frente. Uma baba de tabaco escorria pelo queixo até a barba castanha. Ele apertou mais o pescoço de Nathaniel. — Você é parente dele, abolicionistazinho?

De novo, não daria para negar. Havia uma carta de seu pai na carteira, que provavelmente seria logo encontrada, por isso Nathaniel não esperou pela revelação, apenas confirmou.

— Sou filho dele.

O homem soltou a gravata de Nathaniel e berrou feito um índio.

— É o filho de Starbuck! — gritou vitorioso para a turba. — Pegamos o filho de Starbuck!

— Ah, meu Deus do céu — murmurou o dentista. — Você está muito encrencado.

E Nathaniel estava mesmo encrencado, porque poucos nomes tinham maior chance de instigar uma turba sulista. O nome de Abraham Lincoln serviria bem a essa função, e o de John Brown e Harriet Beecher Stower bastariam para inflamar uma multidão, no entanto, com exceção desses luminares, o nome do reverendo Elial Joseph Starbuck era o próximo com mais capacidade de atear um incêndio de fúria nos sulistas.

Pois o reverendo Elial Starbuck era um famoso inimigo das aspirações deles. Havia dedicado a vida a extirpar a escravidão, e seus sermões atacavam veementemente a escravatura do sul: zombando de suas pretensões, fustigando sua moral e ironizando seus argumentos. A eloquência do reverendo Elial a favor da liberdade dos negros tornara seu nome famoso, não somente na América, mas onde quer que os cristãos lessem jornais e rezassem a Deus. E, naquele momento, num dia em que a notícia da captura do Forte Sumter havia inspirado tanto o sul, uma turba em Richmond, Virgínia, havia capturado um dos filhos do reverendo Elial Starbuck.

Na verdade, Nathaniel Starbuck detestava o pai. Não queria possuir mais nenhuma relação com ele; porém, a multidão não tinha como saber disso, nem acreditaria se Nathaniel tentasse lhes contar. A turba irada exigia um acerto de contas com o reverendo Elial Starbuck. Gritava por vingança, clamavam por ela. E a multidão crescia à medida que outras pessoas na cidade ouviam a notícia da queda do Forte Sumter e vinham se juntar à agitação que celebrava a liberdade e o triunfo do sul.

— Enforquem o garoto! — gritou um homem.

— Ele é um espião!

— Ele ama os negros! — Bosta de cavalo voou em direção aos prisioneiros, errando Nathaniel, mas acertando o dentista no ombro.

— Por que você não ficou em Boston? — grunhiu o dentista.

A multidão avançou em direção aos prisioneiros, depois se conteve, sem saber exatamente o que desejava fazer com os cativos. Um punhado de líderes havia emergido do anonimato da turba, e agora esses líderes gritavam, pedindo paciência a todos e lhes dizendo que a carroça confiscada tinha ido pegar alcatrão com o pessoal que trabalhava na obra da rua. Nesse meio-tempo, um saco de penas fora apanhado na fábrica de colchões na Virginia Street.

— Vamos ensinar uma lição a vocês, *cavalheiros*! — grasnou o grandalhão barbudo. — Vocês, ianques, acham que são melhores que nós do sul, não é? — Ele encheu a mão de penas e as espalhou no rosto do dentista. — Todos metidos a besta, não é mesmo?

— Sou apenas um dentista, senhor, que trabalha em Petersburg — Burroughs tentou argumentar com dignidade.

— Ele é um dentista! — gritou o grandalhão, feliz da vida.

— Arranquem os dentes dele!

Uma onda de vivas anunciou a volta da carroça, que trazia um grande tonel preto, cheio de alcatrão fumegante. A carroça parou ruidosamente perto dos dois prisioneiros e o fedor do alcatrão conseguiu suplantar o cheiro de tabaco que permeava toda a cidade.

— Primeiro o filhote do Starbuck! — gritou alguém, porém parecia que as "cerimônias" seriam realizadas segundo a ordem de captura, ou então os líderes queriam guardar o melhor para o fim, porque Morley Burroughs, dentista da Filadélfia, foi o primeiro a ser tirado das barras e arrastado até a carroça. Ele lutou, mas não foi páreo para os homens musculosos que o puxaram para cima da carroça que funcionaria como palco improvisado.

— Depois é a sua vez, ianque. — O homenzinho de óculos que havia descoberto a identidade de Nathaniel se aproximara do bostoniano. — Então, o que você está fazendo aqui?

O tom de voz do sujeito fora quase amigável, por isso Nathaniel, achando que poderia ter encontrado um aliado, respondeu com a verdade:

— Acompanhei uma dama até aqui.

— Ora, uma dama! Que tipo de dama? — perguntou o homenzinho. Uma vagabunda, pensou Nathaniel amargurado, uma cadela traidora e mentirosa, mas Deus, como havia se apaixonado, e como a havia adorado, e como deixara que ela o tivesse na palma da mão e, com isso, arruinasse sua vida, de modo que agora estava perdido, pobre e sem teto em Richmond.

— Eu fiz uma pergunta — insistiu o homem.

— Uma dama da Louisiana — respondeu Nathaniel, baixinho. — Que queria ser acompanhada do norte até aqui.

— Melhor rezar para que ela venha salvar a sua pele depressa! — gargalhou o homem de óculos. — Antes que Sam Pearce ponha as mãos em você.

Sam Pearce era evidentemente o homem barbudo e de cara vermelha que havia se tornado "mestre de cerimônias" e agora supervisionava a retirada do paletó, do colete, da calça, dos sapatos, da camisa e da camiseta de baixo do dentista, deixando Morley Burroughs humilhado ao sol usando apenas as meias e uma cueca comprida, que fora deixada em deferência ao recato das damas presentes. Sam Pearce mergulhou uma concha de cabo comprido no tonel e a retirou pingando com o alcatrão quente e pegajoso. A multidão gritou empolgada.

— Jogue nele, Sam!

— Ensine uma lição a esse ianque, Sam!

Pearce mergulhou a concha de novo no tonel e mexeu lentamente o alcatrão antes de erguê-la cheia daquela substância fumegante, preta, pegajosa. O dentista tentou se esquivar, mas dois homens o arrastaram até o tonel e o curvaram sobre a borda fumegante, de modo que suas costas gorduchas, brancas e nuas ficaram expostas ao sorridente Pearce, que deslocou aquela massa brilhante e quente de alcatrão até acima da vítima.

A multidão ficou em silêncio. O alcatrão fluiu com lentidão da concha e entrou em contato com a metade inferior da careca do dentista. Ele gritou quando o líquido quente e denso o escaldou. Sacudiu-se, tentando se desvencilhar, porém foi puxado de volta, e a turba, a tensão liberada pelo grito dele, comemorou.

Nathaniel ficou olhando, sentindo o fedor do alcatrão viscoso que escorria, passando por trás das orelhas do dentista até cair nos ombros gordos e brancos. A substância soltava fumaça no ar quente de primavera. O dentista chorava, impossível dizer se da vergonha ou da dor, mas a multidão não se importava; só sabia que via um nortista sofrendo e isso lhes dava o maior prazer.

Pearce encheu mais uma concha com alcatrão do tonel. A turba gritou para que ele fosse derramado. Os joelhos do dentista se dobraram e Nathaniel estremeceu.

— Você é o próximo, rapaz. — O curtidor havia parado perto de Nathaniel. De repente ele girou o punho, dando um soco na barriga do jovem, tirando o ar de seus pulmões e fazendo o rapaz curvar para a frente, retesando as amarras. O curtidor gargalhou. — Você vai sofrer, abolicionistazinho, vai sofrer.

O dentista gritou de novo. Um segundo homem havia pulado na carroça para ajudar Pearce a derramar o alcatrão. O recém-chegado usou uma pá de cabo curto para pegar uma massa da substância preta e grossa.

— Guardem um pouco para o Starbuck! — gritou o curtidor.

— Tem muito mais aqui, pessoal! — O novo torturador derramou a pá de alcatrão nas costas do dentista. O homem se contorceu e uivou, depois foi posto de pé e mais alcatrão foi derramado em seu peito, escorrendo pela barriga sobre a cueca branca e limpa. Gotas daquela substância viscosa pingavam dos lados da cabeça, desciam pelo rosto, pelas costas e coxas. Sua boca estava aberta e torta, como se gritasse, mas nenhum som saía dela. A multidão reagia frenética àquela visão. Uma mulher gargalhava.

— Cadê as penas? — gritou outra mulher.

— Transforme o homem em galinha, Sam!

Mais alcatrão continuou sendo derramado até que toda a parte de cima do corpo do dentista foi coberta com a substância preta e brilhante. Seus captores o soltaram, mas ele estava abalado demais para tentar fugir. Além disso, os pés calçados com meias estavam presos em poças de alcatrão, e tudo que conseguiu fazer foi tentar limpar aquela sujeira dos olhos e da boca enquanto os torturadores terminavam o trabalho. Uma mulher encheu o avental com penas e subiu no leito da carroça onde, sob aplausos acalorados, derramou-as no dentista humilhado. Ele ficou imóvel, coberto de preto, emplumado, fumegante e com a boca escancarada de um jeito patético. Ao redor a multidão uivava, zombava e vaiava. Alguns negros parados na calçada oposta riam de perder o fôlego, e até o pastor, que estivera protestando contra a cena, achou difícil conter o riso diante daquele espetáculo ridículo. Sam Pearce, o principal líder, soltou um último punhado de penas que se grudou no alcatrão que endurecia ao esfriar, depois deu um passo atrás e fez um gesto floreado com a mão orgulhosa na direção do dentista. A multidão deu vivas de novo.

— Faça o homem cacarejar, Sam! Que nem uma galinha!

O dentista foi cutucado com a pá de cabo curto até fazer uma imitação patética de um cacarejo.

— Mais alto! Mais alto!

O Dr. Burroughs foi cutucado de novo, e dessa vez conseguiu fazer aquele som miserável alto o suficiente para satisfazer a multidão. Risos ecoavam nas casas e soavam claros até o rio, onde as barcas balançavam no cais.

— Traga o espião, Sam!
— Dê um jeito nele!
— Mostre-nos o filho bastardo de Starbuck!

Homens agarraram Nathaniel, soltaram suas amarras e o levaram rapidamente para a carroça. O curtidor os ajudou, ainda dando socos e chutes no desamparado rapaz, cuspindo de ódio e provocando-o, antevendo a humilhação do filhote de Elial Starbuck. Pearce havia enfiado a cartola do dentista na cabeça do dono, que estava deformada, grossa de alcatrão e cheia de penas. O dentista tremia, chorando baixinho aos soluços.

Nathaniel foi empurrado com força de encontro à roda da carroça. Mãos se estenderam para baixo, agarraram seu colarinho e o içaram. Homens o empurraram, seu joelho bateu com força na lateral da carroça, e em seguida ele estava esparramado no leito do veículo, onde sua mão se sujou com um bocado de alcatrão derramado. Sam Pearce levantou Nathaniel e mostrou seu rosto ensanguentado à multidão.

— Aqui está ele! O filho bastardo de Starbuck!
— Faça picadinho dele, Sam!
— Empurre o garoto aí dentro, Sam!

Pearce segurou a cabeça de Nathaniel acima do tonel, mantendo seu rosto a poucos centímetros do líquido fedorento. O recipiente não repousava mais sobre o carvão em brasa, mas era suficientemente grande e estava cheio a ponto de manter quase todo o calor. Nathaniel tentou se afastar quando uma bolha irrompeu lentamente abaixo de seu nariz sangrando. O alcatrão estalou e se espalhou. Pearce pôs o rapaz de pé outra vez.

— Vamos tirar essas roupas, abolicionistazinho.

Mãos puxaram o paletó de Nathaniel, arrancando as mangas e rasgando-o nas costas.

— Deixe o garoto pelado, Sam! — gritou uma mulher empolgada.
— Dê assunto para o pai dele falar no sermão! — Um homem pulava ao lado da carroça. Havia uma menininha junto ao homem, a mão na boca e os olhinhos brilhando. O dentista, deixado de lado, havia se sentado na boleia da carroça, onde tentava, patética e inutilmente, raspar o alcatrão quente da pele queimada.

Sam Pearce remexeu no tonel. O curtidor estava cuspindo repetidamente em Starbuck enquanto um homem grisalho mexia na cintura do rapaz, abrindo os botões de sua calça.

— Não ouse mijar em mim, garoto, ou deixo você sem ter com que mijar. — Ele baixou a calça de Nathaniel até os joelhos, provocando um grito esganiçado de aprovação por parte da turba.

E um tiro soou ao mesmo tempo.

O disparo espantou uns vinte pássaros dos telhados dos armazéns que margeavam Shockoe Slip. A multidão se virou. Pearce fez menção de rasgar a camisa de Nathaniel, mas um segundo tiro soou extremamente alto, ecoando nas casas mais distantes e fazendo a multidão ficar imóvel.

— Encoste a mão no rapaz de novo — desafiou uma voz confiante e arrastada — e você é um homem morto.

— Ele é um espião! — exclamou Pearce, tentando bancar o valente.

— Ele é meu hóspede!

O homem que falava estava montado num cavalo alto e preto e usava um chapéu de aba flexível, casaco cinza comprido e botas de cano alto. Carregava um revólver de cano longo, que enfiou num coldre da sela. Foi um gesto despreocupado, sugerindo que não tinha nada a temer daquela turba. O rosto do homem estava sombreado pela aba do chapéu, mas obviamente fora reconhecido, e enquanto ele esporeava o cavalo a multidão se abriu em silêncio para lhe dar passagem. Um segundo cavaleiro vinha atrás, puxando um cavalo de reserva.

O primeiro cavaleiro puxou as rédeas ao lado da carroça. Inclinou o chapéu para cima com a ponta de um chicote de montaria e depois olhou incrédulo Nathaniel.

— É Nate Starbuck!

— Sim, senhor. — Nathaniel se arrepiou todo.

— Lembra-se de mim? Nos conhecemos em New Haven ano passado.

— Claro que me lembro, senhor. — Nathaniel tremia, mas de alívio, não medo. Seu salvador era Washington Faulconer, pai de seu melhor amigo e o homem cujo nome havia invocado antes para se salvar da fúria da multidão.

— Parece que você está tendo uma impressão errada da hospitalidade da Virgínia — disse baixinho Washington Faulconer. — Que vergonha! — Essas últimas palavras foram ditas à multidão. — Não estamos em guerra com estranhos em visita a nossa cidade! O que vocês são? Selvagens?

— Ele é um espião! — O curtidor tentou restaurar a supremacia da turba.

Washington Faulconer se virou com desprezo para o sujeito.

— E você é um idiota de bunda suja! Estão se comportando como os ianques, todos vocês! Os nortistas podem querer um governo liderado pelas turbas, mas nós, não! Quem é esse homem? — Ele apontou o chicote de montaria para o dentista.

O dentista não conseguia falar, por isso Nathaniel, liberado dos inimigos e com as calças levantadas em segurança de volta à cintura, respondeu pela outra vítima:

— O nome dele é Burroughs, senhor. É um dentista de passagem pela cidade.

Washington Faulconer olhou ao redor até ver dois homens que ele reconheceu.

— Levem o Sr. Burroughs à minha casa. Vamos nos esforçar para remediar o sofrimento pelo qual ele passou. — Em seguida, depois de fazer essa censura à multidão envergonhada, olhou de novo Nathaniel e apresentou seu companheiro, um homem de cabelo preto, alguns anos mais velho que Nathaniel. — Este é Ethan Ridley. — Ridley puxava o cavalo sem cavaleiro, que então instigou para perto da carroça. — Monte, Nate! — ordenou Washington Faulconer.

— Sim, senhor.

Nathaniel se abaixou para pegar o paletó e percebeu que estava totalmente rasgado, por isso se levantou com as mãos vazias. Encarou Sam Pearce, que deu de ombros como se sugerisse que não havia ressentimentos, mas havia, e Nathaniel, que nunca soubera controlar seu gênio, foi até o grandalhão e lhe deu um soco. Sam Pearce se desviou, porém não rápido o suficiente, e o soco de Starbuck acertou seu ouvido. Pearce tropeçou, estendeu uma das mãos para se firmar, mas só conseguiu mergulhá-la no tonel de alcatrão. Ele gritou, puxou a mão para fora, no entanto havia perdido o equilíbrio. Balançou os braços desamparado enquanto tropeçava na borda da carroça e caiu na rua com uma força capaz de rachar o crânio. A mão de Nathaniel doía por causa do soco desajeitado, mas a multidão, com a imprevisibilidade de uma turba passional, começou a gargalhar e a aplaudi-lo.

— Venha, Nate! — Washington Faulconer estava rindo da queda de Pearce.

Nathaniel passou da carroça para o cavalo. Procurou os estribos com os pés, pegou as rédeas e bateu os calcanhares sujos de alcatrão. Supôs que tinha perdido os livros e as roupas, mas isso não era importante. Os livros eram textos de exegese que sobraram de seus estudos no Seminário Teológico de Yale, e, na melhor das hipóteses, ele poderia tê-los vendido por um dólar e cinquenta centavos. As roupas valiam menos ainda, por isso abandonou os pertences e seguiu seus salvadores para longe da multidão, subindo a Pearl Street. Ainda tremia e não ousava acreditar que havia escapado daquele tormento.

— Como o senhor soube que eu estava lá? — perguntou a Washington Faulconer.

— Eu não fazia ideia de que era você, Nate, soube apenas que um rapaz que dizia me conhecer estava para ser enforcado pelo crime de ser ianque, por isso achei que deveria dar uma olhada. Foi um carroceiro que me contou, um negro. Ele o ouviu dizer o meu nome e conhecia a minha casa, por isso foi contar ao meu administrador. Que então me contou, claro.

— Tenho uma dívida eterna para com o senhor.

— Você certamente tem uma dívida com o negro. Ou melhor, não tem, porque agradeci a ele por você, com um dólar de prata. — Washington Faulconer se virou e olhou para o companheiro sofrido. — O nariz está doendo?

— Não mais do que qualquer nariz sangrando, senhor.

— Posso perguntar o que está fazendo aqui, Nate? A Virgínia não parece o lugar mais adequado para um homem de Massachusetts andar à solta.

— Estava procurando o senhor. Planejava caminhar até Faulconer Court House.

— Todos os cento e doze quilômetros, Nate?! — Washington Faulconer gargalhou. — Adam não lhe disse que temos uma casa na cidade? Meu pai era senador, por isso gostava de manter um lugar em Richmond para pendurar o chapéu. Mas por que, diabos, você estava me procurando? Ou era Adam que você queria? Infelizmente ele está no norte. Tentando evitar a guerra, mas acho que é meio tarde para isso. Lincoln não quer a paz, por isso acho que teremos de lhe conceder a guerra.

Faulconer cuspiu essa mistura de perguntas e respostas num tom de voz animado. Era um homem na meia-idade, estatura mediana, com costas eretas, ombros largos e uma ótima aparência. Tinha cabelo louro e curto, barba densa e bem-aparada, um rosto que parecia irradiar franqueza e gentileza, e olhos azuis franzidos numa expressão bondosa. Na opinião de Nathaniel, ele era parecidíssimo com o filho, Adam, que conhecera em Yale e considerava a pessoa mais decente que já havia encontrado na vida.

— Mas por que está aqui, Nate? — Faulconer repetiu a pergunta original.

— É uma longa história, senhor. — Nathaniel raramente montava e era péssimo nisso. O corpo ficava frouxo na sela e se balançava de um lado para o outro, num contraste horrendo com os dois companheiros elegantes, que montavam de um jeito casual, mas preciso.

— Gosto de histórias longas — respondeu animado Washington Faulconer —, mas guarde-a para quando estiver de banho tomado. Aqui estamos. — Ele indicou com o chicote uma luxuosa casa de quatro andares e fachada de pedras, evidentemente o local onde seu pai havia pendurado o chapéu. — Não há nenhuma dama aqui essa semana, por isso podemos ficar à vontade. Ethan vai lhe dar algumas roupas. Mostre a ele o quarto de Adam, está bem, Ethan?

Empregados negros correram do pátio do estábulo da casa para pegar os cavalos e, de repente, depois de semanas de incerteza, perigo e humilhação, Nathaniel se viu rodeado por segurança, conforto e tranquilidade. Quase seria capaz de chorar de alívio. A América desmoronava no caos, o tumulto andava solto nas ruas, mas Nathaniel estava seguro.

— Agora você está parecendo um ser humano, Nate! — comentou Washington Faulconer recebendo Nathaniel em seu escritório. — E essas roupas dão para o gasto. Sente-se melhor?

— Muito melhor. Obrigado, senhor.

— O banho estava quente o bastante?

— Perfeito, senhor.

— Esse olho parece machucado. Seria bom um unguento antes de dormir, não? Precisamos chamar um médico para o seu amigo da Filadélfia. Estão tentando descascar o pobre coitado no pátio do estábulo. Já o meu problema é se devo comprar mil fuzis a doze pratas cada.

— Por que não deveríamos? — Ethan Ridley, que havia acomodado Starbuck no quarto de Adam, providenciado para que ele tomasse banho e recebesse uma muda de roupas, agora estava aboletado num sofá junto à janela do escritório de Washington Faulconer, onde brincava com um revólver de cano longo que ocasionalmente apontava para os pedestres na rua abaixo.

— Porque não quero pegar as primeiras armas que aparecerem, Ethan — respondeu Washington Faulconer. — Algo melhor pode surgir em um ou dois meses.

— Não existe muita coisa melhor que o fuzil Mississippi. — Ridley escolheu em silêncio o cocheiro de um caleche escarlate. — E o preço não vai baixar, senhor. Com todo respeito, não vai baixar. Os preços nunca baixam.

— Acho que é verdade. — Faulconer fez uma pausa, mas ainda parecia relutante em decidir.

Um relógio tiquetaqueava a um canto da sala. Um eixo de carroça guinchou na rua. Ridley acendeu um charuto comprido e fino. Uma bandeja de latão ao seu lado estava cheia de cinzas e guimbas. Ele puxou a fumaça do charuto, fazendo a ponta brilhar em brasa, depois olhou Nathaniel.

— O norte vai lutar? — perguntou, evidentemente esperando que um ianque da família Starbuck tivesse a resposta na ponta da língua.

Nathaniel, contudo, não fazia ideia do que o norte pretendia fazer depois da queda do Forte Sumter. Nessas últimas semanas estivera distraído demais para pensar em política, e agora, diante da pergunta que todos no sul se faziam, não sabia o que responder.

— Em certo sentido não importa se eles vão lutar ou não — disse Washington Faulconer antes que Nathaniel conseguisse falar. — Se não parecermos preparados para o combate, o norte certamente vai invadir. Mas, se nos mantivermos firmes, bom, talvez eles recuem.

— Então compre as armas, senhor — insistiu Ridley, e reforçou o encorajamento puxando o gatilho do revólver.

Era um homem alto e magro, com botas de montaria elegantes, calça preta e um paletó preto manchado com cinza de charuto. Tinha o cabelo preto, comprido e liso, grudado no crânio com óleo, e barba aparada até formar uma ponta arrojada. No quarto de Adam, enquanto Nathaniel se banhava e se arrumava, Ridley havia caminhado de um lado para o outro, dizendo que planejava se casar com a filha de Washington Faulconer, Anna, e que a perspectiva da guerra havia adiado os planos do casamento. Ridley tinha falado da provável guerra mais como uma irritação do que uma calamidade, e o sotaque sulista, lento e atraente, só tornava mais convincente a confiança em sua voz.

— Lá se vão doze mil dólares! — disse então Washington Faulconer, assinando um cheque enquanto falava. — Compre as armas para mim, Ethan, e pronto.

Nathaniel se perguntou por que Washington Faulconer estava comprando tantos fuzis, mas não precisava se questionar se Faulconer podia pagar pelas armas, porque sabia que o pai do amigo era um dos homens mais ricos da Virgínia. Na verdade, de todos os Estados precariamente Unidos. Faulconer podia alardear que o levantamento mais recente feito nas terras de sua família no Condado de Faulconer fora realizado por um jovem agrimensor ainda em começo de carreira chamado George Washington, e desde aquele dia nenhum hectare de terra tinha sido perdido e muitos outros haviam sido acrescentados. Dentre os novos hectares estava a terra em que ficava a casa de Faulconer na cidade de Richmond — uma das mais grandiosas da Clay Street e que, nos fundos, possuía um amplo pátio de estábulo com uma casa de carruagens e alojamentos para uma dezena de cavalariços e baias para trinta cavalos. A casa também tinha um salão de baile, uma sala de música e a escadaria que era considerada a melhor de Richmond, uma magnífica escada circular ladeada por retratos de família, o mais antigo trazido da Inglaterra no século XVII. Os livros no escritório de Washington Faulconer possuíam o brasão da família trabalhado em ouro nas capas de couro, e as escrivaninhas, cadeiras e mesas tinham sido feitas pelos melhores artesãos da Europa porque, para um homem rico como Washington Faulconer, só o melhor serviria. Havia flores em cada mesa, não apenas para decoração, mas numa tentativa de suplantar o cheiro das fábricas de tabaco da cidade.

— Bom, Nate — continuou Washington Faulconer animado, depois de decidir comprar as armas de doze dólares —, você nos prometeu uma história. Há café ali, ou prefere algo mais forte? Você bebe? Sim? Mas não com as bênçãos de seu pai, tenho certeza. Seu pai não aprova o álcool, aprova? O reverendo Elial é um proibicionista, além de abolicionista? É! Que homem feroz ele deve ser, com certeza. Sente-se. — Washington Faulconer estava cheio de energia e feliz com seu monólogo enquanto se levantava, puxava uma cadeira para Nathaniel, afastando-a da parede, servia café ao rapaz e depois retornava à sua escrivaninha. — Então! Conte! Você não deveria estar no seminário?

— Sim senhor, deveria. — De repente Nathaniel ficou inibido, com vergonha da história e de sua condição patética. — É uma narrativa muito longa — insistiu.

— Quanto mais longa, melhor. Então vamos lá, conte!

Assim, Nathaniel não teve escolha senão contar sua ridícula história de obsessão, amor e crime; uma narrativa vergonhosa de como Mademoiselle Dominique Demarest, de Nova Orleans, havia convencido Nathaniel Starbuck, de Yale, de que a vida tinha mais a oferecer além das aulas de teologia didática, literatura sagrada e as artes do sermão.

— Uma mulher má! — comentou Washington Faulconer com deleite quando Nathaniel mencionou a existência dela pela primeira vez. — Toda história deve ter uma mulher má.

Nathaniel vira Mademoiselle Dominique Demarest pela primeira vez no Lyceum Hall, em New Haven, onde a companhia itinerante do major Ferdinand Trabell estava apresentando a *Única versão teatral verdadeira e autorizada de A cabana do pai Tomás, inclusive com sabujos de verdade*. A companhia itinerante de Trabell havia sido a terceira a visitar New Haven apresentando *Tomás* naquele inverno, e todas afirmavam estar apresentando a única versão dramática verdadeira e autorizada da grande obra, mas a produção do major Trabell havia sido a primeira a qual Nathaniel ousara assistir. Houvera debates passionais no seminário, sobre a adequação de comparecer a uma apresentação teatral, mesmo que fosse dedicada à instrução moral e à abolição da escravatura, porém Nathaniel quisera ir por causa dos sabujos anunciados no panfleto. Não havia sabujos na bela obra da Sra. Beecher Stower, mas ele suspeitou de que os animais poderiam acrescentar um toque dramático à história, por isso foi ao Lyceum onde, pasmo, assistiu ao verdadeiro anjo que fazia o papel da escrava fugitiva Eliza tropeçar com passo leve pelas falsas banquisas de gelo, perseguida por um par de cães letárgicos e babões que poderiam ser sabujos ou não.

Não que Nathaniel se importasse com o pedigree dos cães, pois tinha olhos apenas para o anjo de rosto comprido, olhos tristes, bochechas sombreadas, boca larga, cabelo preto como a noite e voz suave. Apaixonou-se instantânea, furiosa e, pelo que pensou então, eternamente.

Na noite seguinte foi ao Lyceum, e na outra, e na outra, que também era a última apresentação do grande épico em New Haven, e no dia seguinte se ofereceu para ajudar o major Trabell a desmontar e encaixotar o cenário. O major, que tinha acabado de ser abandonado pelo único filho e portanto precisava de um substituto para fazer os papéis de Augustine St. Clair e Simon Legree, e reconhecendo a bela aparência e a presença imponente de Nathaniel, ofereceu-lhe quatro dólares por semana, hospedagem completa e sua própria tutelagem nas artes tespianas.

Nem mesmo tais estímulos poderiam convencer Nathaniel Starbuck a abandonar sua formação no seminário, mas Mademoiselle Dominique Demarest acrescentara suas súplicas às do patrão, e assim, num capricho, e por causa de sua adoração por Dominique, Nathaniel se transformou num ator itinerante.

— Você fez uma aposta e foi embora? Assim? — perguntou Washington Faulconer com satisfação aparente, até mesmo com admiração.

— Sim, senhor.

Nathaniel, porém, não confessou o tamanho de sua rendição humilhante a Dominique. Tinha admitido que fora ao teatro noite após noite, mas não descrevera como se demorara nas ruas esperando um vislumbre de seu anjo, nem que havia escrito o nome dela várias vezes em seus cadernos, nem que tentara capturar a lápis a delicadeza do rosto longo, enganadoramente etéreo, nem que ansiara reparar o dano espiritual causado a Dominique pela história consternadora dela.

A história havia sido publicada no jornal de New Haven, que noticiara a apresentação da companhia. A matéria revelava que, apesar de Mademoiselle Demarest parecer tão branca quanto qualquer outra dama respeitável, na verdade era uma mestiça oitavona de 19 anos que fora escrava de um violento cavalheiro de Nova Orleans cujo comportamento rivalizava com o de Simon Legree. A delicadeza impedia que o jornal publicasse qualquer detalhe das atitudes do sujeito, além de que o dono de Dominique havia ameaçado a virtude da jovem que era sua propriedade, com isso obrigando-a, numa fuga que rivalizava com o drama ficcional de Eliza, a ir para o norte em busca da liberdade e da salvaguarda de sua virtude. Nathaniel tentou imaginar sua adorável Dominique correndo desesperadamente pela noite da Louisiana, perseguida por vilões gritando, cães uivando e um dono espumando de ódio.

— Fugi coisa nenhuma! Nunca fui escrava, nunca! — declarou Dominique a Nathaniel no dia seguinte, quando seguiam nas carroças para Hartford, onde a peça seria apresentada durante seis noites no Touro Hall.

— Não tenho sangue crioulo, nenhuma gotinha. Mas essa ideia vende ingressos, na verdade, e ingressos são dinheiro, e é por isso que Trabell diz aos jornais que sou em parte preta.

— Quer dizer que é mentira? — reagiu Nathaniel horrorizado.

— Claro que é! — Dominique ficou indignada. — Eu já disse: é só para vender ingressos, e ingressos são dinheiro.

Ela disse que as únicas verdades da fábula eram que estava com 19 anos e fora criada em Nova Orleans, mas numa família branca que, segundo ela, tinha ancestralidade francesa irretocável. Seu pai possuía dinheiro, mas ela foi vaga com relação ao processo exato que levou a filha de uma rica família de comerciantes da Louisiana a assumir o papel de Eliza em *Tomás* na companhia itinerante do major Ferdinand Trabell.

— Não que Trabell seja major de verdade — confidenciou Dominique —, mas ele finge que lutou no México. Diz que ficou manco lá, por causa de um golpe de baioneta, mas acho mais provável que tenha sido esfaqueado por uma puta na Filadélfia. — Ela gargalhou. Era dois anos mais nova que Starbuck, no entanto parecia muito mais velha e muitíssimo mais experiente. Também parecia gostar de Nathaniel, que devolveu a afeição com uma adoração cega, sem se importar que ela não fosse uma escrava fugida. — Quanto ele paga a você? — perguntou Dominique.

— Quatro dólares por semana.

Ela gargalhou com escárnio.

— Está roubando você!

Nos dois meses seguintes Nathaniel aprendeu, animado, a profissão de ator enquanto cultuava no templo da virtude da Srta. Demarest. Gostava de estar no palco, e o fato de ser filho do reverendo Elial Starbuck, o famoso abolicionista, serviu para aumentar as plateias e a bilheteria de Trabell. Também fez com que a nova profissão de Nathaniel chegasse ao conhecimento do pai, que, numa fúria aterradora, mandou seu irmão mais velho, James, trazer o pecador para o caminho do arrependimento.

A missão de James fracassou, e duas semanas depois Dominique, que até então não permitira a Nathaniel nenhuma liberdade além de segurar sua mão, finalmente lhe prometeu a recompensa de todo o desejo de seu coração caso ele a ajudasse a roubar do major Trabell os ganhos daquela semana.

— Ele me deve dinheiro — argumentou Dominique, explicando que seu pai escrevera contando que estava esperando-a em Richmond, Virgínia, e que ela sabia que o major Trabell não iria lhe pagar nada dos seis meses que lhe devia, por isso precisava da ajuda de Nathaniel para tomar o que, por direito, já era dela.

Pela recompensa que ela oferecia, Nathaniel seria capaz de ajudar Dominique a roubar a lua, mas se contentou com os oitocentos e sessenta e quatro dólares que encontrou na valise do major Trabell, que roubou enquanto, no cômodo ao lado, o major tomava um banho de assento com uma jovem que esperava fazer carreira no palco e portanto se oferecera à inspeção profissional e à avaliação do major.

Naquela mesma noite Nathaniel e Dominique fugiram, chegando a Richmond dois dias depois. O pai de Dominique deveria estar esperando-os no Hotel Spotswood House, na Main Street, mas em vez disso quem aguardava no saguão do hotel era um jovem alto, no máximo um ano mais velho que o próprio Nathaniel, que gargalhou de alegria quando Dominique apareceu. O rapaz era o filho do major Trabell, Jefferson, que havia se afastado do pai e dispensou Nathaniel com ar de superioridade e dez dólares.

— Dê o fora, garoto — disse ele —, antes de ser pendurado feito isca de corvo. Nesse momento os nortistas não são populares por aqui.

Jefferson Trabell usava calças de couro de cervo, botas de cano alto, colete de cetim e casaca escarlate. Tinha olhos escuros e astutos e costeletas estreitas que, como o cabelo preto e comprido, eram alisadas com óleo até parecer azeviche. A gravata era presa com um grande broche de pérola e o revólver no coldre tinha cabo de prata polida. Foi aquele revólver, e não o ar de dândi do rapaz, que convenceu Nathaniel de que não havia muito sentido em tentar reivindicar a recompensa prometida por Mademoiselle Dominique Demarest.

— Quer dizer que ela simplesmente largou você? — perguntou Washington Faulconer, incrédulo.

— Sim, senhor. — A lembrança vergonhosa fez Nathaniel se curvar, arrasado.

— Sem ao menos deixar você ter uma provinha? — Ethan Ridley pousou o revólver sem munição enquanto fazia a pergunta e, apesar disso lhe render um olhar de reprovação por parte de Washington Faulconer, também ficou claro que o homem mais velho queria saber a resposta. Nathaniel não respondeu, mas não precisaria. Dominique o fizera de idiota, e sua idiotice era óbvia.

— Pobre Nate! — Washington Faulconer estava achando aquilo divertido. — O que você vai fazer agora? Ir para casa? Seu pai não vai ficar muito feliz! E o major Trabell? Vai querer pregar seus bagos na porta do celeiro, não é? Isso e o dinheiro dele de volta! Ele é sulista?

— Da Pensilvânia, senhor. Mas o filho finge que é sulista.

— E onde está o rapaz? Ainda no Spotswood?

— Não, senhor.

Nathaniel havia passado a noite numa pensão na Canal Street e, de manhã, ainda fumegando de indignação, fora ao Spotswood House confrontar Dominique e o amante, mas um funcionário disse que o Sr. e a Sra. Jefferson Trabell tinham acabado de ir para a Estação Ferroviária Richmond e Danville. Nathaniel foi atrás deles, mas descobriu que os pombinhos já haviam voado e que o trem estava indo para o sul, a locomotiva soltando uma fumaça amarga no ar primaveril tão animado com a notícia da capitulação do Forte Sumter.

— Ah, é uma ótima história, Nate! Uma ótima história! — Washington Faulconer gargalhou. — Mas você não deveria se sentir tão mal. Não é o primeiro sujeito a ser enganado por uma anágua nem será o último, e não tenho dúvida de que o major Trabell é um tremendo de um patife. — Ele acendeu um charuto, depois jogou o fósforo apagado numa escarradeira. — E o que vamos fazer com você? — A leveza com que fez a pergunta parecia sugerir que qualquer resposta desejada por Nathaniel poderia ser fornecida com facilidade. — Quer voltar a Yale?

— Não, senhor — respondeu Nathaniel, arrasado.

— Não?

Nathaniel abriu as mãos.

— Não sei se eu deveria estar no seminário, senhor. Nem sei se deveria ter ido para lá. — Ele olhou os dedos feridos, ralados, e mordeu o lábio enquanto pensava na resposta. — Não posso mais me tornar pastor, senhor, agora que sou ladrão. — E pior que ladrão, pensou Nathaniel. Estava se lembrando do quarto capítulo da primeira epístola a Timóteo, em que são Paulo havia profetizado que no fim dos tempos alguns homens iriam se afastar da fé, dando espaço a espíritos sedutores e doutrinas de demônios, e Nathaniel sabia que realizara essa profecia, e a percepção imbuía sua voz de uma angústia terrível. — Simplesmente não sou digno do ministério, senhor.

— Digno? — questionou Washington Faulconer. — Digno! Meu Deus, Nate, se pudesse ver os arruaceiros que se enfiam em nossos púlpitos, não diria isso! Meu Deus, temos um sujeito na igreja de Rosskill que prega totalmente bêbado na maioria das manhãs de domingo. Não é, Ethan?

— O velho idiota despencou numa sepultura no ano passado — acrescentou Ridley, achando graça. — Deveria enterrar uma pessoa e quase acabou sendo enterrado.

— Portanto eu não me preocuparia com relação a ser digno — disse Faulconer com desprezo. — Mas suponho que Yale não ficaria muito feliz em tê-lo de volta, Nate, principalmente por você tê-los abandonado em troca de uma franguinha vagabunda, não é? E imagino que você seja um homem procurado, hein? Um ladrão, imagine só! — Evidentemente Faulconer achava esse fato extremamente divertido. — Se voltar para o norte eles colocam você na cadeia, não é?

— É provável que sim, senhor.

Washington Faulconer uivou de tanta satisfação.

— Por Deus, Nate, você está agarrado num poço de piche. Os pés, as mãos, a bunda, o papo e as partes íntimas! E o que seu sagrado pai vai fazer se você for para casa? Dar-lhe uma surra de chicote antes de entregá-lo à polícia?

— Provavelmente, senhor.

— Então o reverendo Elial gosta de um chicote, não é? Gosta de surrar?

— Sim, senhor.

— Não posso permitir isso. — Washington Faulconer se levantou e foi até uma janela que dava para a rua. Havia um pé de magnólia florido no estreito jardim à frente da casa, que preenchia o ar com seu doce perfume. — Nunca fui a favor de surras. Meu pai não batia em mim e nunca bati nos meus filhos. O fato, Nate, é que nunca encostei a mão em nenhum filho e em nenhum empregado, só nos meus inimigos.

Ele falava com vigor, como se acostumado a defender seu comportamento fora do comum, e, de fato, esse era o caso, visto que, menos de dez anos antes, Washington Faulconer se tornara famoso por libertar todos os seus escravos. Durante um breve período os jornais nortistas saudaram Faulconer como precursor do "esclarecimento" sulista, reputação que o havia tornado extremamente impopular em sua Virgínia natal, mas a animosidade dos vizinhos diminuiu quando Faulconer se recusou a encorajar outros sulistas a seguir seu exemplo. Ele dizia que a decisão fora puramente pessoal. Agora, com o furor deixado no passado distante, Faulconer sorriu para Nathaniel.

— O que exatamente vamos fazer com você, Nate?

— O senhor já fez o bastante — respondeu Nathaniel, mas na realidade esperava que muito mais ainda fosse feito. — O que devo fazer, senhor, é arranjar um trabalho. Preciso pagar ao major Trabell.

Faulconer sorriu da seriedade do rapaz.

— O único trabalho por aqui, Nate, é o de soldado comum, e não creio que este seja um serviço que pague dívidas rápido. Não, acho que seria melhor você mirar um pouco mais alto. — Faulconer transparecia uma grande satisfação em resolver o problema de Nathaniel. Sorriu, depois indicou a sala decorada de forma luxuosa. — Será que você consideraria ficar aqui, Nate? Comigo? Preciso de alguém que possa ser meu secretário particular e também fazer algumas compras.

— Senhor! — Ethan Ridley se empertigou no sofá, o tom de voz irado entregando que considerava seu o cargo oferecido a Nathaniel.

— Ora, Ethan! Você detesta secretariar para mim! Você nem sabe soletrar! — censurou Faulconer gentilmente o genro. — Além disso, com a compra das armas, seu principal serviço está feito. Ao menos por enquanto. — Ele ficou sentado, pensando por alguns segundos, depois estalou os dedos. — Já sei, Ethan, volte ao Condado de Faulconer e comece a fazer um recrutamento de verdade. Toque o tambor para mim. Se não levantarmos os moradores de lá, outra pessoa fará isso, e não quero os homens do Condado de Faulconer lutando em outros regimentos. Além disso, você não quer ficar com Anna?

— Claro que sim, senhor. — Ridley, entretanto, não pareceu muito entusiasmado com a oferta de ficar mais perto da noiva.

Washington Faulconer se voltou para Nathaniel.

— Vou formar um regimento, Nate, uma legião. A Legião Faulconer. Esperava que isso não fosse necessário, esperava que o bom senso prevalecesse, mas parece que o norte quer uma luta, e, por Deus, teremos de dar uma luta a eles, se insistirem. Você se sentiria ofendido em sua lealdade se me ajudasse?

— Não, senhor. — Essa parecia uma resposta totalmente inadequada, por isso Nathaniel imbuiu mais entusiasmo na voz. — Eu sentiria orgulho em ajudá-lo, senhor.

— Já iniciamos os trabalhos — disse Faulconer com modéstia. — Ethan vem comprando equipamentos e agora encontramos as armas, como você ouviu, mas a quantidade de papelada já está assustadora. Você acha que pode cuidar de algumas correspondências para mim?

Se ele poderia cuidar da correspondência? Nathaniel Starbuck faria toda a correspondência de Washington Faulconer daquele momento até os mares secarem. Nathaniel Starbuck faria o que quer que aquele homem maravilhoso, gentil, decente e naturalmente generoso quisesse.

— Claro que posso ajudar, senhor. Seria um privilégio.

— Mas, senhor! — Ethan Ridley tentou um último protesto patriótico. — O senhor não pode confiar questões militares a um nortista.

— Bobagem, Ethan! Nate não tem estado! É um fora da lei! Não pode ir para casa, a não ser que vá para a cadeia, por isso terá de ficar aqui. Vou torná-lo um virginiano honorário. — Faulconer fez uma reverência a

Nathaniel em reconhecimento a seu status elevado. — Portanto, bem-vindo ao sul, Nate.

Ethan Ridley parecia atônito diante da gentileza quixotesca de seu futuro sogro, mas Nathaniel Starbuck não se importou. Tinha sido salvo pelo gongo, sua sorte retornara e ele estava em segurança na terra dos inimigos de seu pai. Nathaniel Starbuck chegara ao sul.

2

Nathaniel Starbuck passou os primeiros dias em Richmond acompanhando Ethan Ridley a armazéns que guardavam os suprimentos para equipar a Legião Faulconer. Ridley havia providenciado a compra do equipamento, e, agora, antes de partir para o grande esforço de recrutamento no Condado de Faulconer, certificava-se de que Nathaniel poderia assumir suas responsabilidades.

— Não que você precise se preocupar com as finanças, reverendo — disse Ridley, usando o apelido meio zombeteiro, meio provocador, que havia adotado para o nortista. — Vou deixá-lo cuidar do transporte.

Nathaniel ficaria, então, encarregado de percorrer grandes armazéns ou frequentar empresas de contabilidade empoeiradas enquanto Ridley ficava dentro do escritório falando de negócios até aparecer do lado de fora só para lhe dar outra ordem.

— O Sr. Williams terá seis caixotes prontos para coleta na semana que vem. Quinta, Johnny?

— Pronto na quinta, Sr. Ridley.

O armazém Williams estava vendendo mil pares de botas à Legião Faulconer, enquanto outros comerciantes vendiam fuzis, uniformes, cápsulas de percussão, botões, baionetas, pólvora, cartuchos, revólveres, barracas, frigideiras, mochilas, cantis, canecas de estanho, cordas de cânhamo, cintos de lona: o usual numa parafernália militar, e tudo vindo de armazéns particulares porque Washington Faulconer se recusava a lidar com o governo da Virgínia.

— Você precisa entender, reverendo — explicou Ridley a Nathaniel —, que Faulconer não gosta do novo governador, e o novo governador não gosta dele. Faulconer acha que o governador vai deixar que ele pague pela legião, para depois roubá-la dele, por isso não podemos ter qualquer envolvimento com o governo estadual. Não devemos encorajá-los. Por isso não podemos comprar provisões nos arsenais do estado, o que torna a vida meio difícil.

Embora, claramente, Ethan Ridley houvesse superado muitas dessas dificuldades, pois o caderno de Nathaniel se enchia de maneira impressionante com listas de caixotes, caixas, barris e sacos que precisavam ser coletados e entregues à cidade de Faulconer Court House.

— Dinheiro — declarou Ridley. — Essa é a chave, reverendo. Há mil sujeitos tentando comprar equipamentos e há uma escassez de tudo, por isso é preciso ter bolsos fundos. Vamos beber algo.

Ethan Ridley sentia uma satisfação perversa em apresentar as tavernas da cidade a Nathaniel, especialmente os bares escuros, fedorentos, escondidos no meio dos moinhos e das estalagens na margem norte do rio James.

— Não é como a igreja do seu pai, é, reverendo? — perguntava Ridley, falando de algum pardieiro infestado de ratos apodrecendo, e Nathaniel concordava que aquele antro estava de fato muito distante da criação que ele tivera em Boston, onde a limpeza era a marca do favor de Deus e a abstinência, uma certeza de sua salvação.

Evidentemente Ridley queria saborear o prazer de chocar o filho do reverendo Elial Starbuck, mas até a taverna mais imunda de Richmond possuía um ar romântico para Nathaniel, pelo simples fato de estar muito distante da falta de alegria calvinista de seu pai. Não que Boston carecesse de bares tão afetados pela pobreza e desesperança quanto qualquer um de Richmond, porém Nathaniel nunca estivera num antro de bebedeiras em Boston. Por isso sentia uma estranha satisfação com as excursões do meio-dia junto a Ridley pelos becos fedorentos de Richmond. As aventuras pareciam uma prova de que ele havia mesmo escapado do aperto frio e desaprovador de sua família, no entanto o evidente prazer de Nathaniel com as expedições só fazia Ridley se esforçar ainda mais para escandalizá-lo.

— Se eu abandonasse você nesse lugar, reverendo — ameaçou Ridley numa taverna de marinheiros que fedia ao esgoto que pingava no rio de um tubo enferrujado a menos de três metros do salão —, você teria a garganta cortada em cinco minutos.

— Porque sou nortista?

— Porque você está usando sapatos.

— Eu ficaria bem — retrucou Nathaniel. Ele não tinha armas, e a dezena de homens na taverna parecia capaz de cortar toda uma congregação de gargantas respeitáveis sem ao menos um tremor da consciência, mas Nathaniel não se permitiria demonstrar qualquer medo diante de Ethan Ridley. — Deixe-me aqui, se quiser.

— Você não ousaria ficar aqui sozinho.

— Ande. Veja se me importo. — Nathaniel se virou para a portinhola por onde a bebida era servida e estalou os dedos. — Mais um copo aqui. Só um!

Era pura bravata, porque ele praticamente não bebia álcool. Tomava um gole de uísque, mas Ridley sempre terminava com o copo. O terror do pecado assombrava Nathaniel — na verdade era esse terror que dava tempero às excursões nas tavernas — e o álcool era um dos maiores pecados com cujas tentações tanto flertava quanto resistia.

Ridley gargalhou diante do desafio do rapaz.

— Você tem colhões, Starbuck, devo admitir.

— Então me deixe aqui.

— Faulconer não me perdoaria se eu fizesse você ser morto. É o novo bichinho de estimação dele, reverendo.

— Bichinho de estimação? — Nathaniel se eriçou diante das palavras.

— Não se ofenda, reverendo. — Ridley pisou na guimba de um charuto e acendeu outro na mesma hora. Era um homem de apetites impacientes. — Faulconer é um homem solitário, e homens solitários gostam de bichinhos de estimação. É por isso que ele está tão ansioso pela secessão.

— Porque está solitário? — Nathaniel Starbuck não entendeu.

Ridley balançou a cabeça. Estava encostado no balcão, olhando por uma janela rachada e suja para onde um navio de dois mastros estalava ao bater num cais meio arruinado do rio.

— Faulconer apoia a rebelião porque acha que isso vai torná-lo popular com os velhos amigos do pai dele. Vai provar que é um sulista mais fervoroso do que todos eles, porque de certa forma ele não é sulista, entende?

— Não.

Ridley fez uma careta, como se não quisesse explicar, mas tentou de qualquer forma.

— Ele possui terras, reverendo, mas não as utiliza. Não produz nelas, não planta, nem mesmo as usa como pasto. Só possui e fica olhando para elas. Não tem crioulos, pelo menos como escravos. O dinheiro dele vem de ferrovias e papéis, e os papéis vêm de Nova York ou Londres. Ele provavelmente fica mais à vontade na Europa que aqui em Richmond, mas isso não o impede de querer fazer parte disso. Ele quer ser sulista, mas não é. — Ridley soltou uma nuvem de fumaça pelo salão, depois voltou o olhar sombrio e irônico para Starbuck. — Vou lhe dar um conselho.

— Por favor.

— Concorde com ele — disse Ridley muito sério. — Os parentes podem discordar de Washington, motivo pelo qual ele não passa muito tempo com a família, mas os secretários particulares como você e eu não temos permissão para discordar. Nosso trabalho é admirá-lo. Entendeu?

— De qualquer modo ele é admirável — respondeu Nathaniel, com lealdade.

— Acho que todos somos admiráveis — acrescentou Ridley, achando graça — enquanto pudermos encontrar um pedestal suficientemente alto para ficar. O pedestal de Washington é o dinheiro dele, reverendo.

— E o seu também? — perguntou Nathaniel com beligerância.

— O meu não, reverendo. Meu pai perdeu todo o dinheiro da família. Meu pedestal, reverendo, são os cavalos. Sou o melhor cavaleiro que você vai encontrar desse lado do Atlântico. Ou de qualquer dos lados, por sinal. — Ridley riu da própria falta de modéstia, depois virou o copo de uísque na boca. — Vamos ver se os desgraçados na Boyle and Gambles encontraram os binóculos que me prometeram na semana passada.

À tarde Ridley desaparecia no apartamento alugado por seu meio-irmão na Grace Street, deixando Nathaniel para andar de volta até a casa de Washington Faulconer através de ruas apinhadas de criaturas de aparência estranha vindas do sul mais distante. Havia homens de canelas finas e rostos fundos do Alabama, cavaleiros de cabelo comprido e pele coriácea do Texas e voluntários rústicos do Mississippi, todos armados como bucaneiros e prontos para beber até sofrerem ataques de fúria. Prostitutas e vendedores de bebidas faziam fortuna, os aluguéis na cidade dobraram de preço e dobraram de novo, e as ferrovias continuavam trazendo novos voluntários a Richmond. Todos estavam lá, absolutamente todos, para proteger a nova Confederação contra os ianques, ainda que a princípio parecesse que a nova confederação faria bem em se proteger dos próprios defensores. Mas depois, obedecendo às ordens insistentes do novo comandante militar nomeado no estado, todos os voluntários maltrapilhos foram varridos para a Praça do Mercado da cidade, aonde cadetes do Instituto Militar da Virgínia foram levados com o objetivo de ensinar ordem unida básica.

O novo comandante da milícia da Virgínia, o general de divisão Robert Lee, também insistiu em fazer uma visita de cortesia a Washington Faulconer. Este suspeitou de que a visita proposta fosse um ardil do novo governador da Virgínia para controlar a legião, mas, apesar das dúvidas, não poderia se recusar a receber um homem que vinha de uma família virginiana tão antiga e proeminente quanto a sua. Ethan Ridley havia deixado Richmond na véspera da visita de Lee, por isso Nathaniel Starbuck foi instruído a estar presente na reunião.

— Quero que tome nota do que for dito — avisou Faulconer em tom sombrio. — Letcher não é o tipo de homem que deixaria um patriota formar um regimento. Guarde minhas palavras, Nate, ele deve ter mandado Lee para retirar a legião de mim.

Nathaniel ficou sentado num dos lados do escritório, com um caderno aberto sobre os joelhos, ainda que nada de grande importância tivesse sido discutido. Lee, um homem de meia-idade vestindo roupas civis e acompanhado por um jovem capitão com uniforme da milícia do estado, primeiro trocou amenidades com Faulconer, depois formalmente, quase como se pedisse desculpas, explicou que o governador Letcher o nomeara para comandar as forças militares do estado e que seu primeiro trabalho era recrutar, equipar e treinar essas forças e ficara sabendo que o Sr. Faulconer estava montando um regimento em seu condado.

— Uma legião — corrigiu Faulconer.

— Ah, sim, de fato, uma legião. — Lee pareceu desconcertado com a palavra.

— E nenhuma arma, nenhum canhão, nenhuma sela de cavalaria, nenhum botão ou cantil, na verdade nenhum item de equipamento, Lee, será cobrado do estado — declarou Faulconer com orgulho. — Estou pagando por tudo, até o último cadarço de bota.

— Um empreendimento caro, Faulconer, tenho certeza.

Lee franziu a testa, como se estivesse perplexo com a generosidade de Faulconer. O general tinha grande reputação e as pessoas de Richmond sentiram um alívio enorme com o fato de que ele retornara a seu estado natal, em vez de aceitar o comando dos exércitos de Abraham Lincoln no norte, mas Nathaniel, observando o homem calmo, bem-arrumado e de barba grisalha, podia ver poucas evidências do suposto gênio do general. Lee parecia reticente a ponto de ser tímido, inteiramente aniquilado pela energia e entusiasmo de Washington Faulconer.

— Você menciona canhões e cavalaria — disse Lee, falando de maneira muito acanhada. — Isso significa que seu regimento, devo dizer, sua legião, consistirá em todas as armas?

— Todas as armas? — Washington Faulconer não era familiarizado com a expressão.

— A legião não consistirá apenas em infantaria? — explicou Lee, cortês.

— De fato. De fato. Eu gostaria de levar à Confederação uma unidade totalmente treinada, equipada e útil. — Faulconer fez uma pausa, considerando a sensatez de suas próximas palavras, mas depois decidiu que algo um pouco bombástico não soaria equivocado. — Imagino a legião parecida com as tropas de elite de Bonaparte. Uma guarda imperial para a Confederação.

— Ah, de fato.

Era difícil dizer se Lee estava impressionado ou perplexo com essa visão. Parou durante alguns segundos, depois observou calmamente que estava ansioso pelo dia em que essa legião estaria totalmente assimilada às forças do estado. Era exatamente isso que Faulconer mais temia: uma usurpação direta por parte do governador John Letcher, assumindo o comando de sua legião e assim reduzindo-a a mais um componente medíocre da milícia do estado. A visão de Faulconer era muito mais grandiosa que as ambições mornas do governador, e, em defesa dessa visão, não respondeu às palavras de Lee. O general franziu o cenho.

— O senhor entende, Sr. Faulconer, que devemos ter ordem e arranjo?

— Quer dizer, disciplina?

— Exatamente isso. Devemos usar disciplina.

Washington Faulconer concordou com elegância, depois perguntou a Lee se o estado gostaria de assumir o custo de vestir e equipar a Legião Faulconer. Deixou a pergunta perigosa pairar durante alguns segundos, então sorriu.

— Como deixei claro, Lee, minha ambição é fornecer à Confederação um artigo acabado, uma legião treinada, mas, se o estado intervier — ele queria dizer *interferir*, mas tinha tato demais para usar essa palavra —, acho justo que assuma então o financiamento necessário e, de fato, me reembolse pelo que já gastei. Meu secretário, o Sr. Starbuck, pode lhe fornecer a contabilidade total.

Lee recebeu a ameaça sem alterar a expressão plácida e um tanto ansiosa. Olhou Nathaniel, pareceu curioso com o olho roxo que ia desbotando, mas não fez nenhum comentário. Em vez disso olhou de volta para Washington Faulconer.

— Mas você pretende colocar a legião sob a autoridade devida?

39

— Quando estiver treinada, sim. — Faulconer deu um risinho. — Não estou propondo travar uma guerra particular contra os Estados Unidos.

Lee não sorriu da piadinha, em vez disso pareceu frustrado, mas para Nathaniel era óbvio que Washington Faulconer havia obtido sua vitória sobre o representante do governador Letcher e que a Legião Faulconer não seria assimilada aos novos regimentos que eram montados às pressas por todo o estado.

— Seu recrutamento está indo bem? — perguntou Lee.

— Um dos meus melhores oficiais está supervisionando o processo. Só estamos reunindo recrutas do condado, e não de fora. — Isso não era totalmente verdadeiro, mas Faulconer achava que o estado respeitaria seus direitos de propriedade dentro do Condado de Faulconer, porém, se recrutasse muito explicitamente fora do condado, o estado poderia reclamar que ele estava caçando ilegalmente.

Lee pareceu feliz o bastante com a afirmação.

— E o treinamento? Estará em mãos competentes?

— Extremamente competentes — respondeu Faulconer com entusiasmo, mas sem acrescentar nenhum detalhe que Lee obviamente desejava escutar.

Na ausência de Faulconer, o treinamento seria supervisionado pelo segundo no comando da legião, o major Alexander Pelham, vizinho de Faulconer e veterano da guerra de 1812. Agora Pelham tinha mais de 70 anos, porém segundo Faulconer ele era capacitado e vigoroso como alguém com metade dessa idade. Além disso, Pelham era o único oficial ligado à legião que já vivera uma guerra, embora, como Ridley observara maldosamente a Nathaniel, essa experiência se resumira a um único dia de ação, e essa única ação fora a derrota de Bladensburg.

A visita de Lee terminou com uma troca superficial de pontos de vista sobre como a guerra deveria ser levada adiante. Faulconer enfatizou vigorosamente a necessidade de capturar a cidade de Washington, enquanto Lee falava da necessidade urgente de garantir as defesas da Virgínia, e depois, com garantias mútuas de boa vontade, os dois se separaram. Washington Faulconer esperou até o general ter descido a famosa escadaria curva e explodiu com Nathaniel Starbuck:

— Que chance temos quando idiotas feito esse são postos no comando? Santo Deus, Nate, precisamos de homens mais jovens, enérgicos, impulsivos, e não bufões acabados e cautelosos! — Ele andou vigorosamente para um lado e para o outro, impotente para exprimir a imensidão de sua frustração. — Eu sabia que o governador tentaria sequestrar a legião! Mas ele precisará mandar alguém com garras mais afiadas que isso! — E fez um gesto com desprezo na direção da porta por onde Lee havia passado. Nathaniel não pôde resistir a observar:

— Os jornais dizem que ele é o soldado mais admirado da América.

— Admirado por quê? Por manter as calças limpas no México? Se vai haver guerra, Nate, não será uma travessura contra um bando de mexicanos mal-equipados! Você o ouviu, Nate! "A importância fundamental de impedir que as forças do norte ataquem Richmond." — Faulconer fez uma imitação muito boa do homem de voz mansa, depois o golpeou com críticas. — Defender Richmond não é fundamental! O fundamental é vencer a guerra. Isso significa golpeá-los com força e logo. Significa atacar, atacar, atacar!

Ele olhou para um aparador onde havia mapas da parte ocidental da Virgínia ao lado de uma tabela de horários da ferrovia Baltimore e Ohio. Apesar de sua negativa de planejar uma guerra particular contra o norte, Washington Faulconer tramava um ataque contra a ferrovia que levava suprimentos e recrutas dos estados do oeste para a cidade de Washington. Suas ideias para o ataque ainda estavam se formando, mas ele imaginava uma pequena e rápida força de soldados montados que queimariam pontes, descarrilariam locomotivas e arrancariam trilhos.

— Espero que o idiota não tenha visto esses mapas — disse com preocupação súbita.

— Eu os cobri com mapas da Europa antes da chegada do general Lee, senhor.

— Você é rápido, Nate! Muito bem! Graças a Deus tenho jovens como você, e não os imbecis sob o comando de Lee, vindos de West Point. É por isso que deveríamos admirá-lo? Porque foi um bom superintendente de West Point? E o que isso o torna? Um professor de colégio! — O desprezo de Faulconer era palpável. — Conheço professores, Nate. Meu cunhado é um e não tem condições de ser nem mesmo um cabo cozinheiro, mas mesmo assim insiste que devo torná-lo oficial da legião. Nunca! O Pica-Pau é um idiota! Um cretino! Um palerma! Um pagão! Um maricas. É isso que meu cunhado é, Nate, um maricas!

Alguma coisa na fala enérgica de Washington Faulconer fez Nathaniel se lembrar das histórias divertidas que Adam gostava de contar sobre seu excêntrico tio professor.

— Ele foi tutor de Adam, não foi, senhor?

— Ele ensinou a Adam e a Anna. Agora cuida da escola do condado, e Miriam quer que eu o torne major. — Miriam era a esposa de Washington Faulconer, uma mulher que permanecia reclusa no campo e sofria de uma debilitante variedade de moléstias misteriosas. — Tornar o Pica-Pau um major! — Faulconer uivou com risos de desprezo diante da simples ideia. — Meu Deus, você não colocaria o idiota patético no comando de um galinheiro, quanto mais de um regimento de soldados! Ele é um parente ruim, Nate. É isso que o Pica-Pau é. Um parente ruim. Ah, bom, vamos ao trabalho!

Havia bastante trabalho. A casa era assediada por visitantes, alguns querendo auxílio monetário para desenvolver uma arma secreta que — juravam — traria uma vitória imediata ao sul, outros buscando cargo de oficial na legião. Um bom número desses últimos era de soldados europeus recebendo meio-soldo de seus exércitos, mas esses requerentes eram informados de que todos os ajudantes nomeados da Legião Faulconer também seriam da Virgínia.

— Menos você, Nate — disse Washington Faulconer a Nathaniel. — Isso é, se quiser servir a mim.

— Eu ficaria honrado, senhor. — E Nathaniel Starbuck sentiu um agradável jorro de gratidão pela gentileza e confiança que Faulconer demonstrava.

— Você não vai achar difícil lutar contra seus conterrâneos, Nate? — perguntou Faulconer com ar solícito.

— Eu me sinto mais em casa aqui, senhor.

— E deve se sentir mesmo. O sul é a verdadeira América, Nate, e não o norte.

Menos de dez minutos depois Nathaniel teve de recusar uma audiência a um oficial de cavalaria austríaco cheio de cicatrizes que afirmava ter lutado em meia dúzia de batalhas ferozes no norte da Itália. O sujeito, ao saber que apenas homens da Virgínia teriam permissão de comandar a legião, perguntou sarcasticamente como poderia chegar a Washington.

— Porque, se ninguém me quer aqui, juro então que lutarei pelo norte!

O início de maio trouxe a notícia de que navios de guerra nortistas haviam começado um bloqueio da costa confederada. Jefferson Davis, o novo presidente do governo provisório dos Estados Confederados da América, retaliou assinando uma declaração de guerra contra os Estados Unidos, porém o estado da Virgínia parecia em dúvida com relação a uma guerra.

Suas tropas foram retiradas de Alexandria, uma cidade que ficava diante de Washington, do outro lado do rio Potomac, gesto que Washington Faulconer condenou, mordaz, como típico da timidez cavilosa de Letcher.

— Sabe o que o governador quer? — perguntou a Nate.

— Tomar sua legião, senhor?

— Ele quer que o norte invada a Virgínia, porque isso vai liberá-lo da sinuca de bico sem se comprometer. Ele nunca foi fervoroso pela secessão. É um oportunista, Nate, esse é o problema, um oportunista.

Mas o dia seguinte trouxe notícias de que Letcher, longe de esperar sentado enquanto o norte restaurava a União, tinha ordenado que tropas virginianas ocupassem a cidade de Harper's Ferry, a oitenta quilômetros de Washington, rio acima. O norte havia abandonado a cidade sem lutar, deixando para trás toneladas de equipamentos para fabricação de armas no arsenal federal. Richmond comemorou a notícia, mas Washington Faulconer pareceu pesaroso. Ele alimentara a ideia de atacar a ferrovia Baltimore e Ohio, cujos trilhos atravessavam o Potomac em Harper's Ferry, mas agora, com a cidade e a ponte seguras em mãos sulistas, não parecia haver mais necessidade de atacar a linha ao oeste. A notícia da ocupação da cidade também provocou uma profusão de especulações de que a Confederação se preparava para realizar um ataque preventivo atravessando o Potomac, e Faulconer, temendo que sua legião, que crescia rapidamente, tivesse negado seu lugar adequado nessa invasão vitoriosa, decidiu que seu lugar era em Faulconer Court House, onde poderia apressar o treinamento de seus homens.

— Vou levá-lo ao Condado de Faulconer assim que puder — prometeu a Nathaniel enquanto montava em seu cavalo para a viagem de cento e doze quilômetros até sua propriedade no campo. — Escreva a Adam para mim, está bem?

— Escreverei, senhor, claro.

— Diga a ele para vir para casa. — Faulconer ergueu a mão enluvada, despedindo-se, depois liberou seu alto cavalo preto para tomar a estrada. — Diga para ele vir para casa! — gritou enquanto partia.

Nathaniel escreveu, obedientemente, endereçando a carta para a igreja em Chicago que repassava a correspondência de Adam. Este, como Nathaniel, havia abandonado os estudos em Yale, mas enquanto o filho do reverendo Starbuck fizera isso por causa de uma obsessão por uma jovem, Adam fora a Chicago se juntar à Comissão Cristã de Paz, que, por meio de orações, tratados e testemunhos, tentava trazer de volta as duas partes da América para uma amizade pacífica.

Nenhuma resposta chegou de Chicago, mas cada entrega de correspondência trazia novas e urgentes exigências de Washington Faulconer. "Quanto tempo vai demorar para Shaffers confeccionar os uniformes dos oficiais?" "Temos uma definição das insígnias dos oficiais?" "Visite Boyle and Gambles e pergunte sobre os padrões dos sabres." "Na minha escrivaninha, na terceira gaveta de cima para baixo, há um revólver feito por Le Mat, mande-o de volta com Nelson." Nelson era um dos dois empregados negros que levavam as cartas entre Richmond e Faulconer Court House.

— O coronel está extremamente ansioso para receber os uniformes — contou Nelson a Nathaniel.

"O coronel" era Washington Faulconer, que começara a assinar suas cartas como "coronel Faulconer", e Nathaniel tomava muito cuidado para se dirigir a Faulconer usando o posto autodesignado. O coronel ordenara a confecção de papéis de carta impressos com a epígrafe "Legião Faulconer, quartel-general de campanha, coronel Washington Faulconer, estado da Virgínia, comando", e Nathaniel usou a folha de prova para mandar ao coronel a notícia feliz de que seus novos uniformes estariam prontos na sexta-feira e prometendo que iria enviá-los imediatamente ao Condado de Faulconer.

Naquela manhã de sexta-feira Nathaniel estava sentando-se para colocar em dia os livros de contabilidade quando a porta da sala de música se abriu com estrondo e um estranho olhou raivoso da soleira. Era um homem alto e magro, todo ele cotovelos ossudos, canelas compridas e joelhos protuberantes. Parecia estar na meia-idade, tinha barba preta riscada de grisalho, nariz afilado, malares inclinados e cabelo preto desgrenhado, e usava um terno preto puído por cima de botas de trabalho gastas; como um todo, lembrava um espantalho e seu surgimento súbito fez Nathaniel pular.

— Você deve ser Starbuck, não é?

— Sou sim, senhor.

— Ouvi seu pai pregar uma vez. — O homem curioso entrou na sala, procurando algum lugar onde deixar a bolsa, o guarda-chuva, a bengala, o sobretudo, o chapéu e a sacola de livros, e, sem encontrar um local adequado, ficou com tudo. — Ele foi passional, sim, mas torturou a lógica. Ele sempre faz isso?

— Não sei bem o que o senhor quer dizer. O senhor sabe?

— Eu estava em Cincinatti. No antigo Salão Presbiteriano, o da Quarta Avenida, ou seria na Quinta? De qualquer modo, foi em 56, ou seria 55? Depois disso o salão pegou fogo, mas não é uma perda para a arquitetura do que resta da república. Na minha opinião não era um belo prédio. Claro que nenhum idiota da plateia notou a lógica do seu pai. Eles só queriam aplaudir cada palavra. Abaixo a escravocracia! Acima nossos irmãos escuros! Aleluia! O mal está entre nós! É uma mácula para uma grande nação! Argh!

Mesmo não gostando do pai, Nathaniel sentiu-se pressionado a defendê-lo.

— O senhor manifestou sua oposição ao meu pai, senhor? Ou só trouxe suas queixas ao filho dele?

— Queixas? Oposição? Não tenho oposição aos pontos de vista do seu pai! Concordo com eles, absolutamente todos. A escravidão, Starbuck, é uma ameaça à nossa sociedade. Simplesmente discordo da lógica desprezível do seu pai! Não basta rezar por um fim para essa instituição peculiar, precisamos propor arranjos práticos para a abolição da mesma. Os escravagistas devem ser recompensados por sua perda pecuniária? E, nesse caso, por quem? Pelo governo federal? Por uma venda de bônus? E quanto aos negros? Devemos repatriá-los para a África? Estabelecê-los na América do Sul? Ou devemos arrancar a negritude deles através da miscigenação forçada? Um processo que, devo dizer, já foi iniciado há bastante tempo por nossos senhores de escravos. Seu pai não fez qualquer menção a essas coisas, meramente recorreu à indignação e às orações, como se orações algum dia tivessem resolvido alguma coisa!

— O senhor não acredita em orações?

— Se acredito em orações! — O homem magro ficou escandalizado pelo simples pensamento em tal crença. — Se orações resolvessem algo não existiria infelicidade no mundo, não é? Todas as mulheres que gemem estariam sorrindo! Não haveria mais doenças, nem fome, nem crianças dignas de pena enfiando o dedo nos narizes cheios de ranho em nossas salas de aula, nem bebês choramingando trazidos para minha admiração. Por que eu iria admirar os filhos deles, berrando, vomitando, gemendo, com rostos imundos? Não gosto de crianças! Venho dizendo esse fato simples a Washington Faulconer há quatorze anos! Há quatorze anos! No entanto meu cunhado parece incapaz de entender a frase mais simples em inglês básico, e insiste que eu cuide da escola dele. Mas não gosto de crianças, nunca gostei de crianças e espero jamais gostar de crianças. Será difícil de entender? — O homem continuava agarrado aos seus fardos desajeitados enquanto esperava a resposta de Nathaniel.

Subitamente Nathaniel Starbuck entendeu quem era aquele homem mal-humorado e desorganizado. Era o maricas, a ovelha negra, o cunhado de Faulconer.

— O senhor é Thaddeus Bird.

— Claro que sou Thaddeus Bird! — Bird pareceu irritado por sua identidade precisar de confirmação. Olhou irritado e eriçado para Nathaniel. — Você ouviu ao menos uma palavra do que eu disse?

— O senhor estava dizendo que não gostava de crianças.

— Animaizinhos imundos. No norte, veja bem, as crianças são criadas de modo diferente. Não existe medo de discipliná-las. Nem de bater nelas, de fato! Mas aqui no sul, diferenciamos nossos filhos dos nossos escravos, por isso batemos nestes e destruímos os primeiros com gentileza.

— O Sr. Faulconer não bate em nenhum dos dois, não é mesmo?

Bird parou, olhando para o outro como se o rapaz tivesse acabado de falar um palavrão extraordinário.

— Vejo que meu cunhado andou anunciando suas boas qualidades a você. Suas boas qualidades, Starbuck, são os dólares. Ele compra afeto, adulação e admiração. Sem dinheiro ele seria tão vazio quanto um púlpito numa noite de terça. Além disso, ele não precisa bater nos empregados nem nos filhos porque minha irmã é capaz de bater por vinte.

Nathaniel ficou ofendido por esse ataque ingrato ao patrão.

— O Sr. Faulconer libertou seus escravos, não foi?

— Ele libertou vinte escravos domésticos, seis meninos jardineiros e o pessoal do estábulo. Ele nunca teve trabalhadores do campo porque nunca precisou. A fortuna da família Faulconer não se baseia em algodão ou fumo, e sim na herança, nas ferrovias e nos investimentos, por isso aquele foi um gesto indolor, Starbuck, e feito principalmente, suspeito, por rancor à minha irmã. Talvez seja a única boa ação que Faulconer já fez, e me refiro mais ao exercício do rancor que à alforria. — Não conseguindo encontrar nenhum local onde pôr seus pertences, Bird simplesmente abriu os braços e deixou que eles caíssem no piso de parquê da sala de música. — Faulconer quer que você entregue os uniformes.

Nathaniel ficou pasmo, mas então entendeu que o assunto fora mudado abruptamente para os novos uniformes do coronel.

— Ele quer que eu os leve a Faulconer Court House?

— Claro que quer! — Bird quase gritou com Nathaniel. — Será que preciso falar o óbvio? Se eu disse que Faulconer deseja que você entregue os uniformes, preciso primeiro definir o que são uniformes? E depois identificar Washington Faulconer? Ou o coronel, como agora todos devemos chamá-lo? Santo Deus, Starbuck, e você estudou em Yale?

— No seminário.

— Ah! Isso explica tudo. Não podemos esperar que uma mente capaz de dar crédito aos balidos dos professores de teologia entenda inglês básico.

Evidentemente Thaddeus Bird achava esse insulto divertido, porque começou a gargalhar e, ao mesmo tempo, a balançar a cabeça para trás e para a frente num movimento tão parecido com o de um pica-pau que ficou imediatamente claro de onde surgira seu apelido. Mas se o próprio Nathaniel tivesse de batizar aquele homem magro, anguloso e desagradável com um apelido, não seria Pica-Pau, e sim Aranha, porque havia em Thaddeus Bird algo que o fazia se lembrar de uma aranha de pernas compridas, peluda, imprevisível e malévola.

— O coronel me mandou realizar algumas tarefas em Richmond, e você deve ir a Faulconer Court House. — O Pica-Pau continuou, mas numa voz metida a besta, zombeteira, como a que usaria com uma criança pequena e não muito inteligente: — Peça para eu parar, se a sua mente educada em Yale achar alguma dessas instruções difíceis de entender. Você irá a Faulconer Court House onde o coronel — Bird parou para prestar continência, zombando — deseja a sua companhia, mas só se os alfaiates tiverem terminado os uniformes. Você deve ser o transportador oficial desses uniformes e das muitas anáguas da filha dele. Suas responsabilidades são grandes.

— Anáguas? — perguntou Nathaniel.

— Roupas de baixo de mulher — explicou Bird com malícia, depois sentou-se diante do piano de cauda de Washington Faulconer, onde tocou um arpejo rápido e notavelmente impressionante antes de iniciar a canção "John Brown's Body", ao mesmo tempo que, sem ligar para tom ou métrica, entoava em tom coloquial: — Por que Anna quer tantas anáguas? Especialmente porque a minha sobrinha já possui mais anáguas que uma pessoa razoável acharia necessário para o conforto de uma mulher, porém a razão e as jovens jamais foram companheiras íntimas. Mas por que ela quer Ridley? Também não posso responder a essa pergunta. — Ele parou de tocar, franzindo a testa. — Ainda que ele seja um artista notavelmente talentoso.

— Ethan Ridley? — questionou Nathaniel com surpresa, tentando seguir as mudanças tortuosas de assunto na conversa de Bird.

— Notavelmente talentoso — confirmou Bird, pensativo, como se invejasse a habilidade de Ridley. — Mas preguiçoso, claro. Um talento natural desperdiçado, Starbuck. Simplesmente desperdiçado! Ele não trabalha para desenvolver o talento. Prefere se casar com o dinheiro, em vez de ganhá-lo. — Acentuou esse julgamento tocando um soturno acorde menor, depois franziu o cenho. — Ele é um escravo da natureza — comentou, olhando Nathaniel Starbuck com expectativa.

— E filho do inferno? — A segunda metade do insulto shakespeariano escorregou de modo gratificante na mente de Nathaniel.

— Então você leu alguma coisa, além de seus textos sagrados. — Bird pareceu se desapontar, mas então recuperou a malevolência ao baixar a voz para um sussurro de confidência, dizendo: — Mas vou lhe dizer, Starbuck, que o escravo da natureza vai se casar com a filha do coronel! Por que essa família faz esse tipo de casamento? Só Deus sabe, e não vai dizer o porquê, ainda que no momento presente, guarde minhas palavras, o jovem Ridley esteja em maus lençóis com o coronel. Ele não conseguiu recrutar Truslow! Arrá! — Bird tocou um acorde dissonante, demoníaco e comemorativo. — Nada de Truslow! Ridley deveria cuidar melhor dos seus louros, não é? O coronel não está nem um pouco satisfeito.

— Quem é Truslow? — perguntou o nortista um tanto desanimado.

— Truslow! — exclamou Bird com ar portentoso, depois parou para tocar um intervalo de notas graves e premonitórias. — Truslow, Starbuck, é o nosso assassino do condado! Nosso fora da lei! Nosso implacável demônio das montanhas! Nossa fera, nossa criatura das trevas, nosso diabo! — Bird riu de seu belo catálogo de malícia, depois girou no banco do piano para encarar Nathaniel. — Thomas Truslow é um patife, e meu cunhado, o coronel, que carece de bom senso, quer recrutá-lo para a legião porque, segundo ele, Truslow serviu como soldado no México. E serviu mesmo, mas o verdadeiro motivo, guarde bem minhas palavras, Starbuck, é que meu cunhado acredita que, ao recrutá-lo, pode aproveitar a reputação de Truslow para a maior glória de sua ridícula legião. Resumindo, Starbuck, o grande Washington Faulconer deseja a aprovação do assassino. O mundo é mesmo um lugar estranho. Agora vamos comprar anáguas?

— O senhor disse que Truslow é um assassino?

— Disse. Ele roubou a mulher de outro homem e matou o sujeito para obtê-la. Depois se ofereceu como voluntário para a guerra contra o México com o intuito de escapar da milícia, mas depois da guerra continuou de onde havia parado. Truslow não é do tipo que ignora os próprios talentos, entende? Ele matou um homem que insultou sua mulher e cortou a garganta de outro que tentou roubar seu cavalo, o que é uma piada ótima, acredite, porque Truslow deve ser o maior ladrão de cavalos desse lado do Mississippi. — Bird pegou um charuto fino e muito escuro num de seus bolsos maltrapilhos. Parou para morder a ponta, depois cuspiu o pedaço de tabaco pela sala, na direção vaga de uma escarradeira de louça. — E ele odeia os ianques. Detesta! Se encontrar você na legião, Starbuck, provavelmente vai melhorar ainda mais os talentos de assassino! — Bird acendeu o charuto, soprou fumaça e riu com diversão, a cabeça balançando para trás e para a frente. — Satisfiz sua curiosidade, Starbuck? Já fofocamos o suficiente? Bom, então vamos ver se os uniformes do coronel estão mesmo prontos e depois compraremos anáguas para Anna. À guerra, Starbuck, à guerra!

Primeiro Thaddeus Bird atravessou a cidade até o enorme armazém da Boyle and Gambles, onde fez um pedido de munição.

— Balas minié. A legião nascente as está disparando mais rápido do que as fábricas podem produzir. Precisamos de mais, muitas mais. Os senhores podem fornecer balas minié?

— Podemos, Sr. Bird.

— Não sou Sr. Bird! — anunciou Bird com grandiloquência. — E sim o major Bird da Legião Faulconer. — Ele bateu os calcanhares e fez uma reverência ao vendedor idoso.

Nathaniel encarou Bird, boquiaberto. Major Bird? Aquele sujeito ridículo que Washington Faulconer declarara que jamais receberia um posto? Um homem que, segundo Faulconer, não servia para ser sequer cabo cozinheiro? Um homem, se ele lembrava direito, que só receberia um posto por cima do cadáver de Faulconer? E Bird receberia o posto de major enquanto aos soldados europeus, veteranos de guerras verdadeiras, estava sendo recusado o mero posto de tenente?

— E ainda precisamos de mais cápsulas de percussão. — Bird não percebeu a perplexidade do ianque. — Milhares das diabinhas. Mande-as para o Acampamento da Legião Faulconer em Faulconer Court House, no Condado de Faulconer. — Ele assinou o pedido com um floreio: Major

Thaddeus Caractacus Evillard Bird. — Meus avós — explicou rapidamente os nomes grandiosos a Nathaniel. — Dois de Gales, dois da França, todos mortos, vamos indo. — Saiu do armazém e desceu a ladeira em direção à Exchange Alley.

Starbuck acompanhou os passos largos de Bird e abordou o assunto delicado.

— Permita-me dar os parabéns por seu posto, major Bird.

— Então seus ouvidos funcionam, hein? É uma boa notícia, Starbuck. Um rapaz deve possuir todos os sentidos antes que a velhice, o álcool e a estupidez os apaguem. Sim, de fato. Minha irmã se deu ao trabalho de sair do leito de doente para ordenar que o coronel me desse um cargo de major em sua legião. Não sei com que autoridade exata o coronel brigadeiro general capitão tenente almirante carrasco supremo Faulconer faz essas nomeações, mas talvez não precisemos de autoridade nesses dias rebeldes. Afinal de contas somos Robinsons Crusoés perdidos numa ilha sem autoridade, portanto devemos fazer o que pudermos com base no que encontramos aqui, e meu cunhado descobriu em si o poder para me tornar major, então é isso que sou.

— O senhor desejava essa nomeação? — perguntou Nathaniel muito educadamente, porque não podia imaginar de fato aquele homem extraordinário desejando ser soldado.

— Se desejava? — Pica-Pau Bird parou abruptamente na calçada, obrigando uma senhora a se desviar exageradamente do obstáculo que ele havia criado. — Se desejava? É uma pergunta pertinente, Starbuck, uma pergunta que poderíamos esperar de um jovem de Boston. Se desejava? — Bird enrolou a barba nos dedos enquanto pensava na resposta. — Minha irmã desejava, isso é certo, porque é idiota a ponto de achar que o posto militar confere respeitabilidade automaticamente, uma qualidade que ela acha que não possuo, mas se eu desejava a nomeação? Sim, desejava. Devo confessar que sim, e por quê?, pergunta você. Em primeiro lugar, Starbuck, porque geralmente as guerras são realizadas por idiotas, o que me leva a me oferecer como antídoto para essa triste realidade. — O professor ofereceu essa imodéstia espantosa com aparente sinceridade e numa voz que atraiu a atenção de vários pedestres que se divertiam. — E em segundo lugar isso vai me afastar da sala de aula. Sabe como desprezo crianças? Como não gosto delas? Como as vozes delas me fazem ter vontade de gritar em protesto! A malícia delas é cruel, sua presença é desabonadora e sua conversa é tediosa. Esses são meus principais motivos.

De repente, e de modo tão abrupto quanto havia parado de andar, o major Thaddeus Caractacus Evillard Bird começou a descer o morro de novo com seu passo largo e desengonçado.

— Havia argumentos contra aceitar a nomeação — continuou Bird quando Nathaniel o alcançou. — Primeiro, a necessária associação próxima com meu cunhado, mas, colocando na balança, isso é preferível à companhia das crianças, e, em segundo lugar, o desejo expresso da minha querida futura esposa, que teme que eu possa cair no campo de batalha. Isso seria trágico, Starbuck, trágico! — Bird enfatizou a enormidade da tragédia gesticulando violentamente com a mão direita, quase fazendo voar o chapéu de um cavalheiro que passava. — Mas a minha querida Priscilla sabe que nesse momento um homem não pode ser considerado preguiçoso em seu dever patriótico, por isso consentiu, ainda que com doces reservas, que eu me tornasse soldado.

— O senhor está noivo?

— Você acha essa circunstância extraordinária? — perguntou Bird com veemência.

— Acho que é motivo para parabenizá-lo ainda mais, senhor.

— Seu tato excede sua sinceridade. — Bird riu, depois virou para entrar na Shaffer's, a empresa de alfaiataria onde os três uniformes idênticos do coronel Faulconer estavam de fato prontos, como prometido, assim como a roupa muito mais barata que Faulconer havia encomendado para Nathaniel. Pica-Pau Bird insistiu em examinar o uniforme do coronel, depois encomendou um exatamente igual para ele, a não ser, admitiu, pela gola da casaca, que teria apenas uma estrela de major e não as três de ouro que enfeitavam as golas do coronel.

— Ponha o uniforme na conta do meu cunhado — pediu Bird em tom grandioso enquanto dois alfaiates mediam seu corpo desajeitado e ossudo. Insistiu em todos os adornos possíveis para o uniforme, cada borla, cada pluma e cada enfeite trançado que fosse possível. — Irei vistoso para a batalha — declarou Bird, então girou quando o sino da porta da loja tocou anunciando a entrada de um novo cliente. — Delaney! — exclamou Bird deliciado, cumprimentando um homem baixo e corpulento que, com um rosto de coruja, espiou ao redor, míope, até descobrir a fonte do cumprimento entusiasmado.

— Bird? É você? Tiraram você da jaula? Bird! É você!

Os dois, um muito magro e desalinhado, o outro muito liso, rotundo e bem-vestido, cumprimentaram-se com deleite sem fingimentos. Ficou imediatamente claro que, apesar de não se encontrarem havia meses, retomavam uma conversa repleta de ricos insultos disparados contra conhecidos em comum, os melhores dentre estes sendo desconsiderados como paspalhões e os piores como idiotas completos. Nathaniel, esquecido, ficou passando os dedos nos embrulhos que continham os três uniformes do coronel até que Thaddeus Bird, subitamente lembrando-se dele, chamou-o.

— Você precisa conhecer Belvedere Delaney, Starbuck. O Sr. Delaney é meio-irmão de Ethan, mas você não deve permitir que essa circunstância infeliz atrapalhe o seu julgamento.

— Starbuck — saudou Delaney, fazendo uma meia reverência.

Era pelo menos trinta centímetros mais baixo que o alto Nathaniel, e muito mais elegante. O casaco preto, a calça e a cartola de Delaney eram de seda, suas botas de cano alto brilhavam, enquanto a camisa com o peito estufado era de um branco ofuscante e o relógio, preso com um broche de pérola. O rosto era redondo e míope, maroto e bem-humorado.

— Você está pensando — acusou Delaney — que não sou parecido com o caro Ethan. Estava pensando, não estava: como um cisne e um urubu podem sair do mesmo ovo?

— Não estava pensando isso, senhor — mentiu Nathaniel.

— Pode me chamar de Delaney. Devemos ser amigos. Ethan disse que você estudou em Yale, não foi?

Nathaniel se perguntou o que mais Ethan teria revelado.

— Estive no seminário, sim.

— Não vou usar isso contra você, desde que não se incomode por eu ser advogado. Não bem-sucedido, apresso-me a dizer, porque gosto de pensar na lei como minha diversão, mais que como profissão, e com isso quero dizer que faço alguns trabalhos de legitimação quando é absolutamente inevitável.

Delaney estava sendo deliberadamente modesto, porque sua atividade florescente era alimentada por uma sensibilidade política aguda e uma discrição quase jesuítica. Belvedere Delaney não acreditava em lavar a roupa suja dos clientes em público, assim fazia seu trabalho sutil nas discretas salas dos fundos do palácio do governo, nos clubes da cidade ou nas elegantes salas de estar das grandes casas na Grace e na Clay Street. Era conhecedor dos segredos de metade dos legisladores da Virgínia e considerado um poder ascendente na capital. Disse a Nathaniel que havia conhecido Thaddeus Bird na Universidade da Virgínia e que os dois eram amigos desde então.

— Vocês dois precisam vir jantar comigo — insistiu.

— Pelo contrário — retrucou Bird. — Você vai jantar comigo.

— Meu caro Bird! — Delaney fingiu horror. — Não posso permitir que o meu jantar seja pago pelo salário de um professor do campo! Os horrores do trabalho agitaram meus apetites, e meu organismo delicado exige apenas as comidas mais ricas e os melhores vinhos. Não, não! Você irá comer comigo, e você também, Sr. Starbuck, porque estou decidido a ouvir todos os defeitos secretos do seu pai. Ele bebe? Ele tem relações com mulheres na sacristia? Ponha-me a par dessas questões, eu imploro.

— Você jantará comigo — insistiu Bird — e terá o melhor vinho das adegas do Spotswood porque, caro Delaney, não sou eu quem vai pagar, e sim Washington Faulconer.

— Vamos comer à custa de Faulconer? — perguntou Delaney, deliciado.

— Vamos — respondeu Bird com prazer enorme.

— Então meus negócios com a Shaffer's vão esperar até amanhã. Leve-me ao cocho! Mostre o caminho, caro Bird, mostre o caminho! Vamos nos tornar glutões, redefinir a cobiça, chafurdar nos vinhos da França e fofocar. Acima de tudo, fofoquemos.

— Imaginei que iríamos comprar anáguas — observou Nathaniel com recato.

— Acho que você fica melhor usando calças — comentou Delaney com seriedade. — E, além disso, as anáguas, como o dever, podem esperar até amanhã. O prazer nos convoca, Starbuck, o prazer nos convoca, vamos nos render ao chamado.

3

Seven Springs, a casa de Washington Faulconer no Condado de Faulconer, era tudo que Nathaniel Starbuck sonhava que seria, tudo que Adam já havia contado que seria e tudo que o ianque pensava que poderia desejar numa casa. Era simplesmente perfeita, decidiu no instante em que a viu naquela manhã de domingo no fim de maio.

Seven Springs era uma construção branca e ampla com apenas dois andares, a não ser no ponto em que uma torre de relógio se erguia acima de um portão de estábulo e onde uma cúpula frágil, encimada por uma rosa dos ventos, enfeitava o telhado principal. Nathaniel tinha esperado algo bem mais pretensioso, com colunas altas e pilastras elegantes, pórticos em arco e frontões carrancudos, mas em vez disso a grande casa parecia mais uma luxuosa sede de fazenda que com o passar dos anos havia distraidamente se espalhado, multiplicando-se e se reproduzindo até se tornar um emaranhado de telhados íngremes, reentrâncias sombreadas e paredes cobertas de trepadeiras. A casa se assentava em grossas pedras irregulares, as alas externas eram de madeira e as janelas com postigos pretos e varandas de ferro eram sombreadas por árvores altas sob as quais havia bancos pintados de branco, compridos balanços de corda e mesas amplas. Árvores mais baixas brilhavam com flores vermelhas e brancas que caíam criando correntezas de cores no gramado bem-aparado. A casa e o jardim aninhavam uma maravilhosa promessa de hospitalidade calorosa e conforto despretensioso.

Recebido por um empregado negro no saguão de entrada, Nathaniel fora aliviado primeiro dos embrulhos em papel que continham os novos uniformes de Washington Faulconer, depois um segundo empregado pegou a bolsa de lona contendo o uniforme do nortista, e por fim uma empregada com turbante se aproximou para pegar os dois pesados embrulhos de anáguas que pendiam tão desajeitadamente do arção de sua sela.

Ele esperou. Um grande relógio de pé, que tinha o mostrador pintado orbitando com luas, estrelas e cometas, tiquetaqueava alto num canto do corredor ladrilhado. As paredes eram estampadas com papel florido e retratos emoldurados em ouro de George Washington, Thomas Jefferson, James Madison e Washington Faulconer. O retrato de Faulconer o mostrava montado em seu magnífico cavalo preto, Saratoga, fazendo um gesto na direção do que Nathaniel julgou ser a propriedade ao redor de Seven Springs. A lareira do corredor tinha cinzas, sugerindo que as noites ainda eram frias nesse território alto. Havia flores frescas num vaso de cristal sobre a mesa onde estavam dois jornais dobrados, com as manchetes comemorando a secessão formal da Carolina do Norte para a causa confederada. A casa cheirava a goma de passar roupa, sabão de lixívia e maçãs. O nortista se remexia inquieto enquanto esperava. Não sabia bem o que deveria fazer. O coronel Faulconer havia insistido em que ele trouxesse os três uniformes recém-feitos diretamente para Faulconer Court House, mas Nathaniel ainda não sabia se seria hóspede na casa ou se deveria encontrar alojamento com a legião acampada, e a incerteza o deixava nervoso.

O som de passos rápidos na escada o fez se virar. Uma jovem loura, vestida de branco e empolgada desceu correndo o lance final, então parou no degrau de baixo com a mão pousada no balaústre pintado de branco. Inspecionou Nathaniel solenemente.

— Você é Nate Starbuck? — perguntou enfim.

— De fato, senhora. — Ele fez uma pequena reverência desajeitada.

— Não venha com "senhora" para mim. Eu sou Anna.

Ela desceu para o piso do saguão. Era pequena, teria pouco mais de um metro e meio, com rosto claro, lembrando um bichinho abandonado, e tão ansiosamente lânguido que, se não soubesse que ela era uma das herdeiras mais ricas da Virgínia, Nathaniel poderia ter achado que era órfã.

O rosto de Anna era familiar para Nathaniel Starbuck por causa do retrato pendurado na casa em Richmond, mas, apesar de a pintura ter capturado sua cabeça estreita e o sorriso tímido com precisão, de algum modo o artista deixara escapar a essência da jovem, e essa essência, decidiu, era estranhamente digna de pena. Apesar de bonita, Anna parecia ter um nervosismo infantil, quase aterrorizado, como se esperasse que o mundo zombasse dela, desse-lhe um cascudo e a descartasse como algo sem valor. Uma leve sugestão de estrabismo no olho esquerdo não contribuía para disfarçar essa expressão de timidez extraordinária, ainda que a vesguice, se existisse mesmo, fosse muito leve.

— Fico tão feliz por você ter vindo! Eu estava mesmo procurando uma desculpa para não ir à igreja e agora posso conversar com você.

— Recebeu as anáguas? — perguntou Nathaniel.

— Anáguas? — Anna fez uma pausa, franzindo a testa, como se a palavra não fosse familiar.

— Eu trouxe as anáguas que você queria — explicou ele, sentindo que falava com uma criança bastante obtusa.

Anna balançou a cabeça.

— As anáguas eram para papai, Sr. Starbuck, e não para mim, mas não sei por que ele iria querê-las. Talvez ache que o suprimento será reduzido por causa da guerra, não é? Mamãe disse que devemos estocar remédios. E encomendou um quintal de cânfora e Deus sabe quantos papéis de nitro e amoníaco também. O sol está muito quente?

— Não.

— Não posso pegar sol forte demais, veja bem, para não me queimar. Mas você acha que ele não está forte? — Ela fez a pergunta com muita seriedade.

— Não está.

— Então vamos dar um passeio? Você gostaria? — Anna atravessou o saguão, passou a mão sob o braço do nortista e o puxou para a porta ampla. O gesto impetuoso era estranhamente íntimo para uma garota tão tímida, mas Nathaniel supôs que era um apelo patético por companhia. — Eu queria tanto conhecê-lo! Você não deveria ter chegado ontem?

— Os uniformes atrasaram um dia — mentiu. Na verdade o jantar com Thaddeus Bird e o divertido Belvedere Delaney havia se estendido desde o início da tarde até a hora da ceia, e com isso as anáguas só foram compradas no final da tarde do sábado, mas não parecia prudente admitir esse tipo de atraso.

— Bom, agora você está aqui — disse Anna enquanto puxava Nathaniel para o sol. — E estou muito feliz com isso. Adam falava muito de você.

— Ele falava frequentemente de você — comentou Starbuck com galanteria e sem sinceridade, porque de fato Adam raramente havia falado da irmã, e jamais com muito apreço.

— Você me surpreende. Geralmente Adam passa tanto tempo examinando a própria consciência que praticamente não nota a existência de outras pessoas.

Mesmo revelando uma mente mais adstringente do que ele havia esperado, Anna ficou ruborizada, como se pedisse desculpas pelo julgamento um tanto duro.

— Meu irmão é um Faulconer de raiz — explicou. — Não é muito prático.

— Seu pai certamente é prático, não é?

— Ele é um sonhador, um romântico. Acredita que todas as coisas boas vão se realizar se simplesmente tivermos bastante esperança.

— E certamente essa casa não foi construída somente com esperanças. — Nathaniel indicou a generosa fachada de Seven Springs.

— Você gosta dela? — Anna pareceu surpresa. — Mamãe e eu estamos tentando convencer papai a derrubá-la e construir algo muito mais grandioso. Algo italiano, talvez, com colunas e uma cúpula. Eu gostaria de ter um templo em colunatas num morro no jardim. Algo cercado por flores e muito grandioso.

— Acho a casa linda como ela é.

Anna fez uma careta para demonstrar desaprovação pelo gosto do nortista.

— Nosso tataravô Adam a construiu, ou a maior parte dela. Ele era muito prático, mas depois seu filho se casou com uma francesa e o sangue da família ficou etéreo. É o que mamãe diz. E ela também não é forte, de modo que seu sangue não ajudou.

— Adam não parece etéreo.

— Ah, ele é sim — disse Anna, depois sorriu para Nathaniel. — Gosto tanto das vozes nortistas! Parecem muito mais inteligentes do que o nosso sotaque campestre. Você me permitiria pintá-lo? Não sou uma pintora tão boa quanto Ethan, mas me esforço bastante. Você pode posar ao lado do rio Faulconer e parecer melancólico, como um exilado junto às águas da Babilônia.

— Você gostaria que eu pendurasse minha harpa nos salgueiros? — brincou ele desajeitadamente.

Anna afastou o braço e bateu palmas com deleite.

— Você será uma companhia maravilhosa. Todos os outros são tão chatos! Adam está bancando o devoto no norte, papai está fascinado por ser soldado e mamãe passa o dia inteiro embrulhada em gelo.

— Em gelo?

— Gelo de Wenham, do estado de onde você veio, Massachusetts. Acho que, se houver guerra, não haverá mais gelo de Wenham e teremos de sofrer com o produto local. Mas o Dr. Danson diz que o gelo pode curar a nevralgia de mamãe. A cura pelo gelo vem da Europa, portanto deve ser boa.

Starbuck nunca tinha ouvido falar de neuralgia e não queria indagar sobre a natureza da doença, caso fosse uma daquelas moléstias femininas vagas e indescritíveis que frequentemente prostravam sua mãe e sua irmã mais velha, porém Anna afirmou, sem ser perguntada, que era uma aflição muito moderna, constituída pelo que descreveu como "dores de cabeça faciais". Nathaniel murmurou com simpatia.

— Mas papai acha que ela inventa isso para irritá-lo — continuou Anna em sua voz tímida e baixa.

— Tenho certeza de que não pode ser verdade.

— Acho que pode ser — retrucou Anna com a voz muito triste. — Às vezes me pergunto se os homens e as mulheres sempre irritam uns aos outros.

— Não sei.

— Essa conversa não está muito animada, não é? — perguntou Anna, com certo desânimo e num tom que sugeria que todas as suas conversas ficavam igualmente atoladas na melancolia. Ela parecia afundar cada vez mais no desânimo, e Nathaniel começou a se lembrar das histórias maliciosas de Belvedere Delaney sobre a intensidade da aversão de seu meio-irmão por essa jovem e de como Ridley precisava do dote. Ele torcia para que essas histórias não passassem de fofocas maliciosas, porque seria um mundo cruel, pensou, o que vitimaria uma jovem tão tímida e frágil como Anna Faulconer. — Papai disse mesmo que as anáguas eram para mim? — perguntou ela de repente.

— Foi o que o seu tio falou.

— Ah, o Pica-Pau — respondeu Anna, como se isso explicasse tudo.

— Pareceu um pedido muito estranho — observou intrepidamente.

— Muita coisa é estranha hoje em dia — comentou Anna com desesperança. — E não ouso pedir uma explicação a papai. Ele não está feliz, veja bem.

— Não?

— É culpa do pobre Ethan. Ele não conseguiu encontrar Truslow, e papai pôs na cabeça que tem de recrutar o homem. Já ouviu falar dele?

— Seu tio me falou dele. Fez com que Truslow parecesse bastante temível.

— Mas ele é temível. É apavorante! — Anna parou para olhar o rosto de Nathaniel. — Posso confiar em você?

Ele se perguntou que nova história de horror estaria para ouvir sobre o temido Truslow.

— Eu me sentiria honrado com sua confiança, Srta. Faulconer — respondeu com muita formalidade.

— Me chame de Anna, por favor. Quero que sejamos amigos. E vou lhe dizer, em segredo, claro, que não acredito que o pobre Ethan tenha sequer chegado perto do covil de Truslow. Acho que Ethan tem muito medo de Truslow. Todo mundo tem medo dele, até papai, apesar de dizer que não. — A voz suave de Anna estava bastante solene. — Ethan disse que subiu até lá, mas não sei se é verdade.

— Tenho certeza de que é.

— Eu, não. — Ela passou o braço de novo pelo de Nathaniel e continuou andando. — Talvez você devesse ir procurar Truslow, Sr. Starbuck.

— Eu? — perguntou ele, horrorizado.

Uma animação súbita apareceu na voz de Anna.

— Pense nisso como uma saga. Todos os jovens cavaleiros do meu pai precisam ir para as montanhas e lançar um desafio ao monstro, e quem o trouxer de volta irá mostrar que é o melhor cavaleiro, o mais nobre e galante de todos. O que acha da ideia, Sr. Starbuck? Gostaria de partir numa saga?

— Acho que parece aterrorizante.

— Papai gostaria se você fosse, tenho certeza — declarou Anna, mas quando ele não respondeu ela simplesmente suspirou e o puxou para a lateral da casa. — Quero mostrar meus três cachorros. Você tem de dizer que eles são os bichinhos mais bonitos de todo o mundo, e depois disso vamos pegar o cesto de pintura, seguir até o rio e você pode pendurar esse chapéu sem graça nos salgueiros. Só que não temos salgueiros, pelo menos acho que não. Não sou boa com árvores.

Mas não haveria encontro com os três cães nem uma expedição de pintura, porque a porta da frente de Seven Springs se abriu de repente e o coronel Faulconer saiu ao sol.

Anna ofegou com admiração. Seu pai vestia um dos uniformes novos e parecia simplesmente grandioso. De fato parecia ter nascido para usar o uniforme e liderar homens livres pelos campos verdes à vitória. Sua casaca cinza tinha um denso brocado dourado e rendas amarelas que foram dobradas e entrelaçadas para formar uma bainha larga nas bordas da casaca, enquanto as mangas eram ricamente bordadas com intricados laços de tranças que subiam dos punhos grossos até acima dos cotovelos. Um par de luvas de pelica amarela estava enfiado no cinto preto e brilhante, sob o qual reluzia uma faixa de seda vermelha com borlas. As botas de cano alto brilhavam, a bainha do sabre havia sido polida até parecer um espelho e a pluma amarela no bicorne balançava ao vento fraco e quente. Washington Faulconer estava obviamente deliciado consigo mesmo enquanto ia olhar o próprio reflexo numa das janelas altas.

— E então, Anna? — perguntou ele.

— Está maravilhoso, papai! — respondeu Anna com o máximo de animação de que Nathaniel imaginou que ela seria capaz. Dois empregados negros tinham saído da casa e assentiram, concordando.

— Eu esperava os uniformes ontem, Nate. — Faulconer fez uma pergunta e uma acusação ao nortista com essa declaração.

— A Shaffer's atrasou um dia, senhor. — A mentira saiu fácil. — Mas eles pediram muitas desculpas.

— Eu os perdoo, considerando o trabalho excelente.

Washington Faulconer mal conseguia tirar os olhos do próprio reflexo no vidro da janela. O uniforme cinza tinha esporas de ouro, além de correntes de esporas e elos dourados para segurar a bainha do sabre. Havia um revólver numa bolsa de couro macio, e a coronha da arma estava presa ao cinto com outra corrente de ouro. Tranças de fitas brancas e amarelas enfeitavam as costuras externas da calça justa enquanto as dragonas da casaca eram acolchoadas em amarelo e possuíam correntes de ouro penduradas. Ele desembainhou o sabre com cabo de marfim, espantando a manhã com o som áspero do aço na boca da bainha. A luz do sol refletiu na lâmina curva e muito polida.

— É francês — disse a Nathaniel. — Presente de Lafayette ao meu avô. Agora será levado numa nova cruzada pela liberdade.

— É muito impressionante, senhor — disse Nathaniel Starbuck.

— Se um homem precisa de um uniforme para lutar, então esses trapos certamente servem tanto quanto quaisquer outros — comentou o coronel com falsa modéstia, depois golpeou o ar com o sabre. — Não está exausto depois da viagem, Nate?

— Não, senhor.

— Então solte a minha filha e vamos encontrar algum trabalho para você.

Mas Anna não queria soltar o ianque.

— Trabalho, papai? Mas é domingo.

— E você deveria ter ido à igreja, querida.

— Está quente demais. Além disso, Nate concordou em ser pintado, e certamente o senhor não vai me negar esse pequeno prazer, não é?

— Vou sim, querida. Nate está um dia atrasado e há trabalho a ser feito. Por que você não vai ler para a sua mãe?

— Porque ela está sentada no escuro tendo de suportar a cura de gelo do Dr. Danson.

— Danson é um idiota.

— Mas é o único idiota qualificado como médico que possuímos — disse Anna, de novo mostrando um vislumbre de vivacidade que sua postura normalmente escondia. — Vai mesmo levar Nate, papai?

— Vou sim, querida.

Anna soltou o braço de Nathaniel e lhe deu um tímido sorriso de despedida.

— Ela está entediada — explicou o coronel quando ele e Nathaniel retornaram para casa. — E é capaz de falar o dia inteiro, principalmente a respeito de coisa nenhuma. — Washington Faulconer balançou a cabeça desaprovando enquanto levava o ianque por um corredor cheio de arreios e rédeas, bridões e freios, rabichos e gamarras pendurados nas paredes. — Não teve problema para arranjar uma cama ontem à noite?

— Não, senhor. — Nathaniel havia parado numa taverna em Scottsville, onde ninguém ficara curioso com seu sotaque nortista nem exigira ver o passe dado pelo coronel Faulconer.

— Imagino que não tenha recebido notícias de Adam, não é? — perguntou o coronel, ansioso.

— Infelizmente não, senhor. Mas escrevi.

— Ah, bom. As correspondências do norte devem estar atrasadas. É um milagre que ainda estejam chegando. — Ele abriu a porta de seu escritório. — Preciso encontrar uma arma para você.

O escritório era uma sala maravilhosamente ampla, na extremidade oeste da casa. Tinha janelas emolduradas por trepadeiras em três das quatro paredes e uma lareira funda na quarta. Nas pesadas traves do teto estavam penduradas antigas armas de pederneira, baionetas e mosquetes, as paredes exibiam gravuras de batalhas, e no console da lareira havia pilhas de pistolas com cabo de latão e espadas com cabos de pele de cobra. Um labrador preto mexeu o rabo dando as boas-vindas quando Faulconer entrou, mas evidentemente era velho demais para se levantar. O coronel parou e coçou as orelhas do cão.

— Bom garoto. Esse é o Joshua, Nate. Era o melhor cão de caça desse lado do Atlântico. O pai de Ethan o criou. Pobre velho. — Nathaniel não teve certeza de quem era o alvo do comentário, o cão ou o pai de Ethan, mas as palavras seguintes sugeriram que o sentimento de pena não era por Joshua. — Coisa ruim, a bebida — disse o coronel enquanto abria uma grande gaveta cheia de pistolas na escrivaninha. — O pai de Ethan bebeu todas as terras da família. A mãe dele morreu de doença do leite quando ele nasceu, e há um meio-irmão que pegou todo o dinheiro da mãe. É advogado em Richmond atualmente.

— Eu o conheci — disse o nortista.

Washington Faulconer se virou e franziu a testa para ele.

— Você conheceu Delaney?

— O Sr. Bird me apresentou a ele na Shaffer's.

Nathaniel não pretendia revelar que a apresentação levara a dez horas da melhor comida e bebida no Spotswood House, tudo posto na conta de Faulconer, nem que havia acordado na manhã do sábado com uma dor de cabeça lancinante, boca seca, barriga borbulhando e uma leve lembrança de ter jurado amizade eterna ao divertido e malicioso Belvedere Delaney.

— Delaney é um sujeito ruim. — O coronel pareceu desapontado com o outro. — Esperto demais para o meu gosto.

— Foi um encontro muito breve, senhor.

— Esperto demais. Conheço advogados que gostariam de ter uma corda, uma árvore alta e o Sr. Delaney, as três coisas ligadas uma à outra. Ele pegou todo o dinheiro da mãe e o pobre Ethan não recebeu um tostão sequer do espólio. Não foi justo, Nate, nem um pouco. Se Delaney tivesse um grama de decência, cuidaria de Ethan.

— Ele mencionou que Ethan é um artista muito bom. É verdade? — perguntou Nathaniel, esperando que o elogio ao futuro genro restaurasse o bom humor do coronel.

— É, sim, mas isso não vai botar comida na mesa, vai? É o mesmo que tocar piano muito bem, como o Pica-Pau. Vou lhe dizer o que Ethan é, Nate. É um dos melhores caçadores que já vi e provavelmente o melhor cavaleiro do condado. E é um fazendeiro extremamente bom. Nesses últimos cinco anos administrou o que restou das terras do pai, e duvido que alguém pudesse ter feito sequer metade do que ele fez. — O coronel proferiu esse generoso elogio a Ridley, depois pegou um revólver de cano longo e girou o tambor, hesitante, antes de decidir que não era a arma certa. — Ethan tem um valor sólido, Nate, e vai ser um bom soldado, um ótimo soldado, mas confesso que não se tornou o melhor oficial recrutador.

— Faulconer se virou dando um olhar astuto para o outro. — Já ouviu falar de Truslow?

— Anna o mencionou, senhor. E o Sr. Bird também.

— Quero Truslow, Nate. Preciso dele. Se Truslow vier, vai trazer cinquenta homens durões, das montanhas. Homens bons, guerreiros naturais. Patifes, claro, absolutamente todos, mas, se Truslow disser para eles obedecerem, eles obedecerão. E se ele não se juntar a nós... Metade dos homens do condado terá medo de deixar os seus animais sem vigilância, portanto você vê por que preciso dele.

Nathaniel percebeu o que viria e sentiu a confiança desmoronar. Truslow era o sujeito que odiava ianques, o assassino, o implacável demônio das montanhas.

O coronel girou o tambor de outro revólver.

— Ethan disse que Truslow está fora, roubando cavalos, e que vai demorar dias, talvez semanas, para voltar para casa, mas tenho a sensação de que Truslow simplesmente evitou Ethan. Ele o viu chegando e sabia o que desejava, por isso sumiu de vista. Preciso de alguém que Truslow não conheça. Alguém que possa conversar com o sujeito e descobrir qual é o preço dele, Nate, especialmente de um patife como Truslow. — Faulconer guardou o revólver de volta e pegou outra arma de aparência ainda mais mortal. — E como você se sentiria com relação a ir até lá, Nate? Não estou fingindo que vai ser um serviço fácil, porque Truslow não é o homem mais fácil que existe, e, se me disser que não quer fazer, não direi mais nada. Mas, caso contrário... — O coronel deixou o convite no ar.

E Nathaniel, diante da escolha, de repente percebeu que queria ir. Queria provar que poderia trazer o monstro de seu covil.

— Eu ficaria feliz em ir, senhor.

— Verdade? — O coronel pareceu levemente surpreso.

— Sim, verdade.

— Muito bem, Nate. — Faulconer puxou para trás o cão do revólver de aparência letal, puxou o gatilho e decidiu que aquela arma também não estava certa. — Você vai precisar de uma arma, claro. A maioria dos patifes das montanhas não gosta dos ianques. Você tem o seu passe, claro, mas lá em cima é raro encontrar uma criatura que saiba ler. Eu diria para você usar o uniforme, só que pessoas como Truslow associam os uniformes a alistadores ou coletores de impostos, de modo que você vai estar muito mais seguro com roupas comuns. Só terá de blefar, se for desafiado, e, se isso não funcionar, atire num deles.

Ele deu um risinho e Nathaniel tremeu ao pensar na tarefa. Menos de seis meses antes era aluno da Faculdade de Teologia de Yale, imerso num complexo estudo da doutrina paulina da expiação, e agora deveria abrir caminho a tiros numa região de analfabetos que odiavam os ianques, em busca do ladrão de cavalos e assassino mais temido do condado? Faulconer devia ter sentido sua premonição, porque riu.

— Não se preocupe, ele não vai matar você, a não ser que tente pegar a filha dele, ou pior, os cavalos.

— Fico feliz em ouvir isso, senhor — comentou secamente.

— Vou escrever uma carta para o bandido, mas só Deus pode dizer se ele sabe ler. Vou explicar que você é um sulista honorário e fazer uma oferta. Digamos cinquenta dólares pelo alistamento? Não lhe ofereça mais nada, e, pelo amor de Deus, não o encoraje a pensar que quero que ele seja um oficial. Truslow seria um bom sargento, mas você não vai querê-lo à mesa de jantar. A mulher dele morreu, de modo que ela não será problema, porém ele tem uma filha que poderia representar um incômodo. Diga que eu arranjo um emprego para ela em Richmond, se ele quiser. Provavelmente é uma criatura imunda, mas sem dúvida sabe costurar ou trabalhar numa loja. — Faulconer havia posto sobre a escrivaninha uma caixa de nogueira, que então virou de modo que o fecho estivesse virado para Nathaniel. — Não creio que isso seja para você, Nate, mas dê uma olhada. É muito bonito.

O ianque levantou a tampa de nogueira, revelando um revólver com cabo de marfim que estava num compartimento especialmente moldado, forrado de veludo azul. Outros compartimentos forrados de veludo guardavam o chifre de pólvora com borda de prata, um molde de balas e um colocador de cartucho. A etiqueta com letras douradas dentro da tampa dizia "R. Adams, patenteador do revólver, 78 King William Street, Londres EC."

— Comprei-o na Inglaterra há dois anos. — O coronel levantou a arma e acariciou o cano. — É uma coisa linda, não é?

— É sim, senhor.

E a arma de fato parecia linda contra a luz suave da manhã que se filtrava pelas compridas cortinas brancas. O formato dela combinava maravilhosamente com sua função, um casamento de engenharia e projeto alcançado de modo tão perfeito que, por alguns segundos, Nathaniel até se esqueceu exatamente de qual era a função do revólver.

— Muito linda — comentou Washington Faulconer com reverência. — Vou levá-la para a Baltimore e Ohio daqui a duas semanas.

— A Baltimore... — começou o nortista, depois parou ao perceber que não tinha ouvido errado. Então o coronel ainda queria fazer o ataque contra a ferrovia? — Mas achei que as nossas tropas em Harper's Ferry haviam bloqueado a linha, senhor.

— E bloquearam, Nate, mas descobri que os trens continuam correndo até Cumberland, e depois eles transportam os suprimentos por estrada e canal. — Faulconer guardou o lindo revólver Adams. — E ainda me parece que a Confederação está sendo condescendente demais, temerosa demais. Precisamos atacar, Nate, e não ficar sentados esperando que o norte nos ataque. Precisamos incendiar o sul com a vitória! Precisamos mostrar ao norte que somos homens, e não capachos covardes. Precisamos de uma vitória rápida e absoluta que será escrita em todos os jornais da América! Algo para colocar nosso nome nos livros de história! Uma vitória para começar a história da legião. — Ele sorriu. — Que tal?

— Parece maravilhoso, senhor.

— E você irá conosco, Nate, prometo. Traga-me Truslow, depois você e eu cavalgaremos até os trilhos e partiremos algumas cabeças. Mas primeiro você precisa de uma arma, então que tal essa fera aqui?

O coronel ofereceu a Nate um revólver desajeitado, de cano longo e feio, com um cabo antiquado em forma de gancho, um percussor estranho como um pescoço de cisne e dois gatilhos. O coronel explicou que o gatilho de baixo, em forma de anel, girava o tambor e preparava o percussor, enquanto a alavanca de cima disparava a carga.

— É uma coisa bruta de se disparar — admitiu Faulconer — até você aprender o jeito de liberar o gatilho inferior antes de puxar o de cima. Mas é robusta. Pode levar uma ou duas pancadas e continuar matando. Ela é pesada, e isso a torna difícil de mirar, mas você vai se acostumar com ela. E vai assustar qualquer um para quem a apontar.

A pistola era uma Savage, de fabricação americana, pesando um quilo e meio e com mais de trinta centímetros de comprimento. O lindo Adams, com seu cano brilhando em azul e o cabo branco e macio, era menor e mais leve, e disparava balas do mesmo tamanho, no entanto não era nem de longe tão amedrontador quanto a Savage.

O coronel guardou o Adams de volta na gaveta, depois se virou e pôs a chave no bolso.

— Agora, vejamos, é meio-dia. Vou lhe arranjar um cavalo descansado, lhe dar essa carta e um pouco de comida, depois você pode partir. Não é uma distância muito longa. Você deve chegar lá por volta das seis da tarde, talvez antes. Vou escrever a carta e depois mandá-lo à caça de Truslow. Ao trabalho, Nate!

O coronel acompanhou Nathaniel Starbuck na primeira parte da viagem, sempre encorajando-o a se acomodar melhor no cavalo.

— Calcanhares para baixo, Nate! Calcanhares para baixo! Costas eretas!

O coronel se divertia com o jeito do ianque montar, que era evidentemente atroz, ao passo que o Faulconer era um cavaleiro soberbo. Estava montando seu garanhão predileto e, com o novo uniforme e sobre o cavalo reluzente, causava uma impressão maravilhosa guiando Nathaniel pela cidade de Faulconer Court House, cruzando o moinho d'água, o estábulo, a estalagem, o tribunal, as igrejas episcopal e batista, passando pala taverna Greeley's, pela oficina de ferreiro, pelo banco e pela cadeia da cidade. Uma jovem com touca desbotada sorriu para o coronel da varanda da escola. Washington Faulconer acenou para ela, mas não parou para falar.

— É Priscilla Bowen — explicou a Nate, que não tinha ideia de como iria se lembrar da enxurrada de nomes que estava sendo derramada sobre ele. — É uma coisinha bem bonita, se você gosta das roliças, mas só tem 19 anos, e a boba pretende se casar com o Pica-Pau. Meu Deus, ela poderia conseguir coisa melhor do que ele! Eu disse isso a ela. E não medi as palavras, mas isso não adiantou nada. O Pica-Pau tem o dobro da idade dela, o dobro! Quero dizer, uma coisa é levá-las para a cama, Nate, mas não é preciso casar! Ofendi você?

— Não, senhor.

— Vivo me esquecendo das suas crenças rígidas. — O coronel deu uma gargalhada, feliz. Haviam passado pela cidade, que para Nathaniel pareceu uma comunidade confortável e contente, e muito maior do que ele esperava. A legião propriamente dita estava acampada a oeste, enquanto a casa de Faulconer ficava ao norte. — O Dr. Danson achou que o som das atividades militares poderia ser ruim para Miriam — explicou o coronel — Ela é delicada, você entende.

— Foi o que Anna me contou, senhor.

— Estou pensando em mandá-la à Alemanha assim que Anna se casar. Dizem que os médicos de lá são maravilhosos.

— Foi o que ouvi dizer, senhor.

— Anna poderia acompanhá-la. Ela também é delicada, você sabe. Danson diz que ela precisa de ferro. Deus sabe o que ele quer dizer com isso. Mas as duas podem ir, se a guerra tiver terminado até o outono. Aqui estamos, Nate!

O coronel indicou uma campina onde quatro fileiras de barracas desciam em direção a um riacho. Era o acampamento da legião, coroado pela bandeira da nova Confederação, com três faixas e sete estrelas. Um bosque denso crescia na margem oposta do riacho, a cidade ficava atrás, e de algum modo o acampamento inteiro parecia animado como um circo itinerante. Um campo de beisebol já fora montado na parte mais plana da campina e os oficiais fizeram uma pista de hipismo junto à margem do riacho. Moças da cidade estavam aquarteladas ao longo de um barranco alto que formava o limite leste da campina, enquanto a presença de carruagens ao longo da estrada mostrava que a burguesia da região ao redor vinha transformando o acampamento em objeto de excursões. Não havia um grande ar de objetividade naqueles homens à toa, jogando ou passeando pelo acampamento, cuja indolência, como Nathaniel sabia muito bem, resultava da filosofia militar do coronel, que declarava que exercícios demais simplesmente embotavam o apetite dos homens pela batalha. Agora, à vista de seus bons sulistas, Faulconer ficou nitidamente mais animado.

— Só precisamos de mais duzentos ou trezentos homens, Nate, e a legião será imbatível. Trazer Truslow será um bom começo.

— Farei meu melhor, senhor — declarou o ianque, e se perguntou por que havia concordado em enfrentar o demônio Truslow.

Suas apreensões foram enfatizadas porque Ethan Ridley, montado num arisco animal castanho, havia aparecido subitamente na entrada principal do acampamento. Nathaniel se lembrou da afirmação de Anna Faulconer, de que Ridley nem ousara encarar Truslow, e isso só o deixou mais nervoso ainda. Ridley estava de uniforme, porém sua túnica de lã cinza parecia bastante sem graça diante dos adornos novos em folha do coronel.

— O que acha do trabalho dos alfaiates da Shaffer's, Ethan? — perguntou o coronel ao futuro genro.

— O senhor está soberbo — respondeu Ridley com obediência, depois acenou cumprimentando Nathaniel Starbuck, cuja égua se desviou para a beira da estrada e baixou a cabeça para pastar o capim enquanto Washington Faulconer e Ridley conversavam.

O coronel contou que havia descoberto dois canhões que poderiam ser comprados e estava imaginando se Ridley se incomodaria em ir a Richmond para realizar a compra e arranjar um pouco de munição. A visita a Richmond implicaria que Ridley não poderia participar do ataque à ferrovia Baltimore e Ohio, e Faulconer estava se desculpando por negar ao futuro genro o prazer dessa expedição, mas Ridley não pareceu se incomodar. Na verdade, seu rosto moreno e com barba bem-aparada até pareceu se animar com a ideia de voltar a Richmond.

— Enquanto isso Nate irá procurar Truslow. — O coronel trouxe o nortista de volta para a conversa.

A expressão de Ridley mudou de imediato para um ar de cautela.

— Você vai perder seu tempo, reverendo. O sujeito está fora, roubando cavalos.

— Será que ele pode simplesmente ter evitado você, Ethan? — sugeriu Faulconer.

— Talvez. — Ridley parecia relutante. — Mas mesmo assim aposto que Starbuck está perdendo tempo. Truslow não suporta ianques. Ele culpa um deles pela morte da esposa. Ele vai arrancar seus membros um por um, reverendo.

Faulconer, evidentemente afetado pelo pessimismo de Ridley, franziu a testa para Starbuck.

— A escolha é sua, Nate.

— Claro que vou, senhor.

Ridley fez um muxoxo.

— Está perdendo seu tempo, reverendo — repetiu, com um tom levemente enfático demais.

— Aposto vinte dólares que não. — Nathaniel se ouviu dizendo, e lamentou imediatamente o desafio como uma demonstração idiota de bravata. Era pior do que idiota, pensou, era pecado. Havia aprendido que todas as apostas eram pecados diante de Deus, mas não sabia como retirar a oferta.

Nem tinha certeza de que desejava retirá-la, porque Ridley hesitara, e essa hesitação parecia confirmar a suspeita de Anna, de que o noivo podia de fato ter evitado procurar o temível Truslow.

— Para mim parece uma oferta justa — interveio animado o coronel.

Ridley encarou Nathaniel, e o rapaz pensou ter detectado uma sugestão de medo no olhar dele. Será que estaria com medo de que ele revelasse sua mentira? Ou estaria apenas com medo de perder vinte dólares?

— Ele vai matá-lo, reverendo.

— Aposto vinte pratas que estarei com ele aqui antes do fim desse mês.

— No fim da semana — desafiou Ridley, vendo um modo de escapar da aposta.

— Cinquenta pratas? — reagiu Nathaniel, aumentando com imprudência a aposta.

Washington Faulconer gargalhou. Cinquenta dólares não eram nada para ele, mas era uma fortuna para jovens sem um tostão como Ridley e Starbuck. Cinquenta dólares eram um mês de salário para um homem bom, o preço de um cavalo de carruagem decente, o custo de um bom revólver. Cinquenta dólares transformavam a saga quixotesca de Anna numa provação difícil. Ethan Ridley hesitou, depois pareceu achar que iria se rebaixar com a hesitação, por isso ergueu a mão enluvada.

— Você tem até o sábado, reverendo, e nem um momento a mais.

— Feito — disse Nathaniel, e apertou a mão de Ridley.

— Cinquenta pratas! — exclamou Faulconer com deleite quando Ridley tinha se afastado. — Espero que esteja se sentindo com sorte, Nate.

— Farei o meu melhor, senhor.

— Não deixe Truslow intimidá-lo. Enfrente-o, ouviu?

— Farei isso, senhor.

— Boa sorte, Nate. E calcanhares para baixo! Calcanhares para baixo!

Nathaniel Starbuck cavalgou para o oeste em direção às montanhas sombreadas de azul. Era um dia lindo sob um céu quase sem nuvens. O animal descansado que montava, uma égua forte chamada Pocahontas, trotava sem se cansar pelo capim à beira da estrada de terra que subia cada vez mais, afastando-se da cidadezinha, passando por pomares e campinas cercadas, indo para uma região montanhosa com fazendas pequenas, capim luxuriante e riachos velozes. Aquela região ao pé das montanhas na Virgínia não era boa para o tabaco, menos ainda para as famosas plantações sulistas de índigo, arroz e algodão, mas produzia boas nogueiras e belas maçãs, além de sustentar um gado gordo e muito milho. As fazendas, apesar de pequenas, pareciam muito bem-mantidas. Havia grandes celeiros, campinas fartas e gordos rebanhos de vacas cujos sinos soavam agradavelmente langorosos no calor do meio-dia. À medida que a estrada subia mais, as fazendas ficavam menores até que algumas eram pouco mais que retalhos de milharais arrancados das florestas. Cachorros das fazendas dormiam ao lado da estrada, acordando para mordiscar os cascos da égua enquanto Nathaniel passava.

Foi ficando mais apreensivo conforme penetrava mais alto nas montanhas. Tinha a falta de preocupação e a presunção da juventude, acreditando-se capaz de qualquer feito que decidisse realizar, mas, à medida que o sol baixava, começou a perceber Thomas Truslow como uma grande barreira que definia todo o seu futuro. Se atravessasse a barreira a vida seria simples de novo; se fracassasse jamais se olharia num espelho sentindo respeito por si mesmo. Tentou se preparar para qualquer recepção hostil que Truslow pudesse dá-lo, se ele de fato estivesse nas montanhas, depois tentou imaginar o triunfo do sucesso se o sinistro Truslow entrasse humildemente para a legião. Pensou no prazer de Faulconer e na consternação de Ridley, então se perguntou como pagaria a aposta se perdesse. Não tinha dinheiro e, ainda que o coronel tivesse se oferecido para pagar vinte e seis dólares por mês, ainda não vira um centavo desse dinheiro.

No meio da tarde a estrada de terra se estreitou até virar uma trilha rústica passando ao lado de um rio branco e borbulhante que espumava nas rochas, espremia-se entre pedregulhos e se agitava contra árvores caídas. A floresta era repleta de flores de um vermelho vivo, as montanhas eram íngremes, a vista, espetacular. Nathaniel passou por duas cabanas desertas, levando um susto numa dessas ocasiões com o som de cascos, o que o fez se virar e procurar desajeitadamente o revólver carregado, mas o que viu foi um cervo de cauda branca galopando entre as árvores. Havia começado a gostar da paisagem, e esse prazer o fez se perguntar se seu destino estaria nas novas terras não cultivadas do oeste onde os americanos lutavam para arrancar um novo país das garras dos selvagens pagãos. Meu Deus, pensou, nunca deveria ter concordado em estudar para ser pastor! À noite a culpa daquela carreira abandonada costumava assaltá-lo, porém ali, à luz do dia, com uma arma à cintura e uma aventura pela frente, ele se sentia pronto para encontrar o próprio demônio, e de repente as palavras *rebelde* e *traição* não lhe pareciam tão ruins, afinal de contas. Disse a si mesmo que queria ser rebelde. Queria provar os frutos proibidos contra os quais o pai pregava. Queria ser íntimo do pecado; queria dançar no vale da sombra da morte que era o caminho dos sonhos de um jovem.

Chegou a uma serraria arruinada, onde uma trilha levava para o sul. O caminho era íngreme, obrigando Nathaniel a apear de Pocahontas. Faulconer dissera que havia outra estrada, mais fácil, porém que esse caminho íngreme era o mais direto e iria levá-lo às terras de Truslow. O dia tinha esquentado e o suor pinicava na pele. Pássaros cantavam no meio das folhas novas e pálidas.

No fim da tarde chegou à linha da cordilheira, onde montou de novo para olhar o vale com flores vermelhas onde Truslow morava. Segundo o coronel, era um lugar onde fugitivos e bandidos se refugiaram no correr dos anos, um local sem lei no qual homens durões e suas esposas fortes arrancavam a vida do solo fino, mas era um solo feliz e livre do governo. Era um vale alto, famoso pelos ladrões de cavalos, onde os animais roubados das ricas terras baixas da Virgínia eram postos em currais antes de serem levados ao norte e ao oeste para serem vendidos. Um lugar sem nome, onde Nathaniel teria de confrontar o implacável demônio das montanhas cuja aprovação era tão importante para o elevado Washington Faulconer. Virou-se e olhou para trás, vendo a vastidão de terrenos verdejantes que se estendia até o horizonte enevoado, depois olhou de novo para o oeste, onde alguns fiapos de fumaça mostravam onde havia moradias escondidas em meio às árvores que ofereciam proteção.

Instigou Pocahontas para descer o caminho incerto que passava em meio às árvores. Imaginou de que tipo seriam. Ele era um rapaz da cidade e não sabia a diferença entre uma olaia ou um olmo e um corniso. Era incapaz de matar um porco, caçar um cervo ou mesmo ordenhar uma vaca. Nessa região de pessoas competentes Nathaniel se sentia um idiota, um homem sem talentos e com educação demais. Imaginou se uma infância na cidade tornava o homem despreparado para a guerra, e se as pessoas do campo, com sua familiaridade com a morte e o conhecimento da paisagem, seriam soldados naturais. Então, como acontecia com frequência, ele oscilou de seus românticos ideais de guerra para um sentimento súbito de horror diante do conflito iminente. Como poderia haver uma guerra nessa terra boa? Esses eram os Estados Unidos da América, o apogeu da luta do homem por um governo perfeito e uma sociedade temente a Deus, e os únicos inimigos jamais vistos nessa terra feliz foram os ingleses e os índios, e esses dois inimigos, graças à providência divina e à força americana, haviam sido derrotados.

Não, pensou, essas ameaças de guerra não podiam ser verdadeiras. Eram mera diversão, política azeda, uma febre de primavera que esfriaria no outono. Os americanos podiam lutar contra os selvagens do ermo indomado e sem Deus e sentiam-se felizes em trucidar os herdeiros de algum rei estrangeiro traiçoeiro, mas certamente jamais se virariam uns contra os outros! O bom senso prevaleceria, um meio-termo seria alcançado, Deus certamente estenderia a mão para proteger o país escolhido por seu bom povo. Embora talvez, esperava Nathaniel cheio de culpa, houvesse tempo para uma aventura: um ataque iluminado pelo sol composto de bandeiras coloridas, sabres reluzentes, cascos trovejantes, trens partidos e pontes queimadas.

— Dê mais um passo, garoto, e estouro seus malditos miolos agora mesmo — ameaçou de repente uma voz escondida.

— Ah, meu Deus! — Nathaniel estava tão atônito que não pôde conter a imprecação blasfema, porém reuniu prudência suficiente para puxar as rédeas; e a égua, que era bem-treinada, parou.

— Ou talvez eu estoure os seus miolos de qualquer jeito. — A voz era profunda e áspera como uma lima raspando ferrugem, e o ianque, mesmo ainda não tendo visto quem falava, suspeitou ter encontrado seu assassino. Havia descoberto o paradeiro de Truslow.

4

O reverendo Elial Starbuck se inclinou para a frente em seu púlpito, segurando-o com tanta força que os nós dos dedos ficaram brancos. Algumas pessoas da congregação, sentadas perto do grande homem, acharam que a madeira iria se partir. Os olhos do reverendo estavam fechados e seu rosto longo, ossudo e de barba branca se contorceu com paixão enquanto ele procurava a palavra exata que inflamaria os ouvintes e encheria a igreja com uma indignação vingativa.

A construção alta estava em silêncio. Todos os bancos tomados e a galeria totalmente cheia. A igreja era quadrada, sem enfeites, tão simples e funcional quanto o evangelho que era pregado de seu púlpito pintado de branco. Havia um coro com mantos pretos, um harmônio de estilo novo e altas janelas de vidro claro. Lampiões a gás forneciam a luz e um grande fogão bojudo gerava um calor relutante no inverno, mas esse pequeno conforto seria desnecessário por muitos meses ainda. Estava quente no interior da igreja; não tanto quanto ficaria no auge do verão, quando a atmosfera seria sufocante, mas nesse domingo de primavera fazia calor suficiente para que os fiéis abanassem o rosto. Porém, enquanto o silêncio dramático do reverendo se estendia, um a um os leques de papel pararam como se cada pessoa no enorme interior despido da igreja estivesse imóvel como uma estátua.

Elas esperavam, mal ousando respirar. O reverendo Elial, de cabelo e barba branca, olhos ferozes e magro, sustentou o silêncio enquanto saboreava a palavra na mente. Havia encontrado a certa, decidiu, uma boa palavra, uma palavra no devido tempo, uma palavra de seu texto, e assim respirou fundo e ergueu a mão lentamente, até parecer que cada coração em todo o prédio alto houvesse parado de bater.

— Vômito! — berrou o reverendo Elial, e uma criança na galeria gritou alto, com medo do poder explosivo da palavra. Algumas mulheres ofegaram.

O reverendo Elial Starbuck bateu o punho direito no corrimão do púlpito, acertando-o com tanta força que o som ecoou na igreja como um tiro.

No fim dos sermões as bordas de suas mãos frequentemente ficavam escuras com hematomas e a força de sua pregação partia lombadas de no mínimo meia dúzia de Bíblias por ano.

— A escravocracia não tem mais direito de se chamar de cristã do que um cão pode se chamar de cavalo! Ou do que um macaco pode se chamar de homem! Ou do que um homem pode se chamar de anjo! Pecado e perdição! Pecado e perdição! A escravocracia tem a doença do pecado, é poluída pela perdição!

O sermão havia chegado ao ponto em que não precisava mais fazer sentido, porque agora a lógica de sua exposição podia dar lugar a uma série de lembretes emocionais que martelariam a mensagem no fundo do coração dos ouvintes e iria fortificá-los contra mais uma semana de tentações mundanas. O reverendo Elial estava pregando havia uma hora e quinze minutos e pregaria durante no mínimo outra meia hora, mas nos próximos dez minutos queria chicotear a congregação até levá-la a um frenesi indignado.

Disse que os escravocratas estavam condenados aos poços mais profundos do inferno, a serem lançados no lago de enxofre escaldante onde sofreriam os tormentos de uma dor indescritível durante toda a eternidade. O reverendo Elial Starbuck havia gastado os dentes pregando descrições do inferno e ofereceu uma reprise de cinco minutos sobre os horrores daquele lugar, enchendo a igreja de repulsa a ponto de alguns dos irmãos mais fracos parecerem prestes a desmaiar. Havia um trecho da galeria onde sentavam-se escravos libertos do sul, todos patrocinados de algum modo pela igreja, e eles ecoavam as palavras do reverendo, fazendo contraponto e bordando-as de modo que a igreja parecia carregada e preenchida pelo Espírito Santo.

E o reverendo Elial continuava incrementando a emoção, cada vez mais alto. Disse aos ouvintes que os escravocratas receberam a oferta da mão amiga dos nortistas, e estendeu a mão ferida como se para ilustrar a pura bondade do ato.

— Ela foi oferecida espontaneamente! Foi oferecida com justiça! Foi oferecida com dignidade! Foi oferecida com amor! — Sua mão se estendeu cada vez mais na direção da congregação, enquanto ele detalhava a generosidade dos estados do norte. — E o que eles fizeram com a nossa oferta? O que fizeram? O que fizeram?

A última repetição fora acompanhada por um grito alto que imobilizou a congregação. O reverendo Elial olhava irado ao redor, desde os bancos dos ricos à frente até os dos pobres no fundo das galerias, depois baixou o olhar para o banco de sua família, onde o filho mais velho, James, estava sentado usando seu rígido uniforme azul novo.

— O que eles fizeram? — O reverendo Elial gesticulou golpeando o ar enquanto respondia a si mesmo. — Retornaram à sua tolice! Porque assim como um cão retorna ao próprio vômito, um tolo retorna à tolice. — Esse havia sido o texto do reverendo Elial Starbuck, tirado do décimo primeiro versículo do capítulo vinte e sete do Livro dos Provérbios. Balançou a cabeça com tristeza, recuou a mão de volta e repetiu a palavra medonha num tom de resignação e perplexidade. — Vômito, vômito, vômito.

Os escravocratas, disse, estavam atolados no próprio vômito. Chafurdavam nele. Refestelavam-se nele. Um cristão tinha apenas uma chance nesses dias tristes, declarou o reverendo Elial Starbuck. Um cristão precisava se armar com um escudo de fé, pegar as armas da justiça e marchar para o sul para livrar a terra dos cães sulistas que se alimentavam do próprio vômito. E os membros da escravocracia são cães, enfatizou aos ouvintes, e devem ser chicoteados como cães, flagelados como cães e obrigados a ganir como cães.

— Aleluia! — gritou uma voz na galeria.

Enquanto isso, no banco dos Starbucks, bem embaixo do púlpito, James sentia uma pulsação de satisfação devota porque iria fazer o trabalho do Senhor no exército de seu país, depois sentiu um surto de medo equilibrando esse sentimento, medo de que talvez os escravocratas não recebessem as chicotadas com tanta humildade quanto um cão amedrontado. James Elial MacPhail Starbuck tinha 25 anos, mas seu cabelo preto ficando ralo e a perpétua expressão de preocupação dolorida o faziam parecer dez anos mais velho. Podia se consolar da careca incipiente com a fartura da bela barba que combinava com a estrutura corpulenta e alta. Na aparência ele havia puxado mais a família da mãe que a do pai, embora na assiduidade ao dever fosse filho de Elial até o âmago. Mesmo tendo saído havia apenas quatro anos da Escola Dinamarquesa de Direito de Harvard, James já era considerado um homem em ascensão na Comunidade de Massachusetts, e essa bela reputação, acrescentada aos rogos do pai famoso, garantira-lhe um lugar no estado-maior do general Irvin McDowell. Com isso, esse sermão seria o último que James ouviria do pai por muitas semanas, visto que de manhã pegaria o trem para Washington com o objetivo de assumir os novos deveres.

— Os sulistas devem ser obrigados a ganir feito cães se alimentando do próprio vômito! — O reverendo Elial começou o resumo final que, por sua vez, levaria à conclusão feroz e emotiva do sermão, porém um dos presentes não esperou por essa pirotecnia de encerramento.

Embaixo da galeria, bem no fim da igreja, a portinhola de um dos bancos se abriu com um estalo e um rapaz saiu. Deu os poucos passos nas pontas dos pés até a porta dos fundos, depois se esgueirou para o vestíbulo. As poucas pessoas que notaram sua saída presumiram que ele não estivesse se sentindo bem, mas na verdade Adam Faulconer não se sentia fisicamente enjoado, e sim com o coração ferido. Parou nos degraus da rua e respirou fundo enquanto atrás dele a voz do pregador aumentava e diminuía, agora abafada pelas paredes de granito da igreja alta.

Adam era espantosamente parecido com o pai. Tinha os mesmos ombros largos, o corpo forte e o rosto decidido, o mesmo cabelo louro, os olhos azuis e a barba quadrada. Era um rosto digno de confiança, mas nesse momento também um rosto muito perturbado.

Adam fora a Boston depois de receber uma carta do pai, descrevendo a chegada de Nathaniel em Richmond. Washington Faulconer havia enfatizado um resumo das dificuldades de Nate, e depois continuado: "Por você, vou oferecer a ele abrigo e toda a gentileza. E presumo que ficará aqui enquanto for preciso e que talvez essa necessidade seja para sempre, mas suponho que seja apenas o medo de sua família que o mantenha na Virgínia. Será que, se você puder dar uma pausa em seus empreendimentos", e Adam havia sentido o rancor da palavra escolhida por seu pai, "poderia informar à família de Nate que o filho deles está penitente, humilhado e dependendo de caridade, conseguindo para ele uma garantia do perdão?".

Adam quisera visitar Boston. Sabia que a cidade era a mais influente do norte, um lugar de aprendizado e devoção, onde esperava encontrar homens capazes de oferecer alguma esperança de paz, mas também acreditara que iria encontrar alguma paz para Nate Starbuck, e com esse objetivo fora à casa do reverendo Elial Starbuck, contudo o homem, ao saber do objetivo de Adam, recusara-se a recebê-lo. Agora Adam ouvira o pai do amigo pregar e suspeitou de que havia tão pouca esperança para os Estados Unidos quanto para Nate. Conforme o veneno se derramava do púlpito, Adam entendeu que, enquanto um ódio tão grande não fosse aplacado, não poderia haver compromisso. A Comissão Cristã de Paz se tornara irrelevante, porque as igrejas do país não podiam trazer paz, assim como a chama de uma vela não poderia derreter o lago Wenham no meio do inverno. A América, a terra abençoada de Adam, deveria ir à guerra. Isso não fazia sentido para ele, porque não entendia como homens decentes poderiam pensar que a guerra seria capaz de resolver as questões de um modo melhor do que a razão e a boa vontade, mas, aos poucos e com relutância, Adam começava a entender que a boa vontade e a razão não eram as forças motoras da humanidade, e, em vez disso, a paixão, o amor e o ódio eram os precários combustíveis que impulsionavam cegamente a história.

Caminhou pelas ruas ricas e ordenadas da Boston residencial, sob as árvores com folhas novas e ao lado das casas altas e limpas tão alegremente decoradas com bandeiras e fitas patrióticas. Até as carruagens que esperavam para levar os fiéis de volta aos lares confortáveis possuíam bandeiras americanas. Adam amava essa bandeira e era capaz de ficar com os olhos turvos por tudo que ela significava, no entanto agora reconhecia em suas estrelas brilhantes e nas listras largas um emblema tribal sendo alardeado em ódio, e sabia que tudo pelo que trabalhara estava prestes a ser derretido no caldeirão. Haveria guerra.

Thomas Truslow era um homem baixo, de cabelo escuro, lembrando um toco de árvore; uma criatura com rosto de pedra e olhos azedos, cuja pele estava suja e as roupas brilhavam de gordura. O cabelo era comprido e estava embaraçado como a barba densa que se projetava belicosamente do rosto moreno de sol. As botas de couro bovino tinham solas grossas, ele usava um chapéu de aba larga, jeans Kentucky imundos e uma camisa de tecido feito em casa, com as mangas rasgadas suficientemente curtas para mostrar os músculos encordoados da parte superior dos braços. Havia um coração tatuado no antebraço direito, com a estranha palavra *Emly* escrita embaixo, e Nathaniel levou alguns segundos para perceber que provavelmente era *Emily* escrito errado.

— Está perdido, garoto? — interpelou a criatura pouco sedutora. Truslow estava carregando um antigo mosquete de pederneira com um cano enegrecido de forma deprimente apontando imóvel para a cabeça do ianque.

— Estou procurando o Sr. Thomas Truslow.

— Sou eu. — O cano da arma não se moveu, assim como os olhos estranhamente claros. Pensando bem, decidiu Nathaniel, eram aqueles olhos que mais o amedrontavam. Era possível limpar aquele sujeito rude, aparar a barba, lavar o rosto e vesti-lo com um terno de igreja, mas os olhos selvagens continuariam irradiando a gélida mensagem de que Thomas Truslow não tinha nada a perder.

— Trouxe para o senhor uma carta de Washington Faulconer.

— Faulconer! — O nome foi dito como uma gargalhada sem alegria. — Ele quer que eu seja soldado, não é?

— Quer, Sr. Truslow, sim.

Nathaniel estava se esforçando para manter a voz neutra e não revelar o medo causado por aqueles olhos e pela ameaça de violência de Truslow, densa como a fumaça de uma fogueira de lenha verde. Parecia que a qualquer momento um mecanismo trêmulo poderia ser acionado no cérebro escuro por trás daqueles olhos pálidos, liberando uma torrente pulverizante de destruição. Era uma ameaça que parecia terrivelmente próxima da loucura e muito distante do mundo racional de Yale, de Boston e da casa elegante de Washington Faulconer.

— Ele demorou bastante para mandar me chamar, não foi? — perguntou Truslow com suspeitas.

— Ele estava em Richmond. Mas mandou um homem chamado Ethan Ridley procurar o senhor na semana passada.

A menção ao nome de Ridley fez Truslow atacar como uma cobra faminta. Ele ergueu a mão esquerda, agarrou o casaco de Nathaniel e o puxou para baixo, de modo que o rapaz ficou inclinado precariamente para fora da sela. O nortista sentiu o cheiro de tabaco rançoso no hálito de Truslow e pôde ver restos de comida presos nos fios pretos da barba. Os olhos loucos o encararam.

— Ridley esteve aqui?

— Pelo que sei, ele o visitou, sim. — Nathaniel lutava para ser cortês e até mesmo digno, mas se lembrou de quando seu pai tentou pregar para alguns estivadores imigrantes meio bêbados que trabalhavam no cais de Boston e de como até mesmo o impressionante reverendo Elial havia lutado para manter a compostura diante da aspereza maníaca daqueles homens. Berço e educação, refletiu, eram coisas fracas para enfrentar a natureza pura e simples. — Ele disse que o senhor não estava aqui.

Truslow largou abruptamente o casaco de Nathaniel, ao mesmo tempo soltando um rosnado que era metade ameaça e metade perplexidade.

— Eu não estava aqui — declarou, mas com a voz distante, como se tentasse entender alguma informação nova e importante. — Porém ninguém me disse que ele esteve aqui também. Venha, garoto.

Nathaniel ajeitou o casaco e, disfarçadamente, afrouxou o grande revólver Savage no coldre.

— Como eu disse, Sr. Truslow, tenho uma carta do coronel Faulconer para o senhor...

— Agora ele é coronel? — Truslow gargalhou.

Tinha partido à frente de Nathaniel Starbuck, obrigando o nortista a segui-lo até uma ampla clareira que era evidentemente propriedade de Truslow. Verduras murchas cresciam em fileiras compridas, havia um pequeno pomar cujas árvores estavam cheias de flores brancas, enquanto a casa propriamente dita era uma cabana feita de troncos, de um andar, encimada por uma chaminé de pedra de onde subia um fiapo de fumaça. Ela estava meio arruinada e cercada por pilhas malfeitas de madeira, carroças quebradas, cavaletes e barris. Um cão amarrado saltou furiosamente na ponta da corrente ao ver o ianque, espalhando um bando de galinhas aterrorizadas que ciscavam na terra.

— Desça do cavalo, garoto — mandou Truslow com rispidez.

— Não quero tomar seu tempo, Sr. Truslow. Tenho aqui a carta do Sr. Faulconer. — Nathaniel enfiou a mão no casaco.

— Eu disse para descer do maldito cavalo! — Truslow ordenou com tanta ferocidade que até o cachorro, que parecera mais selvagem que o dono, encolheu-se subitamente em silêncio e voltou para a sombra da varanda quebrada. — Tenho trabalho para você, garoto — acrescentou Truslow.

— Trabalho? — O nortista desceu da sela, imaginando em que tipo de inferno fora parar.

Truslow pegou as rédeas do cavalo e as amarrou num poste.

— Estava esperando Roper — disse numa explicação incompreensível. — Mas até ele chegar, você vai ter de servir. Ali, garoto.

Ele apontou para um buraco fundo que ficava depois de uma das pilhas de carroças quebradas. Servia para serrar madeira, tinha cerca de dois metros e meio de profundidade e era atravessado por um tronco no qual estava engastada uma enorme serra de cabo duplo.

— Pule na cova, garoto! Você vai ser o homem de baixo.

— Sr. Truslow! — Nathaniel tentou conter aquela loucura com um apelo à razão.

— Desça, garoto!

Aquele tom de voz faria o diabo ficar em posição de sentido, e Nathaniel deu involuntariamente um passo na direção da borda do buraco, mas sua teimosia inata acabou assumindo o controle.

— Não vim aqui para trabalhar.

Truslow riu.

— Você tem uma arma, garoto, é melhor estar preparado para usá-la.

— Estou aqui para lhe entregar essa carta. — O nortista pegou o envelope num bolso interno.

— Você poderia matar um búfalo com essa pistola, garoto. Quer usá-la em mim? Ou quer trabalhar para mim?

— Quero que o senhor leia essa carta...

— Trabalhe ou lute, garoto. — Truslow se aproximou de Nathaniel. — Estou cagando e andando para o que você escolher, mas não vou esperar o dia inteiro até se decidir.

Havia uma hora para lutar, pensou Nathaniel, e uma hora para decidir que seria o homem de baixo num buraco para serrar madeira. Pulou, caindo num monte de lama, serragem e lascas de madeira.

— Tire o casaco, garoto, e essa maldita pistola também.

— Sr. Truslow! — O nortista fez um último esforço para manter um fiapo de controle sobre a conversa. — Será que o senhor poderia ler a carta?

— Escute, garoto, a sua carta só tem palavras, e palavras nunca encheram a barriga de ninguém. Seu coronel chique está me pedindo um favor e você vai ter de trabalhar para conseguir a resposta. Entendeu? Se o próprio Washington Faulconer tivesse vindo eu o mandaria descer nesse buraco, então pare de reclamar, tire o casaco, segure esse cabo e trabalhe um pouco.

Assim Nathaniel parou de reclamar, tirou o casaco, segurou o cabo e trabalhou.

Para o nortista era como estar atolado num poço embaixo de um demônio falastrão e vingativo. A grande serra vertical, cantando através do tronco, era empurrada repetidamente para ele numa chuva de serragem e lascas que ardiam nos olhos e entupiam a boca e as narinas, mas, cada vez que tirava a mão do cabo para tentar limpar o rosto, Truslow gritava em censura:

— Qual é o problema, garoto? Ficou mole? Trabalhe!

Sobre as bordas do poço foi colocado um tronco de pinheiro que, a julgar pelo tamanho, devia ser mais velho que a República. Truslow havia informado rudemente a Nathaniel que estava cortando o tronco em tábuas, as quais prometera entregar para a construção de um novo piso para o armazém em Hankey's Ford.

— Esse e mais dois troncos devem bastar — avisou Truslow antes de estarem ainda na metade do primeiro corte, embora os músculos do ianque já estivessem queimando como fogo e suas mãos doessem a essa altura. — Puxe, garoto, puxe! — gritava Truslow. — Não posso manter o corte reto se você ficar de preguiça!

A lâmina da serra tinha dois metros e setenta de comprimento e deveria ser impelida igualmente pelo homem de cima e pelo de baixo, porém Thomas Truslow, empoleirado sobre o tronco com suas botas cheias de pregos, estava fazendo de longe a maior parte do serviço. Nathaniel tentava acompanhá-lo. Entendeu que sua tarefa era puxar com força, pois era a descida que fornecia a maior energia de corte, e se tentasse empurrar com força demais se arriscava a dobrar a serra, portanto era melhor deixar Truslow puxar a grande lâmina de aço para fora do buraco. Mas, ainda que o movimento ascendente desse ao nortista meio segundo de alívio abençoado, ele levava imediatamente ao impulso para baixo, crucial e brutal. O suor escorria de sua pele.

Ele poderia ter parado. Poderia ter se recusado a trabalhar mais um instante e, em vez disso, simplesmente soltar o grande cabo de madeira e gritar para aquele homem imundo que o coronel Faulconer estava lhe oferecendo inexplicavelmente um bônus de cinquenta dólares para se alistar como soldado, mas sentiu que Truslow o estava testando, e subitamente se ressentiu da atitude sulista, que presumia que ele fosse um frágil morador da Nova Inglaterra, educado demais para ter alguma utilidade real e mole demais para fazer o trabalho de um homem de verdade. Havia sido enganado por Dominique, condenado por Ethan Ridley como um religioso fanático e agora estava sendo ridicularizado por aquele bandido encardido, barbudo e sujo de tabaco, e a raiva de Nathaniel o fez puxar a serra para baixo, de novo e de novo, de modo que a grande lâmina cantava atravessando o veio da madeira como um sino de igreja.

— Agora você está pegando o jeito! — grunhiu Truslow.

— E dane-se, dane-se você também — resmungou o nortista, mas baixinho e com a respiração ofegante.

Parecia extraordinariamente ousado xingar, mesmo em voz baixa, porque, apesar de o demônio acima dele não poder ouvir a maldição, o anjo responsável pelos registros no céu podia, e Nathaniel sabia que tinha acabado de acrescentar outro pecado à grande lista de faltas registradas em sua conta. E amaldiçoar estava entre os graves, quase tão grave quanto o roubo.

Ele fora ensinado a odiar blasfêmias e a desprezar quem fazia juramentos, e nem mesmo as semanas profanas que havia passado com a obscena companhia teatral do major Trabell aplacaram sua consciência infeliz com relação aos xingamentos; mas, nesse instante, de algum modo ele precisava desafiar tanto Deus quanto Truslow, por isso continuou cuspindo a palavra, para se dar força.

— Pare! — gritou Truslow de repente, e Nathaniel teve medo de que suas imprecações em voz baixa tivessem sido ouvidas, mas em vez disso a parada fora pedida meramente para o trabalho poder ser ajustado. A serra havia cortado até chegar a alguns centímetros da lateral do buraco, de modo que agora o tronco precisava ser movido. — Segure aí, garoto! — Truslow jogou um galho forte que terminava em uma forquilha. — Enfie embaixo da outra ponta e faça força para cima quando eu mandar.

Nathaniel fez força, movendo o grande tronco centímetro a centímetro, dolorosamente, até estar na nova posição. Então houve outra folga enquanto Truslow martelava cunhas no corte da serra.

— E o que Faulconer está me oferecendo? — perguntou Truslow.

— Cinquenta dólares — respondeu o nortista de dentro do buraco e se perguntou como Truslow havia adivinhado que algo era oferecido. — Gostaria que eu lesse a carta?

— Está sugerindo que não sei ler, garoto?

— Deixe eu lhe entregar a carta.

— Cinquenta, é? Ele acha que pode me comprar, é? Faulconer acha que pode comprar o que quiser, seja um cavalo, um homem ou uma puta. Mas no fim ele se cansa de tudo que compra, e com você e comigo não vai ser diferente.

— Ele não está me comprando — retrucou Nathaniel, e essa mentira foi recebida por um desprezo silencioso. — O coronel Faulconer é um homem bom — insistiu.

— Você sabe por que ele libertou os crioulos dele?

Pica-Pau Bird havia contado a Nathaniel que a alforria tinha sido concedida para irritar a mulher de Faulconer, mas o rapaz não acreditou na história nem iria repeti-la.

— Porque era a coisa certa a fazer — respondeu em desafio.

— Talvez — admitiu Truslow. — Mas ele fez isso por causa de outra mulher. Roper vai lhe contar a história. Ela era uma bonequinha de igreja da Filadélfia que veio dizer a nós, sulistas, como viver a vida, e Faulconer a deixou pisar em cima dele. Achou que precisava libertar os crioulos antes que ela se deitasse com ele, e assim o fez, mas mesmo assim ela não se deitou. — Truslow gargalhou diante dessa prova de um idiota sendo enganado. — Ela zombou dele diante de toda a Virgínia, e é por isso que ele está organizando essa tal legião, para recuperar o orgulho. Ele acha que vai ser um herói da Virgínia. Agora segure, garoto.

Nathaniel sentiu que precisava proteger seu herói.

— Ele é um homem bom!

— Ele pode se dar ao luxo de ser bom. A riqueza dele é maior que a inteligência, agora segure firme, garoto. Ou está com medo do trabalho duro, hein? Vou lhe dizer, garoto, o trabalho deve ser duro. Nenhum pão que vem fácil é gostoso. Então segure. Roper vai chegar logo. Ele deu sua palavra, e Roper não falta à palavra. Mas você vai ter de servir até ele chegar.

O nortista segurou, retesou-se, puxou e o ritmo infernal recomeçou. Não ousava pensar nas bolhas que surgiam nas mãos nem nos músculos que queimavam nas costas, nos braços e nas pernas. Simplesmente se concentrava cegamente no movimento para baixo, arrastando os dentes da serra através da madeira amarela e fechando os olhos por causa da constante chuva de serragem. Em Boston, pensou, havia grandes serras circulares movidas a vapor, capazes de transformar uma dúzia de troncos em tábuas no tempo necessário para fazer apenas um corte com essa serra dilacerante, então, por que, em nome de Deus, as pessoas ainda usavam buracos para serrar madeira?

Pararam de novo enquanto Truslow martelava mais cunhas no tronco serrado.

— E qual é o motivo dessa guerra, garoto?

— Os direitos dos estados — foi tudo que Nathaniel pôde dizer.

— O que isso significa, pelo inferno?

— Significa, Sr. Truslow, que a América discorda de como a América deveria ser governada.

— Você poderia encher um barril com o que fala, garoto, mas isso não vale uma panela de nabos. Achei que tínhamos uma constituição para dizer como nos governar.

— A constituição evidentemente fracassou, Sr. Truslow.

— Quer dizer que não estamos lutando para manter nossos crioulos?

— Ah, santo Deus — suspirou o ianque debilmente.

Um dia fizera o juramento solene ao pai de que jamais permitiria que essa palavra fosse dita em sua presença, mas desde que conhecera

Dominique Demarest havia ignorado a promessa. Sentia que toda sua bondade, toda sua honra diante de Deus, escorria para longe, como areia caindo entre os dedos.

— E então, garoto? Estamos lutando pelos nossos crioulos ou não?

Nathaniel estava encostado sem forças na parede de terra do buraco. Obrigou-se a responder:

— Uma facção do norte gostaria muito de abolir a escravidão, sim. Outros apenas querem que ela pare de se espalhar para o oeste, mas a maioria simplesmente acredita que os estados escravocratas não deveriam ditar a política do restante da América.

— Por que os ianques se importam com os crioulos? Eles não têm nenhum.

— É uma questão moral, Sr. Truslow — respondeu, tentando tirar a serragem misturada com suor dos olhos usando a manga da camisa suja.

— A constituição diz alguma coisa que valha a merda de um castor com relação à moral? — perguntou Truslow, num tom sincero de indagação.

— Não, senhor. Não diz.

— Sempre acho que, quando um homem fala de moral, ele não sabe nada do que diz. A não ser que seja um pregador. Então, o que você acha que a gente deveria fazer com os crioulos, garoto?

— Acho, senhor. — Nathaniel desejou com força estar em qualquer local que não fosse um buraco cheio de lama e serragem, respondendo às perguntas daquele pagão. — Acho, senhor — repetiu, enquanto tentava desesperadamente pensar em algo que fizesse sentido. — Acho que todo homem, independentemente da cor, tem o mesmo direito diante de Deus e dos homens a uma medida igual de dignidade e felicidade. — Achou que tinha falado igualzinho ao irmão mais velho, James, que era capaz de fazer qualquer sentença parecer pomposa e sem vida. Seu pai teria trombeteado os direitos dos negros numa voz capaz de provocar ecos nos anjos, mas Nathaniel não conseguia reunir energia para esse tipo de desafio.

— Você gosta dos crioulos, é isso?

— Acho que são criaturas irmãs, Sr. Truslow.

— Os porcos são criaturas irmãs, mas isso não me impede de matá-los quando chega a época. Você aprova a escravidão, garoto?

— Não, Sr. Truslow.

— Por que não, garoto? — A voz áspera e zombeteira vinha do sol brilhante lá no alto.

Nathaniel tentou se lembrar dos argumentos de seu pai, não só o mais fácil, de que nenhum homem tinha direitos sobre os outros, mas também os mais complexos, como que a escravidão escravizava tanto o dono quanto o possuído, e que rebaixava o senhor de escravos, e que negava a dignidade de Deus a homens que eram a imagem de Deus em ébano, e que imbecilizava a economia escravocrata impelindo os artesãos brancos para o norte e o oeste, mas de algum modo nenhuma das respostas complexas e persuasivas surgiam, então se decidiu por uma condenação simples.

— Porque é errada.

— Você fala como uma mulher, garoto. — Truslow gargalhou. — Então Faulconer acha que eu devo lutar a favor de seus amigos donos de escravos, mas ninguém nessas montanhas tem condições de alimentar e dar água a um crioulo, então por que devo lutar pelos que têm?

— Não sei, senhor, não sei mesmo. — Estava cansado demais para argumentar.

— Então eu deveria lutar pelas cinquenta pratas, é isso? — A voz de Truslow estava repleta de escárnio. — Segure firme, garoto.

— Ah, meu Deus.

As bolhas nas mãos de Nathaniel haviam se partido em pedaços de pele arrancada e carne viva, e agora soltavam sangue e água, mas ele não tinha opção a não ser segurar o cabo da serra e puxá-la para baixo. A dor do primeiro movimento o fez gemer alto, mas a vergonha do som o obrigou a segurar firme em meio à agonia e puxar os dentes de aço, com força, através da madeira.

— É isso aí, garoto! Você está aprendendo!

O nortista sentia como se estivesse morrendo, como se todo o corpo tivesse virado uma haste de dor que se dobrava e puxava, dobrava-se e puxava, e ele permitiu, vergonhosamente, que seu peso se soltasse no cabo a cada puxão para cima, de modo que Truslow o apanhasse e ajudasse em seu cansaço por um breve instante, antes de deixar o corpo arrastar a serra para baixo outra vez. O cabo da serra estava escorregadio de sangue, a respiração passava áspera pela garganta, as pernas mal conseguiam mantê-lo de pé e o aço dentado continuava subindo e descendo, subindo e descendo, subindo e descendo implacavelmente.

— Não está ficando cansado, garoto, está?

— Não.

— A gente mal começou. Vá olhar a igreja do pastor Mitchell em Nellysford, garoto, e você vai ver um enorme piso de pinho que eu e meu parceiro serramos num dia só. Puxe, garoto, puxe!

Nathaniel jamais experimentara trabalho assim. Às vezes, no inverno, ia à casa do tio Matthew em Lowell e eles serravam gelo do lago para encher o barracão da família, mas essas excursões eram momentos divertidos, intercalados com guerras de bolas de neve ou patinação louca junto às margens do lago, sob as árvores cheias de pingentes de gelo. Este trabalho de serrar tábuas era implacável, cruel, sem remorso, mas ele não ousava desistir porque sentia que todo o seu ser, seu futuro, seu caráter, até mesmo sua alma estavam sendo pesados na furiosa balança do escárnio de Thomas Truslow.

— Espere aí, garoto, está na hora de outra cunha.

O ianque soltou o cabo da serra, cambaleou, tropeçou e caiu levemente de encontro à parede da cova. Suas mãos estavam doloridas demais para serem abertas. Sua respiração doía. Tinha uma leve consciência de que outro homem havia chegado ao buraco e estivera conversando com Truslow nos últimos minutos dolorosos, mas não queria olhar para cima e ver quem estaria testemunhando aquela humilhação.

— Já viu alguma coisa assim, Roper? — A voz de Truslow era zombeteira.

Starbuck continuou sem olhar para cima.

— Este é Roper, garoto — disse Truslow. — Cumprimente.

— Bom dia, Sr. Roper — conseguiu dizer Nathaniel.

— Ele chamou você de senhor! — Truslow achou isso divertido. — Ele acha que vocês, crioulos, são criaturas irmãs, Roper. Diz que vocês têm os mesmos direitos diante de Deus, igual a ele. Você acha que é assim que Deus vê isso, Roper?

Roper parou para inspecionar o exausto nortista.

— Acho que Deus iria me querer em seu seio muito antes de levar essa coisa aí — respondeu Roper finalmente, e Nathaniel olhou para cima, contra a vontade, e viu que Roper era um negro alto que estava claramente se divertindo com seu sofrimento. — Ele não parece servir para nada, não é?

— Ele não é mau trabalhador. — Espantosamente, Truslow o defendeu, e o rapaz, ao ouvir, sentiu que jamais, em toda a vida, recebera um elogio tão valioso. Tendo feito o elogio, Truslow pulou no buraco. — Agora vou lhe mostrar como se faz, garoto. — Em seguida segurou o cabo da serra, acenou para Roper e de repente a grande lâmina de aço ficou turva enquanto os dois entravam num ritmo súbito e muito treinado. — É assim que se faz! — gritou Truslow para o atordoado nortista por cima do ruído da serra. — Deixe o aço fazer o serviço! Não lute contra ele, deixe-o cortar a madeira para você. Roper e eu podemos cortar metade das florestas da América sem perder o fôlego. — Truslow usava apenas uma das mãos e estava posicionado de lado em relação ao serviço, de modo que a torrente de serragem e lascas não caísse em seu rosto. — Então, o que traz você aqui, garoto?

— Eu já disse, e uma carta do...

— Quero dizer: o que um ianque está fazendo na Virgínia? Você é ianque, não é?

Lembrando-se do comentário de Washington Faulconer sobre como aquele sujeito odiava os ianques, Nathaniel decidiu contar vantagem.

— E tenho orgulho disso, sim.

Truslow cuspiu um jato de tabaco num canto do buraco.

— Então o que está fazendo aqui?

O nortista decidiu que não era hora de falar de Mademoiselle Demarest nem da companhia teatral, por isso ofereceu uma versão breve e menos angustiante da história.

— Eu me desentendi com a minha família e procurei abrigo com o Sr. Faulconer.

— Por que com ele?

— Sou amigo de Adam Faulconer.

— É mesmo? — Na verdade Truslow pareceu aprovar. — Onde está Adam?

— Pela última notícia que tivemos, em Chicago.

— Fazendo o quê?

— Ele trabalha na Comissão Cristã de Paz. Eles fazem reuniões de orações e distribuem panfletos.

Truslow gargalhou.

— Panfletos e orações não vão ajudar, porque a América não quer paz, garoto. Vocês, ianques, querem dizer como a gente deve viver a vida, como os ingleses faziam no século passado, mas não somos melhores ouvintes agora do que naquela época. E não é da conta deles. O dono da casa usa a melhor vassoura, garoto. Vou lhe dizer o que o norte quer, garoto. — Enquanto falava, Truslow fazia a serra subir e descer em seu ritmo cortante e incansável. — O norte quer dar mais governo à gente, é isso que quer. Acho que são aqueles prussianos. Eles vivem dizendo aos ianques como governar melhor, e vocês, ianques, são idiotas a ponto de escutar, mas vou lhe dizer: agora é tarde demais.

— Tarde demais?

— Não se pode consertar um ovo quebrado, garoto. A América está em dois pedaços, e o norte vai se vender aos prussianos enquanto nós vamos continuar embolados como estamos.

Nathaniel estava cansado demais para pensar nas teorias extraordinárias que Truslow tinha sobre a Prússia.

— E a guerra?

— Nós só precisamos ganhar. Expulsar os ianques. Não quero dizer como eles devem viver, desde que não me digam o que fazer ou não.

— Então o senhor vai lutar? — perguntou o nortista, vendo alguma esperança de sucesso em sua missão.

— Claro que vou lutar. Mas não por cinquenta dólares. — Truslow fez uma pausa enquanto Roper martelava uma cunha no corte novo.

Nathaniel, cuja respiração retornava lentamente, franziu a testa.

— Não tenho poder de oferecer mais, Sr. Truslow.

— Não quero mais. Vou lutar porque quero lutar, e, se não quisesse, nem cinquenta vezes cinquenta dólares me comprariam, mas Faulconer nunca entenderia isso. — Truslow parou para cuspir um jato de sumo viscoso de tabaco. — O pai dele sabia que um cão alimentado não caça nunca, mas Washington? Ele é um molenga e sempre paga para ter o que quer, só que eu não estou à venda. Vou lutar para manter a América como está garoto, porque o jeito dela faz com que seja a melhor porcaria de país de toda a porcaria do mundo, e, se para isso for preciso matar um bando de vocês, nortistas merda de galinha, que seja. Está preparado, Roper?

A serra baixou de novo, deixando Nathaniel Starbuck se perguntando por que Washington Faulconer estivera disposto a pagar tanto pelo alistamento de Truslow. Seria só porque aquele homem poderia trazer outros homens fortes das montanhas? Nesse caso, pensou o ianque, seria um dinheiro bem-gasto, porque um regimento de demônios implacáveis como Truslow certamente seria invencível.

— Você estudou para ser o que, garoto? — Truslow continuava serrando enquanto fazia a pergunta.

Nathaniel se sentiu tentado a mentir, mas não tinha energia nem vontade para sustentar uma ficção.

— Pastor — respondeu cauteloso.

A serra parou abruptamente, fazendo Roper protestar pela quebra de ritmo. Truslow ignorou o protesto.

— Você é um pregador?

— Estava estudando para ser ministro da Igreja. — Ofereceu uma definição mais exata.

— Um homem de Deus?

— Espero que sim. Espero mesmo. — Só que sabia que não era digno, e o conhecimento desse desvio era amargo.

Truslow olhou incrédulo para o ianque e, espantosamente, enxugou as mãos nas roupas imundas como se tentasse ficar mais arrumado para o visitante.

— Tenho um trabalho para você — anunciou sério.

Nathaniel olhou para a maligna serra dentada.

— Mas...

— Trabalho de pregador — acrescentou Truslow rudemente. — Roper! A escada!

Roper baixou no buraco uma escada feita em casa e o nortista, encolhendo-se por causa da dor nas mãos, deixou-se ser puxado pelos degraus toscos.

— Trouxe seu livro? — perguntou Truslow enquanto acompanhava Nathaniel escada acima.

— Livro?

— Todos os pregadores têm livros. Não faz mal, tem um na casa. Roper! Quer descer até a casa de Decker? Diga a Sally e Robert para virem aqui depressa. Leve o cavalo do homem. Qual é o seu nome, moço?

— Starbuck. Nathaniel Starbuck.

O nome evidentemente não significava nada para Truslow.

— Leve a égua do Sr. Starbuck — gritou para Roper. — E diga a Sally que não aceito não como resposta! — Todas essas instruções foram lançadas por cima dos ombros enquanto Truslow ia rapidamente até sua casa feita de troncos. O cachorro se afastou rapidamente quando o dono passou, depois ficou olhando malévolo para Nathaniel, rosnando.

— O senhor não se importa se eu levar a égua? — perguntou Roper.

— Não se preocupe. Eu conheço ela. Eu trabalhava para o Sr. Faulconer. Conheço essa égua. Pocahontas, não é?

O ianque balançou a mão debilmente, confirmando.

— Quem é Sally?

— A filha de Truslow. — Roper deu um risinho enquanto desamarrava as rédeas da égua e ajeitava a sela. — Ela tem cabelo nas ventas, mas o senhor sabe o que dizem das mulheres. São armadilhas do diabo, e a jovem Sally vai agarrar algumas almas antes de se dar por satisfeita. Agora ela não mora aqui. Quando a mãe estava morrendo ela foi para a Sra. Decker, que não suporta Truslow. — Roper pareceu achar divertido aquele emaranhado humano. Montou na sela de Pocahontas. — Vou indo, Sr. Truslow! — gritou em direção à cabana.

— Vá, Roper! Vá! — Truslow saiu da casa carregando uma Bíblia enorme que perdera a contracapa e tinha a lombada quebrada. — Segure, moço. — Ele empurrou a Bíblia gasta para o nortista, depois se dobrou sobre um tonel e jogou punhados de água de chuva no couro cabeludo. Tentou ajeitar o cabelo imundo e embolado em algum tipo de ordem, depois colocou de volta o chapéu sujo antes de chamar Nathaniel. — Venha, moço.

O nortista acompanhou Truslow pela clareira. Moscas zumbiam no ar quente da tarde. Aninhando a Bíblia no antebraço para poupar as mãos esfoladas, ele tentou explicar o mal-entendido a Thomas Truslow.

— Não sou ministro ordenado, Sr. Truslow.

— O que quer dizer ordenado? — Truslow havia parado na borda da clareira e estava desabotoando os jeans imundos. Encarou o outro, evidentemente esperando uma resposta, então começou a urinar. — Isso mantém os cervos longe da plantação — explicou. — O que quer dizer ordenado?

— Quer dizer que não fui convocado por uma congregação para ser o pastor dela.

— Mas você estudou os livros?

— Sim, a maior parte.

— E poderia ser ordenado?

Nathaniel foi atacado imediatamente pela culpa com relação a Mademoiselle Dominique Demarest.

— Não sei se ainda quero.

— Mas poderia ser? — insistiu Truslow.

— É, acho que sim.

— Então para mim serve. Venha.

Ele abotoou a calça e chamou Nathaniel para baixo das árvores onde, num trecho de grama bem-cuidada e sob uma árvore reluzente de flores vermelhas, havia uma sepultura simples. A lápide era um pedaço de madeira largo, enfiado na terra e marcado com uma palavra. *Emily.* A sepultura não parecia antiga, porque o monte de terra cheio de flores caídas ainda tinha pouca grama.

— Era minha mulher — disse Truslow numa voz surpreendentemente humilde, quase tímida.

— Sinto muito.

— Morreu no Natal. — Truslow piscou, e de repente Nathaniel sentiu uma onda de tristeza vinda do homem pequeno e ansioso, uma onda tão forte e avassaladora quanto a emanação de violência mais habitual em Truslow. O homem parecia incapaz de falar, como se não houvesse palavras para exprimir o que sentia. — Emily era uma boa mulher — declarou finalmente —, e eu era um bom marido para ela. Ela me fez ficar assim. Uma boa mulher pode fazer isso com um homem. Ela pode fazer um homem se tornar bom.

— Ela estava doente? — perguntou o ianque, inquieto.

Truslow fez que sim. Havia tirado o chapéu imundo, que agora segurava sem jeito nas mãos fortes.

— Congestão do cérebro. Não foi uma morte fácil.

— Sinto muito — disse Nathaniel inadequadamente.

— Havia um homem que a poderia ter salvado. Um ianque. — Truslow falou a palavra com um ódio azedo que fez o nortista tremer. — Era um doutor chique, lá do norte. Estava visitando parentes no vale, no Dia de Ação de Graças do ano passado. — Ele gesticulou com a cabeça para o oeste, indicando o vale do Shenandoah, para além das montanhas. — O Dr. Danson me falou dele, disse que era capaz de milagres, por isso fui até lá e implorei que ele viesse ver a minha Emily. Ela não podia ser transportada, veja bem. Fui de joelhos. — Truslow ficou em silêncio, lembrando-se da humilhação, depois balançou a cabeça. — O sujeito se recusou a sair do lugar. Disse que não podia fazer nada, mas a verdade é que não queria mexer a bunda gorda e montar num cavalo debaixo daquela chuva. Eles me expulsaram da propriedade.

Nathaniel Starbuck nunca ouvira falar de alguém ter se curado de congestão cerebral e suspeitou de que o médico ianque soubesse desde o começo que qualquer coisa que tentasse seria perda de tempo, mas como alguém convenceria um homem como Thomas Truslow dessa verdade?

— Ela morreu no Natal — continuou Truslow baixinho. — A neve estava alta aqui, que nem um cobertor. Éramos só eu e ela, a garota tinha fugido, desgraçada.

— Sally?

— Diabos, é. — Agora Truslow estava em posição de sentido, com as mãos cruzadas desajeitadamente no peito, quase como se imitasse a postura de morte da sua amada Emily. — Emily e eu não éramos casados direito — confessou ao ianque. — Ela fugiu comigo um ano antes de eu partir para ser soldado. Eu só tinha 16 anos, ela não era um dia mais velha, mas já estava casada. Estávamos errados e sabíamos, mas era como se a gente não conseguisse se conter. — Havia lágrimas nos olhos dele, e de repente Nathaniel ficou feliz por saber que aquele homem duro já havia se comportado de modo tão idiota e imprudente quanto ele mesmo não muito tempo antes. — Eu a amava — continuou Truslow — e essa é a verdade, mas o pastor Mitchell não quis fazer o casamento porque disse que éramos pecadores.

— Tenho certeza de que ele não deveria ter feito esse julgamento — disse Nathaniel, sério.

— Acho que deveria. O serviço dele era nos julgar. Para que serve um pregador, a não ser para ensinar a gente a se conduzir? Não estou reclamando, mas Deus nos castigou, Sr. Starbuck. Só uma filha nossa viveu, e partiu nosso coração, e agora Emily morreu e fiquei sozinho. Não se pode zombar de Deus, Sr. Starbuck.

De repente, inesperadamente, Nathaniel sentiu uma enorme simpatia por aquele homem desajeitado, duro, difícil, que estava tão canhestro junto à sepultura que ele mesmo devia ter cavado. Ou talvez Roper tivesse ajudado, ou um dos outros fugitivos que viviam nesse vale alto fora das vistas dos magistrados e cobradores de impostos que infestavam as planícies. E logo no Natal, e o nortista os imaginou carregando o corpo frouxo para a neve, cavando o chão gelado.

— Não éramos casados direito, e ela nunca foi enterrada direito, não com um homem de Deus a mandando para casa, e é isso que quero que o senhor faça por ela. O senhor vai dizer as palavras certas, Sr. Starbuck. Vai dizer as palavras por Emily, porque se o senhor disser as palavras certas Deus vai aceitá-la.

— Tenho certeza de que vai. — Nathaniel se sentia totalmente inadequado àquele momento.

— Então diga. — Agora não existia violência em Thomas Truslow, apenas uma vulnerabilidade terrível.

Houve silêncio na pequena clareira. As sombras da noite se estendiam longas. Ah, meu Deus, pensou Nathaniel Starbuck, mas não sou digno, nem de longe. Deus não vai me ouvir, um pecador, mas não somos todos pecadores? E a verdade, certamente, é que Deus já tinha ouvido as orações de Thomas Truslow, porque a angústia dele era mais eloquente que qualquer litania que os estudos do nortista poderiam fornecer. Mas Thomas Truslow precisava do conforto de um ritual, de palavras antigas ditas com amor, então Nathaniel apertou o livro com força, fechou os olhos e levantou o rosto para as flores sombreadas pelo crepúsculo. Contudo, sentiu-se subitamente um idiota e impostor, e nenhuma palavra lhe vinha. Abriu a boca, mas não conseguiu falar nada.

— Isso mesmo — disse Truslow —, leve o tempo que precisar.

Nathaniel tentou pensar numa passagem das escrituras que lhe desse um ponto de partida. Sua garganta estava seca. Abriu os olhos e de repente um versículo lhe veio.

— O homem, nascido da mulher — começou, mas sua voz estava áspera e insegura, por isso começou de novo. — O homem, nascido de mulher, vive breve tempo, cheio de inquietação.

— Amém — disse Thomas Truslow. — Amém a isso.

— Nasce como a flor...

— Ela era, ela era, louvado seja Deus, ela era.

— E murcha.

— O Senhor a levou, o Senhor a levou. — Com os olhos fechados, Truslow se balançava para trás e para a frente enquanto tentava reunir toda a emoção.

— Foge como a sombra e não permanece.

— Deus ajude a nós, pecadores — declarou Truslow. — Deus nos ajude.

De repente Nathaniel se sentiu um idiota. Havia citado os dois primeiros versículos do capítulo quatorze de Jó, e de repente estava se lembrando do quarto versículo, que perguntava quem da imundície poderia tirar coisa pura. E dava a resposta dura: ninguém! E certamente o lar não santificado de Truslow fora impuro, não?

— Reze, moço, reze — implorou Truslow.

— Ah, Senhor Deus — franziu os olhos contra a luz agonizante do sol —, lembrai-vos de Emily, que era vossa serva, vossa criada, e que foi arrancada deste mundo para a vossa maior glória.

— Ela foi, ela foi! — Truslow quase uivou a confirmação.

— Lembrai-vos de Emily Truslow... — continuou Nathaniel debilmente.

— Mallory — interrompeu Truslow. — Era o nome verdadeiro dela, Emily Marjory Mallory. E a gente não deveria se ajoelhar? — Ele tirou o chapéu e se ajoelhou no chão macio.

Nathaniel também ficou de joelhos.

— Ah, Senhor — começou de novo, e por um momento ficou sem palavras, mas então, aparentemente tendo surgido de lugar nenhum, elas começaram a fluir.

Sentiu o sofrimento de Truslow preenchê-lo, e por sua vez tentou colocar essa tristeza sobre o Senhor. Truslow gemeu ouvindo a oração enquanto o ianque erguia o rosto para as folhas verdes como se pudesse projetar as palavras nos ventos fortes para além das árvores, para além do céu que escurecia, para além das primeiras estrelas pálidas, para onde Deus reinava em toda Sua terrível majestade solene. A oração era boa, sentia o poder dela e se perguntou por que não conseguia rezar por si mesmo como rezava por aquela mulher desconhecida.

— Ah, Deus — terminou, e havia lágrimas em seu rosto enquanto a oração chegava ao fim. — Ah, santo Deus, escutai nossa prece, escutai, escutai.

E então houve silêncio de novo, a não ser pelo vento nas folhas e pelo som dos pássaros, e em algum lugar no vale um cão solitário latia. Nathaniel Starbuck abriu os olhos e viu que o rosto sujo de Truslow estava riscado de lágrimas, no entanto o homenzinho parecia estranhamente feliz. Estava inclinado para a frente, mantendo os dedos grossos e fortes na terra da sepultura como se, ao segurar a terra acima do cadáver de Emily, pudesse falar com ela.

— Vou para a guerra, Emily — disse, sem qualquer embaraço por falar assim com a mulher morta, na presença do nortista. — Faulconer é um idiota, e não vou por causa dele, mas temos parentes nas fileiras dele, e vou por eles. Seu irmão entrou para essa tal legião, e o primo Tom está lá, e você ia querer que eu cuidasse deles dois, garota, por isso eu vou. E Sally ficará muito bem. Agora ela tem o homem dela e vai ser bem-cuidada, e você pode me esperar, minha querida, e vou encontrar você na hora que Deus quiser. Esse é o Sr. Starbuck, que rezou por você. Ele rezou bem, não foi? — Truslow chorava, mas agora soltou os dedos da terra e os limpou nos jeans antes de esfregar as bochechas. — O senhor reza bem — comentou.

— Talvez a sua oração tenha sido ouvida, mesmo sem mim — respondeu Nathaniel com humildade.

— Mas nunca podemos ter certeza, não é? E logo Deus vai ficar surdo, de tantas orações. A guerra faz isso, portanto fico feliz que a gente tenha dito nossas palavras antes que as batalhas comecem a afogar os ouvidos Dele com palavras. Emily deve ter gostado de ouvir o senhor rezar. Ela sempre gostou de um bom pregador. Agora quero que o senhor reze para Sally.

Ah, meu Deus, pensou Nathaniel, isso estava indo longe demais!

— O senhor quer que eu faça o quê?

— Reze para Sally. Ela tem sido uma decepção para nós.

Truslow se levantou e pôs o chapéu de aba larga sobre o cabelo. Olhou para a sepultura e continuou com a história.

— Ela não é parecida com a mãe nem comigo. Não sei que vento ruim a trouxe para nós, mas ela veio e prometi a Emily que ia cuidar dela, e vou. Mal completou 15 anos e vai ter um filho, veja só.

— Ah.

Nathaniel não sabia o que mais dizer. Quinze anos! Era a idade de sua irmã mais nova, Martha, e ainda pensava que ela era uma criança. Aos 15 anos, pensou, ele nem sabia de onde vinham os bebês, presumia que fossem dados pelas autoridades em alguma cerimônia secreta, cheia de agitação, envolvendo mulheres, médicos e a Igreja.

— Ela diz que o bebê é do jovem Decker, e talvez seja. E talvez não seja. Você disse que Ridley esteve aqui na semana passada? Isso me preocupa. Andou farejando em volta da minha Sally como se ela estivesse no cio e ele fosse um cachorro. Semana passada eu desci ao vale, a negócios, então quem sabe onde ela estava?

O primeiro impulso de Nathaniel foi de declarar que Ridley era noivo de Anna Faulconer, por isso não podia ser responsável pela gravidez de Sally Truslow, mas algo lhe disse que um protesto tão ingênuo seria recebido com desprezo amargo, e assim, sem saber o que mais dizer, sensatamente ficou quieto.

— Ela não é igual à mãe — continuou Truslow, mais para si mesmo que para o outro. — Há algo selvagem nela, sabe? Talvez tenha puxado a mim, mas não a Emily. Mas ela diz que o bebê é de Robert Decker, então que seja. E ele acredita nela e diz que vai casar com ela, então que seja também. — Truslow se curvou e arrancou uma erva daninha da sepultura. — É onde Sally está agora — explicou. — Com os Deckers. Ela disse que não me suportava, mas era a dor da mãe e o fato de Emily estar morrendo que não aguentava. Agora está grávida, por isso precisa se casar e ter um lugar para morar, para não viver da caridade. Prometi a Emily que cuidaria de Sally e e o que estou fazendo. Vou dar essa casa a Sally e ao garoto, e eles podem criar um filho aqui. Eles não vão me querer. Sally e eu nunca nos demos muito bem, por isso ela e o jovem Decker podem pegar esse lugar e ficar juntos. E é o que quero que o senhor faça, Sr. Starbuck. Quero que case os dois direito. Eles estão vindo para cá, agora.

— Mas não posso casá-los! — protestou Nathaniel.

— Se o senhor pode mandar a alma da minha Emily para o céu, pode casar a minha filha e Robert Decker.

Starbuck se perguntou como, em nome de Deus, corrigiria o tremendo equívoco de Thomas Truslow com relação à teologia e aos poderes civis.

— Se ela for se casar — insistiu —, precisa ir a um magistrado e...

— Deus tem mais autoridade que um magistrado. — Truslow se virou e se afastou da sepultura. — Sally vai ser casada por um homem de Deus, e isso é mais importante que ser casada por um advogado urubu que só quer o pagamento.

— Mas não sou ordenado!

— Não venha com essa desculpa outra vez. O senhor vai fazer isso por mim. Ouvi o senhor, e se Deus não ouviu suas palavras naquela hora não vai ouvir as de homem nenhum. E, se a minha Sally vai se casar, quero que seja casada direito, pela lei de Deus. Não a quero solta por aí de novo. Ela era desgarrada, mas é hora de se assentar. Portanto reze para ela.

Nathaniel não tinha certeza se a oração poderia impedir uma jovem de andar solta por aí, porém não gostaria de dizer isso a Thomas Truslow.

— Por que não a leva até o vale? Deve haver pastores de verdade que casem os dois.

— Os pastores do vale, moço — Truslow havia se virado para cutucar o peito do ianque com um dedo enfatizando as palavras —, foram emproados e metidos demais para enterrar a minha Emily, portanto acredite, moço, eles são emproados e metidos demais para casar a minha filha com o garoto dela. E agora você está tentando dizer que também é bom demais para gente como nós? — Seu dedo cutucou mais uma vez o peito de Nathaniel, depois ficou ali.

— Acho que seria um privilégio realizar o casamento da sua filha, senhor — respondeu rapidamente.

Sally Truslow e seu rapaz chegaram logo depois de anoitecer. Roper os trouxe, puxando Sally montada na égua. Ela apeou diante da varanda do pai, onde ardia uma vela abrigada numa lanterna. Mantinha o rosto abaixado, sem ousar encarar o pai. Usava uma touca preta e vestido azul. Sua cintura era fina, ainda sem aparentar a gravidez.

Ao seu lado estava um rapaz com rosto redondo e inocente. Estava barbeado, na verdade parecia que não seria capaz de deixar uma barba crescer se tentasse. Devia ter 16 anos, mas Nathaniel supôs que fosse mais novo que isso. Robert Decker tinha cabelo cor de areia, olhos azuis confiantes e sorriso rápido, que ele lutava para conter enquanto acenava num cumprimento cauteloso ao futuro sogro.

— Sr. Truslow — saudou ele, sem jeito.

— Robert Decker — respondeu Truslow —, conheça Nathaniel Starbuck. Ele é um homem de Deus e concordou em casar você e Sally.

Robert Decker, remexendo no chapéu redondo que segurava diante do corpo com as duas mãos, cumprimentou animado o nortista.

— É um prazer conhecer o senhor, moço.

— Levante os olhos, Sally! — rosnou Truslow.

— Não sei se quero casar — gemeu ela em protesto.

— Você vai fazer o que eu mandar — grunhiu o pai.

— Quero casar na igreja! — insistiu a garota. — Que nem Laura Taylor, por um pastor de verdade!

Nathaniel Starbuck mal ouviu o que ela disse, e nem se importava com o que ela dissesse, porque em vez disso estava olhando Sally Truslow e imaginando por que Deus criava tais mistérios. Por que uma moça do campo, gerada por uma adúltera e um homem rude, nascia para fazer o próprio sol parecer opaco. Porque Sally Truslow era linda. Seus olhos eram azuis como o céu sobre o mar de Nantucket, o rosto doce como mel, os lábios eram os mais grossos e convidativos que um homem poderia desejar. O cabelo era castanho escuro, riscado por fios mais claros e intensos à luz da lanterna.

— Um casamento deve ser feito direito — reclamou ela —, e não simplesmente pular por cima de um cabo de vassoura. — Pular por cima de um cabo de vassoura era o modo de se casar nos campos afastados, ou o modo como os escravos representavam o casamento.

— Você está planejando criar a criança sozinha, Sally, sem casar? — perguntou Truslow.

— Você não pode fazer isso, Sally — retrucou Robert Decker com uma ansiedade patética. — Você precisa de um homem para trabalhar por você, para cuidar de você.

— Talvez eu decida não ter criança nenhuma — reagiu ela com petulância.

A mão de Truslow se movimentou como um relâmpago, batendo com força na bochecha da filha. O som foi como um chicote estalando.

— Se você matar esse bebê — ameaçou ele —, acerto couro na sua pele até deixar seus ossos parecendo estrado de cama. Ouviu?

— Eu não vou fazer nada. — Ela estava chorando, encolhendo-se por causa do golpe violento. Seu rosto tinha ficado vermelho por causa do tapa, mas ainda havia uma beligerância astuta nos olhos.

— Sabe o que eu faço com uma vaca que não carrega as crias? — gritou Truslow para ela. — Mato. Você acha que alguém iria se importar se eu colocasse outra cadela que aborta embaixo da terra?

— Eu não vou fazer nada! Já falei! Vou ser uma boa menina!

— Ela vai, Sr. Truslow — disse Robert Decker. — Ela não vai fazer nada.

Roper, impassível, estava atrás do casal enquanto Truslow olhava duro nos olhos de Robert Decker.

— Por que você quer casar com ela, Robert?

— Gosto dela de verdade, Sr. Truslow. — Ele estava sem graça por admitir, mas riu ao olhar de lado para Sally. — E o bebê é meu. Sei que é.

— Vou fazer você se casar como se deve. — Truslow olhou de volta para a filha. — Pelo Sr. Starbuck, que sabe falar com Deus. E, se você violar seus votos, Sally, Deus vai chicotear seu couro até o sangue secar. Deus não admite zombaria, garota. Se você o ofender, vai acabar igual a sua mãe, morta antes da hora e virando comida de verme.

— Vou ser uma boa garota — gemeu Sally, então olhou diretamente para Nathaniel pela primeira vez e a respiração do rapaz ficou presa na garganta ao olhar de volta.

Uma vez, quando ele era pequeno, seu tio Matthew o levara a Faneuil Hall para ver uma demonstração da força elétrica, e Nathaniel havia ficado de mãos dadas num círculo de espectadores enquanto o palestrante fazia passar uma corrente pelos corpos ligados. Então ele sentira o mesmo que experimentava agora, um arrepio que momentaneamente fazia o resto do mundo parecer irrelevante. Então, assim que reconheceu a empolgação, sentiu uma espécie de desespero. Esse sentimento era um pecado. Era obra do diabo. Sem dúvida sua alma estava doente. Porque sem dúvida nenhum homem comum, decente, ficaria tão fascinado por qualquer moça de rosto bonito. Então, imaginou se as suspeitas de Thomas Truslow seriam verdadeiras e se Ethan Ridley teria sido amante daquela jovem, e sentiu uma pontada de ciúme corrosivo afiado como uma lâmina, e depois uma raiva feroz porque Ridley era capaz de enganar Washington e Anna Faulconer.

— O senhor é um pregador de verdade? — Sally esfregou o punho no nariz e perguntou a Nathaniel.

— Eu não pediria para ele casar você se não fosse — insistiu o pai.

— Estava me perguntando — disse ela em desafio, mantendo o olhar no nortista, e ele soube que ela vira com clareza dentro de sua alma.

Estava enxergando sua luxúria e sua fraqueza, seu pecado e seu medo. O pai de Nathaniel o havia alertado com frequência contra os poderes das mulheres, e o ianque pensara que encontrara esses poderes na forma mais demoníaca em Mademoiselle Dominique Demarest, no entanto Dominique não possuía nada comparável à intensidade daquela jovem.

— Se uma garota não pode perguntar a um pregador que vai casá-la que tipo de pregador ele é — insistiu Sally —, então o que ela pode perguntar? — Sua voz estava baixa como a do pai, mas, enquanto a dele causava medo, a dela sugeria algo infinitamente mais perigoso. — Então, o senhor é um pregador de verdade, moço? — perguntou de novo.

— Sou. — Ele disse a mentira no lugar de Thomas Truslow, e porque não ousava deixar a verdade o escravizar àquela garota.

— Então acho que estamos todos prontos — disse Sally em tom de desafio. Não queria se casar mas também não queria parecer derrotada. — Tem um anel para nós, pai?

A pergunta parecia casual, mas Nathaniel percebeu imediatamente que ela carregava um grande peso emocional. Truslow olhou em desafio para a filha, com a marca da mão ainda no rosto, mas ela devolveu o desafio. Robert Decker olhou a filha e o pai, depois de volta a filha, e teve o bom senso de ficar de boca fechada.

— O anel é especial — comentou Truslow.

— Está guardando para outra mulher, é? — perguntou Sally com desprezo.

Por um segundo o nortista achou que Truslow iria bater nela outra vez, mas em vez disso ele enfiou a mão num bolso do casaco e pegou um saquinho de couro. Desamarrou o laço e tirou um pedaço de tecido azul, que desenrolou, revelando um anel. Ele brilhou na escuridão, um anel de prata, com um desenho gravado que Nathaniel não pôde decifrar.

— Esse anel era de sua mãe — disse Truslow.

— E mamãe sempre disse que seria meu — insistiu Sally.

— Eu deveria ter enterrado junto dela. — Truslow olhou o anel, que claramente era uma relíquia com grande significado para ele, mas depois, impulsivamente, como se soubesse que iria se arrepender da decisão, estendeu o anel para o ianque. — Diga as palavras — exigiu rispidamente.

Roper tirou o chapéu enquanto o rosto do jovem Decker adquiria uma expressão séria. Sally passou a língua pelos lábios e sorriu para Nathaniel, que olhou o anel de prata sobre a velha Bíblia. Viu que ele continha palavras gravadas, mas à luz fraca não era capaz de identificá-las. Meu Deus, pensou, que discurso iria encontrar para aquela paródia de matrimônio? Era um sofrimento maior do que o buraco para serrar madeira.

— Fale, pastor — rosnou Truslow.

— Deus ordenou que o casamento — Nathaniel se ouviu dizendo, enquanto tentava em desespero se lembrar dos serviços matrimoniais a que havia comparecido em Boston — fosse um instrumento de seu amor, e uma instituição em que possamos trazer nossos filhos a este mundo para serem seus servos. Os mandamentos do matrimônio são simples: que se amem um ao outro. — Ele olhava Robert Decker enquanto falava, e o rapaz balançou a cabeça ansioso, como se precisasse de confirmação, e o nortista sentiu um terrível nó na garganta de pena daquele idiota honesto que estava sendo atrelado a uma tentadora, depois encarou Sally. — E que sejam fiéis um ao outro até que a morte os separe.

Ela sorriu para Nathaniel, e quaisquer palavras que ele estivesse para falar desapareceram como névoa sob o sol do meio-dia. Ele abriu a boca, mas não encontrou o que dizer, por isso a fechou.

— Ouviu o que o homem disse, Sally Truslow? — indagou o pai dela.

— Que inferno, ouvi, não sou surda.

— Pegue o anel, Robert — ordenou o ianque, e ficou pasmo com a própria temeridade.

Havia aprendido no seminário que os sacramentos eram rituais solenes oferecidos a Deus por homens especiais, os mais santos, no entanto ali estava ele, um pecador, inventando aquele serviço às pressas à luz tremeluzente de uma lanterna assombrada por mariposas sob uma lua nascente na Virgínia

— Ponha a mão direita na Bíblia — disse a Robert, que pôs a mão manchada pelo trabalho na Bíblia de lombada quebrada que Nathaniel ainda segurava. — Repita comigo — indicou, e de algum modo inventou um juramento de matrimônio que administrou a um de cada vez, em seguida disse a Robert para colocar o anel no dedo de Sally, então por fim os declarou marido e mulher, fechou os olhos e ergueu as pálpebras fechadas para o céu estrelado. — Que a bênção de Deus Todo-Poderoso, Seu amor e Sua proteção estejam com vocês dois, e que os mantenha longe do mal, de agora até o fim do mundo. Pedimos isso em nome daquele que nos amou tanto que deu seu único filho para nossa redenção. Amém.

— Amém a isso — falou Thomas Truslow —, e amém.

— Louvado seja, amém — entoou Roper atrás do casal.

— Amém e amém. — O rosto de Robert Decker estava inundado de felicidade.

— É só isso? — perguntou Sally Decker.

— Isso e o resto da vida de vocês — acrescentou o pai dela rispidamente. — E você fez uma promessa de ser fiel, e mantenha essa promessa, garota, ou vai sofrer. — Em seguida agarrou a mão direita dela e, apesar de Sally tentar recuar, puxou-a com força. Olhou o anel de prata no dedo da filha. — E cuide desse anel, garota.

Sally não disse nada e Nathaniel teve a impressão de que, ao ganhar o anel do pai, ela obtivera uma vitória sobre ele, que era muito mais importante para a jovem do que estar casada.

Truslow soltou a mão dela.

— O senhor vai escrever o nome deles na Bíblia? — perguntou ao ianque. — Para fazer a coisa direito?

— Claro — respondeu.

— Tem uma mesa na casa — avisou Truslow — e um lápis no jarro em cima da lareira. Chute o cachorro se ele incomodar o senhor.

Nathaniel Starbuck levou a lanterna e a Bíblia para a casa, que era composta de um cômodo mobiliado com simplicidade. Havia uma cama semelhante a um armário, uma mesa, uma cadeira, dois baús, uma lareira com um gancho para panela, um banco, uma roca, uma peneira de comida, uma estante de armas, uma foice e um retrato emoldurado de Andrew Jackson. O nortista se sentou à mesa, abriu a Bíblia e encontrou o registro de família. Desejou ter tinta para escrever, porém o lápis de Thomas Truslow teria de bastar. Olhou os nomes no registro, que remontavam a quando os primeiros Truslow chegaram ao Novo Mundo em 1710 e viu que alguém havia feito uma anotação com a morte de Emily Truslow na última linha preenchida, anotando o nome dela em letras de forma mal-escritas e acrescentando Mallory depois, entre colchetes, para o caso de Deus não saber quem realmente era Emily Truslow. Acima disso estava o registro simples do nascimento de Sally Emily Truslow em maio de 1846, e Nathaniel percebeu que a jovem tinha feito 15 anos havia apenas dois dias.

"Domingo, 26 de maio de 1861", escreveu com dificuldade, atrapalhado pela dor nas mãos cheias de bolhas. "Sally Truslow e Robert Decker, unidos em santo matrimônio." Havia uma coluna onde o pastor oficiante deveria escrever o nome. Hesitou, depois colocou seu nome ali: Nathaniel Joseph Starbuck.

— Você não é pregador de verdade, é? — Sally havia entrado na casa e o desafiava com o olhar.

— Deus faz de nós o que somos, e o que Deus fez de mim não é para ser questionado por você — retrucou com o máximo de seriedade que pôde e se sentiu horrivelmente pomposo com isso, mas temia o efeito da garota sobre ele, por isso recuou para esse tipo de atitude.

Ela gargalhou, sabendo que Nathaniel havia mentido.

— Você tem uma voz ótima, preciso admitir. — Sally foi até a mesa e olhou a Bíblia aberta. — Não sei ler. Um homem prometeu me ensinar, mas ainda não teve tempo.

O ianque achou que sabia quem era o homem, e, ainda que parte dele não quisesse confirmação, outra parte queria que a suspeita fosse confirmada.

— Ethan Ridley lhe prometeu isso?

— Você conhece Ethan? — Sally pareceu surpresa, depois confirmou. — Ethan prometeu me ensinar a ler, prometeu muita coisa, mas não cumpriu nenhuma. Pelo menos por enquanto, mas ainda tem tempo, não tem?

— Tem? — perguntou Nathaniel. Ele disse a si mesmo que estava chocado com a traição de Ridley para com a gentil Anna Faulconer mas também sabia que sentia um ciúme terrível de Ethan Ridley.

— Eu gosto de Ethan. — Agora Sally estava provocando o nortista. — Ele desenhou meu retrato. Ficou realmente bom.

— Ele é um bom artista — comentou Nathaniel, tentando manter a voz inexpressiva.

Sally estava parada junto dele.

— Ethan diz que um dia vai me levar embora. Me tornar uma dama de verdade. Disse que vai me dar pérolas e um anel para o meu dedo. Um de ouro. Um anel de verdade, e não como esse. — Ela estendeu o dedo com o anel e acariciou a mão do ianque, provocando um choque parecido com um relâmpago, que foi direto ao coração. Ela baixou a voz para pouco acima de um sussurro conspiratório. — Você faria isso por mim, pregador?

— Eu ficaria feliz em ensinar você a ler, Srta. Decker.

Nathaniel estava tonto. Sabia que deveria afastar a mão do dedo que acariciava, mas não queria, não podia. Estava preso por ela. Olhou o anel. As letras gravadas na prata estavam gastas, mas legíveis. *Je t'aime*, diziam. Era um anel francês barato para amantes, sem grande valor a não ser para o homem cuja amada o usara.

— Você sabe o que diz o anel, pregador? — perguntou Sally.

— Sei.

— Diga.

Ele olhou nos olhos dela e precisou baixar o olhar imediatamente. A luxúria era como uma dor.

— O que diz, moço?

— Está em francês.

— Mas o que diz? — O dedo dela ainda estava em sua mão, apertando com leveza.

— "Eu te amo." — Nathaniel não podia olhá-la.

Sally riu bem baixinho e apertou mais a mão dele, acompanhando a linha do dedo mais comprido.

— Você me daria pérolas? Como Ethan diz que vai dar? — Ela estava zombando dele.

— Eu tentaria. — Ele não deveria ter dito isso nem tinha certeza do que pretendera dizer, simplesmente se ouviu falando, e havia uma enorme tristeza em sua voz.

— Sabe de uma coisa, pregador?

— O quê? — Ele a olhou.

— Você tem olhos iguais aos do meu pai.

— Tenho?

O dedo dela continuava pousado em sua mão.

— Não estou casada de verdade, estou? — Sally não estava mais provocando, e sim subitamente ansiosa. O nortista não respondeu e ela pareceu magoada. — Você me ajudaria de verdade? — perguntou, e havia um tom sincero de desespero em sua voz. Havia abandonado o flerte e falava como uma criança infeliz.

— Sim — respondeu Nathaniel, mesmo sabendo que não deveria ter prometido isso.

— Não posso ficar aqui em cima. Só quero ir embora daqui.

— Se eu puder, ajudarei — declarou ele, e soube que estava prometendo mais do que poderia dar, e que a promessa provinha da idiotice, porém mesmo assim queria que confiasse nele. — Prometo que vou ajudar — disse, e moveu a mão para segurar a dela, mas Sally puxou os dedos rapidamente quando a porta da cabana se abriu.

— Já que está aqui, garota — disse Truslow —, faça o jantar para a gente. Tem galinha na panela.

— Não sou mais sua cozinheira — reclamou Sally, depois se desviou quando o pai levantou a mão. Nathaniel fechou a Bíblia e se perguntou se sua traição seria óbvia para Truslow. A garota cozinhou e o ianque ficou olhando o fogo, sonhando.

Na manhã seguinte, Thomas Truslow deu a casa, as terras e seu melhor cinto de couro a Robert Decker. Encarregou o garoto somente de cuidar da sepultura de Emily.

— Roper vai ajudar você com a terra. Ele sabe o que cresce melhor e o que não cresce. E conhece os animais que estou deixando para você. Ele é seu meeiro agora, mas é um bom vizinho e vai ajudá-lo, garoto, então ajude-o também. Bons vizinhos tornam a vida boa.

— Sim, senhor.

— E Roper vai usar o buraco para serrar madeira nos próximos dias. Deixe.

— Sim, senhor.

— E o cinto é para Sally. Não deixe que ela domine você. Um gostinho de dor e ela vai aprender o lugar dela.

— Sim, senhor — repetiu Robert Decker, mas sem convicção.

— Estou indo para a guerra, garoto, e só o Senhor sabe quando volto. Ou se volto.

— Eu deveria ir lutar, senhor. Não é certo eu não poder lutar.

— Você não pode. — Truslow foi rude. — Você tem uma mulher e um filho para cuidar. Eu não tenho ninguém. Tive a minha vida, por isso posso muito bem passar o que resta dela ensinando aos ianques a não meter o nariz onde não foram chamados. — Truslow ajeitou o chumaço de tabaco na bochecha, cuspiu, depois olhou de volta para Decker. — Garanta que ela cuide daquele anel, garoto. Era da minha Emily, eu nem sei se deveria ter dado a Sally, só que era isso que minha Emily queria.

Sally ficou na cabana. Nathaniel queria que ela saísse. Queria ter alguns instantes com ela. Queria falar com ela, dizer que entendia sua infelicidade e a compartilhava, mas a jovem permaneceu escondida e Truslow não exigiu vê-la. Até onde podia dizer, Truslow nem tinha se despedido da filha. Em vez disso, escolheu uma faca de caça, um fuzil longo e uma pistola, e deixou o restante das armas para o genro. Depois selou um cavalo de aparência carrancuda, passou algum tempo sozinho junto à sepultura de sua Emily e depois levou o ianque em direção à crista do morro.

O sol brilhava, tornando as folhas luminosas. Truslow parou na crista do morro, não para olhar de volta para a casa que estava deixando, e sim para o leste, onde a terra era clara e limpa, quilômetro após quilômetro de América, estendendo-se em direção ao mar e aguardando os carniceiros começarem a desmembrá-la.

Parte 2

5

A poeira dançava no ar acima da Praça do Mercado de Richmond. Era levantada pelos onze regimentos que faziam marchas e contramarchas no enorme campo que sofrera abrasão até ficar livre de cada fiapo de capim, depois fora batido até só restar um pó fino, fruto dos intermináveis exercícios que o general de brigada Lee insistia em impor aos recrutas que chegavam para defender a Confederação. A poeira marrom-avermelhada havia sido levada pelo vento até se assentar em cada parede, telhado e cerca viva num raio de oitocentos metros da Praça do Mercado, de modo que mesmo as flores de magnólia que cercavam o local pareciam desbotadas, com uma curiosa cor de tijolo claro. O uniforme de Ethan Ridley estava com uma camada de pó, o que dava ao tecido cinza um tom de carne. Ridley fora à praça para encontrar seu irmão gorducho e míope. Belvedere Delaney estava montado num cavalo malhado com as costas derreadas, sobre o qual ele se acomodava com toda a elegância de um saco de batata, olhando os regimentos marcharem com garbo. Delaney, ainda que em roupas civis, saudava as tropas de passagem com toda a empáfia de um general.

— Estou treinando para quando entrar para o Exército, Ethan — disse cumprimentando o meio-irmão, sem demonstrar surpresa pelo aparecimento súbito de Ridley na cidade.

— Você não vai entrar para o Exército, Bev, é mole demais.

— Pelo contrário, Ethan, serei um oficial jurídico. Eu mesmo inventei o posto e sugeri ao governador, que teve a gentileza de me comissionar. Por enquanto serei capitão, mas vou me promover se descobrir que o posto é baixo demais para um homem com meus gostos e distinção. Muito bem, homens! Muito bem! Muito elegantes! — gritou Delaney para uma perplexa companhia de infantaria do Alabama, marchando diante dos espectadores que aplaudiam. Uma visita à Praça do Mercado era uma excursão popular para os moradores de Richmond, que agora se viam morando na capital dos Estados Confederados da América, fato que dava um prazer especial a Belvedere Delaney. — Quanto mais políticos houver em Richmond, maior será a corrupção — explicou a Ridley. — E, quanto maior a corrupção, maior o lucro. Duvido que algum dia possamos competir com Washington nesse quesito, mas devemos nos esforçar ao máximo no curto tempo que Deus nos conceder. — Delaney deu um sorriso beatífico para o meio-irmão carrancudo. — E quanto tempo você vai ficar em Richmond dessa vez? Presumo que vá usar a casa da Grace Street, não é? George disse a você que eu estava aqui? — George era o serviçal de Delaney, um escravo, porém com modos e postura de aristocrata. Ridley não gostava do pretensioso George, mas precisava suportar o escravo se quisesse usar os aposentos do irmão na Grace Street. — Então, o que o traz a nossa bela cidade? — perguntou Delaney. — Além dos encantos da minha companhia, é claro.

— Canhões. Dois canhões de seis libras que Faulconer descobriu na Fundição Bowers. Os canhões deveriam ter sido derretidos, mas Faulconer os comprou.

— Então não há lucro para nós nisso — disse Delaney.

— Ele precisa de munição. — Ridley fez uma pausa para acender um charuto. — E armões. E cofres de munição.

— Ah! Ouvi o tilintar suave de dólares trocando de mãos — declarou Belvedere Delaney, deliciado, depois se virou para olhar um regimento da milícia da Virgínia passar com a bela precisão de lançadeiras num tear mecânico. — Se todas as tropas forem tão boas quanto essas — disse ao meio-irmão —, a guerra pode ser considerada vencida, mas, meu Deus, você deveria ver parte da ralé que aparece querendo lutar. Ontem vi uma companhia que se chamava de Matadores de Lincoln Montados de McGarritty; McGarritty é o coronel autoproclamado, veja bem, e os quatorze caipiras tinham no total dez cavalos, duas espadas, quatro espingardas e uma corda de forca. A corda tinha seis metros, com um nó corrediço, e eles me disseram que era mais que adequada para Lincoln.

Ethan Ridley não estava interessado nas espécies mais raras de soldados sulistas, apenas nos lucros que poderia ter com a ajuda do meio-irmão.

— Você tem munição para canhões de seis libras?

— Em enormes quantidades, infelizmente — confessou Delaney. — Estamos praticamente dando as balas sólidas de graça. Mas certamente podemos ter um lucro indecente com metralha e obuses.

Ele parou para levar a mão ao chapéu, cumprimentando um senador do estado que estivera ávido pela guerra antes que os primeiros canhões disparassem, mas que desde então descobrira ter uma perna manca, costas tortas e fígado problemático. O político inválido, apoiado por almofadas luxuosas em sua carruagem, levantou debilmente a bengala de castão de ouro em resposta à saudação de Delaney.

— E certamente posso arranjar alguns armões e cofres com um lucro obsceno — continuou Delaney, todo feliz.

Estava assim por causa dos lucros decorrentes da insistência de Washington Faulconer em que nenhuma bota ou botão fosse comprado para sua legião pelo estado, persistência que Delaney vira como oportunidade. Usara suas extensas amizades no governo do estado para comprar mercadorias das armarias estatais, depois vendia tudo para o meio-irmão, que atuava como agente de compras de Washington Faulconer. O preço dos bens invariavelmente dobrava ou mesmo quadruplicava durante a transação, e os irmãos dividiam os lucros igualmente. Era um esquema feliz que, dentre outras coisas, comprara para Washington Faulconer doze mil dólares de fuzis do Mississippi que custaram apenas seis mil dólares a Belvedere Delaney, barracas de quarenta dólares que tinham custado dezesseis, e mil pares de botas de dois dólares que os irmãos haviam comprado por oitenta centavos o par.

— Imagino que um armão de canhão custe pelo menos quatrocentos dólares — pensou Delaney em voz alta. — Digamos, oitocentos para Faulconer?

— No mínimo.

Ridley precisava dos lucros muito mais que o irmão mais velho, motivo pelo qual estivera tão contente em voltar a Richmond, onde não somente podia ganhar dinheiro mas também ficar livre dos afetos sufocantes de Anna. Dizia a si mesmo que o casamento certamente tornaria as coisas mais fáceis entre ele e a filha de Faulconer, e que assim que tivesse a segurança da riqueza da família não se ressentiria tanto das exigências petulantes da jovem. Na riqueza, acreditava Ridley, estava a solução para todos os sofrimentos da vida.

Belvedere Delaney também gostava da prosperidade, mas apenas se viesse acompanhada pelo poder. Ele conteve o cavalo para olhar uma companhia de homens do Mississippi marchando; homens barbados e de boa aparência, magros e bronzeados, mas todos com armas de pederneira antiquadas como as que os avós usaram contra os casacas-vermelhas. A guerra que se aproximava, esperava Delaney, deveria ser breve, porque sem dúvida o norte varreria aqueles amadores entusiasmados com suas armas toscas e passos vacilantes, e quando isso acontecesse ele pretendia obter um lucro ainda maior do que os parcos dólares que agora ganhava para equipar a legião de Washington Faulconer. Porque, apesar de sulista de nascimento e criação, Belvedere Delaney era nortista por cálculo, e, apesar de ainda não ter se tornado espião, havia permitido discretamente que seus amigos nos estados do norte soubessem que pretendia servir à causa deles dentro da capital da Virgínia. E, quando a vitória nortista chegasse, como certamente aconteceria, Delaney achava que os sulistas apoiadores do legítimo governo federal poderiam esperar uma bela recompensa. Essa era uma visão de longo prazo, Delaney sabia, mas mantê-la enquanto ao redor os idiotas apostavam a vida e as propriedades no curto prazo lhe dava uma satisfação imensa.

— Fale sobre Starbuck — perguntou subitamente ao irmão, enquanto seguiam a cavalo pelo perímetro da Praça do Mercado.

— Por quê? — Ridley ficou surpreso com a pergunta abrupta.

— Porque estou interessado no filho de Elial Starbuck. — Na verdade, foram os pensamentos em sulistas apoiando o norte e nortistas lutando pelo sul que fizeram Delaney pensar em Nathaniel. — Eu o conheci, você sabia?

— Ele não disse nada. — Ridley pareceu ressentido.

— Gostei bastante dele. Tem uma mente rápida. Mercurial demais para ser bem-sucedida, acho, mas não é um rapaz idiota.

Ethan Ridley zombou dessa avaliação generosa.

— Ele é um maldito filho de pastor. Um devoto filho de uma puta de Boston.

Delaney, que achava conhecer mais do mundo que o meio-irmão, suspeitava de que qualquer homem disposto a arriscar todo o futuro por causa de uma vagabunda dos palcos era provavelmente muito menos virtuoso e muitíssimo mais interessante que Ridley estava sugerindo, e Delaney, em sua longa refeição bêbada com o ianque, havia sentido algo complexo e interessante no rapaz. Refletia que Nathaniel se metera num labirinto escuro onde criaturas como Dominique Demarest lutavam contra as virtudes instiladas por uma criação calvinista e que essa batalha devia ser algo raro e maligno. Delaney esperava instintivamente que o calvinismo fosse derrotado mas também sabia que o aspecto virtuoso do caráter do nortista havia de algum modo irritado seu meio-irmão.

— Por que achamos a virtude tão irritante? — pensou em voz alta.

— Porque é a maior aspiração dos idiotas — respondeu Ridley maldosamente.

— Ou será que é porque admiramos a virtude nos outros, sabendo que não podemos alcançá-la? — Delaney ainda estava curioso.

— Você pode querer alcançá-la. Eu não.

— Não fale absurdos, Ethan. E explique por que sente tanta aversão pelo Starbuck.

— Porque o sacana me arrancou cinquenta pratas.

— Ah! Então ele acertou você onde dói mais. — Delaney, que sabia o tamanho da cobiça do meio-irmão, gargalhou. — E como o filho do pregador conseguiu fazer essa apropriação?

— Apostei que ele não conseguiria tirar um homem chamado Truslow das montanhas, e, maldição, ele conseguiu.

— O Pica-Pau me contou a respeito de Truslow. Mas por que você não o recrutou?

— Porque se Truslow me vir perto da filha dele, me mata.

— Ah! — Delaney sorriu e refletiu em como cada um criava os próprios atoleiros. Nathaniel estava enredado entre o pecado e o prazer, ele mesmo estava apanhado entre o norte e o sul, e seu meio-irmão estava atolado na luxúria. — O assassino tem motivo para matar você? — perguntou Delaney, depois pegou um cigarro numa cigarreira e tomou emprestado o charuto do irmão para acendê-lo. O cigarro era enrolado em papel amarelo e cheio de tabaco com aroma de limão. — E então? — instigou.

— Ele tem motivo — admitiu Ridley, depois não resistiu a uma gargalhada. — Daqui a pouco ele vai ter um neto bastardo.

— Seu?

Ridley fez que sim.

— Truslow não sabe que o filho é meu, e de qualquer forma a garota se casou, de modo que no fim das contas eu saí sem me comprometer. Só que tive de pagar pelo silêncio da cadela.

— Muito?

— O bastante. — Ridley inalou a fumaça amarga do charuto, depois balançou a cabeça. — Ela é uma puta gananciosa, mas, meu Deus, Bev, você deveria ver a garota.

— A filha do assassino é bonita? — Delaney achou a ideia divertida.

— É extraordinária — comentou Ridley com um genuíno tom de espanto. — Aqui, olhe. — Ele tirou uma carteira de couro do bolso de cima do uniforme e entregou a Delaney.

O meio-irmão abriu a carteira e achou um desenho, de doze por dez centímetros, mostrando uma jovem nua sentada numa clareira ao lado de um riacho. Delaney ficava constantemente atônito com o talento do meio-irmão que, apesar da falta de treinamento e de ser aplicado com preguiça, ainda era espantosamente bom. Deus derramava os talentos nos vasos mais estranhos, pensou.

— Você exagerou a aparência dela?

— Não. De verdade.

— Então ela é mesmo linda. Uma ninfa.

— Mas uma ninfa com uma língua igual à de um cocheiro crioulo e um temperamento equivalente.

— E você terminou com ela, então?

— Terminei. Está acabado.

Enquanto pegava o retrato de volta, Ridley esperava que isso fosse verdade. Pagara cem dólares de prata a Sally para ficar quieta, mas tinha permanecido com medo de ela não cumprir com sua parte do trato. Sally era uma garota imprevisível, com mais do que um toque da selvageria do pai, e Ethan Ridley ficara aterrorizado com a hipótese de ela aparecer em Faulconer Court House brandindo a gravidez diante de Anna. Não que Washington Faulconer se importasse com um homem gerando bastardos, mas fazê-los com escravas era uma coisa, e ter uma garota selvagem como a filha de Truslow gritando seu ultraje de um lado e para o outro da rua principal de Faulconer Court House era algo totalmente diferente.

Mas agora, graças a Deus, Ridley ouvira dizer que Sally havia se casado com seu garoto-cachorrinho de cabelo de palha. Não tinha ouvido nenhum detalhe do casamento, nada sobre onde, como ou quando, só que Truslow entregara a filha a Decker e dera ao casal sua terra pedregosa, seus animais e sua bênção, e com isso deixara Ridley sentindo-se muito mais seguro.

— Deu tudo certo — grunhiu para Delaney, mas não sem algum arrependimento, porque Ethan Ridley suspeitava que nunca mais na vida conheceria uma jovem tão linda quanto Sally Truslow. Entretanto, deitar-se com ela tinha sido brincar com fogo, e ele tivera sorte em sair sem se queimar.

Belvedere Delaney observou um punhado de recrutas tentando marchar com passo igual. Um cadete do Instituto Militar da Virgínia, que parecia ter metade da idade dos homens que treinava, gritou para que mantivessem as costas retas, a cabeça alta e parassem de olhar ao redor feito garotas do campo passeando.

— O coronel Faulconer exercita os homens dele assim? — perguntou Delaney.

— Ele acredita que os exercícios só servem para entorpecer o entusiasmo dos soldados.

— Que interessante! Talvez seu Faulconer seja mais inteligente do que eu pensava. Esses pobres-diabos começam os exercícios às seis da manhã e só param quando a lua nasce.

Delaney levou a mão ao chapéu, saudando um juiz que ele encontrava com frequência no bordel da Marshall Street conhecido como a casa da Sra. Richardson, mas na verdade o maior acionista do local era o próprio Belvedere Delaney. Em tempos de guerra, Delaney acreditava que os melhores investimentos eram em armas e mulheres, e até agora os dois estavam rendendo bons lucros.

— Faulconer acredita que a guerra deve ser desfrutada — comentou Ridley em tom cáustico. — Motivo pelo qual vai fazer um ataque de cavalaria.

— Um ataque de cavalaria? — perguntou Delaney em tom surpreso. — Conte.

— Não há o que contar.

— Então me descreva o nada. — Delaney falava numa petulância incomum.

— Por quê?

— Pelo amor de Deus, Ethan, sou amigo de metade dos legisladores do estado, e se os cidadãos da Virgínia estão travando uma guerra particular contra o norte, o governo deveria saber. Ou pelo menos Robert Lee. Na verdade, Lee deveria sancionar os movimentos militares, incluindo os de seu incipiente sogro. Portanto conte.

— Faulconer vai sair para realizar um ataque, ou talvez já tenha saído, não sei bem. Isso importa?

— Onde? Contra o quê?

— Ele está chateado porque deixamos os ianques ocuparem Alexandria. Acha que Richmond não se importa com a guerra. Diz que Letcher sempre foi mole com o norte e provavelmente é um agente da União em segredo. Acredita que Lee é cauteloso demais, assim como todos os outros, e que se alguém não der um chute nos ianques onde dói, a confederação vai desmoronar.

— Quer dizer que o idiota vai atacar Alexandria? — perguntou Delaney, atônito.

Alexandria era uma cidade da Virgínia que ficava à beira do Potomac, do lado oposto a Washington e que, desde o abandono das tropas sulistas, fora tremendamente fortificada.

— Ele sabe que não pode atacar Alexandria — respondeu Ridley. — Por isso planeja cortar a Ferrovia Baltimore e Ohio.

— Onde?

— Ele não me contou. — Ridley parecia azedo. — Mas não pode ser a leste de Cumberland, porque os trens não estão passando entre lá e Harper's Ferry. — De repente Ridley pareceu alarmado. — Pelo amor de Deus, Bev, você não vai impedi-lo, vai? Ele me mata se você fizer isso.

— Não — avisou Delaney, tranquilizando-o. — Não, vou deixar que ele se divirta. E quantos homens levou? A legião inteira?

— Só trinta. Mas você promete que não vai dizer nada? — Ridley estava aterrorizado com a própria indiscrição.

Delaney podia ver Robert Lee inspecionando recrutas do lado oposto da Praça do Mercado. Delaney havia se tornado deliberadamente útil para Lee e se pegara de forma involuntária impressionado com a combinação de inteligência e honestidade no general. Tentou imaginar a fúria de Lee se descobrisse que Faulconer estava lançando um ataque sozinho contra a Baltimore e Ohio, porém, por mais tentado que se sentisse, decidiu que não diria nada a seus amigos no governo da Virgínia. Em vez disso, deixaria o norte impedir a aventura.

Porque ainda havia tempo para escrever uma última carta a um amigo em Washington que, Delaney sabia, era íntimo do secretário de Guerra do governo nortista. Calculou que, se os nortistas descobrissem que ele poderia ser uma fonte de informações militares úteis, a confiança total viria em seguida.

— Claro que não direi nada ao governo — garantiu agora ao irmão aterrorizado, depois puxou as rédeas para parar o cavalo. — Você se importa se voltarmos? A poeira está irritando a minha garganta.

— Eu estava esperando... — começou Ridley.

— Você estava esperando visitar a casa da Sra. Richardson. — Delaney sabia que essa atração era o principal interesse de seu meio-irmão em Richmond. — E vai visitar, meu caro Ethan, vai visitar. — Delaney esporeou o animal em direção à cidade, tendo terminado seu bom dia de trabalho.

O grupo de assalto chegou à ferrovia Baltimore e Ohio duas horas antes do alvorecer no sexto dia de uma jornada que Washington Faulconer havia previsto, com confiança, que não duraria mais de três. A viagem levaria uma semana inteira se o coronel não tivesse insistido com teimosia em cavalgar durante a última noite. Tonto de cansaço e numa agonia por causa das feridas provocadas pela sela, a princípio Nathaniel não percebeu que o percurso estava quase no fim. Montava frouxo na sela, em parte dormindo, em parte com pavor de cair, quando se assustou de repente com uma claridade forte que brotou longe, atrás dele, num vale profundo, sombreado pela lua. Por um momento pensou estar sonhando, depois temeu não estar sonhando, e sim que tivesse chegado à beirada trêmula do vale de Geena, o inferno da Bíblia, e que a qualquer momento fosse lançado no poço de chamas onde os demônios gargalhavam atormentando os pecadores. Chegou a gritar de terror.

Então despertou totalmente e percebeu que o bando de atacantes sujos de Faulconer havia parado na crista de um morro alto e estava olhando para um vale escuro, onde um trem corria para o oeste. A porta da fornalha da locomotiva estava aberta e seu brilho se refletia na parte inferior da fumaça fervente que lembrava o bafo sinistro de um grande dragão, movendo-se para o oeste, precedida pela claridade débil da lanterna a óleo da locomotiva. Não havia nenhuma outra luz, o que sugeria que a locomotiva puxava vagões de carga. O barulho do trem mudou para um ribombar grave enquanto atravessava a ponte de madeira sobre um rio à esquerda de Nathaniel, e ele sentiu uma súbita pulsação empolgada ao entender de repente como estavam perto do alvo.

Pois o grande tufo de fumaça feroz que cortava a noite marcava a localização da ferrovia Baltimore e Ohio ao longo da margem do braço norte do rio Potomac. Antes de Thomas Jackson ocupar Harper's Ferry, cortando a passagem ferroviária para Washington e Baltimore, essa linha fora a principal conexão entre os estados do oeste e a capital americana. Desde a ocupação os trilhos passaram a transportar suprimentos, recrutas, armas e comida de Missouri, Illinois, Indiana e Ohio, todos levados a Cumberland, onde eram transferidos para barcaças de canal ou então para carroças puxadas por parelhas de cavalos até a estação da ferrovia do Vale de Cumberland, em Hagerstown. O coronel Faulconer afirmava que, se a Baltimore e Ohio pudesse ser interrompida nas montanhas Alleghenies, a oeste de Cumberland, poderiam se passar meses até aquela movimentada linha de suprimentos ser restaurada.

Essa, pelo menos, era a justificativa para o ataque, mas Nathaniel sabia que o coronel esperava ganhar muito mais com a investida. Faulconer acreditava que um ataque bem-sucedido incrementaria a beligerância do sul e feriria o orgulho do norte. Melhor ainda, iniciaria a história da Legião Faulconer com uma vitória, o verdadeiro motivo para ele ter comandado um grupo de trinta cavaleiros escolhidos pessoalmente, que escoltavam quatro cavalos de carga com quatro barris de pólvora, seis machados, quatro pés de cabra, duas marretas e dois rolos de pavio rápido — materiais necessários para destruir as altas treliças das pontes que seguravam a ferrovia Baltimore e Ohio por cima dos riachos e rios que fluíam rápido pelas Alleghenies.

Três dos oficiais da legião acompanhavam o coronel no ataque. O capitão Paul Hinton era um homem afável que tinha uma fazenda com trezentos hectares na parte leste do Condado de Faulconer e era parceiro de caça de Faulconer. E havia o capitão Anthony Murphy, um irlandês alto, de cabelo preto, que havia emigrado para os Estados Unidos dez anos antes. Murphy começou uma plantação de algodão na Louisiana, vendeu-a antes da colheita, pegou um barco fluvial para o norte e jogou pôquer de vinte cartas durante três dias e três noites, tendo saído do barco com uma bela jovem italiana e dinheiro suficiente para o resto dos seus dias. Havia trazido a noiva italiana para a Virgínia, colocado o dinheiro no banco do Condado de Faulconer e comprado quatro fazendas a norte de Seven Springs. Mantinha três escravos na fazenda maior, alugava as outras, ficava bêbado com seus meeiros a cada quatro dias e raramente podia encontrar alguém suficientemente ousado para enfrentá-lo num jogo de blefe. O último oficial era o segundo-tenente Starbuck, que jamais havia jogado pôquer na vida.

Dentre os vinte e seis homens que acompanhavam os quatro oficiais estava o sargento Thomas Truslow e meia dúzia dos patifes que o seguiram das montanhas. O grupo de Truslow cavalgava junto, comia junto e tratava os três oficiais de maior patente com um desdém tolerante, mas, para surpresa de todos que sabiam o quanto Truslow odiava os ianques, o sargento azedo gostava abertamente de Nathaniel, e essa aceitação tornava o nortista um membro bem-vindo no grupo de Truslow. Ninguém entendia aquela ligação improvável, porém, afinal de contas, ninguém, nem mesmo o coronel Faulconer, ficara sabendo da oração feita por Nathaniel junto à sepultura de Emily nem que o ianque realizara uma cerimônia de casamento extemporânea na noite da Virgínia.

Não que Faulconer tivesse disposição para ouvir essas histórias, visto que, enquanto os cavaleiros iam para o noroeste através das Alleghenies, seus sonhos de uma vitória rápida e cortante se atolaram na chuva e na névoa. A jornada começara muito bem. Tinham atravessado as montanhas Blue Ridge entrando no amplo e rico vale do Shenandoah, depois subido para as Alleghenies, e foi então que as chuvas golpearam, e não eram chuvas leves que inchavam o grão que crescia nos vales, e sim uma sucessão de tempestades que dilaceravam, estalavam e rasgavam o céu enquanto os cavaleiros lutavam para atravessar as montanhas inóspitas. Faulconer havia insistido em que evitassem todos os povoados, porque essas regiões a oeste de Shenandoah eram hostis à Confederação. Na verdade, até se falava que essa parte da Virgínia iria se separar para formar um novo estado, por isso os homens do coronel se esgueiraram como ladrões entre as elevações encharcadas de chuva, mesmo sem usar uniformes. Não havia sentido em correr riscos desnecessários com os traiçoeiros capachos das Alleghenies, disse o coronel.

No entanto, o clima se mostrou muito mais hostil do que os habitantes. Faulconer se perdeu nas montanhas íngremes e envoltas em nuvens, e gastou um dia inteiro seguindo às cegas para o oeste em meio ao vale. Foi somente o incrível senso de direção de Thomas Truslow que os trouxe de volta à rota certa, e a partir desse momento pareceu a muitos integrantes do grupo que ele havia se tornado o verdadeiro líder da expedição. Truslow não dava ordens, mas todos os cavaleiros olhavam para ele em vez de para o coronel em busca de orientação. Foi o ressentimento de Washington Faulconer contra essa usurpação de autoridade que o fez insistir para seus homens continuarem viajando durante a quinta noite. Uma ordem impopular, mas ao dá-la o coronel pelo menos demonstrara quem estava no comando.

Agora, finalmente empoleirados acima da ferrovia, os cavaleiros esperavam pelo amanhecer. As nuvens dos últimos dias haviam se espaçado e algumas estrelas apareciam em volta de uma lua amortalhada pela névoa. Longe, ao norte, um ponto minúsculo de luz tremeluzia nos montes distantes, que Nathaniel percebeu que poderiam fazer parte da Pensilvânia. A vista dessa alta crista dava para o rio enevoado, para uma faixa de

Maryland, penetrando fundo no norte hostil. Para o ianque parecia incrível que ele estivesse numa fronteira entre dois estados em guerra; na verdade, o fato da América estar em guerra parecia irreal, uma negação de todas as certezas da infância. Outros países inferiores iam à guerra, mas os homens foram para a América para evitar a guerra; no entanto, Nathaniel estava ali, tremendo no alto de uma montanha com o revólver Savage à cintura e homens armados ao redor. Não passaram mais trens. A maioria dos homens dormiu enquanto uns poucos, como Truslow, permaneciam agachados na borda do monte olhando para o norte.

A luz escorreu lentamente do leste, revelando que por acaso os cavaleiros chegaram a um lugar quase perfeito para cortar a ferrovia. À esquerda um rio rápido borbulhava entre rochas para se juntar ao braço norte do Potomac, e uma alta ponte de madeira atravessava o afluente numa treliça com dezoito metros de altura. Não havia guardas na ponte e nenhuma guarita. Também não havia nenhuma fazenda ou povoado à vista; de fato, não fosse pelo brilho opaco dos trilhos de aço e a fina treliça da ponte, aquilo pareceria um ermo inexplorado.

Faulconer deu as últimas ordens enquanto o céu clareava. Os cavaleiros iriam se dividir em três grupos. O capitão Murphy levaria onze homens para bloquear os trilhos que iam para o leste, o capitão Hinton levaria outros onze para o oeste, enquanto os seis restantes, comandados pelo coronel, desceriam na garganta do afluente e ali destruiriam a alta construção de madeira e trilhos.

— Nada pode dar errado agora — disse Faulconer, tentando animar suas tropas úmidas e um tanto desanimadas. — Nós planejamos bem.

Na verdade, até o cavaleiro mais otimista devia ter percebido que o planejamento do coronel tinha sido desleixado. Faulconer não previra a possibilidade de uma chuva torrencial, portanto os barris de pólvora e os pavios rápidos não estavam cobertos por lonas. Não houvera mapas adequados, de modo que até mesmo Truslow, que tinha atravessado essas montanhas umas vinte vezes, não estava totalmente certo de qual ponte eles ameaçavam agora. Mas, apesar de todas as dúvidas e dificuldades, conseguiram chegar à ferrovia, que estava sem vigilância, e assim, às primeiras luzes débeis do novo dia, eles desceram escorregando pela encosta íngreme em direção ao braço norte.

Amarraram os cavalos ao lado da ferrovia, perto da ponte. Nathaniel, tremendo no alvorecer cinzento, foi até a beira da garganta e viu que a ponte, que parecera tão frágil vista do topo da montanha, era na verdade feita de toras grossas descascadas, cobertas de alcatrão e depois cravadas na terra ou então firmadas contra as pedras enormes que se projetavam das encostas do precipício. As traves eram presas umas às outras com cintas de metal, assim conectadas numa densa estrutura de treliça que se erguia a dezoito metros do riacho e atravessava sessenta metros por cima da garganta. As madeiras, apesar da cobertura de alcatrão, estavam úmidas, assim como o vento gélido que soprava do rio. As nuvens aumentavam de novo, prometendo chuva.

Os homens do capitão Hinton atravessaram a ponte, os de Murphy foram para o leste, enquanto o grupo do coronel, que incluía Nathaniel Starbuck, desceu com dificuldade até o leito da garganta. A encosta era escorregadia e os arbustos ainda estavam encharcados com a chuva do dia anterior, de forma que quando os seis homens chegaram à margem do riacho de correnteza rápida suas roupas já úmidas estavam totalmente encharcadas. O nortista ajudou o sargento Daniel Medlicott, um homem soturno e pouco comunicativo que trabalhava como moleiro, a descer um barril de pólvora pela encosta íngreme. Washington Faulconer, olhando-os lutar com o carregamento, gritou um aviso para Nate tomar cuidado com um trecho de hera venenosa, o que pareceu desapontar Medlicott. Os outros três barris de pólvora já estavam no fundo do abismo. O coronel pensara em guardar dois barris, mas decidiu que era melhor garantir que essa ponte essencial fosse absolutamente destruída do que procurar outra mais tarde, naquele dia. Medlicott pôs o quarto barril junto dos outros, depois arrancou o batoque com marteladas para inserir um pedaço de pavio rápido.

— Essa pólvora está parecendo muito úmida, coronel.

— "Senhor" — corrigiu Faulconer rispidamente. Estava tentando convencer os ex-vizinhos a usar o tratamento militar.

— Ainda parece úmida — insistiu Medlicott, recusando-se teimosamente a ceder a Faulconer.

— Vamos experimentar o pavio e acender uma fogueira — disse Faulconer. — E, se esse não funcionar, os outros vão. Então ande logo com isso! — Ele deu alguns passos rio acima com Nathaniel. — Eles são bons sujeitos — comentou com ar sombrio —, mas não têm ideia de disciplina militar.

— É uma transição difícil, senhor — respondeu o ianque com tato. Estava sentindo certa pena de Faulconer, cujas esperanças de um ataque vistoso e desafiador haviam se transformado naquele úmido pesadelo de atraso e dificuldades.

— Seu companheiro Truslow é o pior — resmungou o coronel. — Não tem absolutamente nenhum respeito. — Ele parecia desapontado. Quisera tanto Truslow na legião, achando que o caráter do sujeito daria uma reputação temível ao regimento, mas agora se pegava se ressentindo dos modos truculentos e independentes do sargento. Washington Faulconer encurralara um tigre e não sabia como controlar a fera. — E você não está me ajudando, Nate — declarou o coronel subitamente.

— Eu, senhor? — Nathaniel, que estivera sentindo compaixão pelo coronel, ficou pasmo com a acusação.

O coronel não respondeu imediatamente. Estava de pé junto ao riacho olhando os homens de Medlicott usarem facas de caça para cortar a madeira que seria usada como lenha ao redor dos barris de pólvora.

— Você não deve se tornar muito íntimo desses sujeitos — disse finalmente o coronel. — Um dia terá de comandá-los em batalha e eles não vão respeitá-lo se você não mantiver distância.

Washington Faulconer não olhou para Nathaniel enquanto falava; em vez disso espiava a ponte junto ao rio cinza, que carregava um galho preto e retorcido. O coronel parecia totalmente arrasado. A barba não estava aparada, as roupas estavam úmidas e sujas e seus modos normalmente enérgicos pareciam amortecidos. Ser soldado em tempo ruim, refletiu o nortista com surpresa, não parecia combinar com o coronel.

— Os oficiais devem fazer companhia aos outros oficiais. — O coronel enfeitou a crítica com petulância: — Se você ficar o tempo todo com Truslow, como vai comandá-lo?

Isso era injusto, pensou Nathaniel, porque havia passado muito mais tempo da viagem com Washington Faulconer do que com Truslow, mas tinha a leve impressão de que o coronel sentia ciúme porque o ianque, e não ele próprio, merecera a consideração de Truslow. O sargento era um homem cuja opinião favorável era desejada pelos outros, e o coronel obviamente achava que a merecia mais que um estudante desgarrado de Massachusetts, por isso Nathaniel não disse nada e o coronel, tendo feito suas queixas contra o ajudante, virou-se de volta para Medlicott.

— Quanto tempo falta, sargento?

Medlicott deu um passo atrás, afastando-se do trabalho. Tinha empilhado os barriletes de pólvora em volta das hastes mais altas da ponte, depois cercara a pólvora com uma grossa pilha de mato e toras.

— Tudo está terrivelmente úmido — observou carrancudo.
— Você tem acendalha aí?
— Muita, coronel.
— Papel? Cartuchos?
— O bastante para fazer uma fogueira — admitiu Medlicott.
— Então quando estaremos prontos?
— Eu diria que já estamos prontos. — Medlicott coçou a cabeça enquanto pensava na resposta que acabara de dar, então confirmou. — Isso deve ser o bastante, coronel.

Faulconer se virou para Nathaniel.

— Vá até Hinton. Diga para ele voltar pela ponte. Avise ao capitão Murphy para preparar os cavalos! Diga a todos para parecerem animados agora, Nate!

O ianque se perguntou por que nenhum sinal fora combinado para mandar todos se retirarem. Uma saraivada de tiros seria algo muito mais rápido que uma subida pela lateral molhada e tortuosa do penhasco para transmitir as mensagens, mas ele sabia que essa não era a hora de fazer ao coronel uma pergunta que sem dúvida seria interpretada como crítica, por isso simplesmente subiu pelo lado leste da garganta, depois atravessou a ponte de madeira e viu que o sargento Truslow havia feito uma enorme barricada de pinheiros derrubados para bloquear a linha no oeste. O capitão Hinton, um homem baixo e animado, ficara contente em deixar que Truslow cuidasse das coisas.

— Suspeito que ele já tenha parado trens antes — explicou a Nathaniel, depois mostrou com orgulho que, do outro lado da barricada, os trilhos tinham sido arrancados e jogados na direção do braço norte. — Então o coronel está pronto?

— Sim, senhor.

— Uma pena. Eu gostaria de ter roubado um trem. Seria uma nova linha de trabalho para mim, mas terrivelmente complicada. — Hinton explicou que o método de roubo de trens de Truslow exigia que os ladrões esperassem a alguma distância da barricada, em seguida homens saltavam a bordo da locomotiva e dos vagões que passavam. — Se você esperar o trem parar antes de subir, provavelmente vai ter passageiros incômodos pulando com armas e tudo vira uma bagunça. Além disso, você precisa ter homens em cada vagão para usar os freios, de forma que o trem pare direito. Parece que há uma tremenda arte nesse tipo de coisa. Ah, bem, quer ir chamar o patife, Nate? — Truslow, com o restante do esquadrão de Hinton, estava quatrocentos metros adiante nos trilhos, evidentemente preparado para o negócio complicado de parar um trem. — Vá, Nate — indicou Hinton, encorajando Nathaniel.

Mas o ianque não se mexeu. Em vez disso olhou na direção dos trilhos, onde, atrás do morro, surgia uma súbita nuvem de fumaça branca.

— Um trem — disse ele com voz embotada, como se não acreditasse nos próprios olhos.

Hinton girou nos calcanhares.

— Santo Deus, é mesmo. — Ele pôs as mãos em concha. — Truslow! Volte! — Mas Truslow não ouviu ou optou ignorar o chamado, porque começou a correr para o oeste, para longe da barricada e na direção do trem. — O coronel terá de esperar. — Hinton riu.

Agora Nathaniel podia ouvir o trem. Aproximava-se muito devagar, com o sino tocando e os pistões se esforçando para subir o leve gradiente na direção da curva e da emboscada que o esperava. Atrás do nortista uma voz gritou com toda a força, insistindo para ele apressar a retirada, mas era tarde demais para a pressa adiantar alguma coisa. Thomas Truslow queria roubar um trem.

Thaddeus Bird e Priscilla Bowen se casaram às onze da manhã na igreja episcopal em frente ao banco do Condado de Faulconer, na rua principal de Faulconer Court House. Desde que amanhecera ameaçava chover, mas o tempo permanecera seco durante a maior parte da manhã e Priscilla ousara ter esperanças de que a chuva não caísse, porém meia hora antes da cerimônia o céu desabou. A água batia forte no telhado da igreja, espirrava no cemitério, inundava a rua principal e encharcava as crianças da escola que, em homenagem ao casamento da professora, receberam a manhã de folga para comparecer à cerimônia.

Priscilla Bowen, de 19 anos e órfã, foi entregue por seu tio, que era o chefe dos correios na cidade vizinha, Rosskill. Priscilla tinha o rosto redondo, o sorriso rápido e o temperamento paciente. Ninguém poderia chamá-la de bonita, mas depois de pouco tempo em sua companhia ninguém a descartaria como sendo simplória. Tinha cabelo castanho-claro, que usava num coque apertado, olhos amendoados, meio escondidos por óculos de aro de aço, e mãos calejadas de trabalho. Para o casamento carregava um buquê de rosas vermelhas e usava seu melhor vestido de domingo, de cambraia tingida de azul, no qual, em comemoração ao dia, havia prendido uma guirlanda de lenços brancos. Thaddeus Bird, vinte anos mais velho que a noiva, usava seu melhor terno preto, que ele próprio remendara cuidadosamente, e tinha um sorriso de contentamento aberto. Sua sobrinha, Anna Faulconer, estava presente; porém sua irmã havia ficado no quarto em Seven Springs. Miriam Faulconer pretendera comparecer ao casamento, mas a ameaça de chuva e a chegada de um vento frio haviam provocado um súbito ataque de neuralgia piorado pela asma, por isso ela permaneceu na casa grande onde os empregados aumentavam o fogo nas lareiras e queimavam papéis de nitro para aliviar a respiração difícil. Seu marido estava em algum lugar para além do vale do Shenandoah, comandando o tal ataque de cavalaria, e essa ausência, para dizer a verdade, fora o motivo para Pica-Pau Bird ter escolhido aquele dia para o casamento.

O reverendo Ernest Moss realizou a cerimônia, declarando Thaddeus e Priscilla como marido e mulher justo quando um estrondo de trovão sacudiu as telhas de madeira da igreja e fez algumas crianças gritarem com medo. Após o casamento os convidados chapinharam pela Main Street até a escola, onde duas mesas foram postas com bolo de milho, manteiga de maçã, jarras de mel, carne-seca, torta de maçã, presunto defumado, pepino em conserva, ostras em conserva e pão de trigo sarraceno. Miriam Faulconer tinha mandado seis garrafas de vinho para a festa de casamento do irmão e também havia dois barris de limonada, uma jarra de cerveja e um tonel de água. Blanche Sparrow, cujo marido era dono do armazém de cereais, fez um enorme bule de café no fogão da igreja e ordenou que dois soldados da legião o carregassem para a sala da escola onde o major Pelham, vestindo seu velho uniforme, fez um belo discurso. Em seguida o Dr. Danson disse palavras bem-humoradas enquanto Thaddeus Bird olhava com amabilidade para todos os convidados, conseguindo até abrir um sorriso quando seis crianças da escola, instigadas por Caleb Tennant, mestre do coro episcopal, cantaram "Flora's Holiday" em vozes finas e pouquíssimo convincentes.

As aulas da tarde foram necessariamente menos exigentes do que o usual, mas de algum modo Thaddeus e Priscilla Bird conseguiram controlar os alunos agitados e até se convencer de que fizeram um trabalho decente. Priscilla havia sido nomeada como assistente de Bird, e essa nomeação era destinada a liberar Pica-Pau Bird para seus deveres na Legião Faulconer, porém na prática Bird ainda administrava a escola, porque seus deveres militares se mostraram felizmente leves. O major Thaddeus Bird cuidava dos livros do regimento. Compilava as listas de pagamento, anotava os castigos e mantinha as listas de guardas e as faturas da intendência. Segundo ele, o trabalho poderia ser feito adequadamente por uma criança inteligente de 6 anos, no entanto Bird estava feliz em realizá-lo porque, como parte integral de seus deveres, esperava pagar a si mesmo um salário de major a partir da conta bancária do cunhado. A maioria dos oficiais não recebia pagamento, pois possuíam meios privados, e os homens recebiam seus onze dólares por mês em notas do banco do condado de Faulconer recém-impressas, que mostravam o prédio da sede do governo da cidade de um lado e um retrato de George Washington e um fardo de algodão do outro. Uma legenda impressa por cima do fardo de algodão dizia "Direitos dos estados e liberdade do sul. A fé do banco promete pagar um dólar ao portador." As notas não eram muito bem-impressas e Bird suspeitava de que poderiam ser falsificadas com facilidade, motivo pelo qual tomava imenso cuidado para ter seu próprio salário de trinta e oito dólares por mês pago em boas e antiquadas moedas de prata.

Na noite do casamento, quando a sala da escola fora varrida, a água bombeada para a manhã seguinte e a lenha empilhada junto ao fogão recém-enegrecido, Bird pôde finalmente fechar sua porta da frente, esgueirar-se pela pilha de livros no corredor e oferecer à nova esposa um sorriso tímido. Na mesa da cozinha havia uma garrafa de vinho que sobrara da festa de casamento.

— Acredito que devamos tomar isso! — Bird esfregou as mãos numa alegria antecipada. Na verdade, sentia-se extremamente tímido, tanto que deliberadamente havia se demorado nas tarefas do fim da tarde.

— Achei que talvez devêssemos comer o que sobrou do casamento — sugeriu Priscilla, igualmente tímida.

— Ideia fantástica! Fantástica! — Thaddeus Bird estava procurando um saca-rolhas. Não bebia com frequência garrafas de vinho em sua própria casa. Na verdade, nem se lembrava da última vez que desfrutara de um luxo assim, mas tinha certeza de que havia um saca-rolha em algum lugar.

— E imaginei que talvez eu pudesse rearrumar as prateleiras. — Priscilla observava as tentativas frenéticas do marido para encontrar o saca-rolhas no meio da confusão de frigideiras sem cabo, panelas furadas e pratos lascados que Bird havia herdado do professor anterior. — Se você não for contra — acrescentou ela.

— Você deve fazer tudo que quiser! Esse é o seu lar, querida.

Priscilla já havia tentado alegrar a cozinha lúgubre. Tinha posto seu buquê de rosas vermelhas num vaso e prendido tiras de pano dos dois lados da janela para sugerir cortinas, mas esses toques pouco serviam para aliviar a tristeza do cômodo escuro, de traves baixas e manchadas de fumaça, que continha um fogão, uma mesa, uma lareira aberta com forno de ferro para pão, duas cadeiras e duas cômodas antigas, sobre as quais estavam empilhados pratos lascados, canecas, tigelas, jarras e os inevitáveis livros e instrumentos musicais quebrados que Thaddeus Bird acumulava. A iluminação da cozinha, assim como no restante da casinha, provinha de velas, e Priscilla, que sempre se preocupava com o custo das boas velas de cera, acendeu apenas duas à medida que a noite caía. Ainda chovia forte.

Finalmente o saca-rolhas foi encontrado e o vinho foi aberto, mas Bird se declarou imediatamente insatisfeito com os copos.

— Em algum lugar há um par de taças adequadas. Do tipo que usam em Richmond.

Priscilla nunca estivera em Richmond e ia dizer que duvidava de que as taças de lá pudessem fazer com que o vinho tivesse um gosto melhor, porém, antes que fosse capaz de abrir a boca, soaram batidas súbitas na porta da frente.

— Ah, não! Isso é terrível! Eu disse expressamente que não deveria ser incomodado hoje! — Bird se libertou do armário onde estivera procurando as taças. — Davies não está encontrando a relação de nomes. Ou perdeu os livros de pagamento! Ou não pode somar vinte centavos oito vezes! Vou ignorar. — Davies era um jovem tenente que deveria ajudar Bird com a papelada da legião.

— Está chovendo muito — implorou Priscilla em nome da pessoa desconhecida.

— Não me importo se o planeta inundará de tanta chuva. Não me importo se os animais estão se juntando dois a dois para embarcar. Se um homem não pode ser deixado em paz no dia do casamento, quando pode esperar sossego? Será que sou tão indispensável que devo ser arrastado para longe da sua companhia sempre que o tenente Davies descobrir que sua formação é totalmente insuficiente para as exigências da vida moderna? Ele estudou no Centre College, em Kentucky. Já ouviu falar desse lugar? É possível haver alguém capaz de ensinar algo digno de ser aprendido no

Kentucky? Mas Davies alardeia que estudou lá! Alardeia! Não sei por que confio a ele os livros do regimento. Seria melhor entregá-los a um babuíno. Deixe o idiota se molhar. Talvez seu cérebro do Kentucky melhore depois de ficar encharcado.

As batidas dobraram de intensidade.

— Acho mesmo que deveríamos ver do que se trata, querido — murmurou Priscilla, no tom de censura mais suave possível.

— Se insiste. Você é boa demais, Priscilla, boa demais. É um defeito feminino, portanto não vou falar disso, mas é a verdade. É boa demais. — Thaddeus Bird pegou uma vela no corredor e, ainda resmungando, foi até a porta da frente. — Davies! — saudou rispidamente enquanto abria a porta, depois se conteve, porque não era o tenente Davies, de jeito nenhum.

Em vez disso um jovem casal estava à porta de Thaddeus Bird. O Pica-Pau notou primeiro a garota porque, mesmo na escuridão com um vento que ameaçava apagar a chama da vela, seu rosto era impressionante. Mais que impressionante, porque, percebeu Bird, ela era realmente linda. Atrás estava um rapaz forte segurando as rédeas de um cavalo cansado. O rapaz, pouco mais que um menino e ainda com a inocência de uma criança no rosto, parecia familiar.

— O senhor se lembra de mim, Sr. Bird? — perguntou ele com esperança, depois respondeu de qualquer modo: — Sou Robert Decker.

— É mesmo, é mesmo. — Bird estava abrigando a chama da vela com a mão direita, olhando para os dois.

— Gostaríamos de falar com o senhor, Sr. Bird — declarou Robert com cortesia.

— Ah — respondeu Bird, para se dar tempo de pensar numa desculpa para mandá-los embora, mas nada lhe ocorreu, por isso ficou de lado com relutância. — É melhor vocês entrarem.

— E o cavalo, Sr. Bird? — perguntou Robert Decker.

— Você não pode trazê-lo para dentro! Não seja idiota. Ah, claro! Amarre na argola. Tem uma argola em algum lugar aí. Ali, perto do degrau.

Por fim os dois jovens entraram na sala de visitas de Bird. Sua casa tinha dois cômodos no andar de baixo, a cozinha e a sala, e um quarto em cima, ao qual se chegava por um lance de escada na sala de aula, ao lado. A sala continha uma lareira, uma poltrona quebrada, um banco de madeira descartado pela igreja e uma mesa com uma pilha alta de livros e partituras.

— Faz muito tempo que não o vejo — observou Bird a Robert Decker.
— Seis anos, Sr. Bird.
— Tudo isso? — Bird se lembrou de que a família Decker havia fugido de Faulconer Court House depois que o pai se envolvera num assalto fracassado na estrada de Rosskill. Eles se refugiaram nas montanhas onde, a julgar pelas roupas de Robert Decker, não prosperaram. — Como vai seu pai? — perguntou Bird a Robert.

Decker disse que o pai morrera numa queda de cavalo, que havia saído em disparada.

— Agora estou casado. — Decker, que estava de pé, pingando, diante da lareira vazia, indicou Sally, que estava sentada, cautelosa, no meio dos tufos de crina que brotavam da lamentável poltrona de Bird. — Essa é Sally — disse Decker com orgulho. — Minha esposa.

— De fato, de fato.

Bird se sentia estranhamente embaraçado, talvez porque Sally Decker fosse uma jovem de aparência extraordinária. Suas roupas estavam em farrapos, o rosto e o cabelo estavam imundos e os sapatos eram presos com barbante, mas mesmo assim ela era uma beldade tão espantosa quanto qualquer jovem que desfilava em carruagens ao redor da praça do Capitólio, em Richmond.

— Não sou esposa dele de verdade — disse Sally maldosamente, tentando esconder o dedo anular.

— Sim, você é — insistiu Decker. — Fomos casados por um pastor, Sr. Bird.

— Bom, bom. Tanto faz. — Pensando na própria esposa, que estava na cozinha, casada por um pastor, Bird se perguntou o que diabos aqueles dois queriam dele. Estudar? Às vezes um aluno crescido voltava a Bird e pedia ao professor para reparar os anos de desatenção ou vadiagem.

— Vim procurar o senhor porque disseram que poderia fazer meu alistamento na legião — explicou Decker.

— Ah!

Aliviado pela explicação simples, Bird olhou do rapaz de rosto honesto para a beldade carrancuda. Era um casal que não combinava, pensou, depois se perguntou se as pessoas pensariam o mesmo com relação a Priscilla e ele.

— Você quer se alistar na Legião Faulconer?

— Acho que sim — respondeu Decker, e olhou para Sally, o que sugeriu que ela, e não ele, havia planejado a visita.

— Foi por causa de uma anágua? — perguntou Bird, atingido por um pensamento súbito e ofensivo.

Decker ficou perplexo.

— Anágua, Sr. Bird?

— Você não recebeu uma anágua? — indagou Bird com expressão intensa, passando a mão na barba revolta. — Deixada junto à sua porta?

— Não, Sr. Bird. — Obviamente, Decker achava que seu antigo professor era no mínimo excêntrico, no máximo maluco.

— Bom, bom.

Bird não deu explicações. Nas últimas duas semanas um bom número de homens havia descoberto anáguas deixadas em suas varandas ou em suas carroças. Todos não tinham se apresentado como voluntários para a legião. Alguns possuíam doenças, enquanto outros eram os únicos mantenedores de famílias grandes, outros ainda eram garotos com futuros brilhantes prometidos em faculdades, e apenas uns poucos, muito poucos, podiam ser considerados tímidos, mas o presente zombeteiro das anáguas reunira todos na categoria dos covardes. O incidente deixara um sentimento ruim na comunidade, dividindo os que estavam entusiasmados com a possível guerra contra os que acreditavam que a febre do conflito iria passar. Bird, que sabia muito bem de onde vieram as anáguas, havia mantido um silêncio político.

— Sally diz que eu deveria me alistar — explicou Decker.

— Se ele quer ser um marido de verdade — disse ela —, tem de provar seu valor. Todos os outros homens foram para a guerra. Ou pelo menos todos os outros homens de verdade.

— Eu queria ir, de qualquer modo — continuou Robert Decker —, como o pai de Sally. Porém ele ficaria com muita raiva se soubesse que eu estava aqui, por isso quero ser alistado direito antes de ir para o acampamento. Aí ele não pode me mandar embora, pode? Não se eu estiver alistado corretamente. E quero que seja arranjado de modo que Sally possa receber meu pagamento. Disseram que podem fazer isso. É verdade, Sr. Bird?

— Muitas esposas recebem o pagamento do marido, sim. — Bird olhou para a jovem e ficou atônito ao ver que uma beleza daquelas podia ter sido gerada nas montanhas isoladas. — Seu pai está na legião?

— Thomas Truslow. — Ela disse o nome com azedume.

— Santo Deus. — Bird não pôde esconder a surpresa ao ver que Truslow havia gerado aquela garota. — E sua mãe? Acho que não conheço sua mãe, conheço? — perguntou, hesitante.

— Ela morreu — respondeu Sally em tom de desafio, sugerindo que isso não era da conta de Bird.

E não era mesmo, admitiu Bird, por isso passou a explicar a Decker que ele deveria ir ao acampamento da legião e procurar o tenente Davies. Quase acrescentou que duvidava de que algo poderia ser feito antes da manhã, mas se conteve para o caso de essa observação sugerir que ele deveria oferecer abrigo ao casal para a noite.

— Davies, é com ele que você precisa falar — explicou e então se levantou, indicando que os negócios estavam encerrados.

Decker hesitou.

— Mas, se o pai de Sally me vir, Sr. Bird, antes de eu estar alistado, ele vai me matar!

— Ele não está aqui. Partiu com o coronel. — Bird sinalizou em direção à porta. — Você está seguro, Decker.

Sally se levantou.

— Vá pegar o cavalo, Robert.

— Mas...

— Eu disse para ir pegar o cavalo! — gritou ela, fazendo o desamparado Decker recuar para a chuva. Assim que ele estava fora do alcance da audição, Sally fechou a porta da sala e se virou para Thaddeus Bird. — Ethan Ridley está aqui? — perguntou.

A mão de Thaddeus Bird arranhou nervosamente sua barba emaranhada.

— Não.

— Onde ele está? — Não havia polidez na voz, só uma exigência pura e uma sugestão de que ela poderia liberar um mau humor tempestuoso caso suas demandas não fossem atendidas.

Bird se sentiu dominado pela jovem. Ela possuía uma força de caráter que não era diferente da do pai, mas, enquanto a presença de Truslow sugeria uma ameaça de violência aliada a uma dura competência muscular, a filha parecia possuir uma força mais sinuosa capaz de dobrar, torcer e manipular outras pessoas para cumprir seus desejos.

— Ethan está em Richmond — respondeu Bird finalmente.

— Mas onde? — insistiu ela.

Bird ficou pasmo com a intensidade da pergunta e pasmo com suas implicações. Não tinha dúvidas dos negócios que a jovem tinha a tratar com Ethan e desaprovava isso totalmente, mas se sentia incapaz de resistir às exigências dela.

— Ele se hospeda nos aposentos do irmão. Isso é, do meio-irmão, na Grace Street. Devo anotar o endereço? Você sabe ler, não sabe?

— Não, mas outras pessoas podem ler, se eu pedir.

Sentindo que fazia algo errado, ou pelo menos algo horrivelmente sem tato, Bird escreveu o endereço de seu amigo Belvedere Delaney num pedaço de papel e depois tentou aplacar a consciência com uma pergunta feita com seriedade.

— Posso perguntar o que você quer com Ethan?

— Pode, mas não vai obter uma resposta — respondeu Sally, lembrando mais o pai do que gostaria.

Depois, a jovem pegou o pedaço de papel da mão de Bird e o enfiou nas roupas encharcadas de chuva. Estava usando dois vestidos puídos, de pano tecido em casa e tingido com abóbora-cheirosa, dois aventais esgarçados, um xale desbotado, uma touca preta comida por traças e um pedaço de oleado como uma capa desajeitada. Também carregava uma pesada bolsa de lona, sugerindo a Bird que ela estava ali, em sua sala, com todos os bens que possuía. O único adorno era o anel de prata na mão esquerda, um anel que pareceu a Bird antigo e bastante fino. Sally, devolvendo a avaliação de Thaddeus Bird com olhos azuis e cheios de desprezo, havia obviamente descartado o professor como uma não entidade. Virou-se para acompanhar Decker até a rua, mas parou e se virou.

— Há algum Sr. Starbuck por aqui?

— Nate? Sim. Bom, não exatamente aqui. Ele foi com o coronel. E seu pai.

— Foi para longe?

— Sim. — Bird tentou satisfazer a curiosidade com o máximo de tato possível. — Então você conheceu o Sr. Starbuck?

— Diabos, conheci. — Ela riu brevemente, mas não explicou de quê.

— Ele é meio legal — acrescentou como uma explicação débil, e Thaddeus Bird, mesmo sendo recém-casado, sentiu uma súbita torrente de ciúme com relação a Nathaniel. Censurou-se imediatamente por uma inveja tão indigna, depois se maravilhou pensando que uma filha de Truslow poderia provocar aquilo. — O Sr. Starbuck é um pregador de verdade? — Sally franziu a testa para Bird ao fazer a pergunta.

— Um pregador! — exclamou Bird. — Ele é um teólogo, com certeza. Não o ouvi pregar, mas ele não é ordenado, se é isso que você quer saber.

— O que significa ser ordenado?

— É uma cerimônia supersticiosa que dá a um homem o direito de administrar os sacramentos cristãos. — Bird fez uma pausa, imaginando se a havia confundido com sua irreverência. — É importante?

— Para mim é, sim. Então ele não é um pastor? É isso que o senhor está dizendo?

— Não, não é.

Sally sorriu, não para Bird, mas para si mesma, depois saiu para o corredor e por fim para a rua molhada. Bird observou a jovem montar na sela e sentiu que fora queimado por uma chama súbita e feroz.

— Quem era? — gritou Priscilla da cozinha quando ouviu a porta da frente se fechar.

— Problema. — Thaddeus Bird trancou a porta. — Trabalho e problema duplo, mas não para nós, não para nós. — Em seguida levou a vela para a pequena cozinha onde Priscilla arrumava as sobras da festa de casamento num prato. Thaddeus Bird a interrompeu, segurou-a com os braços magros e a apertou, perguntando-se por que jamais desejaria deixar essa casinha com essa boa mulher. — Não sei se eu deveria ir para a guerra — declarou baixinho.

— Você deve fazer o que quiser — respondeu Priscilla, e sentiu o coração acelerar com a perspectiva de que talvez seu homem não marchasse às armas.

Ela amava e admirava esse homem desajeitado, difícil, inteligente, mas não podia vê-lo como soldado. Podia imaginar o belo Washington Faulconer como um, ou mesmo o pouco imaginativo major Pelham, ou quase qualquer um dos rapazes fortes que carregavam um fuzil com a mesma confiança com a qual já brandiram uma pá ou um forcado, mas não conseguia visualizar seu irascível Thaddeus num campo de batalha.

— Não consigo pensar por que você gostaria de ser soldado — disse, mas muito afavelmente, para que ele não percebesse as palavras como crítica.

— Sabe por quê? — perguntou Thaddeus, e depois respondeu a si mesmo: — Porque tenho a impressão de que eu poderia ser um bom soldado.

Priscilla quase gargalhou, depois viu que seu novo marido estava falando sério.

— Verdade?

— O trabalho de um soldado é meramente a aplicação da força pela inteligência, e, apesar de todos os meus defeitos, sou inteligente. Também acredito que todo homem precisa descobrir uma atividade em que possa ser excelente, e é um pesar constante eu jamais ter encontrado a minha. Sei escrever uma boa prosa, verdade, e não sou um flautista ruim, mas esses feitos são bastante comuns. Não, preciso descobrir uma atividade em que possa demonstrar maestria. Até agora tenho sido cauteloso demais.

— Espero muitíssimo que você continue assim — comentou Priscilla, séria.

— Não desejo torná-la viúva. — Bird sorriu. Podia ver que sua esposa estava infeliz, por isso a sentou e serviu um pouco de vinho num copo inadequado, sem pé. — Mas você não deve se preocupar, pois ouso dizer que tudo isso vai acabar sendo uma tremenda confusão a troco de nada. Não consigo imaginar que aconteçam lutas sérias. Haverá só um bocado de pose, bravata e muito barulho por pouco, então no fim do verão estaremos marchando para casa e alardeando nossa coragem, e as coisas não serão muito diferentes do que são agora, mas, querida, para aqueles de nós que não se juntarem à farsa, o futuro será muito sombrio.

— Como assim?

— Nossos vizinhos vão nos considerar covardes se nos recusarmos a participar. Somos como homens que não suportam dançar nem gostam muito de música, mas são convidados a um baile e precisam cabriolar entorpecidos para poderem se sentar à mesa do jantar mais tarde.

— Você tem medo de Washington lhe mandar uma anágua? — Priscilla fez a pergunta pertinente em voz humilde.

— Tenho pavor — respondeu Bird honestamente — de não ser bom o bastante para você.

— Não preciso de uma guerra para ver sua bondade.

— Mas parece que você tem uma, de qualquer modo, e seu velho marido vai deixá-la atônita com as capacidades dele. Provarei que sou um Galahad, um Rolando, um George Washington! Não, por que ser modesto? Serei um Alexandre! — Bird fizera sua nova esposa rir com a bravata, depois a beijou e em seguida pôs o copo de vinho na mão dela e a fez beber.

— Serei o seu herói.

— Estou com medo — declarou Priscilla Bird, e seu marido não sabia se ela falava do que essa noite prometia ou do que todo o verão pressagiava, por isso simplesmente segurou a mão dela, beijou-a e prometeu que tudo ficaria bem. No escuro, a chuva continuava caindo.

6

Começou a chover enquanto o trem chacoalhava e chiava até parar totalmente, com o grande limpa-trilhos em forma de saia a apenas vinte passos do trecho em que Truslow havia arrancado os trilhos. A fumaça da chaminé alta e bulbosa era chicoteada pela chuva na direção do rio. O vapor sibilou momentaneamente numa válvula, então os dois maquinistas da locomotiva foram tirados da cabine por um dos homens de Truslow.

Nathaniel já havia retornado à ponte para gritar a notícia ao coronel que, parado perto do riacho dezoito metros abaixo, exigiu saber por que o aparecimento do trem adiaria a destruição da ponte. O ianque não tinha uma boa resposta.

— Diga a Hinton para atravessar a ponte de volta agora! — Faulconer pôs as mãos em concha para gritar a ordem. Ele estava com raiva. — Ouviu, Nate? Quero todos de volta agora!

O nortista se esgueirou pela barricada e viu os maquinistas parados com as costas encostadas nas enormes rodas motrizes da locomotiva. O capitão Hinton estava falando com eles, mas se virou quando Nathaniel se aproximou.

— Por que não vai ajudar Truslow, Nate? Ele está trabalhando em todos os vagões.

— O coronel quer que todo mundo atravesse a ponte de volta, senhor. Ele parece querer um pouco de urgência.

— Vá dizer isso a Truslow — sugeriu Hinton. — Espero você aqui.

A locomotiva sibilando cheirava a fumaça, fuligem e óleo. Ela possuía uma placa de latão acima da primeira roda motriz com o nome "Swiftsure" gravado no metal. Atrás da locomotiva havia um tênder cheio de lenha, e depois dele quatro vagões de passageiros, um de carga fechado e o de pessoal, um compartimento especial que transportava a equipe do trem. Truslow tinha homens no interior de cada vagão para manter os passageiros quietos enquanto ia lidar com os guardas no de pessoal. Eles haviam se trancado lá dentro e, enquanto Nathaniel começava a caminhar ao lado do trem, Truslow disparou os primeiros tiros através da lateral do carro.

Algumas passageiras gritaram ao ouvir os disparos.

— Use sua arma em qualquer um que causar encrenca! — gritou Hinton para o ianque.

Nathaniel quase havia se esquecido do grande revólver Savage de dois gatilhos que carregava desde o dia em que fora procurar Truslow nas montanhas. O rapaz soltou a arma de cano comprido. Os vagões se erguiam acima dele, com as pequenas chaminés das fornalhas de aquecimento soprando fios de fumaça ao vento frio e úmido. Algumas caixas de eixos dos vagões estavam tão quentes que as gotas de chuva caindo nos invólucros de metal ferviam se tornando vapor instantaneamente. Passageiros observavam o nortista por trás de vidros de janelas riscados de chuva e sujeira, e seu olhar fazia o rapaz se sentir estranhamente heroico. Ele estava sujo, desalinhado, barbudo e com cabelo comprido, mas sob o escrutínio temeroso dos passageiros se transformava num patife ousado como um dos cavaleiros que galopavam nos ermos da Escócia nos livros de Sir Walter Scott. Atrás das janelas sujas do trem estava o mundo respeitável, superficial, que, menos de seis meses antes, Nathaniel Starbuck havia habitado, enquanto ali, do lado de fora, ficava o desconforto e o perigo, o risco e a ousadia, e assim, com orgulho juvenil, ele caminhava diante dos passageiros apavorados. Uma mulher pôs a mão na boca, como se estivesse chocada por ver seu rosto, enquanto uma criança esfregava o vidro para desembaçá-lo e olhar o ianque melhor. Nathaniel acenou para a criança, que se encolheu de medo.

— Você vai ser enforcado por isso! — gritou um homem com suíças, de uma janela aberta, e a ameaça raivosa fez Nathaniel perceber que os passageiros confundiram os cavaleiros de Faulconer com ladrões comuns. Achou a ideia absurdamente lisonjeira e gargalhou. — Você vai ser enforcado! — berrou o homem, então um dos atacantes dentro do vagão ordenou que ele se sentasse e calasse a maldita boca.

Nathaniel chegou ao vagão de pessoal no instante em que um dos homens no interior gritava para que Truslow parasse de atirar. Armado com um revólver, Truslow ia calmamente até a lateral da carruagem, cravava uma bala em cada terceira tábua e assim impelia os que estavam lá dentro para os fundos do vagão. Mas agora, sabendo que a próxima bala certamente acertaria um deles, os homens no interior gritaram rendendo-se. A porta de trás se abriu muito cautelosamente e dois homens de meia-idade, um magro e o outro gordo, surgiram na plataforma do vagão de pessoal.

— Eu nem deveria estar aqui — gemeu o gordo para Truslow. — Só estava pegando uma carona com Jim. Não atire em mim, moço. Tenho mulher e filhos!

— A chave do vagão de carga? — pediu Truslow ao magro, com a voz muito entediada.

— Aqui, moço. — O magro, que estava uniformizado como guarda, estendeu uma pesada argola com chaves, então, quando Truslow assentiu, largou-a. O guarda, como Truslow, parecia já ter passado por tudo aquilo antes.

— O que há no vagão de carga? — perguntou Truslow.

— Não muita coisa. Principalmente ferramentas. Um pouco de alvaiade. — O guarda deu de ombros.

— Mesmo assim vou dar uma olhada — avisou Truslow. — Vocês dois, desçam. — Truslow estava muito calmo. Até enfiou o revólver descarregado no cinto enquanto os dois homens desciam para as pedras do leito da ferrovia. — Mantenham as mãos para o alto — ordenou, depois acenou para Nathaniel. — Reviste os dois. Procure por armas.

— Deixei a minha lá dentro! — declarou o guarda.

— Reviste, garoto — insistiu Truslow.

O ianque achou embaraçoso ficar perto a ponto de sentir o terror do gordo. O homem possuía um relógio de bolso com corrente dourado e barato, cheio de sinetes, estendido atravessando a barriga.

— Pegue o relógio, senhor — falou ele quando a mão de Nathaniel roçou os emblemas. — Ande, senhor, pegue-o, por favor. — O nortista deixou o relógio em paz. Uma pulsação no pescoço do sujeito estremecia loucamente enquanto o rapaz esvaziava seus bolsos. Havia uma garrafinha de bebida, uma cigarreira, dois lenços, um isqueiro de pederneira, um punhado de moedas e um livro de bolso.

— Nenhuma arma — disse Nathaniel quando terminou de revistar os dois.

Truslow fez que sim.

— Tem algum soldado no lugar de onde vocês vieram?

Os dois fizeram uma pausa, quase como se estivessem se preparando para mentir, depois o guarda confirmou.

— Tem um punhado deles uns dezesseis quilômetros atrás. Talvez uns cem cavaleiros de Ohio. Dizem que estavam esperando rebeldes. — Ele fez uma pausa, franzindo a testa. — Vocês são rebeldes?

— Só ladrões comuns — respondeu Truslow, depois parou para dar uma cusparada de sumo de tabaco nos dormentes. — Agora andem de volta até aqueles soldados, rapazes.

— Andar? — perguntou o gordo, atarantado.

— Andem — insistiu Truslow —, e não olhem para trás, caso contrário vamos começar a atirar. Andem pelo meio dos trilhos, bem devagar, e sempre em frente. Estou vigiando vocês muito bem. Vão agora!

Os dois começaram a andar. Truslow esperou até que estivessem fora do alcance da audição, depois cuspiu de novo.

— Parece que alguém sabia que nós vínhamos.

— Eu não contei a ninguém — disse Nathaniel na defensiva.

— Eu não disse que você contou, nem pensei nisso. Diabos, o coronel vem falando há dias sobre esse ataque! É incrível que não haja metade do exército da União nos esperando. — Truslow subiu no vagão de pessoal e desapareceu no interior escuro. — Veja bem — continuou, falando de dentro do vagão —, há quem pense que você é um espião. Só porque é ianque.

— Quem diz isso?

— Gente. E não é nada para você se preocupar. Eles não têm mais ninguém de quem falar, por isso ficam se perguntando o que diabos um ianque está fazendo num regimento da Virgínia. Quer um pouco do café que está no fogão, aqui? Está morno. Não quente, só morno.

— Não. — Nathaniel Starbuck ficou ofendido por sua lealdade ter sido tão questionada.

Truslow reapareceu na plataforma traseira com a pistola deixada pelo guarda e uma caneca de estanho cheia de café. Verificou se a arma estava carregada e terminou de beber, antes de saltar de novo nos trilhos.

— Certo. Agora vamos revistar os vagões de passageiros.

— Não deveríamos ir embora? — sugeriu o nortista.

— Ir embora. — Truslow franziu a testa. — Por que diabos iríamos embora? Acabamos de parar o filho da puta do trem.

— O coronel quer que a gente vá. Ele está pronto para explodir a ponte.

— O coronel pode esperar — retrucou Truslow, depois sinalizou na direção dos vagões de passageiros. — Vamos começar pelo último. Se algum desgraçado criar encrenca, atire nele. Se alguma mulher ou criança começar a gritar, dê um tapa rápido. Os passageiros são iguais a galinhas. Quando você os agita, ficam barulhentos feito o diabo, mas, se os tratar com dureza, ficam quietinhos. E não pegue nada grande, porque vamos ter de cavalgar depressa. Dinheiro, joias e relógios, é atrás disso que estamos.

Nathaniel ficou completamente imóvel.

— Você não vai roubar os passageiros!

Estava genuinamente chocado com a ideia. Uma coisa era andar pelo trem como um flibusteiro sob o olhar dos passageiros espantados, mas algo totalmente diferente era violar o Sexto Mandamento. As piores surras que Nathaniel já levara tinham sido castigos por roubo. Quando tinha 4 anos pegara algumas amêndoas numa jarra na cozinha, e dois anos depois tinha apanhado um barquinho de madeira no baú de brinquedos do irmão mais velho, e nas duas vezes o reverendo Elial havia tirado sangue como recompensa. A partir desse dia, até Dominique convencê-lo a tomar o dinheiro do major Trabell, ele sentia terror de roubos, e as consequências de tê-la ajudado só reforçaram suas lições da infância, de que roubar era um crime terrível pelo qual Deus certamente castigaria.

— Você não pode roubar — disse a Truslow. — Não pode.

— Você espera que eu compre os pertences deles? — perguntou Truslow, zombando. — Agora venha, não demore.

— Não vou ajudar você a roubar!

Nathaniel permaneceu firme. Tinha pecado demais nas últimas semanas. Havia cometido o pecado da luxúria, bebido álcool, feito uma aposta, deixado de honrar seu pai e sua mãe e de santificar o domingo, mas não iria se tornar ladrão. Só ajudara Dominique a roubar porque ela o convencera de que o dinheiro lhe pertencia, mas não ajudaria Truslow a roubar inocentes passageiros de trem. Muitos pecados pareciam nebulosos e difíceis de ser evitados, mas o roubo era absoluto e inegável, e ele não se arriscaria no caminho escorregadio para o inferno acrescentando essa transgressão a sua lista espantosamente longa de erros.

Truslow gargalhou de repente.

— Vivo esquecendo que você é um pregador. Ou meio pregador. — Ele jogou a argola de chaves para Nathaniel. — Uma dessas abre o vagão de carga. Entre e reviste. Não precisa roubar nada. — Seu sarcasmo era pesado. — Mas pode procurar suprimentos militares e, se vir algo que valha a pena ser levado, me conte. E leve isso. — Truslow tirou sua enorme faca de caça da bainha e jogou para o ianque.

Nathaniel não conseguiu pegá-la, mas apanhou a faca desajeitada no leito da ferrovia.

— Para que ela serve?

— Para cortar gargantas, garoto, mas você pode usá-la para abrir as caixas. A não ser que esteja planejando usar os dentes para examinar os caixotes.

O grande cadeado de latão na porta deslizante do vagão ficava a uns bons três metros acima do leito da ferrovia, mas um enferrujado estribo de ferro dava uma dica de como Nathaniel poderia alcançá-lo. Ele se impulsionou para cima e se agarrou precariamente à lingueta enquanto procurava entre as chaves. Acabou encontrando a certa, destrancou o cadeado e empurrou a pesada porta para o lado, depois entrou.

O vagão estava repleto de caixas e sacos. Os sacos eram mais fáceis de abrir que os caixotes e continham sementes, mas ele não fazia ideia de que tipo eram. Deixou os grãos escorrerem entre os dedos, depois olhou as caixas empilhadas e se perguntou como iria revistar todas. O modo mais fácil seria jogá-las no chão, mas elas provavelmente eram propriedade particular e não queria se arriscar a quebrar nada. A maioria possuía indicações para ser retirada na estação de Baltimore ou em Washington, prova de que a ocupação de Harper's Ferry não fechara totalmente o tráfego federal através das montanhas. Um dos caixotes marcados para Washington era uma caixa com pintura escura e uma legenda mal-escrita, a estêncil, na lateral: "1.000 cartuchos de fuzil mosquete 69POL".

Isso, pelo menos, devia ser material de guerra, portanto podia ser saqueado de modo justo. Nathaniel usou a desajeitada faca de caça e cortou as cordas que prendiam os sacos no lugar, depois começou a colocar os caixotes que atrapalhavam o caminho sobre os sacos de sementes. Demorou quase cinco minutos para chegar ao caixote escuro, e mais tempo ainda para levantar a tampa bem-pregada e descobrir que ele estava mesmo atulhado de cartuchos de papel, cada um contendo uma bala e uma medida de pólvora. Fez o que pôde para pregar a tampa de volta, depois desceu a caixa. Ainda estava chovendo, por isso ele bateu a tampa com o calcanhar da bota direita, tentando manter a caixa bem-selada e evitar a chuva.

Havia outra caixa escura embaixo de outra pilha, por isso Nathaniel subiu de novo no vagão e moveu mais caixotes ainda até retirar a segunda caixa que, como a primeira, possuía uma legenda feita com estêncil, indicando que o conteúdo também era de cartuchos. Juntou essa à primeira, depois subiu de novo para continuar a busca laboriosa.

— O que diabos você está fazendo, garoto? — Truslow apareceu à porta do vagão. Estava carregando uma pesada bolsa de couro na mão direita e a pistola do guarda na esquerda.

— Isso aí são cartuchos. — O nortista indicou as duas caixas ao lado de Truslow. — E acho que pode haver mais aqui dentro.

Truslow chutou a tampa da mais próxima, olhou para baixo e depois cuspiu sumo de tabaco nos cartuchos.

— Isso não tem mais utilidade do que tetas num touro.

— O quê?

— São .69, como as que usei no México. Os fuzis que o coronel comprou em Richmond são .58.

— Ah. — Nathaniel se sentiu ficando vermelho de embaraço.

— Você poderia acender uma fogueira com isso.

— Então não têm utilidade?

— Para nós, não, garoto. — Truslow enfiou o revólver no cinto, pegou um cartucho e tirou a bala com os dentes. — É uma filha da puta grande, não é? — Mostrou a bala ao ianque. — Tem alguma coisa de valor aí dentro?

— Até agora só achei as balas.

— Por Deus, garoto. — Truslow largou a pesada bolsa de couro que tilintou de modo agourento ao cair, depois subiu no vagão de carga e pegou a faca de caça com Nathaniel. — Preciso tirar nossos rapazes dos vagões antes que os passageiros tenham ideias. Peguei o máximo de armas que pude, mas algum daqueles filhos da puta pode ter mantido alguma bem escondida. Sempre tem algum sacana querendo bancar o herói. Eu me lembro de um cara jovem na Orange e Alexandria, há uns dois anos. Achou que iria me capturar. — Ele cuspiu com desprezo.

— O que aconteceu?

— Terminou a viagem no vagão de pessoal, garoto. Deitado de costas e coberto por uma lona.

Enquanto falava, Truslow arrancou tampas de caixotes, deu uma olhada superficial no conteúdo e depois os jogou na chuva. Uma caixa de pratos de louça enfeitados com lírios pintados se despedaçou no leito da ferrovia. Foi seguida por um monte de roupas emboladas. Tinha começado a chover mais forte, as gotas batendo ruidosamente no teto de madeira do vagão de carga.

— Não deveríamos ir embora? — perguntou Nathaniel, nervoso.

— Por quê?

— Eu já disse. O coronel Faulconer está pronto para explodir a ponte.

— Quem se importa com a ponte? Quanto tempo você acha que vão demorar para reconstruí-la?

— O coronel disse que serão meses.

— Meses! — Truslow estava revirando um caixote cheio de roupas, vendo se gostava de alguma. Decidiu que nada prestava e jogou a caixa fora. — Eu poderia reconstruir essa ponte em uma semana. Me dê dez homens e a coloco ela funcionando em dois dias. Faulconer não sabe diferenciar merda de ganso de pó de ouro, garoto. — Ele jogou um barril de bicarbonato de sódio e outro de lixívia. — Não tem nada aqui — fungou, depois desceu de novo para o chão. Olhou para o oeste, mas a paisagem estava vazia. — Vá ao vagão de pessoal, garoto — ordenou ao ianque — e me traga uns carvões acesos.

— O que você vai fazer?

— Acho que se você me fizer outra maldita pergunta vou lhe dar um tiro. Agora vá pegar uns carvões malditos para mim.

Truslow virou as duas caixas de cartuchos .69 dentro do compartimento de carga enquanto Nathaniel subia no vagão de pessoal, onde um pequeno fogão bojudo ainda estava aceso. Havia um balde de zinco com carvões ao lado dele. O nortista os derramou, usou um atiçador para abrir a porta do fogão e puxou um punhado reluzente para o balde vazio.

— Certo — disse Truslow quando o ianque voltou. — Jogue os carvões no meio dos cartuchos.

— Você vai queimar o vagão? — A chuva sibilou caindo no balde.

— Pelo amor de Deus!

Truslow agarrou o balde e jogou os carvões nos cartuchos. Por um segundo apenas reluziram em meio aos tubos de papel, depois o primeiro cartucho explodiu com um estalo fraco e de repente toda a pilha de munição era uma massa de fogo explodindo e se retorcendo.

Truslow pegou a sacola de couro com seu saque e chamou Nathaniel para longe.

— Venham! — gritou para os dois homens que tinha deixado no último vagão de passageiros.

À medida que os guardas saíam de cada vagão iam alertando os passageiros de que qualquer um que seguisse os atacantes seria morto a tiros. A maioria dos homens de Truslow estava carregando sacolas ou sacos, e todos pareciam bastante satisfeitos com o trabalho. Alguns andavam de costas com pistolas na mão, certificando-se de que nenhum passageiro tentaria ser um herói.

— O problema virá quando tivermos passado pela barricada — alertou Truslow. — Tom? Micky? Fiquem comigo. Capitão Hinton! Ponha os maquinistas a bordo!

Hinton empurrou os dois maquinistas de volta para a cabine da locomotiva, depois os acompanhou com o revólver na mão. Um segundo depois a grande máquina soltou um enorme chiado de vapor, deu uma sacudida enorme e subitamente todo o trem se sacudiu para a frente. Uma mulher num dos vagões gritou. Agora o vagão de carga estava totalmente em chamas, soltando fumaça preta na chuva forte

— Ande! — gritou Truslow, encorajando o capitão Hinton.

A locomotiva avançou estalando, a chaminé soltando pequenos e ansiosos sopros de fumaça branco-acinzentada. Hinton estava rindo, gritando para o maquinista, que devia ter aberto subitamente o acelerador, porque o trem se sacudiu, avançando e saindo das pontas dos trilhos, enfiando o limpa-trilhos com força no leito da ferrovia. Pedras e madeira se despedaçaram. As quatro rodas motrizes, cada uma com quase dois metros de diâmetro, começaram a girar e guinchar, mas conseguiram tração suficiente para que, centímetro a centímetro agonizante, a máquina monstruosa avançasse estremecendo enquanto as pequenas rodas dianteiras rasgavam os dormentes quebrados. O limpa-trilhos se amassou num guincho de metal se rasgando.

Hinton fez um gesto com o revólver e o maquinista abriu o acelerador totalmente. A locomotiva de trinta toneladas sacolejou para a frente como uma grande besta ferida enquanto tombava alguns graus de lado. Nathaniel teve medo de que ela mergulhasse pelo barranco do rio, arrastando atrás de si os vagões cheios, porém então, misericordiosamente, a máquina enorme ficou presa. O vapor começou a sair em jatos do lado oposto. Uma das pequenas rodas dianteiras se soltou girando acima da terra revirada enquanto as rodas motrizes do lado oposto da máquina abriam uma vala de trinta centímetros de profundidade no leito da ferrovia antes que o maquinista desconectasse os pistões, e mais vapor foi lançado para a chuva.

— Ponha fogo no tênder! — gritou Truslow, e Hinton ordenou que um maquinista pegasse uma pá de carvão incandescente na fornalha e enfiasse na lenha que estava no tênder. — Mais! — ordenou Truslow. — Mais! — Truslow havia encontrado a torneira do tanque de água do vagão e a abriu.

A água jorrou por uma extremidade do tênder enquanto a outra começava a pegar fogo tão violentamente quanto o vagão de carga. — Vamos lá! — berrou Truslow. — Vamos lá!

Os atacantes passaram pela barricada e correram na direção da ponte. Truslow ficou com dois homens para impedir qualquer perseguição enquanto o capitão Hinton levava os outros pelas tábuas estreitas que ficavam nas laterais dos trilhos na ponte. O coronel Faulconer estava esperando na margem oposta, gritando para os homens de Hinton se apressarem.

— Coloque fogo, Medlicott! — gritou Faulconer com toda a força. — Depressa! — gritou para Hinton. — Pelo amor de Deus! Por que demoraram tanto?

— Tivemos de garantir que o trem não voltaria para buscar ajuda — explicou o capitão Hinton.

— Ninguém obedece às ordens que recebe aqui! — O coronel havia dado a ordem de retirada pelo menos quinze minutos antes, e cada segundo de atraso era um insulto à sua autoridade já frágil. — Starbuck! — chamou ele aos berros. — Não ordenei que trouxesse os homens de volta?

— Sim, senhor.

— E por que não fez isso?

— A culpa foi minha, Faulconer — interveio Hinton.

— Eu lhe dei uma ordem, Nate! — gritou o coronel. Seus outros homens já estavam montados, todos menos Medlicott, que havia acendido a massa de combustível ao redor da haste da ponte. — Agora o pavio! — ordenou o coronel.

— Truslow! — O capitão Hinton gritou para os três homens que ainda estavam do outro lado da garganta.

Truslow, segurando a sacola de couro, foi o último a passar pela barricada. Enquanto atravessava a ponte, chutou as tábuas de lado, tornando difícil a perseguição. Houve o disparo de uma arma da barricada e a fumaça da pólvora foi levada instantaneamente pela brisa. A bala acertou um trilho na ponte e gemeu através do rio. Duas densas nuvens de fumaça, do vagão de carga e do tênder em chamas, pairavam baixas e fedorentas acima do braço norte.

— O pavio está aceso! — gritou Medlicott e começou a subir pela lateral da garganta. Atrás dele um fiapo de fumaça era lançado e se retorcia no pavio aceso, serpenteando pela encosta abaixo, vindo do grande monte de madeira e arbustos empilhados ao redor da pólvora.

— Depressa! — gritou o coronel.

Um cavalo relinchou e se empinou. Mais homens dispararam da barricada, no entanto Truslow já havia atravessado a ponte e estava fora do alcance dos revólveres.

— Venha, homem! — gritou Washington Faulconer.

Truslow ainda estava com a sacola de couro, e todos os homens de Hinton carregavam bolsas parecidas. Faulconer devia saber, pelas sacolas pesadas, o motivo de sua ordem de recuar ter sido ignorada por tanto tempo, mas optou por não dizer nada. O sargento Medlicott, enlameado e molhado, saiu da garganta e pôs o pé no estribo no instante em que o fogo do pavio que soltava fumaça mergulhou na pilha de mato. O sargento Truslow montou em sua sela e Faulconer se virou.

— Vamos!

E levou seus homens para longe do barranco da ferrovia. O fogo no fundo da garganta devia estar correndo mais rápido, porque uma fumaça densa se retorcia em volta da treliça da ponte, mas a pólvora ainda não havia explodido.

— Andem! — instigou Faulconer, e atrás dele os cavalos se esforçavam escorregando na encosta lamacenta até que finalmente se ocultaram do campo de visão do trem atrás da folhagem e, ainda que algumas balas aleatórias rasgassem as folhas e os galhos, nenhum homem da legião foi atingido.

Faulconer parou na crista do morro para olhar o trem danificado. Os incêndios no vagão de carga e no tênder haviam se espalhado para os outros carros, e os passageiros, ensopados e arrasados, agora subiam a encosta molhada para escapar do perigo.

Os compridos vagões de passageiros serviam como funis onde o calor rugia feroz até que as janelas estouraram soltando chamas que lambiam a chuva forte.

O trem era uma carcaça incendiada, a locomotiva descarrilada e os vagões destruídos, porém a ponte, que fora objeto do ataque, continuava de pé. O pavio havia fracassado em detonar a pólvora, provavelmente porque ela estava úmida, enquanto o fogo, que deveria secá-la e depois explodi-la caso o pavio falhasse, agora parecia sucumbir ao combustível molhado e à chuva trazida pelo vento. O coronel acusou Nathaniel amargamente:

— Se você tivesse obedecido à minha ordem, haveria tempo de reajustar as cargas.

— Eu, senhor? — O nortista estava atônito com a injustiça da acusação. O capitão Hinton ficou igualmente surpreso com as palavras do coronel.

— Eu lhe disse, Faulconer, a culpa foi minha.

— Eu não dei a ordem a você, Hinton. Dei a Starbuck, e ela foi desobedecida. — Faulconer falou isso com uma fúria fria e contida, depois virou o cavalo e bateu as esporas. A montaria relinchou e saltou abruptamente para a frente.

— Ianque desgraçado — declarou baixinho o sargento Medlicott, depois acompanhou Faulconer.

— Esqueça-os, Nate — disse Hinton. — Não foi sua culpa. Vou resolver a situação com o coronel para você.

Nathaniel ainda não conseguia acreditar que estava sendo responsabilizado pelo fracasso do ataque. Ficou atordoado, pasmo com a injustiça do coronel. Lá embaixo na linha do trem, sem saber que um punhado dos atacantes ainda se demorava acima deles, alguns passageiros se esgueiravam até a ponte intacta enquanto outros começaram a remover a barricada de cima dos trilhos quebrados. O fogo na garganta parecia ter apagado completamente.

— Ele está acostumado a ter o que quer. — Truslow trouxe seu cavalo para o lado do ianque. — Acha que pode comprar o que quiser e ter tudo perfeito, desde o início.

— Mas não fiz nada errado!

— Nem precisava cometer nenhum erro. Ele quer ter alguém para culpar. E acha que, se mijar em cima de você, você não vai mijar de volta nele. Por isso o escolheu. Ele não iria mijar em mim, iria? — Truslow esporeou, avançando.

Nathaniel olhou de volta para a garganta. A ponte estava intacta e o ataque de cavalaria, que fora programado como uma vitória gloriosa para lançar a triunfante cruzada da legião, havia se tornado uma farsa enlameada e encharcada de chuva. E o nortista estava sendo culpado por isso.

— Maldição! — xingou em voz alta, desafiando seu Deus, depois se virou e acompanhou Truslow em direção ao sul.

— Será que é isso mesmo? — Belvedere Delaney tinha um exemplar de quatro dias atrás do *Washington Intelligencer* que fora trazido de Harper's Ferry para Richmond. O *Intelligencer*, apesar de ser um jornal da Virgínia, era totalmente pró-União.

— O quê? — Ethan Ridley estava distraído e num desinteresse absoluto por qualquer coisa que o jornal pudesse ter noticiado.

— Ladrões pararam um trem que ia para o oeste na quarta passada, um homem foi ferido e a locomotiva foi descarrilada temporariamente. — Delaney estava condensando a matéria enquanto lia a coluna. — Quatro vagões ficaram muito queimados, um vagão de carga e os passageiros foram roubados, os trilhos foram arrancados, embora tenham sido substituídos no dia seguinte. — Ele espiou Ridley pelos óculos de leitura em forma de meia-lua. — Você não acha mesmo que esse pode ser o primeiro grande triunfo da sua Legião Faulconer, acha?

— Não parece coisa de Faulconer. Agora escute, Bev.

— Não, escute você. — Os meios-irmãos estavam nos aposentos de Delaney na Grace Street. As janelas da sala, com cortinas de veludo, davam para o gracioso pináculo da Igreja de St. Paul e, mais além, o elegante prédio do Capitólio, que era agora a sede do governo confederado provisório. — Escute você, porque vou ler a melhor parte — avisou Delaney com prazer exagerado. — "Seria de se imaginar, pelo comportamento desprezível, que os bandidos que interceptaram os vagões na quarta-feira eram meros ladrões vagabundos, porém ladrões não tentam destruir pontes ferroviárias, e foi esse débil esforço de destruição que convenceu as autoridades de que os vilões eram agentes sulistas e não criminosos comuns, mas não sabemos como é possível diferenciá-los." Não é delicioso, Ethan? "Agora o mundo conhece os modos sulistas, visto que a bravura dos rebeldes inclui roubar mulheres, amedrontar crianças e fracassar de maneira abjeta em destruir a ponte Anakansett que, apesar de ligeiramente tostada, transportava cargas no dia seguinte." Ligeiramente tostada! Não é engraçado, Ethan?

— Não, maldição, não é!

— Eu acho extremamente engraçado. Vejamos agora, perseguidos de forma ousada pela cavalaria de Ohio, atrasados por chuvas e rios inundados.... Os bandidos escaparam, de modo que a perseguição não foi suficientemente ousada. Supostamente os atacantes se retiraram para o leste em direção ao vale do Shenandoah. "Nossos irmãos do leste da Virgínia oriental, que gostam tanto de se gabar de sua civilização maior, parecem ter mandado esses homens como emissários de sua alardeada superioridade. Se isso é o melhor que podemos esperar ver com relação a suas habilidades bélicas, podemos ficar tranquilos porque a crise nacional terá vida curta e a gloriosa União será costurada de novo em semanas." Ah, esplêndido!

— Delaney tirou os óculos de leitura e sorriu para Ridley. — Não foi uma demonstração muito impressionante, se foi obra de seu futuro sogro. Uma ponte tostada? Ele terá de fazer melhor que isso!

— Pelo amor de Deus, Bev! — implorou Ridley.

Delaney dobrou o *Intelligencer* com gestos exagerados, depois o jogou no suporte de pau-rosa onde ficavam os outros jornais e revistas, ao lado de sua poltrona. Sua sala era maravilhosamente confortável, com poltronas de couro, uma grande mesa redonda e polida, livros em todas as paredes, bustos de gesso de grandes homens da Virgínia e, sobre a lareira, um enorme espelho com moldura dourada repleta de querubins e anjos entrelaçados. Parte da preciosa coleção de porcelana de Delaney estava à mostra no console e outras peças se encontravam em meio aos livros encadernados. Delaney fez seu irmão esperar mais um pouco enquanto limpava os óculos meia-taça e os dobrava e guardava com cuidado numa caixa forrada de veludo.

— O que diabos você espera que eu faça com relação à maldita garota? — perguntou finalmente.

— Quero que me ajude — explicou Ridley de forma patética.

— Por que eu faria isso? A garota é uma das suas putas, não das minhas. Ela procurou você, não a mim. Está com o seu filho na barriga, não o meu, e a vingança do pai dela ameaça a sua vida, e com certeza não a minha, então será que preciso mesmo continuar?

Delaney se levantou, foi até a lareira e pegou em cima dela um de seus cigarros enrolados em papel, que costumava importar da França, mas que agora supunha que se tornariam mais raros que pó de ouro. Acendeu-o com um papel torcido aceso no carvão da lareira. Era espantoso que ele precisasse de uma lareira acesa naquela época do ano, porém as chuvas que chegaram trovejando do leste trouxeram ventos frios que não combinavam com a estação.

— Além do mais, o que posso fazer? — continuou, um pouco distraído.

— Você já tentou comprá-la e isso não deu certo. Então claramente vai ter de pagar mais.

— Ela vai continuar voltando. E voltando.

— E o que, exatamente, ela quer?

Delaney sabia que teria de ajudar o meio-irmão, pelo menos se quisesse continuar lucrando com as compras da Legião Faulconer, no entanto queria torturar Ethan mais um pouco antes de concordar em dar um jeito no problema trazido pela inesperada chegada de Sally Truslow à cidade.

— Sally quer que eu arranje um lugar para ela morar. Espera que eu pague por isso e que lhe dê mais dinheiro a cada mês. Naturalmente também vou ter de sustentar o bastardo dela. Droga! — xingou Ridley com maldade ao pensar nas exigências ultrajantes da jovem.

— O bastardo não é só dela, é seu também — observou Delaney sem se solidarizar. — Na verdade é meu sobrinho! Ou sobrinha. Acho que prefiro uma sobrinha, Ethan. Ela vai ser meio-sobrinha, não é? Talvez eu possa ser meio-padrinho dela.

— Não seja tão inútil — comentou Ridley, depois olhou carrancudo pela janela, para uma cidade golpeada pela chuva. A Grace Street estava quase vazia. Havia apenas uma carruagem seguindo para a praça do Capitólio e dois negros abrigando-se na porta da igreja metodista. — A Sra. Richardson tem alguém que pode se livrar de bebês? — Ridley se virou para perguntar. A Sra. Richardson presidia o bordel no qual seu meio-irmão tinha um investimento considerável.

Delaney deu de ombros delicadamente, um gesto que poderia significar qualquer coisa.

— Veja bem — continuou Ridley —, Sally quer ficar com o bastardo, e diz que, se eu não ajudar, vai contar a Washington Faulconer sobre mim. E diz que vai contar ao pai. Sabe o que ele vai fazer comigo?

— Acho que não vai querer convidá-lo para um círculo de orações. — Delaney riu. — Por que você não leva a meretriz inconveniente à fábrica Tredegar e a deixa numa pilha de lixo?

A Metalúrgica Tredegar, perto do rio James, era o lugar mais imundo, mais escuro e mais sujo de Richmond, e não eram feitas muitas investigações sobre as tragédias que ocorriam ao redor de seus limites satânicos. Homens morriam em brigas, prostitutas eram esfaqueadas nos becos e bebês mortos ou agonizantes eram abandonados nos canais imundos. Era um pedaço do inferno no centro de Richmond.

— Não sou assassino — refutou Ridley carrancudo, mas na verdade havia considerado esse ato de violência, extraordinário e salvador. Porém, sentia medo demais de Sally Truslow, que, ele suspeitava, poderia estar escondendo uma arma no meio de seus pertences.

Ela fora procurá-lo três noites atrás, chegando aos aposentos de Belvedere Delaney no início da tarde. Na ocasião Delaney estava em Williamsburg fazendo um testamento, por isso Ridley se encontrava sozinho no apartamento quando Sally tocara a campainha. Ele ouviu a agitação e desceu, encontrando George, o escravo doméstico do irmão, confrontando uma suja, ensopada e furiosa Sally. Ela passou pelo escravo, que, com sua educação costumeira e digna, estivera tentando impedi-la de entrar na casa.

— Diga a esse crioulo para tirar as mãos de mim — gritou ela para Ridley.

— Tudo bem, George. Ela é minha prima — disse Ridley, depois arranjou para que o exausto cavalo de Sally fosse posto no estábulo e que a própria Sally fosse levada à sala do irmão, no andar de cima. — Que diabo você está fazendo aqui? — perguntou ele, horrorizado.

— Vim procurar você — anunciou ela — como você disse que eu podia.

Suas roupas esfarrapadas pingavam água no belo tapete persa de Belvedere Delaney, diante da lareira de mármore vermelho. O vento e a chuva uivavam contra os caixilhos das janelas, mas, naquela sala quente e confortável, isolada pelas grossas cortinas de veludo sob as sanefas com borlas grossas, o fogo ardia suavemente e a chama das velas praticamente não tremia. Sally girou sobre o tapete, admirando os livros, a mobília e as poltronas de couro. Estava ofuscada pelo reflexo da luz das velas nas garrafas para decantar vinhos e pela preciosa porcelana europeia sobre o console.

— Isso é bonito, Ethan. Não sabia que você tinha um irmão.

Ridley havia se aproximado do aparador, onde abriu um estojo de prata e pegou um dos charutos que o irmão mantinha para as visitas. Precisava de um para recuperar a pose.

— Achei que você estava casada.

— Vou querer um desses — pediu Sally.

Ele acendeu o charuto, entregou a ela e pegou outro para si mesmo.

— Você está usando um anel de casamento, portanto está casada. Por que não volta para o seu marido?

Ela ignorou deliberadamente a pergunta. Em vez disso ergueu o dedo do anel para a luz das velas.

— O anel era da minha mãe e ela ganhou da mãe dela. Meu pai queria ficar com ele, mas o obriguei a me dar. Mamãe sempre quis que eu ficasse com o anel.

— Deixe-me vê-lo. — Ridley segurou o dedo dela e notou o arrepio que sempre sentia ao tocar Sally, e se perguntou que acaso de ossos, pele, lábios e olhos criaram uma beldade tão terrível a partir daquela filha das montanhas de mente azeda e língua solta. — É bonito. — Ele girou o anel no dedo dela, sentindo a leveza seca do toque. — É bem antigo. — Suspeitou que fosse muito antigo, e talvez muito especial também, por isso tentou tirá-lo do dedo, mas Sally puxou a mão para longe.

— Meu pai queria ficar com ele. — Ela olhou o anel. — Por isso tirei dele. — Ela gargalhou e deu uma tragada no charuto. — Além disso, não estou casada de verdade. Não mais do que se tivesse pulado uma vassoura.

Era exatamente isso que Ridley temia, mas tentou não demonstrar nenhuma apreensão.

— Mesmo assim o seu marido vem procurar você, não vem?

— Robert? — Ela gargalhou. — Ele não vai fazer nada. Um porco capado tem mais colhões que Robert. Mas e sua dama amiga? O que sua Anna vai fazer quando souber que estou aqui?

— Ela vai saber?

— Vai, querido, porque vou contar a ela. A não ser que você mantenha a palavra. O que significa cuidar bem de mim. Quero morar num palácio igual a esse. — Sally girou olhando a sala ao redor, admirando o conforto, depois olhou de volta para Ridley. — Você conhece um homem chamado Starbuck?

— Conheço o rapaz chamado Starbuck.

— Um rapaz bonito — comentou Sally, toda coquete. Um punhado de cinza do charuto caiu no tapete. — Foi ele que me casou com Robert. Meu pai o obrigou. Ele fez com que tudo parecesse direito, com um livro e tudo mais, e até escreveu no livro, para tornar legítimo, mas eu sabia que não era de verdade.

— Starbuck casou você? — Ridley achou divertido.

— Ele foi legal. Legal mesmo. — Sally inclinou a cabeça diante de Ridley, desejando provocar ciúme. — Por isso eu disse a Robert para se tornar um soldado, então vim para cá. Para ficar com você.

— Mas eu não vou ficar aqui — declarou Ridley. Sally o observou com olhos felinos. — Vou para a legião — explicou ele. — Só vou acabar os meus negócios aqui e depois voltar.

— Então direi que outros negócios você precisa acabar, querido. — Sally foi até ele, inconscientemente graciosa enquanto atravessava ricos tapetes e tábuas enceradas. — Você vai arranjar um lugar para eu morar, Ethan. Um bom lugar, com tapetes que nem esse, poltronas de verdade e uma cama decente. E você pode me visitar lá, como disse que faria. Não foi isso que você disse? Que ia arranjar um lugar onde eu pudesse morar? Onde você ia me manter? E me amar? — As últimas três palavras foram ditas tão baixinho e tão perto que Ridley sentiu a fumaça do charuto no hálito dela.

— Foi o que eu disse.

E ele sabia que não podia resistir mas também sabia que, assim que tivessem feito amor, odiaria Sally por sua vulgaridade e seu jeito comum. Ela era uma criança, mal fizera 15 anos, porém conhecia o próprio poder assim como Ridley. Sabia que ela lutaria para conseguir o que desejava e que não se importaria com a destruição que causasse na luta. E assim, no dia seguinte, Ridley a tirou do aposento do irmão na Grace Street. Se Delaney tivesse retornado e descoberto alguma porcelana quebrada jamais concordaria em ajudá-lo, por isso Ridley pegou um quarto da frente numa pensão da Monroe Street, onde se registrou com Sally como se fossem casados. Agora implorava pela ajuda do irmão.

— Pelo amor de Deus, Bev! Ela é uma bruxa! Vai destruir tudo!

— Um súcubo, é? Gostaria de conhecê-la. Ela é linda mesmo, como no seu desenho?

— É extraordinária. Então, pelo amor de Deus, tire-a de mim! Você a quer? Ela é sua.

Ridley já tentara apresentá-la aos amigos que se encontravam para beber no bar do Spotswood, mas Sally, mesmo vestindo os ornamentos recém-comprados e tremendamente admirada por todos os oficiais do hotel, havia se recusado a sair de perto de Ridley. Tinha cravado as unhas em seu homem e não iria soltá-lo em troca das oportunidades desconhecidas de outro.

— Por favor, Bev! — implorou Ridley.

Belvedere Delaney pensou no quanto odiava ser chamado de "Bev" enquanto se esquentava perto do fogo baixo e reluzente.

— Você não está disposto a matá-la? — perguntou em voz perigosa.

Ridley fez uma pausa, depois balançou a cabeça.

— Não.

— E não vai dar o que ela quer?

— Não posso.

— E não pode dá-la a alguém?

— Maldição, não posso.

— E ela não vai embora por vontade própria?

— Nunca.

Delaney tragou seu cigarro, depois soltou um pensativo anel de fumaça para o teto.

— Uma ponte tostada! Acho mesmo divertido.

— Por favor, Bev, por favor!

— Mostrei o jornal a Lee hoje de manhã — disse Delaney. — Mas ele desconsiderou a matéria. Garantiu que não tinha sido nenhum dos nossos homens. Acha que os tostadores da ponte devem ser meros bandoleiros. Acho que você deveria arranjar um jeito de Faulconer ficar sabendo desse veredito. Bandoleiros! A palavra vai irritá-lo consideravelmente.

— Por favor, Bev! Pelo amor de Deus.

— Ah, pelo amor de Deus, não, Ethan. Deus não gostaria do que pretendo fazer com sua Sally. Ele não gostaria nem um pouquinho. Mas sim, posso ajudar você.

Ridley olhou o irmão com um alívio palpável.

— O que vai fazer?

— Traga-a amanhã. Traga-a à esquina da, digamos, Cary com a 24, vai ser fora das vistas. Às quatro da tarde. Haverá uma carruagem lá. Eu posso estar nela ou não. Invente alguma história que a faça entrar na carruagem, depois a esqueça. Esqueça totalmente.

Ridley olhou boquiaberto para o irmão.

— Você vai matá-la?

Delaney se encolheu diante da pergunta.

— Por favor, não imagine que sou tão grosseiro. Vou retirá-la da sua vida e você vai me agradecer para sempre.

— Vou. Prometo! — A gratidão de Ridley era patética.

— Então amanhã, às quatro, na esquina da Cary com a 24. Agora vá e seja bonzinho com ela, Ethan, seja muito bonzinho, para ela não suspeitar de nada.

O coronel Washington Faulconer ignorou Nathaniel durante quase toda a viagem para casa. Faulconer cavalgava com o capitão Hinton, às vezes com Murphy, mas sempre estabelecendo um ritmo rápido, como se quisesse se distanciar da cena do ataque fracassado. Quando falava com o ianque era de modo rápido e hostil, mas não se mostrava mais afável com ninguém. Mesmo assim Nathaniel se sentia magoado, enquanto Truslow achava apenas divertida a carranca do coronel.

— Você precisa aprender a se afastar da estupidez — avisou Truslow.

— É isso que você faz?

— Não, mas quem disse que sou um bom exemplo? — Ele gargalhou. — Você deveria ter aceitado o meu conselho e pegado o dinheiro. — Truslow havia ganhado uma boa quantia com o ataque, assim como os homens que entraram com ele no trem.

— Prefiro ser idiota a ladrão — sentenciou Nathaniel.

— Não prefere, não. Nenhum homem sensato prefere. Além disso, a guerra está vindo, e o único modo de sobreviver a uma guerra é roubando. Todos os soldados são ladrões. Você rouba tudo que quiser, não dos amigos, mas de todo o resto. O exército não vai cuidar de você. O exército grita com você, caga em você e faz o máximo para que você passe fome, por isso tem de se virar como pode e os que se dão melhor são os que roubam melhor. — Truslow cavalgou alguns passos em silêncio. — Acho que deveria ficar feliz porque fez uma oração pela minha Emily, porque isso quer dizer que agora tem a mim para cuidar de você.

Nathaniel não disse nada. Sentia vergonha daquela oração pronunciada ao lado da sepultura. Nunca deveria ter feito aquilo, porque não era digno.

— E nunca agradeci por você não ter contado a ninguém sobre minha Sally também. Quero dizer, como ela se casou e por quê. — Truslow cortou um pedaço de fumo da trança que mantinha numa bolsa afivelada ao cinto e o enfiou na bochecha. Ele e o nortista estavam cavalgando sozinhos, separados por alguns passos dos homens da frente e dos de trás. — Sempre esperamos que os filhos nos deem orgulho — continuou Truslow baixinho. — Mas admito que Sally é ruim. Porém, agora ela está casada e é o fim.

Será?, pensou Nathaniel, mas não foi idiota de fazer a pergunta em voz alta. O casamento não fora o fim para a mãe de Sally, que pouco depois havia fugido com o pequeno e feroz Truslow. Tentou visualizar o rosto de Sally, mas não conseguiu. Só se lembrava de uma pessoa muito linda, uma pessoa a quem prometera ajudar, se pedisse. O que faria se ela o procurasse? Fugiria com Sally, como havia feito com Dominique? Ousaria desafiar o pai dela? À noite, deitado sem sono, tecia fantasias sobre Sally Truslow. Sabia que os sonhos eram tão idiotas quanto impraticáveis, mas era jovem, por isso queria se apaixonar, e assim tinha sonhos idiotas e impraticáveis.

— Agradeço mesmo por você não ter dito nada sobre Sally. — Truslow parecia querer uma resposta, talvez uma afirmação de que Nathaniel realmente mantivera em segredo o casamento noturno, em vez de se divertir com o infortúnio da família.

— Nunca pensei em contar a ninguém — garantiu o nortista. — Não é da conta de ninguém. — Era agradável parecer tão virtuoso de novo, mas Nathaniel suspeitava de que seu silêncio a respeito do casamento fosse mais instigado por um medo instintivo da inimizade de Truslow do que por um princípio de reticência.

— E o que você achou de Sally? — perguntou Truslow com toda a seriedade.

— É uma jovem muito bonita. — Nathaniel deu a resposta com a mesma seriedade, como se não tivesse se imaginado fugindo com ela para as novas terras do oeste, ou às vezes navegando com Sally para a Europa onde, em seus devaneios, deslumbrava-a com sua sofisticação em hotéis suntuosos e salões de baile reluzentes.

Truslow assentiu, aceitando o elogio do ianque.

— Ela é parecida com a mãe. O jovem Decker é um rapaz de sorte, acho, embora talvez não seja. A beleza nem sempre é um dom positivo na mulher, especialmente se ela tiver um espelho. Emily nunca pensava duas vezes nisso, mas Sally! — Ele disse o nome com tristeza, depois cavalgou em silêncio por um longo tempo, evidentemente pensando na família. Como havia compartilhado um momento de intimidade com essa família, Nathaniel se tornara um confidente involuntário de Truslow que, após o momento de silêncio, balançou a cabeça, disparou seu cuspe de tabaco e declarou o veredicto: — Alguns homens não são destinados a serem homens de família, mas o jovem Decker é assim. Ele gostaria de se juntar ao primo na legião, mas não é do tipo lutador. Não como você.

— Eu? — Nathaniel ficou surpreso.

— Você é um lutador, garoto. Dá para ver. Não vai molhar as calças quando vir o elefante.

— Vir o elefante? — perguntou o nortista, achando aquilo curioso.

Truslow fez uma careta, como se indicasse que estava cansado de corrigir sozinho a formação do ianque, mas depois se dignou a explicar.

— Se você cresce no campo, vive ouvindo falar do circo. Todas as maravilhas do circo. Os shows de aberrações e os números com animais, incluindo o elefante, e todas as crianças ficam perguntando o que é o elefante, mas você não consegue explicar, até que um dia leva seus filhos e eles veem. A primeira batalha de um homem é assim. Igual a ver o elefante. Alguns homens mijam na calça, alguns correm feito o diabo, alguns fazem o inimigo fugir. Você vai ficar bem, mas Faulconer não. — Truslow virou a cabeça cheio de escárnio na direção do coronel, que cavalgava sozinho à frente da pequena coluna. — Ouça bem, garoto, Faulconer não vai durar uma batalha.

O pensamento em uma batalha fez Nathaniel tremer subitamente. Às vezes a expectativa o empolgava, em outras causava terror, e dessa vez o pensamento em ver o elefante o estava amedrontando, talvez porque o fracasso do ataque tivesse mostrado quanta coisa podia dar errado. Ele não queria pensar nas consequências de erros numa batalha, por isso mudou de assunto fazendo a primeira pergunta que lhe ocorreu:

— Você assassinou mesmo três homens?

Truslow lhe lançou um olhar estranho, como se não entendesse por que fazer aquele tipo de pergunta.

— Pelo menos — respondeu com escárnio. — Por quê?

— Qual é a sensação de matar alguém? — Na verdade, o nortista desejava perguntar por que os assassinatos foram cometidos e como, e se alguém tentara levar Truslow à justiça, mas em vez disso fez o questionamento idiota sobre a sensação.

Truslow zombou:

— Qual é a sensação? Meu Deus, garoto, tem vezes que você faz mais barulho que um pote rachado. Qual é a sensação? Descubra sozinho, garoto. Vá assassinar alguém, depois me dê a resposta. — Truslow esporeou avançando, evidentemente enojado com a pergunta lasciva de Nathaniel.

Naquela noite acamparam no alto de um morro acima de um pequeno povoado onde uma fornalha de fundição ardia como a garganta do inferno e levava o fedor da fumaça de carvão até a crista, sobre a qual Nathaniel Starbuck não conseguia dormir. Em vez disso, ficou sentado com os guardas, tremendo e desejando que a chuva parasse. Tinha comido seu jantar composto de carne-seca e pão úmido com os outros três oficiais, e Faulconer estivera mais animado que nas noites anteriores, e até mesmo buscara algum consolo pelo fracasso do ataque.

— Nossa pólvora pode ter nos deixado na mão, mas mostramos que podemos ser uma ameaça.

— Verdade, coronel — concordou Hinton com lealdade.

— Eles terão de colocar guardas em cada ponte — afirmou o coronel —, e um homem que esteja vigiando uma ponte não pode invadir o sul.

— É verdade também — disse Hinton, animado. — E eles podem demorar dias para tirar aquela locomotiva descarrilada. Ela se enterrou brutalmente.

— Então não foi um fracasso — observou o coronel.

— Longe disso! — O capitão Hinton estava resolutamente otimista.

— E foi um bom treino para os nossos batedores de cavalaria.

— Foi sim. — Hinton riu na direção de Nathaniel, tentando incluí-lo na atmosfera mais amigável, porém o coronel apenas franziu a testa.

Agora, enquanto a noite chegava pouco a pouco, o ianque estava mergulhado num desespero juvenil. Não era somente seu afastamento de Washington Faulconer que o oprimia mas também a certeza de que sua vida dera tão errado. Havia desculpas, talvez boas desculpas, mas no fundo sabia que era ele que tinha se desviado. Deixara sua família e sua igreja, até seu país, para viver entre estranhos, e os laços de afeição deles não eram suficientemente profundos nem fortes para lhe oferecer alguma esperança. Washington Faulconer era um homem cujo desapontamento amargo era azedo como o fedor da fornalha de fundição. Truslow era um aliado, mas por quanto tempo? E o que ele tinha em comum com Truslow? O homem e seus seguidores iriam roubar e matar, porém Nathaniel não conseguia se ver comportando-se desse modo. E, quanto aos outros, como Medlicott, eles o odiavam por ser um ianque intrometido, um estrangeiro, um estranho que se tornara um favorito do coronel e depois seu bode expiatório.

Nathaniel tremia sob a chuva, os joelhos dobrados junto ao peito. Sentia-se absolutamente sozinho. Então o que deveria fazer? A chuva caía monótona, e atrás dele um cavalo amarrado batia as patas no chão molhado. O vento estava frio, chegando do povoado com sua fornalha soturna e fileiras de casas sem graça. A fornalha iluminava as construções com um brilho carrancudo contra o qual as árvores emaranhadas da encosta no meio do caminho exibiam uma silhueta intricada e enfumaçada, formando uma massa confusa impenetrável de galhos pretos e troncos lascados. Era um lugar ermo, pensou o ianque, e do outro lado não havia nada além do fogo do inferno. O horror sombrio da encosta abaixo parecia uma profecia de sua vida futura.

Então vá para casa, disse a si mesmo. Era hora de admitir que estivera errado. A aventura estava terminada e ele precisava ir para casa. Fora feito de idiota, primeiro por Dominique e agora por aqueles homens da Virgínia que não gostavam dele porque era nortista. Então deveria ir para casa. Ainda poderia ser um soldado. Na verdade, deveria ser soldado, mas lutaria pelo norte. Lutaria pela Glória Antiga, pela continuação de um século glorioso de progresso e decência dos Estados Unidos. Abriria mão dos argumentos capciosos que fingiam não ser a escravidão em jogo, e em vez disso se juntaria à cruzada dos justos. De repente se imaginou como um cruzado com uma cruz vermelha na túnica branca, galopando pelas altas montanhas da história para derrotar uma imensa maldade.

Iria para casa. Precisava ir para casa, pelo bem de sua alma, caso contrário permaneceria preso na emaranhada escuridão do ermo. Ainda não sabia como conseguiria retornar e por alguns instantes loucos brincou com a ideia de pegar seu cavalo e simplesmente galopar para longe daquela crista de morro, porém todos os animais estavam amarrados e o coronel Faulconer, temendo uma perseguição por parte da cavalaria do norte, insistira em colocar sentinelas que certamente impediriam Nathaniel. Não, decidiu ele, esperaria até chegar a Faulconer Court House, e lá teria uma conversa séria com Washington Faulconer, na qual confessaria seu fracasso e desapontamento. Depois pediria ajuda para retornar para casa. Tinha uma ideia de que havia barcos sob trégua subindo o rio James, e o coronel certamente iria ajudá-lo a conseguir passagem numa daquelas embarcações.

Sentiu a decisão se acomodar na mente e o contentamento de uma escolha bem-feita. Até dormiu um pouco, acordando com a visão mais clara e o coração mais feliz. Sentia-se como o Cristão em *O peregrino*, de John Bunyan, como se tivesse escapado da Feira das Vaidades e do Atoleiro do Desalento e estivesse indo de novo para a Cidade Celestial.

No dia seguinte, o grupo chegou ao vale do Shenandoah e o atravessou, e na manhã seguinte saiu das montanhas Blue Ridge sob um céu que clareava e um vento que ficava mais quente. Fiapos de nuvens brancas sopravam para o norte, as sombras atravessando a terra verde e boa. O desapontamento do ataque parecia esquecido à medida que os cavalos sentiam o cheiro de casa e aceleravam o passo até um trote. A cidade de Faulconer Court House se abria diante deles, a cúpula coberta de cobre da sede da prefeitura reluzia ao sol e as torres das igrejas se erguiam afiadas acima das árvores floridas. Mais perto, ao lado do rio que corria rápido, as barracas da legião se espalhavam brancas na campina.

Amanhã, pensou Nathaniel, procuraria ter uma longa conversa com Washington Faulconer. Amanhã confrontaria seu erro e iria consertá-lo. Amanhã começaria a se corrigir com os homens e com Deus. Amanhã renasceria, e essa ideia o animou e até o fez sorrir, então ele esqueceu totalmente o pensamento. Na verdade, deixou todo o plano de voltar para o norte escapar da mente, porque ali, tendo cavalgado desde o acampamento da legião montado num cavalo claro, estava um rapaz jovem e atarracado, com barba quadrada e um sorriso de boas-vindas, e Nathaniel, que estivera se sentindo tão solitário e maltratado, galopou loucamente para cumprimentar o amigo.

Adam voltara para casa.

7

Os amigos se encontraram, puxaram as rédeas, ambos falaram ao mesmo tempo, riram, falaram de novo, mas estavam muito repletos de novidades e do prazer do encontro para fazerem muito sentido um para o outro.

— Você parece cansado. — Por fim Adam conseguiu fazer uma observação inteligível.

— E estou.

— Preciso falar com papai. Depois conversamos. — Adam esporeou em direção a Washington Faulconer que, aparentemente esquecendo o fracasso do ataque, estava reluzindo de felicidade com o retorno do filho.

— Como você voltou? — gritou Faulconer enquanto o filho galopava até ele.

— Eles não queriam me deixar atravessar a ponte Long, em Washington, por isso fui rio acima e paguei a um barqueiro perto de Leesburg.

— Quando chegou?

— Ontem mesmo.

Adam puxou as rédeas para receber o cumprimento do pai. Estava claro para todos que a felicidade de Washington Faulconer fora totalmente restaurada. Seu filho havia voltado para casa e as incertezas da lealdade de Adam foram assim resolvidas. O prazer do coronel cresceu para incluir e até mesmo buscar o perdão de Nathaniel.

— Andei distraído, Nate. Você precisa me perdoar — disse baixinho ao nortista quando Adam fora cumprimentar Murphy, Hinton e Truslow.

Nathaniel, envergonhado demais pelo pedido de desculpas, não disse nada.

— Você vai jantar conosco em Seven Springs, Nate? — Faulconer havia confundido o silêncio do ianque com ressentimento.

— Claro, senhor. — Nathaniel fez uma pausa, então deu o braço a torcer. — E desculpe se o desapontei, senhor.

— Não desapontou, não desapontou, não. — Faulconer descartou rapidamente o pedido de desculpas. — Andei distraído, Nate. Nada mais.

Coloquei esperanças demais naquele ataque e não previ o clima. Foi só isso, Nate, o clima. Adam, venha!

Adam havia passado boa parte da manhã encontrando seus antigos amigos na legião, mas agora o pai insistia em mostrar o filho a todo o acampamento outra vez, e, de bom humor, o jovem expressou admiração pelas filas de barracas e de cavalos, pela cozinha, pela área das carroças e pela barraca de reuniões.

Agora havia seiscentos e setenta e oito voluntários no acampamento, quase todos tendo encarado uma média de um dia e meio de cavalgada a partir de Faulconer Court House. Foram divididos em dez companhias, que então elegeram os próprios oficiais, embora, como admitiu Faulconer, um bocado de suborno foi necessário para garantir que os melhores homens vencessem.

— Acho que usei quatro barris do melhor uísque da montanha — confidenciou ao filho — para garantir que Miller e Patterson não fossem eleitos.

Cada companhia havia escolhido um capitão e dois tenentes, e algumas também possuíam um segundo-tenente. Washington Faulconer havia escolhido seu próprio estado-maior com o idoso major Pelham como segundo em comando e o distinto major Bird como seu escrivão superpromovido.

— Pensei em me livrar do Pica-Pau, mas sua mãe insistiu enfaticamente — confessou o coronel a Adam. — Já viu sua mãe?

— Hoje de manhã, senhor.

— E ela está bem?

— Ela disse que não.

— Em geral ela melhora quando estou longe — comentou o coronel numa voz secamente divertida. — E essas são as barracas do quartel-general.

Diferentemente das barracas em forma de sino das companhias de infantaria, as quatro tendas do quartel-general eram grandes, com paredes verticais, cada qual equipada com forração de lona, camas de campanha, bancos dobráveis, tigela para abluções, jarra e uma mesa dobrável que virava uma bolsa de lona.

— Essa é a minha. — Faulconer indicou a tenda mais limpa. — A do major Pelham fica ao lado. Vou colocar Ethan e o Pica-Pau ali, e você e Nate podem dividir a quarta tenda. Acho que isso vai lhe agradar, não?

Adam e Ridley haviam sido nomeados capitães, enquanto Nathaniel tinha o mais baixo dos postos, um segundo-tenente, e juntos os três formavam o que o coronel chamava de seu corpo de auxiliares. O serviço deles, disse a Adam, era ser seus mensageiros, além de servir como olhos e ouvidos no campo de batalha. Suas palavras deixavam tudo aquilo parecendo muito agourento.

A legião consistia em mais do que apenas o estado-maior e dez companhias de infantaria. Havia uma banda, uma unidade médica, uma equipe de bandeira, uma força de cinquenta cavaleiros que seriam comandados por um capitão e serviriam como batedores e a bateria de dois canhões de bronze de seis libras, ambos com vinte anos e canos lisos, que Faulconer havia comprado da Fundição Bowers, em Richmond, onde seriam derretidos para virar novas armas. Ele mostrou com orgulho os dois canhões ao filho.

— Não são maravilhosos?

Certamente eram bonitos. Seus canos de bronze foram polidos até refletir o sol ofuscante, os raios das rodas estavam recém-envernizados e os equipamentos — correntes, baldes, soquetes, roscas sem-fim — tinham sido polidos ou pintados, no entanto havia algo estranhamente inquietante nas duas armas. Pareciam sinistras demais para aquela manhã de verão, com um excesso de ameaça e morte.

— Não são a última palavra em canhões. — Faulconer tomou o silêncio do filho como uma crítica não verbalizada. — Não são Parrots nem têm o cano estriado, mas acho que podemos espalhar alguns cadáveres ianques no campo com essas beldades. Não é, Pelham?

— Se conseguirmos arranjar munição para eles, coronel. — O major Pelham, que acompanhava o coronel durante a inspeção, parecia em dúvida.

— Vamos encontrar munição! — Agora que seu filho havia retornado do norte, o otimismo fervoroso do coronel estava totalmente restaurado. — Ethan encontrará munição para nós.

— Ele ainda não mandou nenhuma — respondeu Pelham, soturno.

O major Alexander Pelham era um homem alto, magro, de cabelo branco, que Nathaniel, nos dias antes de o grupo de ataque ter cavalgado para o noroeste, havia descoberto que era quase perpetuamente taciturno. Pelham esperou que o coronel e seu filho tivessem saído do alcance da audição e virou um olho remelento para o ianque.

— A melhor coisa que pode acontecer, tenente Starbuck, é nunca encontrarmos munição para esses canhões. Os canos provavelmente vão rachar, se os usarmos. A artilharia não é para amadores. — Ele fungou. — Então o ataque deu errado?

— Foi decepcionante, senhor.

— Foi o que fiquei sabendo com Murphy.

O major Pelham balançou a cabeça, como se soubesse o tempo inteiro que aquela aventura estava condenada. Vestia seu antigo uniforme dos Estados Unidos, que usara pela última vez na guerra de 1812, uma túnica azul desbotada com tranças sem cor, botões que perderam o dourado e cinturões cruzados feitos de couro rachado como lama seca ao sol. Seu sabre era uma arma enorme, com a bainha preta e curva. Ele se encolheu quando a banda, que estivera ensaiando à sombra da tenda de reuniões da legião, começou a tocar "My Mary-Anne".

— Eles vêm tocando isso a semana inteira — resmungou. — Mary-Anne, Mary-Anne, Mary-Anne. Talvez a gente consiga expulsar os ianques com música ruim, não é?

— Gosto da canção.

— Quando tiver ouvido cinquenta vezes não vai gostar. Eles deveriam estar tocando marchas. Boas marchas, é disso que precisamos. Mas quanto exercício estamos fazendo atualmente? Quatro horas por dia? Deveriam ser doze, mas o coronel não permite. Pode ter certeza de que os ianques não estão jogando beisebol como nós. — Pelham parou para cuspir sumo de tabaco. Tinha uma crença quase mística na necessidade de exercícios intermináveis e era apoiado por todos os soldados veteranos da legião, mas tinha a oposição do coronel, que ainda temia que muitos exercícios de ordem unida embotassem o entusiasmo de seus voluntários. — Espere até ter visto o elefante — disse Pelham —, aí você vai saber por que deveria ter feito exercícios.

Nathaniel sentiu a reação costumeira à ideia de ver o elefante. Primeiro houve uma pulsação de puro medo, palpável como o arrepio de sangue bombeado pelo coração, depois houve uma torrente de empolgação que parecia surgir mais da cabeça que do coração, como se a pura resolução pudesse suplantar o terror e com isso criar um vigoroso êxtase pela batalha. Depois tomou lugar a certeza irritante de que nada poderia ser entendido, nem o terror nem o êxtase, até que o mistério da batalha fosse experimentado. Sua impaciência para entender esse mistério se misturava ao desejo de adiar o confronto, e sua ansiedade com um desejo fervoroso de que a batalha jamais acontecesse. Era tudo muito confuso.

Adam deixou a companhia do pai e virou o cavalo de volta para Nathaniel.

— Vamos nadar no rio.

— Nadar? — O nortista temeu que essa atividade pudesse ser um novo entusiasmo na vida de Adam.

— Nadar é bom para a saúde! — A empolgação de Adam confirmou o temor de Nathaniel. — Andei conversando com um médico que disse que se encharcar na água prolonga a vida!

— Absurdo!

— Vamos apostar corrida! — Adam bateu os calcanhares e partiu a galope.

Nathaniel o acompanhou mais devagar em sua égua já cansada, enquanto Adam o guiava ao redor da cidade por caminhos conhecidos desde a infância e que acabaram levando a um trecho de campina que o ianque supôs fazer parte da propriedade de Seven Springs. Quando Nathaniel chegou ao rio, Adam já estava se despindo. A água era límpida, cercada de árvores e reluzente ao sol de primavera.

— Que médico? — perguntou o ianque ao amigo.

— Ele se chama Wesselhoeft. Fui vê-lo em Vermont, em nome de mamãe, claro. Ele recomenda uma dieta de pão preto e leite e imersões frequentes no que chama de *sitz-bad*.

— Banho de assento?

— *Sitz-bad*, por favor, caro Nate. Fica melhor em alemão, todas as curas ficam. Contei a mamãe sobre o Dr. Wesselhoeft e ela prometeu que tentará cada uma das orientações dele. Você não vem? — Adam não esperou a resposta, em vez disso pulou nu dentro do rio. Emergiu gritando, evidentemente em reação à temperatura da água. — Ela só esquenta de verdade em julho! — explicou.

— Acho que vou só olhar.

— Não diga bobagem, Nate. Achei que vocês, da Nova Inglaterra, eram durões!

— Mas não idiotas — retrucou Nathaniel, e pensou em como era bom estar de novo com Adam. Eles se separaram durante meses, mas no instante em que se encontraram de novo era como se o tempo não tivesse passado.

— Entre, seu covarde — gritou Adam.

— Santo Deus. — Ele pulou naquele frio que limpava tudo, e subiu gritando como Adam fizera. — Está gelada!

— Mas é bom para a saúde! Wesselhoeft recomenda um banho frio toda manhã.

— Vermont não tem asilos para os loucos?

— Provavelmente tem — Adam gargalhou —, mas Wesselhoeft é muito são e bem-sucedido.

— Prefiro morrer jovem a passar um frio desses todo dia. — Nathaniel subiu pela margem e se deitou na grama, sob o sol quente.

Adam se juntou a ele.

— Então, o que aconteceu no ataque?

Nathaniel contou, mas deixou de fora os detalhes do mau humor de Washington Faulconer na volta. Em vez disso, transformou a aventura em algo cômico, uma sucessão de erros em que ninguém se machucou e ninguém foi ofendido. Terminou dizendo que não achava que a guerra poderia ficar mais séria que aquele ataque.

— Ninguém quer uma guerra de verdade, Adam. Isso aqui é a América!

Adam deu de ombros.

— O norte não vai nos liberar, Nate. A União é importante demais para eles. — Fez uma pausa. — E para mim.

O nortista não respondeu. Do outro lado do rio um rebanho de vacas pastava, e no silêncio o ruído de seus dentes esmagando o capim era surpreendentemente alto. Os sinos nos pescoços eram plangentes, combinando com o humor subitamente soturno de Adam.

— Lincoln convocou setenta e sete mil voluntários.

— Ouvi dizer.

— E os jornais do norte dizem que um número três vezes maior que isso estará pronto em junho.

— Você tem medo de números? — perguntou Nathaniel com injustiça.

— Não. Tenho medo do que os números significam, Nate. Tenho medo de ver a América mergulhada na barbárie. Tenho medo de ver idiotas cavalgarem gritando para a batalha apenas pelo júbilo. Tenho medo de ver homens da nossa classe se tornarem os porcos de Gadara do século XIX. — Adam franziu os olhos espiando o outro lado do rio, onde as colinas distantes estavam tomadas de flores e folhas novas. — A vida é tão boa! — exclamou depois de um tempo, mas com um tom triste.

— As pessoas lutam para torná-la melhor.

Adam gargalhou.

— Não diga absurdos, Nate.

— Por que outro motivo elas lutam? — reagiu o ianque eriçado.

Adam abriu as mãos, como para sugerir que poderia haver mil respostas, e nenhuma delas era significativa.

— Os homens lutam porque são orgulhosos demais e idiotas demais para admitir que estão errados — respondeu finalmente. — Não me importa quanto vai custar, Nate, mas temos de nos sentar, convocar uma convenção e falar toda a verdade! Não importa se isso demorar um ano, dois ou cinco! Conversar tem de ser melhor que a guerra. E o que a Europa vai pensar de nós? Durante anos temos dito que a América é o melhor e mais nobre experimento da história, e agora vamos rasgá-la! Para quê? Pelos direitos dos estados? Para manter a escravidão?

— Seu pai não vê a situação como você.

— Você conhece meu pai — disse Adam com carinho. — Ele sempre viu a vida como um jogo. Mamãe diz que ele jamais cresceu de verdade.

— E você cresceu antes do tempo? — sugeriu Nathaniel.

Adam deu de ombros.

— Não consigo aceitar as coisas despreocupadamente. Gostaria, mas não consigo. E não posso aceitar a tragédia com facilidade, pelo menos não essa tragédia. — Ele balançou a mão na direção das vacas, evidentemente sugerindo que aqueles animais inocentes e imóveis representavam o espetáculo da América mergulhando de cabeça na guerra. — Mas e você? — Ele se virou para o ianque. — Ouvi dizer que andou encrencado.

— Quem contou? — Nathaniel ficou imediatamente sem graça. Olhou as nuvens, incapaz de encarar o amigo.

— Meu pai me escreveu, claro. Queria que eu fosse a Boston interceder por você junto ao seu pai.

— Fico feliz por você não ter feito isso.

— Mas eu fiz. Só que seu pai não quis me receber. Mas o ouvi pregar. Foi formidável.

— Em geral ele é assim. — Mas por dentro Nathaniel estava se perguntando por que Washington Faulconer poderia querer que Adam intercedesse. Será que Faulconer queria se livrar dele?

Adam arrancou uma haste de capim e a rasgou com os dentes quadrados e hábeis.

— Por que você fez aquilo?

O ianque, que estivera deitado de costas, sentiu subitamente vergonha de sua nudez, por isso se virou de barriga para baixo e olhou os trevos e o capim.

— Dominique? Por luxúria, acho.

Adam franziu a testa, como se desconhecesse o conceito.

— Luxúria?

— Eu gostaria de poder descrever. Só que é algo avassalador. Num momento está tudo normal, como um navio em mar calmo, e de repente um vento forte vem de lugar nenhum, um vento forte, empolgante, uivando, e não é possível evitar, é preciso navegar loucamente com ele. — Nathaniel parou, insatisfeito com as imagens. — É a canção das sereias, Adam. Sei que é errado, mas não se pode evitar. — De repente ele pensou em Sally Truslow e a lembrança de sua beleza doeu tanto que o fez se encolher.

Adam achou que o movimento era prova de remorso.

— Você precisa pagar ao tal de Trabell, não é?

— Ah, sim, claro que preciso.

Essa obrigação pesava com força na consciência de Nathaniel Starbuck, pelo menos quando se permitia lembrar o roubo do dinheiro do major Trabell. Até algumas horas antes, quando ainda planejava a volta para o norte, tinha se convencido de que não desejava nada com mais intensidade que pagar a Trabell, mas agora, com Adam em casa, não queria nada com mais intensidade que ficar na Virgínia.

— Eu gostaria de saber como — disse vagamente.

— Acho que você deveria ir para casa e consertar as coisas com sua família — sugeriu Adam com firmeza.

Nathaniel havia passado os últimos dois dias pensando exatamente nisso, mas agora relutava em levar adiante esse plano sensato.

— Você não conhece o meu pai.

— Como alguém pode ter medo do próprio pai e ao mesmo tempo pensar em ir para a batalha sem temor?

O ianque sorriu rapidamente, concordando com o argumento, depois balançou a cabeça.

— Não quero ir para casa.

— Devemos sempre fazer o que queremos? Existem o dever e a obrigação.

— Talvez as coisas não tenham dado errado quando conheci Dominique — comentou Starbuck, desviando-se das palavras sérias do amigo. — Talvez tenham dado errado quando fui para Yale. Ou quando concordei em ser batizado. Nunca me senti cristão, Adam. Nunca deveria ter deixado papai me batizar. Nunca deveria ter permitido que me mandasse para o seminário. Vivi uma mentira. — Ele pensou em suas orações diante da sepultura de uma morta e ficou ruborizado. — Acho que nem fui convertido, não sou cristão de verdade, nem um pouco.

— Claro que é! — Adam estava chocado com a apostasia do amigo.

— Não — insistiu Nathaniel. — Eu gostaria de ser. Vi outros homens serem convertidos. Vi a felicidade e o poder do Espírito Santo neles, mas nunca experimentei o mesmo. Eu queria, sempre quis. — Ele fez uma pausa. Não conseguia pensar em mais ninguém com quem poderia falar assim, apenas Adam. O bom e honesto Adam, que era como o Fiel do Cristão de John Bunyan. — Meu Deus, Adam, como rezei pela conversão! Implorei! Mas jamais a conheci. Acho, talvez, que se eu fosse salvo, se nascesse de novo, teria a força para resistir à luxúria, mas isso não aconteceu, e não sei como encontrar essa força.

Era uma admissão honesta, patética. Ele havia sido criado para acreditar que nada em toda a sua vida, nem mesmo a própria vida, era tão importante quanto a conversão. A conversão, como aprendera Nathaniel, era o momento de renascer em Cristo, aquele instante milagroso em que a pessoa permitia que Ele entrasse em seu coração como Senhor e Salvador, e, caso a pessoa se abrisse a esse ingresso maravilhoso, nada jamais seria como antes, porque toda a vida e toda a eternidade subsequente seriam transmutadas numa existência dourada. Sem a salvação a vida não passava de pecado, inferno e decepção; com ela havia júbilo, amor e o céu eterno. Porém, Nathaniel jamais encontrara esse momento de conversão mística. Nunca havia experimentado o júbilo. Tinha fingido, porque esse fingimento era o único modo de satisfazer a insistência do pai na salvação, no entanto toda a sua vida fora uma mentira desde aquele momento de enganação.

— Há uma coisa pior — confessou a Adam. — Estou começando a suspeitar de que a verdadeira salvação, a verdadeira felicidade, não está na experiência da conversão, e sim em abandonar todo esse conceito. Talvez eu só seja feliz se rejeitar tudo isso.

— Meu Deus! — exclamou Adam, horrorizado com a simples ideia de tamanha falta de Deus. Pensou durante alguns segundos. — Não acho que a conversão dependa de uma influência externa — falou lentamente. — Você não pode esperar uma mudança mágica, Nate. A verdadeira conversão vem de uma determinação íntima.

— Quer dizer que Cristo não tem nada a ver com isso?

— Claro que tem, sim, mas Ele não tem poder a não ser que você O convide. É preciso libertar o poder Dele.

— Não posso! — O protesto era quase um gemido, o grito de um jovem desesperado para ser libertado da luta religiosa, uma luta que colocava Cristo e sua salvação contra a tentação de Sally Truslow, Dominique e todas as outras delícias proibidas e maravilhosas que pareciam rasgar a alma de Nathaniel ao meio.

— Você deveria começar indo para casa — sugeriu Adam. — É seu dever.

— Não vou para casa — respondeu, ignorando por completo a própria decisão de fazer exatamente isso. — Não vou encontrar Deus em casa, Adam. Preciso ficar sozinho. — Isso não era verdade. Agora que seu amigo retornara a Faulconer Court House, ele queria ficar na Virgínia porque o verão que parecera tão ameaçador sob a desaprovação de Washington Faulconer prometia subitamente ficar dourado outra vez. — E por que você está aqui? — perguntou ao amigo. — Pelo dever?

— Acho que sim. — O questionamento havia deixado Adam desconfortável. — Acho que todos procuramos o lar quando as coisas parecem ruins. E estão ruins, Nate. O norte invadirá o sul.

Nathaniel riu.

— Então vamos lutar e expulsá-lo, Adam, e será o fim. Uma batalha! Uma batalha curta e doce. Uma vitória e então a paz. Aí você terá sua convenção, terá tudo que provavelmente quer, mas primeiro é preciso travar uma batalha.

Adam sorriu. Parecia que seu amigo Nate existia apenas para as sensações. Não para a reflexão, que Adam gostava de imaginar que era seu principal critério para avaliar as coisas. Adam acreditava que a verdade de tudo, desde a escravidão até a salvação, poderia ser alcançada pelo raciocínio, e percebia que Nathaniel era impelido apenas pela emoção. Em alguns sentidos, pensou Adam com surpresa, o ianque se parecia com seu pai, o coronel.

— Não vou lutar — declarou depois de uma longa pausa. — Não vou lutar.

Foi a vez de Nathaniel ficar chocado.

— Seu pai sabe disso?

Adam meneou a cabeça, mas não disse nada. Parecia que ele também temia a desaprovação do pai.

— Então por que veio para casa?

Adam ficou quieto por um longo tempo.

— Acho — disse finalmente — que é por saber que nada que eu poderia dizer ajudaria mais. Ninguém estava escutando a voz da razão, só da paixão.

As pessoas que acreditei desejarem a paz queriam com fervor também a vitória. O Forte Sumter as mudou, veja bem. Não importa que ninguém tenha morrido lá, o bombardeio provou a elas que os estados escravagistas jamais cederiam à voz da razão, então elas exigiram que eu acrescentasse a minha voz às exigências delas, e essas exigências não eram mais de moderação, e sim da destruição de tudo isso. — Ele indicou o domínio dos Faulconers, os doces campos e as pesadas árvores. — Queriam que eu atacasse papai e os amigos deles, e me recusei. Por isso vim para casa.

— Mas não vai lutar?

— Acho que não.

Nathaniel franziu a testa.

— Você é mais corajoso que eu, Adam. Por Deus, muito mais.

— Sou? Eu não ousaria fugir com uma, com uma... — Adam fez uma pausa, incapaz de encontrar uma palavra suficientemente delicada para descrever a muito indelicada Dominique. — Eu não ousaria arriscar toda a minha vida por um capricho! — Ele fez com que isso parecesse admirável, em vez de vergonhoso.

— Não passou de idiotice — confessou o ianque.

— E nunca vai repetir? — perguntou Adam com um sorriso. Nathaniel pensou em Sally Truslow e não disse nada. Adam arrancou uma haste de capim e a enrolou no dedo. — E o que você acha que eu deveria fazer?

Então Adam ainda não havia se decidido? Nathaniel sorriu.

— Vou dizer exatamente o que você deve fazer. Simplesmente concorde com o seu pai. Brinque de soldado, desfrute do acampamento, tenha um verão maravilhoso. A paz virá, Adam, talvez depois de uma batalha, mas a paz virá, e será logo. Por que arruinar a felicidade do seu pai? O que você ganha com isso?

— Honestidade? Quero conviver comigo mesmo, Nate.

Adam achava difícil viver consigo mesmo, como Nate sabia muito bem. Ele era um rapaz sério e exigente, em especial em relação a si mesmo. Podia perdoar a fraqueza nos outros, mas não no próprio caráter.

— Então por que voltou? — Nathaniel continuou no ataque. — Só para dar esperança ao seu pai antes de desapontá-lo? Meu Deus, Adam, você fala do meu dever para com meu pai, mas e o seu? Pregar para ele? Partir o coração dele? Por que está aqui? Porque espera que seus meeiros e vizinhos lutem, mas acha que pode ficar fora da batalha por ter escrúpulos? Meu Deus, Adam, teria sido melhor se você ficasse no norte.

Adam fez uma longa pausa antes de falar.

— Estou aqui porque sou fraco.

— Fraco! — Era a última qualidade que Nathaniel Starbuck atribuiria ao amigo.

— Porque você está certo; não posso desapontar meu pai. Porque sei o que ele quer, e não parece um fardo muito grande dar isso a ele. — Adam balançou a cabeça. — Ele é um homem muito generoso e frequentemente se desaponta com as pessoas. Eu gostaria mesmo de fazê-lo feliz.

— Então, pelo amor de Deus, vista o uniforme, brinque de soldado e reze pela paz. Além disso — acrescentou, deliberadamente amenizando o clima —, não suporto pensar em um verão sem sua companhia. Você pode imaginar eu e Ethan sozinhos como ajudantes do seu pai?

— Você não gosta de Ethan? — Adam havia detectado a aversão na voz do amigo e pareceu surpreso com ela.

— Parece que ele não gosta de mim. Ganhei cinquenta pratas dele numa aposta e ele não me perdoou.

— Ele é sensível com relação ao dinheiro — concordou Adam. — Na verdade, às vezes me pergunto se é por isso que ele quer se casar com Anna, mas é uma suspeita muito injusta, não é?

— É?

— Claro que é.

Nathaniel se lembrou de Belvedere Delaney verbalizando a mesma suspeita, porém não mencionou o fato.

— Por que Anna quer se casar com Ethan? — perguntou em vez disso.

— Ela só quer escapar. Você consegue imaginar uma vida em Seven Springs? Anna vê o casamento como a passagem para a liberdade. — De repente Adam se pôs de pé e correu para vestir a calça, a pressa ocasionada por uma charrete conduzida pela própria Anna. — Ela está aqui! — alertou ele ao ianque que, como o amigo, vestiu rapidamente a calça e a camisa e estava calçando as meias quando Anna puxou as rédeas. A charrete era escoltada por três spaniels que latiam e passaram a pular empolgados em volta de Adam e Nathaniel.

Abrigada do sol por uma ampla sombrinha com borda rendada, Anna olhou para o irmão com censura.

— Você está atrasado para o jantar, Adam.

— Meu Deus, que horas são? — Adam procurou desajeitadamente o relógio em meio às roupas amarrotadas. Um dos spaniels pulava diante dele enquanto os outros dois bebiam água no rio fazendo uma barulheira.

— Não importa o quanto está atrasado — disse Anna —, porque houve um problema no acampamento.

— Que problema? — perguntou Nathaniel.

— Truslow descobriu que o genro entrou para a legião enquanto ele estava fora, então bateu no rapaz! — Anna parecia muito chocada com a violência.

— Ele bateu em Decker?

— É esse o nome dele? — perguntou Anna.

— O que aconteceu com a esposa de Decker? — reagiu Nathaniel, um pouco ansioso demais.

— Conto durante o jantar — respondeu Anna. — Agora por que não termina de se vestir, Sr. Starbuck, depois amarre sua égua cansada atrás da charrete e venha para casa comigo? Pode segurar a sombrinha e me contar tudo sobre o ataque. Quero saber de cada detalhe.

Ethan Ridley levou Sally Truslow à Loja de Tecidos e Chapelaria Muggeridge's, na Exchange Alley, onde comprou uma sombrinha em chita estampada combinando com o vestido de cambraia de linho verde-claro. Além disso, ela usava um xale de *paisley* franjado, meias de fio de lã, um chapéu de aba larga com acabamento em lírios de seda, botas brancas até os tornozelos e luvas de renda branca. Ela segurava uma bolsinha de contas e, num contraste grosseiro, sua velha bolsa de lona.

— Deixe-me segurar a bolsa para você — ofereceu Ridley. Sally queria experimentar um chapéu de linho com aba rígida e véu de musselina.

— Cuide bem dela. — Sally entregou a bolsa com relutância.

— Claro.

A bolsa de lona era pesada, e Ridley se perguntou se ela guardava uma arma ali dentro. Ele estava usando o uniforme cinza com acabamentos em amarelo da Legião Faulconer, um sabre junto ao quadril esquerdo e o revólver do lado direito.

Sally girou diante do espelho, admirando o chapéu.

— É muito bonito.

— Você está linda — observou Ridley.

Contudo, nos últimos dias estava achando sua companhia cada vez mais irritante. Ela não tinha educação nem sutileza ou espirituosidade. O que tinha era um rosto angelical, um corpo de prostituta e seu bastardo na barriga. Também tinha um desespero de escapar do mundo restrito do pai, mas Ridley estava preocupado demais com o próprio futuro para compreender o sofrimento de Sally. Não a via tentando fugir de um passado insuportável, e sim como uma jovem extorquindo para abocanhar um futuro de parasita. Ele não via medo nela, apenas a determinação de tomar o que queria. Ridley a desprezava. À noite, cheio de paixão, tudo que queria era ficar com ela, mas durante o dia, exposto às ideias grosseiras e à voz dilacerante, só queria se livrar de Sally. E hoje iria se livrar, mas primeiro era necessário torná-la complacente.

Levou-a à Joalheria Lascelles, na rua 8, onde ouviu as irritadiças reclamações do dono com relação à proposta de colocarem uma linha férrea bem diante da vitrine de sua loja. A linha, que passaria pelo centro da rua íngreme, destinava-se a ligar as ferrovias Richmond, Fredericksburg e Potomac com a linha Richmond e Petersburg, de modo que os suprimentos militares pudessem atravessar a cidade sem a necessidade de descarregar um conjunto de vagões em carroças puxadas a cavalo.

— Mas eles consideraram o efeito sobre o comércio, capitão Ridley? Consideraram? Não! E quem vai comprar joias finas com locomotivas soltando fumaça do lado de fora? É grotesco!

Ridley comprou para Sally um colar de filigrana suficientemente espalhafatoso para agradá-la e suficientemente barato para não ofender sua parcimônia. Também comprou um anel fino de ouro, pouco mais que uma argola, que enfiou no bolso do uniforme. As compras, junto da sombrinha e do chapéu de linho, custaram quatorze dólares, e o bife de peito bovino que comeu no jantar no Spotswood House custou mais um dólar e trinta. Ele estava aplacando as apreensões de Sally e o preço valia a pena, se ela fosse discretamente para qualquer destino que a esperasse. Deu-lhe vinho para beber junto da refeição, e conhaque depois. Ela quis um charuto e não se importou nem um pouco por nenhuma outra dama no salão ter optado por fumar.

— Sempre gostei de um charuto. Minha mãe usava cachimbo, mas eu gosto de charuto. — Sally fumou, contente, sem perceber o olhar divertido dos outros clientes. — Isso é muito bom. — Ela havia apreciado o luxo como um gato faminto estima uma leiteria.

— Você deveria se acostumar com esse tipo de local — disse Ridley. Ele se recostou na cadeira, uma perna calçada com bota elegante apoiada no radiador frio que ficava embaixo da janela, e olhou para o pátio do hotel. — Vou fazer de você uma dama — mentiu. — Vou ensinar como uma dama fala, como uma dama se comporta, como uma dama fofoca, como uma dama se veste. Vou fazer de você uma grande dama.

Ela sorriu. Ser uma grande dama era o sonho de Sally. Imaginava-se em sedas e renda, governando uma sala parecida com a da casa de Belvedere Delaney. Não, uma maior ainda, uma sala vasta, com penhascos no lugar de paredes e um céu abobadado no lugar do teto, móveis de ouro e água quente o dia inteiro.

— Vamos mesmo procurar uma casa essa tarde? — perguntou, pensativa. — Estou muito cansada da Sra. Cobbold. — A Sra. Cobbold era dona da pensão da Monroe Street e suspeitava do relacionamento de Ridley com Sally.

— Não vamos procurar uma casa — corrigiu Ridley. — E sim um conjunto de cômodos. Meu irmão conhece alguns que estão para alugar.

— Cômodos. — Ela ficou desconfiada.

— Cômodos grandes. Tetos altos, tapetes. — Ridley balançou a mão sugerindo opulência. — Um lugar onde você possa ter seus próprios crioulos.

— Posso ter um escravo? — perguntou ela, empolgada.

— Dois. — Ridley enfeitou a promessa. — Pode ter uma criada e uma cozinheira. E, claro, quando o bebê vier, pode ter uma ama de leite.

— Quero uma carruagem também. Uma carruagem igual àquela. — Sally indicou pela janela uma carruagem de quatro rodas com um corpo em forma de concha, elegante, sobre molas de couro e toldo de lona preta dobrado para trás, revelando um interior de couro escarlate com botões. Era puxada por quatro cavalos baios iguais. Um cocheiro negro estava sentado na boleia enquanto outro negro, escravo ou empregado, ajudava uma mulher a entrar na carruagem aberta.

— Aquilo é um caleche — disse Ridley.

— Caleche. — Sally experimentou a palavra e gostou.

Um homem alto, um tanto cadavérico, acompanhou a mulher para cima do caleche.

— E aquele — disse Ridley a Sally — é nosso presidente.

— O magricelo! — Ela se inclinou à frente para olhar Jefferson Davis que, com a cartola na mão, estava de pé na carruagem para terminar uma conversa com dois homens na entrada do hotel. Tendo finalizado seus negócios, o presidente Davis se sentou diante da esposa e pôs a cartola brilhante na cabeça. — Aquele é mesmo Jeff Davis?

— É. Está hospedado no hotel enquanto encontram uma casa para ele.

— Nunca pensei que iria ver um presidente — declarou Sally, e espiou com olhos arregalados o caleche fazer a volta no pátio antes de passar pelo arco que dava na Main Street. Sally sorriu para Ridley.

— Você está mesmo tentando ser bonzinho, não é? — perguntou, como se Ridley tivesse arranjado pessoalmente para que o presidente do conselho provisório dos Estados Confederados da América desfilasse para o prazer de Sally.

— Estou me esforçando bastante — disse ele, e estendeu a mão por cima da mesa para segurar a dela. Puxou-a e beijou seus dedos. — Vou continuar me esforçando de verdade para que você fique sempre feliz.

— E o bebê. — Sally estava começando a se sentir maternal.

— E nosso bebê — concordou Ridley, ainda que as palavras quase tivessem travado na boca. Porém conseguiu sorrir, então tirou o anel de ouro do bolso, soltou-o da bolsinha de camurça e colocou no dedo anular de Sally. — Você deveria ter um anel de casamento. — Sally havia começado a usar o antigo anel de prata na mão direita, e consequentemente a esquerda estava nua.

Sally examinou o efeito do pequeno anel de ouro no dedo, depois gargalhou.

— Quer dizer que estamos casados?

— Quero dizer que você deve parecer respeitável para a senhoria — respondeu ele, em seguida segurou a mão direita de Sally e puxou o anel de prata por cima do nó do dedo.

— Cuidado! — Sally tentou puxar a mão, mas Ridley segurou firme.

— Vou mandar limpar — explicou ele. Em seguida pôs o anel de prata na bolsa de camurça. — Vou cuidar bem dele — prometeu, mas na verdade tinha decidido que guardaria o anel antigo como uma boa lembrança de Sally. — Agora venha! — Olhou o grande relógio acima da mesa de trinchar. — Precisamos encontrar o meu irmão.

Caminharam ao sol de primavera e as pessoas pensaram em como eles formavam um ótimo casal; um belo oficial sulista e sua garota linda e graciosa que, vermelha de vinho, ria ao lado de seu homem. Sally até dançou alguns passos enquanto imaginava a felicidade que os próximos meses trariam. Seria uma dama respeitável, com seus próprios escravos e vivendo no luxo. Quando Sally era pequena, sua mãe às vezes falava das belas casas dos ricos e de como eles tinham velas em todos os cômodos, colchões de penas em todas as camas, comiam em pratos de ouro e jamais sabiam o que era o frio. A água não vinha de um riacho que congelava no inverno, as camas não tinham piolhos e as mãos nunca estavam rachadas e doloridas como as de Sally. Agora ela viveria exatamente assim.

— Robert disse que eu seria feliz se parasse de sonhar — confidenciou ao amante. — Se ele pudesse me ver agora!

— Você disse a ele que vinha para cá?

— Claro que não! Não quero vê-lo nunca mais. Ao menos até eu ser uma grande dama, aí vou deixá-lo abrir a porta da minha carruagem e ele nem vai saber quem sou. — Sally gargalhou diante dessa bela vingança contra sua pobreza anterior. — Aquela é a carruagem do seu irmão?

Haviam chegado à esquina da Cory com a 24. Era uma área feia da cidade, perto da ferrovia York River, que ficava entre a rua calçada de pedras e a margem rochosa do rio. Ridley havia explicado a Sally que seu irmão fazia negócios naquela parte da cidade, motivo pelo qual precisavam passar por aquelas ruas. Agora, a ponto de se livrar da jovem, sentiu uma pontada de remorso. A companhia dela durante a tarde fora leve e tranquila, seu riso não era forçado e os olhares dos outros homens nas ruas tinham sido elogiosamente ciumentos. Então Ridley pensou na ambição dela, que era tão realista, e na ameaça que representava, de forma que endureceu o coração para o inevitável.

— É a carruagem — confirmou, supondo que o coche grande, feio, de cortinas fechadas, era de fato o transporte de Delaney, mas não havia sinal do próprio Delaney. Em vez disso havia um negro enorme na boleia e dois cavalos magros e de costas derreadas nos arreios gastos pelo uso.

O negro olhou para Ridley.

— É o Sr. Ridley, moço?

— Sou. — Ridley sentiu as mãos de Sally apertarem seu braço com temor.

O negro bateu duas vezes no teto da carruagem e a porta com cortina se abriu revelando um homem magro, de meia-idade, com um sorriso banguela, cabelo sujo e olho vesgo.

— Sr. Ridley. E a senhora deve ser a Sra. Truslow, não é?

— Sim. — Sally estava nervosa.

— Bem-vinda, senhora. Bem-vinda. — A criatura feia desceu da carruagem para fazer uma reverência profunda diante de Sally. — Meu nome é Tillotson, senhora, Joseph Tillotson, e sou seu servo, senhora, seu servo mais obediente. — Ele olhou para Sally, de sua posição curvada, piscou atônito diante da beleza e pareceu babar em antecipação enquanto movia a mão num gesto elaborado convidando-a ao interior do veículo. — Faça o favor, cara senhora, de entrar no coche, e vou balançar a mão e transformá-lo numa carruagem de ouro digna, de uma princesa tão linda quanto a senhora. — Ele fungou, rindo da própria espirituosidade.

— Esse não é o seu irmão, Ethan. — Sally estava com suspeitas e apreensiva.

— Vamos nos encontrar com ele, senhora, vamos sim — declarou Tillotson, e fez de novo sua grotesca reverência de boas-vindas.

— Você vem, Ethan? — Sally continuou agarrada ao braço do amante.

— Claro que vou — garantiu Ridley, depois a convenceu a ir para a carruagem enquanto Tillotson desdobrava os degraus forrados com um tapete puído.

— Dê-me sua sombrinha, senhora, permita-me.

Tillotson pegou a sombrinha de Sally, depois a levou para o interior escuro e mofado. As janelas do coche eram cobertas por cortinas de couro que foram desenroladas dos suportes e pregadas na parte de baixo. Ridley foi em direção ao veículo, incerto do que fazer em seguida, porém Tillotson o empurrou para longe sem cerimônia, dobrou os degraus e saltou com agilidade para o interior escuro.

— Peguei, Tommy! — gritou para o cocheiro. — Vá! — Ele jogou a sombrinha nova em folha na sarjeta e bateu a porta.

— Ethan! — A voz de Sally gritou num protesto patético enquanto a grande carruagem se movia sacolejando. Depois gritou de novo, porém mais alto: — Ethan!

Houve o som de um tapa, um grito, e por fim silêncio. O cocheiro negro estalou o chicote, as rodas com aros de ferro guincharam nas pedras do calçamento enquanto o veículo pesado fazia a curva, e assim Ridley ficou livre de seu súcubo. Sentia remorso, porque a voz dela fora bastante débil naquele último grito desesperado, mas sabia que não houvera alternativa. Na verdade, disse a si mesmo, toda aquela situação maldita fora culpa da própria Sally, porque ela havia se tornado um incômodo, mas agora a jovem tinha ido embora e ele pensou que estava livre.

Ainda segurava a bolsa pesada de Sally. Abriu-a e descobriu que não havia nenhuma arma dentro, apenas os cem dólares de prata que ele havia pagado originalmente com o objetivo de suborná-la para ficar em silêncio. Cada moeda fora enrolada separadamente num pedaço de papel azul de embrulhar cubos de açúcar, como se cada uma fosse peculiarmente especial, e por um momento o coração de Ridley foi tocado por aquele cuidado infantil, mas então percebeu que provavelmente Sally as havia embrulhado para impedi-las de fazer barulho e com isso atrair alguma atenção predatória. De qualquer modo, as moedas eram suas de novo, o que parecia correto. Enfiou a bolsa debaixo do braço, calçou as luvas, baixou o chapéu do uniforme sobre os olhos, pôs o sabre num ângulo elegante e caminhou devagar, em ritmo de passeio, de volta para casa.

— Parece — Anna estendeu a mão por cima da mesa para pegar um pãozinho que partiu em dois, depois mergulhou uma metade no molho como iguaria para seus ruidosos spaniels — que Truslow tem uma filha, e a filha engravidou, por isso ele a casou com um pobre coitado. Agora a filha fugiu, o rapaz está na legião e Truslow está com raiva.

— Com muita raiva — disse o pai dela, achando muito divertido. — Ele bateu no garoto.

— Pobre Truslow — comentou Adam.

— Pobre garoto. — Anna largou outro pedaço de pão entre os cães, que latiam e se embolavam. — Truslow quebrou o malar dele, não foi, papai?

— Quebrou feio — confirmou Faulconer. O coronel havia conseguido reparar os estragos que lhe foram impostos pelo ataque abortado. Tinha tomado banho, aparado a barba e vestido o uniforme, de modo que parecia de novo um oficial garboso. — O rapaz se chama Robert Decker, filho de Tom Decker. Você se lembra dele, Adam? Um mau sujeito. Parece que está morto, e já foi tarde.

— Eu me lembro de Sally Truslow — disse Adam preguiçosamente. — Uma coisinha carrancuda, mas bonita de verdade.

— Você viu a jovem quando esteve na casa de Truslow, Nate? — perguntou Faulconer. O coronel estava se esforçando de verdade para ser agradável com Nathaniel, para demonstrar que a desconsideração mal-humorada dos últimos dias havia passado e estava esquecida.

— Não me lembro de tê-la notado, senhor.

— Você teria notado — interveio Adam. — Ela é notável.

— Bom, ela deu no pé — observou Faulconer. — Decker não sabe para onde ela foi e Truslow está furioso com ele. Parece que o homem deu ao casal feliz seu pedaço de terra e eles simplesmente o deixaram aos cuidados de Roper. Você se lembra de Roper, Adam? Ele está morando lá em cima agora. O sujeito é um patife, mas sabia cuidar de cavalos.

— Acredito que eles nem eram casados de verdade. — Anna achava o sofrimento do casal infeliz muito mais interessante que o destino de um escravo liberto.

— Duvido muito — concordou o pai dela. — Deve ter sido um pulo rápido por cima do cabo de uma vassoura, se é que ao menos tiveram essa formalidade.

Nathaniel olhou para o próprio prato. O jantar havia sido toucinho cozido, torta de milho seco e batatas fritas. Washington Faulconer, os dois filhos e o ianque eram os únicos presentes, e o ataque de Truslow a Robert Decker o único assunto da conversa.

— Para onde a pobre coitada pode ter ido? — perguntou Adam.

— Richmond — respondeu seu pai prontamente. — Todas as garotas más vão para Richmond. Ela vai arranjar trabalho — acrescentou ele, olhando para Anna com uma expressão de pesar. — Algum tipo de trabalho.

Anna corou e Nathaniel ficou pensando que Ethan Ridley também estava em Richmond.

— O que vai acontecer com Truslow? — perguntou em vez disso.

— Nada. Ele já está tomado pelo remorso. Coloquei-o na barraca da guarda e o ameacei com dez tipos de inferno. — Na verdade, o major Pelham é que havia prendido Truslow e feito toda a ameaça, mas Faulconer não achava que a distinção fosse importante. O coronel acendeu um charuto. — Agora Truslow está insistindo que Decker entre para a companhia dele, e acho que é melhor deixar. Parece que o rapaz tem parentes lá. Você não consegue manter esses cães quietos, Anna?

— Não, papai. — Ela soltou mais uma migalha de pão encharcado em molho no meio da disputa ruidosa. — E, falando em pular cabos de vassoura, todos vocês perderam o casamento do Pica-Pau.

— Esse foi um casamento de verdade, sem dúvida, não foi? — interveio o irmão dela, sério.

— Claro que foi. Moss oficiou com lágrimas nos olhos e Priscilla estava quase bela. — Anna sorriu. — O tio Pica-Pau olhou carrancudo para todos nós, um aguaceiro estava caindo e mamãe mandou seis garrafas de vinho como presente.

— Nosso melhor vinho — acrescentou Washington Faulconer com ar pétreo.

— Como mamãe saberia? — indagou Anna, inocente.

— Ela sabia — respondeu Faulconer.

— E as crianças da escola cantaram uma música muito débil — continuou Anna. — Quando eu me casar, papai, não quero as gêmeas Tompkinson cantando para mim. Isso é muita ingratidão?

— Você vai se casar na Igreja de St. Paul, em Richmond — declarou o pai. — Com o reverendo Peterkin oficiando.

— Em setembro — insistiu Anna. — Falei com mamãe e ela concorda. Mas só se tivermos sua bênção, papai, é claro.

— Setembro? — Washington Faulconer deu de ombros, como se não se importasse muito com quando o casamento aconteceria. — Por que não?

— Por que setembro? — perguntou Adam.

— Porque até lá a guerra já terá terminado — declarou Anna —, e, se deixarmos para mais tarde, o tempo vai estar ruim para a travessia do Atlântico e mamãe disse que precisamos estar em Paris em outubro, no máximo. Passaremos o inverno em Paris, depois visitaremos os spas da Alemanha na primavera. Mamãe disse que você talvez quisesse ir, Adam.

— Eu? — Adam pareceu surpreso com o convite.

— Para fazer companhia a Ethan quando mamãe e eu formos aos banhos. E para ser o acompanhante de mamãe, claro.

— Você pode ir com o uniforme, Adam. — Washington Faulconer claramente não se ressentia por ficar de fora da expedição familiar. — Sua mãe gostaria disso. Uniforme de gala completo, com sabre, faixa e medalhas, hein? Para mostrar aos europeus como é um soldado sulista.

— Eu? — perguntou Adam de novo, dessa vez para o pai.

— É, você, Adam. — Faulconer jogou o guardanapo na mesa. — E, por falar em uniformes, você vai encontrar um em seu quarto. Vista-o, depois venha ao escritório e vamos lhe arranjar um sabre. Você também, Nate. Todo oficial deve carregar uma espada.

Adam fez uma pausa de um ou dois segundos e Nathaniel temeu que o amigo escolhesse aquele momento para fazer seu discurso pacifista. O ianque se retesou para o confronto, mas então, com uma confirmação decisiva de cabeça, sugerindo que só fizera a escolha após um grande esforço pessoal, Adam empurrou a cadeira para trás.

— Ao trabalho — disse baixinho, quase para si mesmo. — Ao trabalho.

O trabalho acabou sendo um glorioso início de verão com trombetas e ordem-unida, exercícios em pastos e camaradagem em acampamentos cheios de barracas. Eram dias quentes de risos, cansaço, músculos doloridos, pele bronzeada, grandes esperanças e rostos sujos de pólvora. A legião treinava com mosquetes até os ombros dos homens ficarem feridos com o impacto das armas, os rostos escurecidos pela explosão das cápsulas de percussão e os lábios manchados de pólvora de tanto rasgar com os dentes os cartuchos enrolados em papel. Eles aprendiam a calar baionetas, formar uma linha de tiro e um quadrado para enfrentar a cavalaria. Começavam a se sentir soldados.

Aprendiam a dormir no desconforto e descobriam o longo ritmo elástico da marcha que levava os homens através de dias intermináveis golpeados pelo sol em estradas cozidas pelo calor. Nos domingos formavam um quadrado para um serviço de orações e hinos. O predileto era "Combati o bom combate" e à tarde, quando sentiam saudades das famílias, os homens adoravam cantar "Amazing Grace" muito lentamente, de modo que a doce canção se demorava no ar quente. Em outras noites da semana grupos formavam aulas de estudo da Bíblia ou reuniões de orações, enquanto outros jogavam cartas ou bebiam álcool vendido ilegalmente por mascates vindos de Charlottesville ou Richmond. Uma vez, quando o major Pelham encontrou um mascate, quebrou todo o estoque de uísque da montanha em garrafas de pedra, apesar de o coronel ser menos inclinado a assumir a linha dura.

— Deixe que se divirtam — gostava de dizer Faulconer.

Adam temia que o pai estivesse se esforçando demais para ser adorado, no entanto, para ser justo, a leniência era parte da teoria de Washington Faulconer sobre a formação de soldados.

— Esses homens não são camponeses europeus — explicou o coronel —, e certamente não foram arrancados das fábricas do norte. São bons americanos! Bons sulistas! Têm fogo nas entranhas e liberdade no coração, e, se os obrigarmos a horas de exercícios, mais exercícios e depois mais exercícios ainda, simplesmente vamos embotá-los até se tornarem idiotas sem vontade. Quero-os ansiosos! Quero que entrem na batalha como cavalos saídos de um pasto primaveril, e não como pangarés saídos do feno de inverno. Quero-os com o espírito vigoroso, elã, como dizem os franceses, e isso vai nos garantir a vitória na guerra!

— Sem exercício, não vai — respondia carrancudo o major Pelham. Ele tinha permissão de fazer quatro horas de exercícios por dia e nem um minuto a mais. — Garanto que Robert Lee está exercitando os homens dele em Richmond — insistia Pelham —, e McDowell os dele, em Washington!

— Também garanto que estão, e deveriam estar mesmo, só para manter os patifes longe de encrenca. Mas nossos patifes têm mais qualidade. Serão os melhores soldados da América! Do mundo! — E, quando o coronel estava nesse humor sublime, nem Pelham nem todos os especialistas da cristandade poderiam mudar seu pensamento.

Por isso o sargento Truslow simplesmente ignorava o coronel e obrigava sua companhia a fazer exercícios extras, de qualquer modo. A princípio, quando Truslow havia descido de sua casa no alto das montanhas, o coronel imaginara empregá-lo como um dos cinquenta cavaleiros batedores da legião, mas de algum modo, depois do ataque, o coronel se sentia menos disposto a ter Truslow tão perto do quartel-general, por isso o deixou se tornar sargento da Companhia K, uma das duas companhias de escaramuça, mas, mesmo dali, no flanco externo da legião, a influência de Truslow era dolorosa. Segundo ele, ser soldado era vencer batalhas, não fazer reuniões de orações ou cantar hinos, e insistiu que a Companhia K triplicasse imediatamente o tempo de exercícios. Fazia com que ela saísse da cama duas horas antes do alvorecer e, quando as outras companhias estavam apenas começando a acender suas fogueiras para o desjejum, a Companhia K já estava cansada. O capitão Roswell Jenkins, oficial comandante da Companhia K que havia garantido sua eleição com quantidades generosas de uísque feito em casa, ficava feliz, desde que Truslow não exigisse sua presença nas sessões extras.

As outras companhias, vendo a prontidão e o orgulho extra da Companhia K, começaram a estender o tempo de ordem-unida. O major Pelham ficou deliciado, o coronel se absteve de fazer qualquer crítica, enquanto o sargento-mor Proctor, que fora intendente de Washington Faulconer, revirava seus livros de exercícios para encontrar manobras novas e mais complicadas para a legião, que melhorava rapidamente. Logo, até o velho Benjamin Ridley, o pai de Ethan, que fora oficial da milícia na juventude, mas que agora estava tão gordo e doente que mal podia andar, admitia relutante que a legião enfim começava a parecer um verdadeiro grupo de soldados.

Ethan Ridley havia retornado de Richmond com cofres, armões e munição para as duas peças de artilharia. Agora a legião estava totalmente equipada. Cada homem possuía uma jaqueta trespassada com duas fileiras de botões de latão, um par de botas de cano baixo, calça cinza e um boné redondo com copa e pala enrijecidas com papelão. Carregava uma sacola para as roupas de reserva e os pertences pessoais, uma mochila para comida, um cantil de água, uma caneca de estanho, uma caixa no cinto para guardar as cápsulas de percussão que disparavam o fuzil e uma caixa de cartuchos de munição. As armas eram um fuzil modelo 1841 com coronha de nogueira, uma baioneta com cabo de espada e qualquer arma pessoal que optasse por levar. Quase todos os homens carregavam facas de caça, que tinham certeza de que seriam mortais no combate corpo a corpo que aguardavam com confiança. Alguns levavam revólveres e, de fato, à medida que os dias de junho se alongavam e os boatos da batalha iminente se intensificavam, mais e mais pais forneciam revólveres aos filhos soldados, na crença de que a arma salvaria suas vidas na batalha.

— O que vocês precisam — dizia Truslow a seus homens — é de um fuzil, uma caneca, uma mochila e dane-se todo o resto. — Ele carregava uma faca de caça, mas só para abrir caminho e cortar mato. Todo o resto, dizia, era somente peso extra.

Os homens ignoravam Truslow, confiando em vez disso na generosidade do coronel. Cada um havia recebido uma manta de oleado em que enrolava dois cobertores cinza. A única economia de Washington Faulconer era a recusa em comprar sobretudos para a legião. Declarava que a guerra com certeza não duraria até o inverno frio, portanto não iria gastar dinheiro para fornecer aos homens do condado casacos de ir à igreja, e sim um meio para escreverem seu nome na história da independência do sul. Mas deu a cada homem um kit de costura, toalhas e uma escova de roupa, enquanto o Dr. Billy Danson insistia em que *todo* legionário também carregasse um rolo de tiras de tecido de algodão para fazer bandagens.

O major Thaddeus Bird, que sempre gostara de longas caminhadas e era o único oficial de Faulconer que se recusava resolutamente a cavalgar, afirmava que Truslow estava certo e que os homens receberam equipamento demais.

Não é possível marchar carregado feito uma mula.

O professor estava sempre pronto para exprimir essas opiniões militares, que eram prontamente ignoradas pelo coronel, embora, à medida que o verão passava, um grupo de homens mais novos estivesse ficando cada vez mais atraído pela companhia de Bird. Encontravam-se em seu quintal em algumas noites, sentados nos bancos de igreja quebrados ou em banquetas apanhadas na escola. Nathaniel e Adam iam com frequência, assim como o ajudante de Bird, o tenente Davies, e meia dúzia de outros oficiais e sargentos.

Os homens traziam sua própria comida e bebida. Às vezes Priscilla preparava uma salada ou um prato de biscoitos, mas o verdadeiro objetivo da noite era fazer música ou então atacar as pilhas de livros de Bird para ler trechos em voz alta. Depois discutiam noite adentro, consertando o mundo como Adam e Nathaniel costumavam fazer quando estavam em Yale, ainda que essas novas noites de discussão fossem temperadas por notícias e boatos de guerra. No oeste da Virgínia, onde o ataque do coronel fora tão umidamente desapontador, a Confederação sofria novas derrotas. A pior havia ocorrido em Philippi, onde forças nortistas tiveram uma vitória fácil e humilhante que os jornais da União chamaram de "Corridas de Philippi." Thomas Jackson, temendo ser isolado em Harper's Ferry, abandonara a cidade ribeirinha, e esse acontecimento fez parecer aos jovens oficiais em Faulconer Court House que o norte era invencível, mas então, uma semana depois, chegaram relatos de escaramuças no litoral da Virgínia, onde tropas do norte desembarcaram chegadas de uma fortaleza costeira e foram repelidas de modo sangrento nos campos ao redor de Bethel Church.

Nem todas as notícias eram verdadeiras. Havia boatos de vitórias que jamais aconteceram e conversações de paz que nunca ocorreram. Um dia era anunciado que os governos europeus haviam reconhecido a Confederação e que consequentemente o norte estava pedindo a paz, mas isso era mentira, ainda que o reverendo Moss tivesse jurado sobre uma pilha de Bíblias que era a verdade do evangelho. Bird se divertia com os alarmes de verão.

— É só um jogo. — Só um jogo.
— A guerra não é um jogo, tio — censurou Adam.
— Claro que é, e a legião é o brinquedo do seu pai, um brinquedo muito caro. Motivo pelo qual espero que nunca sejamos usados em batalha, porque então o brinquedo vai se quebrar e seu pai ficará inconsolável.

— Você espera mesmo isso, Thaddeus? — perguntou sua esposa. Ela gostava de se sentar no quintal até escurecer, mas, como havia assumido toda a responsabilidade pela escola, ia dormir e deixava os homens discutindo à luz de velas.

— Claro que espero. Ninguém em sã consciência deseja uma batalha.

— Nate deseja — declarou Adam, provocando.

— Eu disse "em sã consciência" — provocou Bird. — Tenho o cuidado de ser preciso com as palavras, talvez por nunca ter estudado em Yale. Você quer mesmo ver uma batalha, Starbuck?

Nathaniel deu um sorriso torto.

— Quero ver o elefante.

— É desnecessariamente grande, cinza, curiosamente enrugado e faz um cocô enorme — observou Bird.

— Thaddeus! — Priscilla riu.

— Espero que haja paz — disse Starbuck —, mas sinto certa curiosidade de ver uma batalha.

— Aqui! — Bird jogou um livro para o ianque. — Há aí um relato de Waterloo, acho que começa na página 68. Leia, Starbuck, e você vai se curar do desejo de ver elefantes.

— Você não sente curiosidade, Thaddeus? — questionou sua esposa. Ela estava costurando uma bandeira, um dos muitos estandartes que costumavam enfeitar a cidade no Quatro de Julho, para o qual faltavam apenas dois dias e que seria marcado por uma grande gala em Seven Springs. Haveria uma festa, um desfile, fogos de artifício e danças, e todos da cidade deveriam colaborar com algo para a comemoração.

— Fico um pouco curioso, claro. — Bird parou para acender um dos charutos finos e fedorentos dos quais gostava. — Tenho curiosidade sobre todos os extremos da existência humana porque sou tentado a acreditar que a verdade se manifesta melhor nesses extremos, seja nos excessos da religião, da violência, do afeto ou da cobiça. A batalha é apenas um sintoma de um desses excessos.

— Eu preferiria que você se aplicasse aos estudos do afeto excessivo — disse sua esposa afavelmente, e os rapazes gargalharam. Todos gostavam de Priscilla e se sentiam tocados pela ternura evidente entre ela e Bird.

A conversa continuou. O quintal, que deveria fornecer verduras ao professor, havia se enchido de tumbérgias e margaridas, mas Priscilla abrira espaço para algumas ervas que exalavam perfume no calor da tarde. Os fundos do quintal eram limitados por duas macieiras e uma cerca quebrada, e para além dele havia uma campina e uma longa vista da floresta ao pé das montanhas Blue Ridge. Era um lugar lindo e pacífico.

— Você vai arrumar um criado, Starbuck? — perguntou o tenente Davies. — Porque, nesse caso, terei de colocar o nome dele no livro dos serviçais.

Nathaniel estivera devaneando.

— Um criado?

— O coronel, em sua sabedoria — explicou Bird —, decretou que os oficiais podem ter um criado, mas somente, veja bem, se o homem for negro. Não são permitidos brancos!

— Não posso pagar um criado — respondeu o ianque. — Seja branco ou negro.

— Eu esperava tornar Joe Sparrow em meu criado — declarou Bird, pensativo —, mas, a não ser que ele pinte o rosto de preto, agora não posso mais.

— Por que Sparrow? — perguntou Adam.

— Porque prometi a Blanche que iria mantê-lo em segurança, mas só Deus sabe como eu faria isso.

— Pobre Tampinha — comentou Adam.

Joe Sparrow, um garoto de 16 anos, magro e estudioso, era conhecido universalmente como Tampinha. Ganhara uma bolsa para a Universidade da Virgínia, onde deveria começar os estudos no outono, mas havia partido o coração da mãe entrando para a legião. Fora um dos recrutas obrigados a se alistar depois da vergonha de receber uma anágua. Sua mãe, Blanche, tinha implorado a Washington Faulconer para liberar o rapaz, mas o coronel fora enfático em dizer que todos os jovens tinham o dever de servir. Joe, como muitos homens, era voluntário por três meses, e o coronel garantira a Blanche Sparrow que seu filho teria terminado o serviço quando começasse o primeiro semestre.

— O coronel realmente deveria tê-lo liberado — declarou Bird. — Essa guerra não deveria ser travada por rapazes estudiosos, e sim por homens como Truslow.

— Porque ele é dispensável? — perguntou um sargento.

— Porque ele entende a violência — respondeu Bird. — Coisa que todos temos de aprender a entender se quisermos ser bons soldados.

Priscilla olhou para sua costura contra a luz que se esvaía.

— O que terá acontecido com a filha de Truslow?

— Ela falou com você, Starbuck? — perguntou Bird.

— Comigo? — Nathaniel pareceu surpreso.

— É que ela perguntou por você — explicou Bird. — Na noite em que veio aqui.

— Achei que você não a conhecia — disse Adam distraidamente.

— Não conheço. Encontrei-a na cabana de Truslow, mas não a ponto de reparar. — Ele ficou contente de o crepúsculo esconder seu rubor. — Não, ela não falou comigo.

— Ela perguntou por você e por Ridley, mas, claro, nenhum dos dois estava aqui. — Bird se conteve de repente, como se percebesse que havia sido indiscreto. — Não que isso importe. Trouxe a flauta, sargento Howes? Pensei que poderíamos tentar Mozart.

Nathaniel ouviu a música, mas não conseguia sentir júbilo com ela. Nas últimas semanas sentia que chegara a uma compreensão de si mesmo ou pelo menos que encontrara um equilíbrio à medida que seus humores cessaram de oscilar entre o desespero profundo e a esperança estonteante. Em vez disso sentira prazer nos longos dias de trabalho e exercícios, mas agora a lembrança de Sally Truslow tinha destruído completamente sua paz. E ela havia perguntado por ele! Essa revelação, feita de modo tão casual, acrescentava um combustível novo e totalmente seco aos seus sonhos. Ela queria sua ajuda e ele não estivera presente, por isso teria procurado Ridley? Aquele desgraçado filho da puta metido a besta?

Na manhã seguinte, Nathaniel confrontou Ridley. Os dois mal haviam se falado nas últimas semanas, não por aversão, mas simplesmente porque tinham círculos de amigos diferentes. Ridley era líder de um pequeno grupo de jovens oficiais que cavalgavam muito, bebiam muito, consideravam-se farristas e temerários e desprezavam os homens que se reuniam no quintal de Pica-Pau Bird para conversar nas longas noites. Ridley, quando o ianque o encontrou, estava deitado em sua barraca, recuperando-se, pelo que disse, de uma noite na taverna Greeley's. Um de seus companheiros, um tenente chamado Moxey, estava sentado na outra cama com as mãos na cabeça, gemendo. Ridley gemeu de modo semelhante ao ver Nathaniel.

— É o reverendo! Veio me converter? Estou além da conversão.

— Gostaria de trocar uma palavra com você.

— Vá em frente. — Sob a lona ensolarada o rosto de Ridley parecia possuir um tom amarelo doentio.

— Uma palavra a sós.

Ridley se virou para Moxey.

— Saia, Mox.

— Não se incomode comigo, Starbuck, estou surdo — disse Moxey.

— Ele mandou você sair — insistiu o ianque.

Moxey encarou Nathaniel, viu algo hostil no rosto do alto nortista, então deu de ombros.

— Estou indo. Vou sumir. Adeus. Ah, meu Deus! — A última frase foi proferida ao encontrar a claridade do sol da manhã.

Ridley se sentou e girou, de modo que seus pés calçados com meias estivessem na lona que forrava o chão.

— Meu Deus. — Ele gemeu, depois enfiou a mão dentro das botas, onde evidentemente guardava charutos e fósforos à noite. — Você está sério demais, reverendo. Aquele idiota do Pelham quer que a gente marche até Rosskill e volte? Diga a ele que estou doente. — Ridley acendeu o charuto, tragou profundamente, depois espiou Nathaniel com os olhos injetados. — Solte o verbo, Starbuck. Faça o seu pior.

— Onde está Sally? — perguntou o nortista bruscamente. Pretendera ser muito mais circunspecto, porém, quando o momento do confronto chegou, não encontrou outras palavras além da pergunta simples, direta.

— Sally? — perguntou Ridley, fingindo descrença. — Sally! Quem, em nome de Deus, é Sally?

— Sally Truslow. — Nathaniel já estava se sentindo idiota, imaginando que paixão obscura, mas inegável, estava impelindo-o àquela indagação humilhante.

Ridley meneou a cabeça, cansado, depois deu um trago no charuto.

— Bom, por que, em nome de Deus, reverendo, você acha que eu teria alguma maldita informação a respeito de Sally Truslow?

— Porque ela fugiu para Richmond. Até você. Eu sei disso. — Nathaniel não sabia, mas Pica-Pau Bird, pressionado, admitira que dera a Sally o endereço do irmão de Ridley em Richmond.

— Ela não me encontrou, reverendo. Mas e se tivesse encontrado? Importaria?

Nathaniel não tinha resposta. Em vez disso, ficou parado, idiota e inseguro, entre as abas dobradas da barraca de Ridley.

Ridley juntou um bocado de cuspe na boca e disparou para além das botas do ianque.

— Estou interessado, reverendo, portanto diga. O que exatamente Sally representa para você?

— Nada.

— Então por que diabos está me incomodando tão cedo nessa maldita manhã?

— Porque eu quero saber.

— Ou será que o papai dela quer saber? — perguntou Ridley, entregando sua primeira incerteza na conversa. Nathaniel balançou a cabeça e o outro gargalhou. — Você sente tesão por ela, reverendo?

— Não!

— Sente sim, reverendo, sente. Dá para ver, e até posso dizer a você o que fazer a respeito. Vá à taverna Greeley's na Main Street e pague dez dólares à mulher alta que fica junto ao balcão. É uma vaca feia, mas vai curar o seu mal. Você ainda tem dez pratas das cinquenta que tirou de mim? — O ianque não disse nada e Ridley balançou a cabeça, como se estivesse desanimado com a falta de bom senso do nortista. — Não vejo Sally há semanas. Semanas. Ouvi dizer que ela se casou, e para mim esse foi o ponto final. Não que eu a tenha conhecido bem, entende? — Ele enfatizou a pergunta jogando a guimba acesa na direção de Nathaniel.

O nortista se perguntou o que havia esperado conseguir com aquele confronto. Uma confissão por parte de Ridley? Um endereço onde Sally poderia ser encontrada? Tinha feito papel de idiota, revelando sua vulnerabilidade para a zombaria de Ridley. Agora, tão desajeitadamente quanto iniciara o confronto, tentou recuar.

— Espero que não esteja mentindo, Ridley.

— Ah, reverendo, você sabe tão pouca coisa. Como as boas maneiras, para começar. Quer me chamar de mentiroso? Então faça isso com uma espada na mão ou com uma pistola. Não me importo de enfrentá-lo num duelo, reverendo, mas de jeito nenhum vou ficar aqui sentado ouvindo você resmungar e gemer sem ter tomado ao menos uma caneca de café. Na saída pode pedir ao filho da puta do meu criado para me trazer um pouco de café? Ei, Moxey! Pode voltar agora. O reverendo e eu terminamos as orações da manhã. — Ridley olhou Nathaniel e balançou a cabeça, dispensando-o. — Agora saia, garoto.

Ele saiu. Enquanto voltava pelas filas de barracas, ouviu as gargalhadas de Ridley e Moxey, e o som o fez se encolher. Ah, Deus, pensou, ele havia sido um tremendo idiota. Um tremendo idiota. E por quê? Pela filha de um assassino que por acaso era bonita. Afastou-se, derrotado e desconsolado.

8

O Dia da Independência amanheceu límpido. Prometia ser quente, mas havia uma brisa abençoada vinda dos morros e as únicas nuvens eram finas, altas e logo sumiram.

De manhã os legionários limparam os uniformes. Usaram escovas de arame, limpadores de botões, cera de engraxar e sabão até que os casacos e as calças de lã, as botas de couro e os cintos estivessem o mais impecáveis que um esforço honesto poderia alcançar. Engraxaram as bolsas de munição, esfregaram cantis e mochilas e tentaram desamarrotar o papelão das copas e das viseiras dos bonés. Poliram as fivelas dos cintos e os distintivos dos bonés, depois passaram óleo nas coronhas de nogueira dos fuzis até a madeira brilhar. Às onze, pensando nas jovens que já estariam se reunindo ao redor de Seven Springs, as companhias entraram em formação com uniformes e kits completos. Os cinquenta cavaleiros formaram uma décima primeira companhia, que se formou à frente das outras, enquanto os dois canhões, que haviam sido arrancados dos sulcos que as rodas formaram no capim comprido e depois presos aos armões, desfilavam junto à banda do regimento, na retaguarda da legião.

O coronel esperava em Seven Springs, deixando o major Pelham no comando temporário. Às onze e cinco Pelham ordenou que a legião ficasse em posição de sentido, apresentasse armas, calasse baionetas e depois ombro-armas. Ao todo, oitocentos e setenta e dois homens estavam em formação. Não eram a força total da legião, mas os recrutas novos demais para ter aprendido a ordem-unida foram mandados antes a Seven Springs, onde receberam o encargo de pregar faixas de pano vermelho nos bancos da igreja, que seriam usados para o jantar comunitário. Duas tendas enormes haviam sido erguidas no gramado sul para dar sombra aos visitantes e uma cozinha fora estabelecida perto do estábulo, onde dois bois e seis porcos eram assados por cozinheiros suarentos que também foram selecionados dentre os membros da legião. As damas da cidade tinham doado tonéis de feijões, tigelas de salada, bandejas de bolos de milho e barris de pêssegos secos. Havia pães de milho e presunto doce curado, peru e veado defumados. Havia carne-seca com suco de maçã, pepinos em conserva e, para as crianças, bandejas de rosquinhas salpicadas de açúcar. Os abstêmios tinham à disposição limonada e água do melhor poço de Seven Springs, enquanto os outros dispunham de barriletes de cerveja e barris de cidra forte trazidos do porão da taverna Greeley's. Na casa, o vinho estava disponível, mas experiências passadas sugeriam que apenas um punhado de pessoas importantes iria se incomodar em tomar uma bebida tão fina. As provisões eram generosas, as decorações luxuriantes, como sempre acontecia no Dia da Independência em Seven Springs, mas, nesse ano, numa tentativa de demonstrar que a Confederação era a verdadeira herdeira do espírito revolucionário americano, Washington Faulconer fora especialmente pródigo.

Às onze e oito o sargento-mor Proctor ordenou que a legião avançasse, e a banda, comandada pelo maestro August Little, tocou "Dixie", enquanto os cinquenta cavaleiros levavam a legião para fora do campo. Eles seguiam com sabres desembainhados e as companhias marchavam com baionetas caladas. A cidade estava deserta, porque todo o povo fora para Seven Springs, porém as tropas fizeram uma bela demonstração marchando diante da prefeitura enfeitada com bandeiras e sob os estandartes pendurados sobre as ruas, passando pela mercearia de Sparrow que tinha uma bela vitrine de oito folhas de vidro plano, trazidas de Richmond apenas um ano antes, grande o bastante para servir como um espelho gigantesco em que as companhias de passagem podiam admirar suas figuras apenas ligeiramente distorcidas. A marcha era ruidosa, não porque alguém estivesse falando, mas porque os homens ainda não estavam acostumados a carregar todo o equipamento. Os cantis batiam nas baionetas e as canecas de estanho, penduradas nas mochilas, ressoavam contra as caixas de cartuchos.

Os primeiros espectadores estavam esperando no lado interno do portão da propriedade de Seven Springs. Na maioria eram crianças que, equipadas com bandeirolas de papel da Confederação, corriam ao lado das tropas que marchavam entre as fileiras de carvalhos que se estendiam desde Rosskill Road até a porta da frente de Seven Springs. A legião não marchou até a casa, em vez disso se desviou da entrada de carroças, onde fora feita uma abertura na cerca atrás das árvores, passando assim ao redor da casa para se aproximar dos gramados do sul, repletos de bandeiras, através de duas linhas cada vez mais densas de curiosos que aplaudiam as belas tropas. A cavalaria, contendo os animais empolgados para fazê-los erguer as patas, exibia uma demonstração especialmente nobre, passando pela tribuna de honra presidida por Washington Faulconer, ao lado de um político que, até a secessão, fizera parte do Congresso. Faulconer e o ex-congressista eram flanqueados pelo reverendo Moss, pelo juiz Bulstrode e pelo coronel Roland Penycrake, que tinha 97 anos e fora tenente no exército de George Washington em Yorktown.

— Não me importo que ele se recorde de Yorktown — disse Washington Faulconer ao capitão Ethan Ridley, que era o ajudante de companhia do coronel no Dia da Independência —, mas gostaria que ele não ficasse nos lembrando o tempo inteiro. — Porém, nesse dia, especialmente, seria egoísmo negar ao velho seu momento de glória.

Adam, vestindo seu belo uniforme, comandava os cavalarianos. O major Pelham montava uma égua gorda e dócil à frente das dez companhias, enquanto o major Pica-Pau Bird, cujo estupendo uniforme havia chegado de Richmond para diversão geral da legião e consternação de seu cunhado, marchava a pé, à frente da banda. O segundo-tenente Nathaniel, que não tinha serviço de verdade nesse dia, montava a égua Pocahontas logo atrás do major Bird, que não fazia esforço para sincronizar o passo com as batidas do tambor, mas caminhava com as pernas longas, tão tranquilo quanto se estivesse dando um de seus longos passeios diários pelo campo.

Assim que chegou aos gramados do sul, a cavalaria, cuja função nessa data era puramente decorativa, galopou uma vez ao redor do campo improvisado onde os soldados desfilariam, depois desapareceu para colocar os animais num cercado. Os dois canhões foram soltos de seus armões e estacionados dos dois lados da tribuna diante da qual, bem em frente ao olhar deliciado de quase três mil espectadores, a legião fez suas manobras.

Os homens marcharam em colunas de companhias, cada uma com quatro fileiras de profundidade, depois se formaram numa linha de batalha com duas fileiras. Não havia espaço suficiente nos flancos do campo para toda a linha de batalha, mas o sargento Truslow, sargento da Companhia K, teve o bom senso de conter seus homens, o que estragou um pouco a apresentação seguinte, um orgulho pessoal de Pelham, que demonstrava como a legião formaria um quadrado para repelir ataques de cavalaria, mas no fim o quadrado foi realizado de modo bastante decente e apenas um verdadeiro especialista detectaria que um canto da formação estava ligeiramente torto. Os oficiais, todos a cavalo menos o major Bird, foram postos no centro do quadrado onde a banda tocou uma versão soturna de "Massa in the Cold Cold Ground". Então a legião saiu do quadrado para formar duas colunas de companhias, a banda acelerou o ritmo para "Hail, Columbia", a multidão aplaudiu, o coronel sorriu de orelha a orelha, em seguida o capitão Murphy, que havia se nomeado artilheiro-chefe da legião, esporeou avançando com seus artilheiros.

Os dois canhões foram carregados com sacos de pólvora, mas sem bala sólida ou obus. A legião não possuía nenhuma das novas escorvas de fricção para acender a pólvora, por isso Murphy usou duas escorvas caseiras feitas de tubos de palha cheios de pólvora de fuzil grão um. Os tubos de palha foram colocados nos ouvidos dos canhões e enfiados através de furos feitos nos sacos de pólvora. Então, depois de um sinal do coronel, e justo quando o maestro Little terminava de tocar "Hail, Columbia", os artilheiros encostaram fósforos acesos nas escorvas.

Houve dois estrondos gloriosos, duas lanças de chamas, duas nuvens espessas de fumaça branco-acinzentada e um bando de pássaros assustados voou das árvores sombreadas atrás da tribuna. Os espectadores ficaram satisfatoriamente boquiabertos.

Os disparos de canhão pressagiaram os discursos. A fala do coronel Penycrake foi misericordiosamente curto, porque o velho estava sem fôlego, depois o ex-congressista fez uma peroração que parecia interminável, seguida por um discurso belo e animado de Washington Faulconer, que, primeiro, lamentava a necessidade da guerra, mas depois descrevia o ninho de víboras nortistas que, com bocas sibilando, línguas se movendo e hálito nefasto, espalhavam seu veneno fétido pela terra.

— Mas nós, sulistas, sabemos lidar com cobras!

A multidão aplaudiu. Até os escravos negros reunidos, trazidos pelos donos para a festa anual e confinados a um pequeno cercado de corda ao lado dos espectadores, aplaudiram os sentimentos do coronel. Washington Faulconer, cuja voz era forte o bastante para alcançar todas as pessoas reunidas, falou sobre as duas raças que surgiram na América; raças que, apesar de brotarem de pais comuns, haviam se separado pelo clima, pela moral e pela religião, e assim tinham se mantido apartadas até que agora, declarou ele, suas ideias de honra, verdade e hombridade eram tão diferentes que não poderiam viver sob o mesmo governo.

— A raça nortista deve seguir seu caminho — declarou o coronel —, enquanto nós, sulistas, que sempre estivemos à frente da luta americana por liberdade, verdade, decência e honra, manteremos vivo o sonho luminoso dos Pais Fundadores. A espada deles foi passada a nós!

Então ele desembainhou a lâmina brilhante presenteada ao seu avô por Lafayette e a multidão aplaudiu a ideia de que eles, e não os nortistas degenerados, suados pelo trabalho nas fábricas, estragados pela educação e infestados de católicos romanos, eram os verdadeiros herdeiros daqueles grandes revolucionários da Virgínia, George Washington, Thomas Jefferson e James Madison.

O coronel concluiu suas observações dizendo não achar que a luta seria longa. O norte havia bloqueado portos no sul e o sul respondera proibindo a exportação de algodão, o que significava que as grandes tecelagens da Inglaterra ficariam inevitavelmente em silêncio, e a Inglaterra, lembrou ele à multidão, morreria sem algodão para alimentar as tecelagens. Se o bloqueio não fosse interrompido, dentro de semanas a maior marinha do mundo estaria no litoral da Confederação e os ianques fugiriam de volta para seus portos como serpentes regressando aos seus ninhos. No entanto, o sul não deveria olhar para a Europa, apressou-se Faulconer, nem precisava disso, porque os soldados sulistas expulsariam os nortistas do solo do sul sem ajuda europeia. Logo, disse o coronel, os ianques iriam se arrepender da temeridade, porque seriam expulsos, correndo, gritando e uivando. A multidão gostou disso.

A guerra acabaria em semanas, prometeu o coronel, e todo homem que ajudasse a alcançar a vitória seria honrado na nova Confederação, cuja bandeira tremularia para sempre entre os estandartes das nações. Essa foi a deixa para as bandeiras da legião serem trazidas à frente e apresentadas. E, espantosamente, a esposa do coronel havia saído do quarto onde convalescia para ser a portadora dos dois pavilhões.

Miriam Faulconer era uma mulher magra, de cabelo preto e rosto muito pálido em que os olhos pareciam grandes demais. Vestia uma seda púrpura tão escura que era quase preta e um véu negro, semitransparente, caía do chapéu. Andava muito devagar, de modo que alguns espectadores acharam que ela certamente cairia antes de chegar à tribuna de honra. Estava acompanhada pela filha e por seis damas da cidade que tinham sido as principais responsáveis por costurar as duas bandeiras pesadas feitas de seda com franjas estupendas, que agora seriam os estandartes de batalha da Legião Faulconer.

A primeira era a nova bandeira confederada. Tinha três largas listras horizontais, a de baixo e a de cima vermelhas e a do centro branca, enquanto o quadrante oficial mais perto do mastro mostrava um campo azul onde estavam costuradas sete estrelas representando os primeiros sete estados a participar da secessão. A segunda bandeira era uma adaptação do brasão dos Faulconers e mostrava três crescentes vermelhos em fundo branco, com o lema da família — "Para sempre ardoroso" — bordado em letras de seda preta fúnebre ao longo da borda inferior.

Como a banda não tinha um hino nacional formal para tocar, ficou em silêncio, todos menos os tocadores de tambor, que bateram um toque solene enquanto as bandeiras eram trazidas. Adam, nomeado chefe da equipe das bandeiras, avançou para recebê-las acompanhado por dois homens escolhidos para serem os porta-bandeiras. Um era Robert Decker, cujo rosto remendado estava maravilhosamente sério enquanto seguia ao lado de Adam, e o outro era Joe "Tampinha" Sparrow, que pegou a bandeira da Legião Faulconer após ter sido entregue por Anna ao irmão. Adam desdobrou a seda e passou a bandeira a Joe Sparrow, que pareceu quase esmagado pelo peso. Então Miriam Faulconer, auxiliada pelas damas, entregou a bandeira confederada, com franjas amarelas. Por um momento, Adam pareceu relutante em pegá-la com a mãe, depois deu um passo atrás e entregou a bandeira a Robert Decker, que a ergueu bem alto, com orgulho.

Os espectadores deram um grito de comemoração que foi morrendo de forma irregular quando a multidão percebeu que o reverendo Moss, que estivera esperando com paciência o dia todo, agora distribuía as bênçãos. A oração foi tão longa que alguns presentes achavam que Joe Sparrow certamente desmoronaria antes do fim da invocação. Pior ainda, o cheiro de carne assando era cada vez mais hipnotizante, no entanto Moss insistia em chamar a atenção do Todo-Poderoso para a legião, para suas duas bandeiras, para seus oficiais e para o inimigo, que o reverendo rezou para serem portentosamente esmagados pela legião. Ele poderia ter se alongado mais ainda se não tivesse feito uma pausa para respirar fundo, o que deu ao velho coronel Penycrake a chance de intervir com um amém surpreendentemente alto, que foi ecoado tão sonoramente pela multidão que Moss foi obrigado a deixar o restante da oração sem ser dito. O coronel, incapaz de deixar o momento passar sem uma palavra final, gritou que a legião traria as bandeiras para casa assim que os ianques levassem uma surra inesquecível.

— E isso não vai demorar! Por Deus, não vai demorar! — A multidão e até os serviçais negros do coronel aplaudiram enquanto a banda começava a tocar "Dixie".

Então o coronel fez as bandeiras desfilarem diante da legião, permitindo que cada homem visse as duas de perto, e depois, como já eram quase duas da tarde e um dos bois cheirava mais a uma oferenda queimada que a um banquete, o juiz Bulstrode administrou o Juramento da Lealdade Confederada, que os homens pronunciaram em voz alta, confiante, e, por fim, tendo jurado ao seu país novo em folha, deram três vivas ao coronel e sua esposa. Em seguida, após o viva, os legionários receberam ordem de abrir fileiras, guardar armas, tirar as mochilas das costas e foram dispensados para comer.

Adam guiou Nathaniel para a tenda de lateral aberta onde os convidados de honra estavam sentados.

— Você precisa conhecer mamãe.

— Preciso mesmo? — A pálida Miriam Faulconer, de vestido escuro, parecia formidável.

— Claro que sim.

Adam se curvou para cumprimentar a idosa irmã do major Pelham, uma solteirona alta e digna cujas roupas desbotadas narravam as dificuldades que tinha para manter as aparências, então ele e o amigo levaram a mão ao chapéu para a esposa do ex-congressista, que lamentou ter deixado a sofisticada sociedade de Washington pelos arredores mais humildes de Richmond, e finalmente Adam pôde puxar Nathaniel para a tenda onde sua mãe mantinha a corte em meio a suas damas de companhia. Miriam Faulconer estava entronizada numa cadeira estofada e de encosto alto trazida da casa, enquanto a pálida e tímida Anna sentava-se ao lado numa cadeira muito menor e refrescava o rosto da mãe com um leque feito de marfim filigranado.

— Mamãe — chamou Adam com orgulho —, esse é meu amigo Nate Starbuck.

Os olhos grandes, tão estranhamente luminosos sob a sombra profunda do chapéu roxo-escuro, olharam para Nathaniel. Ele achou que a mãe de Adam deveria ter pelo menos 40 anos, mas, para sua perplexidade, ela mal parecia ter mais de 20. A pele era lisa, branca e límpida como a da filha, a boca larga e de lábios grossos, os olhos estranhamente tristes, e o toque enluvado na mão nervosa de Nathaniel leve como ossos de passarinho.

— Sr. Starbuck — saudou ela em voz muito baixa e ofegante. — O senhor é bem-vindo.

— Obrigado, senhora. É uma honra.

— Conhecer-me? Acho que não. Sou uma pessoa muito insignificante. Não sou insignificante, Anna?

— Claro que não, mamãe. Você é a pessoa mais significante daqui.

— Não estou ouvindo, Anna, fale alto.

— Eu disse que a senhora é significante, mamãe.

— Não grite! — Miriam Faulconer se encolheu para longe da voz praticamente inaudível da filha, depois se voltou para o nortista. — Sou afligida por uma saúde frágil, Sr. Starbuck.

— Lamento saber, senhora.

— Não tão perto, Anna.

A Sra. Faulconer sinalizou para o leque ser afastado de seu rosto, depois empurrou o véu totalmente para trás da aba do chapéu. Ela parecia muito linda e vulnerável, pensou Nathaniel cheio de culpa. Não era de espantar que o jovem Washington Faulconer tivesse se apaixonado por aquela jovem de aldeia, filha do chefe do correio de Rosskill, e se casado com ela apesar da oposição dos pais. Era uma coisa rara, frágil e adorável, e mais rara ainda quando tentou imaginá-la como Miriam Bird, irmã do irritadiço Thaddeus.

— Gosta da Virgínia, Sr. Starbuck? — perguntou Miriam Faulconer em sua voz baixa e sibilante.

— Sim, senhora, muito. Seu marido tem sido bastante gentil comigo.

— Eu tinha esquecido como Washington pode ser gentil — disse Miriam Faulconer baixinho, tão baixinho que Nathaniel foi obrigado a se inclinar para ouvir.

O ar imóvel sob a cobertura da tenda cheirava a grama recém-cortada, água-de-colônia e cânfora, este último cheiro, supôs o ianque, vindo das dobras rígidas do vestido roxo de Miriam Faulconer, que devia ter sido embebido no líquido como repelente de traças. Nathaniel, desconfortavelmente perto da Sra. Faulconer, maravilhou-se pensando que a pele de alguém pudesse ser tão branca e lisa. Como um cadáver, pensou.

— Adam me disse que você é um grande amigo dele — comentou baixinho o cadáver.

— Sinto muito orgulho dessa opinião, senhora.

— A amizade é mais importante que o dever filial? — Havia uma garra de maldade felina na pergunta.

— Não tenho a competência para julgar — respondeu Nathaniel numa polidez defensiva.

— Mais perto, Anna, mais perto. Quer que eu morra de calor? — Miriam Faulconer passou a língua pelos lábios pálidos, com os olhos grandes ainda voltados para Nathaniel. — Já pensou na tristeza de uma mãe, Sr. Starbuck?

— Minha mãe gosta de me lembrar disso constantemente, senhora. — Nathaniel usou a própria garra de volta. Miriam Faulconer apenas ficou olhando-o, sem piscar, avaliando-o e não parecendo gostar do que via.

— Não tão perto, Anna, você vai me arranhar.

Miriam Faulconer empurrou o leque da filha alguns centímetros mais para longe. Usava um anel com uma pedra preta num dedo fino, estranhamente posto pelo lado de fora da luva de renda preta. Tinha um colar de pérolas negras, e um broche de azeviche esculpido estava preso nas dobras pesadas de seda roxa.

— Acho — disse Miriam Faulconer ao ianque com um inegável tom de aversão — que o senhor é um aventureiro.

— Isso é algo ruim, senhora?

— Geralmente é algo egoísta.

— Mamãe... — interveio Adam.

— Fique quieto, Adam, não pedi sua opinião. Mais perto, Anna, traga o leque mais para perto. Não se pode confiar nos aventureiros, Sr. Starbuck.

— Tenho certeza, senhora, de que houve muitos homens importantes e confiáveis que não fugiram da aventura. Os pais fundadores de nossa pátria, por exemplo.

Miriam Faulconer ignorou as palavras de Nathaniel.

— Vou considerá-lo responsável pela segurança do meu filho, Sr. Starbuck.

— Mamãe, por favor... — Adam tentou de novo intervir.

— Se eu precisar de sua ajuda, Adam, eu peço, não tenha dúvidas de que peço, e até lá faça a gentileza de ficar quieto. — Agora as garras estavam evidentes, brilhantes e afiadas. — Não quero, Sr. Starbuck, que o senhor leve meu filho para nenhuma aventura. Eu ficaria feliz se ele tivesse prosseguido seus empreendimentos pacíficos no norte, mas parece que o grupo beligerante ganhou a alma dele. Esse grupo, acho, inclui o senhor, e não agradeço por isso. Portanto esteja certo, Sr. Starbuck, de que vou considerá-lo, **junto** do meu marido, responsável pela segurança do meu filho.

— Fico honrado com sua confiança, senhora. — Se a princípio havia pensado que a mulher era uma beldade vulnerável e digna de pena; agora a considerava uma bruxa amarga.

— Fico satisfeita em tê-lo visto — disse a Sra. Faulconer mais ou menos no mesmo tom que usaria para expressar alguma leve satisfação por ter visto um animal exótico num zoológico itinerante, depois desviou o olhar e um sorriso radiante surgiu em seu rosto quando estendeu as duas mãos para Ethan Ridley. — Meu caro Ethan! Sabia que Washington manteria você longe de mim, mas finalmente está aqui! Estava falando com o Sr. Starbuck e consequentemente preciso de alguma distração. Venha se sentar aqui, pegue a cadeira de Anna.

Adam levou Nathaniel para longe.

— Santo Deus, sinto muitíssimo. — Sei que ela pode ser difícil, mas não sei por que escolheu logo hoje.

— Estou acostumado com isso. Também tenho mãe. — Embora a mãe de Nathaniel não fosse nem um pouco parecida com Miriam Faulconer, magra e de voz suave. Jane Abigail MacPhail Starbuck era uma mulher alta, carnuda, faladeira, grande em tudo, menos na generosidade de espírito.

— Mamãe sente dores com frequência. — Adam ainda queria se desculpar pela mãe. — Ela sofre de algo chamado nevralgia.

— Anna me contou.

Adam caminhou em silêncio, olhando para o chão, e por fim balançou a cabeça.

— Por que as mulheres têm de ser tão difíceis? — Ele perguntou isso com um ar tão abatido que o amigo não pôde deixar de gargalhar.

A tristeza de Adam não durou, porque estava encontrando velhos amigos de todo o condado, e logo comandava uma tropa de jovens nas várias diversões preparadas no parque de Washington Faulconer. Havia disputas de arco e flecha com bonecos de palha vestindo roupas listradas e cartolas, supostamente representando os ianques, e qualquer homem que se alistasse como recruta poderia disparar um fuzil 1841 contra um desses. Se o recruta acertasse a bala num alvo preso no peito do boneco de palha recebia um dólar de prata. Havia cochos cheios d'água onde as crianças podiam enfiar a cabeça para pegar maçãs, uma prova equestre com obstáculos para os oficiais e quem quisesse desafiá-los, cabos de guerra entre as companhias de infantaria e uma disputa de puxe o ganso.

— Puxe o ganso? — perguntou o ianque.

— Vocês não têm "puxe o ganso" em Boston?

— Não, em vez disso temos civilização. Temos coisas chamadas bibliotecas e igrejas, escolas e faculdades...

Adam deu um soco no amigo, depois saltou longe do alcance de uma retaliação.

— Você vai gostar de "puxe o ganso". A gente pendura um ganso pelos pés, esfrega manteiga no pescoço dele e o primeiro que conseguir arrancar a cabeça do bicho leva o corpo para casa, para o jantar.

— Um ganso vivo? — Nathaniel estava horrorizado.

— Seria fácil demais se ele estivesse morto! Claro que é vivo!

Mas, antes que quaisquer dessas diversões pudessem ser experimentadas, os dois amigos tiveram de ir a casa de verão onde dois fotógrafos montaram suas cadeiras, tripés, molduras e carroças de revelação. Os dois homens, trazidos especialmente de Richmond à custa de Washington Faulconer, deviam tirar uma foto de qualquer homem da legião que assim desejasse. As fotos, reveladas com bordas ornamentadas, seriam lembranças para as famílias e para eles próprios, nos longos anos à frente. Os oficiais podiam ter os retratos revelados como *cartes de visite*, uma ideia elegante que muito atraía Washington Faulconer, o primeiro a sentar na cadeira do fotógrafo. Adam foi o próximo.

O processo era longo e complicado. Adam foi posto numa cadeira de encosto alto na qual havia, na parte de trás, uma estrutura de metal contra a qual sua cabeça foi empurrada. A estrutura, escondida pelo cabelo e pelo boné, manteria a cabeça perfeitamente imóvel. Seu sabre foi desembainhado e empunhado na mão direita e uma pistola, posta na esquerda.

— Eu preciso mesmo parecer tão belicoso? — perguntou ao pai.

— É a moda, Adam. Além disso, um dia você terá orgulho dessa foto.

As duas bandeiras da legião foram arrumadas atrás de Adam que então, rígido e desajeitado, olhou para a máquina do fotógrafo enquanto o ajudante suado saía correndo da carroça e entrava na casa de verão com a placa de vidro úmida. A placa foi posta na máquina fotográfica. Adam recebeu ordem de respirar fundo e prender o fôlego, depois a tampa da lente foi tirada.

Todos na sala prenderam a respiração. Uma mosca voou zumbindo em torno do rosto de Adam, mas um segundo assistente balançou uma toalha para expulsá-la.

— Se for preciso — disse o fotógrafo a Adam —, você pode respirar, mas muito lentamente. Tome cuidado para não mover a mão direita.

Pareceu demorar uma eternidade, mas por fim Adam pôde relaxar enquanto a placa de vidro era guardada de novo em sua caixa de madeira e levada às pressas à carroça para ser revelada. Então Nathaniel foi posicionado na estrutura, com o crânio dolorosamente inserido nas mandíbulas de metal, e ele também foi enfeitado com sabre e pistola e instruído a prender o fôlego enquanto a placa de vidro úmida era exposta no interior da grande câmera de madeira.

Adam começou imediatamente a fazer caretas por trás do ombro do fotógrafo. Franziu o rosto, espremeu os olhos, estufou as bochechas e enfiou os dedos nos ouvidos até que, para seu deleite, Nathaniel começou a gargalhar.

— Não, não, não! — O fotógrafo ficou consternado e jogou uma cobertura sobre a placa. — Talvez não tenha sido exposta por tempo suficiente — reclamou. — Você vai parecer um fantasma.

Mas Nathaniel gostou bastante desse pensamento espectral e não tinha necessidade de uma *carte de visite*, quanto mais de uma lembrança, por isso andou pelo meio da multidão, comendo um pedaço de pão com carne de porco enquanto Adam ia preparar seu cavalo para a corrida de obstáculos. Ethan Ridley era o favorito para a disputa, cujo prêmio era uma generosa bolsa com cinquenta dólares.

O sargento Thomas Truslow estivera jogando blefe com um grupo de seus companheiros, mas começou a se preparar para acompanhar os cavalos passando no primeiro circuito da corrida de obstáculos.

— Apostei dinheiro no garoto — confidenciou ao ianque. — Billy Arkwright, no cavalo preto.

Ele apontou para um rapaz magro montado num pequeno cavalo preto. O garoto, que mal parecia ter mais de 12 anos, ia atrás de um bando de oficiais e fazendeiros cujos cavalos pareciam voar sobre os grandes obstáculos antes de se virarem para o campo, para a segunda volta. Ridley estava confortavelmente na dianteira, sua égua castanha saltando com segurança e praticamente sem alterar o fôlego depois do primeiro circuito, enquanto o cavalo de Billy Arkwright parecia delicado demais para manter o ritmo, quanto mais para sobreviver à segunda volta.

— Parece que você perdeu seu dinheiro — comentou Nathaniel animado.

— O que você entende de cavalos, garoto, eu poderia escrever no chão com um jato de mijo fraco. — Truslow estava achando aquilo divertido. — Então, em quem você apostaria?

— Em Ridley?

— Ele é um bom cavaleiro, mas Billy vai vencer. — Truslow ficou olhando enquanto os cavaleiros desapareciam no campo, depois lançou um olhar suspeito ao nortista. — Ouvi dizer que você andou perguntando a Ridley sobre Sally.

— Quem contou?

— Toda a maldita legião sabe, porque Ridley andou espalhando. Acha que ele sabe onde ela está?

— Ele disse que não.

— Então eu ficaria satisfeito se você deixasse a cadela de lado — declarou Truslow, sério. — A garota foi embora, e isso é tudo. Estou farto dela. Dei uma chance. Dei terras, um teto, animais, um marido, mas tudo que vinha de mim nunca foi bom o bastante para Sally. Ela deve estar em Richmond, ganhando a vida, e digo que vai ser uma vida boa, até ela voltar se arrastando cheia de sífilis.

— Sinto muito — disse Nathaniel, porque não conseguia pensar em mais nada a dizer. Estava feliz porque Truslow não havia perguntado por que ele confrontara Ridley.

— Não faz mal, só que a maldita garota levou meu anel de Emily. Eu deveria ter ficado com ele. Se eu não morrer com aquele anel no meu bolso, Starbuck, não vou encontrar minha Emily de novo.

— Tenho certeza de que não é verdade.

— Eu tenho. — Truslow se agarrou teimoso a sua superstição, depois apontou para a esquerda. — Ali, o que eu falei? — Billy Arkwright estava três corpos à frente de Ethan Ridley, cuja égua parecia coberta de suor. Ridley golpeava com o chicote os flancos esforçados da égua, mas o cavalo preto de ossos pequenos de Arkwright estava confortavelmente adiante e aumentando a distância. Truslow gargalhou. — Ridley pode arrancar a barriga daquela égua a chutes, mas ela não vai mais depressa. Não tem mais condições. Vamos, Billy, meu garoto! — Tendo ganhado o dinheiro, Truslow se virou antes mesmo que a corrida terminasse.

Arkwright ganhou por seis corpos, e atrás dele uma cansada torrente de homens e cavalos enlameados galopava de volta. Billy Arkwright recebeu sua bolsa de cinquenta dólares, mas o que desejava de verdade era poder entrar para a legião.

— Eu sei montar e atirar. O que mais o senhor quer, coronel?

— Você terá de esperar outra guerra, Billy. Sinto muito.

Após a corrida de obstáculos houve quatro disputas de puxe o ganso. As aves foram penduradas numa trave alta, os pescoços foram engordurados e, um a um, os jovens corriam e saltavam. Alguns passavam bem longe, outros agarravam um pescoço, mas eram derrotados pela manteiga, que tornava os animais escorregadios, e alguns eram golpeados pelo bico da ave e saíam sugando o sangue, mas por fim os bichos morreram e as cabeças foram arrancadas. O povo aplaudiu enquanto os vencedores encharcados de sangue se afastavam com seus prêmios gordos.

O baile começou ao anoitecer. Duas horas depois, quando estava totalmente escuro, os fogos de artifício estouraram e iluminaram o céu acima da propriedade Seven Springs. Nathaniel havia bebido bastante vinho e estava ligeiramente tonto. Depois dos fogos de artifício a dança recomeçou com uma quadrilha dos oficiais. O ianque não dançou, em vez disso arranjou um lugar calmo sob uma árvore baixa e olhou os dançarinos girarem sob as lanternas de papel assombradas por mariposas. As mulheres usavam vestidos brancos enfeitados com fitas vermelhas e azuis em honra ao dia, os homens estavam de uniforme cinza e as bainhas das espadas balançavam enquanto eles giravam ao ritmo da música.

— Você não está dançando — disse uma voz baixa.

Nathaniel se virou e viu Anna Faulconer.

— É.

— Posso convidá-lo para uma dança? — Ela estendeu a mão. Atrás, as janelas de Seven Springs estavam iluminadas com velas comemorativas. A casa parecia muito linda, quase mágica. — Precisei acompanhar mamãe até a cama — explicou Anna. — Por isso perdi a entrada.

— Não, obrigado. — Ele ignorou a mão estendida, que o convidava para a quadrilha.

— Que falta de galanteria, a sua! — exclamou Anna numa censura magoada.

— Não é falta de galanteria, e sim incapacidade de dançar.

— Você não sabe dançar? As pessoas não dançam em Boston?

— As pessoas, sim, mas não minha família.

Anna fez que sim, compreendendo.

— Não consigo imaginar seu pai comandando uma dança. Adam diz que ele é muito feroz.

— É sim.

— Pobre Nate. — Anna viu Ethan Ridley pôr as mãos nos dedos de uma beldade alta e esguia, e uma expressão de tristeza perplexa surgiu brevemente em seu rosto. — Mamãe foi má com você — disse a Nathaniel, apesar de continuar observando Ridley.

— Tenho certeza de que não foi proposital.

— Tem? — perguntou Anna objetivamente, depois deu de ombros. — Ela acha que você está atraindo Adam — explicou.

— Para a guerra?

— É. — Finalmente Anna afastou o olhar de Ridley e encarou o rosto do nortista. — Ela quer que ele fique aqui. Mas Adam não pode, não é? Ele não pode ficar seguro em casa enquanto outros rapazes vão de encontro ao norte.

— É, não pode.

— Mas mamãe não vê isso. Só acha que, se ele ficar em casa, não poderá morrer. Mas sei que um homem não pode viver assim. — Ela fitou Nathaniel, os olhos brilhando com a luz das lanternas, o que estranhamente acentuava o leve estrabismo. — Então você nunca dançou? Verdade?

— Nunca dancei — admitiu. — Nem um passo.

— Talvez eu possa ensinar.

— Seria bondade sua.

— Podemos começar agora? — sugeriu Anna.

— Acho que não, obrigado.

A quadrilha terminou, os oficiais fizeram uma reverência, as damas fizeram uma mesura, e depois os casais se espalharam pelo gramado. O capitão Ethan Ridley ofereceu a mão à jovem alta, depois a levou às mesas onde, com cortesia, deixou-a em sua cadeira. Em seguida, após uma breve troca de palavras com um homem que parecia ser pai da jovem, virou-se e procurou pelos gramados iluminados por lanternas até ver Anna. Atravessou o espaço, ignorou Nathaniel e ofereceu o braço à noiva.

— Achei que poderíamos jantar — sugeriu. Ridley não estava bêbado mas também não estava sóbrio.

Porém Anna não estava pronta para ir.

— Você sabia, Ethan, que Starbuck não sabe dançar? — perguntou ela, não por malícia, mas simplesmente para ter o que dizer.

Ridley olhou para o ianque.

— Isso não me surpreende. Os ianques não são muito bons em nada. A não ser em pregar, talvez. — Ridley gargalhou. — E casar. Ouvi dizer que ele é bom em casar pessoas.

— Casar pessoas? — perguntou Anna, e enquanto ela falava Ridley pareceu perceber que havia falado demais. Não que tivesse qualquer chance de se retratar ou consertar o que tinha dito, porque o nortista havia saltado passando por Anna e segurado o cinturão diagonal de Ridley. Anna gritou enquanto Nathaniel o puxava com força.

Uns vinte homens se viraram na direção do grito, mas Nathaniel não percebeu.

— O que você disse, seu filho da puta? — perguntou a Ridley.

O rosto de Ridley havia empalidecido.

— Me solte, seu macaco.

— O que você disse?

— Eu mandei me soltar! — Ridley falava alto. Ele levou a mão ao cinto, em cujo coldre havia um revólver.

Adam correu na direção dos dois.

— Nate! — Ele segurou a mão do amigo e a soltou com gentileza. — Vá, Ethan — disse Adam, e afastou a mão de Ridley do revólver com um tapa. Ridley se demorou, evidentemente querendo prolongar o confronto, porém Adam deu a ordem com mais rispidez. A altercação fora rápida, mas suficientemente dramática para provocar um frisson de interesse na grande multidão ao redor do gramado de danças.

Ridley deu um passo atrás.

— Quer travar aquele duelo, reverendo?

— Vá! — Adam demonstrou uma autoridade surpreendente. — Foi só bebida demais — acrescentou em voz suficientemente alta para satisfazer a curiosidade dos espectadores. — Agora vá! — repetiu para Ridley, e observou enquanto o sujeito alto se afastava de braço dado com Anna. — O que foi aquilo? — perguntou Adam a Nathaniel.

— Nada — respondeu o nortista. Washington Faulconer franzia a testa do outro lado do gramado, mas Nathaniel não se importou. Tinha encontrado um inimigo e estava atônito com a pura dureza do ódio que sentia.

— Absolutamente nada — insistiu mesmo assim com Adam.

Adam se recusou a aceitar a negativa.

— Conte!

— Nada. Estou dizendo, não foi nada.

No entanto Ridley evidentemente sabia que o amigo havia realizado uma paródia de serviço de casamento perante Decker e Sally. Esse serviço permanecera em segredo. Ninguém da legião sabia. Truslow jamais havia falado do que acontecera naquela noite, nem Decker ou Nathaniel, porém Ridley sabia, e só uma pessoa poderia ter contado: Sally. O que significava que Ridley mentira quando jurou não ter visto Sally desde o casamento dela. O nortista se virou para Adam.

— Pode fazer uma coisa por mim?

— Você sabe que sim.

— Convença seu pai a me enviar a Richmond. Não importa como, apenas encontre um serviço para mim lá e faça com que ele me envie.

— Vou tentar. Mas me conte o motivo, por favor.

Nathaniel deu alguns passos em silêncio. Lembrava-se de ter sentido algo assim durante as noites dolorosas em que havia esperado do lado de fora do teatro Lyceum em New Haven, aguardando desesperado Dominique aparecer.

— Suponha — disse finalmente a Adam — que alguém tivesse lhe pedido ajuda e você tivesse prometido, e então você encontrasse motivos para acreditar que a pessoa estava com problemas. O que você faria?

— Ajudaria, é claro.

— Então me arranje um modo de ir a Richmond.

Era loucura, claro, e Nathaniel sabia. A garota não representava nada para ele, e ele não representava nada para ela, mas, de novo, como acontecera em New Haven, estava pronto para apostar toda a vida numa chance. Sabia que era pecado ir atrás de Sally, como ia fazer, mas saber que brincava com o pecado não tornava mais fácil resistir. Tampouco queria resistir. Iria atrás de Sally, não importava o perigo, porque, enquanto existisse uma fagulha de chance, até mesmo uma chance menor que a luz de um vaga-lume na noite eterna, ele se arriscaria. Iria se arriscar mesmo que isso significasse se destruir. Pelo menos isso Nathaniel Starbuck sabia sobre si mesmo, e racionalizava a estupidez pensando que, se a América partia para a destruição, por que ele não poderia ceder ao mesmo ato jubiloso? Fitou o amigo.

— Você não vai entender.

— Tente, por favor — pediu Adam, sério.

— É o puro júbilo da autodestruição.

Adam franziu a testa, depois balançou a cabeça.

— Você está certo. Não entendo. Explique, por favor.

Mas Starbuck apenas gargalhou.

* * *

Por acaso a viagem a Richmond foi acertada com facilidade, porém Nathaniel foi obrigado a esperar dez longos dias até que Washington Faulconer encontrasse um motivo para visitar a capital do estado.

O motivo era a glória, ou melhor, a ameaça de que a legião tivesse negada sua participação adequada na gloriosa vitória que selaria a independência da Confederação. Boatos, que pareciam confirmados por notícias de jornais, falavam sobre uma batalha iminente. Um exército confederado estava se reunindo no norte da Virgínia para enfrentar o exército federal postado em Washington. Ninguém sabia se a concentração de forças do sul significava um preparativo para um ataque a Washington ou se uma defesa estava sendo montada contra uma esperada invasão ianque, no entanto uma coisa era certa: a Legião Faulconer não tinha sido convocada para se juntar à hoste.

— Eles querem a glória sozinhos — reclamou Washington Faulconer, e declarou que os malditos arrogantes de Richmond estavam fazendo todo o possível para atrapalhar as ambições da legião.

Pica-Pau Bird observou, em particular, que Faulconer tivera tanto sucesso em manter seu regimento livre da intervenção do estado que agora não poderia reclamar se o estado preferisse deixar a luta livre da interferência de Washington Faulconer, mas até Bird se perguntava se a legião seria mantida deliberadamente fora da guerra porque, no meio de julho, ainda não houvera uma convocação do exército. E Faulconer, sabendo que havia chegado a hora de se humilhar diante das odiadas autoridades do estado, declarou que iria pessoalmente a Richmond oferecer a legião ao serviço da Confederação. Levaria o filho com ele.

— O senhor não se importa se Nate for, não é? — perguntou Adam.

— Nate? — Faulconer franziu a testa. — Ethan não seria mais útil para nós?

— Eu agradeceria se o senhor levasse Nate, pai.

— Que seja. — Faulconer achava difícil resistir a qualquer pedido de Adam. — Claro.

Richmond pareceu estranhamente vazia para Nathaniel. Ainda havia muitos homens uniformizados na cidade, mas na maioria eram oficiais do estado-maior ou tropas do comissariado, visto que a maior parte dos soldados tinha sido mandada para o norte, até o entroncamento ferroviário em Manassas, onde Pierre Beauregard, um soldado da Louisiana e herói da tomada do Forte Sumter sem derramamento de sangue, estava reunindo o Exército do Norte da Virgínia. Outra força confederada menor, o Exército do Shenandoah, estava se reunindo sob o comando do general Joseph Johnston, que assumira o comando das forças rebeldes no vale do Shenandoah, porém Faulconer estava ansioso para que a legião se juntasse a Beauregard, porque o Exército do Norte da Virgínia estava mais perto de Washington, e assim, na opinião do coronel, teria mais chance de ver ação.

— Ele acredita mesmo nisso? — perguntou Belvedere Delaney. O advogado ficara deliciado quando o nervoso ianque, valendo-se de seu único breve encontro com ele, apareceu em seu apartamento na Grace Street na tarde em que chegou a Richmond. Delaney insistiu em que Nathaniel ficasse para o jantar. — Escreva um bilhete para Faulconer. Diga que encontrou um velho amigo de Boston. Diga que ele o atraiu para uma aula de estudo da Bíblia na Primeira Igreja Batista. É uma desculpa totalmente digna de crédito e ninguém vai querer duvidar. Meu criado entregará o bilhete. Entre, entre. — Delaney estava usando um uniforme de capitão confederado. — Não ligue para isso. Supostamente sou oficial jurídico no Departamento de Guerra, mas na verdade só o uso para impedir que as damas sedentas de sangue indaguem quando pretendo deixar minha vida em troca do sul. Agora entre, por favor.

Nathaniel se permitiu ser levado para cima, até a sala confortável onde Delaney pediu desculpas pelo jantar.

— Será apenas cordeiro, infelizmente, mas meu serviçal diz que será servido com um delicado molho de vinagre do qual você vai gostar. Devo confessar que minha maior decepção na Nova Inglaterra foi com a comida. Será que é porque vocês não têm escravos e por isso precisam depender das esposas para as refeições? Duvido que eu tenha comido qualquer coisa decente em todo o tempo que estive no norte. E em Boston! Meu Deus do céu, uma dieta de repolho, feijão e batatas não é dieta. Você está distraído, Starbuck.

— Estou sim, senhor.

— Não me chame de senhor, pelo amor de Deus. Achei que éramos amigos. É a perspectiva da batalha que o distrai? Vi alguns soldados jogando fora os dados e os baralhos na semana passada! Disseram que queriam encontrar o Criador em estado de graça. Um inglês disse uma vez que a perspectiva de ser enforcado na manhã seguinte concentra a mente do homem de modo maravilhoso, mas não sei se isso me faria jogar meus baralhos fora. — Ele trouxe papel, tinta e pena para Nathaniel. — Escreva seu bilhete. Quer beber um vinho enquanto esperamos o jantar? Espero que sim. Diga que está imerso no estudo da Bíblia. — O ianque deixou de fora a parte mais louca da invenção de Delaney e simplesmente explicou a Washington Faulconer que encontrara um velho amigo e portanto não estaria na Clay Street para o jantar.

O bilhete foi mandado e Nathaniel ficou para compartilhar o jantar de Delaney, mas se mostrou uma companhia ruim para o advogado gordo e espertalhão. A noite estava quente e pouquíssimo vento passava pelas telas de gaze esticadas nas janelas abertas para manter os insetos longe, e até Delaney parecia apático demais para comer, apesar de manter uma animada conversa unilateral. Pediu notícias de Thaddeus Bird e ficou deliciado ao saber que o professor era uma irritação constante para Washington Faulconer.

— Eu adoraria ter ido ao casamento de Thaddeus, mas infelizmente o dever me impediu. Ele está feliz?

— Parece muito feliz. — Nathaniel se sentia quase nervoso demais para conversar, mas se esforçou. — Os dois parecem felizes.

— Pica-Pau é um homem uxório, o que faz dela uma garota de sorte. E, claro, Washington Faulconer se opôs ao casamento, o que sugere que ela deve combinar com o Pica-Pau. Então diga: o que acha de Washington Faulconer? Quero ouvir suas opiniões mais devassas, Starbuck. Quero que pague o jantar com alguma fofoca intrigante.

Nathaniel se desviou da fofoca, dando em vez disso uma opinião convencional e admiradora de Washington Faulconer que deixou Delaney pouquíssimo convencido.

— Não o conheço bem, claro, mas ele sempre me pareceu vazio. Oco. E quer desesperadamente ser admirado. Motivo pelo qual libertou os escravos.

— O que é admirável, não?

— Ah, com certeza — falou Delaney com depreciação. — Embora a causa mais provável da alforria seja a interferência de uma mulher do norte que era devota demais para recompensar Faulconer com seus encantos, e o pobre coitado passou os dez anos desde então tentando convencer os companheiros proprietários de terras da Virgínia de que não é um radical perigoso. Na verdade ele não passa de um menino rico que não cresceu, e não tenho certeza de que haja algo por baixo daquele exterior lustroso, a não ser uma superabundância de dinheiro.

— Ele tem sido bom para mim.

— E continuará sendo enquanto você o admirar. Mas depois disso? — Delaney pegou uma faca de prata para frutas e imitou a ação de cortar a garganta. — Santo Deus, essa noite está quente. — Ele se recostou na cadeira e esticou os braços para os lados. — Fiz alguns negócios em Charleston no verão passado e jantei numa casa onde em cada lugar à mesa havia um escravo cujo serviço era abanar um leque na nossa testa. Esse tipo de comportamento é um tanto exagerado para Richmond, infelizmente.

Ele continuou falando, contando suas viagens pela Carolina do Sul e pela Geórgia enquanto Nathaniel mordiscava o cordeiro, tomava vinho demais, experimentava um pouco da torta de maçã, até finalmente empurrar o prato.

— Um cigarro? — sugeriu Delaney. — Ou um charuto? Ou ainda se recusa a fumar? Você está extremamente errado nessa recusa. O tabaco é um grande emoliente. Nosso Pai Celestial, acho, deve ter pretendido que tudo na terra tivesse um uso específico para a humanidade, por isso nos deu o vinho para nos empolgar, o conhaque para nos inflamar e o tabaco para nos acalmar. Aqui. — Delaney havia ido até sua caixa de prata, cortado a ponta de um charuto e entregado ao ianque. — Acenda, depois diga o que o aflige. — Delaney sabia que algo extraordinário devia ter impelido Nathaniel Starbuck àquela visita desesperada. O rapaz parecia quase febril.

O nortista se permitiu ser persuadido a pegar o charuto, até mesmo pela promessa de que o tabaco era um agente calmante. Seus olhos arderam com a fumaça, ele quase sufocou com o gosto amargo, mas insistiu. Ter feito menos que isso seria se mostrar como não muito adulto e, nessa noite em que sabia que estava se comportando como um jovem ainda em amadurecimento, precisava dos adereços da vida adulta.

— Você acha — começou, numa introdução elíptica à questão delicada que o levara à porta de Delaney — que o diabo também pôs algumas coisas na terra? Para nos atrair?

Delaney acendeu um cigarro, depois sorriu com ar experiente.

— E quem é ela?

Nathaniel não disse nada. Sentia-se um tremendo idiota, mas alguma compulsão irresistível o havia impelido a essa idiotice, assim como o havia impelido a destruir uma carreira em nome de Dominique Demarest. Washington Faulconer lhe contara que essas obsessões destrutivas eram uma doença dos rapazes, mas nesse caso era uma doença que o ianque não conseguia curar nem aliviar, e agora ela o estava levando a se fazer de idiota diante desse advogado esperto, que esperava com muita paciência a resposta. O nortista continuou quieto, porém, finalmente, sabendo que a procrastinação não serviria mais, admitiu a busca.

— O nome dela é Sally Truslow.

Delaney deu um sorriso levíssimo, apenas para si mesmo.

— Continue.

Nathaniel estava tremendo. O resto da América se encontrava à beira da guerra, esperando aquele momento terrível em que uma divisão seria transformada num golfo de sangue, mas tudo que conseguia era tremer por uma garota que só havia encontrado numa tarde lamentável.

— Achei que ela poderia ter vindo aqui. A esse apartamento — disse sem graça.

Delaney soltou uma longa tira de fumaça que fez ondular as chamas das velas na polida mesa de jantar.

— Sinto cheiro do meu irmão aqui. Conte tudo.

O jovem nortista contou tudo e a narrativa lhe pareceu patética, tão patética quanto aquele dia distante em que confessara sua idiotice a Washington Faulconer. Dessa vez falou, vacilante, de uma promessa feita num crepúsculo, de uma obsessão que não conseguia descrever direito nem justificar, e que não conseguia de fato explicar, a não ser dizendo que a vida não seria nada, a não ser que encontrasse Sally.

— E você achou que ela poderia estar aqui? — perguntou Delaney com zombaria amistosa.

— Sei que ela recebeu esse endereço — disse Nathaniel objetivamente.

— E assim você veio me procurar, o que foi sensato. E o que quer de mim?

O ianque olhou por cima da mesa. Para sua surpresa havia fumado o charuto até sobrar um cotoco de dois centímetros, que abandonou junto dos restos remexidos de sua torta.

— Quero saber se você sabe como encontrá-la — declarou, e pensou em como essa busca era inútil, além de degradante. De algum modo, antes de chegar àquela sala chique Nathaniel havia acreditado que sua busca por Sally era um sonho prático, mas agora, tendo confessado a obsessão a esse homem que era basicamente um estranho, sentiu-se totalmente imbecil. Também sentiu a inutilidade de buscar uma jovem perdida numa cidade de quarenta mil pessoas. — Sinto muito, mas eu não deveria ter vindo.

— Acho que me lembro de ter dito que você poderia procurar minha ajuda — lembrou Delaney —, embora ambos estivéssemos bastante bêbados na ocasião. Ficou feliz por ter vindo.

Nathaniel olhou para seu benfeitor.

— Você pode me ajudar?

— Claro que posso ajudar — respondeu Belvedere Delaney com muita calma. — Na verdade, sei exatamente onde sua Sally está.

Nathaniel sentiu a empolgação do sucesso e o terror de confrontar esse mesmo sucesso e descobrir que era uma fraude. Sentia-se à beira de um precipício e não sabia se era para o céu ou para o inferno que iria saltar.

— Então ela está viva?

— Venha me procurar amanhã à tarde — disse Delaney numa resposta oblíqua, depois estendeu a mão para impedir mais perguntas. — Venha às cinco. Mas... — Ele disse a última palavra em tom de alerta.

— Sim?

Delaney apontou o cigarro por cima da mesa.

— Você terá uma dívida comigo, Starbuck.

O ianque tremeu, apesar do calor. Uma alma fora vendida, suspeitou, mas qual seria o preço? Contudo, não se importou de verdade porque na noite seguinte encontraria Sally. Talvez fosse o vinho, ou a inebriante fumaça do tabaco, ou então pensar em todos os seus sonhos chegando a uma conclusão, mas não se importou.

— Entendo — concordou com cuidado, sem entender nada.

Delaney sorriu e quebrou o feitiço.

— Um pouco de conhaque? E outro charuto, acho.

Seria divertido, pensou, corromper o filho do reverendo Elial Starbuck. Além disso, para ser honesto, Delaney gostava bastante de Nathaniel Starbuck. O rapaz era ingênuo, mas havia aço dentro dele e uma inteligência rápida, ainda que estivesse obliterada pelo desejo. Resumindo, Nathaniel poderia ser útil um dia, e se essa utilidade fosse necessária Delaney teria a possibilidade de cobrar a dívida que estava forjando naquela noite, a partir da obsessão e do desespero de um rapaz.

Porque agora Delaney era um agente do norte. Um homem fora aos seus aposentos, fingindo-se de cliente, e lá mostrara uma cópia da carta de Delaney se oferecendo para espionar pelo norte. A cópia havia sido queimada e a visão do papel em chamas provocara um tremor nervoso na alma de Delaney. De agora em diante ele sabia que era um homem marcado, passível de receber a pena de morte, mas mesmo assim as recompensas dessa lealdade para com o norte valiam o risco.

E ele sabia que o risco poderia ter vida muito curta. Delaney não acreditava que a rebelião fosse durar sequer até o fim de julho. O novo exército nortista esmagaria majestosamente as patéticas forças rebeldes reunidas no norte da Virgínia, a secessão desmoronaria e os políticos sulistas gemeriam dizendo que jamais pretenderam pregar a rebelião. E o que seria feito das pessoas humildes traídas por esses políticos? Nathaniel, supôs Delaney, seria mandado de volta para seu medonho pai diabólico e esse seria o fim da única aventura do rapaz. Então por que não deixá-lo ter um último momento exótico para se lembrar durante toda a vida monótona? E se, por acaso, a rebelião durasse alguns meses mais, bom, o ianque seria um aliado, querendo ou não.

— Amanhã ao fim da tarde, então — declarou Delaney com malícia, depois ergueu a taça de conhaque. — Às cinco.

Nathaniel passou o dia seguinte torturado pela apreensão. Não ousava contar a Washington Faulconer o que o incomodava, não ousava sequer contar a Adam, e em vez disso mantinha um silêncio febril enquanto acompanhava pai e filho até o Mechanics Hall, na Franklin Street, onde ficava o escritório de Robert Lee. Lee havia sido promovido de chefe das forças da Virgínia a principal conselheiro militar do presidente da Confederação, no entanto ainda mantinha boa parte de seu trabalho no estado e, como disseram a Faulconer, tinha saído da capital para inspecionar algumas fortificações que guardavam a foz do rio James. Um funcionário agitado, suando na antessala, falou que o general deveria retornar à tarde, ou talvez no dia seguinte, e que não, não era possível marcar uma hora para falar com ele. Todos os peticionários deveriam esperar. Ao menos vinte homens já aguardavam no patamar ou na ampla escadaria. Washington Faulconer se irritou ao ser chamado de peticionário, mas de algum modo manteve a paciência enquanto o relógio tiquetaqueava e as nuvens se reuniam escuras sobre Richmond.

Quinze para as cinco Nathaniel perguntou se poderia ir embora. Faulconer se virou irritado para o ajudante, como se fosse recusar a permissão, mas o ianque apresentou rapidamente uma desculpa, dizendo que não estava se sentindo bem.

— É meu estômago, senhor.

— Vá — ordenou Faulconer impaciente. — Vá. — Ele esperou até o nortista ter descido a escada, depois se virou para Adam. — Que diabo está acontecendo com ele? O estômago não é, com certeza.

— Não sei, senhor.

— Uma mulher? É o que parece. Ele encontrou um velho amigo ou amiga? Quem? E por que não apresenta a nós? É uma puta, estou dizendo, é uma puta.

— Nate não tem dinheiro para isso — retrucou Adam rigidamente.

— Eu não teria tanta certeza. — Washington Faulconer foi até a janela no final do patamar e olhou, carrancudo, para a rua onde uma carroça de tabaco perdera uma roda e um grupo de negros estava reunido em volta, para oferecer conselho ao cocheiro.

— Por que não tem certeza, pai?

Faulconer ficou pensativo um momento, depois se virou para o filho.

— Você se lembra do ataque à ferrovia? Sabe por que Nate desobedeceu às minhas ordens? Para que Truslow pudesse roubar os passageiros nos vagões. Santo Deus, Adam, isso não é guerra! É banditismo, puro e simples, e seu amigo tolerou isso. Arriscou o sucesso de tudo que havíamos conseguido para se tornar um ladrão.

— Nate não é ladrão! — protestou Adam com vigor.

— E confiei questões a ele aqui em Richmond — disse Washington Faulconer. — E como vou saber se a contabilidade dele é justa?

— Papai! — exclamou Adam com raiva. — Nate não é ladrão.

— E o que ele fez com o tal sujeito da companhia de teatro?

— Aquilo foi... — começou Adam, mas não soube como continuar, porque era certo que seu amigo de fato tinha roubado o dinheiro do major Trabell. — Não, papai. — Adam persistiu em sua negativa teimosa, embora muito mais debilmente.

— Eu só gostaria de compartilhar sua certeza. — Faulconer olhou carrancudo para o piso do patamar, manchado de sumo de tabaco seco que havia errado as escarradeiras. — Nem sei mais dizer se o lugar de Nate é aqui no sul — comentou com ar soturno, depois levantou a cabeça enquanto o som de botas e um murmúrio de vozes soava no corredor embaixo.

Robert Lee havia chegado finalmente, e o caráter de Nathaniel poderia ser esquecido por um momento, de modo que a legião fosse oferecida à batalha.

* * *

George, o escravo de Belvedere Delaney, havia conduzido Nathaniel até a porta da frente da casa na Marshall Street, onde fora recebido por uma mulher de meia-idade, ar sério e aparente respeitabilidade.

— Sou a Sra. Richardson — apresentou-se ela ao ianque —, e o Sr. Delaney me deu instruções detalhadas. Por aqui, senhor, por favor.

Era um bordel. Isso o atônito Nathaniel percebeu ao ser escoltado pelo corredor atravessando a porta aberta de uma sala, atrás da qual um grupo de jovens estava sentado usando corpetes rendados e anáguas brancas. Algumas sorriram para ele, outras nem ergueram o olhar dos baralhos, mas o nortista hesitou ao entender que tipo de comércio era feito naquela casa confortável, até mesmo luxuosa, com seus tapetes escuros, suas paredes forradas de papel e suas paisagens com molduras douradas. Esse era um dos antros de iniquidade contra os quais seu pai pregava ameaçando a medonha tortura eterna, um local de horrores infernais e pecados lascivos, onde um mancebo de verniz com ganchos de latão, bandeja para guarda-chuvas e espelho bisotado sustentava três chapéus de oficiais, uma cartola de seda e uma bengala.

— O senhor pode ficar o quanto quiser, meu rapaz — disse a Sra. Richardson, parando junto ao cabideiro para dar as instruções de Delaney. — E não haverá cobrança. Por favor, tenha cuidado com a trava de tapete solta na escada.

A Sra. Richardson levou Nathaniel por uma escada com papel de parede em relevo e iluminada por um lampião de óleo pendurado numa longa corrente de latão, suspensa no alto teto do poço da escada. O ianque estava de uniforme e a bainha do sabre batia desajeitadamente nos balaústres. Um arco com cortina esperava no topo, e do outro lado a luz era ainda mais fraca, embora não tanto a ponto de impedir que visse as gravuras emolduradas na parede. As imagens mostravam casais nus, e a princípio ele não acreditou no que viu, depois olhou de novo e ficou ruborizado. Uma parte séria de sua consciência o instruiu a recuar imediatamente. Durante toda a vida Nathaniel havia lutado entre o pecado e a correção, e sabia, melhor que qualquer um, que o salário do pecado era a morte, mas nem se todos os coros do céu e todos os pregadores da terra tivessem gritado essa mensagem em seus ouvidos ele poderia ter dado meia-volta naquele momento.

Acompanhou a Sra. Richardson, que trajava um vestido preto, através do corredor comprido. Uma criada negra carregando uma tigela coberta por um pano numa bandeja vinha no outro sentido e ficou de lado para deixar que a Sra. Richardson passasse, depois riu descarada para Nathaniel. Algumas vozes gargalharam num quarto, e em outro uma voz masculina ofegava excitada. O ianque se sentiu tonto, quase como se fosse desmaiar, enquanto seguia a Sra. Richardson virando para outro corredor e descendo um curto lance de escada. Dobraram de novo, subiram uma segunda escada curta e enfim a Sra. Richardson pegou seu molho de chaves, escolheu uma e enfiou na fechadura. Parou, depois virou a chave para abrir a porta.

— Entre, Sr. Starbuck.

Nathaniel entrou nervoso no quarto. A porta se fechou, a chave girou na fechadura e ali estava Sally. Viva. Sentada numa cadeira com um livro no colo e parecendo ainda mais linda do que ele recordava. Durante semanas havia tentado conjurar aquele rosto nos sonhos, mas agora, outra vez diante da beleza real, percebeu como aquelas conjurações eram inadequadas. Estava dominado por ela.

Os dois se entreolharam. Nathaniel não sabia o que dizer. A bainha do sabre raspou na porta. Sally estava usando um roupão azul-escuro e tinha o cabelo preso em cachos pesados no topo da cabeça, com fitas azul-claras. Havia uma cicatriz nova em seu rosto, o que não a tornava menos bela, mas estranhamente a deixava mais fascinante. A cicatriz era um risco branco que cortava o malar esquerdo em direção à orelha. A jovem o encarou, aparentemente tão surpresa quanto ele estava nervoso, depois fechou o livrinho e o colocou na mesa ao lado.

— É o pregador! — Ela parecia satisfeita em vê-lo.

— Sally? — A voz de Nathaniel estava insegura. Ele parecia nervoso como uma criança.

— Agora sou Vitória. Como a rainha, sabe? — Sally gargalhou. — Eles me deram um novo nome, está vendo? Portanto sou Vitória. — Ela fez uma pausa. — Mas pode me chamar de Sally.

— Eles trancaram você aqui?

— Isso é só para manter os clientes longe. Às vezes os homens ficam loucos, pelo menos os soldados ficam. Mas não sou uma prisioneira. Tenho a chave, está vendo, né? — Ela tirou uma chave do bolso do roupão. — E não devo falar "*né*". A Sra. Richardson não gosta. Ela diz que não devo falar "*né*" nem "*crioulo*". Não é ótimo? E ela também está me ensinando a ler. — Sally mostrou o livro a Nathaniel. Era uma cartilha, a *Reading Primer*, de McGuffey, a primeira de uma série, um livro que o ianque havia posto de lado aos 3 anos. — Estou ficando muito boa — declarou Sally com entusiasmo.

Nathaniel sentiu vontade de chorar por ela. Não sabia de fato por quê. Sally parecia bem, até parecia feliz, mas havia algo patético nesse lugar que o fazia odiar o mundo inteiro.

— Fiquei preocupado com você — disse debilmente.

— Que bom. — Ela lhe lançou um sorriso torto, depois deu de ombros. — Mas estou bem, estou bem de verdade. Mas aposto que aquele merda do Ethan Ridley não se preocupou comigo, não é?

— Acho que não.

— Vou vê-lo no inferno.

Sally parecia amarga. Um trovão ribombou acima da cidade, seguido um instante depois pelo som pesado de chuva caindo. As gotas fizeram estremecer as telas de gaze contra insetos presas nas duas janelas abertas. Era o crepúsculo, e um relâmpago de verão tremeluziu pálido a oeste no céu.

— Temos vinho — disse Sally, voltando ao tom animado. — E um pouco de frango frito, está vendo? E pão. E aquilo são frutas cristalizadas, está vendo? E nozes. A Sra. Richardson disse que eu ia receber uma visita especial, e as meninas trouxeram tudo isso para cá. Elas podem cuidar muito bem da gente, está vendo?

Sally se levantou e foi até uma das janelas abertas, olhando para além da gaze, para os raios pálidos tremeluzindo na escuridão que se aproximava. O ar de verão estava pesado e soturno, carregado com o cheiro de tabaco de Richmond que preenchia o grande quarto de Sally que, ao olhar inocente de Nathaniel, parecia perturbadoramente comum, como um quarto de hotel bem-mobiliado. Tinha uma pequena grade para carvão numa lareira de metal preto, um guarda-corpo de latão, papel de parede florido e paisagens emolduradas de montanhas. Havia duas poltronas, duas mesas, alguns tapetes e as ubíquas escarradeiras no chão de madeira encerada. Também havia uma cama grande com cabeceira de madeira de lei esculpida e um monte de travesseiros brancos. Ele se esforçou para não olhar para a cama enquanto Sally continuava espiando o horizonte oeste, através da gaze, onde os raios ziguezagueavam.

— Às vezes olho para lá e penso na minha casa.
— Você sente falta de lá?
Sally riu.
— Gosto daqui, pregador.
— Nate. Me chame de Nate.
Ela deu as costas para a janela.
— Eu sempre quis ser uma dama fina, sabe? Queria tudo de bom. Minha mãe costumava contar sobre uma casa bonita de verdade aonde ela foi uma vez. Dizia que tinha velas, pinturas e tapetes macios, e sempre quis isso. Odiava morar lá em cima. Acordando às quatro da madrugada, carregando água e passando sempre muito frio no inverno. E minhas mãos viviam machucadas. Até sangrando. — Ela parou e ergueu as mãos, que agora eram brancas e macias, depois pegou um charuto num jarro sobre a mesa onde a comida fora posta. — Quer fumar, Nate?

O ianque atravessou o quarto, cortou o charuto, acendeu-o e depois pegou um para ele.

— Como você me achou? — perguntou Sally.
— Fui procurar o irmão de Ethan.
— O tal Delaney? Ele é estranho. Eu gosto dele, acho que gosto dele, mas ele não é igual a Ethan. Vou dizer: se eu encontrar Ethan de novo juro que mato o filho da puta. Não me importa se vão me enforcar, Nate, eu o mato. A Sra. Richardson jura que ele não vai ter permissão de me ver se vier aqui, mas espero que tenha. Espero que o filho da puta entre aqui e vou furá-lo que nem um porco, ah, se vou. — Ela deu um trago no charuto, fazendo a ponta brilhar vermelha.

— O que aconteceu? — perguntou Nathaniel.

Ela deu de ombros, sentou-se numa poltrona perto da janela e contou que tinha ido a Richmond encontrar Ethan Ridley. Durante três ou quatro dias ele pareceu cordial, foi até gentil com ela, mas depois disse que eles iam pegar uma carruagem para procurar um apartamento que planejava alugar para ela. Porém não havia apartamento nenhum, apenas dois homens que a carregaram até um porão na parte leste da cidade e lá bateram nela, estupraram-na e bateram de novo, até aprender a ser obediente.

— Perdi o bebê — disse com pesar. — Mas acho que queriam isso. Quero dizer, eu não serviria de nada para eles se estivesse grávida, pelo menos aqui. — Sally apontou para o quarto ao redor, indicando a nova profissão. — E, claro, foi ele que arranjou isso.

— Ridley?

Sally fez que sim.

— Ele arranjou tudo. Queria se livrar de mim, entende? Por isso mandou dois homens me pegarem. Um era um crioulo, quero dizer, um negro, e o outro tinha sido traficante de escravos, por isso sabiam domar pessoas, como meu pai domava cavalos. — Ela deu de ombros e se virou para a janela. — E acho que eu precisava ser domada.

— Você não pode dizer isso! — Nathaniel estava consternado.

— Ah, querido! — Sally sorriu para ele. — Como diabos vou ter o que quero nesse mundo? Você pode responder? Não nasci com dinheiro, não fui educada para ganhar dinheiro, só tenho o que os homens querem. — Ela puxou fumaça no charuto, depois pegou uma taça de vinho com o nortista. — Muitas meninas daqui começaram assim. Quero dizer, precisaram ser domadas. Não foi agradável e não me importo se nunca mais puser os olhos naqueles homens, mas agora estou aqui e estou consertada.

— Eles fizeram essa cicatriz em você?

— Diabos, fizeram. — Sally tocou a bochecha esquerda. — Mas não está muito ruim, está? Eles fizeram outras coisas. Por exemplo, se eu não quisesse abrir a boca. Eles tinham uma máquina que usam nos escravos que não querem falar. Ela passa em volta da cabeça e tem um pedaço de ferro aqui. — Ela demonstrou batendo com o charuto nos lábios. — Aquilo doía. Mas eu só precisava aprender a ser boazinha e eles paravam de usar.

Nathaniel estava tomado por uma indignação que se acumulava.

— Quem eram os dois homens?

— Eram só homens, Nate. Não importa. — Sally fez um gesto como se não desse importância, como se realmente não os culpasse pelo que havia acontecido. — Aí, depois de um mês, o Sr. Delaney foi até a casa e disse que estava chocado de verdade com o que estava acontecendo comigo, e falou que era tudo culpa de Ethan, e a Sra. Richardson estava junto dele, e eles me pegaram, fizeram o maior rebuliço e me trouxeram aqui, e a Sra. Richardson disse que eu não tinha mais muita escolha. Podia ficar aqui e ganhar dinheiro ou eles me colocariam de volta na rua. Por isso estou aqui.

— Você poderia ir para casa, não é?

— Não! — Sally foi veemente. — Não quero ir para casa, Nate! Papai sempre quis que eu fosse um garoto. Ele acha que todo mundo deveria ficar feliz com uma casa de troncos, dois cachorros de caça, um machado e um fuzil comprido, mas esse não é o meu sonho.

— Você quer ir embora? — perguntou Nathaniel. — Comigo?

Sally sorriu para ele com pena.

— Como vamos fazer isso, querido?

— Não sei. Só vamos embora daqui. Seguimos para o norte. — Ele indicou o céu que escurecia, cheio de uma chuva nova e intensa, e, ao mesmo tempo que fez a sugestão, soube que era inútil.

Sally gargalhou da simples ideia de sair andando da casa da Sra. Richardson.

— Eu tenho o que quero aqui!

— Mas...

— Eu tenho o que quero — insistiu ela. — Escute, as pessoas não são diferentes dos cavalos. Algumas são especiais, algumas são trabalhadoras. A Sra. Richardson diz que posso ser especial. Ela não me usa com qualquer cliente, só com os importantes. E diz que posso sair daqui se um homem me quiser e puder pagar direito por mim. Quero dizer, posso ir embora de qualquer modo, mas aonde iria? Olhe para mim! Tenho vestidos, vinho, charutos e dinheiro. E não vou fazer isso para sempre. Você vê as carruagens passando com gente rica? Metade daquelas mulheres começou como eu, Nate! — Ela falava muito sério, depois gargalhou ao ver sua infelicidade. — Agora escute. Tire essa espada, sente-se direito e conte sobre a legião. Me faça feliz de verdade e conte que Ethan se matou com um tiro. Você sabe que aquele filho da puta tomou o anel de mamãe? O anel de prata?

— Vou recuperá-lo para você.

— Não! — Ela balançou a cabeça. — Mamãe não iria querer o anel nesse lugar, mas você pode pegar para o papai. — Sally pensou durante um segundo, depois deu um sorriso triste. — Ele amava a minha mãe, sabe, amava de verdade.

— Eu sei. Eu o vi junto à sepultura.

— Claro que viu. — Ela pegou uma cereja cristalizada e mordeu a metade, depois colocou as pernas em cima da poltrona. — E por que você disse que era pregador? De vez em quando penso nisso.

Então Nathaniel contou sobre Boston e o reverendo Elial Starbuck, e a grande casa soturna na Walnut Street, que sempre parecia cheia dos perigosos silêncios que marcavam a raiva dos pais e do cheiro de cera, óleo de móveis, Bíblias e fumaça de carvão. A escuridão caiu sobre Richmond, porém nem ele nem Sally se moveram para acender uma vela. Em vez disso conversaram sobre a infância, sonhos partidos e como o amor sempre parecia escorrer entre os dedos quando pensamos que o agarramos.

— Foi quando mamãe morreu que tudo deu errado para mim — comentou Sally, depois deu um suspiro longo e se virou no escuro para olhar Nathaniel. — Você acha que vai ficar aqui? No sul?

— Não sei. Creio que sim.

— Por quê?

— Para ficar perto de você? — Ele disse isso com facilidade, como um amigo, e ela riu ao escutar. O nortista se inclinou para a frente, os cotovelos apoiados nas pernas compridas, e se perguntou sobre a verdade por trás de sua resposta. — Não sei o que vou fazer. Sei que não serei pastor, e realmente não sei o que mais posso ser. Poderia ser professor, acho, mas não sei se é o que quero. Não sou bom nos negócios, pelo menos não acho que seja, e não tenho dinheiro para virar advogado. — Ele fez uma pausa, dando um trago no terceiro charuto da noite. Delaney estava certo, aquilo era um calmante.

— Então o que você vai vender, querido? — perguntou Sally ironicamente. — Aprendi muito bem o que tenho para vender, e você? Ninguém cuida da gente em troca de nada, Nate. Isso eu aprendi. Minha mãe pode ter feito isso por mim, mas ela morreu, e meu pai... — Ela meneou a cabeça. — Ele só queria que eu fosse cozinheira, matadora de porcos, criadora de galinhas e mulher de um fazendeiro. Mas essa não sou eu. E se você não é advogado, pregador nem professor, o que diabos vai ser?

— Isso. — Ele indicou o sabre encostado no parapeito da janela com sua bainha barata. — Vou ser um soldado. Vou ser um soldado muito bom. — Era estranho, pensou, mas nunca dissera isso, nem para si mesmo, porém de repente fazia todo o sentido. — Vou ser famoso, Sally. Vou cavalgar nessa guerra como um... como um... — Nathaniel parou, procurando a palavra, e de repente um trovão espocou no alto, balançando a própria casa, e no mesmo instante um raio atravessou o céu de Richmond como fogo branco. — Como isso! — indicou. — Exatamente como isso.

Sally sorriu. Seus dentes pareciam muito brancos no escuro, e o cabelo, quando a luz do raio clareou a noite, refletiu como ouro escuro.

— Você não vai ficar rico sendo soldado, Nate.

— É, acho que não.

— E eu sou cara, querido. — Ela só estava provocando um pouco.

— Vou arranjar dinheiro, de algum modo.

Sally se mexeu no escuro, apagando o charuto e se espreguiçando com os braços esguios.

— Eles deram essa noite a você. Não sei por que, mas acho que o Sr. Delaney gosta de você, não é?

— Acho que gosta, sim. — O coração de Nathaniel estava acelerado. Pensou em como fora ingênuo com Delaney. Como tinha sido cego, pensou, e cheio de confiança. — Delaney é dono desse lugar?

— Ele tem uma parte, não sei quanto. Mas deu essa noite a você, querido, tudo certo, a noite toda até o café da manhã, e depois disso?

— Eu falei que vou arranjar o dinheiro. — A voz do nortista estava embargada e ele tremia.

— Posso dizer como ganhar esse dinheiro para sempre. Para todo o tempo que você e eu ainda possamos querer. — Sally falava baixinho no escuro e a chuva tamborilava na rua e no telhado.

— Como? — Era um milagre que Nathaniel ainda pudesse falar, e mesmo assim a voz saiu num grasnido. — Como? — perguntou de novo.

— Mate Ethan para mim.

— Matar Ethan — disse ele, como se não tivesse escutado direito, e como se não tivesse passado os últimos dias convencendo-se de que Ethan era seu inimigo e fantasiando um sonho de rapaz de como destruiria o rival. — Matar? — perguntou cheio de pavor.

— Mate aquele filho da puta para mim. Só isso. — Sally fez uma pausa. — Não que eu me importe de ficar aqui, Nate. Na verdade, deve ser o melhor lugar para mim, mas odeio o filho da puta por ter mentido para mim, e odeio as coisas que ele conseguiu me contando mentiras, e quero o filho da puta morto e que a última coisa que ele ouça nessa terra seja o meu nome, para nunca esquecer por que foi para o inferno. Vai fazer isso por mim?

Santo Deus, pensou Nathaniel, quantos pecados estariam reunidos ali numa trouxa imunda? Quantas anotações o anjo responsável pelos registros no céu estaria fazendo no Livro da Vida do Cordeiro? Que esperança? Que esperança de redenção haveria para um homem capaz de contemplar o assassinato ou mesmo cometê-lo? Como os portões do inferno estariam escancarados, como as chamas seriam lancinantes, como seria agonizante o lago de fogo, e por quanto tempo a eternidade se estenderia se ele não se levantasse agora, pegasse a espada e saísse desse antro de iniquidade para a chuva que tudo limpava! Santo Deus, rezou, isso é terrível, e se o Senhor salvar minha alma agora jamais pecarei de novo, nunca mais.

Olhou nos olhos de Sally, aqueles olhos lindos.

— Claro que o mato para você. — Ouviu-se dizendo.

— Quer comer primeiro, querido? Ou depois?

Como um raio branco atravessando o céu, ele seria maravilhoso.

Parte 3

9

Chegaram ordens de Richmond direcionando a legião para o entroncamento ferroviário em Manassas, onde os trilhos da Orange e Alexandria encontravam a linha Manassas Gap. As ordens só vieram três dias depois que Washington Faulconer havia retornado de Richmond, e mesmo então a permissão parecia concedida de má vontade. Era endereçada ao oficial comandante do Regimento do Condado de Faulconer, como se as autoridades de Richmond não quisessem dignificar o feito do coronel em montar a legião, mas ao menos permitiam que ela se juntasse ao Exército do Norte da Virgínia, do general Beauregard, como Faulconer havia requisitado. O general Lee anexara um bilhete curto lamentando que não tinha o poder de anexar o "Regimento do Condado de Faulconer" a qualquer corpo específico do exército de Beauregard, e na verdade teve o cuidado de observar que, como a disponibilidade do regimento fora informada às autoridades tão em cima da hora e seus integrantes não fizeram nenhum treinamento de brigada, ele duvidava se o mesmo poderia ser usado para alguma outra função além de serviços destacados. Washington Faulconer inicialmente gostou de como isso soava, até que o major Pelham apontou, secamente, que em geral serviços destacados significavam atuar como vigias de bagagem, sentinelas de estradas ou escoltas de prisioneiros de guerra.

Se o bilhete de Lee fora calculado para irritar Washington Faulconer, teve sucesso, mas o coronel declarou que isso era apenas o que poderia se esperar dos capachos de Richmond. O general Beauregard, Faulconer tinha certeza, seria mais receptivo. A maior preocupação do coronel era chegar a Manassas antes do fim da guerra. Tropas do norte haviam atravessado o Potomac em grande força, e dizia-se que avançavam lentamente na direção do exército confederado, enquanto os boatos em Richmond diziam que Beauregard planejava realizar um enorme movimento de cerco que esmagaria os invasores nortistas. Os boatos acrescentavam que, se uma derrota assim não convencesse a União a pedir a paz, Beauregard atravessaria o Potomac e capturaria Washington. O coronel Faulconer sonhava em montar seu cavalo preto, Saratoga, subindo os degraus do inacabado prédio do Capitólio. Para realizar esse sonho estava disposto a engolir os piores insultos de Richmond. E assim, um dia depois da chegada da ordem grosseira, a legião foi acordada duas horas antes do alvorecer com ordem de desmontar as filas de barracas e carregar as carroças de bagagens. O coronel previa uma marcha rápida até a estação ferroviária em Rosskill, porém de algum modo tudo demorou muito mais do que todos esperavam. Ninguém parecia ter completa certeza de como desmontar os onze gigantescos fogões de ferro fundido que Faulconer comprara e ninguém havia pensado em ordenar que a munição da legião fosse tirada de seu depósito seco em Seven Springs.

Além disso, a notícia da partida provocou as mães, namoradas e esposas dos soldados a trazer um último presente ao acampamento. Homens que já estavam carregados com mochilas, armas, sacos, cobertores e caixas de cartuchos receberam cachecóis de lã, casacos, capas, revólveres, facas de caça, vidros de conserva, sacos de café, biscoitos e peles de búfalo, e o tempo inteiro o sol quente subia cada vez mais e os fogões do acampamento ainda não estavam desmontados, então um cavalo de carroça perdeu uma ferradura, e Washington Faulconer fumegava, Pica-Pau Bird ria da confusão e o major Pelham teve um ataque cardíaco.

— Ah, santo Deus! — exclamou Little, o maestro da banda, que estava reclamando com Pelham de que não havia espaço suficiente nas carroças para seus instrumentos, quando de repente o oficial idoso emitiu um estranho estalo na garganta, inalou profunda e desesperadamente e despencou da sela. Homens largaram o que estavam fazendo para se reunir em volta do corpo imóvel. Washington Faulconer esporeou o cavalo em direção aos espectadores perplexos e os afastou com o chicote de montaria.

— De volta aos trabalhos! Voltem! Onde diabos está o Dr. Danson? Danson?

Danson chegou e se curvou acima do corpo imóvel de Pelham, então declarou que ele estava morto.

— Apagou feito uma vela! — Danson se levantou com esforço, guardando o estetoscópio que parecia uma trombeta num bolso. — O melhor modo possível de partir, Faulconer.

— Hoje, não. Seu desgraçado! Volte ao trabalho! — Ele apontou o chicote para um soldado que estava olhando. — Ande logo! Quem diabos vai contar à irmã de Pelham?

— Eu, não — respondeu Danson.

— Desgraça! Por que ele não podia morrer em batalha? — Faulconer virou o cavalo. — Adam! Trabalho para você!

— Eu deveria estar indo para a estação de Rosskill, senhor.

— Ethan pode ir.

— Ele está pegando a munição.

— Dane-se Rosskill! Quero que você vá até a Srta. Pelham. Dê meus pêsames a ela, você sabe o que dizer. Leve umas flores. Melhor ainda, pegue Moss enquanto estiver indo. Se um pregador não serve para os que sofrem uma perda, que utilidade tem?

— O senhor quer que eu vá depois a Rosskill?

— Mande Starbuck. Diga a ele o que fazer.

Nathaniel não estivera nas graças do coronel desde a noite em Richmond quando ficara fora até muito depois do café da manhã e depois se recusara a dizer por onde estivera. "Não que alguém precise dizer onde ele esteve", tinha resmungado o coronel para o filho naquela manhã, "porque dá para sentir a um quilômetro, mas ele poderia ter a decência de nos dizer quem ela é".

Então Nate recebeu a ordem de cavalgar até a estação da ferrovia Orange e Alexandria em Rosskill e dizer ao gerente para se preparar para a chegada da legião. Faulconer, que era um dos diretores da ferrovia, já mandara uma carta que, prevendo as ordens de Richmond, havia requisitado o preparo de dois trens para a viagem da legião, mas agora alguém precisava ir até a estação e ordenar que os maquinistas acendessem as caldeiras e fizessem vapor. Um dos trens consistiria no carro do diretor da ferrovia, reservado a Faulconer e seus ajudantes, e vagões de passageiros de segunda classe em número suficiente para levar os novecentos e trinta e dois homens da legião, enquanto o segundo trem consistiria em vagões de carga fechados para suprimentos e cavalos e vagões abertos para carroças, armões e cofres de munição dos canhões. Adam entregou a Nathaniel uma cópia da carta do pai e uma cópia das ordens escritas despachadas para o gerente da estação ao alvorecer.

— A companhia de Roswell Jenkins deve estar lá por volta das onze da manhã, mas só Deus sabe se os trens estarão prontos nessa hora. Eles vão fazer rampas.

— Rampas?

— Para colocar os cavalos nos vagões — explicou Adam. — Deseje-me sorte. A Srta. Pelham não é a mulher mais fácil do mundo. Santo Deus.

Nathaniel desejou sorte ao amigo, depois selou Pocahontas e trotou para fora do acampamento caótico, passou pela cidade e pegou a estrada de Rosskill. Rosskill, que tinha a estação ferroviária mais próxima do Condado de Faulconer, era duas vezes maior que Faulconer Court House e fora construída no ponto em que o pé das montanhas finalmente dava lugar à grande planície que se estendia até o mar longínquo. Era uma cavalgada fácil morro abaixo. O dia estava quente e as vacas nos pastos permaneciam paradas à sombra das árvores ou enfiadas até a barriga nos riachos frios. As margens da estrada estavam cheias de flores, as árvores pesadas de folhas, e ele estava feliz.

Tinha uma carta para Sally na bolsa da sela. Ela quisera que Nathaniel lhe mandasse cartas, e ele prometera escrever sempre que pudesse. Essa primeira carta contava sobre os últimos dias de treinamento e que o coronel lhe dera a égua, Pocahontas. Ele mantivera a carta simples, as palavras curtas e as letras grandes e redondas. Contava a Sally como a amava, e supunha que fosse verdade, mas era um tipo estranho de amor, mais parecido com amizade que a paixão destrutiva que sentira por Dominique. Ele continuava com ciúme dos homens com quem Sally se deitava, como qualquer homem certamente ficaria, mas ela não aceitava isso. Sally precisava de sua amizade como ele precisava da dela, porque os dois tinham se juntado na noite tempestuosa como duas crianças solitárias que precisassem de consolo, e depois, deitados felizes na cama onde haviam fumado charutos e ouvido a chuva da alvorada, concordaram em se corresponder, ou melhor, Starbuck tinha aceitado escrever e Sally prometeu que tentaria ler as cartas e que um dia até tentaria escrever de volta, desde que Nathaniel jurasse por sua honra que não riria de seus esforços.

Ele parou no correio de Rosskill e mandou a carta, depois continuou cavalgando até a estação, cujo gerente era um homem gorducho e suado chamado Reynolds.

— Não há trens — avisou Reynolds a Nathaniel em sua salinha ao lado da sala do telégrafo.

— Mas o Sr. Faulconer, o coronel Faulconer, requisitou especificamente dois conjuntos de vagões, ambos com locomotivas...

— Não me importa se Deus Todo-Poderoso requisitou os vagões! — Reinolds suava no uniforme de lã da ferrovia e estava obviamente cansado das exigências que o tempo de guerra impusera a sua cuidadosa tabela de horários. — Toda a ferrovia só tem dezesseis locomotivas, e dez foram para o norte transportar tropas. Deveríamos fazer as coisas à moda da ferrovia, mas como posso manter a ordem se todos querem locomotivas? Não posso ajudá-lo! Não me importa se o Sr. Faulconer é diretor, não me importa se todos os diretores estiverem pedindo vagões, não posso fazer nada!

— O senhor precisa ajudar — disse Nathaniel.

— Não posso fazer vagões, moleque! Não posso fazer locomotivas! — Reynolds se inclinou por cima da mesa, com o suor pingando do rosto para a barba e o bigode ruivos. — Não sou milagreiro!

— Mas eu sou — declarou o ianque, em seguida pegou o grande revólver Savage no coldre da cintura, apontou para o lado de Reynolds e puxou o gatilho. A fumaça e o barulho encheram a sala enquanto a bala pesada atravessava a parede de madeira deixando um buraco lascado. Nathaniel pôs a arma no coldre. — Não sou moleque, Sr. Reynolds — disse calmamente ao gerente atônito e boquiaberto —, e sim um oficial do exército dos Estados Confederados da América, e se o senhor me insultar de novo vou encostá-lo naquela parede e atirar no senhor.

Por um segundo achou que Reynolds seguiria precocemente o major Pelham para a sepultura.

— Você é louco! — exclamou finalmente o homem da ferrovia.

— Provavelmente é verdade — concordou Nathaniel placidamente —, mas atiro melhor quando estou louco do que quando estou são, portanto vamos decidir se o senhor e eu transportaremos a Legião Faulconer para Manassas Junction, está bem? — E sorriu. Estava convicto de que fora Sally quem havia liberado essa confiança nele. Na verdade, estava se divertindo. Maldição, pensou, ele seria um bom soldado.

No entanto, Reynolds suspeitava de que não houvesse vagões de passageiros disponíveis num raio de oitenta quilômetros. Só havia dezessete antigos vagões-casa na estação.

— O que são vagões-casa? — perguntou Nathaniel educadamente, e o gerente amedrontado apontou para a janela, indicando um vagão de carga fechado.

— Nós chamamos de vagões-casa — explicou na mesma voz nervosa que tinha usado para tranquilizar o telegrafista e dois ajudantes que correram ao seu escritório para perguntar sobre o disparo.

— Quantos homens podemos colocar num vagão-casa? — perguntou Nathaniel.

— Cinquenta? Talvez sessenta.

— Então temos o suficiente. — A legião não havia chegado a mil homens, que era o objetivo de Faulconer, porém mais de novecentos se apresentaram como voluntários, tornando-a um regimento formidável. — Que outros vagões o senhor tem?

Havia apenas mais dois vagões-gôndola, que eram carruagens simples e abertas. Um dos vagões-gôndola e oito dos vagões fechados precisavam desesperadamente de consertos, mas Reynolds achava que talvez pudessem ser usados, embora apenas na velocidade mínima. Disse que não havia locomotivas disponíveis, porém, quando Nathaniel levou a mão ao grande revólver Savage, Reynolds se lembrou rapidamente de que uma locomotiva deveria passar pela estação, a caminho de Lynchburg, onde iria pegar um trem de carros-plataforma carregados com madeira cortada que ia para o litoral, para construir anteparos para artilharia.

— Bom! — exclamou Starbuck. — O senhor vai parar a locomotiva e fazer com que ela dê meia-volta.

— Não temos uma rotunda aqui.

— A máquina pode viajar de ré?

Reynolds confirmou.

— Sim, senhor.

— E a que distância fica Manassas?

— Cento e sessenta quilômetros, senhor.

— Então vamos à guerra de costas — declarou o ianque animado.

Quando Washington Faulconer chegou à estação liderando a unidade de cavalaria da legião ao meio-dia, ficou furioso. Esperava que dois trens estivessem aguardando, um deles com o vagão privativo do diretor engatado, mas em vez disso havia apenas um maquinista amotinado com uma única locomotiva e seu tênder virados ao contrário engatados em dezesseis vagões de carga fechados e dois vagões-gôndola, enquanto o telegrafista tentava explicar a Lynchburg por que a locomotiva não chegaria e Reynolds se esforçava para liberar os trilhos ao norte, depois de Charlottesville.

— Pelo amor de Deus, Nate — explodiu o coronel. — Por que essa confusão tão grande?

— Tempos de guerra, senhor?

— Dane-se! Eu lhe dei ordens bastante simples! Será que você não consegue fazer uma coisa tão fácil? — Ele esporeou o cavalo para dar uma bronca no maquinista, que resmungava.

Adam olhou para Nathaniel e deu de ombros.

— Desculpe. Papai não está feliz.
— Como estava a Srta. Pelham?
— Medonha. Simplesmente medonha. — Adam balançou a cabeça. — E logo, Nate, haverá dezenas e dezenas de mulheres recebendo a mesma notícia. Centenas. — Adam se virou para olhar pela rua da estação de Rosskill, onde os primeiros soldados de infantaria da legião apareceram. A coluna em marcha era flanqueada por duas desajeitadas procissões de esposas, mães e filhas, algumas carregando mochilas para aliviar seus homens do peso do equipamento. — Santo Deus, isso é o caos — comentou Adam. — Deveríamos ter partido há três horas!

— Disseram-me que na guerra nada acontece de acordo com os planos — declarou Nathaniel animado. — E, se acontece, você provavelmente está sendo chicoteado. Precisamos nos acostumar com o caos e aprender a fazer o melhor possível com ele.

— Papai não é bom nisso — confessou Adam.

— Então é uma boa coisa ele ter a mim. — O ianque sorriu benigno para Ethan Ridley, que havia chegado junto da legião. Nathaniel decidira que seria muito agradável com Ridley, desde agora até o fim da vida do rival. Ridley o ignorou.

Originalmente o coronel havia suposto que a legião estaria confortavelmente instalada às dez da manhã, mas somente às cinco o trem único partiu lentamente para o norte. Havia espaço suficiente para os soldados de infantaria, suprimento de três dias de comida e toda a munição da legião, mas pouquíssima coisa a mais. Os cavalos e os criados dos oficiais foram postos nos dois vagões-gôndola. O coronel viajaria no vagão de pessoal, que tinha chegado com a locomotiva, enquanto os homens ficariam nos vagões de carga fechados. Consciente de seus deveres como diretor da ferrovia, Faulconer deu ordens rígidas de que os vagões deveriam chegar a Manassas Junction sem danos, porém, nem bem havia falado isso, o sargento Truslow encontrou um machado e abriu um buraco na lateral de um vagão.

— Os homens precisam de luz e ar — resmungou para o coronel, depois brandiu o machado outra vez. Washington Faulconer se virou e fingiu não notar a orgia destrutiva enquanto a legião começava a entusiasmada ventilação das caixas de madeira.

Não havia espaço no trem para a cavalaria da legião, que teve de ficar para trás, junto dos dois canhões de seis libras, dos cofres e dos armões, dos fogões de ferro fundido e de todas as carroças. As barracas da legião foram penduradas nos vagões fechados no último instante e o maestro Little levou seus instrumentos, afirmando que eram suprimentos médicos. As bandeiras quase foram deixadas para trás na confusão, mas Adam viu as duas caixas de couro abandonadas sobre um cofre de canhão e as colocou no vagão de pessoal. A estação estava caótica conforme mulheres e crianças tentavam se despedir dos homens e enquanto os homens, tendo exaurido a água dos cantis, buscavam encher as pequenas garrafas redondas com a água que se derramava da caixa d'água da estação sobre compridas hastes de madeira. Faulconer gritava instruções de última hora para a cavalaria, a artilharia e o pessoal das carroças, que agora viajariam para o norte pela estrada. Achou que deveriam levar três dias para realizar a viagem enquanto o trem, mesmo com as caixas de eixos danificadas, chegaria em um.

— Veremos vocês em Manassas — disse o coronel ao tenente Davies, que estaria encarregado do comboio. — Ou talvez em Washington!

Conduzindo sua pequena charrete, Anna Faulconer havia chegado de Faulconer Court House e insistido em distribuir bandeirinhas da Confederação que ela e os empregados em Seven Springs bordaram. Seu pai, impaciente com o atraso, ordenou que o maquinista tocasse o apito para chamar os homens de volta aos vagões fechados, mas o som esganiçado do vapor amedrontou alguns cavalos nos vagões-gôndola e um serviçal negro quebrou a perna com um coice da égua do capitão Hinton. O homem foi tirado do trem e, com o atraso, dois legionários da Companhia E decidiram que não queriam lutar e desertaram, mas outros três insistiram em ter permissão de entrar para a legião, por isso embarcaram.

Finalmente, às cinco, o trem começou a jornada. Não poderia fazer mais de dezesseis quilômetros por hora por causa das caixas de eixo quebradas, por isso se arrastava para o norte, as rodas chacoalhando nas juntas dos trilhos e o sino tocando um som lamentoso sobre as campinas inundadas e os campos verdes. O coronel ainda estava furioso com os atrasos do dia, porém os homens se encontravam animados e cantavam alegres enquanto o trem vagaroso se afastava das montanhas, a fumaça pairando entre as árvores. Deixaram o comboio de carroças e a cavalaria para trás e partiram lentamente soltando vapor na noite.

A viagem demorou quase dois dias. Os vagões apinhados levaram doze horas esperando no entroncamento de Gordonsville, outras três em Warrenton e intermináveis minutos aguardando enquanto o tênder era abastecido com lenha ou o tanque de água era enchido, mas finalmente, numa tarde quente de sábado, chegaram a Manassas Junction, onde o Exército do Norte da Virgínia havia montado seu quartel-general. Ninguém em Manassas sabia que a legião viria nem o que fazer com ela, mas finalmente um oficial do estado-maior levou os homens de Faulconer para o nordeste da cidadezinha, por uma estrada rural que serpenteava por morros baixos e íngremes. Havia outras tropas acampadas em pastos e peças de artilharia estacionadas junto a porteiras de fazendas. A visão daquelas outras tropas dava aos homens o sentimento apreensivo de que se juntaram a um empreendimento gigantesco que nenhum deles entendia de fato. Até então eram a Legião Faulconer, porém o trem os trouxera abruptamente a um lugar estranho, onde estavam perdidos num processo incompreensível e incontrolável.

Já escurecia quando o capitão do estado-maior apontou para uma casa de fazenda à direita da estrada, num platô amplo e descampado.

— A fazenda ainda está ocupada — disse ele a Faulconer —, mas os pastos parecem vazios, por isso sintam-se em casa.

— Preciso ver Beauregard.

Faulconer parecia irritadiço, e a irritação aumentou com a incerteza daquela tarde. Queria saber exatamente onde estava e o oficial não sabia informar, e queria saber exatamente o que era esperado de sua legião, mas o oficial também não sabia dizer. Não havia mapas, nem ordens, nem qualquer senso de direção.

— Eu deveria ver Beauregard essa noite — insistiu Faulconer.

— Acho que o general ficará muito satisfeito em vê-lo, coronel — declarou o oficial, com tato —, mas acho melhor esperar até de manhã. Digamos, às seis?

— Estamos esperando ação? — perguntou Faulconer pomposamente.

— Em algum momento amanhã, acho. — O charuto do oficial reluziu brevemente. — Os ianques estão por lá — disse, fazendo um gesto vago para o oeste, com o charuto aceso. — E acho que vamos atravessar o rio para lhes dar uma bela recepção, mas o general só vai dar ordens de manhã. Eu lhe digo como encontrá-lo, e esteja lá às seis, coronel. Isso vai dar a seus rapazes tempo de fazer primeiro um serviço de orações.

— Um serviço de orações? — O tom de Faulconer sugeria que o oficial do estado-maior tinha um parafuso a menos.

— Amanhã é dia santo, coronel — explicou o capitão com censura, e seria mesmo, porque o dia seguinte era domingo, 21 de julho de 1861.

E a América seria dividida pela batalha.

* * *

Às duas da manhã de domingo fazia um calor sufocante e o ar estava parado a ponto de dificultar a respiração. O sol ainda iria demorar duas horas e meia para nascer, e o céu continuava límpido com estrelas, sem nuvens e brilhante. A maioria dos homens, mesmo tendo carregado as barracas pelos longos oito quilômetros desde o entroncamento ferroviário até a fazenda, dormia ao ar livre. Nathaniel acordou e viu o céu parecendo uma resplandecente dispersão de luz branca e fria, mais lindo que qualquer coisa encontrada na terra.

— Hora de se levantar — avisou Adam ao seu lado.

Os homens estavam acordando ao redor de todo o topo da colina. Tossiam e xingavam, as vozes altas por causa do nervosismo. Em algum lugar no vale escuro, correntes de arreio tilintaram e um cavalo relinchou. Uma corneta deu o toque de despertar num acampamento distante, com o som ecoando de uma encosta longínqua e escura. Um galo novo cantou na casa da fazenda no morro, onde luzes fracas surgiam por trás das janelas com cortinas. Cães latiam e cozinheiros faziam barulho com frigideiras e panelas.

— "Os armeiros," — Nathaniel ainda estava deitado de costas, olhando para as estrelas nítidas — "aprontando seus senhores, com martelos ocupados fechando rebites, dão a pavorosa nota dos preparativos."

Normalmente, Adam teria prazer em identificar a citação, mas estava num humor silencioso e contido, por isso não fez comentários. Ao longo de todas as linhas da legião, as fogueiras enfumaçadas estavam sendo atiçadas lançando uma luz fantasmagórica nos homens em mangas de camisa, nas pilhas de fuzis e nas barracas brancas e cônicas. A fumaça cada vez mais densa fazia as estrelas tremeluzirem.

O ianque continuava olhando para cima.

— "A noite claudicante e lenta" — citou ele de novo — "que, como feiticeira imunda, tão devagar se afasta." — Nathaniel fazia as citações para disfarçar o nervosismo. Estava pensando: hoje verei o elefante.

Adam continuou sem responder. Sentia que chegara à borda de um caos terrível, como o abismo sobre o qual Satã voara no *Paraíso perdido*, e era exatamente isso que essa guerra significava para a América, pensou com tristeza: a perda da inocência, a perda da doce perfeição. Havia entrado para a legião com o objetivo de agradar ao pai e agora talvez tivesse de pagar o preço do comprometimento.

— Café, senhores? — Nelson, o criado de Faulconer, trouxe duas canecas de estanho da fogueira da qual havia cuidado durante toda a noite atrás da barraca do coronel.

— Você é um grande homem, um bom homem, Nelson. — Nathaniel se sentou e estendeu a mão para o café.

O sargento Truslow gritava com a Companhia K, onde alguém havia reclamado que eles não tinham balde para pegar água, levando Truslow a berrar para que o sujeito parasse de reclamar e fosse roubar um maldito balde.

— Você não parece nervoso. — Adam bebericou o café, depois fez uma careta por causa do gosto desagradável.

— Claro que estou nervoso — respondeu Nathaniel. Na verdade, a apreensão se retorcia em sua barriga como cobras se remexendo numa cova. — Mas acredito que talvez eu seja um bom soldado. — Seria verdade, pensou, ou só estaria dizendo isso porque desejava que fosse? Ou porque havia alardeado isso para Sally? E será que teria sido apenas isso? Uma fanfarronice para impressionar uma garota?

— Eu nem deveria estar aqui — declarou Adam.

— Bobagem — retrucou o ianque rapidamente. — Sobreviva um dia, Adam, só um dia, depois ajude a fazer a paz.

Alguns minutos após as três horas apareceram dois cavaleiros nas linhas do regimento. Um homem estava carregando uma lanterna com a qual havia iluminado o caminho para subir a colina.

— Quem são vocês? — perguntou o segundo homem.

— A Legião Faulconer! — gritou Adam em resposta.

— Legião Faulconer? Pelo amor de Deus! Agora temos uma legião no nosso maldito lado? Seria melhor os ianques desistirem logo.

Quem falava era um homem baixo e careca, com olhos pequenos e intensos que brotavam carrancudos num rosto sujo acima de um bigode preto e imundo e uma barba desgrenhada. Ele apeou e se aproximou da luz da fogueira revelando pernas esqueléticas arqueadas como conchas de marisco, parecendo totalmente inadequadas para suportar o peso de sua grande barriga e do tronco largo e musculoso.

— E quem comanda aqui? — perguntou o estranho.

— Meu pai — respondeu Adam. — O coronel Faulconer. — Ele indicou a barraca do pai.

— Faulconer! — O estranho se virou para a barraca. Usava um uniforme confederado maltrapilho e segurava um chapéu de feltro marrom, tão velho e imundo que poderia ter sido descartado por um meeiro de fazenda.

— Aqui! — A barraca do coronel estava iluminada por lanternas que lançavam sombras grotescas toda vez que ele se movia diante das chamas. — Quem é?

— Evans. Coronel Nathan Evans. — Evans não esperou um convite e entrou pela porta da tenda de Faulconer. — Ouvi dizer que chegaram tropas aqui ontem à noite e pensei em dizer olá. Tenho meia brigada perto da ponte de pedra. Se os ianques desgraçados decidirem usar a estrada de Warrenton, você e eu somos tudo que existe entre Abe Lincoln e as putas de Nova Orleans. Isso aí é café ou uísque, Faulconer?

— Café. — A voz de Faulconer estava distante, sugerindo que não gostava da familiaridade brusca de Evans.

— Tenho meu próprio uísque, mas vou tomar um café primeiro e agradeço com gentileza, coronel. — Nathaniel viu a sombra de Evans beber o café do coronel. — O que quero que você faça, Faulconer — exigiu Evans ao terminar o café —, é descer com seus rapazes até a estrada, depois subir até uma ponte de madeira aqui. — Ele aparentemente abrira um mapa que pôs sobre a cama de Faulconer. — Há muita madeira em volta da ponte, e acho que, se você mantiver seus rapazes escondidos, os ianques filhos da puta não saberão que estão lá. Claro, podemos acabar sendo tão úteis quanto um par de bagos num padre barrigudo, mas, por outro lado, talvez não.

O oficial que acompanhava Evans acendeu um charuto e lançou um olhar desconcertante para Adam e Nathaniel. Thaddeus Bird, Ethan Ridley e pelo menos uns vinte outros homens estavam descaradamente ouvindo a conversa no interior da barraca.

— Não entendo — disse Faulconer.

— Não é difícil. — Evans fez uma pausa e houve um som raspado quando ele riscou um fósforo para acender um charuto. — Os ianques estão do outro lado do riacho. Eles querem continuar avançando para Manassas Junction. Se a capturarem, eles nos isolam do exército no vale. Beauregard está de frente para eles, mas não é do tipo que espera ser golpeado, por isso planeja um ataque pelo flanco esquerdo deles, a nossa direita. — Evans estava demonstrando os movimentos no mapa. — Assim, Beauregard está com a maior parte do nosso exército na direita. É longe, a leste, pelo menos a uns três quilômetros daqui, e se ele conseguir abotoar as calças antes do meio-dia provavelmente vai atacar hoje à tarde. Beauregard vai fazer uma manobra em gancho por trás dos sacanas e matar o máximo que puder. O que é uma beleza, Faulconer, mas suponha que os filhos da puta decidam nos atacar primeiro. E suponha que não sejam idiotas como os nortistas costumam ser, e em vez de marchar direto contra nossas forças eles tentem fazer uma manobra em gancho em volta da nossa esquerda. Somos as únicas tropas que podem impedi-los. Na verdade, não existe nada entre nós e o México, Faulconer. E se os sacanas sifilíticos decidirem fazer uma investida contra esse flanco? — Evans deu um risinho. — É por isso que fico feliz por você estar aqui, coronel.

— Está dizendo que estou anexado a sua brigada?

— Não tenho ordens para você, se é o que quer dizer, mas por que outro motivo você foi enviado para cá?

— Tenho um encontro com o general Beauregard às seis para descobrir exatamente isso — respondeu Faulconer.

Houve uma pausa enquanto Evans destampava uma garrafinha, tomava um gole e depois recolocava a tampa.

— Coronel — disse ele finalmente. — Por que diabos vocês foram postos aqui? Esse é o flanco esquerdo. Somos os últimos filhos da puta que alguém pensou em posicionar. Estamos aqui, coronel, para o caso de os ianques desgraçados atacarem a estrada de Warrenton.

— Ainda não recebi minhas ordens — insistiu Faulconer.

— Então o que está esperando? Um maldito coro de anjos? Pelo amor de Deus, Faulconer, precisamos de homens nesse flanco do exército! — Nathan Evans havia obviamente perdido as estribeiras, mas se esforçou para explicar as coisas com calma outra vez. — Beauregard planeja seguir para o norte à nossa direita. E se os ianques de merda decidirem vir para o sul pela direita deles? O que devo fazer? Jogar beijos para eles? Pedir para atrasarem a guerra enquanto você vai pegar suas malditas ordens?

— Vou receber essas ordens de Beauregard — retrucou Faulconer com teimosia — e de mais ninguém.

— Então, enquanto está pegando suas malditas ordens, por que não leva sua maldita legião até a ponte de madeira? Aí, se você for necessário, pode marchar até a ponte de pedra por cima do Run e dar uma mão a meus rapazes.

— Não vou me mover até receber ordens de verdade — insistiu Faulconer.

— Ah, santo Deus — murmurou Adam, ouvindo a teimosia do pai.

A discussão continuou por mais dois minutos, porém nenhum dos dois cedia. A riqueza de Faulconer não o havia acostumado a receber ordens, e ainda mais de sujeitos baixinhos, fedorentos, cambetas, desbocados e grosseiros como Nathan Evans, que, abandonando as tentativas de levar a legião para sua brigada, saiu intempestivamente da barraca e montou em sua sela.

— Venha, Meadows — rosnou para o ajudante, e os dois galoparam para a escuridão.

— Adam! — gritou Faulconer. — Pica-Pau!

— Ah, o segundo em comando é convocado pelo grande líder — disse Bird causticamente, depois acompanhou Adam para dentro da barraca.

— Vocês ouviram aquilo? — perguntou Faulconer.

— Sim, papai.

— Então vocês dois sabem que devem ignorar qualquer coisa que aquele homem ordenar. Vou lhes trazer ordens de Beauregard.

— Sim, papai — repetiu Adam.

O major Bird não foi tão submisso.

— Você está ordenando que eu desobedeça a uma ordem direta de um oficial superior?

— Estou dizendo que Nathan Evans é um idiota viciado em uísque barato — respondeu o coronel — e não gastei uma maldita fortuna num belo regimento só para vê-lo atirado nas mãos encharcadas de bebida daquele sujeito.

— Então devo desobedecer às ordens dele? — insistiu o major Bird.

— Quero dizer que você obedece às minhas ordens, e de mais ninguém — respondeu o coronel. — Maldição, se a batalha acontecer no flanco direito, é onde deveríamos estar, e não largados com os restos do exército. Quero a legião em formação dentro de uma hora. Barracas desmontadas, ordem de batalha.

A legião estava formada às quatro e meia, hora em que o topo da colina era banhado por uma luz fantasmagórica e os morros mais distantes eram formas escuras recuando cada vez mais, até não passarem de uma sombra opaca onde misteriosos pontos de luz vermelha e fraca sugeriam fogueiras de acampamentos distantes. Havia uma meia-luz cinzenta suficiente apenas para permitir ver que o campo mais próximo estava atulhado de carroças, dando à cena uma estranha semelhança com o local de reuniões campestres na manhã após o fim das pregações, só que dentre essas carroças havia as formas satânicas de armões, forjas portáteis e canhões. A fumaça das fogueiras agonizantes se agarrava nos pontos mais baixos como névoa sob as últimas estrelas se esvaindo. Em algum lugar uma banda tocava "Home, Sweet Home" e um homem da Companhia B cantava a letra de maneira desafinada, até que um sargento o mandou calar a boca.

A legião esperou. As sacolas pesadas, os cobertores e os oleados de chão tinham sido empilhados junto das barracas atrás da banda, de modo que os homens carregariam apenas as armas, as mochilas e os cantis para a batalha. Ao redor deles, na maior parte sem ser visto, um exército assumia posições. Piquetes olhavam para o outro lado do riacho, artilheiros bebericavam café ao lado de seus canhões monstruosos, cavalarianos davam água aos animais na dúzia de riachos que rendilhava a pastagem e ajudantes dos médicos rasgavam pano para fazer bandagens ou afiavam facas para carne e serras para ossos. Alguns oficiais galopavam com ar imponente pelos campos, sumindo na escuridão mais distante em suas tarefas misteriosas.

Nathaniel estava montado em Pocahontas, logo atrás da equipe de bandeiras da legião, e se perguntou se estaria sonhando. Haveria mesmo uma batalha? O estourado Evans tinha sugerido isso, e todos pareciam esperar pelo conflito, mas não existia sinal de nenhum inimigo. Ele em parte desejava que as expectativas fossem verdadeiras e em parte estava aterrorizado com a possibilidade de se realizarem. Intelectualmente sabia que a batalha era caótica, cruel e amarga, mas não conseguia se livrar da crença de que ela acabaria sendo gloriosa, emplumada e estranhamente calma. Nos livros, homens de rosto sério esperavam para ver o branco nos olhos dos inimigos, depois disparavam e obtinham grandes vitórias. Cavalos empinavam e bandeiras tremulavam num vento sem fumaça sob a qual os mortos decorosamente dormiam e os agonizantes sem dores falavam amorosamente sobre sua terra e suas mães. Homens morriam de modo simples, como acontecera com o major Pelham. Ah, bom Jesus, rezou Nathaniel enquanto uma súbita torrente de terror despedaçava seus pensamentos, não me deixe morrer. Arrependo-me de todos os meus pecados, absolutamente todos, até de Sally, e nunca mais pecarei se o Senhor permitir que eu viva.

Tremeu, mesmo suando sob o grosso casaco e a calça de lã do uniforme. Em algum lugar à esquerda um homem gritou uma ordem, mas o som foi baixo e distante, como a voz vinda de uma cama de doente num quarto distante. O sol ainda não havia nascido, porém o horizonte a leste estava tomado por um brilho rosado e ficou suficientemente claro para o coronel Faulconer inspecionar lentamente as fileiras de sua legião. Ele lembrou aos homens os lares que deixaram no Condado de Faulconer e suas esposas, namoradas e filhos. Garantiu-lhes que a guerra não era obra do sul, e sim opção do norte.

— Só queríamos ficar em paz. Será que é uma ambição tão terrível? — perguntou. Não que os homens precisassem ser tranquilizados pelo coronel, no entanto Faulconer sabia que um oficial comandante deveria elevar os ânimos de seus homens na manhã da batalha, por isso encorajava sua legião dizendo que a causa deles era justa e que os homens que lutavam por uma causa justa não precisavam temer a batalha.

Adam estivera supervisionando a arrumação da bagagem da legião, mas por fim cavalgou de volta para perto de Nathaniel. O cavalo de Adam era um dos melhores animais do plantel de Faulconer: um garanhão alto, baio, de uma beleza reluzente, um desdenhoso aristocrata no meio dos animais, assim como os Faulconers eram senhores entre homens comuns. Adam apontou a casinha com suas janelas fracamente iluminadas, uma silhueta no topo chapado da colina.

— Eles mandaram um criado perguntando se seria seguro ficar lá.

— O que você disse?

— Como poderia dizer alguma coisa? Não sei o que vai acontecer hoje. Mas você sabe quem mora lá?

— Como diabos iria saber?

— A viúva do médico do *Constitution*. Não é incrível? Cirurgião Henry, era o nome dele.

A voz de Adam soava muito entrecortada, como se ele estivesse precisando de toda a autodisciplina para conter as emoções. Vestira uma casaca de soldado, a pedido do pai, e usava as três divisas de capitão no colarinho porque fazer isso era mais simples que usar uma túnica de mártir, mas hoje pagaria o preço verdadeiro por tal compromisso, e esse pensamento estava deixando-o nauseado. Abanou o rosto com o chapéu de aba larga, depois olhou para o leste onde o céu sem nuvens parecia uma folha de prata batida, manchada por um tom de ouro sinistro.

— Dá para imaginar como vai estar quente ao meio-dia? — perguntou Adam.

Nathaniel sorriu.

— "Como se ajuntam a prata, e o cobre, e o ferro, e o chumbo, e o estanho no meio do forno para assoprar o fogo sobre eles, a fim de se fundirem, assim vos ajuntarei na minha ira e no meu furor, e ali vos deixarei e fundirei." — Imaginou-se retorcendo-se no calor de uma fornalha, um pecador queimando por suas iniquidades. — Ezequiel — explicou a Adam, cuja expressão indicava que não conseguira identificar o texto.

— Não é um texto muito animador para uma manhã de domingo — comentou Adam, depois tremeu incontrolavelmente ao imaginar o que esse dia poderia trazer. — Você realmente acha que pode ser um bom soldado?

— Acho. — Tinha falhado em todo o resto, pensou o ianque com amargura.

— Pelo menos você parece um soldado. — Adam falava com um toque de inveja.

— Qual é a aparência de um soldado? — perguntou Nathaniel, achando divertido.

— Como alguém num romance de Walter Scott — respondeu Adam rapidamente. — *Ivanhoé*, talvez.

O nortista gargalhou.

— Minha avó MacPhail sempre dizia que eu tinha cara de pastor. Como meu pai. — E Sally dissera que ele tinha os olhos do pai dela.

Adam pôs o chapéu na cabeça.

— Acho que seu pai deve estar pregando a danação de todos os escravagistas nessa manhã, não é? — Ele estava simplesmente querendo puxar conversa, qualquer conversa, apenas um som para afastar seus pensamentos dos horrores da guerra.

— A perdição e o fogo do inferno serão de fato invocados para apoiar a causa nortista — concordou Nathaniel.

Foi então subitamente assaltado por uma visão de sua casa confortável em Boston, onde os irmãos e irmãs mais novos estariam acordando e se preparando para as orações matinais da família. Será que se lembrariam de rezar por ele nessa manhã? A irmã mais velha não rezaria. Aos 19 anos, Ellen Marjory Starbuck já possuía as opiniões duras da meia-idade ranzinza. Era noiva de um pastor congregacional de New Hampshire, um homem de ressentimento infinito e indelicadeza calculada e, em vez de recomendar Nathaniel à proteção de Deus, sem dúvida Ellen estaria rezando pelo irmão mais velho, James, que, supôs, estaria de uniforme. Mas Nate simplesmente não conseguia imaginar o pretensioso e meticuloso James em batalha. Ele seria um bom homem de quartel-general em Washington ou Boston — redigindo listas meticulosas e fazendo valer regulamentos detalhados.

Os mais novos rezariam por Nathaniel, mas seus pedidos seriam obrigatoriamente silenciosos para não provocar a ira do reverendo Elial. Havia Frederick George, de 16 anos, que nascera com o braço esquerdo atrofiado, Martha Abigail, de 15 anos, que lembrava muito Nathaniel na aparência e no caráter, e finalmente Samuel Washington Starbuck, de 12 anos, que queria ser capitão baleeiro. Cinco outras crianças morreram pequenas.

— No que você está pensando? — perguntou Adam de forma abrupta, por nervosismo.

— Na história da família e em como ela é congestiva.

— Congestiva?

— Limitadora. Ao menos a minha.

E a de Sally, pensou. Talvez até a de Ridley também, ainda que Nathaniel não quisesse ceder à piedade pelo homem que iria matar. Iria mesmo? Olhou para Ethan Ridley, sentado imóvel ao alvorecer. Uma coisa era pensar num assassinato, decidiu o ianque, outra muito diferente era realizá-lo.

Uma saraivada de tiros de mosquetes à distância chacoalhou as últimas sombras da escuridão que recuava.

— Ah, meu Deus. — Adam proferiu as palavras como uma oração por seu país. Olhou para o leste, mas nem uma folha sequer se mexia nas áreas baixas cobertas de florestas onde, finalmente, a luz que se esgueirava mostrava um verde nítido em meio ao cinza agonizante. Em algum lugar naquelas colinas e florestas um inimigo esperava, porém ninguém sabia se os disparos eram o primeiro tremor da batalha ou meramente um alarme falso.

Outra onda de terror atravessou Nathaniel. Ele sentia pavor de morrer, mas temia muito mais demonstrá-lo. Se tivesse de morrer, preferiria que fosse uma morte romântica, com Sally ao lado. Tentou se lembrar da doçura daquela noite cheia de trovões quando ela estava deitada em seus braços e, como crianças, os dois observaram os raios riscando o céu. Como uma noite podia mudar tanto uma pessoa? Santo Deus, pensou, aquela noite havia sido como renascer, e essa era a heresia mais maligna com que ele poderia sonhar, porém não havia nenhuma outra descrição que se encaixasse tão exatamente no que ele sentira. Tinha sido arrastado da dúvida para a certeza, do sofrimento para a alegria, do desespero para a glória. Era a conversão mágica que seu pai pregava e pela qual ele havia rezado com tanta frequência, até que finalmente experimentara, no entanto era a conversão do diabo que tranquilizara sua alma, e não a graça do Salvador que o havia mudado.

— Está ouvindo, Nate? — Evidentemente Adam havia falado, mas sem efeito. — Lá está papai. Está nos chamando.

— Claro. — Nathaniel acompanhou Adam até o flanco direito da legião, para além da Companhia A, onde o coronel Faulconer havia terminado a inspeção.

— Antes que eu vá me encontrar com Beauregard — começou Faulcolner desajeitadamente, como se estivesse inseguro —, pensei em fazer um reconhecimento naquela direção. — Apontou o norte, para além do flanco esquerdo do exército. A voz do coronel parecia a de alguém tentando se convencer de que era um soldado de verdade num campo de batalha de verdade. — Vocês gostariam de me acompanhar? Preciso ter certeza de que Evans estava errado. Não há sentido em ficar aqui se não houver ianques naquela floresta. Está com vontade de galopar, Nate?

O ianque refletiu que o coronel devia estar com humor melhor do que parecia, se o chamou de Nate, e não do frio sobrenome Starbuck.

— Eu gostaria, senhor.

— Então venha. Você também, Adam.

Pai e filho foram à frente de Nathaniel, descendo o morro até chegarem numa casa de pedras sombreada por árvores ao lado de uma encruzilhada. Duas peças de artilharia chacoalhavam e retiniam pela estrada principal, arrastadas por cavalos cansados. A estrada subia uma colina comprida entre pastos sombreados, chegando a uma crista coberta de árvores onde o coronel puxou as rédeas.

Faulconer tirou um telescópio de um coldre de couro, estendeu-o e apontou para o norte, em direção a um morro distante coroado por uma igreja simples, de madeira. Nada incomodava as sombras fugazes naquele morro distante; na verdade, em lugar algum da paisagem suave. Uma fazenda pintada de branco ficava à distância, com bosques a toda volta, mas nenhum soldado perturbava a cena pastoral. O coronel olhou longa e duramente para a igreja longínqua sobre o morro, depois fechou os tubos curtos do telescópio.

— Segundo o cabeça de bagre do Evans, aquela é a Igreja de Sudley. Há alguns vaus embaixo e nenhum ianque à vista. A não ser você, Nate.

Nathaniel recebeu as últimas palavras como uma brincadeira bem-humorada.

— Sou um cidadão honorário da Virgínia, senhor. Lembra?

— Não mais, Nate — retrucou Faulconer em tom soturno. — Isso aqui não é um reconhecimento. Os ianques nunca virão tão ao norte. Em vez disso eu o trouxe para dizer adeus.

O nortista olhou para o coronel, imaginando se seria algum tipo de piada elaborada. Não parecia.

— Adeus, senhor? — conseguiu gaguejar.

— Essa luta não é sua, Nate, e a Virgínia não é seu país.

— Mas, senhor...

— Por isso o estou mandando para casa.

O coronel passou por cima da objeção débil de Nathaniel Starbuck com uma gentileza firme, assim como falaria com um cachorrinho inútil que, apesar do potencial para diversão, seria abatido com um único tiro no crânio.

— Não tenho casa. — O ianque pretendera que as palavras saíssem em desafio, mas de algum modo soaram como um balido patético.

— Tem sim, Nate. Eu escrevi ao seu pai há seis semanas e ele fez a gentileza de me responder. A carta foi entregue com uma bandeira de trégua na semana passada. Aqui está.

O coronel pegou um papel dobrado numa bolsa na cintura e estendeu para Nathaniel, que não se mexeu.

— Pegue-a, Nate — instigou Adam.

— Você sabia disso? — Ele se virou ferozmente para Adam, temendo a traição do amigo.

— Contei a Adam hoje cedo — interveio o coronel. — Mas isso é coisa minha, não de Adam.

— Mas o senhor não entende! — apelou Nathaniel.

— Entendo sim, Nate! Entendo! — O coronel Faulconer sorriu com condescendência. — Você é um rapaz impetuoso, e não há nada errado nisso. Eu fui impulsivo, mas não posso permitir que sua impetuosidade juvenil o leve à rebelião. Eu não permitiria, por minha alma, não permitiria. Um homem não deve lutar contra o próprio país por causa de um erro juvenil. Por isso determinei seu destino. — O coronel falou com muita firmeza, e de novo empurrou a carta para Nathaniel que, dessa vez, sentiu-se obrigado a pegá-la. — Seu irmão James está no exército de McDowell — continuou o coronel — e anexou um passe que fará com que você atravesse em segurança as linhas nortistas. Depois de passar pelos piquetes deve procurar seu irmão. Infelizmente terá de me dar sua espada e sua pistola, mas deixarei que fique com Pocahontas. E a sela! E é uma sela cara, Nate. — Ele acrescentou as últimas palavras como uma espécie de atrativo que poderia reconciliar o ianque com seu destino inesperado.

— Mas, senhor... — Nathaniel tentou articular seu protesto de novo, e dessa vez havia lágrimas em seus olhos. Sentia uma vergonha amarga delas e tentou afastá-las, mas uma gota brotou do olho direito e escorreu pela bochecha. — Senhor! Quero ficar com o senhor! Quero ficar com a legião!

Faulconer sorriu.

— É gentileza sua, Nate, uma verdadeira gentileza. Muito obrigado, de verdade, por dizer isso. Mas não. Essa luta não é sua.

— O norte pode pensar diferente. — Agora Nathaniel tentou um desafio, sugerindo que o coronel poderia estar fazendo um inimigo temível ao mandá-lo embora daquele jeito.

— E pode mesmo, Nate, pode mesmo. E, se você for obrigado a lutar contra nós, rezo para que viva para se reunir aos seus amigos da Virgínia. Não é mesmo, Adam?

— É, papai — concordou Adam calorosamente, depois estendeu a mão para o amigo apertar.

Nathaniel não respondeu. O insulto não era ele estar sendo expulso da Legião Faulconer, e sim o coronel ter uma opinião tão baixa sobre ele, por isso tentou explicar suas crescentes esperanças de se tornar um bom soldado.

— Sinto de fato, senhor, que posso dominar a profissão de soldado. Quero ser útil ao senhor. Quero devolver sua hospitalidade, sua gentileza, mostrando o que posso fazer.

— Nate! Nate! — interrompeu o coronel. — Você não é um soldado. É um estudante de teologia que foi apanhado numa cilada. Não enxerga isso? Mas sua família e seus amigos não deixarão você jogar sua vida fora por causa de uma mulher ardilosa. Você aprendeu uma lição dura, mas agora é hora de voltar a Boston e aceitar o perdão de seus pais. E começar um novo futuro! Seu pai declara que deve abandonar suas esperanças no ministério religioso, mas ele tem outros planos para você e, independentemente do que faça, Nate, tenho certeza de que fará bem.

— Isso é verdade, Nate — afirmou Adam amigavelmente.

— Deixe-me ficar só mais um dia, senhor — implorou Nathaniel.

— Não, Nate, nem mais uma hora. Não posso marcá-lo como traidor aos olhos de sua família. Não seria uma atitude cristã. — O coronel se inclinou para o nortista. — Tire o cinto da espada, Nate.

Nathaniel obedeceu. Fracassara em tudo que já fizera, pensou. Agora, com sua carreira militar despedaçada antes mesmo de começar, desafivelou a espada desajeitada e soltou o coldre de couro gasto com a pistola pesada, então entregou as duas armas ao dono de direito.

— Gostaria que o senhor reconsiderasse.

— Dediquei a maior consideração possível a esse assunto, Nate — disse o coronel com impaciência, e depois, num tom menos irritado: — Você é um homem de Boston, um homem de Massachusetts, e isso o torna uma criatura diferente de nós, sulistas. Seu destino não está aqui, Nate, e sim no norte. Sem dúvida será um grande homem um dia. Você é inteligente, talvez inteligente demais, e não deveria desperdiçar a inteligência na guerra. Portanto leve-a de volta a Massachusetts e siga os planos do seu pai.

Nathaniel não sabia o que dizer. Sentia-se rebaixado. Queria desesperadamente assumir o controle da própria vida, mas sempre precisara do dinheiro de outra pessoa para sobreviver — primeiro do pai, depois de Dominique, e agora do coronel Faulconer. Adam Faulconer também dependia da família, mas circulava por sua sociedade com uma facilidade treinada, enquanto o ianque sempre se sentira desajeitado e deslocado. Odiava demais ser jovem, porém o abismo entre a juventude e a vida adulta parecia tão largo quanto impossível de ser transposto. Nas últimas semanas, contudo, ele pensara que poderia ser um bom soldado e com isso forjar a própria independência.

O coronel puxou a cabeça de Pocahontas.

— Não há tropas nortistas aqui, Nate. Continue na estrada até chegar ao vau perto da igreja, depois atravesse o riacho e siga a estrada em direção ao sol nascente. Você não vai encontrar ianques por uns bons quilômetros, e se aproximará deles pela retaguarda, o que significa que não deve correr muito risco de levar um tiro de uma sentinela nervosa. E tire o casaco, Nate.

— Preciso?

— Precisa. Quer que o inimigo pense que é um sulista? Quer levar um tiro por nada? Tire, Nate.

Nate tirou a sobrecasaca cinza com sua única divisa de metal, que indicava o posto de segundo-tenente. Na verdade, nunca se sentira um oficial, nem mesmo um ínfimo segundo-tenente, mas sem o casaco do uniforme ele não passava de um fracasso enviado de volta para casa com o rabo entre as pernas.

— Onde a batalha será travada, senhor? — perguntou numa voz infantil.

— Longe, longe, do outro lado do campo. — O coronel apontou para o leste, onde o sol finalmente tocava o horizonte com seu incandescente brilho de fornalha. Era lá, no distante flanco direito dos confederados, que Washington Faulconer esperava participar do ataque que esmagaria os ianques. — Nada vai acontecer aqui. Motivo pelo qual eles colocaram aquele patife imprestável do Evans neste flanco.

— Permite que eu lhe deseje sorte, senhor? — Nathaniel parecia muito formal enquanto estendia a mão.

— Obrigado, Nate. — O coronel conseguiu parecer realmente agradecido pelos votos. — E você faria a gentileza de aceitar isso? — Ele estendeu uma bolsinha de pano, mas o ianque não podia se obrigar a aceitar o presente. Precisava desesperadamente do dinheiro, mas era orgulhoso demais para aceitar.

— Eu me viro, senhor.

— A escolha é sua! — O coronel sorriu e guardou a bolsa.

— E Deus o abençoe, Nate — disse Adam Faulconer vigorosamente ao amigo. — Vou guardar suas coisas e as envio quando a guerra tiver terminado. No fim do ano, certamente. Para a casa do seu pai?

— Acho que sim. — Nathaniel apertou a mão estendida do amigo, virou a cabeça da égua e bateu os calcanhares com força. Foi rápido, para que os Faulconers não vissem suas lágrimas.

— Ele não recebeu bem a notícia — comentou o coronel Faulconer quando Nathaniel estava fora do alcance da audição. — Bem, bem mal! — Faulconer pareceu atônito. — Ele achava mesmo que poderia ser um bom soldado?

— Foi o que me disse hoje cedo.

O coronel Faulconer balançou a cabeça com tristeza.

— Ele é um nortista. Em ocasiões como essa confiamos nos nossos, não em estranhos. E quem sabe onde as alianças dele estão?

— Estavam conosco — respondeu Adam com tristeza, olhando Nate descer a encosta a meio galope, na direção da floresta sob a igreja. — E ele é um homem honesto, papai.

— Gostaria de compartilhar sua confiança. Não posso provar que Nate estava nos traindo, Adam, mas vou me sentir mais feliz sem ele. Sei que é seu amigo, mas não estávamos lhe fazendo favor algum mantendo-o longe de casa.

— Acho que é verdade — concordou Adam com devoção, porque acreditava genuinamente que Nathaniel precisava fazer as pazes com a família.

— Eu tinha esperanças nele — comentou o coronel sentenciosamente. — Mas esses filhos de pregadores são todos iguais. Quando ficam livres da coleira, Adam, eles enlouquecem. Cometem todos os pecados que os pais não podem cometer, não cometeriam ou não ousariam. É como ser criado numa confeitaria elegante sem ter permissão de tocar nos doces. E não é de espantar que mergulhem de cabeça quando ficam livres. — Faulconer acendeu um charuto e soprou um jato de fumaça no alvorecer. — A verdade, Adam, é que o sangue importa, e temo que seu amigo tenha sangue indigno de confiança. Ele não vai manter o rumo. A família nunca manteve. O que eram os Starbucks? Quacres de Nantucket?

— Acredito que sim. — Adam parecia reservado. Ainda estava infeliz com o que havia acontecido com Nathaniel, mesmo reconhecendo que era o melhor para o amigo.

— E o pai de Nate abandonou os quacres para virar calvinista, e agora Nate quer fugir dos calvinistas para ser o quê? Sulista? — O coronel gargalhou. — Não dá certo, Adam, simplesmente não dá certo. Nossa, ele até deixou a tal puta da companhia de teatro acabar com ele! Nate não é firme. Nem um pouco, e os bons soldados precisam ser firmes. — O coronel pegou as rédeas. — O sol nasceu! Hora de soltar os cães!

Ele se virou e esporeou o cavalo para o sul, de volta para onde o exército confederado se preparava para a batalha ao lado de um riacho chamado Bull Run, que ficava quarenta quilômetros a oeste de Washington, D.C., perto da cidade de Manassas Junction no estado soberano da Virgínia, que já fizera parte dos Estados Unidos da América, que agora eram duas nações, divididas sob Deus e se reunindo para a batalha.

Nathaniel cavalgava loucamente, descendo a longa encosta até a floresta distante onde saiu da estrada de terra para a sombra do bosque profundo. Puxou as rédeas com força demais e Pocahontas protestou contra a dor enquanto diminuía a velocidade até parar.

— Não me importa, sua desgraçada — resmungou o ianque para a montaria, depois tirou o pé direito do estribo e apeou.

Um pássaro assobiou para ele no mato baixo. Ele não sabia que tipo de ave era. Sabia reconhecer os cardeais, os gaios-azuis, os chapins e as gaivotas. Só isso. Tinha pensado que sabia como era uma águia, mas, quando apontara para uma em Faulconer Court House, os homens da Companhia C riram dele. Aquilo não era águia, disseram, e sim um gavião-miúdo.

Qualquer idiota sabia disso, mas não o segundo-tenente Starbuck. Jesus, pensou, ele fracassava em tudo.

Enrolou as rédeas da égua num galho baixo, depois escorregou encostado ao tronco até se sentar no capim alto. Um grilo cantou para ele enquanto Nathaniel pegava os papéis no bolso. O sol nascente inundava as copas das árvores em luz, filtrando um brilho verde através das folhas de verão. O nortista estava apavorado com a ideia de ler a carta, mas sabia que a fúria do pai deveria ser enfrentada cedo ou tarde e era melhor enfrentá-la no papel que no mofado escritório forrado de livros em Boston, onde o reverendo Elial pendurava as bengalas na parede como outros homens faziam com varas de pescar ou espadas. "Tenha certeza de que seu pecado irá encontrá-lo." Era o texto predileto do reverendo Elial, o canto lúgubre da infância de Nathaniel e hino constante de suas frequentes surras com as bengalas com cabos em gancho. O ianque desdobrou as folhas de papel rígido.

Do reverendo Elial Starbuck para o coronel Washington Faulconer, do Condado de Faulconer, Virgínia

Caro senhor,

Recebi sua carta do dia 14, e minha esposa se une a mim numa apreciação cristã dos sentimentos expressos na mesma. Não posso esconder de ninguém, muito menos de mim, a profunda decepção com Nathaniel. Ele é um jovem do privilégio mais inestimável, criado numa família cristã, alimentado numa sociedade temente a Deus e educado do melhor modo que nossos meios permitiram. Deus lhe concedeu uma bela inteligência e os afetos de uma família unida e íntima, e havia muito que meus desejos e orações eram para que Nathaniel me seguisse no ministério da palavra de Deus, porém infelizmente ele escolheu o caminho da iniquidade. Não sou insensível aos elevados sentimentos da juventude, mas abandonar os estudos por uma mulher! E assumir os hábitos de um ladrão! É o suficiente para partir o coração de um pai, e a dor que Nathaniel causou à mãe só é menor, tenho certeza, que a tristeza que ofereceu a Nosso Senhor e Salvador.

No entanto, não deixamos de pensar no dever cristão para com o pecador que tenha remorsos, e se, como o senhor sugere,

Nathaniel estiver pronto para fazer uma confissão completa de seus pecados no espírito de um arrependimento genuíno e humilde, não iremos nos interpor no caminho de sua redenção. Mas ele não pode jamais esperar de novo que possamos acender os afetos gentis que um dia sentimos por ele nem deve se acreditar digno de um lugar no ministério de Deus. Paguei ao tal Trabell o dinheiro roubado, mas agora insistirei para que Nathaniel me pague integralmente, e com esse objetivo ele deve ganhar o pão com o suor de seus labores. Garantimos para ele um lugar no escritório de advocacia do primo de minha esposa em Salem, onde, se Deus permitir, Nathaniel irá recuperar a liberalidade de nosso perdão através de uma atenção diligente aos seus novos deveres.

O irmão mais velho de Nathaniel, James, um bom cristão, está agora com nosso exército, embarcado em seus tristes deveres atuais, e irá, se Deus permitir, garantir que essa missiva chegue ao senhor em segurança. Duvido que o senhor e eu possamos algum dia concordar com os acontecimentos trágicos que no momento rasgam nossa nação, mas sei que irá se unir a mim para manter uma confiança contínua no Doador de Todos os Bens, o Deus Único, em cujo Santo Nome ainda iremos, rezo, evitar um conflito fratricida e trazer nossa nação infeliz a uma paz justa e honrada.

Agradeço-lhe ainda por suas muitas gentilezas para com meu filho e oro com fervor para que o senhor esteja certo em descrever o anseio dele pelo perdão de Deus. Também rezo por todos os seus filhos, que a vida deles possa ser poupada nesta época infeliz.

Respeitosamente,

Reverendo Elial Joseph Starbuck,
Boston, Mass. Quinta-feira, 20 de junho de 1861.

Post scriptum: Meu filho, o capitão James Starbuck do Exército da União, garante-me que irá anexar um "passe" permitindo que Nathaniel atravesse as linhas de nosso exército.

Nathaniel Starbuck desdobrou o passe anexo, que dizia:

>Permitir ao portador livre ingresso
>nas linhas do exército da União,
>autorizado pelo abaixo-assinado,
>capitão James Elial MacPhail Starbuck,
>*sous*-ajudante do general de brigada Irvin McDowell.

Nathaniel sorriu da pomposa subscrição à assinatura do irmão. Então James havia se tornado oficial do estado-maior do comandante do exército nortista? Bom para ele, pensou, depois supôs que realmente não deveria ter se surpreendido, porque o irmão mais velho era ambicioso e diligente, um bom advogado e cristão sério; na verdade, James era tudo que seu pai queria que todos os filhos fossem, enquanto Nathaniel era o quê? Um rebelde expulso de um exército rebelde. Um homem que se apaixonava por prostitutas. Um fracasso.

Pousou as duas folhas sobre o capim. Em algum lugar distante houve uma saraivada súbita de mosquetes, mas o som era abafado pelo calor do dia e parecia impossivelmente remoto para o ex-segundo-tenente Nathaniel Starbuck. O que a vida traria agora?, pensou. Pelo jeito ele não seria mais ministro do evangelho nem soldado, e sim um estudante de direito no escritório de advocacia do primo Harrison MacPhail, em Salem, Massachusetts. Ah, santo Deus, pensou, ele estaria sob a tutela daquele pedaço de pau seco, autoritário, sem caridade, cheio de retidão moral? Era esse o destino sinistro que o sussurro das anáguas ilegítimas reservava para o homem?

Levantou-se, soltou as rédeas de Pocahontas e andou devagar para o norte. Tirou o chapéu e abanou o rosto. A égua o seguia placidamente, com os cascos batendo pesados na estrada de terra que descia o morro suave entre florestas e pequenos pastos sem cercas. As sombras das árvores se estendiam longuíssimas nas campinas desbotadas pelo sol. Longe, à direita de Nathaniel, havia uma casa de fazenda branca e um enorme monte de feno. A fazenda parecia deserta. O som de tiros de fuzil se desvaneceu no ar pesado como fogo se apagando no mato, e ele pensou em como fora feliz nas últimas semanas. Haviam sido semanas saudáveis ao ar livre, brincando de soldado, e agora tudo se acabara. Uma onda de autopiedade o engolfou. Estava sem amigos, era indesejado, inútil; uma vítima, como Sally, e pensou em sua promessa de vingança a ela, seu compromisso de matar Ridley. Tantos sonhos idiotas, pensou, tantos sonhos idiotas!

A estrada subia até outra floresta, depois descia até um barranco de ferrovia inacabado atrás do qual ficavam os dois vaus de Sudley. Montou em Pocahontas e atravessou o riacho menor, olhou para a igreja de tábuas brancas no morro acima, depois virou para o leste atravessando o Bull Run, mais largo e mais fundo. Deixou a égua beber. A água fluía rápida ao redor de pedras redondas. O sol estava em seus olhos, enorme, brilhante, ofuscante, como o fogo de Ezequiel que derreteria metal na fornalha.

Instigou o animal a atravessar o riacho e um pasto, depois entrou na sombra bem-vinda de mais uma floresta onde diminuiu o passo, instintivamente se rebelando contra a vida de adequação descrita pela carta do pai. Não faria isso, não faria isso! Decidiu que se juntaria ao exército do norte. Iria se alistar como soldado em algum regimento de estranhos. Pensou em sua promessa a Sally, de que mataria Ethan, e lamentou que não pudesse cumpri-la, e então se imaginou encontrando Ridley em batalha, golpeando-o com uma baioneta e prendendo-o no chão. Então cavalgou lentamente, imaginando-se um soldado do norte, lutando pelo próprio povo.

O som de mosquetes mudara sutilmente. O ruído diminuíra no sol de verão, mas agora ficava alto de novo, mais rítmico e nítido. Ele não havia pensado de verdade nessa mudança, pois estava imerso demais na autopiedade, porém, quando fez uma leve curva na estrada, viu que o novo som não era de mosquetes, e sim de machados.

Machados de soldados.

Nathaniel parou a égua e ficou observando. Os homens com machados estavam uns cem passos à frente dele, despidos da cintura para cima e as lâminas despedaçavam a luz do sol em reflexos brilhantes enquanto lascas de madeira saltavam como resultado dos golpes fortes. Tentavam abrir caminho por entre uma barricada de árvores caídas que bloqueava completamente o caminho estreito. Metade das estradas no norte da Virgínia tinha recebido barricadas assim, feitas pelos patriotas que tentavam impedir a invasão nortista. Por um momento Nathaniel supôs que havia encontrado alguns moradores da região fazendo um obstáculo desses, então pensou: por que as pessoas que fariam uma barricada iriam golpeá-la com machados? E atrás dos homens com machados havia parelhas de cavalos atrelados com correntes para puxar os troncos cortados para fora da estrada e mais além dessas parelhas de cavalos, meio escondida pelas sombras, havia uma multidão com uniformes azuis, acima dos quais uma bandeira surgia luminosa num raio inclinado do sol nascente. A bandeira era a de estrelas e listras, e de repente Nathaniel percebeu que eram ianques, nortistas, numa estrada onde não deveria haver nenhum deles, e não era apenas um punhado de homens, e sim toda uma hoste de soldados com uniformes azuis que esperavam pacientemente que seus desbravadores liberassem o caminho estreito.

— Você aí! — gritou um homem com dragonas de oficial atrás da barricada meio desmantelada. — Pare onde está! Ouviu?

Nathaniel estava boquiaberto como um idiota, mas na verdade compreendia tudo que acontecia. Os nortistas enganaram o sul. Seu plano não era avançar obedientemente para Manassas Junction nem esperar que os sulistas atacassem o flanco direito, e sim atacar ali na desprotegida esquerda confederada, e assim cravar um gancho fundo na barriga do exército secessionista e rasgá-lo, cortá-lo e devastá-lo até que todos os vestígios da rebelião sulista morressem no horror tumultuado do derramamento de sangue num dia de domingo. Essa, percebeu Nathaniel imediatamente, era a versão do general de brigada McDowell para as Termópilas, a grande surpresa envolvente que daria aos persas ianques a vitória sobre os gregos confederados.

E, compreendendo tudo, Nathaniel soube que não precisava mais virar um soldado nortista nem violar sua promessa feita a uma prostituta sulista. Estava salvo.

10

— Faulconer deveria estar aqui.

O major Thaddeus Bird olhou com uma careta para o leste, onde o sol nascia. Bird podia ter suas opiniões rígidas sobre a atividade de soldado, mas, deixado sozinho no comando nominal da Legião Faulconer, não tinha tanta certeza se queria a responsabilidade de pôr em prática essas ideias.

— Ele deveria estar aqui — repetiu. — Os homens precisam saber que seu oficial comandante está com eles, e não passeando em seu cavalo. Seu futuro sogro — dirigiu-se a Ethan Ridley — gosta demais de excursões em quadrúpedes. — O major Bird achou essa observação divertida, porque ergueu a cabeça angulosa e gargalhou. — Excursões em quadrúpede, rá!

— Presumo que o coronel esteja fazendo um reconhecimento — protestou Ethan Ridley. Ele vira Nathaniel cavalgar com os Faulconers e estava com ciúme por não ter sido convidado. Em dois meses iria se tornar genro de Washington Faulconer, com todos os privilégios implicados pelo parentesco, mas ainda temia que outra pessoa usurpasse seu lugar nos afetos do coronel.

— Você presume que o coronel esteja fazendo um reconhecimento? — O major Bird zombou da suposição. — Faulconer está embromando, é isso. Meu cunhado vive com a ideia equivocada de que ser soldado é uma atividade esportiva, como caçar ou saltar obstáculos, mas é um mero trabalho de açougueiro, Ethan, mero trabalho de açougueiro. Nossa responsabilidade é nos tornarmos açougueiros eficientes. Tive um tio-avô que matava porcos em Baltimore, por isso acho que o talento para ser soldado pode estar no meu sangue. Você tem alguma ancestralidade felizarda como essa, Ethan?

Ridley, de forma sensata, não respondeu. Estava montado em sua égua ao lado de Bird que, como sempre, encontrava-se a pé, enquanto a legião permanecia à toa no capim, olhando as sombras da noite se encolherem e desbotarem no campo distante e imaginando o que esse dia traria. A maior parte dos homens estava confusa. Eles sabiam que passaram dois dias viajando, mas não sabiam para onde tinham vindo nem o que deveriam fazer agora que tinham chegado. Buscando respostas para as mesmas perguntas perturbadoras, Ethan Ridley pedira esclarecimentos a Thaddeus Bird.

— Duvido que alguém saiba o que acontecerá hoje — declarou Thaddeus Bird. — A história não é controlada pela razão, Ethan, e sim pelas idiotices de imbecis letais.

Ethan lutou para pensar numa resposta sensata.

— Eles acham que temos vinte mil homens, certo?

— Quem são "eles"? — perguntou o major Bird de modo sereno, intencionalmente enfurecendo Ridley.

— Quantos soldados temos, então? — tentou Ridley de novo.

— Não contei. — Os boatos em Manassas Junction diziam que o Exército do Norte da Virgínia, sob o comando de Beauregard, possuía pouco menos de vinte mil homens, mas ninguém tinha certeza.

— E os inimigos? — quis saber Ethan.

— Quem sabe? Uns vinte mil? Talvez trinta? Como os grãos de areia do mar, talvez? Uma hoste poderosa, quem sabe? Devo supor vinte mil. Isso fará você feliz?

De novo, ninguém sabia quantos soldados nortistas atravessaram o Potomac para a Virgínia. Os boatos mencionavam até cinquenta mil, porém nenhum americano jamais comandara um exército com metade disso, de modo que Thaddeus Bird desconfiava do boato.

— E vamos atacar pelo flanco direito? Foi isso que você ouviu?

Normalmente Ridley teria evitado Thaddeus Bird completamente, porque achava extremamente irritante o pedantismo do professor de barba hirsuta, no entanto o nervosismo que acompanhava a ansiedade pela batalha tornara aceitável até mesmo a companhia de Bird.

— Esse é o boato mais comum.

Bird não estava inclinado a tornar a vida de Ridley mais fácil, porque o considerava um idiota perigoso, de modo que não acrescentou que o boato fazia bastante sentido. A ala direita confederada, que era o grosso do exército de Beauregard, vigiava a estrada direta que ia de Washington a Manassas Junction. Se o exército federal capturasse o entroncamento ferroviário, todo o norte da Virgínia estaria perdido, assim o bom senso sugeria que as melhores esperanças de vitória do general Beauregard estavam em forçar o inimigo para longe das ferrovias vulneráveis, da mesma forma que as melhores esperanças de uma vitória rápida por parte do inimigo estariam numa captura veloz do entroncamento vital. Nenhuma das duas eventualidades impedia uma estratégia mais inteligente, como um ataque pelo flanco, mas Bird, no flanco, não conseguia ver nenhuma evidência de que qualquer um dos dois exércitos estivesse arriscando algo tão sofisticado quanto uma tentativa de dar a volta pelo outro, por isso presumia que os dois planejavam atacar no mesmo local. Balançou a cabeça para trás e para a frente, com a ideia agradável de dois exércitos realizando ataques simultâneos e da ala esquerda nortista trombando com a direita rebelde que avançava.

— Mas, se houver uma batalha — comentou Ridley, lutando corajosamente para manter a discussão dentro dos limites da sanidade —, nossa posição atual está muito longe de onde haverá luta, não é?

Bird fez que sim com vigor.

— Deus, se é que existe tal ser, foi misericordioso conosco nesse sentido. De fato estamos praticamente o mais longe possível da ala direita do exército que um regimento pode ficar e ainda fazer parte da força de combate, se de fato fazemos parte dele, o que não parece ser o caso, a não ser que meu cunhado receba ordens que lhe agradem mais que as que foram trazidas pelo desagradável Evans.

— O coronel só quer que tomemos parte na batalha — declarou Ethan, defendendo o futuro sogro.

Bird encarou Ridley montado.

— Com frequência me perguntava se era possível que minha irmã se casasse com alguém intelectualmente inferior a ela, e, de forma surpreendente, ela conseguiu. — Bird estava se divertindo. — Se quiser a verdade, Ethan, não creio que o próprio coronel saiba o que está fazendo. Sou da opinião de que deveríamos ter seguido as ordens de Evans, no sentido de que, permanecendo aqui na esquerda, corremos menos risco de uma morte heroica no flanco direito. Mas o que importa minha opinião? Sou apenas um humilde professor e teoricamente o segundo em comando.

— Você não quer lutar? — perguntou Ridley com o que esperava que fosse desprezo absoluto.

— Claro que não quero lutar! Lutarei, se for preciso, e acho que lutarei com inteligência, mas o desejo mais inteligente, sem dúvida, é evitar uma luta por completo, não é? Por que um homem são iria querer lutar?

— Porque não queremos que os ianques vençam hoje.

— Nós também não, mas tampouco desejo morrer hoje, e se ficar diante da escolha entre me tornar comida de vermes ou ser governado pelos republicanos de Lincoln, bom, acho que optaria por viver! — Bird gargalhou, balançando a cabeça para trás e para a frente. Depois, vendo movimento no vale, parou abruptamente o gesto idiossincrático. — Será que o grande Aquiles retornou a nós?

Dois cavaleiros surgiram na estrada de Warrenton. O sol não havia subido o suficiente para lançar a luz no vale, de modo que os dois cavaleiros ainda estavam na sombra, porém Ridley, cujos olhos eram mais jovens e afiados que os de Bird, reconheceu os Faulconers.

— São o coronel e Adam.

— Mas onde está Nathaniel, hein? Você acha que ele se tornou uma baixa num reconhecimento, Ethan? Você gostaria se o jovem Nathaniel fosse uma baixa, não gostaria? O que há nele que lhe causa tanta aversão? A beleza? A inteligência?

Ethan não se preocupou em responder às perguntas irônicas. Em vez disso apenas observou pai e filho pararem um momento para conversar na encruzilhada, depois se separarem. O coronel ignorou seus homens no topo do morro e cavalgou para o sul, enquanto Adam trotava encosta acima.

— Papai foi se encontrar com Beauregard — explicou Adam quando chegou ao platô onde a legião esperava. Seu cavalo tremeu e então esfregou o focinho no da égua de Ridley.

— E antes disso? — perguntou Bird. — Ethan diz que vocês foram fazer um reconhecimento, mas decidi que estavam meramente passeando por aí.

— Papai queria ver se havia algum nortista na estrada de Sudley — explicou Adam sem jeito.

— E há? — indagou Bird com uma solicitude zombeteira.

— Não, tio.

— Que os santos sejam louvados. Podemos respirar sem medo de novo. Doce terra da liberdade! — Bird ergueu a mão para o céu.

— E papai quer que você dê baixa em Nate — continuou Adam em seu tom entrecortado. Carregava a espada, a pistola e a casaca do uniforme de Nathaniel.

— O que seu pai quer que eu faça? — perguntou Bird.

— Dê baixa em Nate — insistiu Adam. — Nos livros.

— Eu sei o que significa "dar baixa", Adam. E terei o maior prazer em riscar Nathaniel dos livros da legião se o seu pai assim insiste, mas você precisa me dizer o motivo. Ele morreu? Devo inscrever o nome Nathaniel Starbuck nas honradas listas dos heróis do sul? Devo colocá-lo como desertor? Ele expirou por causa de um mal-estar súbito? As exigências da burocracia acurada exigem uma explicação, Adam. — O major Bird ergueu os olhos para o sobrinho enquanto pronunciava o absurdo.

— Ele foi dispensado, tio! Só isso! E papai gostaria que o nome dele fosse retirado dos livros da legião.

O major Bird piscou rapidamente, balançou para a frente e para trás, depois passou as unhas sujas pela barba longa e hirsuta.

— Por que alguém dá baixa num homem às vésperas da batalha? Pergunto apenas para entender as sutilezas da profissão de soldado.

— Papai decidiu. — Adam se perguntou por que seu tio precisava fazer tanto estardalhaço por qualquer coisa.

— Agora? Hoje? Nesse instante? Mandou-o para casa em Boston?

— Sim, de fato.

— Mas por quê? — insistiu Bird.

Ridley gargalhou.

— Por que não?

— Uma pergunta perfeitamente boa — zombou Bird. — Porém duas vezes mais complicada que a minha. Por quê? — perguntou de novo a Adam.

Adam não respondeu, simplesmente ficou parado com a antiga casaca e as armas de Nate apoiadas desajeitadamente no arção da sela, por isso Ethan Ridley optou por preencher o silêncio com uma declaração debochada:

— Porque hoje em dia não é possível confiar num nortista.

— Claro que Nate é de confiança — retrucou Adam irritado.

— Você é muito leal — observou Ridley com uma zombaria maldisfarçada, no entanto não acrescentou mais nada.

Bird e Adam esperaram que Ridley esclarecesse a zombaria.

— Além de elogiar meu sobrinho — comentou Bird enfim com sarcasmo —, você pode elucidar por que não deveríamos confiar em Nathaniel? É um simples acidente de nascimento?

— Por Deus! — exclamou Ridley, como se o simples ato de se incomodar em responder ou mesmo explicar algo tão óbvio o rebaixasse.

— Pode fazer isso por mim, então? — insistiu Bird.

— Ele chega a Richmond justo quando o Forte Sumter cai. Isso não indica alguma coisa? E usa sua amizade, Adam, para obter a confiança do coronel, mas por quê? Por que um filho daquele filho da puta do Elial Starbuck veio para o sul nesse momento? Será que devemos mesmo engolir a ideia de que um maldito Starbuck lutaria pelo sul? É como se a família de John Brown se tornasse contra a emancipação ou a vaca da Harriet Stowe atacasse seus preciosos crioulos! — Tendo dado o que acreditava ser um argumento incontestável, Ridley fez uma pausa para acender um charuto. — Nathaniel foi enviado para nos espionar — disse, resumindo —, e seu pai fez um ato de gentileza ao mandá-lo para casa. Se não tivesse feito isso, Adam, sem dúvida seríamos obrigados a atirar em Nathaniel como traidor.

— Isso aliviaria o tédio da vida no acampamento — observou Bird animado. — Ainda não tivemos uma execução, e sem dúvida os soldados adorariam.

— Tio! — Adam franziu a testa, desaprovando.

— Além disso, Nathaniel tem sangue crioulo — acrescentou Ridley. Ele não tinha realmente certeza de que era verdade, mas seu grupo de amigos havia desenvolvido a teoria como mais um soco para desferir no desprezado ianque.

— Sangue crioulo! Ah, bom! Isso é diferente! Graças a Deus ele foi embora. — O major Bird gargalhou do absurdo da acusação.

— Não seja idiota, Ethan — disse Adam. — Nem ofensivo.

— Um maldito sangue crioulo! — A irritação de Ridley o impeliu. — Olhe a pele dele. É morena.

— Como a do general Beauregard? Como a minha? Até como a sua? — perguntou o major Bird, animado.

— Beauregard é francês — persistiu Ridley. — E vocês não podem negar que o pai de Nathaniel é um notório amante dos crioulos!

O balanço frenético do major Bird para trás e para a frente indicava o júbilo indecoroso que sentia com a conversa.

— Você está sugerindo que a mãe de Nathaniel ouve os sermões do marido de um modo literal demais, Ethan? Que ela brinca de cavalgar com escravos contrabandeados na sacristia do marido?

— Ah, tio, por favor — protestou Adam com voz magoada.

— E então, Ethan? É isso que você está sugerindo? — O major Bird ignorou Adam.

— Estou dizendo que é ótimo nos livrarmos de Nathaniel, só isso. — Ridley recuou das alegações de miscigenação para tentar outro ataque contra o nortista. — Mas só espero que ele não esteja contando nossos planos de batalha aos ianques.

— Duvido que Nathaniel ou qualquer outra pessoa saiba a respeito de nossos planos de batalha — comentou Thaddeus Bird secamente. — Os planos da batalha desse dia serão decididos nos livros de memórias do general vitorioso muito tempo após a luta terminar. — Ele riu da própria piada, depois tirou um de seus charutos finos e escuros de uma bolsa presa ao cinto. — Se o seu pai insiste que eu dê baixa no jovem Nathaniel Starbuck, Adam, farei isso, mas acho um erro.

Adam franziu a testa.

— O senhor gostava de Nate, tio?

— Eu mencionei meus gostos? Ou meus afetos? Você nunca ouve, Adam. Eu estava comentando sobre a capacidade de seu amigo. Ele consegue pensar e esse é um talento perturbadoramente raro entre os jovens. A maioria de vocês acredita que é suficiente concordar com o sentimento prevalecente, o que, claro, é o que fazem os cães e os fiéis nas igrejas, mas Nathaniel tem cérebro. De certa forma.

— Bom, ele levou o cérebro para o norte. — Adam tentou encerrar a discussão.

— E a crueldade — acrescentou o major Bird, pensativo. — Sentiremos falta disso.

— Crueldade! — Adam sentiu que fora insuficientemente leal para com o amigo durante toda a manhã, e agora viu uma chance de defender Nate. — Ele não é cruel!

— Qualquer pessoa criada nas partes mais fanáticas de sua igreja provavelmente se imbuiu de uma indiferença divina pela vida e pela morte, e isso dotará o jovem Nathaniel com um talento para a crueldade. E, nesses tempos ridículos, Adam, precisaremos de toda a crueldade que pudermos reunir. As guerras não são vencidas com galanteria, e sim pela chacina aplicada assiduamente.

Adam, que temia exatamente essa verdade, tentou conter a alegria óbvia do tio.

— O senhor me diz isso com frequência, tio.

O major Bird riscou um fósforo para acender o charuto.

— Em geral os idiotas precisam de repetição para entender até mesmo as ideias mais simples.

Adam olhou por cima das cabeças dos soldados silenciosos, para onde os criados de seu pai cozinhavam em uma fogueira.

— Vou pegar um pouco de café — anunciou com ar superior.

— Você não vai pegar nada sem minha permissão — disse maroto o major Bird. — Ou deixou de notar que na ausência de seu pai, sou o oficial superior do regimento?

Adam olhou para baixo.

— Não diga absurdos, tio. Agora, posso dizer a Nelson para lhe trazer um pouco de café?

— Não, a não ser que ele sirva primeiro aos homens. Os oficiais não são membros de uma classe privilegiada, Adam, são apenas autoridades que carregam responsabilidades maiores.

Tio Thaddeus, pensou Adam, era capaz de distorcer e enrolar a questão mais simples num emaranhado de dificuldades. Adam se pegou imaginando por que sua mãe insistira em tornar o irmão um soldado, depois percebeu que, claro, era para irritar seu pai. Suspirou ao pensar nisso, então puxou as rédeas.

— Até mais, tio. — Adam virou o cavalo e, sem pedir permissão para sair e com a companhia de Ridley, bateu as esporas.

Finalmente a luz do sol chegava à encosta oeste do morro, lançando sombras longas e inclinadas no capim. O major Bird desabotoou o bolso do peito do uniforme e tirou uma *carte de visite* enrolada em pano, na qual estava montada uma fotografia de Priscilla. A vaidade a levara a tirar os óculos para fazer a foto, e consequentemente ela parecia bastante míope e insegura, mas para Bird era o paradigma da beleza. Ele encostou nos lábios o papelão rígido com a desajeitada imagem daguerreotípica, em seguida, com reverência, enrolou o cartão no pedaço de pano e o recolocou no bolso do peito.

Numa frágil torre feita de galhos amarrados oitocentos metros atrás de Bird, na qual uma escada precária subia até uma plataforma a dez metros de altura, dois sinaleiros se preparavam para o serviço. Eles falavam uns com os outros usando bandeiras sinalizadoras. Quatro dessas torres foram construídas de modo que o general Beauregard pudesse ficar em contato com os pontos mais distantes de seu exército. Um dos sinaleiros, um cabo, tirou a tampa do pesado telescópio montado num tripé, usado para ler as bandeiras das torres vizinhas, ajustou o foco do instrumento e o virou na direção dos montes cobertos de árvores que ficavam ao norte das linhas rebeldes. Podia ver o sol brilhando nas telhas de madeira do teto inclinado da igreja na colina de Sudley e, um pouco além, uma campina vazia com um clarão de prata mostrando onde o riacho Bull Run corria entre pastos luxuriantes. Nada se movia naquela paisagem, a não ser a pequena figura de uma mulher que apareceu à porta da igreja para sacudir a poeira de um capacho. O sinaleiro virou o telescópio de volta para o leste, onde o sol ardia baixo sobre um horizonte coberto de névoa por causa da fumaça de uma miríade de fogueiras agonizantes. Já ia virar o telescópio na direção da próxima torre de sinalização quando viu alguns homens surgirem no cume de um morro baixo e despido de vegetação, cerca de um quilômetro e meio depois do Bull Run, no lado do riacho ocupado pelo inimigo.

— Quer ver uns malditos ianques? — perguntou o cabo ao companheiro.
— Nem agora nem nunca — respondeu o segundo sinaleiro.
— Estou vendo os sacanas agora mesmo! — O cabo estava empolgado.
— Maldição! Então eles estão aqui, afinal de contas!
E prontos para lutar.

O grupo de homens, alguns a pé, outros a cavalo, alguns civis e alguns militares, parou no topo do morro baixo. O sol nascente iluminava com esplendor a paisagem diante deles, revelando os vales cobertos de florestas, os pastos cercados e os brilhantes vislumbres do riacho, depois do qual o exército confederado esperava a derrota.

O capitão James Elial MacPhail Starbuck estava no centro do pequeno grupo. O jovem advogado de Boston montava como alguém mais acostumado a uma cadeira estofada em couro que a uma sela, e de fato, se James tivesse de escolher um aspecto da vida de soldado do qual mais desgostava, seria a presença ubíqua dos cavalos, que considerava animais grandes, quentes, fedorentos, cheios de moscas, com dentes amarelos, olhos amedrontadores e cascos que pareciam marretas sem controle. Porém, se era necessário montar um cavalo para acabar com a revolta dos escravagistas, James montaria de boa vontade cada cavalo da América porque, apesar de carecer da eloquência do pai, era igualmente fervoroso na crença de que a rebelião era mais que uma mancha na reputação do país mas uma ofensa contra o próprio Deus. A América, acreditava James, era uma nação inspirada por Deus, abençoada especialmente pelo Todo-Poderoso, e se rebelar contra esse povo escolhido era fazer a obra do diabo. Assim, naquele domingo cristão, naqueles campos verdejantes, as forças da justiça avançariam contra a ralé satânica, e certamente, acreditava James, Deus não permitiria que o exército nortista fosse derrotado. Rezava em silêncio, implorando pela vitória.

— O senhor acha que podemos descer até a bateria, capitão? — Um dos civis interrompeu o devaneio de James enquanto apontava para uma bateria de artilharia que arrumava seu equipamento complicado num campo ao lado da estrada de Warrenton, ao pé do morro baixo.

— Não é permitido — respondeu James peremptoriamente.

— Esse não é um país livre, capitão?

— Não é permitido — insistiu James na voz autoritária que sempre se mostrava tão eficaz na corte de *Common Pleas* da comunidade de Massachusetts, mas que apenas parecia divertir aqueles jornalistas.

Os civis que acompanhavam James eram repórteres e ilustradores de uma dúzia de jornais do norte. Chegaram ao quartel-general do general de brigada McDowell na noite anterior e receberam ordem de se reportar ao *sous*-ajudante do general. James já estava encarregado de escoltar meia dúzia de adidos militares estrangeiros que haviam cavalgado desde as embaixadas de seus países em Washington e agora encaravam a batalha iminente como se fosse um belo brinquedo feito para eles, mas pelo menos os oficiais militares estrangeiros tratavam James com respeito, enquanto os jornalistas meramente pareciam irritá-lo.

— O que, em nome do diabo, é um *sous*-ajudante? — perguntara a James um repórter do *Harper's Weekly* nas difíceis horas depois da meia-noite, quando, a toda volta, o exército nortista estivera se preparando para marchar em direção à batalha. — Uma espécie de índio guerreiro?

— *Sous* é francês, significa "sub", não tem nada a ver com os sioux. — James suspeitou de que o jornalista, que vinha do autoproclamado "Jornal da Civilização" sabia muito bem o significado de *sous*.

— Isso significa que o senhor é uma espécie de ajudante inferior, capitão?

— Significa que sou assistente do ajudante. — James havia conseguido manter o controle, apesar de se sentir nitidamente irritado.

Não fora capaz de dormir mais que duas horas e acordara com um forte ataque de flatulência que, como admitiu, era totalmente sua culpa. O general de brigada McDowell era um famoso glutão que na noite anterior encorajara seu estado-maior a comer bem, e James, apesar da convicção de que uma nutrição ampla era necessária para a saúde espiritual e física, perguntou-se se o terceiro prato de torta de carne do general teria sido demais. E, além disso, houvera os bolos quentes e o creme doce, tudo isso consumido com a fantástica limonada cheia de açúcar oferecida pelo general. Essa indulgência não importaria se James pudesse tomar uma colherada do bálsamo carminativo de sua mãe antes de se deitar, porém o idiota de seu criado tinha se esquecido de colocar seu baú de remédios nas carroças de bagagem do quartel-general, por isso ele fora obrigado a enfrentar as perguntas inquisitivas dos repórteres ao mesmo tempo que escondia o desconforto exótico de uma séria indigestão.

Os jornalistas, encontrando-se com James na casa de fazenda em Centreville, onde ele passara a noite desconfortável, exigiram saber as intenções de McDowell, e James explicara, do modo mais simples possível, que o general antevia nada menos que a destruição completa da rebelião. Ao sul do riacho Bull Run, à distância de uma hora de marcha, ficava a cidadezinha de Manassas Junction, e assim que essa cidade fosse capturada, a linha férrea que ligava os dois exércitos rebeldes no norte da Virgínia seria interrompida. O general Johnston não poderia mais deixar o vale do Shenandoah para apoiar Beauregard, e com isso o derrotado exército rebelde de Beauregard, separado desse reforço, deveria se retirar para Richmond e lá ser capturado. Então a guerra se esvairia à medida que as forças rebeldes dispersas fossem derrotadas ou desistissem. James havia feito tudo parecer muito previsível e bastante óbvio.

— Mas os rebeldes nos deram uma surra há quatro dias. Isso não o preocupa? — perguntara um repórter.

Ele se referia a uma grande força de reconhecimento do norte que se aproximara do Bull Run quatro dias antes e, num excesso de zelo, tinha tentado atravessar o riacho, mas em vez disso havia causado uma chuva de balas mortal por parte dos rebeldes escondidos no meio das folhagens densas na outra margem. James desconsiderou essa repulsa como sendo trivial e até mesmo tentou enfeitá-la com uma capa de vitória ao sugerir que o contato acidental com o inimigo fora programado para convencer os rebeldes de que qualquer ataque nortista fracassaria no mesmo lugar, no flanco direito, quando o ataque verdadeiro seria feito em gancho, penetrando fundo ao redor da esquerda confederada.

— Então o que é o pior que pode acontecer hoje, capitão? — perguntara outro jornalista.

O pior, admitiu James, seria se as forças do general Johnston tivessem deixado o vale do Shenandoah e estivessem caminhando para reforçar os homens de Beauregard. Isso, reconheceu, tornaria a luta do dia muito mais difícil, no entanto ele podia garantir aos jornalistas que as últimas notícias que chegaram por telégrafo das forças nortistas no Shenandoah diziam que Johnston ainda estava no vale.

— Mas, se os rebeldes de Johnston se juntarem aos de Beauregard — insistiu o jornalista —, significa que levaremos uma surra?

— Significa que teremos de lutar um pouco mais para derrotá-los.

James estava irritado com o tom da pergunta, porém reiterou com calma a afirmação de que Johnston ainda estava parado bem longe, no oeste, o que significava que a grande questão da unidade americana deveria ser decidida naquele mesmo dia, pelos homens atualmente reunidos dos dois lados do Bull Run.

— E será uma vitória — previra James repleto de confiança.

Ele havia se esforçado repetidamente para dizer aos jornalistas que o exército do norte era a maior força jamais reunida na América do Norte. Irvin McDowell comandava mais de trinta mil homens, mais que o dobro do exército de George Washington em Yorktown. Era uma força avassaladora, garantiu ele aos jornalistas, e uma prova da decisão do governo federal de esmagar a rebelião rápida e absolutamente.

Os repórteres haviam apanhado a palavra *avassaladora*.

— Quer dizer que estamos em maior número que os rebeldes, capitão?

— Não exatamente. — Na verdade ninguém sabia exatamente quantos homens os rebeldes tinham reunido na outra margem do Bull Run, e as estimativas iam desde dez mil até improváveis quarenta mil, mas James não queria fazer com que a vitória nortista parecesse uma inevitabilidade trazida pelo simples peso dos números. Devia haver algum espaço para o heroísmo nortista, por isso ele elaborou a resposta. — Achamos — começou em tom grandioso — que os rebeldes podem ter números não muito diferentes dos nossos, mas nessa batalha, senhores, o treinamento, o moral e a justiça irão prevalecer.

E James ainda acreditava que a justiça prevaleceria, não somente para capturar uma ferrovia rural, mas para derrotar e desmoralizar as forças confederadas a tal ponto que as vitoriosas tropas nortistas pudessem marchar sem obstrução até a capital rebelde, que ficava meros cento e cinquenta quilômetros ao sul. "Para Richmond!", gritavam os jornais do norte, e "Para Richmond!" estava bordado em letras de pano brilhante nos estandartes de alguns regimentos federais, e os espectadores haviam gritado

"Para Richmond!" às tropas que marchavam pela ponte Long ao sair de Washington. Alguns deles fizeram mais que olhar as tropas partindo, e chegaram a acompanhar o exército adentrando a Virgínia. De fato, parecia a James que metade da sociedade educada de Washington fora até lá testemunhar a grande vitória nortista, porque, à medida que o sol subia agora sobre o Bull Run, dava para ver um grande número de civis já misturados às tropas federais. Havia carruagens elegantes paradas em meio aos armões dos canhões e cavaletes de pintores e blocos de desenho em meio às pilhas de fuzis e mosquetes. Damas refinadas se abrigavam sob sombrinhas, criados abriam tapetes e cestos de piquenique, enquanto emproados congressistas, ansiosos para compartilhar, se não toda a captura, ao menos a glória da ocasião, pontificavam para quem quisesse ouvir sobre a estratégia do exército.

— O senhor acha que chegaremos a Richmond até o sábado? — perguntou o repórter do *Harper's Weekly* a James Starbuck.

— Esperamos com devoção.

— E vamos enforcar Jefferson Davis no domingo — acrescentou o repórter, que depois gritou de alegria diante dessa perspectiva feliz.

— Acho que no domingo, não.

James era um advogado muito sério para deixar que essa observação descuidada ficasse sem questionamento, em especial diante dos adidos militares estrangeiros, que poderiam concluir, pelas palavras dos jornalistas, que a América era não somente uma nação que violava o domingo mas também um bando de patifes sem civilidade que não entendiam a necessidade do devido processo legal.

— Vamos enforcar Davis depois do devido processo — disse por consideração aos estrangeiros. — E só depois do devido processo.

— O capitão quer dizer que primeiro vamos fazer um bom nó na corda — explicou solícito um dos repórteres aos adidos militares.

James sorriu de forma gentil, mas na verdade achava os modos daqueles jornalistas de uma desonestidade chocante. Muitos deles já haviam escrito os relatos sobre a batalha daquele dia, usando a imaginação para descrever como as covardes tropas dos escravagistas fugiram à primeira vista da bandeira com listras e estrelas, e como outros soldados rebeldes tinham caído de joelhos, penitentes, para não abrir fogo contra a gloriosa bandeira antiga. A cavalaria do norte ficara com os cascos vermelhos de pisotear os escravocratas e as baionetas nortistas estavam pegajosas com o sangue sulista. James podia ficar estarrecido com a desonestidade, mas, como as histórias apenas informavam um resultado pelo qual ele rezava fervorosamente, não se sentia confortável em expressar censura, para não ser considerado derrotista. Afinal de contas, a derrota era impensável, porque aquele era o dia em que a rebelião deveria ser derrotada e a corrida para Richmond poderia continuar.

Houve uma agitação súbita ao pé da colina enquanto os cavalos da artilharia eram liberados dos canhões e dos armões. Os canhões foram postos atrás de uma cerca sinuosa e estavam apontados para uma bela ponte de pedra na qual a estrada atravessava o riacho. A ponte era fundamental para as esperanças do general de brigada McDowell, visto que, ao convencer os rebeldes de que seu ataque principal seria feito pela estrada, ele esperava atrair as forças inimigas para a defesa da ponte enquanto sua coluna secreta de flanco dava a volta pela retaguarda dos sulistas. Outras tropas do norte fariam demonstrações contra a ala direita do inimigo, mas o objetivo fundamental era manter a ala esquerda rebelde contra a ponte de pedra, de modo que o ataque pelo flanco acontecesse sem oposição e sem ser detectado pela retaguarda confederada. Assim os rebeldes precisavam ser levados a acreditar que o ataque falso contra a ponte era o principal do dia. E, para acrescentar coerência a esse ardil, uma enorme peça de artilharia fora trazida para abrir o falso ataque.

Era um canhão Parrott de trinta libras com cano de ferro estriado medindo mais de três metros e trinta e pesando quase duas toneladas. As rodas de metal tinham a altura dos ombros de um homem, e a arma gigantesca precisara de dezenove cavalos para ser transportada nas últimas horas de escuridão. De fato seu progresso lento contivera o avanço de todo o exército federal, e alguns oficiais nortistas achavam loucura manobrar uma peça de artilharia tão gigantesca de fortaleza para as posições mais avançadas do exército, porém cada soldado que via a arma desajeitada passar pesadamente às primeiras luzes do alvorecer achava que aquela fera venceria a batalha sozinha. A boca do cano estriado tinha mais de dez centímetros de diâmetro, enquanto a culatra preta com cinta de ferro estava agora atulhada com quase dois quilos de pólvora negra sobre a qual um obus cônico fora socado. O obus mergulhou na pólvora e sua missão era se partir numa explosão mortal de chamas e ferro despedaçado que rasgaria e esfolaria os rebeldes na outra margem do Bull Run, ainda que no momento as primeiras luzes do alvorecer não revelassem muito dos alvos no lado rebelde do riacho. De vez em quando um oficial confederado esporeava um cavalo através de um campo distante e uns poucos soldados de infantaria se espalhavam num morro que ficava pelo menos um quilômetro e meio depois da ponte de pedra, mas afora isso havia poucas evidências de que os rebeldes estivessem presentes em força.

Uma escorva de fricção foi enfiada no ouvido do Parrott até alcançar o saco de lona da pólvora negra. O utensílio era um tubo de cobre cheio de pólvora moída bem fina. A parte de cima do tubo possuía uma pequena carga de fulminato e era penetrada por uma cruzeta de metal serrado. Quando a escorva fosse puxada com força por um cordão, a cruzeta rasparia violentamente pelo fulminato e, como um fósforo riscado numa lixa, detonaria o fulminato pela fricção. Agora um sargento artilheiro soltava a ponta do cordão enquanto os outros membros da equipe se afastavam do coice mortal da arma.

— Preparar! — gritou o sargento artilheiro. Alguns membros das outras equipes de canhões da bateria se reuniram num pequeno grupo para ouvir a leitura da Bíblia e rezar, mas agora todos se viraram para o gigantesco canhão Parrott e cobriram os ouvidos.

Um oficial de artilharia montado consultou o relógio. Nos anos vindouros ele planejava contar aos filhos e netos o momento exato em que seu grande canhão sinalizara o começo do fim da rebelião. Segundo o relógio eram quase cinco e dezoito da manhã, meros doze minutos desde que o sol irrompera seu brilho no horizonte. O oficial de artilharia, um tenente, havia anotado esse momento do nascer do sol em seu diário mas também escrevera, meticulosamente, que o relógio poderia ganhar ou perder cinco minutos a qualquer dia, dependendo da temperatura.

— Preparar! — gritou de novo o sargento artilheiro, dessa vez com um toque de impaciência na voz.

O tenente de artilharia esperou até que os ponteiros do relógio apontassem exatamente para o risco que marcava dezoito minutos, então baixou a mão direita.

— Fogo!

O sargento puxou o cordão e a pequena cruzeta raspou violentamente no fulminato. O fogo saltou para baixo pelo tubo de cobre e o saco de pólvora se acendeu para lançar o obus. A base do projétil era um copo de latão macio que se expandia para agarrar o cano estriado do Parrott e fazê-lo começar a girar.

O ruído explodiu com fúria na paisagem, espantando pássaros das árvores e dando uma pancada nos tímpanos dos milhares de homens que esperavam a ordem de avançar. O canhão em si foi lançado para trás, a conteira rasgando o solo e as rodas saltando quase meio metro do chão e pousando dois metros atrás de onde fora disparado. Diante do cano que soltava fumaça havia um trecho de terra queimada sob uma nuvem branca e suja. Os presentes que nunca tinham ouvido um grande canhão disparar ficaram boquiabertos com a violência do som e com o estalo espantoso do disparo, que prometia uma destruição horrenda do outro lado do riacho.

A equipe já estava enfiando uma esponja encharcada na bocarra fumegante para apagar o fogo que restava no fundo do cano antes que o próximo saco de pólvora fosse enfiado. Enquanto isso o primeiro obus ressoou por cima da campina, passou como um relâmpago sobre a ponte e se chocou na floresta fazendo galhos estalarem, em seguida girou penetrando na colina vazia após as árvores. Dentro dele havia uma cápsula de percussão comum de fuzil, fixada na frente de uma pesada haste de metal que, quando o projétil acertou o morro, foi jogada violentamente adiante para bater numa placa de ferro no nariz do obus. A cápsula de percussão de cobre estava cheia de um fulminato de mercúrio suficientemente instável para explodir sob essa pressão, e com isso acendeu a pólvora no interior do projétil, mas ele já havia entrado um metro no chão mole e a explosão fez pouco mais que sacudir alguns metros de colina vazia e soltar um súbito sopro de terra enfumaçada em meio ao capim rasgado.

— Seis segundos e meio. — Observou o oficial de artilharia em voz alta, falando do tempo de voo do obus, depois anotou o número em seu caderno.

— Podem informar que a batalha propriamente dita começou às cinco e vinte e um — anunciou James Starbuck. Seus ouvidos ainda estavam zumbindo com a violência do estrondo do canhão e as orelhas de seu cavalo permaneciam apontadas para a frente, nervosas.

— Para mim são apenas cinco e dezoito — disse o homem do *Harper's*.

— Então cinco e dezoito? — Quem falava era um adido militar francês, um dos seis oficiais estrangeiros que observavam a batalha com o capitão James Starbuck.

— Cedo demais, qualquer que seja a maldita hora — bocejou um jornalista.

James Starbuck franziu a testa diante da imprecação, então se encolheu quando o canhão pesado disparou seu segundo tiro em direção à ponte de pedra. O som percussivo ribombou pelo campo verde e pareceu muito mais impressionante que qualquer efeito que a bala causasse na paisagem distante. James queria desesperadamente ver tumulto e confusão do outro lado do riacho. Quando vira pela primeira vez o enorme Parrott tinha pensado que um único obus disparado de uma arma tão gigantesca poderia servir para levar o pânico aos rebeldes, mas infelizmente tudo parecia estranhamente calmo no outro lado do riacho, e James temeu que a falta de carnificina parecesse ridícula para aqueles soldados estrangeiros que serviram em guerras na Europa e que, pensou James, poderiam olhar com condescendência para os esforços amadores dos americanos.

— Uma arma muito impressionante, capitão. — O adido francês aplacou todas as preocupações de James com a observação generosa.

— Totalmente manufaturada na América, coronel, em nossa fundição de West Point, em Cold Spring, Nova York, e projetada pelo superintendente da fundição, o Sr. Robert Parrott. — James pensou ter ouvido um dos jornalistas imitar um pássaro atrás dele, mas conseguiu ignorar o som. — O canhão pode disparar obus comum, metralha e setas. Tem alcance de dois quilômetros a cinco graus de elevação. — Boa parte do serviço de James até agora havia sido aprender exatamente esses detalhes para manter os adidos estrangeiros adequadamente informados. — Claro, ficaríamos felizes em arranjar uma visita guiada à fundição.

— Ah! Bom.

O francês, um coronel chamado Lassan, tinha um olho só, um rosto com cicatrizes horríveis e um uniforme magnificamente ornamentado. Ficou olhando a arma gigantesca disparar pela terceira vez, então balançou a cabeça em aprovação enquanto o restante da artilharia federal, que estivera esperando pelo terceiro disparo que seria o sinal para eles, abria fogo ao mesmo tempo. Os campos verdes a leste do riacho se encheram de fumaça à medida que canhão após canhão escoiceava nas conteiras. Uma parelha de cavalos, presa de modo inadequado, disparou em pânico para longe do ruído que espancava o céu, dispersando um grupo de soldados de infantaria que catavam amoras-bravas atrás da linha dos canhões.

— Jamais gostei de fogo de artilharia — observou em tom ameno o coronel Lassan, depois encostou um dedo manchado de nicotina sobre o olho que faltava. — Isso foi por causa de um obus russo.

— Confiamos que os rebeldes estejam compartilhando sua aversão, senhor — declarou James com humor pesado.

Agora os locais onde os tiros acertavam estavam visíveis depois do riacho, onde árvores se sacudiam com o impacto das balas e o solo das colinas mais distantes era salpicado por projéteis ricocheteando e explodindo. James precisou levantar a voz para ser ouvido acima do barulho dos canhões.

— Assim que a coluna de flanco se revelar, senhor, acho que podemos antecipar uma vitória rápida.

— Ah, é? — perguntou Lassan educadamente, depois se inclinou adiante para dar um tapinha no pescoço do cavalo.

— Aposto duas pratas que teremos posto os desgraçados para correr até as dez — disse um repórter do *Chicago Tribune* ao grupo reunido, mas ninguém aceitou a aposta. Um coronel espanhol, tranjando um magnífico uniforme de dragão vermelho e branco, desatarraxou a tampa de uma garrafinha e tomou um gole de uísque.

O coronel Lassan franziu a testa subitamente.

— Aquilo foi um apito de trem? — perguntou ao capitão Starbuck.

— Não sei dizer, senhor — respondeu James.

— Vocês ouviram um trem apitar? — perguntou o francês aos companheiros, que balançaram a cabeça.

— Isso é importante, senhor? — indagou James.

Lassan deu de ombros.

— As forças do general Johnston, do exército de Shenandoah, certamente viajariam de trem para cá, não é?

James garantiu ao coronel Lassan que as tropas rebeldes que estavam no vale do Shenandoah permaneciam totalmente engajadas enfrentando um contingente de soldados nortistas e não poderiam ter chegado a Manassas Junction.

— Mas e se o general Johnston escapou das suas forças? — O coronel Lassan falava um inglês excelente, com um sotaque britânico que James, cuja indigestão não havia melhorado com o passar das horas, achava bem irritante. — Naturalmente vocês estão se comunicando com suas tropas no Shenandoah por telégrafo, não? — continuou o coronel Lassan com suas indagações incômodas.

— Sabemos que o general Johnston estava totalmente engajado com nossas forças há dois dias — garantiu James.

— Mas dois dias é tempo mais que suficiente para se desviar de uma força de cobertura e vir de trem até Manassas, não é? — perguntou o francês.

— Acho bastante improvável. — James tentou desdenhar com frieza.

— O senhor deve se lembrar — insistiu o coronel Lassan — que nossa grande vitória sobre Francisco José em Solferino foi causada pela velocidade com que nosso imperador transportou o exército por trem.

James, que não sabia onde ficava Solferino nem sabia nada sobre alguma batalha nesse lugar e nunca ouvira falar dos feitos ferroviários do imperador, fez que sim sensatamente, porém depois sugeriu, galante, que as forças rebeldes da confederação não eram capazes de imitar os feitos do exército francês.

— É melhor esperarem que não — disse Lassan, sério, então apontou a luneta para um morro distante onde um telegrafista rebelde enviava uma mensagem. — O senhor confia, capitão, que sua força de flanco chegará na hora certa?

— Deve chegar a qualquer momento, senhor.

A confiança de James era desmentida pela falta de qualquer prova de que a luta de fato havia se iniciado na retaguarda rebelde, mas ele se consolava pensando que a distância certamente impediria que essa evidência fosse visível. Ela chegaria quando as forças confederadas que defendiam a ponte de pedra começassem a fuga em pânico.

— Não tenho dúvida de que nossa força de flanco está atacando nesse momento, senhor — declarou com o máximo de certeza que pôde, depois, porque sentia muito orgulho da eficiência ianque, não resistiu a acrescentar duas palavras: — Conforme planejado.

— Ah! Planejado! Sei, sei — respondeu o coronel Lassan sentenciosamente, em seguida lançou um olhar de simpatia para James. — Meu pai foi um grande soldado, capitão, mas ele sempre gostava de dizer que a prática da guerra é parecida com fazer amor com uma mulher: uma atividade repleta de deleites, mas nenhum deles é previsível e os melhores são capazes de infligir um sofrimento terrível ao homem.

— Ah, gostei disso! — O jornalista de Chicago rabiscou em seu caderno.

James ficou tão ofendido com o mau gosto da observação que simplesmente permaneceu olhando à distância, em silêncio. O coronel Lassan, sem perceber a ofensa que fizera, cantarolou uma música, enquanto os jornalistas anotavam as primeiras impressões da guerra que, até agora, era decepcionante. Não passava de barulho e fumaça, embora, diferentemente dos jornalistas, os escaramuçadores nas duas margens do Bull Run estivessem aprendendo exatamente o que significavam aquele barulho e aquela fumaça. Balas atravessavam zunindo o riacho enquanto atiradores de elite rebeldes e federais disparavam das árvores. Seus tiros cercavam o curso d'água com um fino rendado de fumaça de pólvora que era empurrado de lado pela passagem ruidosa dos obuses pesados que se chocavam na madeira, explodindo em torrentes de fumaça preta sulfurosa e fragmentos de ferro assobiando. Um galho foi acertado por um projétil, rachou e caiu, quebrando as costas de um cavalo. O animal relinchou terrivelmente enquanto um menino tocador de tambor gritava pela mãe e tentava debilmente impedir que as tripas se derramassem do feio talho de estilhaço na barriga. Um oficial olhou incrédulo para o sangue que se espalhava enchendo seu colo a partir do ferimento de bala na virilha. Um sargento barbudo agarrou o cotoco esfarrapado do pulso esquerdo e se perguntou como, em nome de Deus, ele conseguiria arar um sulco reto outra vez. Um cabo vomitou sangue, então desmoronou lentamente no chão. A fumaça de pólvora pairava entre os galhos. Agora os canhões disparavam mais depressa, criando um rugido alto que abafava a música das bandas dos regimentos, ainda tocando suas canções alegres atrás das linhas de batalha.

E, bem mais atrás da linha de combate rebelde, em Manassas Junction, uma pluma de fumaça branco-azulada saía da chaminé enegrecida de uma locomotiva. Os primeiros homens do general Joseph Johnston chegaram do Shenandoah. Tinham escapado das tropas do norte, e assim mais oito mil rebeldes começaram a reforçar os dezoito mil que Beauregard já reunira ao lado do Bull Run. Os exércitos haviam se juntado, os canhões estavam se aquecendo e a matança de um domingo do Senhor podia começar.

11

— Então você é o nosso maldito espião, não é? — disse o coronel Nathan Evans a Nathaniel Starbuck.

Ainda montado em Pocahontas, Nathaniel estava com as mãos amarradas às costas sob a guarda de dois cavalarianos da Louisiana que, enquanto faziam o reconhecimento na região próxima à Igreja de Sudley, o haviam encontrado e perseguido, depois capturado e amarrado. Agora o levavam a seu oficial comandante que estava de pé, com os oficiais de sua brigada, um pouco atrás da ponte de pedra.

— Tirem o desgraçado do cavalo! — disse o coronel rispidamente.

Alguém segurou o braço direito de Nathaniel e o puxou sem cerimônia de cima da sela, de modo que o nortista caiu pesadamente aos pés de Evans.

— Não sou espião — conseguiu dizer. — Sou um dos homens de Faulconer.

— Faulconer? — Evans latiu um som breve e sem humor que poderia ser uma risada ou talvez um rosnado. — Quer dizer, aquele sacana que se acha bom demais para lutar com minha brigada? Faulconer não tem homens, garoto, tem fadinhas sem colhões. Covardes. Capachos. Lixos de bunda suja, barriga frouxa, coração de maricas. E você faz parte daquela laia, é?

Nathaniel se encolheu com a enxurrada de insultos, mas de algum modo conseguiu continuar com a explicação.

— Encontrei tropas nortistas na floresta depois dos vaus de Sudley. Muitas, e estão vindo para cá. Eu estava retornando para avisar a vocês.

— O desgraçado está mentindo feito o diabo, coronel! — exclamou um dos cavalarianos da Louisiana.

Eram homens magros, de barba hirsuta, rosto escurecido pelo clima e olhos selvagens, amedrontadores, fazendo o ianque se lembrar do sargento Truslow. Estavam armados de modo ultrajante, cada um com uma carabina, duas pistolas, um sabre e uma faca de caça. Um dos dois cavalarianos tinha uma peça sangrenta de porco recém-abatido pendurada no arção da sela, enquanto o outro, que evidentemente aliviara Nathaniel de seus três dólares e dezesseis centavos, possuía duas galinhas mortas, ainda com penas, penduradas na tira da garupa pelos pescoços quebrados. Esse homem também havia encontrado a carta do pai de Nathaniel e o passe do irmão, mas, sendo analfabeto, não se interessara pelos papéis que, descuidadamente, enfiou de volta no bolso da camisa do nortista.

— Ele não estava armado — continuou laconicamente o cavalariano — e não tinha uniforme. Acho que é um espião, coronel. Escute só a voz do filho da puta. Ele não é do sul.

Um obus acertou a campina doze passos à frente do pequeno grupo. Explodiu, provocando uma pancada sísmica no solo e arrancando nacos de terra vermelha. O som, mesmo abafado pela terra, foi um estalo violento, assustador, que fez Nathaniel se encolher de choque. Uma lasca de pedra ou metal passou assobiando perto do chapéu marrom e velho de Evans, mas o coronel nem se mexeu. Só olhou para um de seus ordenanças montado num cavalo malhado.

— Intacto, Otto?

— *Ja*, corronel, intacto.

Evans olhou de volta para o ianque, que havia se levantado com dificuldade.

— E onde você viu essas tropas federais?

— Talvez a oitocentos metros depois dos vaus de Sudley, senhor, numa estrada que vai para o leste.

— Na floresta.

— Sim, senhor.

Evans cutucou com um canivete aberto os dentes escuros e podres de tanto mascar tabaco. Seus olhos céticos examinaram Nathaniel de cima a baixo e não pareceram gostar do que viram.

— E quantos soldados federais você disse que viu?

— Não sei, senhor. Um monte. E eles têm canhões.

— Canhões, é? Estou apavorado! Cagando nas calças.

Evans deu um risinho de desprezo e os homens ao redor gargalharam. O coronel era famoso pela linguagem imunda, pela profundidade de sua sede e pela ferocidade do temperamento. Havia se formado em West Point em 1848, ainda que por pouco, e agora ridicularizava o currículo da academia afirmando que o que fazia um soldado era o talento para lutar como um puma, não possuir a capacidade elegante de falar francês, resolver problemas chiques de trigonometria ou dominar as complexidades da filosofia natural, o que quer que fosse isso.

— Você viu os canhões? — perguntou com ferocidade.

— Sim, senhor.

Na verdade, Nathaniel não tinha visto nenhum canhão nortista, mas vira as tropas federais desmantelando a barricada e raciocinou que elas certamente não perderiam tempo liberando a estrada para a infantaria. Uma coluna de infantaria poderia rodear as árvores derrubadas, porém canhões precisariam de uma passagem sem obstrução, o que certamente sugeria que o ataque do flanco escondido trazia artilharia.

Nathan Evans cortou um novo pedaço de tabaco que enfiou numa bochecha.

— E o que, em nome de Deus, você estava fazendo na floresta depois dos vaus de Sudley?

O ianque fez uma pausa e outro obus se despedaçou em fumaça preta e um jato de chamas vermelhas. A intensidade da explosão era extraordinária para ele, que de novo se encolheu quando o estalo percussivo fez o ar estremecer, mas o coronel Nathan Evans parecia completamente despreocupado com o som e apenas perguntou mais uma vez a seu ordenança montado se tudo continuava bem.

— *Ja*, corronel. Está tudo bem. Não se prreocupe.

O ordenança alemão era um homem enorme com rosto maligno e levava um curioso barril de pedra amarrado como uma mochila às costas. Seu chefe, o coronel Evans, que Nathaniel ficara sabendo com os captores que tinha o apelido de "Canelas", não parecia mais imponente à luz do dia que durante a madrugada; de fato, para o olhar tendencioso do jovem, Evans lembrava um dos carvoeiros de costas encurvadas de Boston que carregavam pesadíssimos sacos de combustível da rua para os porões das cozinhas, e não era surpreendente, pensou Nathaniel, que o fastidioso Washington Faulconer se recusasse a ficar sob o comando daquele soldado da Carolina do Sul.

— E então? Você ainda não respondeu a minha pergunta, garoto. — Evans olhou irritado para o nortista. — O que estava fazendo do outro lado do Bull Run, hein?

— O coronel Faulconer me mandou — disse em tom de desafio.

— Mandou? Para quê?

Nathaniel Starbuck queria salvar o orgulho e dizer que fora enviado para fazer reconhecimento da floresta do outro lado do Bull Run, mas sentiu que a mentira jamais se sustentaria, assim decidiu-se pela verdade ignominiosa.

— Ele não me queria no regimento dele, senhor. Estava me mandando de volta para meu pessoal.

Evans se virou para olhar atentamente as árvores à beira do riacho Bull Run, onde sua meia brigada defendia a ponte de pedra na estrada que ia de Washington para o oeste. Se os nortistas atacassem essa parte do Run, a defesa de Evans seria desesperada, porque sua brigada consistia apenas em um punhado de cavalaria ligeira, quatro canhões obsoletos de cano liso, um fraco regimento de infantaria da Carolina do Sul e outro, igualmente com poucos homens, da Louisiana. Beauregard havia deixado a brigada maldefendida porque tinha certeza de que a batalha seria travada longe, na ala direita dos confederados. Até agora, para sorte de Evans, o ataque nortista contra a brigada se restringira a incômodos disparos de fuzil e artilharia, embora um dos canhões inimigos lançasse obuses tão monstruosos que o céu parecia tremer cada vez que um projétil passava acima.

Evans observou as árvores com a cabeça inclinada de lado, como se avaliasse o rumo do combate através do ruído. Para Nathaniel o som de fuzis e mosquetes se parecia estranhamente com os estalos ferozes de mato baixo queimando, enquanto acima desse ruído estrondeava o fogo de artilharia. O voo dos obuses soava como pano rasgando ou talvez toucinho fritando, porém às vezes o chiado aumentava até um estrondo súbito que machucava os ouvidos quando um projétil explodia. Umas poucas balas de fuzil passaram perto do pequeno grupo de Evans, algumas com um assobio fantasmagórico. Tudo era muito estranho para Nathaniel, que tinha consciência do coração martelando no peito, mas, para ser sincero, não sentia tanto medo dos obuses e das balas quanto do feroz e cambaio Evans Canelas, que se virou de volta para o prisioneiro.

— O desgraçado do Faulconer estava mandando você de volta para seu pessoal? O que diabos você quer dizer com isso?

— Minha família, senhor. Em Boston.

— Ah, Boston! — Evans disse o nome com um riso alegre, convidando seus oficiais a se juntarem à zombaria. — Um buraco de merda. Um buraco de mijo. Uma cidade de merda. Meu Deus, odeio Boston. Uma cidade de lixo republicano de bunda preta. Uma cidade de mulheres carolas e de cara amarrada que vivem interferindo e não servem para porcaria nenhuma. — Evans deu uma enorme cusparada misturada com tabaco nos sapatos de Nathaniel. — Então Faulconer estava mandando você de volta para Boston, garoto? Por quê?

— Não sei, senhor.

— Não sei, senhor — imitou Evans. — Ou talvez você esteja me contando mentiras, seu merdinha miserável. Talvez esteja tentando arrastar meus homens para longe da ponte. É isso, seu monte de bosta?

A veemência do coronel era aterrorizante, avassaladora, incandescente, forçando o jovem ianque a dar um passo involuntário para trás enquanto a arenga do coronel o cobria de cuspe.

— Está tentando me mandar rio abaixo, seu sacana? Quer que eu abra a estrada para os desgraçados do norte poderem atravessar a ponte em massa e quando chegar a noite estaremos todos pendurados nas árvores. Não é, seu filho de uma puta imprestável? — Houve alguns segundos de silêncio, depois Evans repetiu a pergunta numa voz que era um grito esganiçado. — Não é, seu filho de uma puta inútil?

— Há uma coluna de tropas nortistas na floresta depois dos vaus de Sudley. — De algum modo Nathaniel conseguiu manter a voz calma. Fez um movimento brusco e fútil com as mãos, tentando apontar para o norte, mas o nó da corda estava apertado demais. — Está marchando para cá, senhor, e chegará dentro de mais ou menos uma hora.

Outro obus acertou o pasto após a estrada, onde as duas peças de artilharia de reserva de Evans esperavam no capim alto. Os artilheiros descansando nem levantaram os olhos, nem mesmo quando um dos obuses gigantes caiu mais perto que o usual e arrancou um galho de uma árvore próxima antes de explodir quarenta metros depois, num tumulto de terra, folhas, fragmentos de ferro e fumaça quente.

— Como está meu barrelito, Otto? — gritou Evans.

— Sem danos, corronel. Não se prreocupe. — O alemão parecia impassível.

— Eu me prreocupo — resmungou Evans. — Eu me prreocupo com os merdinhas de Boston. Qual é o seu nome, garoto?

— Nathaniel, senhor. Nathaniel Starbuck.

— Se estiver mentindo para mim, Nathaniel Cara-de-Bosta, vou levar você até o barracão e cortar suas bolas fora. Se você tiver bolas. Você tem bolas, Nathaniel? — O jovem não respondeu. Sentia-se aliviado porque aquele homem furioso e desbocado não havia ligado seu sobrenome ao do reverendo Elial. Mais dois obuses passaram ressoando acima e uma bala de fuzil soltou seu estranho assobio enquanto passava. — Então se eu mover meus homens para enfrentar sua coluna, seu bostinha de fada — Evans aproximou tanto o rosto do de Starbuck que o bostoniano sentiu o cheiro da mistura mefítica de uísque e tabaco no hálito do coronel —, vou deixar o inimigo atravessar a ponte aqui, não vou? E aí não haverá mais Confederação, haverá? E aí os cabeças de merda emancipadores de Boston virão estuprar nossas mulheres, se é isso que os cantores de hinos de Boston fazem. Talvez eles prefiram estuprar nossos homens, não é? Preferiria isso, rapaz? Você gostaria de me estuprar?

De novo Nathaniel ficou quieto. Evans cuspiu seu desprezo diante do silêncio, em seguida virou e viu um soldado de infantaria, de casaca cinza, mancando de volta pela estrada.

— Aonde diabos você está indo? — explodiu numa fúria súbita contra o soldado, que simplesmente o olhou de volta numa perplexidade vazia. — Você ainda consegue atirar com um fuzil, não consegue? — gritou Evans. — Então volte! A não ser que queira que aqueles republicanos de bunda suja sejam os pais dos próximos bastardos da sua mulher. Volte! — O homem se virou e retornou mancando dolorosamente para a ponte, usando o mosquete-fuzil como muleta.

Uma bala sólida levantou poeira da estrada, depois ricocheteou sem ferir ninguém do grupo de oficiais de Evans, mas o vento dela passando pareceu desequilibrar o soldado ferido, que oscilou com a muleta improvisada, então desmoronou na lateral da estrada perto dos dois canhões de seis libras reservas. Os outros dois estavam mais perto do Bull Run, devolvendo o fogo nortista com granadas que explodiam no ar distante como súbitas nuvens pequenas e cinzentas, de onde riscos de fumaça voavam chiando para a terra em loucas espirais. Ninguém sabia se os projéteis explosivos estavam encontrando os alvos, mas na verdade Evans apenas atirava para manter o moral de seus homens.

Os artilheiros de reserva esperavam. A maioria estava deitada de costas, aparentemente cochilando. Dois homens jogavam uma bola de um para o outro enquanto um oficial, com os óculos empoleirados baixos no nariz, se apoiava num cano de bronze e virava as páginas de um livro. Um artilheiro em mangas de camisa, com suspensórios de um vermelho vivo, estava sentado com as costas apoiadas numa roda do canhão. Escrevia mergulhando a pena num tinteiro pousado no capim ao lado. A tranquilidade do sujeito não parecia deslocada porque, apesar de a luta gerar uma carapaça de barulho e fumaça, não havia grande sentimento de urgência. Nathaniel esperava que a batalha fosse mais vigorosa, como os relatos de jornais sobre a Guerra do México, que narraram como as corajosas tropas do general Scott ganharam a bandeira americana em meio a disparos e granadas zunindo ao penetrar nos Salões de Montezuma, mas havia um ar quase abstrato nos acontecimentos dessa manhã. O oficial de artilharia virou uma página lentamente, o homem da carta tirou com cuidado o excesso de tinta da ponta da pena antes de levá-la ao papel, enquanto um dos homens que jogavam a bola a deixou escapar e riu preguiçosamente. O soldado ferido ficou deitado na vala, praticamente sem se mexer.

— E o que eu faço com o filho da puta, coronel? — perguntou um dos cavalarianos da Louisiana que seguravam Nathaniel.

Evans estivera franzindo a testa para a névoa de fumaça que pairava acima da ponte de pedra. Virou-se mal-humorado para anunciar o destino do ianque, mas foi interrompido antes que pudesse falar.

— Uma mensagem, senhor. — Quem falava era o tenente que acompanhara Evans em sua visita infrutífera à barraca de Faulconer naquela manhã. Estava montado num cavalo cinza e magro e segurava um binóculo com o qual estivera olhando o posto de sinalização na colina. — Do sinaleiro, senhor. Nosso flanco esquerdo foi contornado. — O tenente falava sem nenhum traço de emoção.

Houve uma imobilidade momentânea enquanto um dos obuses monstruosos do inimigo rasgava o ar acima. O homem ferido junto à estrada tentava se levantar, mas parecia fraco demais.

— Repita, Meadows — exigiu Evans.

O tenente Meadows consultou seu caderno.

— "Cuidado com sua esquerda, você foi contornado." Essas são as palavras exatas, senhor.

Evans girou rapidamente para olhar em direção ao norte, embora não houvesse nada para ver lá, a não ser as pesadas árvores de verão e um falcão voando muito alto. Depois se virou de novo para Nathaniel, com os olhos pequenos arregalados de choque.

— Devo-lhe um pedido de desculpas, garoto. Por Deus, devo-lhe um pedido de desculpas. Sinto muito, de verdade, sinto muito! — Evans disse a última palavra e virou de novo, dessa vez para olhar a ponte de pedra. Sua mão esquerda estremecia espasmódica ao lado do corpo, única prova da tensão pela qual passava. — Isso aqui é uma encenação. Eles não estão atacando aqui, só coçando nossa barriga, enganando, mantendo a gente aqui enquanto o verdadeiro ataque vem pelas nossas costas. Meu Deus! — Ele estivera falando sozinho, mas de repente disse em voz muito mais alta: — Cavalo! Tragam meu cavalo! Monte em seu cavalo, garoto! — Essa última frase foi para o ianque.

— Senhor! — gritou Nathaniel.
— Garoto?
— Estou amarrado!
— Soltem o garoto. Otto?
— *Ja*, corronel?
— Dê um pouco do barrelito a Boston. Um copo.

Parecia que Evans havia escolhido "Boston" como apelido de Nathaniel, assim como o curioso barril de pedra nas costas do ordenança alemão era chamado de "barrelito".

O grande alemão se aproximou em seu cavalo malhado de Nathaniel enquanto outro homem, correndo para obedecer às ordens de Evans, cortava a corda dos pulsos do rapaz. O ianque massageou as queimaduras provocadas pela corda, depois viu que o impassível ordenança alemão levara a mão às costas para manipular uma torneirinha de madeira presa na base do barril de pedra. O alemão encheu uma caneca de estanho com o líquido do recipiente e o entregou solenemente a Nathaniel.

— Beba! Deprressa, agorra! Prrreciso do copo de novo. Beba!

O nortista aceitou a caneca cheia do que parecia chá frio. Estava morto de sede e virou a caneca ansiosamente nos lábios, então engasgou um pouco porque o líquido não era chá, e sim uísque; forte, não diluído.

— Beba! — Otto parecia mal-humorado.
— Meu cavalo! — gritou Evans.

Um obus ressoou acima, batendo na colina atrás. No mesmo instante uma bala sólida acertou o homem ferido ao lado da estrada, matando-o imediatamente e lançando seu sangue a três metros de altura. Nathaniel viu o que achou ser a perna decepada do sujeito girando no ar, e logo rejeitou a visão como sendo irreal. Outra bala sólida se chocou contra uma árvore, arrancando uma lança de madeira verde com um metro e fazendo chover folhas sobre a perna arrancada. O tenente Meadows, que repetira a mensagem alarmante do sinaleiro, engoliu em seco de repente e arregalou os olhos. Ele encarava Nathaniel e seus olhos pareceram se arregalar cada vez mais enquanto sua mão ia lentamente para o pescoço, onde uma gota de sangue brotou e brilhou. Seu caderno escorregou para o chão, as páginas se agitando, enquanto a gota de sangue crescia e se dividia, e subitamente engasgou fazendo uma torrente de sangue jorrar pela frente da túnica. Oscilou, gorgolejando, e então seu corpo inteiro estremeceu violentamente enquanto o tenente escorregava da sela para o capim.

— Vou pegar o cavalo de Meadows — declarou Evans rispidamente, e agarrou as rédeas do animal cinza. O pé do tenente agonizante estava preso no estribo. Evans o soltou, depois montou.

Nathaniel terminou de beber o uísque da caneca, ofegou e estendeu a mão para as rédeas de Pocahontas. Montou desajeitadamente, imaginando o que deveria fazer agora que estava livre.

— Boston! — Evans virou o cavalo para o nortista. — O sacana do Faulconer vai ouvir você?

— Acho que sim, senhor — respondeu Nathaniel, e depois, com mais honestidade: — Não sei, senhor.

Evans franziu a testa enquanto um pensamento lhe ocorria.

— Por que está lutando por nós, Boston? Essa luta não é sua.

Nathaniel Starbuck não sabia o que dizer. Seus motivos tinham mais a ver com seu pai que com o destino do país e tinham ainda mais a ver com Sally que com a escravidão, mas aquele não parecia ser o momento nem o lugar de explicar essas coisas.

— Porque sou um rebelde. — Deu a explicação sem força, sabendo que era inadequada.

Mas ela agradou a Nathan Evans, que tinha acabado de pegar uma caneca de uísque com seu sério ordenança e a esvaziou num gole.

— Bom, agora você é meu rebelde, Boston, então encontre Faulconer e diga que quero sua preciosa legião. Diga que estou movendo a maior parte das minhas tropas para a estrada de Sudley e quero os homens dele lá também. Diga para formar à minha esquerda.

Tonto por causa do uísque, da mudança de sorte e pelo sentimento de pânico redemoinhando no ar úmido, o ianque tentou inserir uma nota de cautela no planejamento de Evans.

— O coronel Faulconer estava decidido a ir para a ala direita, senhor.

— Dane-se o que Faulconer quer! — Evans gritou tão alto que os artilheiros que descansavam do outro lado da estrada se assustaram. — Diga a

Faulconer que a Confederação precisa dele! Diga ao sacana que precisamos impedir os ianques, caso contrário todos vamos dançar com a música de Lincoln essa noite! Estou confiando em você, garoto! Ache Faulconer e diga ao sacana desgraçado para lutar! Diga ao sacana frouxo para lutar! — Evans gritou as últimas palavras, depois bateu os calcanhares com força, deixando Nathaniel atônito e sozinho enquanto oficiais e ordenanças iam atrás do coronel, em direção aos homens que defendiam a ponte de pedra.

Balas estalavam e zuniam no ar pesado. Moscas se juntavam densamente no fosso para pôr ovos nos pedaços de carne que eram um homem apenas alguns instantes antes. O tenente Meadows estava deitado de costas com os olhos mortos mostrando surpresa e a boca cheia de sangue e escancarada. Nathaniel, com o uísque azedo na barriga, puxou as rédeas, virou a cabeça de Pocahontas e foi encontrar a legião.

A Legião Faulconer teve sua primeira baixa aproximadamente às oito e cinco. Um obus passou por cima do morro a leste, quicou uma vez na encosta reversa, girou no ar com um silvo horrendo e bateu no chão pela segunda vez uns doze metros na frente da Companhia A. Explodiu ali, cravando uma lasca de ferro serrilhado no crânio de Joe Sparrow, o rapaz que tinha bolsa para a universidade, mas que agora teve uma morte tão fácil quanto qualquer soldado poderia esperar. Num momento estava de pé, rindo de uma piada de Cyrus Matthews, e no outro estava caído de costas. Estremeceu uma vez, não sentiu nada e morreu.

— Joe? — perguntou Cyrus.

Os outros homens se afastaram nervosos do jovem caído, menos seu amigo George Waters, que estivera ao lado de Sparrow na segunda fileira e então caiu de joelhos ao lado do corpo. O boné de Sparrow tinha sido girado pela força do fragmento do invólucro do obus e George tentou ajeitá-lo, mas, quando puxou a viseira, o sangue jorrou de forma terrível por baixo da bainha.

— Ah, meu Deus! — George Waters se encolheu para longe daquela visão horrenda. — Ele está morto!

— Não seja idiota, garoto. Os crânios sangram feito porcos furados, você sabe disso. — O sargento Howes havia passado entre as fileiras e se ajoelhou ao lado de Sparrow. — Ande, moleque, acorde!

Ele ajeitou o boné, tentando esconder o sangue, depois deu um tapinha no rosto do rapaz morto. Aquele era o único filho de Blanche e Frank

Sparrow, orgulho da vida dos dois. Blanche se esforçara bastante para convencer o garoto a não marchar para a guerra, mas alguém tinha deixado uma anágua zombeteira na varanda deles, endereçada a Joe, e o jovem queria entrar para a legião de qualquer modo, por isso Blanche cedera, mas agora o rapaz estava caído de costas num pasto.

— Chamem o médico! Chamem o médico! — Paul Hinton, capitão da Companhia A, apeou e gritou a ordem.

O major Danson veio correndo com sua mala médica da retaguarda do regimento, onde a banda tocava "Annie Laurie", as tubas bordando uma linha de baixo elegante em contraponto à melodia triste, tão popular entre os homens. Danson passou pelas fileiras da Companhia A.

— Deem espaço para ele respirar! — gritou, e era o que geralmente gritava sempre que era chamado até uma pessoa doente. Invariavelmente os empregados de fazenda, os criados ou os membros da família se apinhavam em volta do paciente, e Danson não suportava trabalhar no meio de uma multidão de espectadores, todos oferecendo sugestões. Se sabiam tanto, costumava pensar com frequência, por que precisavam dele? — Para trás, agora. Quem é, Dan?

— O garoto de Blanche Sparrow, doutor — respondeu Hinton.

— O jovem Joe, não! Vamos lá, Joe. Joe, você está perdendo toda a diversão! — O Dr. Danson se ajoelhou. — Qual é o problema? Foi acertado na cabeça?

— Ele está morto. — George Waters tinha ficado branco de choque.

O major Danson franziu a testa para esse diagnóstico amador, depois procurou a pulsação de Joseph Sparrow. Durante alguns segundos não disse nada, então levantou o boné manchado de sangue revelando o cabelo todo encharcado e embolado em vermelho de Joe.

— Ah, pobre Blanche — comentou baixinho. — O que diremos a ela? — Ele desabotoou o colarinho da túnica do garoto como se quisesse ajudá-lo a respirar.

Outro obus ricocheteou, passou feito chicote acima e se chocou na terra oitocentos metros atrás do regimento. A explosão se perdeu na densa folhagem de um agrupamento de árvores. Adam Faulconer, que estivera montado na crista do morro para olhar a canhonada ondular em fumaça e fogo sobre o riacho distante, agora percebeu que havia algo errado nas fileiras da legião e esporeou o animal de volta.

— O que aconteceu? — perguntou ao Dr. Danson.

— É o garoto de Blanche, o jovem Joe.

— Ah, meu Deus, não.

Havia uma dor medonha na voz de Adam. O dia já estava lhe trazendo a violência que ele temera, e no entanto suspeitava de que a batalha ainda não tinha começado de verdade. Os dois lados fizeram contato e lançavam obuses um contra o outro, mas nenhum parecia ter iniciado um ataque verdadeiro.

— Blanche jamais conseguirá viver com isso — declarou Danson, lutando para se levantar. — Lembro-me de quando Joe quase morreu de coqueluche e achei que ela iria junto para a sepultura. Santo Deus, que coisa terrível!

Ao redor um círculo de soldados olhava assombrado o garoto morto. Não que a morte fosse estranha a qualquer um deles; todos viram irmãs, irmãos, primos ou pais arrumados na sala, e todos ajudaram a carregar um caixão para a igreja ou a tirar um corpo afogado no rio, mas isso era diferente: era uma morte casual, a loteria da guerra, e poderia facilmente ter sido qualquer um deles, ali, todo ensanguentado e imóvel. Era algo para o qual não estavam preparados de fato, porque nada em seu treinamento os convencera de que os rapazes terminavam de boca aberta, caídos de costas, cobertos de moscas, ensanguentados e mortos.

— Carreguem-no para a retaguarda, rapazes — ordenou agora o capitão Hinton. — Levantem-no! Com cuidado! — Hinton supervisionou a remoção do corpo, depois voltou para perto de Adam. — Onde está seu pai, Adam?

— Não sei.

— Ele deveria estar aqui. — Hinton segurou as rédeas do cavalo e montou laboriosamente na sela.

— Acho que o general está tomando seu tempo — sugeriu Adam debilmente. Havia uma mancha de sangue brilhante ao lado do boné de Joe Sparrow caído no capim. — Pobre Blanche. Tiramos Joe da equipe de bandeira porque achamos que ele ficaria mais seguro nas fileiras.

Mas Hinton não estava escutando. Em vez disso franzia a testa em direção ao leste, onde um cavaleiro surgira no topo do morro.

— É Starbuck? É, por Deus!

Adam se virou e, para sua perplexidade, viu que era mesmo Nathaniel quem galopava para a legião e, por um segundo, Adam pensou estar vendo fantasmas, depois percebeu que era mesmo o amigo que, menos de três horas antes, fora despachado de volta para sua família no norte, porém que havia retornado sem casaca, pálido, apressado e ansioso.

— Onde está seu pai? — gritou o ianque.

— Não sei, Nate. — Adam havia cavalgado para encontrar o amigo. — O que você está fazendo aqui?

— Cadê o Pica-Pau? — A voz de Nathaniel estava peremptória, firme, fora de tom com relação ao clima melancólico da morte de Sparrow.

— O que você está fazendo aqui, Nate? — perguntou Adam de novo, esporeando o cavalo atrás do amigo. — Nate?

Mas Nathaniel já havia instigado o cavalo passando pela frente da legião, indo até onde o major Bird estava atrás das bandeiras que pendiam frouxas no ar estagnado.

— Senhor! — Nathaniel puxou as rédeas perto de Bird.

Bird piscou para o cavaleiro.

— Starbuck? Recebi a ordem de lhe dar baixa! Tem certeza de que deveria estar aqui?

— Senhor. — Nathaniel parecia emproado e formal. — O coronel Evans me enviou, senhor. Ele quer que avancemos para a estrada de Sudley. O inimigo atravessou o riacho perto da Igreja de Sudley e está marchando para cá.

Pica-Pau Bird piscou para o rapaz e notou que ele parecia notavelmente calmo. Supôs que essa calma fosse um sintoma perverso da agitação de Nathaniel, então Bird pensou em como todos estavam representando seus papéis de soldado espantosamente bem naquela manhã improvável.

— Essas ordens não seriam mais bem-endereçadas ao coronel Faulconer? — Bird se flagrou perguntando, e ficou pasmo porque sua inclinação natural era, com isso, evitar a responsabilidade.

— Se eu pudesse encontrar o coronel, senhor, diria a ele. Mas acho que não há tempo, e, se não nos movermos, senhor, não restará nada desse exército.

— É mesmo?

Bird parecia calmo, mas suas mãos arranhavam a barba com a tensão do momento. Ele abriu a boca para falar de novo, no entanto nenhum som saiu. Estava pensando que ele também teria de representar um papel de soldado, agora que o destino largara essa responsabilidade em seu colo; então pensou, com covardia, que o dever do soldado era obedecer, e as ordens do coronel Faulconer foram muito específicas: ele deveria ignorar qualquer instrução do coronel Nathan Evans. Agora mesmo Faulconer estava tentando fazer com que a legião fosse posta no sul, onde Beauregard esperava que a batalha principal fosse travada, porém o coronel Nathan Evans queria que a legião marchasse para o norte e claramente afirmava que todo o futuro da Confederação dependia da obediência de Bird.

— Senhor! — Evidentemente Nathaniel não estava tão calmo quanto parecia, porque pressionava Bird por uma decisão.

Bird sinalizou para o nortista silenciar. Seu primeiro impulso fora evitar qualquer responsabilidade obedecendo cegamente às instruções de Washington Faulconer, mas esse mesmo impulso permitia que Bird entendesse exatamente por que seu cunhado havia cedido aos pedidos de Miriam e o nomeado major. Washington Faulconer acreditava que Bird jamais ousaria lhe desobedecer. Com certeza o coronel desconsiderava Bird como sendo uma nulidade que jamais aviltaria sua glória. De fato, como Thaddeus Bird percebeu de repente, ninguém tinha permissão para competir com Washington Faulconer, motivo pelo qual o coronel se cercava de imbecis como Ridley, e motivo pelo qual quando um homem como Nathaniel ameaçava demonstrar alguma independência era tão rapidamente expulso do séquito do coronel. Até os escrúpulos de Adam eram aceitáveis para Washington Faulconer porque impediam o filho de rivalizar com o pai. O coronel se cercava de homens fracos para brilhar mais, e conforme Thaddeus Bird compreendia essa verdade se sentia decidido a atrapalhá-la. Que Faulconer se danasse, o major Thaddeus Bird não seria dispensado como uma nulidade!

— Sargento-mor Proctor!

— Senhor! — O digno sargento-mor marchou rigidamente de sua posição atrás da equipe das bandeiras.

— A legião avançará até a encruzilhada ao pé da colina, sargento-mor, em colunas de companhia. Depois vai seguir pela outra estrada. — Bird apontou o outro lado do vale. — Dê as ordens, por favor.

O sargento-mor, que sabia exatamente quanta autoridade o major Bird deveria exercer na Legião Faulconer, empertigou-se em toda sua impressionante altura.

— Essas são as ordens do coronel, major?

— São as ordens de seu oficial superior, sargento-mor Proctor. — Agora que se decidira, Bird parecia gostar daquilo, porque sua cabeça balançava para trás e para a frente e a boca fina estava torcida num riso irônico.

— Avançaremos pela estrada de Sudley, aquela estrada de terra depois da encruzilhada. — Bird apontou de novo para o norte, então olhou para Nathaniel buscando confirmação. — Está certo?

— Sim, senhor. E o coronel Evans pede que nos formemos à esquerda dele quando atravessarmos o morro mais distante. — Nathaniel supôs que era o local exato onde Washington Faulconer se despedira dele.

— Não seria melhor, senhor... — disse o sargento-mor Proctor, tentando conter a loucura de Pica-Pau Bird.

— Obedeça! — gritou Bird com fúria súbita. — Obedeça!

Adam Faulconer havia acompanhado o amigo até o lado do major Bird e agora interveio para acalmar a situação.

— O que o senhor está fazendo, tio?

— A legião avançará em colunas de companhias! — exclamou rispidamente o major Bird numa voz surpreendentemente alta. — A Companhia A avançará primeiro! Companhias! Sentido!

Pouquíssimos homens ficaram em posição de sentido, e a maioria simplesmente permaneceu no chão, supondo que Pica-Pau tivera um chilique como costumava ter na sala de aula depois de ser zombado ou instigado até a fúria. Muitos oficiais da legião estavam com dificuldade para conter o riso, e alguns, como Ridley, balançavam a cabeça para trás e para a frente como pássaros se alimentando.

— Nate. — Adam se virou para o amigo. — Por favor, quer explicar o que está acontecendo?

— O inimigo envolveu nossa retaguarda — explicou Nathaniel, suficientemente alto para as companhias mais próximas ouvirem — e o coronel Evans precisa que esse regimento ajude a conter o ataque. Não há ninguém além de nós e dos homens do coronel Evans para impedi-los. E, se não agirmos, o dia estará perdido.

— Uma merda que estará. — Era Ethan Ridley. — Você é um maldito ianque e está fazendo serviço de ianque. Não há inimigo lá.

Adam pôs a mão no braço de Nathaniel para contê-lo. Então olhou para o norte, para o outro lado da estrada principal. Nada se movia por lá, nem mesmo uma folha. A paisagem estava pesada, sonolenta, vazia.

— Acho melhor ficarmos aqui — sugeriu Adam. O sargento-mor Proctor balançou a cabeça concordando e o major Bird olhou para Nathaniel com súplica nos olhos.

— Eu vi os nortistas — declarou ele.

— Não vou me mexer — anunciou Ridley, e um murmúrio de concordância apoiou sua posição.

— Por que não enviamos um oficial para confirmar as ordens de Evans? — sugeriu com sensatez o capitão Hinton. Hinton, como uma dúzia de outros oficiais e sargentos, chegara para participar da discussão.

— Você não tem ordens escritas, Nate? — perguntou Anthony Murphy.

— Não havia tempo para escrever nada — respondeu o ianque.

Ridley deu um riso amargo, enquanto Thaddeus Bird parecia inseguro, como se imaginasse se havia tomado a decisão correta.

— Onde está Evans agora? — indagou Hinton.

— Levando os homens dele da ponte de pedra para a estrada de Sudley. — Nathaniel estava se sentindo cada vez mais desesperado.

— Aquela é a estrada de Sudley? — O rosnado de Thomas Truslow interrompeu a conversa.

— É — respondeu o nortista. Truslow apontava para o norte, do outro lado do vale raso.

— E você viu os ianques lá?

— Do outro lado dos vaus.

Truslow fez que sim, mas para desapontamento de Nathaniel não disse mais nada. Do outro lado da estrada principal um pequeno grupo de cavaleiros vestidos de cinza galopava até a crista distante, as montarias deixando pegadas escuras no chão. Os oficiais da legião ficaram olhando até os cavaleiros desaparecerem nas árvores distantes. Os homens montados eram o único sinal de que algo poderia estar acontecendo para aqueles lados do flanco esquerdo do exército, mas eram tão poucos cavalarianos que sua manobra não parecia uma prova convincente.

— Aquilo não significa nada — comentou Adam, em dúvida.

— Significa que vamos apoiar o coronel Evans. — Bird havia decidido manter a decisão. — E o próximo homem que desobedecer à ordem será abatido! — Bird sacou um revólver Le Mat, que sopesou na mão fina e rígida. Depois, inseguro se poderia mesmo levar adiante a ameaça, entregou a arma de aparência brutal a Starbuck. — Você vai atirar, tenente Starbuck, e isso é uma ordem. Ouviu?

— Muito claramente, senhor!

Nathaniel percebeu que a situação fugira desastrosamente do controle, mas não sabia o que fazer para restaurar a sanidade. A legião estava desesperada por uma liderança, mas o coronel não se encontrava presente e ninguém parecia adequado para ocupar seu lugar. O próprio Nathaniel era nortista, um mero segundo-tenente, se é que era alguma coisa, enquanto Thaddeus Bird era motivo de piada, um professor de uma escola rural fantasiado com uniforme espalhafatoso de soldado, mas apenas Bird e Nathaniel entendiam o que precisava ser feito. Nenhum dos dois podia impor sua vontade ao regimento, e o ianque, segurando a pistola desajeitada, sabia que jamais ousaria usá-la.

O major Bird deu três passos formais adiante. Parecia ridículo dando aquelas passadas gigantescas, que sem dúvida achava solenes, porém mais se assemelhavam ao movimento de um palhaço andando pelo picadeiro em pernas de pau. Virou-se e ficou em posição de sentido.

— A legião ficará em posição de sentido! De pé!

Gradualmente, com relutância, os homens se levantaram. Pegaram as mochilas e os fuzis no capim. Bird esperou, então gritou as ordens seguintes:

— A legião avançará em colunas de companhias. Companhia A! Pela direita! Marcha rápida!

Nenhum soldado se mexeu. Tinham se levantado, mas não iriam se mover de seu trecho de colina. A Companhia A olhou o capitão Hinton em busca de liderança, porém Hinton estava claramente perturbado pela ordem e não fez nenhuma menção de impô-la. Thaddeus Bird engoliu em seco, depois olhou para Nathaniel. A pistola parecia extremamente pesada na mão do rapaz.

— Tenente Starbuck? — A voz do major Bird era um ganido.

— Ah, tio Thaddeus, por favor! — apelou Adam.

Os homens estavam à beira de uma gargalhada histérica, colocados ali pelo apelo doméstico pateticamente ridículo de Adam, e só seria necessária mais uma sílaba para disparar essa onda de risos quando uma voz dura, tão súbita e séria quanto o som rasgado dos obuses que passavam, transformou o humor da legião em atenção súbita.

— Companhia K! Preparar armas!

Truslow retornara ao flanco esquerdo da legião e gritara a ordem. A Companhia K obedeceu prontamente.

— Ao meu sinal! — gritou ele. — Marche!

A Companhia K saiu bruscamente da linha, avançando colina abaixo. Truslow, atarracado e de rosto sombrio, não olhou à esquerda ou à direita, simplesmente avançou com seu passo deliberado de camponês. O capitão

Roswell Jenkins, oficial comandante da companhia, galopou atrás dela, mas seu protesto a Truslow foi totalmente ignorado. Viemos aqui para lutar, parecia dizer Truslow, então, pelo amor de Deus, vamos mexer o rabo e lutar.

O capitão Murphy, comandante da Companhia D, olhou interrogativamente para Nathaniel, que fez que sim, e essa confirmação simples bastou para Murphy.

— Companhia D! — gritou ele, e os homens nem esperaram a ordem de avançar, partindo imediatamente atrás dos homens de Truslow. O restante da legião se esgueirou adiante. O sargento-mor Proctor olhou desesperado para Adam, que deu de ombros, enquanto o major Bird, finalmente vendo as ordens sendo obedecidas, instigou os retardatários a se mexer.

Ridley virou seu cavalo bruscamente, procurando aliados, mas a Legião Faulconer marchava para o oeste, comandada por um sargento, e os oficiais foram deixados para alcançar seus homens. O próprio Nathaniel, que havia precipitado o movimento para o norte, se virou e gritou para Adam:

— Onde está minha casaca?

Adam passou com seu cavalo pelo meio da banda, que fazia uma cacofonia de batidas e guinchos enquanto corria para alcançar a legião.

— Nate! — Adam parecia perturbado. — O que você fez?

— Eu lhe disse. Os federais estão dando a volta em nossa retaguarda. Sabe onde está minha casaca? — O ianque apeara ao lado do cadáver de Joe Sparrow. Pegou o fuzil dele e puxou o cinto do garoto morto, com o cantil, a caixa de cartuchos e a de cápsulas.

— O que você está fazendo? — perguntou Adam.

— Me armando. De jeito nenhum vou passar o resto desse dia sem uma arma. As pessoas estão matando umas às outras. — Nathaniel pretendia que as palavras saíssem como uma piada sinistra, mas a irreverência delas o fez parecer insensível.

— Mas papai mandou você para casa! — protestou Adam.

O nortista virou o rosto amargo para o amigo.

— Você não pode ditar minha lealdade, Adam. Trabalhe na sua, mas deixe a minha comigo.

Adam mordeu o lábio, depois girou na sela.

— Nelson! Traga a casaca e as armas do Sr. Starbuck!

O criado do coronel, que estivera esperando ao lado das sacolas, barracas e bagagens da legião, trouxe a antiga espada, a pistola e a casaca de

Nathaniel, que assentiu em agradecimento, vestiu o traje, depois prendeu o cinto da espada com sua pistola pesada.

— Parece que estou com armas demais — comentou olhando o próprio revólver, o fuzil de Joe Sparrow e o revólver Le Mat do major Bird. Jogou o fuzil no chão, então fez uma careta para o feio Le Mat. — É uma coisa bruta e feia, não é?

O revólver tinha dois canos, o de cima estriado para balas, o de baixo liso para cartuchos de espingarda. Nathaniel abriu a arma e riu, depois mostrou a Adam que as nove câmaras do tambor estavam vazias. O cano de espingarda estava carregado, no entanto o percussor giratório, com o qual o usuário poderia escolher que cano usar, fora virado para cima, para cair numa das câmaras vazias.

— Não estava carregado. — Pica-Pau estava blefando.

— Agora ele não está! — protestou Adam, e indicou a legião de seu pai, que se encontrava na metade da encosta. — Olhe o que você fez!

— Adam, pelo amor de Deus, eu vi os ianques. Eles estão vindo direto para nós, e, se não os impedirmos, essa guerra está acabada.

— Não é isso que queremos? — perguntou Adam. — Uma batalha, foi o que você me prometeu, depois poderíamos conversar.

— Agora não, Adam. — Nathaniel não tinha tempo nem paciência para os escrúpulos do amigo. Prendeu o cinto do sabre e do coldre por cima do casaco e montou na sela no instante em que Ethan Ridley cavalgava de volta para o topo do morro.

— Vou encontrar seu pai, Adam. — Ridley ignorou o nortista.

Adam olhou morro abaixo, para onde seus vizinhos e amigos marchavam em direção ao norte.

— Nate? Você tem certeza de que viu os nortistas?

— Vi, Adam. Depois que deixei vocês. Estavam do outro lado dos vaus de Sudley, marchando para cá. Eles atiraram contra mim, Adam, me perseguiram! Eu não imaginava isso.

A perseguição fora breve, dificultada pela floresta, e os perseguidores nortistas haviam desistido cinco minutos antes de ele ser capturado pelos dois cavalarianos da Louisiana que se recusaram a atravessar os vaus para descobrir se a história de Nathaniel era verdadeira.

— Ele está mentindo — acusou Ridley calmamente, mas empalideceu quando o ianque se virou para ele.

Nathaniel não disse nada a Ridley. Em vez disso estava pensando que iria matar aquele homem, mas não na frente de Adam. Faria isso no caos da batalha, onde nenhuma testemunha poderia acusá-lo de assassinato.

— Os ianques estão atravessando em Sudley — disse, virando-se para o amigo —, e não há ninguém para impedi-los.

— Mas... — Adam parecia totalmente incapaz de captar a enormidade da notícia: a ala esquerda do exército rebelde estava mesmo ameaçada, e seu pai confiante, rico e seguro de si estivera errado.

— São as Termópilas, Adam — declarou o nortista sério. — Pense nisso como as Termópilas.

— O quê? — perguntou Ethan Ridley.

Ridley nunca ouvira falar nas Termópilas, onde os persas de Xerxes fizeram uma manobra de flanco contra os gregos de Leônidas para obter a vitória, nem como trezentos espartanos se sacrificaram para que os outros gregos pudessem escapar. Nathan Evans parecia um improvável herói grego, mas hoje estava representando o papel de espartano e Adam, assimilando o contexto clássico para a situação de emergência, entendeu imediatamente que os meeiros e os vizinhos de seu pai haviam marchado para se tornar heróis e simplesmente não poderia deixá-los morrer sozinhos. Um Faulconer precisava estar lá e, se seu pai estava ausente, Adam deveria estar presente.

— Precisamos lutar, não é? — perguntou, ainda que infeliz.

— Você deveria ir procurar seu pai! — insistiu Ridley.

— Não. Preciso ir com Nate — retrucou Adam.

Ridley sentiu uma pulsação de vitória. O príncipe herdeiro estava tomando o lado do inimigo e Ridley substituiria os dois. Virou seu cavalo.

— Vou encontrar seu pai — gritou enquanto esporeava, passando pelo corpo de Joe Sparrow.

Adam olhou para o amigo e tremeu.

— Estou com medo.

— Eu também — disse Nathaniel, e pensou na perna decepada soltando sua trilha de sangue. — Mas os ianques também estão, Adam.

— Acho que sim.

Adam estalou a língua para instigar o cavalo. Nathaniel seguiu mais desajeitadamente, montado em Pocahontas, e assim os dois amigos desceram o morro para seguir em direção ao norte. Acima deles, no ar límpido de verão, um projétil de morteiro criou uma trilha de fumaça pelo céu, então caiu na terra e explodiu em algum lugar da floresta.

Ainda não eram nove da manhã.

Avançar em coluna de companhias não tinha sido a ideia mais inspirada do major Bird, mas ele pensara que era o modo mais rápido de pôr a legião em movimento, por isso dera a ordem. Essa formação exigia que as companhias marchassem em linha ombro a ombro, quatro fileiras de profundidade, cada fileira com vinte homens ou um pouco menos, dependendo da força da companhia, e as dez formando uma coluna longa e larga com a equipe de bandeiras no centro e a banda e o Dr. Danson na retaguarda.

O problema era que a legião nunca havia treinado de fato manobras a não ser no pasto plano em Faulconer Court House, e agora os homens avançavam numa paisagem que continha valas, cercas, arbustos e depressões inconvenientes, elevações, pés de amora, riachos e bosques impenetráveis. Conseguiram atravessar a estrada principal com razoável sucesso, mas as árvores ao redor da casa de pedra e as cercas dos pastos do outro lado fizeram as companhias perderem toda a coesão e, de modo bastante natural, os homens prefeririam usar a estrada. Assim a coluna de companhias se tornou uma longa linha irregular de soldados que se empurravam no caminho de terra antes de avançar na direção das árvores no topo do morro mais distante.

Porém ao menos estavam animados. A maioria dos homens parecia satisfeita por se colocar em movimento, e mais satisfeita ainda por ter escapado da colina nua onde as granadas do inimigo caíam tão aleatoriamente, e de algum modo a manhã assumiu uma atmosfera esportiva como os dias rústicos de treinamento no Condado de Faulconer. Brincavam enquanto subiam a colina, alardeando o que fariam com os ianques que eles esperavam em parte na outra encosta. Muitos suspeitavam de que Pica-Pau Bird havia entendido tudo completamente errado e que o coronel iria torcer o maldito pescoço dele assim que voltasse do encontro com o general, mas isso era problema de Bird, não deles. Ninguém expressava essas suspeitas a Truslow, que começara toda a marcha e agora comandava obstinadamente a legião para o norte.

Nathaniel e Adam galoparam pela lateral da coluna até encontrarem Thaddeus Bird caminhando junto da equipe de bandeiras. O nortista se inclinou precariamente na sela para oferecer o grande revólver Le Mat ao major.

— Sua pistola, senhor. Sabia que ela não estava carregada?

— Claro que não estava! — Bird pegou a arma com Nathaniel. — Você achou mesmo que eu queria atirar em alguém? — Bird deu um risinho, depois se virou para olhar os homens subindo de forma atrapalhada pela estrada de terra e entrando na floresta. Então essa era a força de elite de Washington Faulconer? A Guarda Imperial de Faulconer? O pensamento fez Bird rir alto.

— Senhor? — Nathaniel achou que Bird havia falado.

— Nada, Starbuck, nada. Apenas desconfio de que deveríamos estar avançando numa ordem mais militar.

O nortista apontou adiante, para onde um trecho de céu prometia terreno aberto do outro lado do grosso cinturão de árvores que coroava o morro.

— Há campos depois da crista do morro, senhor. Lá o senhor poderá colocar os homens numa linha adequada.

Ocorreu a Bird que Nathaniel havia cavalgado por essa mesma estrada quando o coronel tentara se livrar dele.

— Por que você não foi embora quando Faulconer lhe deu a chance? Você quer mesmo lutar pelo sul?

— Quero, sim.

Mas essa não era a hora de explicar o caráter quixotesco dessa decisão, nem por que a visão dos homens com machados na floresta havia provocado sua decisão súbita. Sabia que não era uma escolha racional, e sim uma repulsa contra sua família, então de repente Nathaniel ficou pasmo pelo modo como a vida apresentava essas escolhas e a leveza com que elas podiam ser feitas, ainda que a decisão resultante pudesse mudar completamente tudo que aconteceria em seguida, levando à sepultura. Quanta história, pensou, fora feita com essas escolhas petulantes? Quantas decisões importantes tinham sido tomadas por mero orgulho, luxúria ou mesmo preguiça? Toda a religião de Nathaniel, sua criação, lhe ensinara que havia um plano para a vida e um propósito divino para a existência do homem, mas naquela manhã ele apontara uma espingarda para essa ideia e a arrancara do firmamento de Deus, e parecia que, como consequência, seu mundo era um lugar melhor e mais límpido.

— Como você está do nosso lado — disse Thaddeus Bird junto ao estribo esquerdo do nortista —, poderia cavalgar adiante e parar os homens no campo aberto que você me prometeu? Eu preferiria que não nos jogássemos na batalha como um rebanho de pecadores correndo para o arrependimento. — Ele sinalizou para o outro com um floreio da pistola Le Mat.

Quando Nathaniel chegou à frente da coluna o sargento Truslow já havia ordenado que seus homens saíssem da estrada. A Companhia K chegara à crista da colina na qual o ianque fora expulso da legião pelo coronel, onde as árvores davam lugar a uma encosta longa e suave, de pasto vazio. Truslow estava alinhando seus homens em duas fileiras pouco antes de uma cerca em zigue-zague que fora posta para impedir que o gado saísse do pasto para as árvores. O oficial comandante da Companhia K não estava à vista, mas Truslow não precisava de oficiais. Precisava de alvos.

— Certifiquem-se de que estão com as armas carregadas! — rosnou para os homens.

— Sargento! Olhe!

Um homem no flanco direito da companhia apontou para o terreno aberto onde uma horda de soldados vestidos de modo estranho aparecera subitamente do meio das árvores. As tropas estranhas usavam camisas largas de um vermelho vivo, pantalonas pretas e brancas enfiadas em polainas brancas e bonés vermelhos, moles, com compridos pendões azuis no topo. Era um regimento com um elegante uniforme zuavo que imitava a famosa infantaria ligeira da França.

— Deixem-nos em paz! — gritou Truslow. — São nossos palhaços! — Ele vira a bandeira confederada no centro das tropas de uniforme exótico. — Formar à frente! — ordenou.

Mais homens da legião emergiam da estrada para formar à direita da companhia de Truslow, enquanto os oficiais da legião, sem saber exatamente o que acontecia nem quem comandava essa formação súbita, amontoavam-se agitados na borda das árvores. O major Bird gritou para os oficiais se juntarem às suas companhias, depois olhou à direita e viu ainda mais tropas confederadas emergindo das árvores para preencher a grande abertura entre a legião e os zuavos de uniformes espalhafatosos. Os recém-chegados usavam cinza, e sua vinda significou a formação de uma apressada linha de defesa na borda norte da floresta, virada para um grande trecho de terreno aberto que descia suavemente a partir da cerca em zigue-zague, passando por uma casa de fazenda e um monte de feno, até o ponto em que outro cinturão de árvores escondia os distantes vaus de Sudley. A longa encosta aberta parecia projetada para os fuzis dos defensores, um terreno de matança iluminado por um sol implacável.

O coronel Evans galopou em seu cavalo cinza emprestado até onde a Legião Faulconer ainda formava fileiras.

— Muito bem, Boston! Muito bem! — disse cumprimentando Nathaniel, depois acrescentou um gesto à congratulação, aproximando o cavalo do nortista e dando-lhe um tapa forte nas costas. — Parabéns! O coronel Faulconer está aqui?

— Não, senhor.

— Quem está no comando?

— O major Bird, perto das bandeiras, senhor.

— Bird! — Evans virou o cavalo bruscamente, levantando terra e capim com os cascos. — Temos de segurar os sacanas aqui. Temos de levar o inferno para os sacanas. — Seu cavalo nervoso havia parado, bufando e tremendo enquanto Evans olhava para o norte abaixo da encosta longa e aberta. — Se eles vierem — acrescentou baixinho. Sua mão esquerda tamborilava nervosamente na coxa. O ordenança alemão com o "barrelito" de uísque puxou as rédeas atrás do coronel, junto de uma dúzia de oficiais de seu estado-maior e um porta-estandarte montado que carregava a bandeira do palmito, da Carolina do Sul. — Tenho dois canhões chegando — disse a Bird —, mas não possuo mais infantaria, portanto o que temos aqui terá de servir até Beauregard acordar para o que está acontecendo. Aqueles ladrões espalhafatosos — ele apontou para os zuavos distantes — são os Tigres da Louisiana de Wheat. Sei que parecem meretrizes num piquenique, mas Wheat disse que são uns filhos da puta cruéis numa briga. Os que estão mais perto são os homens da Carolina do Sul de Sloan e sei que vão lutar. Prometi a todos carne de ianque para a janta. Como estão seus patifes?

— Ansiosos, senhor, ansiosos. — Ofegando e com calor depois do ritmo rápido da marcha, o major Bird tirou o chapéu e passou a mão pelo cabelo comprido e ralo. Atrás dele os homens sedentos da legião esvaziavam os cantis.

— Vamos levar o inferno para aqueles sacanas comedores de merda, vamos sim — declarou Evans, olhando de novo para o norte, ainda que nada se movesse naquela paisagem vazia, nem mesmo um vento para agitar as árvores mais distantes, onde a estrada para os vaus desaparecia sob suas copas.

Um pequeno grupo de homens, mulheres e crianças estava parado perto da Igreja de Sudley no morro à esquerda da estrada, e Evans supôs que deviam ser os fiéis que foram à igreja e descobriram que o serviço divino fora suplantado pela guerra. Atrás de Evans, agora enfraquecido pela distância, o som da canhonada nortista trovejava fraco no ar quente e estagnado. Evans havia deixado apenas quatro companhias precárias junto à ponte de pedra, uma força minúscula para conter qualquer investida ianque decidida que chegasse pela estrada principal, e de repente sentiu um medo terrível de ter sido enganado e que esse suposto ataque de flanco fosse um ardil, uma trapaça, uma mentira para tirar os defensores da ponte de pedra, de modo que os malditos ianques pudessem terminar a guerra numa única manobra. E onde diabos estava Beauregard? Ou os homens do general Johnston, que supostamente estariam chegando do vale do Shenandoah? Meu Jesus Cristo, pensou Evans, aquilo era uma agonia. Ele lutara contra os comanches em seus anos de soldado, mas nunca fora forçado a tomar uma decisão tão importante quanto aquela, uma decisão que havia deixado o norte do exército confederado perigosamente fraco. Será que a história zombaria dele como o idiota cuja estupidez tinha entregado uma vitória fácil aos nortistas?

— Boston! — Evans girou na sela para olhar carrancudo para Nathaniel.
— Senhor.
— Você não mentiu para mim, garoto, mentiu? — Evans se lembrou da mensagem do sinaleiro e tentou se convencer de que fizera a coisa certa, mas, Santo Deus, o que exatamente ele havia feito? Muito atrás dele, fora das vistas depois da árvore e da estrada principal, os obuses ribombavam na terra vazia que ele deixara basicamente desguarnecida. — Você mentiu para mim, garoto? — gritou para Nathaniel. — Mentiu?

Mas o ianque não respondeu. Nem estava virado para o coronel de olhos ferozes. Em vez disso encarava a encosta longa e pálida onde, saindo das árvores distantes, os nortistas finalmente apareciam. Fileira após fileira de homens com a luz do sol brilhando nas fivelas, nos brasões dos bonés, nas coronhas dos fuzis, nas bainhas dos sabres e nos canos polidos da artilharia, criando o reflexo de um verdadeiro exército que estava lá para refazer o país de Deus.

Pois a armadilha do norte fora acionada. Quatro brigadas inteiras de infantaria incrementadas pela melhor artilharia de campo da América do Norte se moveram em gancho pela retaguarda desguarnecida da rebelião, na qual um fiapo de forças sulistas comandado por um beberrão de língua solta era o único obstáculo que restava para a vitória. Agora tudo que o dia necessitava era de uma carga avassaladora e a rebelião dos escravagistas se tornaria uma mera nota de rodapé na história, algo esquecido, uma loucura passageira de verão que iria embora, encerrada e desaparecida como fumaça num vento súbito.

— Deus o abençoe, Boston — disse Evans, porque Nathaniel não tinha mentido e haveria luta.

12

Os ianques se aproximaram rapidamente. A marcha de flanco antes do amanhecer havia demorado mais horas que seus comandantes tinham esperado, e agora a tarefa era penetrar fundo e rápido na retaguarda rebelde antes que os sulistas tivessem tempo de entender o que estava acontecendo.

Tambores marcavam o passo enquanto os primeiros regimentos nortistas se espalhavam nas linhas de ataque e canhões se desengatavam nos flancos dos atacantes. Alguns canhões foram colocados na estrada de terra, outros na fazenda ao pé da encosta, de onde dispararam os primeiros projéteis que partiram ressoando na direção da crista da colina coberta de árvores, onde a fina linha de forças confederadas esperava. Os ianques que avançavam estavam confiantes. Haviam esperado que os vaus de Sudley estivessem defendidos, depois tiveram um pouco de medo de que os sulistas pudessem ter fortificado um aterro ferroviário inacabado logo depois dos vaus, mas, em vez disso, não encontraram resistência à medida que avançavam firmemente para a retaguarda rebelde. A surpresa do ataque parecia total, a inaptidão dos comandantes sulistas parecia completa e agora tudo que havia entre as forças federais e a vitória era aquela desprezível linha de caipiras rebeldes que cercava um bosque na comprida crista do morro.

— Para Richmond, rapazes! — gritou um oficial enquanto era iniciado o ataque pela encosta suave acima, e atrás da infantaria de casacas azuis uma banda regimental começou a tocar "John Brown's Body", como se o fantasma daquele antigo mártir irascível estivesse pessoalmente presente para ajudar os dois regimentos de vanguarda, ambos de Rhode Island, a despedaçar a linha rebelde.

Mais soldados do norte emergiram da floresta atrás dos homens de Rhode Island, que avançavam. Homens de Nova York e New Hampshire se juntaram ao ataque ao mesmo tempo que os canhões de flanco expeliam nuvens de fumaça branco-acinzentada. Os gases comprimidos expelidos rapidamente em forma de leque faziam o capim comprido ondular sob a fumaça dos canhões, enquanto os obuses partiam encosta acima. As explosões eram portentosas, capazes de arrebentar os tímpanos, terríveis. Alguns projéteis, disparados altos demais, atravessavam os galhos acima da linha confederada, espantando pássaros e fazendo chover galhos e folhas sobre os músicos, capelães, serviçais e ordenanças médicos que se agachavam na retaguarda. Um regimento de tropas regulares do Exército da União marchou através das árvores, passou de coluna a linha, calou as baionetas e avançou morro acima junto dos homens de Nova York e da Nova Inglaterra.

O coronel Evans galopara de volta ao centro da linha, onde os soldados da Carolina do Sul do coronel Solan estavam agachados na borda do bosque para se tornarem alvos difíceis para a artilharia inimiga. Alguns escaramuçadores rebeldes tinham avançado para além da cerca e disparavam os fuzis contra os ianques que avançavam, mas Nathaniel, montado na égua junto ao bosque, não conseguia ver nenhum sinal de que os tiros de fuzil estivessem causando alguma baixa. O inimigo continuava se aproximando, impelido pela música das distantes bandas nortistas, pelo som dos tambores que seguiam com as companhias e pela proximidade da vitória gloriosa que esperava os atacantes na crista do morro onde o primeiro dos dois antigos canhões de Nathan Evans havia chegado. O canhão foi desengatado rapidamente, virado, depois disparou uma bala sólida encosta abaixo. A bala ricocheteou no chão, voou por cima dos homens de Rhode Island e mergulhou inofensiva nas árvores atrás deles. Um obus nortista explodiu antes do alvo. O som da explosão no ar foi espantoso, como se parte do tecido do universo tivesse se rasgado subitamente em dois. O ar enlouqueceu tomado por fumaça e fragmentos chiando. Nathaniel estremeceu. O fogo de artilharia junto à ponte de pedra fora assustador, mas isso era muito pior. Esses artilheiros apontavam diretamente contra a legião e seus obuses silvavam como demônios ao passar por cima.

— Escaramuçadores! — gritou o major Bird com voz rachada. Tentou de novo, dessa vez conseguindo um tom mais firme. — Escaramuçadores! Avançar!

As companhias A e K, as duas companhias de flanco da legião, passaram desajeitadamente por cima da cerca e correram para o pasto. Os homens eram atrapalhados por fuzis, baionetas embainhadas, facas de caça, mochilas, cantis, bolsas e caixas de cartuchos que pendiam dos cintos. Entraram numa formação débil cem passos à frente da legião. Sua tarefa era primeiro deter os escaramuçadores inimigos, então atirar contra a linha principal de atacantes. Os fuzileiros abriram fogo, envolvendo cada atirador ajoelhado numa pequena nuvem de fumaça. O sargento Truslow andava de homem em homem, enquanto o capitão Roswell Jenkins, ainda a cavalo, disparava seu revólver contra os distantes nortistas.

— Certifiquem-se de que as armas estão carregadas! — gritou o major Bird para as oito companhias restantes.

Parecia um pouco tarde para se lembrar desse conselho, mas tudo parecia irreal naquela manhã. Thaddeus Bird, professor, estava comandando um regimento em batalha? Ele deu um risinho ao pensar nisso e recebeu um olhar de desaprovação do sargento-mor Proctor. Os ianques ainda estavam a quinhentos passos de distância, mas agora se aproximavam num ritmo acelerado. Os oficiais nortistas empunhavam espadas. Alguns levavam as lâminas de pé numa rígida tentativa de dignidade formal, enquanto outros cortavam dentes-de-leão e cardos como se estivessem num passeio de tarde de domingo. Alguns montavam cavalos nervosos. Um dos animais, amedrontado pelos tiros, se descontrolara e estava disparando com o cavaleiro pela face do ataque nortista.

Nathaniel, de boca seca e apreensivo, lembrou-se de que sua pistola Savage, que havia devolvido ao coronel Faulconer e recuperado pouco antes, ainda estava descarregada. Tirou a arma pesada de dentro do coldre comprido e desajeitado, depois soltou a trava do tambor para expor as câmaras vazias. Pegou seis cartuchos enrolados em papel na bolsa do cinto. Cada cartucho continha uma bala cônica e carga de pólvora. Mordeu o cartucho para tirar a bala, sentindo na língua o gosto azedo e salgado da pólvora, então derramou cuidadosamente o explosivo numa das câmaras. Pocahontas, picada por uma mutuca, relinchou de repente e se mexeu de lado, fazendo Nathaniel derramar um pouco da pólvora na sela.

Ele xingou o animal, o que fez a bala nos lábios se soltar, quicar no arção da sela e cair no capim. Xingou de novo, derramou o explosivo da câmara e mordeu outra bala. Dessa vez, enquanto começava a derramar a carga, descobriu que estava com a mão tremendo e parecia haver duas câmaras sob a borda do papel em vez de uma. Sua visão estava turva, então percebeu que a mão tremia descontroladamente.

Olhou os inimigos que avançavam. Acima deles, estranhamente nítida em sua visão que, com exceção disso, continuava turva, estava a bandeira de listras e estrelas, sua bandeira, e de repente Nathaniel Starbuck soube que não havia decisões fáceis, nenhuma reviravolta na vida que poderia ser dada com leveza. Olhou a bandeira distante e soube que não poderia disparar contra ela. Seu bisavô MacPhail tinha perdido um olho em Breed's Hill, e mais tarde, lutando sob o comando de Paul Revere na baía de Penobscot, perdera a mão direita na defesa daquela boa bandeira, e de repente Nathaniel sentiu a garganta apertada. Meu Deus, pensou, eu não deveria estar aqui! Nenhum de nós deveria estar! De repente entendeu todas as objeções de Adam à guerra, toda a infelicidade do amigo ao ver esse país glorioso rasgado pela batalha, olhou com desejo para a bandeira distante e não percebeu as primeiras balas dos escaramuçadores ianques assobiando sobre sua cabeça, ou o obus que explodiu pouco antes da cerca, ou os gritos roucos enquanto os sargentos de Rhode Island berravam para seus homens manterem as linhas retas enquanto avançavam. O jovem não via nada disso, montado abalado na sela, a mão trêmula derramando pólvora pela coxa.

— Você está bem? — Adam se aproximou dele.

— Na verdade, não.

— Agora você entende, não é? — perguntou Adam, sério.

— É. — As mãos de Nathaniel tremeram enquanto ele fechava o revólver ainda descarregado. De repente toda a sua vida parecia trivial, desperdiçada, mandada para o inferno. De manhã havia pensado que a guerra seria uma bela aventura, um desafio para jogar na cara do pai e uma história aventuresca para contar a Sally, porém em vez disso era algo muito mais terrível e inesperado, como se a cortina de um teatro vulgar se levantasse revelando um vislumbre dos horrores do inferno borbulhando com chamas retorcidas. Meu Deus, pensou, eu posso morrer aqui. Posso ser enterrado nessa encosta. — Era uma garota — disse bruscamente.

— Garota? — Adam franziu a testa com incompreensão.

— Em Richmond.

— Ah. — Adam ficou sem graça com a admissão do amigo, mas também perturbado por ela. — Foi o que papai achou. Mas não entendo por que você arriscou tudo por... — Ele parou, talvez porque não conseguisse encontrar as palavras certas, ou talvez porque um obus havia acertado um tronco de árvore e arrancado um naco de madeira clara e enchido as sombras com sua imunda fumaça carregada de enxofre. Adam passou a língua pelos lábios. — Estou com sede.

— Eu também.

Nathaniel se perguntou por que tinha feito a confissão. Os ianques continuavam se aproximando teimosamente. Em minutos, pensou, em apenas alguns minutos, teremos de lutar. Toda a pose e todo o desafio chegaram ali, naquela campina quente. Viu um oficial nortista tropeçar, largar a espada e cair de joelhos no capim. Um escaramuçador inimigo correu cinco passos, ajoelhou-se para mirar e percebeu que tinha deixado a vareta para trás, então voltou para procurá-la no mato comprido. Um cavalo sem cavaleiro atravessou a encosta a meio galope. O ritmo dos tambores era mais irregular, porém os nortistas ainda se aproximavam. Uma bala passou assobiando perto da cabeça de Nathaniel. Uma das bandas nortistas tocava "The Star-Spangled Banner", e a música fez os olhos e a consciência de Starbuck pinicarem.

— Você pensa em garotas? — perguntou a Adam.

— Não. — Adam não parecia estar concentrado na conversa, e sim olhando encosta abaixo. — Nunca. — Seus dedos se remexiam nas rédeas.

— Vocês têm certeza de que deveriam estar montados? — O major Bird andou até Adam e Nathaniel. — Eu odiaria perdê-los. Soube que o jovem Sparrow morreu? — Ele fez a pergunta ao ianque.

— Vi o corpo dele, sim.

— Ele deveria ter ficado em casa com a mãe — declarou o major Bird. Sua mão direita estava mexendo na barba, traindo o nervosismo. — Blanche era ridiculamente superprotetora com o garoto, como descobri ao insistir que ele estava pronto para assimilar logaritmos. Ah, meu Deus! — A imprecação do major Bird foi provocada por uma saraivada súbita disparada pelos homens da Carolina do Sul, que atiravam por cima das cabeças dos próprios escaramuçadores. — Na verdade ele dominou os logs bem depressa e foi de longe meu melhor aluno de grego. Um garoto inteligente, mas dado às lágrimas. Muito tenso, sabe? Porém foi um desperdício, um desperdício terrível. Por que a guerra não leva primeiro os analfabetos?

Uma nova bateria de artilharia na ala direita do inimigo havia aberto fogo e um de seus obuses acertou a encosta cem passos à frente da legião e ricocheteou para as árvores. Nathaniel ouviu o projétil atravessar os galhos acima. Um segundo obus mergulhou no chão perto da linha de escaramuça e explodiu abaixo, levantando a terra vermelha numa súbita erupção de fumaça marrom. Alguns escaramuçadores recuaram um pouco.

— Parados! — berrou Truslow, e não só os escaramuçadores mas as outras oito legiões da companhia se imobilizaram como coelhos diante de um lince.

As oito companhias à beira das árvores estavam organizadas em duas fileiras, formação sugerida pelos livros de exercícios que o major Pelham e o coronel Faulconer usaram no treinamento da legião. Os livros eram traduções americanas de manuais de infantaria franceses e recomendavam que os fuzileiros abrissem fogo a longa distância, depois corressem adiante para acabar com o inimigo usando golpes de baioneta. O major Bird, que tinha estudado assiduamente os manuais, acreditava que eles eram absurdos. Na prática a legião nunca havia se mostrado precisa ao disparar os fuzis a mais de cem passos, e Bird não entendia como os homens deveriam abalar a compostura inimiga com tiros malmirados, ao dobro da distância, em seguida fazendo uma investida desajeitada contra os dentes de fogo hostil de artilharia e fuzis. A resposta pretensiosa do coronel sempre fora que a beligerância natural dos homens suplantaria as dificuldades táticas, no entanto para o major Bird essa parecia uma solução problemática e exageradamente otimista.

— Permissão para abrir fogo? — gritou o capitão Murphy, da Companhia D.

— Não atirem!

Bird tinha suas próprias opiniões sobre o fogo de infantaria. Estava convencido de que a primeira saraivada era a mais destrutiva e deveria ser guardada até o inimigo estar bem perto. Aceitava que não tinha experiência para sustentar essa opinião, que ia de encontro à doutrina profissional ensinada em West Point e que fora testada na guerra contra o México, mas o major Bird se recusava a acreditar que a profissão de soldado exigisse que ele suspendesse totalmente o exercício de sua inteligência, por isso estava ansioso para testar a teoria naquela manhã. De fato, enquanto observava as fileiras de casacas-azuis avançando para ele em meio aos retalhos de fumaça que pairavam acima da campina, flagrou-se esperando que o coronel Faulconer não reaparecesse de repente para retomar o comando da legião. O major Thaddeus Bird, contra todas as expectativas, começava a gostar daquilo.

— É hora de abrir fogo, tio? — sugeriu Adam.

— Eu gostaria de esperar e de fato vou esperar.

A linha de ataque ianque estava perdendo a ordem conforme os homens paravam para disparar e recarregar, depois correr de novo. As balas minié dos escaramuçadores sulistas causavam baixas, e os pequenos projéteis sólidos dos dois canhões sulistas golpeavam horrivelmente as fileiras dos atacantes, abrindo rasgos rápidos e sangrentos no capim, deixando homens feridos aos gritos e se retorcendo em agonia. Os escaramuçadores nortistas atiravam contra seus opositores confederados, mas a batalha dos escaramuçadores era algo menor, uma mera concessão à teoria militar que insistia que a infantaria ligeira avançasse à frente de um ataque para enfraquecer os defensores com um fogo mortificante. O principal ataque ianque se aproximava depressa demais e com força demais para precisar da ajuda de uma linha de escaramuça.

Grande parte da artilharia nortista havia ficado sem mira por causa de seus próprios homens e tinha silenciado, embora os morteiros, que lançavam os projéteis bem alto, ainda disparassem granadas por cima das fileiras dos atacantes. Os dois canhões de Evans continuavam atirando, porém Nathaniel notou uma mudança no som que eles faziam, percebendo que os artilheiros deviam ter mudado a munição para metralha. Metralha era uma lata cilíndrica atulhada com balas de mosquete que se arrebentava na boca do canhão, lançando um cone de balas contra o inimigo, e ele podia ver o efeito delas através dos grupos de feridos e mortos removidos das linhas de atacantes e jogados para trás. Tambores permaneciam instigando o avanço e os nortistas comemoravam enquanto atacavam, com vozes entusiasmadas, quase alegres, como se tudo aquilo fosse uma disputa esportiva. A bandeira americana mais próxima possuía uma luxuosa franja de borlas douradas e era tão pesada que o porta-estandarte parecia estar vadeando nas águas do mar. O regimento de soldados regulares alcançara a linha de frente do ataque e agora se apressava com baionetas caladas disputando a honra de serem os primeiros soldados federais a penetrar na defesa rebelde.

— Fogo! — gritou um oficial da Carolina do Sul, e a infantaria de casacas cinzas disparou uma segunda saraivada. Uma vareta de fuzil girou no ar enquanto a nuvem de fumaça suja se afastava dos mosquetes. Os escaramuçadores da Legião Faulconer recuavam para os flancos do regimento. As baionetas dos homens de Rhode Island pareciam malignamente longas à luz do sol despedaçada pela fumaça.

— Apontar! — gritou o major Bird, e os fuzis da legião foram posicionados nos ombros.

— Mirem baixo! Mirem baixo! — berrou o sargento Truslow no flanco esquerdo.

— Mirem nos oficiais — gritou o capitão Hinton, recuando com seus escaramuçadores.

Nathaniel apenas ficou olhando. Podia ouvir um oficial nortista gritando para instigar seus homens.

— Andem, andem, andem! — O homem tinha suíças ruivas e compridas e óculos com aro de ouro. — Andem, andem!

Agora Nathaniel podia ver as características individuais dos rostos dos nortistas. A boca dos homens se abria quando gritavam, os olhos se arregalavam. Um soldado tropeçou, quase largou o fuzil, depois recuperou o equilíbrio. Os atacantes passaram pelos primeiros corpos deixados pelos escaramuçadores. Um oficial com tranças douradas no uniforme, montado num cavalo cinza, baixou a espada apontando-a para os rebeldes.

— Atacar! — gritou, e a linha de ataque se apressou numa corrida trôpega. Os nortistas gritavam animados e os homens nos tambores perderam toda a coesão, simplesmente usando as baquetas num frenesi de esforço. Uma bandeira caída foi apanhada, com as gloriosas tiras de seda criando um retalho de cor ofuscante na fumaça cinza. — Atacar! — gritou o oficial nortista outra vez, e seu cavalo empinou nas meadas de fumaça.

— Fogo! — berrou o major Bird, então uivou com alegria sincera enquanto toda a frente da legião desaparecia numa torrente de fumaça imunda.

A fuzilaria foi como o estalo da perdição no fim do mundo. Uma saraivada súbita, violenta, terrível, a uma distância mortalmente curta, e os gritos e batidas dos tambores dos invasores nortistas passaram a um silêncio instantâneo, ou melhor, transmutados em gritos e berros.

— Recarregar! — gritou Murphy.

Nada podia ser visto através da fumaça de pólvora que se retorcia acima da cerca do pasto. Algumas balas inimigas cruzavam a fumaça, mas passavam altas demais. A legião recarregou, socando as balas minié sobre a pólvora e a bucha.

— Avançar! — gritava o major Bird. — À frente! Para a cerca, para a cerca! — Ele pulava de empolgação e balançava o revólver descarregado. — Avançar! Avançar!

Nathaniel, ainda perdido no atordoamento, recomeçou a carregar o revólver. Não tinha certeza do motivo para fazer isso ou se ao menos poderia usar a arma, mas queria fazer algo, por isso colocou a pólvora e as balas nas seis câmaras do Savage, depois passou gordura nos cones das balas para lacrar cada câmara e com isso impedir que o explosivo aceso disparasse as outras cargas. Suas mãos ainda tremiam. Na mente ainda podia ver aquela bandeira estupenda, reluzente em vermelho e branco, sendo erguida do capim sujo de sangue para balançar de novo à luz do sol.

— Fogo! — gritou o sargento Truslow no flanco.

— Matem os desgraçados! Matem os desgraçados! — Era o major Bird, que apenas uma hora antes estivera ridicularizando a ideia de desejar se envolver com a luta do dia.

— Mirem baixo! Mirem na barriga dos sacanas! — Era o capitão Murphy, que havia abandonado o cavalo e estava disparando um fuzil, como seus homens. A fumaça da primeira saraivada se dispersou revelando que o cavalo cinza do oficial ianque estava caído no capim. Havia corpos, tufos de fumaça, montes de homens.

Adam ficou atrás, na linha das árvores, com Nathaniel. Ofegava, como se tivesse acabado de disputar uma corrida. Um dos pequenos canhões de cano liso de Evans disparou uma lata de metralha campina abaixo. Um obus nortista assobiou seus fragmentos acima da bandeira da legião. Um homem da Companhia G girou, com sangue encharcando o ombro esquerdo. Encostou-se numa árvore, respirando pesado, e uma bala acertou o tronco pouco acima de sua cabeça. Ele xingou e se empertigou, depois voltou cambaleando para a linha dos canhões. Ao ver a atitude do sujeito, Adam sacou o revólver do coldre e instigou o cavalo adiante.

— Adam! — gritou Nathaniel, lembrando-se da promessa a Miriam Faulconer de manter Adam em segurança, mas era tarde demais.

Adam conduzira seu cavalo através da nuvem de fumaça amarga, por cima da cerca derrubada, e chegara ao ar livre de fumaça, onde agora estava calmamente escorvando as câmaras do revólver com cápsulas de percussão, parecendo não perceber as balas que passavam ao redor. Alguns homens da legião gritaram avisos, dizendo que um homem a cavalo era um alvo muito maior que um soldado a pé, porém Adam os ignorou.

Em vez disso ele ergueu o revólver e disparou todo o tambor contra a fumaça do inimigo. Parecia quase feliz.

— Avançar! Avançar! — berrou a ninguém especificamente, porém uns dez homens da legião reagiram avançando. Ajoelharam-se perto do cavalo de Adam e dispararam às cegas contra o inimigo espalhado.

A primeira saraivada avassaladora da legião tinha rasgado os atacantes em pequenos grupos de homens com uniformes azuis numa linha muito desorganizada para trocar disparos com os sulistas de cinza. Os lábios dos soldados estavam manchados de pólvora preta de tanto morder os cartuchos e os rostos enlouquecidos de medo, fúria ou empolgação. Adam, com o revólver descarregado, gargalhava. O caos tomara conta de tudo, um redemoinho de fumaça, com chamas saltando e homens gritando em desafio. Uma segunda linha de atacantes avançava subindo a encosta atrás da devastada linha de frente inimiga.

— Avançar! — gritou o major Bird, e grupos correram alguns passos adiante, enquanto o inimigo recuava alguns passos.

Nathaniel havia se juntado a Adam e estava deixando cair cápsulas de percussão da mão direita enquanto tentava escorvar os seis cones do Savage. Ao lado dele um homem se ajoelhou e atirou, levantou-se e recarregou. O sujeito murmurava palavrões contra os nortistas, xingando suas mães e seus filhos, xingando seu passado e seu curto futuro. Um oficial de Rhode Island balançou a espada, instigando os homens, e uma bala acertou sua barriga, fazendo-o se dobrar. O sargento Truslow, sério e silencioso, recarregava sua arma com chumbinho e bala, uma combinação de um projétil redondo com três chumbinhos menores, resultando num efeito que lembrava uma espingarda. Não disparava a carga às cegas, mas procurava um alvo cuidadosamente e atirava com resolução, certificando-se da mira.

— Vão para casa! Vão para casa! — gritava Adam para os nortistas, e as palavras amenas ficavam quase ridículas com o tom de empolgação em sua voz. Ele ergueu o revólver outra vez, puxou o gatilho, mas ou havia carregado mal ou esquecido de escorvar a arma, porque nada aconteceu, entretanto ele continuou puxando o gatilho conforme gritava para os invasores irem para casa. Nathaniel, ao lado do amigo, parecia incapaz de atirar contra a bandeira familiar durante toda a vida.

— Venham, rapazes! Venham!

O grito despontou da extrema esquerda da linha confederada, onde Nathaniel viu os zuavos da Louisiana com uniformes espalhafatosos saindo da fumaça e levando os fuzis com pontas de baionetas contra o inimigo. Alguns homens da Louisiana balançavam facas de caça do tamanho de alfanjes. Avançavam sem ordem, dando berros terríveis e agudos que faziam o sangue de Nathaniel gelar. Meu Deus, pensou, os zuavos seriam todos derrubados, atingidos em campo aberto, no entanto os nortistas recuaram ainda mais, e de repente a infantaria da Louisiana estava no meio dos escaramuçadores de uniforme azul e os nortistas corriam para salvar a vida.

Uma faca de caça girou e um homem caiu com o crânio esguichando sangue. Outro escaramuçador nortista foi espetado no chão por uma baioneta enquanto todo o centro da linha de ataque federal tropeçava para trás, afastando-se da sangrenta investida dos zuavos, então o movimento para a retaguarda se tornou uma debandada súbita quando os nortistas fugiram para evitar as lâminas pesadas. Mas havia apenas um pequeno número de infantaria da Louisiana, e seus flancos estavam abertos ao fogo, e de repente uma saraivada nortista golpeou suas fileiras. O coronel Wheat caiu, com a camisa vermelha e larga encharcada de sangue.

Os homens da Louisiana, em número brutalmente inferior, pararam enquanto as balas inimigas os acertavam. Os corpos espalhafatosos estremeciam penetrados pelos disparos, porém sua carga ensandecida fizera o cerne da linha ianque recuar uns bons cem passos morro abaixo. Porém agora era o momento dos zuavos recuarem e carregarem seu coronel ferido para as árvores.

— Fogo! — gritou um artilheiro sulista, e um dos canhões de cano liso lançou uma carga de metralha contra os nortistas.

— Fogo! — exclamou o major Bird, e muitos fuzis da legião soltaram fumaça e fogo. Um garoto da Companhia D enfiou uma bala num cano que já estava com três cargas de pólvora e balas. Puxou o gatilho, não pareceu notar que a arma não havia disparado e começou a carregar o mosquete de novo.

— Fogo! — gritou Nathan Evans, e os homens da Carolina do Sul dispararam uma saraivada para o outro lado da cerca, e no pasto os soldados de Rhode Island recuaram deixando mortos e feridos sangrando no capim.

— Fogo! — Um capelão da Louisiana, tendo se esquecido da Bíblia, esvaziou o revólver contra os ianques, puxando o gatilho até o percussor bater em câmaras vazias, mas mesmo assim continuou puxando, os dentes cerrados de exaltação.

— Fogo! — gritou Truslow aos seus homens.

Um jovem de 16 anos gritou quando um cartucho de pólvora explodiu em seu rosto enquanto ele o derramava no cano quente do fuzil. Robert Decker disparou um tiro de espingarda contra a nuvem de fumaça. O capim da campina tremeluzia com pequenos focos de incêndio provocados pelas buchas que saíam queimando dos canos dos fuzis. Um homem ferido se arrastou para trás em direção à linha das árvores, tentou passar por cima do amontoado de paus de cerca derrubados e desmoronou. Seu corpo pareceu estremecer e então ficou imóvel. O cavalo de um dos oficiais estava morto, o corpo sacudindo com as balas nortistas que o acertavam, mas o fogo dos ianques era esporádico enquanto os homens de Rhode Island, apavorados demais para ficar de pé e recarregar direito, recuavam. Os rebeldes gritavam desafios e cuspiam balas de canos quentes, socavam as cargas com força, puxavam os gatilhos e recomeçavam o processo. Nathaniel olhava a legião travar sua primeira batalha e ficou pasmo com a atmosfera de júbilo, de pura libertação, de parque de diversão. Até os gritos dos soldados pareciam os uivos loucos de crianças superempolgadas. Grupos corriam adiante, imitando a carga dos zuavos e impelindo o desmoralizado regimento de Rhode Island mais para baixo da longa encosta onde a primeira carga ianque fora contida.

Mas uma segunda linha de ataque ianque já estava na metade da encosta e mais tropas nortistas chegavam da estrada de Sudley. Um regimento de fuzileiros da União estava ali, junto de três novos regimentos de voluntários de Nova York. Mais canhões apareceram, e a primeira cavalaria ianque galopou para a esquerda da linha deles, reforçando os restos abalados do primeiro ataque, que recuaram duzentos passos para longe do amontoado de corpos, da área de capim coberto de sangue e escorregadio e da terra queimada que marcava até onde havia chegado o primeiro ataque fracassado.

— Formar linha! Formar linha! — O grito começou em algum lugar no centro da formação confederada, e de algum modo um número suficiente de oficiais e sargentos sensatos ouviu a ordem e a ecoou, então lentamente os rebeldes que berravam enlouquecidos foram trazidos de volta para a linha da cerca. Estavam rindo e gargalhando, orgulhosos do que haviam feito. De vez em quando um homem gritava sem motivo aparente, ou então girava para mandar uma bala contra o ataque nortista interrompido. Insultos eram lançados encosta abaixo.

— Voltem para suas mães, ianques!

— Da próxima vez mandem homens de verdade!

— Vejam se gostam da receptividade da Virgínia, seus desgraçados covardes!

— Silêncio! — gritou o major Bird. — Silêncio!

Alguém começou a rir, um riso louco e histérico. Outro homem gritou comemorando. Ao pé da encosta os canhões nortistas abriram fogo de novo, fazendo seus obuses voarem morro acima ressoando até explodirem em fumaça com chamas escuras. Os morteiros ianques de cano curto jamais deixaram de disparar, lançando balas esféricas por cima dos soldados de Rhode Island e Nova York para se chocar contra a borda da floresta.

— Voltem para as árvores! Voltem para as árvores!

A ordem foi repetida ao longo da linha rebelde e os sulistas recuaram para as sombras. Diante deles, onde a fumaça da pólvora se dissipava lentamente sobre o capim queimado, punhados de corpos estavam empilhados dos dois lados do que restou da cerca enquanto, do lado de lá, sob o sol mais brilhante, nortistas mortos se encontravam esparramados no pasto. O oficial com suíças ruivas estava tombado, de boca aberta, e os óculos de aro de ouro haviam caído do rosto. Um corvo desceu batendo asas e pousou perto do corpo. Um soldado da União ferido se arrastou na direção das árvores, pedindo água, mas ninguém da legião tinha. Haviam esvaziado os cantis e agora o sol estava mais quente e suas bocas, ressecadas pelo salitre da pólvora, mas não havia água, e à frente deles mais ianques chegavam das árvores distantes para reacender o ataque.

— Vamos repetir a dose, rapazes! Vamos repetir a dose! — gritou o major Bird, e, ainda que o caos da primeira luta da legião não tivesse lhe dado a chance de testar de fato sua teoria sobre os disparos, de repente ele soube que alcançara algo muito mais valioso: havia descoberto uma atividade da qual definitivamente gostava. Durante toda a vida adulta Thaddeus Bird estivera diante do clássico dilema do parente pobre, que era não saber se deveria demonstrar uma eterna gratidão humilde ou uma independência mental ao cultivar uma oposição intolerante a qualquer ortodoxia prevalecente. A última opção tinha agradado Bird até que, em meio à fumaça e à empolgação da batalha, não houvera necessidade de fazer pose. Agora ele andava de um lado para o outro atrás de seus homens, observando o novo ataque nortista se moldando, e sentiu-se estranhamente satisfeito. — Carreguem suas armas — gritou com voz firme —, mas não atirem! Carreguem as armas, mas não atirem.

— Mirem nas barrigas deles, rapazes — acrescentou Murphy. — Derrubem com força e o resto irá para casa.

Assim como o tio, Adam lutava como se um grande peso tivesse sido tirado de sua alma. O ruído medonho da batalha revelava a morte de tudo pelo qual ele havia trabalhado nos meses desde a eleição de Lincoln, no entanto o som terrível também significava que Adam não estava mais preocupado com as grandes questões de guerra e paz, de escravidão e emancipação, dos direitos dos estados e dos princípios cristãos, mas somente em ser um bom vizinho para os homens que se ofereceram para servir ao seu pai. Adam até começou a entender Faulconer, que jamais havia se atormentado por causa da moralidade nem queria pôr suas ações na balança numa tentativa séria de garantir um veredito favorável no Dia do Juízo Final. Uma vez, quando Adam perguntara ao pai sobre os princípios pelos quais vivia, Washington Faulconer simplesmente descartara a pergunta com uma gargalhada. "Sabe qual é o seu problema? Você pensa demais. Nunca conheci um homem feliz que pensasse demais. Pensar só complica as coisas. A vida é como pular uma cerca ruim com um bom cavalo: quanto mais responsabilidade der ao cavalo, mais seguro vai estar, e quanto mais deixar por conta da vida, mais feliz será. Preocupar-se com princípios é tarefa de professores. Você vai descobrir que dorme melhor se tratar as pessoas com naturalidade. Não é princípio, é apenas uma questão prática. Nunca suportei ficar ouvindo a respeito de princípios. Simplesmente seja você!" E no caos súbito e retumbante de uma batalha com tiros, havia finalmente confiado no cavalo para dar o salto e descobrira que toda a sua agonia de consciência havia se evaporado no simples prazer de cumprir com o dever. Adam, numa campina rasgada por tiros, se comportara bem. Podia ter perdido a batalha por seu país, mas ganhara a guerra em sua alma.

— Carreguem as armas! Não atirem! — O major Bird andava lentamente atrás das companhias da legião, observando a horda ianque se preparar para a próxima investida. — Atirem baixo quando eles vierem, rapazes, atirem baixo! E parabéns a todos vocês, parabéns. — Em apenas cinco minutos os homens da legião se tornaram soldados.

— Ei, você aí! — Alguém gritou para Ethan Ridley do topo da torre central de sinaleiros. — Você! É, você! Você é oficial do estado-maior?

Ridley, que estivera perdido em pensamentos enquanto galopava para o sul, puxou as rédeas. Suspeitava que ser um ajudante de Washington Faulconer não era o que o oficial sinaleiro queria dizer com oficial do estado-maior, mas Ridley raciocinava suficientemente rápido para perceber que precisava de alguma desculpa para estar galopando sozinho na retaguarda do exército confederado, por isso gritou uma resposta afirmativa:

— Sou!

— Você pode encontrar o general Beauregard? — Quem falava, um oficial usando divisas de capitão, desceu a escada improvisada. Uma placa ao pé dela dizia "SOMENTE sinaleiros", e outra, em letras ainda maiores, dizia "MANTENHA DISTÂNCIA". O oficial correu até Ridley e estendeu um papel dobrado preso com um lacre adesivo. — Beauregard precisa disso depressa.

— Mas... — Ridley já ia dizer que não tinha ideia de como encontrar o general Beauregard, porém então decidiu que isso pareceria estranho, dito por um autoproclamado oficial do estado-maior. Além disso, achou que o coronel Faulconer estaria onde o general estivesse. Assim, ao encontrar o coronel também acharia Beauregard.

— Eu mandei a mensagem por sinaleiro para Beauregard, se é o que você ia sugerir — anunciou o capitão com impaciência —, mas gostaria de enviar uma confirmação escrita. Nunca se pode ter certeza se uma mensagem por sinalização chegou, principalmente com os idiotas que me dão para trabalhar. Preciso de bons homens, educados. Gostaria que você enfatizasse isso a Beauregard, por mim. Com meus respeitos, claro. Metade dos idiotas que eles fornecem nunca aprenderam a soletrar e a outra metade nem tem cérebro, para começo de conversa. Agora vá, meu amigo, o mais depressa que puder!

Ridley bateu as esporas. Estava na área de bagagem do exército, onde carroças, armões, forjas portáteis, ambulâncias e carruagens estavam estacionadas tão juntas que os varais virados para cima pareciam um bosque de inverno. Uma mulher gritou quando Ridley passou galopando, querendo saber o que estava acontecendo, mas ele simplesmente balançou a cabeça e esporeou o animal, passando por fogueiras de cozinhar, grupos de homens jogando baralho e crianças brincando com um gatinho. O que todas aquelas pessoas estavam fazendo ali?, perguntou-se.

Subiu uma encosta e viu a fumaça da batalha como um rio de névoa no vale do Bull Run à esquerda. Essa névoa, onde os grandes canhões lançavam os projéteis por cima do riacho, ficava ao redor do centro e da esquerda do exército rebelde, enquanto diante de Ridley estava o emaranhado de árvores e pequenos pastos da ala direita dos confederados, de onde o general Beauregard esperava lançar sua investida contra os despreparados nortistas. O coronel Washington Faulconer estava em algum lugar naquela confusão, e Ridley descansou o cavalo enquanto tentava entender a paisagem. Estava tenso e com raiva, remexendo-se na sela, consciente da enormidade da aposta que fazia, mas Ridley apostaria quase qualquer coisa para realizar suas ambições. Durante semanas havia jogado rápido e prodigamente com o dinheiro de Washington Faulconer, porém agora, enquanto a legião se dividia numa linha que separava os admiradores do coronel dos que o desprezavam, Ridley faria sua escolha. Ficaria de corpo e alma ao lado do coronel e derrotaria Nathaniel e Bird que, ajudados pela fraqueza de Adam, forçaram a legião a abandonar a obediência a Faulconer.

A recompensa da lealdade era dinheiro, e dinheiro era o deus de Ridley. Ele havia assistido ao pai empobrecer a família e visto a pena nos olhos dos vizinhos. Suportara a condescendência do meio-irmão, assim como as atenções irritantes de Anna Faulconer, e tudo por ser pobre. Era tratado com complacência por causa de sua habilidade com lápis e pincel, como se sempre pudesse ganhar a vida como pintor de retratos ou ilustrador, mas não tinha mais vontade de ganhar a vida como pintor do que como carvoeiro ou advogado. Em vez disso, queria ser como Faulconer e possuir amplos hectares, cavalos velozes, uma amante em Richmond e uma casa de campo bela e grande. Ultimamente, desde a volta de Adam, Ridley duvidara de que ser o genro do coronel seria o bastante para garantir uma parte adequada da riqueza, mas agora o deus da batalha dera uma boa mão de cartas a Ridley. O coronel Washington Faulconer havia deixado uma ordem firme: que a legião deveria ignorar Nathan Evans, e os rivais de Ridley na luta pela gratidão do coronel se juntaram para desobedecer a essa ordem. Era hora de denunciar essa desobediência.

Mas primeiro Ridley precisava encontrar o coronel Faulconer, o que significava descobrir onde estava o general Beauregard, por isso esporeou morro abaixo até a paisagem ondulada feita de bosques profundos e pequenos pastos. Sua égua pulou duas cercas, correndo animada como se estivesse perseguindo cães de caça nas colinas invernais. Virou à esquerda para um amplo caminho que passava sob árvores onde um regimento de zuavos sulistas, com suas características pantalonas vermelhas e camisas largas, estava à toa.

— O que está acontecendo? — perguntou um zuavo a Ridley.

— Estamos dando uma surra nos sacanas? — Um oficial entrou correndo no caminho de Ridley.

— Estou procurando Beauregard. — Ridley conteve o cavalo. — Sabem onde ele está?

— Vá até o fim do bosque e vire à esquerda, há uma estrada à frente, e provavelmente é lá que ele está. Estava lá há meia hora, pelo menos. Você tem alguma novidade?

Ridley não tinha novidades, por isso apenas continuou a meio galope, virando à esquerda e vendo uma horda de infantaria descansando ao lado da estrada na extremidade oposta da clareira. Os soldados usavam casacas azuis e por um segundo Ridley teve medo de ter galopado para dentro das linhas ianques, então viu a bandeira confederada de três listras sobre as tropas e percebeu que eram sulistas com uniformes improvisados com o azul do norte.

— Sabe onde o general está? — gritou para um oficial de casaca azul, porém o homem apenas deu de ombros, depois apontou vagamente para nordeste.

— A última coisa que ouvi foi que ele estava numa casa de fazenda por lá, mas não me pergunte onde.

— Ele estava aqui — disse um sargento —, mas não está mais. Sabe o que está acontecendo, moço? Estamos dando uma surra nos filhos da puta?

— Não sei.

Ridley continuou, finalmente chegando a uma bateria de artilharia acomodada confortavelmente na margem sul do Bull Run, atrás de uma mureta de cestos de vime cheios de terra.

— Isso aqui é o vau de Balls — disse um tenente de artilharia, tirando um cachimbo da boca — e o general esteve aqui há uma hora. Sabe o que está acontecendo por lá? — Ele sinalizou para o oeste, onde o som de canhões rugia e estalava no ar abafado.

— Não.

— Estão fazendo um barulhão, não é? Achei que a guerra estivesse acontecendo aqui, não lá.

Ridley atravessou o vau de Balls até o lado inimigo do Bull Run. A água chegava à barriga da égua, fazendo-o levantar as botas e os estribos sobre a correnteza. Uma companhia de infantaria da Virgínia estava à sombra na outra margem, esperando ordens.

— Sabe o que está acontecendo? — perguntou um capitão.

— Não.

— Nem eu. Há uma hora disseram que deveríamos esperar aqui, mas ninguém disse por quê. Acho que fomos esquecidos.

— Você viu o general?

— Não vejo nada acima de major há três horas. Mas um vivandeiro disse que vamos atacar logo, moço, de modo que talvez todos os generais estejam por lá. — O homem apontou para o norte.

Ridley cavalgou para o norte sob árvores altas, indo devagar para que o animal suado não quebrasse uma pata nos buracos fundos abertos na estrada de terra pelas rodas da artilharia. Uns quatrocentos metros depois do vau, na beira de um milharal pisoteado, Ridley encontrou uma bateria de pesados canhões de doze libras. Eles foram desatrelados e arrumados apontando os canos mortais por cima do milho crescido, mas o comandante da bateria não fazia ideia de por que estava ali nem o que esperaria ver emergindo da floresta escura do outro lado do milharal.

— Sabe o que está fazendo todo aquele barulho? — O major da artilharia apontou para o oeste.

— Parece que estão disparando de um lado para o outro por cima do rio — respondeu Ridley.

— Eu gostaria que me dessem algo contra o qual atirar, porque não sei o que diabos estou fazendo aqui. — Ele indicou a plantação de milho como se fosse o coração negro da África equatorial. — O senhor está vendo o grande ataque de Beauregard, capitão. O problema é que não há inimigo aqui nem em lugar nenhum. A não ser, talvez, uns rapazes do Mississippi, que subiram um pouco a estrada, e só Deus sabe o que estão fazendo.

Ridley enxugou o suor do rosto, pôs de novo o chapéu de aba mole e esporeou a égua cansada. Encontrou a infantaria do Mississippi abrigada sob algumas árvores. Um dos oficiais, um major cujo sotaque era tão carregado que Ridley mal conseguia entendê-lo, disse que o avanço confederado havia parado ali, sob aqueles cedros, e que não fazia ideia do motivo, mas estava certo de que, ao menos o máximo de certeza que um homem de Rolling Forks podia ter, e isso não era muito, que o general Beauregard tinha retornado para o outro lado do Bull Run, mas usando um vau diferente. Um vau mais a leste. Ou talvez a oeste.

— E o senhor sabe o que está acontecendo? — perguntou o major antes de dar uma mordida numa maçã-verde.

— Não — confessou Ridley.

— Nem eu! — O major possuía uma bela pena no chapéu, um sabre curvo e um bigode luxurioso que recebera óleo até ficar elegantemente liso. — Se encontrar alguém que saiba o que está fazendo, moço, diga que Jeremiah Colby está ansioso para acabar logo com essa guerra. Boa sorte, moço! Seu pessoal planta boas maçãs aqui!

Ridley virou a égua e voltou para o riacho, depois começou a percorrer o terreno entre o Bull Run e a ferrovia. Os canhões trovejavam à distância, com o som grave pontuado pelo ruído de fuzis e mosquetes, parecendo fogo na floresta. O som dava urgência à busca de Ridley, no entanto ele não tinha ideia de como cumprir com essa urgência. O general, seu estado-maior e os acompanhantes pareciam ter sido engolidos naquele território enorme. Ridley parou a égua cansada numa encruzilhada junto a uma pequena cabana de madeira. As verduras na horta bem-cuidada haviam sido arrancadas, exceto uma fileira de abóboras. Uma negra idosa, fumando cachimbo, olhou-o com cautela da porta da cabana.

— Não tem nada para roubar, senhor — disse ela.

— Sabe onde o general está? — perguntou Ridley.

— Não tem nada para roubar, senhor, tudo já foi roubado.

— Preta idiota — disse Ridley, depois repetiu a pergunta, mais alto e mais devagar, como se estivesse falando com uma criança: — Sabe onde o general está?

— Tudo já foi roubado, senhor.

— E dane-se você também.

Um obus passou ressoando acima, rolando e uivando pelo céu vazio de domingo. Ridley xingou a mulher de novo, em seguida escolheu uma das estradas ao acaso e deixou o animal cansado andar a passo lento. A poeira subiu dos cascos e se assentou num soldado bêbado que dormia ao lado da estrada. Alguns passos adiante um cão de fazenda preto e branco estava morto na estrada, com um tiro na cabeça, dado por algum soldado que presumivelmente se ressentiu pelo animal incomodar seu cavalo. Ridley passou pelo cachorro e começou a se preocupar pensando que talvez Beauregard pudesse ter cavalgado junto de Faulconer para o noroeste, onde a batalha soava, porque certamente nenhum general poderia permanecer nesse campo sonolento e cheio de zumbidos enquanto seus homens morriam a apenas cinco quilômetros de distância. Então, quando seu cavalo saiu da margem de um bosque, ele viu outra daquelas estranhas torres de sinalização. Embaixo dela um grupo de cavalos estava amarrado junto à cerca da fazenda, e na varanda da casa havia um grupo de homens reluzindo em tranças douradas. Assim Ridley esporeou a égua, mas no instante em que a instigou a uma velocidade relutante, um cavaleiro sozinho montou um alto cavalo branco diante da fazenda e veio galopando rapidamente na direção dele. Era o coronel.

— Senhor! Coronel Faulconer! — Ridley precisou gritar para atrair a atenção do coronel. Caso contrário, Washington Faulconer teria passado direto por ele.

O coronel olhou o cavaleiro cansado, reconheceu Ridley e diminuiu a velocidade.

— Ethan! É você! Venha comigo! O que diabos está fazendo aqui? Não faz mal! Tenho boas notícias, notícias maravilhosas!

O coronel havia passado uma manhã frustrante. Encontrara Beauregard pouco depois das seis, mas o general não o estava esperando e não tinha tempo para vê-lo, por isso Faulconer fora obrigado a ficar de molho enquanto as horas se arrastavam. Porém agora, maravilhosamente, tinha recebido as ordens pelas quais ansiava. Beauregard, desesperado para dar vida ao seu ataque que empacara misteriosamente no terreno vazio do outro lado do Run, havia apelado por novas tropas e Faulconer vira sua chance. Tinha oferecido a legião e recebeu ordens para marchar com os homens para a ala direita. Os homens do general Johnston, recém-chegados do Exército do Shenandoah, podiam ser deixados para reforçar a ala esquerda dos rebeldes enquanto Beauregard colocava novo ímpeto na direita.

— Precisamos de algum entusiasmo — resmungara Beauregard para Faulconer —, um pouco de pressão. Não é bom brincar de esconde-esconde num campo de batalha se você quer mostrar um pouco de chicote e esporas a eles. — Era só isso que Faulconer desejava; uma chance de comandar sua legião numa carga vitoriosa que escreveria outra página gloriosa na história da Virgínia.

— Venha, Ethan! — gritou Washington Faulconer. — Temos permissão de atacar!

— Mas eles foram embora! — gritou Ridley. Sua égua cansada estava muito mais lenta que Saratoga, o descansado garanhão do coronel.

O coronel fez Saratoga parar, virou-o e encarou Ridley.

— Eles foram embora, senhor — repetiu Ridley. — Foi o que vim lhe dizer.

O coronel espantou uma mosca com seu chicote de montaria.

— Como assim, foram embora? — Faulconer parecia muito calmo, como se não tivesse entendido a notícia que Ridley acabara de trazer atravessando o campo de batalha.

— Foi Nathaniel. Ele voltou, senhor.

— Ele voltou? — perguntou incrédulo o coronel.

— Ele disse que tinha ordens de Evans.

— Evans! — Faulconer pronunciou o nome sulfurosamente.

— Por isso eles marcharam para Sudley, senhor.

— Nathaniel trouxe ordens? O que diabos Pica-Pau fez?

— Ordenou que os homens fossem para Sudley, senhor.

— Sob o comando daquele macaco do Evans? — O coronel gritou a pergunta e seu cavalo, inquieto, relinchou baixinho.

— Sim, senhor. — Ridley sentiu a satisfação de dar a notícia condenatória. — Foi por isso que vim procurá-lo.

— Mas não há nenhuma maldita batalha em Sudley! É um ardil! Uma isca! O general sabe tudo sobre isso! — O coronel foi lançado numa fúria súbita e incandescente. — A batalha será aqui! Meu Deus! Desse lado do campo! Aqui! — O coronel baixou violentamente o chicote de montaria, fazendo-o assobiar e amedrontando o já nervoso Saratoga. — Mas e Adam? Eu disse para não deixar que Pica-Pau fizesse nada de irresponsável.

— Adam se deixou ser convencido por Nathaniel, senhor. — Ethan fez uma pausa para balançar a cabeça. — Eu me opus a eles, senhor, mas sou apenas um capitão. Nada mais.

— Agora você é major, Ethan. Pode ocupar o lugar de Pica-Pau. Maldito Pica-Pau e maldito Nathaniel! Maldito, maldito, maldito! Vou matá-lo! Vou dar as tripas dele aos porcos! Agora venha, Ethan, venha! — O coronel bateu com as esporas.

Seguindo-o o mais rápido que podia, o major Ridley se lembrou subitamente da mensagem do sinaleiro a Beauregard. Pegou o papel lacrado no bolso e se perguntou se deveria mencionar sua existência ao coronel, mas Washington Faulconer já corria a toda velocidade, o cavalo levantando poeira, e Ridley não queria ficar muito para trás, principalmente agora que era major e o segundo em comando, por isso jogou a mensagem fora e galopou atrás do coronel, na direção do som dos canhões.

Na crista do morro cercada de árvores, onde a precária brigada de Evans havia repelido o primeiro ataque do norte, a batalha se tornara uma séria disputa de golpes desferidos de forma unilateral. Para os artilheiros ianques ela era pouco mais que uma sessão de treino de tiro ao alvo sem oposição, porque os dois pequenos canhões confederados foram destruídos; o primeiro arrancado da carreta ao ser acertado diretamente por uma bala sólida de doze libras, e o segundo havia perdido uma roda com outro golpe direto e, em minutos, outra bala de doze libras despedaçara os raios da roda substituta. Os dois canhões inutilizados, ainda carregados com metralha não disparada, estavam abandonados na beira da floresta.

O major Bird se perguntou se havia algo que deveria estar fazendo, mas nada surgia em sua mente. Tentou analisar a situação e deduziu o fato simples de que as tropas do sul estavam sustentando um número muito maior de nortistas, mas que *cada* momento que os sulistas passavam junto à linha das árvores, mais homens perdiam, e por fim, por um processo tão irreversível quanto uma equação matemática, não restariam sulistas vivos e os ianques marchariam por cima dos cadáveres dos rebeldes para reivindicar a batalha e, presumivelmente, a guerra. O major Bird não podia impedir que isso acontecesse porque não havia nada inteligente que pudesse fazer; nenhum ataque de flanco, nem emboscada, nenhum modo de ser mais esperto que o inimigo. Simplesmente chegara a hora de lutar e morrer. O major Bird lamentava que a situação tivesse ficado tão desesperada, porém não via uma saída elegante, por isso decidiu permanecer onde estava. O estranho era que não sentia medo. Tentava analisar essa ausência e decidiu que era privilegiado em possuir um temperamento sanguíneo. Celebrou essa percepção feliz lançando um olhar carinhoso ao retrato da esposa.

Adam Faulconer também não sentia medo. Não podia dizer que estava gostando da manhã, mas pelo menos a experiência da batalha havia reduzido o tumulto de sua vida a questões simples, e ele gostava dessa liberdade. Como todos os outros oficiais, tinha abandonado seu cavalo, mandando-o para trás, por entre as árvores. Os oficiais da legião aprenderam que os tiros de fuzil dos inimigos eram muito altos para representar grande perigo aos homens agachados, mas não tão altos a ponto de as balas errarem um homem a cavalo, por isso abandonaram as preciosas ordens do coronel, de que permanecessem montados, e se tornaram soldados de infantaria.

Nathaniel Starbuck notou que alguns homens, como Truslow e, mais surpreendentemente, o major Bird e Adam, pareciam corajosos sem esforço. Faziam seu trabalho com calma, mantinham-se eretos diante do inimigo e com a mente aguçada. A maioria dos homens oscilava loucamente entre a coragem e a timidez, mas reagia à liderança dos corajosos. Sempre que Truslow avançava para atirar contra os nortistas, uma dezena de escaramuçadores o acompanhava, e sempre que o major Bird andava ao logo da linha das árvores os homens riam para ele, ganhavam coragem com ele e ficavam satisfeitos porque seu excêntrico professor parecia tão inabalável diante dos perigos. Bastaria dar força àqueles homens comuns, entendeu Nathaniel, e a legião poderia alcançar milagres. Além disso, havia uma minoria, os covardes, que se encolhiam longe, nas árvores, onde fingiam estar ocupados carregando ou consertando as armas, mas que na verdade apenas se escondiam do assobio fantasmagórico das balas minié e dos estalos dos obuses.

As balas e os tiros de obuses reduziram a brigada confederada de Nathan Evans a duas linhas precárias de homens agachados nas sombras à beira das árvores. De vez em quando um grupo de soldados corria até o terreno aberto, disparava seus tiros e corria de volta, mas agora os ianques tinham uma horda de escaramuçadores no pasto, e o simples surgimento de um rebelde provocava uma torrente violenta de disparos de fuzil. Os oficiais rebeldes mais corajosos caminhavam à margem da floresta, encorajando os homens e fazendo pequenas piadas, mas Adam, decidido a ser visto pela legião de seu pai, recusava-se a andar na sombra e caminhava abertamente à luz do sol, exclamando alto para alertar os soldados a não atirar quando ele passasse diante de suas armas. Os homens gritavam para ele se abrigar, voltar para as árvores, porém Adam não admitiria isso. Expunha-se, como se acreditasse que sua vida era protegida por mágica. Dizia a si mesmo que não temia o mal.

O major Bird se juntou a Nathaniel e olhou Adam ao sol.

— Está vendo como as balas passam alto? — perguntou Bird.

— Alto?

— Estão mirando nele, mas estão atirando alto. Estive notando isso.

— É mesmo. — Provavelmente Nathaniel não teria notado nem se os ianques estivessem atirando para a lua, mas agora que Thaddeus Bird fizera a observação, viu que a maior parte dos tiros de fuzil dos nortistas estava mesmo acertando as árvores acima da cabeça de Adam. — Ele é um idiota! — exclamou Nathaniel com raiva. — Só quer morrer!

— Ele está compensando pelo pai — explicou Bird. — Faulconer deveria estar aqui, mas não está, por isso Adam sustenta a honra da família, mas se o pai estivesse aqui Adam provavelmente estaria tendo um ataque de consciência. Notei como ele geralmente se beneficia da ausência de Faulconer, você não percebeu?

— Prometi à mãe dele que o manteria em segurança.

Bird gargalhou.

— Outra idiotice sua. Como faria isso? Comprando um daqueles ridículos peitorais de aço que os jornais anunciam? — Bird balançou a cabeça. — Minha irmã só encarregou você dessa responsabilidade, Starbuck, para depreciar Adam. Presumo que ele estivesse presente.

— Estava.

— Minha irmã, veja bem, casou-se com uma família de serpentes e desde então vem ensinando aos integrantes os segredos do veneno. — Bird deu um risinho. — Mas Adam é o melhor de todos — admitiu. — O melhor. E corajoso.

— Muito — acrescentou Nathaniel.

Então sentiu vergonha de si mesmo, porque não fizera nada de corajoso no embate daquela manhã. A confiança que tanto sentira na estação ferroviária de Rosskill tinha se evaporado, roubada pela visão da bandeira de seu país. Ainda não havia disparado o revólver nem estava certo de que poderia atirar em seus conterrâneos mas também não estava disposto a abandonar os amigos nas fileiras da legião. Em vez disso, remexia-se na beira do bosque e olhava a distante fumaça cuspida pelos canhões ianques. Queria descrevê-la a Sally, por isso a observara cuidadosamente, percebando que era branca a princípio e então escurecia rapidamente num azul-acinzentado. Uma vez, olhando com atenção encosta abaixo, tinha jurado que podia ver o traço escuro de um projétil no ar enfumaçado, e segundos depois ouvira um obus despedaçar os galhos acima. Um dos canhões nortistas fora posto ao lado de um monte de feno na fazenda que ficava na base da encosta, incendiando-o com a chama dos disparos. Ela saltava e se encaracolava furiosamente, lançando uma fumaça mais escura no ar imundo por causa das peças de artilharia.

— Soube que o pobre Jenkins partiu? — perguntou o major Bird numa voz que poderia ter usado para comentar que a primavera havia chegado cedo nesse ano ou que uma plantação de legumes estava bonita.

— Partiu? — questionou Nathaniel, porque a imprecisão da palavra havia sugerido, de algum modo, que Roswell Jenkins tinha simplesmente abandonado o campo de batalha.

— Desapareceu. Foi atingido por um obus. Parece uma coisa largada numa bancada de açougue. — As palavras de Bird eram insensíveis, mas sua voz estava repleta de pesar.

— Pobre homem. — Nathaniel não gostava particularmente de Roswell Jenkins, que distribuíra garrafas de uísque para garantir a eleição como oficial e que deixara o comando da companhia nas mãos do sargento Truslow. — E quem vai assumir a Companhia K?

— Quem meu cunhado desejar, ou melhor, quem Truslow quiser. — Bird gargalhou, então transformou o movimento de pica-pau da cabeça num balanço pesaroso. — Se houver algum sentido em alguém assumir o comando. Porque talvez não reste legião, não é? — Bird fez uma pausa. — Talvez não reste nem mesmo uma Confederação, não é? — Ele se abaixou involuntariamente quando um fragmento de obus passou acima, batendo numa árvore apenas vinte centímetros sobre a cabeça de Nathaniel. Bird se empertigou e pegou um de seus charutos escuros. — Quer um?

— Por favor. — Desde aquela noite com Belvedere Delaney em Richmond, Nathaniel se pegara fumando mais e mais charutos.

— Você tem água? — perguntou Bird enquanto entregava o charuto ao ianque.

— Não.

— Parece que acabamos com nossa água. O Dr. Billy queria um pouco para os feridos, mas não há mais, e não posso dispensar ninguém para arranjar mais. Deixamos de ver muita coisa.

Uma saraivada de mosquetes soou ao norte, evidência de que mais tropas confederadas entraram na ação. Nathaniel vira pelo menos mais dois regimentos sulistas se juntarem ao flanco direito da linha improvisada de Nathan Evans, mas para cada novo homem do Alabama e do Mississippi havia pelo menos três nortistas, e os ianques reforçados enviavam ainda mais tropas encosta acima, para acrescentar seu peso de tiros de fuzil contra a linha fina e esgarçada dos rebeldes.

— Não pode demorar muito, agora — declarou o major Bird, abatido. — Não pode demorar.

Um oficial da Carolina do Sul veio correndo junto à linha das árvores.

— Major Bird? Major Bird?

— Aqui! — Bird se afastou de Nathaniel.

— O coronel Evans quer que todos vocês avancem, major. — O homem da Carolina do Sul tinha o rosto enegrecido de pólvora, a túnica rasgada e os olhos injetados. Sua voz estava rouca. — O coronel vai dar um toque de corneta e quer que todos façamos uma carga. — O homem fez uma pausa como se soubesse que pedia o impossível, depois tentou apelar direto ao patriotismo. — Uma última carga, major, em nome do sul.

Por um segundo pareceu que o major Bird gargalharia diante de um apelo tão descarado ao seu patriotismo, mas então ele assentiu.

— Claro.

Em nome do sul, uma última carga louca, um último gesto de desafio. Antes que a batalha e a causa estivessem perdidas.

As quatro companhias que Evans Canelas deixara guardando a ponte de pedra foram forçadas para longe quando os nortistas, comandados por um coronel chamado William Sherman, descobriram um vau rio acima da ponte e com isso flanquearam a minúscula retaguarda. Os homens dispararam uma saraivada desajeitada e recuaram rapidamente enquanto os soldados de Sherman avançavam atravessando o Bull Run.

Um obus explodiu acima da ponte abandonada, então um oficial com casaca azul apareceu do outro lado e sinalizou a captura da mesma, balançando a espada na direção das baterias de canhões ianques.

— Cessar fogo! — gritou um comandante da bateria. — Tirar esponjas! Atrelar cavalos! Pareçam animados agora! — A ponte fora conquistada, de modo que agora o exército nortista podia se lançar através do Bull Run e completar o cerco e a destruição do exército rebelde.

— Agora é seguro para os cavalheiros avançarem até a posição da bateria — anunciou o capitão James Starbuck aos jornalistas, ainda que o anúncio não fosse necessário, uma vez que grupos de civis empolgados já estavam caminhando ou cavalgando em direção à ponte capturada.

Um congressista balançou um charuto aceso na direção das tropas, depois ficou de lado para deixar uma bateria de artilharia montada passar chacoalhando.

— Para Richmond, rapazes! Para Richmond! — gritou. — Deem uma boa surra naqueles cães, rapazes! Vão, agora!

Um batalhão de infantaria nortista usando casacas cinza seguiu a artilharia montada. O 2º Regimento de Wisconsin usava cinza porque não houvera tecido azul suficiente para seus uniformes.

— Mantenham a bandeira alta, rapazes — disse seu coronel —, e o bom Senhor saberá que não somos da escória rebelde.

Assim que atravessaram a ponte, os homens de Wisconsin saíram da estrada principal para marchar rumo ao norte, em direção a uma distante névoa de fumaça de canhões que aparecia onde a teimosa linha confederada ainda resistia ao movimento de flanco federal. O capitão James Starbuck presumiu que as tropas de uniforme cinza de Wisconsin iriam à frente do ataque contra o flanco exposto daqueles defensores rebeldes, esmagando-os e destruindo-os, e com isso aumentando a vitória dada por Deus que o norte estava desfrutando. O Deus Todo-Poderoso, pensou James com devoção, tivera a bondade de abençoar seu país nesse dia santo. A vingança de Deus havia sido rápida, sua justiça poderosa e sua vitória avassaladora, e até mesmo os incrédulos adidos militares estrangeiros davam os parabéns.

— É exatamente isso que o general de brigada McDowell planejou — disse James, lealmente atribuindo os feitos de Deus ao general nortista. — Previmos uma resistência inicial, senhores, depois um colapso súbito e uma destruição progressiva das posições inimigas.

Somente o francês, coronel Lassan, parecia cético, imaginando por que houvera tão pouca evidência de qualquer fogo de artilharia confederado.

— Será que não estão economizando os tiros de canhão? — sugeriu a James.

— Eu sugeriria, senhor — respondeu James, eriçando-se diante do ceticismo do francês —, que os rebeldes carecem da capacidade profissional para posicionar seus canhões de modo eficiente.

— Ah! Deve ser isso, capitão, de fato.

— Na verdade eles são agricultores, não soldados. Pense nisso como uma revolta camponesa, coronel. — James se perguntou se não estaria exagerando um pouco, mas qualquer coisa que denegrisse os rebeldes era música para seus ouvidos, por isso não apenas manteve o insulto, como o enfeitou. — É um exército de garotos ignorantes de fazenda comandados por senhores de escravos imorais.

— Então a vitória está garantida? — perguntou Lassan em dúvida.

— Absolutamente garantida!

James sentiu a felicidade crescente de alguém que vê um empreendimento difícil ser concluído com triunfo, e havia de fato uma empolgação geral de vitória à medida que mais regimentos federais atravessavam a ponte de pedra. Três divisões nortistas estavam apinhando a estrada enquanto esperavam para passar pelo riacho, uma dúzia de bandas tocava, mulheres aplaudiam, bandeiras tremulavam, Deus estava no céu, o flanco de Beauregard fora cercado e a rebelião estava sendo reduzida a farrapos sangrentos com suas chicotadas.

E ainda nem era meio-dia.

13

— Calar baionetas! — gritou o major Bird, depois ouviu a ordem ser ecoada até os flancos da legião.

Os homens tiraram as pesadas baionetas-espadas com cabos de latão das bainhas e as prenderam com um estalo no cano enegrecido das armas. A maior parte da legião jamais havia acreditado que usaria as baionetas numa carga de infantaria. Em vez disso os homens pensaram que, quando a guerra tivesse terminado e os ianques fossem mandados de volta para o norte, levariam as baionetas para casa e iriam usá-las para matar porcos ou cortar feno. Mas agora, atrás do fino véu de fumaça que pairava sobre os pedaços da cerca arrebentada, eles as fixaram nos canos quentes dos fuzis e tentaram não pensar no que os aguardava à luz do sol.

Porque uma horda de ianques esperava lá — homens de Rhode Island, Nova York e New Hampshire, cujo ardor voluntário era reforçado pelos soldados profissionais do Exército da União e pelos fuzileiros. Os atacantes nortistas estavam em maior número que os homens de Nathan Evans, numa relação de quatro para um, no entanto o ataque ianque fora contido durante mais de uma hora pela teimosa defesa sulista. Agora esses defensores estavam perigosamente escassos, por isso Evans queria um último esforço para afundar a investida nortista no caos e com isso ganhar mais alguns minutos em que o restante do exército confederado poderia mudar seu alinhamento para enfrentar o ataque de flanco. Evans faria um último ato de desafio antes que sua linha rebelde se desintegrasse e o poderoso ataque nortista prosseguisse sem resistência.

O major Bird desembainhou a espada. Ainda não havia carregado seu revólver Le Mat. Testou um golpe com a espada, depois esperou que por Deus não tivesse de usá-la. Na cabeça de Bird, as cargas de baioneta como último recurso pertenciam aos livros de história ou aos romances, não aos dias atuais, ainda que Bird precisasse admitir que as baionetas da legião pareciam cruelmente eficazes. Eram lâminas compridas e finas com uma curva maldosa para cima na ponta. No Condado de Faulconer o coronel insistira em que os homens treinassem com as baionetas, e até havia pendurado uma carcaça de boi num galho baixo para criar um alvo realista, porém ela apodrecera e os homens não conseguiram ser instigados a atacá-la. Agora, com o suor formando canais brancos nas manchas de pólvora do rosto, aqueles mesmos homens se preparavam para um treino verdadeiro com as baionetas.

Os nortistas, encorajados pela calmaria nos disparos do sul, voltaram a avançar. Uma nova bateria de artilharia sulista havia chegado ao flanco direito da linha de Evans e os novos artilheiros dispararam suas metralhas e balas sólidas na cara do ataque federal, convencendo os ianques a se apressar. Três bandas nortistas tocavam com rivalidade, impelindo as bandeiras com franjas grossas através dos espectros de fumaça que pairavam sobre a campina tão golpeada por obuses e balas sólidas que o fedor sulfuroso da fumaça de pólvora era temperado pelo aroma mais doce de feno recém-cortado.

O major Bird olhou seu relógio antiquado, piscou e olhou de novo. Levou o relógio ao ouvido, pensando que ele devia ter parado, mas ainda podia ouvi-lo tiquetaqueando. De algum modo havia pensado que já era de tarde, mas ainda eram apenas dez e meia. Passou a língua pelos lábios secos, sentiu o peso da espada e olhou de novo o inimigo que se aproximava.

A corneta soou.

Uma nota falsa, uma pausa, depois tocou três notas limpas, nítidas, depois mais três, uma pausa rápida, e de repente oficiais e sargentos estavam gritando para a linha sulista se levantar e se mexer. Por um segundo ninguém se moveu, então a linha cinza na borda da floresta rasgada por obuses e balas se movimentou, ganhando vida.

— Avançar! — gritou o major Bird, e começou a andar ao sol com a espada à altura do ombro apontando para a frente.

De algum modo estragou a postura heroica tropeçando enquanto atravessava os paus da cerca, mas se recuperou e continuou caminhando. Adam havia assumido o comando da Companhia E, cujo capitão, Elisha Burroughs, estava morto. Burroughs tinha sido um funcionário importante no Banco do Condado de Faulconer, e na verdade não quisera se oferecer como voluntário para a legião, mas temera prejudicar a carreira no banco de Washington Faulconer caso recusasse. Agora era um cadáver, a pele escurecendo coberta de moscas, e Adam ocupara seu lugar. Ele caminhava cinco passos à frente da Companhia E com seu revólver na mão direita e a bainha do sabre na esquerda. Precisava manter a lâmina longe das pernas para não tropeçar nela. Nathaniel, andando ao lado de Bird, estava tendo o mesmo problema com sua bainha.

— Não sei se vale a pena usar a espada — comentou Bird. — Eu sabia que os cavalos eram má ideia, mas parece que as espadas são um estorvo equivalente. Meu cunhado ficará desapontado! Às vezes acho que o sonho dele é carregar uma lança de cavaleiro em batalha. — Bird fungou, gargalhando com a ideia. — Sir Washington Faulconer, senhor de Seven Springs. Ele gostaria disso. Nunca entendi por que os fundadores de nossa pátria aboliram os títulos. Eles não custam nada e enchem os idiotas de satisfação. Minha irmã adoraria ser Lady Faulconer. Seu revólver está carregado?

— Está. — Mas Nathaniel ainda não havia disparado um tiro sequer.

— O meu, não. Vivo esquecendo.

Bird decepou um dente-de-leão com sua espada. À direita, a Companhia E avançava em boa ordem. Ao menos dois homens dela penduraram os fuzis no ombro e estavam carregando suas compridas facas de caça. Facas de carniceiro, como Thaddeus Bird gostava de chamá-las, porém as lâminas compridas e feias pareciam bastante apropriadas para essa aventura desesperada. As balas nortistas soltavam seus assobios estranhos pelo ar quente. As bandeiras da legião tremulavam com os projéteis batendo no pano.

— Notou como os ianques ainda estão atirando alto? — comentou Bird.

— Graças a Deus — disse Nathaniel.

A corneta soou de novo, instigando a linha rebelde a avançar, e Bird sinalizou com a espada para encorajar a legião a ir mais depressa. Os homens alternavam entre o passo e a corrida. Nathaniel se desviou de um trecho de terra fumegante coberta de fragmentos de obus, onde um escaramuçador mutilado estava morto. O projétil havia rasgado a maior parte da barriga do sujeito e metade da caixa torácica, e o que restava dele estava coberto de moscas. O cadáver tinha dentes proeminentes num rosto que já escurecia no calor.

— Acho que era George Musgrave — disse Bird em tom casual.

— Como o senhor sabe? — conseguiu perguntar Nathaniel.

— Pelos dentes de roedor. Era um garoto mau. Um valentão. Gostaria de dizer que lamento sua morte, mas não é o caso. Desejei que estivesse morto mil vezes no passado. Uma criatura perversa.

Um homem da Companhia K foi atingido por uma bala e soltou uma sucessão de gritos ofegantes. Dois homens correram para ajudá-lo.

— Deixem-no! — gritou o sargento Truslow, e o ferido foi deixado se retorcendo no capim. Os músicos da legião, abrigados na borda da floresta, eram os maqueiros, e dois deles avançaram hesitantes para recolher o soldado ferido.

Um morteiro desceu ressoando e se enterrou na campina. Explodiu e foi seguido imediatamente por outro projétil. A infantaria nortista havia parado seu avanço constante e estava recarregando os fuzis. Nathaniel podia ver as varetas subindo e descendo e os rostos sujos de pólvora erguendo o olhar das armas para a linha rebelde que se aproximava. Parecia haver pouquíssimos sulistas no ataque e um número grande demais de ianques esperando. Nathaniel se obrigou a andar calmamente, a não demonstrar medo. Engraçado, pensou, nesse momento sua família estaria ocupando o banco na igreja alta e escura, seu pai estaria na sacristia, rezando, e a congregação estaria arrastando os pés saindo da luz do sol, as portinholas dos bancos estalando e se abrindo sob as janelas altas deixadas abertas no verão, de modo que a brisa do porto de Boston refrescasse os fiéis. O fedor de esterco de cavalo na rua permearia a igreja onde sua mãe estaria fingindo ler a Bíblia, mas na verdade teria a atenção totalmente voltada para a congregação que se reunia; quem estava presente e quem estava ausente, quem parecia bem e quem estava estranho. A irmã mais velha de Nathaniel, Ellen Marjory, prometida em casamento a seu pastor, estaria alardeando ostensivamente sua devoção rezando ou lendo as Escrituras, enquanto Martha, de 15 anos, estaria atraindo os olhares dos meninos no banco da família Williams, do outro lado do corredor. Nathaniel se perguntou se Sammy Williams estaria no meio do inimigo de casacas azuis que esperava a trezentos metros de distância nessa campina da Virgínia. Imaginou se James estaria, e sentiu uma pontada súbita enquanto pensava na possibilidade de seu irmão pomposo, mas gentil, estar caído morto.

A corneta soou de novo, dessa vez com mais urgência, e a linha rebelde começou a correr.

— Comemorem! — gritou o major Bird. — Comemorem!

Para Nathaniel parecia que, em vez de comemorar, os homens começaram a gritar. Ou então a ganir como o ferido que Truslow deixara para trás no capim. O som poderia ser traduzido como um guincho de terror, porém, em uníssono, havia algo no ruído que fazia o sangue coagular, e os próprios homens sentiram isso e reforçaram o estranho som ululante. Até o major Bird, correndo com sua espada canhestra, ecoava o berro fantasmagórico. Havia algo bestial naquele som, uma ameaça medonha de violência.

E então os nortistas abriram fogo.

Por um segundo o céu de verão inteiro, o próprio pesado firmamento, se encheu com o uivo e os silvos das balas, e o berro dos rebeldes hesitou antes de recomeçar, só que dessa vez havia gritos de verdade misturados com o som agudo. Homens caíam. Homens eram lançados para trás pelos coices múltiplos das balas acertando-os. Alguns cambaleavam tentando continuar a andar. Havia sangue novo no capim. Nathaniel ouviu um estardalhaço e percebeu que era o som das balas nortistas batendo nas coronhas dos fuzis e nas lâminas das facas de caça. A carga sulista diminuíra a velocidade e os homens pareciam estar vadeando, como se o ar tivesse engrossado até virar um melaço resistente em que as linhas organizadas dos regimentos rebeldes primeiro se romperam e depois se reuniram em grupos dispersos. Os homens pararam, atiraram e avançaram de novo, mas o avanço era lento e hesitante.

Outra saraivada foi disparada pelos federais e mais homens foram arrancados da carga rebelde. O major Bird gritava para seus homens atacarem, correrem, ganharem o dia, mas a legião tinha ficado perplexa com a ferocidade do fogo ianque e dominada pela esmagadora quantidade de tiros que agora estalavam, chamejavam e assobiavam ao redor. Os morteiros nortistas caíam como relâmpagos, cada obus lançando um barril de terra vermelha no ar.

Adam estava dez passos à frente da Companhia E. Andava devagar, aparentemente sem se abalar com o perigo. Um sargento o chamou de volta, porém Adam, com o revólver abaixado, ignorou-o.

— Continuem! Continuem! — gritou o major Bird a seus homens. Até agora nenhuma faca de caça e nenhuma baioneta tinham ficado vermelhas, mas os homens não conseguiam continuar. Em vez disso recuaram, silenciosos, e os federais deram um grito grave de triunfo. O ruído pareceu atiçar o recuo rebelde transformando-o numa corrida cheia de tropeços. Os confederados ainda não haviam entrado em pânico, mas estavam perto disso. — Não! — O major Bird estava lívido, tentando compelir seus homens de volta ao ataque pela pura força de vontade.

— Major! — Nathaniel precisou gritar no ouvido de Bird. — Olhe à esquerda! À esquerda! — Um novo regimento nortista havia surgido à esquerda da legião e agora ameaçava envolver o flanco aberto dos homens da

Virgínia. O novo ataque não somente impeliria para trás essa fracassada carga de baionetas como envolveria a floresta. Os defensores de Evans foram flanqueados e dominados, finalmente.

— Maldição! — Bird encarou a nova ameaça. Sua imprecação parecia pouquíssimo convincente, como se feita por alguém não acostumado a xingar. — Sargento-mor! Leve as bandeiras para trás. — Bird deu a ordem, mas ele mesmo não recuou.

— Volte, senhor, por favor! Volte! — Nathaniel puxou a manga da casaca do major Bird, e dessa vez o homem começou a recuar. Balas assobiavam no ar enquanto Bird e Nathaniel cambaleavam para trás, protegidos dos atiradores ianques pela fumaça da batalha que atrapalhava a mira.

Apenas Adam não quis recuar. Gritava para seus homens se juntarem a ele, dizendo que não havia perigo, que só precisavam pressionar até o outro lado da campina, no entanto a Companhia K vira o recuo de toda a linha confederada, por isso também se esgueirou para trás. Adam parou e se virou para eles, gritando para avançarem, mas então cambaleou e quase largou o revólver. Abriu a boca para falar, porém nenhum som saiu. De algum modo conseguiu manter o equilíbrio enquanto, muito devagar e com cuidado, como um bêbado fingindo sobriedade, enfiou o revólver no coldre. Em seguida, com uma expressão estranhamente perplexa, caiu de joelhos.

— Seu desgraçado idiota. — O sargento Truslow tinha visto Adam cair e se apressou pela frente dos nortistas que avançavam. O restante da legião corria de volta para a segurança das árvores. Toda a carga sulista havia fracassado completamente e os ianques chegavam com força total.

— É minha perna, Truslow — disse Adam com a voz em choque.

— Deveria ter sido no seu maldito cérebro. Me dê seu braço. — Mesmo quando salvava Adam, Truslow parecia sinistramente hostil. — Venha, garoto. Depressa!

Adam fora atingido na coxa esquerda. A bala tinha batido como uma martelada, mas no momento não doeu muito. Agora, de repente, havia uma dor rasgando em brasa da virilha aos dedos dos pés.

— Me deixe aqui! — ofegou para Truslow.

— Pare de choramingar, pelo amor de Deus. — Truslow ficou entre arrastar e carregar Adam de volta para as árvores.

Nem o major Bird nem Nathaniel viram a situação de Adam. Estavam correndo para a floresta, ou melhor, Starbuck corria e Thaddeus Bird caminhava com calma.

— Você notou quantas balas passam altas? — perguntou Bird de novo.

— Notei. — Nathaniel estava tentando correr e se agachar ao mesmo tempo.

— Deveríamos fazer algo a respeito — observou Bird objetivamente. — Porque provavelmente estávamos disparando alto também, não acha?

— É. — Ele teria concordado com qualquer proposição que Bird desejasse, desde que o major andasse depressa.

— Quero dizer, quantas centenas de balas foram disparadas nesse pasto hoje — continuou Bird, subitamente entusiasmado com o novo raciocínio — e quantas baixas elas causaram? Na verdade foram notavelmente poucas. — Ele balançou a espada sem sangue na direção do capim onde talvez uns sessenta corpos estavam, no ponto em que a carga da legião havia fracassado. — Deveríamos olhar os troncos para ver onde estão as marcas das balas, e aposto, Starbuck, que a maioria vai estar a pelo menos três ou três metros e meio do chão.

— Eu não ficaria surpreso, senhor. Não ficaria mesmo. — Agora Nathaniel podia ver os paus da cerca à frente. Bastariam alguns passos e eles estariam em meio às árvores. A maior parte da legião já estava segura na floresta, ou tão segura quanto era possível, agachada entre árvores que eram golpeadas por uma dúzia de morteiros federais.

— Ali, olhe! Está vendo? Uns três metros e meio, quatro e meio no mínimo. Está vendo? — Agora o major Bird havia parado totalmente e estava apontando a espada em direção ao fenômeno interessante da altura das marcas das balas nas árvores. — Aquela ali está um pouquinho mais baixa, admito, mas olhe, está vendo? Ali, naquela nogueira-amarga, Starbuck. Nenhuma bala acertou a menos de três metros de altura, e quantas você pode ver acima daquela altura? Quatro, cinco, seis, e isso é só em um tronco!

— Senhor! — Nathaniel empurrou Bird.

— Firme! — protestou Bird, mas começou a andar de novo de modo que, finalmente, Nathaniel pôde ver o abrigo sob as árvores. Notou que a maioria dos homens havia recuado mais para longe em meio aos troncos, buscando instintivamente a segurança, ainda que uns poucos corajosos se demorassem à beira das árvores para continuar disparando constantemente contra os ianques que avançavam.

— Voltem, rapazes! — O major Bird percebeu que a resistência sulista estava derrotada. — Deus sabe para onde — murmurou baixinho. — Sargento-mor Proctor?

— Senhor?

— Garanta que as bandeiras estejam em segurança!

Que ridículo, pensou Bird, que ele se preocupasse com esse tipo de coisa. Afinal, o que eram as bandeiras senão dois pedaços de pano espalhafatosos, costurados a partir de retalhos de seda no quarto da irmã? As balas nortistas estavam rasgando as folhas das árvores.

— Starbuck?

— Senhor?

— Pode fazer a gentileza de informar ao Dr. Billy? Diga que estamos recuando. Ele deve salvar os feridos que puder e deixar o restante. Acho que os ianques vão cuidar bem deles, não é?

— Tenho certeza de que sim, senhor.

— Então vá.

Nathaniel correu pelo meio da floresta. Um obus estourou à sua esquerda e um galho pesado lascou e despencou no meio das outras árvores. Grupos de homens corriam pelo bosque, sem esperar ordens, apenas buscando segurança. Estavam abandonando facas de caça, cobertores, mochilas, basicamente qualquer coisa que atrapalhasse a fuga. Nathaniel encontrou um amontoado caótico de homens ao redor dos cavalos amarrados e um cabo tentando soltar Pocahontas do meio da turba em pânico.

— Essa é minha! — gritou Nathaniel, e pegou as rédeas.

Por um segundo o cabo pareceu que iria contestar, então viu o rosto sério de Nathaniel e fugiu. O capitão Hinton passou correndo, gritando por seu cavalo, seguido pelo tenente Moxley, cuja mão esquerda pingava sangue. O ianque montou em Pocahontas e a virou em direção à clareira onde tinha visto pela última vez o Dr. Danson. Outro grupo de homens passou correndo, gritando de forma ininteligível. Um estalar de fuzilaria soou na borda das árvores. Ele bateu os calcanhares nos flancos de Pocahontas. As orelhas dela estavam empinadas para trás, mostrando o nervosismo. Nathaniel se abaixou sob um galho, depois quase caiu quando a égua saltou sobre um tronco no chão. Galopou para a estrada, planejando virar para o sul em direção ao posto das baixas, mas de repente uma bala passou junto a sua cabeça e ele viu um sopro de fumaça riscada de chamas e um borrão de uniformes azuis na floresta do lado oposto. Um homem gritou para ele se render.

Nathaniel puxou as rédeas, quase caindo do animal. A égua virou, protestando, e ele bateu os calcanhares de novo.

— Anda! — gritou para a montaria, depois se encolheu quando outra bala passou perto de sua cabeça.

Ainda segurava a pistola pesada e usou o cano para bater no flanco de Pocahontas, e de repente o animal saltou adiante, quase derrubando-o, mas de algum modo ele se segurou com a mão esquerda enquanto a égua disparava de volta para a floresta. Nathaniel a virou mais uma vez para a crista do morro. Parecia não haver sentido em tentar organizar uma retirada ordeira dos feridos; em vez disso precisava encontrar Bird e dizer que a legião fora profundamente flanqueada.

— Major Bird! — gritou. — Major Bird!

Thaddeus Bird havia encontrado o sargento Truslow e o estava ajudando a carregar Adam de volta à segurança. Os três homens acompanhavam o grupo das bandeiras e eram os últimos da legião que permaneciam no bosque alto. O sargento-mor Proctor carregava uma bandeira, um cabo da Companhia C levava a outra, mas os panos pesados com seus mastros rígidos eram objetos difíceis de carregar pelo emaranhado de espinheiros e mato baixo. O restante da legião, na verdade o restante da brigada de Nathan Evans, parecia ter fugido, e Bird supôs que essa batalha estava perdida. Imaginou como os historiadores descreveriam a revolta sulista. Uma loucura de verão? Uma aberração da história americana para ser posta ao lado da Rebelião do Uísque, que George Washington esmagara de modo tão selvagem? Um obus estalou atravessando os galhos mais altos, o que provocou uma chuva de folhas na equipe das bandeiras.

— Major Bird! — gritou Nathaniel.

Ele estava galopando feito louco, cegamente, em meio às árvores. Fugitivos berravam a sua volta, mas o mundo de Nathaniel era um borrão de luz do sol e sombras verdes, uma égua correndo em pânico, suor e sede. Ouviu uma banda nortista tocando na campina e virou o cavalo para longe do som. Gritou de novo pelo major Bird, mas a única resposta foram alguns tiros em algum lugar à esquerda. Balas assobiavam e acertavam árvores perto dele, porém os nortistas estavam disparando no bosque fechado e não conseguiam mirar direito. Um obus explodiu soltando fumaça e fragmentos chiando longe à direita, então Nathaniel chegou a uma clareira e viu a mancha de vermelho e branco que era a bandeira da Legião Faulconer na outra extremidade do espaço aberto, e guiou o animal para lá. Pensou ter visto Thaddeus Bird com uns dez soldados.

— Major Bird!

Porém Bird havia desaparecido nas árvores do outro lado. Nathaniel rapidamente seguiu a equipe das bandeiras, atravessando um cobertor de fumaça que pairava na clareira. Tiros estalavam na floresta, uma corneta soou e a banda ianque continuava tocando atrás. Ele penetrou nas árvores do outro lado da clareira e passou por um emaranhado de galhos baixos que batiam dolorosamente em seu rosto.

— Major Bird!

Bird se virou finalmente, e Nathaniel viu que Adam estava ali, com sangue escuro na coxa. Nathaniel já ia gritar que os ianques estavam no flanco direito, mas era tarde demais. Um esquadrão de homens com casacas azuis se aproximava correndo em meio às árvores, vindo da estrada de terra, e parecia inevitável que as bandeiras da legião cairiam e que Bird, Adam, Truslow e os outros ao redor dos dois estandartes seriam capturados.

— Cuidado! — gritou Nathaniel, apontando.

O grupo das bandeiras corria em meio às árvores, desesperado para escapar, no entanto Bird e Truslow eram atrapalhados por Adam. Os nortistas gritaram para eles pararem e colocarem as mãos para cima, enquanto o major Bird berrava para o sargento-mor Proctor correr. Adam, com a perna se sacudindo enquanto era arrastado pelas árvores, gritou. Nathaniel ouviu o som e instigou a égua. Os nortistas uivavam e gritavam como menininhos brincando. Um fuzil disparou e a bala bateu nas folhas. O major Bird e o sargento Truslow cambaleavam com o peso de Adam. Os ianques vociferaram de novo para se renderem e Truslow se virou, pronto para lutar, então viu as baionetas vindo diretamente em sua direção.

E Nathaniel atacou. Havia galopado com a égua na direção dos perseguidores ianques e agora berrou para eles recuarem, deixando Adam em paz. Os nortistas viraram os fuzis pesados com as baionetas para ele, porém Nathaniel estava cavalgando depressa demais. Gritava para eles, absolutamente sem controle, finalmente tendo decidido lutar. Os ianques não recuaram, e sim tentaram apontar as armas enquanto Nathaniel ajeitava o braço direito e puxava o gatilho de baixo do Savage, depois o de cima, e a arma deu um coice que foi até o ombro, cobrindo-o imediatamente com uma fumaça que logo sumiu. Mas ele guinchou de júbilo. Ao disparar a arma havia liberado sua alma para um desejo sinistro. Ouviu um fuzil atirar, no entanto nenhuma bala o acertou e ele gritou em desafio.

Havia seis ianques no esquadrão. Cinco deles se espalharam diante da carga ensandecida de Nathaniel, mas o último tentou corajosamente perfurar com a baioneta o cavaleiro enlouquecido. Nathaniel Starbuck puxou o gatilho mais baixo do revólver, girando o tambor, então abaixou o cano contra o homem que o desafiava. Vislumbrou suíças fartas e dentes enegrecidos de tabaco, depois puxou o gatilho e o rosto do homem desapareceu numa torrente de fumaça riscada de sangue, lascas de osso e gotas vermelhas. Starbuck emitia um som terrível, um grito de vitória e um uivo de fúria enquanto outro ianque era pisoteado pelos cascos pesados de Pocahontas. Uma arma estalou terrivelmente alta perto de seu ouvido direito e de repente a égua relinchou e empinou, mas Nathaniel manteve o equilíbrio e a instigou. Tentou disparar contra o homem de casaca azul, porém o revólver emperrou porque ele puxou os dois gatilhos ao mesmo tempo, mas isso não importava. O major Bird, Adam e Truslow escaparam, as bandeiras tinham ido em segurança para o abrigo da floresta e de repente Starbuck estava cavalgando livre para um silêncio preenchido por folhas.

Gargalhava. Parecia tomado por uma felicidade extremamente milagrosa, como se tivesse experimentado o momento mais empolgante e maravilhoso da vida. Queria gritar de júbilo para os céus enquanto se lembrava do rosto do ianque explodindo diante do cano da arma. Meu Deus, ele havia mostrado ao desgraçado! Gargalhou alto.

Enquanto isso, na distante Boston, os grãos de poeira dançavam nos fachos de luz do sol que escorriam das altas janelas da igreja sobre o reverendo Elial Starbuck que, com os olhos fechados e o rosto forte contorcido pela agonia da paixão, implorava ao Deus Todo-Poderoso para proteger e ajudar as forças justas da União, para lhes dar o ânimo de suportar todas as dificuldades e a energia para derrotar as forças malignas do mal indizível que se derramara nos estados do sul.

— E se a causa tiver de chegar à batalha, ó Senhor, que seja feita a Vossa vontade e que a vitória seja obtida, e que o sangue de Vossos inimigos encharque a terra e que o orgulho deles seja pisoteado sob o som dos cascos dos justos!

Seu apelo era intenso, sua oração ecoava, a voz era dura como o granito de New Hampshire com o qual a igreja havia sido construída. Elial deixou o eco da oração se esvair enquanto abria os olhos, mas a congregação, de algum modo percebendo que o olhar cinzento e furioso de seu pastor examinava os bancos em busca de alguma evidência de falta de fé, mantinha os olhos bem fechados e mal ousava respirar. Elial baixou as mãos para segurar o púlpito.

— Em Vosso santo nome imploramos, amém.

— Amém — ecoou a congregação. Olhos tímidos se abriram, hinários farfalharam e a Sra. Sifflard bombeou um pouco de ar úmido nas entranhas do harmônio.

— Hino número 266. — As forças do reverendo Elial pareciam ter se esvaído subitamente, com um cansaço honrado. — "Há uma fonte repleta de sangue, tirado das veias de Emmanuel; E pecadores, mergulhados sob esse sangue, perdem todas suas manchas de culpa."

Um cavalo à solta saiu galopando do meio do mato e passou por uma fileira de soldados sulistas feridos deixados à mercê dos ianques que avançavam. Um homem gritou e se agitou quando um casco bateu em sua coxa. Outro estava chorando, chamando a mãe. Um terceiro perdera os olhos, ferido por estilhaços de obus, e não conseguia chorar. Dois já estavam mortos, as barbas se projetando para o céu e a pele coberta de moscas. A floresta se encheu lentamente de tropas nortistas que pararam para revistar os bolsos dos mortos. Finalmente os disparos de canhões pararam, ainda que os incêndios ferozes provocados pelas explosões continuassem ardendo e estalando no mato baixo.

A leste da floresta o 2º Regimento de Wisconsin, vestido de cinza, avançando contra o regimento da Geórgia que agora formava o flanco direito da partida linha de defesa confederada, foi confundido com reforços sulistas. A bandeira nortista, pendendo frouxa no ar sem vento, era muito parecida com a confederada, e os homens da Geórgia permitiram que os de Wisconsin se aproximassem tanto que todos os oficiais sulistas foram mortos ou feridos pela primeira saraivada dos ianques. Os sobreviventes da Geórgia se levantaram por um instante desesperado, depois se romperam e fugiram, e assim o restante da linha improvisada que Nathan Evans conseguira montar foi finalmente derrotado. Mas ela fizera seu trabalho. Havia segurado um ataque avassalador por tempo suficiente para uma nova linha de defesa ser montada no cume plano e alto da colina onde a Legião Faulconer começara seu dia.

Uma bateria de canhões da Virgínia, comandada por um advogado transformado em artilheiro, esperava na crista norte do platô. Os canhões miravam o vale onde os homens da despedaçada brigada de Evans agora se afastavam dos ianques vitoriosos. Atrás dos canhões do advogado estava uma brigada da Virgínia que chegara do vale do Shenandoah e era comandada por um religioso de visão excêntrica e postura séria. Thomas Jackson tinha sido um professor impopular no Instituto Militar da Virgínia e depois se tornara um comandante impopular de uma brigada de milícia que ele treinara e exercitara, então havia treinado e exercitado mais até que os rapazes de fazenda em suas fileiras estivessem totalmente enjoados dos treinos e exercícios, porém agora os garotos de fazenda de Thomas Jackson se encontravam no amplo platô esperando que um vitorioso exército ianque os atacasse, e estavam exercitados, treinados e prontos para lutar. E ansiosos por isso.

Uma segunda bateria de artilharia ianque chegou ao topo da colina e arrumou as armas perto de onde estava empilhada a bagagem da Legião Faulconer. O comandante da bateria era um pastor episcopal que ordenou que seu segundo em comando verificasse repetidamente as roscas sem-fim, as esponjas, os limpadores, as alavancas e os soquetes da bateria, enquanto ele próprio rezava em voz alta para que Deus tivesse misericórdia das almas culpadas dos ianques que pretendia mandar para um mundo melhor com seus quatro grandes canhões, aos quais dera o nome dos quatro evangelistas. Thomas Jackson, esperando uma canhonada inimiga a qualquer momento, ordenara que seus homens ficassem deitados para não se tornarem alvos dos artilheiros inimigos, então ficou montado calmamente em sua sela, lendo a Bíblia. Estava preocupado pensando que seus homens poderiam ficar confusos com a fumaça da batalha, por isso todos os seus soldados da Virgínia possuíam faixas de pano branco amarradas nos braços ou enfiadas nas faixas dos chapéus, e receberam ordem de gritar uma senha enquanto lutavam. "Nossos lares!" era seu grito, e Jackson esperava que eles batessem no peito com a mão esquerda enquanto gritavam. O capitão Imboden, um advogado tornado artilheiro, havia decidido muito antes que Jackson era louco como uma lebre de março, mas de algum modo estava satisfeito por se encontrar no lado dele e de não precisar enfrentar o louco em batalha.

Um quilômetro e meio à direita de Imbonden, junto à ponte de pedra onde mais e mais tropas nortistas atravessavam o Bull Run para continuar o ataque esmagador que finalmente começara a levar o exército rebelde para o caos, o general Irvin McDowell estava montado em seu cavalo junto à estrada principal e animava seus homens.

— Vitória, rapazes! — gritava repetidamente. — Vitória! Para Richmond! Muito bem, rapazes, muito bem!

McDowell estava em júbilo, em êxtase, tão feliz que podia esquecer a indigestão que o atacava desde que comera porções insensatamente grandes de torta de carne no jantar da noite anterior. O que importava o desconforto? Ele havia vencido! Tinha comandado o maior exército da história militar americana até uma vitória brilhante, e, assim que a tarefa de limpar o exército rebelde estivesse terminada, mandaria um punhado de bandeiras capturadas para Washington, para serem postas como troféus aos pés do presidente. Não que já tivesse visto qualquer bandeira capturada, mas estava certo de que logo apareceriam em abundância.

— Starbuck! — Ele viu seu *sous*-ajudante cercado por adidos estrangeiros em seus uniformes espalhafatosos. McDowell havia feito faculdade na França e estava acostumado às modas militares da Europa, porém agora, vendo os uniformes coloridos no meio das casacas simples e honestas de seu exército, pensou em como os estrangeiros pareciam ridiculamente ornamentados. — Capitão Starbuck! — gritou de novo.

— Senhor? — O capitão James Starbuck estivera acompanhando, animado, o ritmo de uma banda regimental que tocava trechos de ópera para as tropas que avançavam. Agora instigou o cavalo mais para perto do general vitorioso.

— Atravesse a ponte, está bem? — pediu McDowell afavelmente. — E diga a nossos rapazes para mandarem todas as bandeiras capturadas de volta para mim. Certifique-se disso, está bem? Todas elas! E não se preocupe com seus companheiros estrangeiros. Vou ter uma conversinha com eles. — O general acenou para uma tropa de artilharia que passava. — Vitória, rapazes, vitória! Para Richmond! Para Richmond! — Um congressista de Nova York, gordo e bêbado, estava montado num armão que ia para o oeste, e o general saudou o político com bom humor. O congressista era um patife, mas sua boa opinião poderia ser útil para a carreira de um general vitorioso quando aquela curta temporada de luta acabasse. — Grande dia, congressista! Grande dia!

— Outra Yorktown, general! Uma verdadeira Waterloo! — Um general vitorioso também poderia ser útil para a carreira de um congressista, e assim o político gordo acenou com seu chapéu de castor numa saudação afável para o corpulento McDowell. — Para a glória! — gritou o congressista, e balançou o chapéu tão vigorosamente que quase perdeu o equilíbrio no estreito assento do armão.

— E, Starbuck! — gritou McDowell para o ajudante, que já forçava a passagem pela ponte apinhada. — Não deixe muitos civis atrapalharem a retaguarda. Aquele sujeito não vai criar problemas, mas não queremos senhoras feridas por balas perdidas, não é?

— Não, senhor! — James Starbuck foi caçar bandeiras.

O coronel Washington Faulconer também estava procurando bandeiras, as suas, e as encontrou no pasto ao norte da estrada principal. A princípio encontrou apenas os restos despedaçados de sua preciosa legião; uma sucessão de homens manchados de pólvora, cansados, que saíam das árvores arrastando os fuzis e praticamente incapazes de reconhecer o próprio coronel. Alguns ainda estavam em boa ordem, mantidos assim por oficiais ou sargentos, mas a maioria havia abandonado o equipamento caro e perdido qualquer ideia de onde estavam suas companhias, seus oficiais ou mesmo seus amigos. Alguns recuaram junto dos homens da Carolina do Sul, alguns com os da Louisiana, assim como alguns soldados desses regimentos agora retornavam com os da Virgínia. Era uma força derrotada, exausta e atordoada, e o coronel olhou-os numa incredulidade pasma. Ethan Ridley, que finalmente alcançara Faulconer, não ousou fazer comentários, por medo de provocar a fúria do coronel.

— Isso é coisa de Starbuck — declarou finalmente Washington Faulconer, e Ridley apenas balançou a cabeça numa confirmação muda. — Vocês viram Adam? — gritou o coronel para os sobreviventes da legião, mas eles apenas balançavam a cabeça. Alguns olhavam para o coronel com seu uniforme lindo, montado em seu cavalo com tanta elegância, e se viravam para cuspir no pasto com a boca seca.

— Senhor? — Ridley havia olhado à direita e visto uniformes azuis dos ianques avançando pela ponte de madeira pela qual a estrada atravessava o pequeno afluente do Bull Run. — Senhor! — repetiu ele com mais urgência.

Porém o coronel não estava escutando porque finalmente vira sua equipe de bandeiras emergir da floresta e galopou para encontrá-la. Estava decidido, independentemente do que acontecesse naquele dia medonho, a não perder as duas bandeiras. Mesmo que a Confederação caísse numa derrota chamejante ele carregaria as duas bandeiras para Seven Springs e iria pendurá-las em seu corredor, para lembrar aos descendentes de que sua família havia lutado pela Virgínia. Ridley seguiu o coronel, silenciado pela enormidade da derrota.

A princípio o coronel não viu Adam, que agora estava sendo auxiliado pelo sargento Truslow e pelo sargento-mor Proctor. O coronel só viu Thaddeus Bird, que arrastava o brasão dos Faulconers pelo chão.

— O que diabos você fez com minha legião? — gritou Faulconer para seu cunhado. — O que diabos você fez?

Thaddeus Bird parou e olhou o coronel raivoso. Pareceu levar alguns segundos para reconhecer Washington Faulconer, mas, quando reconheceu, apenas gargalhou.

— Maldição, Pica-Pau, maldição! — Faulconer quase golpeou o rosto do risonho professor com o chicote de montaria.

— Adam está ferido. — Bird havia parado de gargalhar abruptamente e agora falava com uma intensidade séria. — Mas vai ficar bem. Ele lutou bem. Todos lutaram bem, ou quase todos. Porém precisamos ensinar a mirarem baixo, e há inúmeras outras lições que precisamos aprender. Mas não nos saímos mal, para uma primeira luta.

— Mal! Você jogou fora a legião! Seu desgraçado! Você a jogou fora! — O coronel esporeou Saratoga para onde Truslow e Proctor ajudavam Adam. — Adam! — gritou, e ficou atônito ao ver seu filho sorrindo, quase feliz.

— Tenha cuidado com a floresta, Faulconer! — resmungou o sargento Truslow. — Está cheia de ianques desgraçados.

O coronel pretendia brigar com Adam, repreendê-lo por ter deixado que Bird desobedecesse suas ordens, mas a perna do filho sangrando conteve sua raiva. Então ergueu os olhos e viu uma última figura de uniforme cinza cambalear para fora das árvores. Era Nathaniel, e a visão fez a raiva de Washington Faulconer crescer tão intensamente que ele estremeceu descontrolado.

— Já volto para você, Adam — disse, e esporeou Saratoga na direção do ianque.

Nathaniel estava a pé, mancando. Depois que Pocahontas relinchou ele havia puxado a cabeça da égua para a esquerda, rasgado os flancos feridos do animal com os calcanhares e então galopado para longe dos ianques espantados e espalhados. Tentara seguir a equipe das bandeiras, mas em vez disso sentiu Pocahontas tropeçar e viu gotas de sangue espirrando de sua boca e das narinas. O passo dela hesitou, a égua soltou uma grande expiração borbulhante e seus joelhos fraquejaram. Mesmo assim ela tentara continuar, mas a vida rugia para fora de seus pulmões perfurados, por isso Pocahontas tombou de lado, deslizando por folhas mortas e espinhos caídos. Nathaniel mal conseguiu soltar os pés dos estribos e se jogar da sela antes que o animal agonizante se chocasse contra uma árvore e parasse. A égua tremeu, tentou erguer a cabeça, relinchou uma vez, então seus cascos cavoucaram uma marca agonizante no chão.

— Ah, meu Deus.

Nathaniel tremia. Estava agachado, arranhado e com medo, a respiração saindo em haustos longos. O animal estremeceu e um grande jato de sangue saiu de sua boca. O ferimento de bala no peito parecia muito pequeno. Moscas zumbiam alto, já pousando na égua morta.

A floresta estava estranhamente silenciosa. Incêndios ou tiros de mosquetes estalavam distantes, mas Nathaniel não ouvia passos por perto. Levantou-se e sibilou de dor quando pôs o peso no tornozelo esquerdo. O revólver havia caído na confusão de folhas ensanguentadas. Ele o pegou, enfiou-o no coldre e já ia começar a mancar para longe quando se lembrou de que naquela mesma manhã o coronel havia enfatizado como a sela era cara, então foi assaltado pela convicção ridícula de que estaria em problemas se não a resgatasse, por isso se ajoelhou junto à barriga da égua morta e tentou desafivelar a barrigueira. Então, entre soluços e arquejos, soltou a sela pesada e tirou os estribos e a barrigueira de baixo do peso morto da carcaça da égua.

Foi cambaleando desajeitado pela floresta, atrapalhado pelo tornozelo torcido e pelo esforço com o peso da sela e o calor do dia. Precisara das duas mãos para carregar a sela, por isso não conseguia impedir que a espada se emaranhasse nas pernas. Depois que o sabre o fez tropeçar pela terceira vez Nathaniel parou, soltou os prendedores da bainha e jogou a porcaria da espada no mato baixo. Uma pequena parte de seus pensamentos conscientes lhe dizia que era ridículo salvar a sela e jogar fora o sabre, mas de algum modo a sela parecia mais importante agora. Havia gritos distantes na floresta, uma corneta soou, um homem berrou em triunfo e, temendo sofrer uma emboscada, Nathaniel sacou o revólver, acionando o gatilho de baixo e segurando-o na mão direita, por baixo da sela pesada. Continuou andando com dificuldade, finalmente emergindo da floresta num grande pasto onde rebeldes recuavam espalhados. À frente dos sulistas estava a estrada principal, então um morro íngreme que subia até o platô onde a legião começara o dia. Podia ver a casinha de madeira no topo do morro e, perto dela, alguns canhões. Imaginou se os canhões pertenciam ao norte ou ao sul, a amigos ou a inimigos.

— Seu desgraçado! — O grito ecoou no pasto e Nathaniel virou os olhos ardidos de suor e viu o coronel Faulconer esporeando o cavalo em sua direção. O coronel parou a seu lado, com os cascos do garanhão levantando torrões de terra. — O que, em nome de Jesus, você fez com minha legião? Eu disse para você ir para casa! Disse para você voltar para seu maldito pai! — E o coronel Faulconer, que estava com raiva demais para pensar no que fazia, ou se um mero segundo-tenente poderia ter exercido o poder que agora atribuía ao ianque, recuou a mão com o chicote e o golpeou, acertando o rosto de Nathaniel. O rapaz se encolheu, ofegou com a dor, depois caiu enquanto se retorcia para longe. O sangue escorreu salgado do nariz.

— Eu trouxe sua sela — tentou dizer, mas em vez disso ficou de quatro, com sangue pingando do nariz, e o coronel ergueu o chicote de novo.

— Você fez seu imundo trabalho nortista, não foi? Acabou com minha legião, seu desgraçado! — Golpeou pela segunda vez, depois uma terceira. — Seu desgraçado! — gritou, depois levantou a mão para dar o quarto golpe.

Os primeiros ianques em perseguição surgiram na borda da floresta. Um deles, um cabo, estivera com o grupo de homens atacados por Nathaniel e agora, chegando ao pasto, viu um confederado a cavalo a menos de cinquenta metros e pensou em seus companheiros mortos enquanto se abaixava sobre o joelho direito, levava o fuzil ao ombro e disparava um tiro rápido. A fumaça subiu atrapalhando a visão do ianque, porém sua mira fora boa e a bala acertou o coronel no braço erguido, lascando o osso e ricocheteando até bater nas costelas e se alojar nos músculos da barriga. Sangue jorrou do braço lançado para trás pela força da bala e o chicote de montaria girou pelo ar.

— Ah, meu Deus — disse Washington Faulconer, mais assustado que ferido. Então a dor o golpeou e ele gritou alto enquanto tentava forçar o braço a baixar e compreender a súbita confusão de pano rasgado e encharcado de sangue e dor aguda.

— Coronel! — Ethan Ridley galopou para perto do coronel no instante em que uma saraivada nortista estalava na margem da floresta. Ridley se abaixou e puxou as rédeas enquanto as balas minié assobiavam em volta de seus ouvidos. O coronel estava se virando, as esporas batendo, gritando de dor enquanto Ridley olhava para Nathaniel, que havia levantado a mão para se proteger da surra do coronel. O ianque empunhava o revólver Savage, e ao vê-lo Ridley achou que o nortista tentara matar o coronel. — Você atirou nele! — gritou Ridley numa acusação chocada, depois sacou seu revólver do coldre.

O sangue pingava do nariz de Nathaniel. Ele ainda estava escandalizado, atordoado demais para entender o que acontecia, mas viu o rosto de Ridley fazendo uma careta e o revólver cuspir fumaça, então a sela que ainda carregava em sua mão esquerda se sacudiu quando a bala de Ethan acertou a estrutura de madeira por baixo do couro.

O impacto da bala acertando a sela tirou Nathaniel do atordoamento. Atrás dele os nortistas saíam num enxame das árvores e Ridley já se virava, não por medo de Nathaniel, mas para escapar da profusão de ianques.

— Ridley! — gritou Nathaniel, porém Ridley bateu as esporas sangrentas enquanto o ianque erguia a arma pesada. Ele tinha uma promessa a cumprir, e apenas segundos para isso, portanto mirou com o grande revólver Savage e puxou o gatilho de cima. Fagulhas saíram da cápsula de percussão enquanto a arma dava um coice na mão de Nathaniel.

Ridley gritou e arqueou as costas.

— Ridley! — gritou Nathaniel de novo, o ar ao redor assobiou com uma saraivada de balas nortistas e a égua de Ridley empinou, relinchando. Ridley estava ferido, mas tirou as botas automaticamente dos estribos enquanto se virava para olhar o nortista. — Isso é por Sally, seu desgraçado! — gritou Nathaniel de forma histérica, perdendo todo o senso. — Por Sally! — Ele havia prometido que o nome dela seria a última coisa que Ridley ouviria, e o gritou de novo enquanto usava o gatilho de baixo do Savage, depois puxava o de cima outra vez.

Ridley estremeceu quando a segunda bala o acertou, então caiu no chão. Agora ele e o cavalo gritavam, porém o animal tentava se afastar mancando enquanto Ridley permanecia tombado no capim.

— Ridley, seu desgraçado!

Nathaniel estava de pé, apontando o revólver. Disparou de novo, mas essa terceira bala apenas arrancou nacos de terra ao lado de Ridley, cujo cavalo ferido se afastava. O coronel estava a cinquenta metros de distância, mas havia se virado para olhar com horror para Nathaniel.

— Isso é por Sally — declarou Starbuck, e disparou a última bala contra o corpo do inimigo, e de repente todo o chão na frente de Nathaniel irrompeu em terra e sangue voando quando um obus confederado acertou o corpo agonizante de Ridley, eviscerando a carne trêmula e levantando um lençol de nacos sangrentos escondendo o ianque da legião que se afastava.

A explosão quente e sangrenta do obus lançou Nathaniel para trás e encharcou sua túnica cinza com o sangue de Ridley. Mais obuses ressoavam através do vale, estourando em preto e vermelho na campina onde os nortistas que avançavam tinham saído da cobertura das árvores. Na crista do morro distante brotou uma nuvem baixa que pulsou quando mais fumaça foi lançada pela artilharia. Starbuck havia caído de joelhos outra vez, enquanto Ridley não passava de uma massa de carne no capim. Diante de Nathaniel os confederados derrotados recuavam cruzando a estrada principal e subindo a colina mais distante com sua coroa de fumaça branco-acinzentada e riscada por chamas, mas o ianque ficou na campina, olhando a confusão de restos mortais e sangue, costelas brancas e tripas azuis, e soube que havia cometido um assassinato. Ah, meu Deus do céu, tentou rezar, tremendo no calor, mas de repente um grupo de nortistas passou por ele e um homem chutou o revólver de seus dedos frouxos, e depois acertou uma coronha de fuzil com acabamento em latão em sua nuca e ele tombou para a frente enquanto uma voz rosnava mandando-o não se mexer.

Ficou caído com o rosto para baixo no capim de cheiro doce e se lembrou do último olhar desesperado de Ridley, o branco dos olhos muito evidentes, o terror no rosto agonizante, presente de uma jovem que ele havia traído em Richmond. Levara apenas um segundo, um curto segundo, para cometer um assassinato. Ah, Deus, pensou Nathaniel, mas ele não podia rezar porque não sentia remorso. Não sentia que havia pecado. Só queria rir por Sally, porque tinha honrado a fé da jovem e matado o inimigo dela. Fizera o serviço de um amigo, e esse pensamento o fez começar a gargalhar.

— Vire-se! — Um homem cutucou Nathaniel com a baioneta. — Vire-se, seu maluco desgraçado!

Nathaniel rolou. Dois homens barbudos revistaram suas bolsas e seus bolsos, mas não encontraram nada que valesse a pena ser roubado, a não ser a caixa com o punhado de cartuchos do Savage.

— Tem menos coisa que valha a pena do que um cachorro faminto — disse um dos homens, então fez uma careta para a sujeira medonha que havia sido Ethan Ridley. — Quer revistar aquela pilha de sangue, Jack?

— Merda, não mesmo. De pé. — Ele cutucou Nathaniel com a baioneta. — Para lá, rebelde.

Uns vinte prisioneiros estavam reunidos na beira da linha de árvores. Metade era da legião, o restante era da Carolina do Sul ou zuavos da Louisiana. Os prisioneiros confederados estavam desolados, olhando os regimentos nortistas reunidos nas encostas mais baixas do morro do lado oposto. Mais e mais regimentos inimigos apareciam vindos do Bull Run e marchavam para reforçar o ataque que se preparava. Mais e mais canhões saíam da estrada principal e eram apontados para os defensores confederados.

— O que vai acontecer com a gente? — perguntou um prisioneiro da legião a Nathaniel.

— Não sei.

— Você vai ficar bem — disse o homem, ressentido. — Você é oficial, eles vão trocar você, mas nós, não. Vão manter a gente preso durante toda a duração da colheita.

Um sargento ianque ouviu a conversa.

— Então vocês não deveriam ter se rebelado, não é?

Uma hora depois do meio-dia os prisioneiros foram obrigados a descer até a casa de pedra vermelha que ficava perto da encruzilhada. Os soldados ianques ainda estavam se preparando para o ataque que romperia os últimos vestígios da resistência sulista e, enquanto se reuniam, a artilharia dos dois lados fazia os obuses ressoarem acima, bateria disparava contra bateria a partir de morros opostos e isso provocava um constante fluxo de feridos que mancavam, cambaleavam ou eram carregados até um posto de tratamento estabelecido na casa de pedra.

Mancando com o tornozelo torto e com o uniforme encharcado pelo sangue de Ridley, Nathaniel foi empurrado para a porta da cozinha da casa.

— Não estou ferido — protestou.

— Cale a boca, entre e faça o que for mandado — ordenou rispidamente o sargento, depois mandou os prisioneiros incólumes cuidarem da dúzia de feridos que foram postos do lado de fora para se recuperar da cirurgia. Dentro da casa Nathaniel encontrou mais homens da Legião Faulconer: um da Companhia K havia perdido uma perna com a explosão de um obus, dois tinham pernas furadas por balas, um fora cegado e outro tinha uma bala minié alojada no maxilar inferior, de onde pingava uma mistura de sangue e cuspe.

Um médico de barba ruiva trabalhava junto de uma mesa que fora posta à luz do sol que entrava pela janela da cozinha. Estava amputando a perna de um homem e sua serra de ossos produzia um som raspado que fez os dentes de Nathaniel rangerem. O paciente, um nortista, gemia horrivelmente, e o ajudante do médico pingou mais clorofórmio no pano que ele segurava contra o nariz e a boca do sujeito. Tanto o médico quanto o ajudante pingavam suor. Fazia um calor medonho no cômodo, não só por causa da temperatura do dia mas também porque um fogo feroz era usado para ferver água no fogão.

O médico descartou a serra e pegou um bisturi de lâmina comprida com o qual terminou a amputação. A perna sangrenta, ainda calçada com bota e meia, caiu no chão.

— Pelo menos é diferente de tratar sífilis — comentou o médico animado, enxugando a testa com a manga. — Era só isso que a gente fazia nos últimos três meses, tratar sífilis! Vocês, sulistas, não precisariam ter se incomodado em montar um exército, bastaria mandar todas as suas putas para o norte, aí poderiam ter matado todos nós de sífilis e poupado um trabalho enorme. Ele ainda está conosco, não está? — Essa última pergunta foi feita ao ajudante.

— Sim, senhor.

— Faça com que cheire amônia, para que saiba que ainda não está batendo na porta do céu.

O cirurgião de barba ruiva estava sondando com um fórceps as artérias que precisavam ser amarradas. Havia limado o cotoco de osso até ficar liso, e agora, com as artérias presas, deixou a carne se comprimir sobre a extremidade do osso cortado antes de dobrar a aba de pele por cima da coxa do paciente. Deu pontos rápidos no cotoco recém-formado, então desamarrou o torniquete que havia contido o fluxo de sangue durante a operação.

— Outro herói — disse secamente para marcar o fim do procedimento.

— Ele não quer acordar, senhor. — O ajudante segurava um frasco de amônia aberto perto do nariz do paciente.

— Me dê o clorofórmio — ordenou o médico, depois aproximou um bisturi da calça rasgada do paciente e cortou o pano em farrapos sangrentos até revelar os genitais do sujeito. — Vejam um milagre — anunciou o médico, e derramou um fio de clorofórmio nos testículos do sujeito inconsciente. O sujeito pareceu sofrer um espasmo imediato, então abriu os olhos, berrou de dor e tentou se sentar. — Colhões congelados — disse o doutor cheio de animação. — Conhecido na profissão como efeito Lázaro. — Ele tampou o frasco de clorofórmio e se afastou da mesa, olhando a plateia relutante em busca de apreciação por sua inteligência. Viu Nathaniel coberto de sangue da cabeça aos pés. — Meu Deus, por que você não está morto?

— Porque nem estou ferido. O sangue não é meu.

— Se não está ferido, dê o fora daqui. Vá ver seus malditos sonnos serem despedaçados.

Nathaniel foi para o quintal, onde se encostou na parede da casa. O sol brilhava cruelmente sobre a desolada cena da derrota rebelde. Ao norte, para onde Evans havia levado suas companhias abandonadas para conter o triunfante avanço ianque, os pastos estavam vazios, a não ser por homens mortos e cavalos mutilados.

A batalha havia atravessado aqueles campos e, como uma vasta onda empurrada por uma frente de tempestade, agora subia o morro na direção da colina Henry House, onde a linha de ataque se lançava contra a segunda defesa confederada. Nathan Evans tinha construído a primeira barreira a partir de uma frágil linha de homens que contiveram o ataque federal por tempo suficiente para Thomas Jackson formar sua segunda linha, que agora os ianques avançavam para desmantelar. Canhões nortistas recém-chegados estavam sendo arrastados para a crista do morro enquanto compridas colunas azuis de infantaria descansada passavam pelos canhões para reforçar os companheiros que já atacavam o topo do morro. Os canhões rebeldes que originalmente haviam se alinhado na crista foram empurrados para trás pelo avanço ianque. Nathaniel, frustrado e desolado junto ao degrau da cozinha da casa de pedra, via balas confederadas ocasionais passarem por cima do platô e riscarem uma trilha de fumaça no céu. Esses projéteis desperdiçados eram prova de que o exército rebelde ainda lutava, mas agora a estrada principal estava tão apinhada de canhões e infantaria do norte que ele não via como a luta poderia ser mantida.

— O que diabos você está fazendo aqui? — perguntou o sargento intrometido a Nathaniel.

— O médico me mandou aqui para fora.

— Você não deveria estar aqui. Deveria estar lá, com os outros prisioneiros. — O sargento indicou o canto mais distante do pátio, onde um pequeno grupo de rebeldes ilesos estavam sentados sob guarda.

— O médico disse que eu deveria lavar esse sangue — mentiu Nathaniel. Tinha acabado de notar um poço junto à estrada e esperou que a mentira servisse para lhe garantir um gole d'água.

O sargento hesitou, depois concordou.

— Depressa, então.

Nathaniel foi até o poço e puxou o balde de madeira. Pretendia lavar o rosto antes de beber, mas estava com sede demais para esperar e, segurando o recipiente com as duas mãos, virou a água avidamente sobre o rosto e engoliu grandes bocados frescos. O líquido se derramou pelo rosto, pela túnica e pela calça ensanguentadas, e ele continuou bebendo, aplacando uma sede brutal atiçada pelas horas de fumaça de pólvora e calor.

Pousou o balde na beira do poço e viu um rosto bonito, de olhos azuis, observando-o. Encarou-a, boquiaberto. Uma mulher. Devia estar sonhando. Uma mulher! E bela, um anjo, uma visão, uma mulher linda, arrumada, bonita, com vestido branco rendado, touca com acabamento cor-de-rosa coberta por uma sombrinha com franjas brancas, e Nathaniel apenas ficou encarando, imaginando se estaria enlouquecendo, quando subitamente a mulher, que estava sentada numa carruagem na estrada logo depois da cerca do quintal, irrompeu numa gargalhada.

— Deixe a dama em paz! — rosnou o soldado. — De volta para cá, rebelde!

— Deixe-o ficar! — exigiu a mulher com autoridade.

Estava sentada com um homem muito mais velho numa carruagem aberta puxada por dois cavalos. Havia um cocheiro negro na boleia, enquanto um tenente federal tentava fazer a carruagem voltar. Tinham ido longe demais, explicou o jovem oficial ao acompanhante da mulher, havia perigo ali, eles não deveriam ter atravessado a ponte.

— Você sabe quem eu sou? — O homem era um dândi de meia-idade com colete colorido, cartola preta e alta e gravata de seda branca. Segurava uma bengala com castão de ouro e tinha uma barbicha grisalha aparada de maneira elegante até formar uma ponta que se projetava adiante.

— Não preciso saber quem o senhor é — retrucou o oficial nortista. — O senhor não deveria ter atravessado a ponte, e devo insistir...

— Insistir! Tenente! Insistir! Sou o congressista Benjamin Matteson, do grande estado de Nova Jersey, e você não insiste comigo.

— Mas aqui é perigoso, senhor — protestou o tenente com voz fraca.

— Um congressista pode ir aonde quer que encontre a república em perigo — respondeu Matteson com escárnio de superioridade, porém a verdade era que ele, como tantos outros da sociedade de Washington, meramente havia seguido o exército para reivindicar uma parte do crédito pela vitória e recolher algumas lembranças insignificantes como balas de fuzil disparadas ou o boné ensanguentado de um rebelde.

— Mas e a mulher, senhor? — tentou de novo o tenente.

— A mulher, tenente, é minha esposa, e a esposa de um congressista pode compartilhar qualquer perigo. — A mulher gargalhou do elogio absurdo de seu marido, e Nathaniel, fascinado por ela, imaginou por que uma beldade tão jovem iria se casar com um sujeito tão pomposo.

Os olhos da Sra. Matteson, azuis como o campo de estrelas da bandeira, eram cheios de malícia.

— Você é mesmo um rebelde? — perguntou a Nathaniel. Tinha cabelo descolorido até um tom dourado, pele muito branca e o vestido com acabamento de renda estava manchado de poeira vermelha da estrada no verão.

— Sim, senhora.

Ele a encarou como alguém morrendo de sede olharia para um poço de água fresca à sombra. Ela era muito diferente das jovens sérias, simples e obedientes que frequentavam a igreja do pai. Em vez disso a mulher do congressista era o que o reverendo Elial Starbuck chamaria de dama pintada, uma Jezebel. Nathaniel percebeu que ela era a própria imagem e o modelo de tudo que Sally Truslow queria ser, e tudo que ele próprio desejaria numa mulher, porque a austeridade bíblica do pai havia posto em Nathaniel Starbuck um gosto por esse tipo de fruto proibido.

— Sim, senhora — repetiu. — Sou um rebelde. — E tentou parecer desafiador.

— Secretamente — confidenciou ela numa voz que chegava limpa acima da cacofonia de obuses e tiros de mosquete até chegar a cada prisioneiro no pátio — também sou uma assassina de Lincoln.

Seu marido riu alto demais.

— Não diga absurdos, Lucy! Você é da Pensilvânia! — Ele deu um tapinha repreensivo na mulher, com a mão enluvada. — Do grande estado da Pensilvânia.

Lucy empurrou a mão dele.

— Não seja chato, Ben. Sou uma assassina de Lincoln de cabo a rabo. — Ela olhou as costas impassíveis do cocheiro. — Não sou rebelde, Joseph?

— É, senhora, é sim! — O cocheiro gargalhou.

— E quando eu vencer vou escravizá-lo, Joseph, não vou?

— Vai, senhora, vai sim! — E gargalhou de novo.

Lucy Matteson olhou de volta para Nathaniel.

— Você está muito ferido?

— Não, senhora.

— O que aconteceu?

— Meu cavalo levou um tiro, senhora. E caiu. Fui capturado.

— Você... — disse ela, começando uma pergunta, depois ficou ligeiramente ruborizada e um leve sorriso relampejou em seu rosto. — Você matou alguém?

Nathaniel teve uma lembrança súbita de Ridley caindo do cavalo.

— Não sei, senhora.

— Eu gostaria de matar alguém. Ontem à noite dormimos na cozinha de fazenda mais desconfortável do mundo em Centreville, e só Deus sabe onde descansaremos essa noite. Se descansarmos, o que duvido. Os rigores da guerra. — Ela gargalhou, mostrando dentes pequenos e muito brancos. — Existe algum hotel em Manassas Junction?

— Não sei de nenhum, senhora — respondeu Nathaniel.

— Você não fala como sulista — interrompeu o congressista com uma nota azeda na voz.

Não querendo explicar, Nathaniel apenas deu de ombros.

— Você é misterioso! — Lucy Matteson bateu palmas com as mãos enluvadas, depois estendeu uma caixa de papelão cheia de papel de seda. — Pegue uma.

Ele viu que havia pedaços de frutas cristalizadas aninhados no papel de seda.

— Tem certeza, senhora?

— Ande! Sirva-se. — Ela sorriu enquanto Nathaniel pegava um pedaço de fruta. — Você acha que vão mandá-lo de volta para Washington?

— Não sei o que planejam para os prisioneiros, senhora.

— Tenho certeza de que irão. Vão fazer um portentoso desfile da vitória, cheio de bandas buzinando e congratulações, e os prisioneiros terão de marchar sob as pontas das armas antes de serem trucidados no terreno da Casa Branca.

— Não diga absurdos, Lucy. Imploro que não diga. — O honorável Benjamin Matteson franziu a testa.

— Então talvez lhe deem a condicional. — Lucy Matteson sorriu para o rebelde — E então você nos visitará para o jantar. Não, Benjamin, não discuta, estou decidida. Dê-me uma *carte de visite*, depressa! — Ela estendeu a mão até que o marido, com óbvia relutância, entregou um cartão que, com um sorriso, ela entregou a Nathaniel. — Nós, rebeldes, trocaremos histórias de guerra enquanto esses nortistas frios franzem a testa para nós.

E, se você precisar de qualquer coisa na prisão, deve me pedir. Eu gostaria de ter algo além de pedaços de fruta para lhe dar agora, mas o congressista comeu todo o nosso frango frio, disse que a comida estragaria assim que o gelo picado derretesse. — Havia nas palavras dela um veneno puro que fez Nathaniel rir.

O tenente que havia tentado fazer a carruagem do congressista dar a volta reapareceu com um major, cuja autoridade era consideravelmente maior. O major não se importaria se metade do congresso dos Estados Unidos estivesse na carruagem, fosse como fosse ela não tinha o direito de bloquear a estrada no meio de uma batalha, por isso ele levou a mão ao chapéu diante de Lucy Matteson e depois insistiu que o cocheiro desse a volta com a carruagem e a conduzisse para o outro lado do Bull Run.

— Você sabe quem eu sou? — perguntou o congressista Matteson, depois se encolheu um pouco quando um obus rebelde explodiu a cem metros de distância e um estilhaço passou acima e se chocou inofensivo contra a casa de pedra.

— Não me importa se o senhor é o imperador da França. Saiam daqui, inferno! Agora! Andem!

Lucy Matteson sorriu para Nathaniel enquanto a carruagem se movimentava.

— Venha nos visitar em Washington!

Nathaniel gargalhou e deu um passo atrás. Acima dele o morro soltava fumaça como um vulcão, os obuses estalavam, os tiros de fuzil lascavam o ar e os feridos mancavam de volta para a encruzilhada onde os prisioneiros esperavam a cadeia, os ianques esperavam a vitória e os mortos esperavam o enterro. Nathaniel, agora ignorado pelo sargento, que não parecia mais se incomodar se ele se juntava aos outros prisioneiros ou não, sentou-se encostado na pedra da casa aquecida pelo sol, fechou os olhos e se perguntou o que o futuro lhe reservava. Supôs que toda a rebelião sulista estaria sendo morta a pancadas naqueles campos quentes e pensou no quanto lamentaria o fim prematuro daquela guerra. Vira o elefante e queria mais. Não era o horror que o atraía, nem a lembrança da perna decepada girando pela estrada, nem o rosto do homem desaparecendo em fumaça de pólvora e sangue; era o rearranjo de toda a criação que apelava à alma de Nathaniel. A guerra, ele aprendera naquele dia, pegava tudo que existia, sacudia e deixava as peças caírem em qualquer lugar. A guerra era um gigantesco jogo de azar, uma aposta enorme, uma negação de toda a predestinação e de toda a prudência. A guerra teria salvado Nathaniel do destino da respeitabilidade familiar, na qual a paz era o dever. A guerra o aliviava da obrigação, enquanto a paz oferecia monotonia, e Nathaniel Starbuck era jovem e confiante o suficiente para odiar a monotonia acima de tudo no mundo.

Mas agora era prisioneiro e a batalha continuava enquanto, aquecido pelo sol e cansado pelo dia, Nathaniel caía no sono.

14

Os remanescentes da Legião Faulconer tropeçaram colina acima até o ponto em que, num emaranhado de pequenos bosques e campos atrás da Brigada da Virgínia, de Jackson, os sobreviventes da força de Nathan Evans se recuperavam. Os homens estavam exaustos. Por insistência de Evans fizeram uma linha grosseira virada para o Bull Run, mas estavam no flanco da reorganizada defesa sulista e suficientemente longe da estrada principal para serem poupados dos ataques dos federais. Os homens se sentavam no capim, de olhos opacos e sedentos, imaginando se haveria comida ou água.

O Dr. Danson extraiu a bala da perna de Adam Faulconer, trabalhando rápido e sem clorofórmio.

— Você tem sorte, Adam. Nenhum grande vaso sanguíneo foi atingido. Talvez você até fique com uma leve coxeadura para atrair as damas, mas só isso. Estará dançando com as damas em dez dias.

Ele derramou nitrato de prata no ferimento, fez um curativo e passou para o coronel. Trabalhou igualmente rápido para extrair a bala dos músculos da barriga de Washington Faulconer, costurou a carne do braço e depois colocou uma tala no osso quebrado.

— Você não teve tanta sorte quanto seu filho, Washington. — O médico ainda não conseguia se acostumar a tratar o vizinho como oficial superior. — Mas dentro de seis semanas estará inteiro de novo.

— Seis semanas?

O coronel Faulconer continuava furioso porque sua preciosa legião fora dizimada sob o comando de Thaddeus Bird a pedido de Nathaniel Starbuck. Queria vingança, não contra Bird, que sempre soubera ser idiota, e sim contra Nathaniel, que havia se tornado a personificação de todo o fracasso da legião para o coronel. Em vez de marchar para a vitória gloriosa sob o comando pessoal de Washington Faulconer, o regimento fora desperdiçado numa escaramuça miserável na extremidade errada do campo de batalha. A legião tinha perdido toda a bagagem e pelo menos setenta homens. Ninguém sabia qual era o total exato, mas o coronel estabelecera que o próprio Nathaniel estava entre os desaparecidos.

O Dr. Danson ouvira dizer que o nortista havia sido capturado pelos ianques em perseguição, ou talvez coisa pior.

— Um garoto da Companhia B acha que Starbuck pode ter levado um tiro — disse ao coronel enquanto colocava uma bandagem no braço com tala.

— Bom — disse o coronel com uma selvageria que poderia ser perdoada num homem que sofria pela dor de um braço recém-quebrado.

— Papai! — protestou Adam mesmo assim.

— Se os malditos ianques não atiraram nele, nós vamos atirar. Ele matou Ridley. Eu vi.

— Papai, por favor — implorou Adam.

— Pelo amor de Deus, Adam, você precisa sempre ficar do lado de Starbuck e contra mim? A lealdade familiar não significa nada para você? — O coronel gritou as palavras dolorosas contra o filho que, pasmo com a acusação, não disse nada. Faulconer se encolheu por causa das talas que Danson tentava colocar na parte de cima do braço. — Estou lhe dizendo, Adam, que seu amigo desgraçado não passa de um assassino. Meu Deus, eu deveria saber que ele era podre quando nos contou aquela história de roubo e prostitutas, mas confiei nele por você. Queria ajudá-lo por você, e agora Ethan está morto por causa disso e, garanto, eu mesmo vou partir o pescoço de Starbuck se ele tiver a audácia de voltar aqui.

— Com esse braço não vai, não — comentou o Dr. Danson secamente.

— Dane-se o braço, Billy! Não posso deixar a legião durante seis semanas!

— Você precisa descansar — respondeu o médico com calma. — Precisa se curar. Se fizer esforço, Washington, vai abrir a porta para a gangrena. Três semanas de esforço e você morre. Vamos fazer uma tipoia para esse braço.

Um trovejar de mosquetes anunciou que os soldados da Virgínia de Jackson estavam recebendo o inimigo. Agora a batalha era travada no platô em volta da Henry House, um topo de morro plano cercado por chamas e trovões. Os canhões confederados faziam grandes rasgos nas fileiras federais que avançavam, porém a infantaria do norte flanqueou as baterias e as forçou para trás, e os canhões nortistas foram desatrelados para atacar a artilharia rebelde pelo flanco. Para o capitão Imboden, o advogado que se tornara artilheiro, o terreno ao redor de seus canhões em menor número parecia ter sido revirado por uma horda de porcos famintos. Os obuses do norte se enterravam fundo antes de explodir, mas alguns estavam encontrando alvos mais sólidos. Um dos armões de Imboden explodiu com um tiro direto e um de seus artilheiros gritou com a respiração breve, ofegante e fétida enquanto suas tripas eram abertas por um estilhaço serrilhado. Mais artilheiros caíam com disparos de atiradores de elite nortistas. Imboden trabalhava num de seus canhões, enfiando uma caixa de metralha em cima de uma bala sólida, depois recuando enquanto o cordão era puxado e os projéteis mortais atravessavam um regimento de infantaria nortista que avançava através da fumaça e do fedor.

As bandeiras eram brilhantes quadrados coloridos no meio do cinza. Estrelas e listras avançavam enquanto as três listras da confederação recuavam, mas então pararam onde Thomas Jackson, com sua Bíblia muito manuseada em segurança na bolsa da sela, havia decretado que eles parariam. Os homens de Jackson ficaram firmes no meio da fumaça e descobriram que as odiadas horas de treinamento eram transformadas pela batalha em movimentos inconscientes de eficiência, e que, de algum modo, apesar da chuva de metralha e tiros de mosquetes nortistas, e apesar do terror de homens cercados pelos gritos dos feridos, pelos soluços dos agonizantes, pelos horrores da carne despedaçada e dos amigos estripados, suas mãos continuavam socando balas e cargas, sempre atirando. Estavam aterrorizados, mas foram treinados, e o homem que os havia treinado os observava carrancudo, por isso eles permaneceram como um muro de pedra construído no topo de uma colina.

E o ataque ianque se deteve contra esse muro.

Os soldados da Virgínia de Jackson deveriam ter sido derrotados. Deveriam ter sido varridos como uma barreira de areia golpeada pelo mar, porém não sabiam que a batalha estava perdida e continuaram lutando, até mesmo se esgueiraram adiante. Os nortistas se perguntavam como seria possível derrotar aqueles desgraçados, então o medo se alojou em seus corações e os sulistas deram mais um passo à frente sobre o capim seco queimado por buchas de cartuchos. Os federais olhavam para trás procurando reforços.

Os reforços nortistas chegaram, no entanto os sulistas estavam sendo reforçados também, visto que finalmente Beauregard havia percebido que seu plano de batalha inteiro estivera errado. Seria impossível estar mais errado, porém agora ele compensava isso ao pegar homens de seu flanco direito, que ainda não vira sangue, e levá-los rapidamente em direção ao platô ao redor da Henry House. Irvin McDowell, irritado porque essa defesa teimosa estava atrasando o doce momento da vitória, ordenou que mais homens subissem a encosta e entrassem na mira dos canhões do capitão Imboden e na carnificina medonha das metralhas dos canhões Mateus, Marcos, Lucas e João, colocando-se também ao alcance dos mosquetes-fuzis do general Thomas Jackson.

E assim a verdadeira matança do dia havia começado.

Começou porque uma batalha de movimento, de tentativas de flanqueamento, de avanço e recuo tinha se transformado num impasse. O topo do morro era despido de árvores, fosso ou muro, era apenas um espaço aberto para a morte, e a morte se agarrava a ele cobiçosamente. Homens carregavam e disparavam, caíam e sangravam, xingavam e morriam, e mais homens ainda chegavam ao platô para estender o alcance da morte. Duas linhas de infantaria se encontravam empacadas a apenas cem passos uma da outra, e ali tentavam se estripar mutuamente. Homens de Nova York e New Hampshire, do Maine e de Vermont, de Connecticut e Massachusetts disparavam contra homens do Mississippi e da Virgínia, da Geórgia e das Carolinas, de Maryland e do Tennessee. Os feridos se arrastavam de volta para desmoronar no capim, os mortos eram empurrados de lado, as fileiras se fechavam no centro, os regimentos se encolhiam, mas os disparos continuavam sob as bandeiras coloridas. Os nortistas, atirando repetidamente contra as linhas confederadas, sabiam que precisavam apenas romper esse pequeno exército, capturar Richmond e todo o conceito de uma Confederação sulista desmoronaria como uma abóbora podre, enquanto os sulistas, devolvendo cada bala com outra bala, sabiam que assim que o norte fosse sangrado ele pensaria duas vezes antes de ousar invadir outra vez o solo soberano e sagrado do sul.

E assim, por suas duas causas, homens lutavam sob as bandeiras, embora, no calor sem vento, o verdadeiro troféu do dia fosse os canhões oponentes, porque o lado que silenciasse os canhões inimigos era o lado com maior chance de vencer o embate. Nenhuma peça de artilharia fora colocada atrás de barreiras de terra, pois nenhum dos generais planejara lutar naquele platô despido, e assim os artilheiros estavam vulneráveis ao fogo de infantaria visto que não havia espaço no topo da colina para os homens se manterem de pé à distância. Essa era uma luta cruel, uma luta assassina na qual tripas seriam rasgadas.

Homens atacavam canhões em espaço aberto, e os canhões, atulhados de metralha mortal, deixavam incontáveis atacantes mortos na frente dos canos, porém os soldados continuavam atacando. E, à medida que o sol ultrapassava seu auge ofuscante, um regimento da Virgínia vestindo casacas azuis, os únicos uniformes disponíveis a seu coronel, chegou para reforçar a esquerda confederada e viu à frente uma bateria nortista. Marcharam adiante. Os artilheiros os viram e acenaram, acreditando que eram ianques, e no ar quente, imóvel e enfumaçado as três listras da bandeira confederada pendiam vermelha, branca e azul, como a de estrelas e listras. Os artilheiros do norte, despidos da cintura para cima, suando riscos brancos sobre as manchas de pólvora e xingando enquanto queimavam as mãos nos canos quentíssimos dos canhões, não olharam uma segunda vez para a infantaria de casacas azuis que, pelo que os artilheiros supunham, marchava para lhes dar apoio contra a infantaria à frente.

— Apontar!

Um batalhão de infantaria da Virgínia inteiro chegara ao alcance de tiros de pistola com relação a uma bateria nortista. Os mosquetes-fuzis subiram aos ombros uniformizados de azul. Não havia tempo para virar as peças de artilharia, assim os artilheiros se jogaram no chão, enfiaram-se embaixo de canhões e armões, depois cobriram a cabeça com os braços.

— Fogo!

As chamas rasgaram a fumaça cinza e os oficiais da Virgínia ouviram os estalos de centenas de balas de mosquete batendo nos canos de ferro dos canhões ou nas caixas de madeira dos armões, então ouviram os relinchos enquanto os quarenta e nove cavalos da bateria morriam. Os artilheiros que sobreviveram à saraivada se viraram e partiram correndo enquanto os homens da Virgínia atacavam com baionetas caladas e facas de caça. A bateria foi capturada, seus canhões manchados de sangue.

— Virem os canhões! Virem os canhões!

— Atacar! — Mais sulistas correram à frente, baionetas brilhando na penumbra enfumaçada. — Por nossos lares! Por nossos lares! — gritavam, e um estalar de mosquetes os recebeu, porém os nortistas estavam recuando. Um obus explodiu em algum lugar entre as linhas, riscando a fumaça com chamas. — Por nossos lares!

Os ianques contra-atacaram. Um regimento passou por cima dos canhões capturados, forçando os homens da Virgínia para trás, mas as peças de artilharia recuperadas não tinham utilidade para os federais porque os artilheiros foram mortos a tiros ou trucidados por baionetas. As parelhas de cavalos, por sua vez, eram apenas carne morta, por isso os canhões nem mesmo poderiam ser levados embora. Outros artilheiros em outras baterias eram assassinados por atiradores de elite. Lentamente os confederados avançaram e os nortistas ouviram o estranho uivo à medida que a linha rebelde atacava. As sombras se alongaram e mais homens subiram o morro para entrar naquele horror implacável.

James Starbuck chegou ao topo. Não procurava mais troféus para seu general vitorioso colocar aos pés do presidente. Em vez disso tentava descobrir o que dera errado no platô coberto de fumaça.

— Diga o que está acontecendo, Starbuck — ordenara Irvin McDowell a seu ajudante. — Vá!

McDowell enviara outros seis homens com tarefas semelhantes, mas não tinha pensado em visitar o platô pessoalmente. Na verdade, McDowell estava sentindo-se oprimido pelo barulho e pela incerteza e simplesmente queria que algum ajudante voltasse com boas notícias de vitória.

James instigou o cavalo pela colina esburacada por causa dos obuses acima, até encontrar o inferno. Seu cavalo, sem orientação, caminhou lentamente até o ponto em que um regimento de Nova York, que acabara de receber a ordem de ir para o topo, marchava com baionetas caladas em direção à linha inimiga, e pareceu a James que todo o exército sulista de súbito floresceu em chamas, uma grande cerca flamejante que se transformou numa nuvem de fumaça agitada. Os nortistas simplesmente pararam com um tremor, então outra saraivada sulista foi disparada pelo flanco e os nova-iorquinos recuaram, deixando seus mortos e agonizantes para trás. James viu as varetas trabalhando enquanto os homens tentavam devolver o fogo. O regimento de Nova York, contudo, havia atacado sozinho, sem apoio de flanco, e não teve chance contra as saraivadas sulistas que cruzavam todo o campo de batalha, confrontando e dizimando os soldados ianques. James tentou animar os homens, mas sua boca estava seca demais para formar palavras.

Então o mundo de James se obliterou. Seu cavalo literalmente foi jogado para cima embaixo dele, depois empinou a cabeça para relinchar enquanto desmoronava. Um obus sulista tinha explodido bem embaixo da barriga do animal, eviscerando-o, e James, atordoado, ensurdecido e gritando por socorro, se esparramou desajeitadamente para fora da massa de tripas, sangue, carne e cascos. Saiu engatinhando, subitamente vomitando o conteúdo da barriga lesionada. Escorregou numa poça do sangue do cavalo, depois se levantou de novo e cambaleou em direção à casa de madeira que ficava no centro da linha de batalha federal e parecia oferecer uma espécie de refúgio. Mas, ao se aproximar, viu que a pequena construção fora lascada, perfurada e queimada por balas e obuses. James se encostou num pequeno depósito externo e tentou entender o que acontecia a seu redor, porém só conseguia pensar no mar de sangue de cavalo em que havia caído. Seus ouvidos ainda zumbiam por causa da explosão.

Um soldado de Wisconsin, cujo rosto era uma máscara branca, estava sentado ao lado dele, e James demorou a perceber que a cabeça do sujeito fora meio decepada por um fragmento de obus e o cérebro estava exposto.

— Não — disse James. — Não!

Dentro da casa uma mulher gritava enquanto em algum lugar, à distância, parecia que todo um exército de mulheres uivava. James se afastou da construção e cambaleou em direção a um regimento de infantaria. Eram homens de Massachusetts, seu povo, e ele ficou junto às bandeiras e viu a pilha de mortos jogada atrás delas, e, enquanto olhava, outro homem desmoronou. As bandeiras eram alvos para os atiradores inimigos, um convite brilhante e estrelado para a morte, no entanto, assim que o porta-bandeira caiu, outro homem pegou o mastro e manteve o estandarte no alto.

— Starbuck! — gritou uma voz. Era um major que James conhecia como um advogado austero e esperto de Boston, mas, por algum motivo, apesar de James ter encontrado o sujeito toda semana no Clube dos Advogados, não conseguiu lembrar seu nome. — Onde está McDowell? — gritou o major.

— Perto da estrada principal. — James conseguiu parecer razoavelmente coerente.

— Ele deveria estar aqui! — Um obus ressoou acima. O major, um homem magro e grisalho com barba muito bem-aparada, estremeceu quando o projétil explodiu em algum lugar ao fundo. — Malditos!

Malditos, quem?, pensou James, então ficou atônito por ter usado a imprecação, mesmo silenciosamente, em pensamento.

— Estamos lutando com eles aos pedaços! — tentou explicar o advogado de Boston, falando da dificuldade dos nortistas. — Não vai adiantar!

— Como assim?

James precisou lutar para ser ouvido acima dos estrondos constantes dos canhões. Qual é o nome desse sujeito? Lembrava-se de que o advogado parecia um cão terrier nas discussões dos tribunais, jamais soltando uma testemunha até arrancar a prova, e James se lembrou de uma ocasião famosa em que o sujeito perdera as estribeiras com o presidente do supremo tribunal, o juiz Shaw, reclamando diante de todos que era intelectual e judicialmente constipado, e por esse desacato o juiz primeiro o multou, depois lhe pagou um jantar. Qual era o nome do sujeito?

— Os ataques deveriam coincidir! Precisamos de um general para coordenar as coisas. — O major parou abruptamente.

James, que sempre se sentira desconfortável com as críticas à autoridade constituída, tentou explicar que sem dúvida o general McDowell sabia o que estava acontecendo, mas parou subitamente de falar porque o major oscilava. James estendeu a mão, o major a agarrou com uma força demoníaca, depois abriu a boca, porém em vez de falar simplesmente soltou um grande jato de sangue.

— Ah, não — conseguiu dizer o major, depois caiu aos pés de James. James se sentiu tremer. Isso era um pesadelo, e ele sentiu um medo incrivelmente terrível, abjeto e vergonhoso. — Diga a minha querida Abigail... — pediu o major agonizante, e olhou de forma patética para James, que continuou sem lembrar o nome dele.

— Dizer o que a Abigail? — perguntou de maneira idiota, mas o major estava morto.

James soltou a mão do cadáver com um gesto brusco e sentiu uma tristeza terrível, muito terrível, porque morreria sem jamais conhecer os prazeres daquele mundo. Morreria e não haveria ninguém que sentisse de verdade sua falta, ninguém que realmente lamentaria sua morte, e olhou para o céu e deu um grito de autopiedade, depois conseguiu tirar desajeitadamente o revólver do coldre de couro rígido, mirou vagamente na direção do exército confederado e puxou o gatilho repetidamente para cuspir as balas contra uma nuvem de fumaça. Cada tiro era um protesto contra sua própria natureza cautelosa.

O regimento de Massachusetts avançou aos tropeços. Não estava mais em linha, havia se coagulado em pequenos grupos de homens que agora andavam obliquamente entre os mortos e agonizantes. Falavam uns com os outros enquanto lutavam, animando-se mutuamente, oferecendo elogios e piadinhas.

— Ei, rebelde! Aqui vai uma pílula de chumbo para sua doença! — gritou um homem e disparou em seguida.

— Você está bem, Billy?

— A arma entupiu.

As balas minié se expandiam nos canos quando a parte de trás, oca, inchava devido aos gases da pólvora para agarrar as ranhuras e assim induzir um giro mortalmente preciso no projétil. A fricção da bala expandida raspando no cano deveria remover os depósitos de pólvora queimada das ranhuras, mas a teoria não funcionava na prática e os depósitos ásperos se acumulavam tornando as armas terrivelmente difíceis para um homem cansado recarregar.

— Ei, rebelde! Aqui vai uma para você!

— Meu Deus! Essa passou perto!

— Não adianta se abaixar, Robby. Antes de você ouvir, elas já passaram.

— Alguém tem bala? Um de vocês, me passe um cartucho!

James sentia conforto nas palavras em voz baixa e se esgueirou para mais perto do grupo mais próximo. O oficial comandante do regimento de Massachusetts havia começado o dia como tenente e agora gritava aos sobreviventes para avançar, e eles tentavam, dando gritos de desafio com as gargantas roucas, mas então dois canhões confederados de seis libras golpearam o flanco aberto do regimento com cargas de metralha e as balas de mosquete chicotearam em meio aos sobreviventes, dizimando os homens e encharcando o chão escorregadio com mais sangue. Os soldados de Massachusetts recuaram. James recarregou seu revólver. Estava suficientemente perto para ver os rostos sujos dos inimigos, os olhos surgindo brancos em meio às manchas de pólvora na pele, as casacas desabotoadas e as camisas soltas. Viu um rebelde cair, segurando o joelho, depois se arrastar para a retaguarda. Viu outro oficial rebelde com bigode comprido e louro gritando encorajamentos a seus homens. A casaca do homem estava aberta e a calça presa com um pedaço de corda. James mirou cuidadosamente o sujeito, disparou, mas a fumaça do revólver obscureceu o efeito do tiro.

Os canhões rebeldes estrondeavam de volta, escoiceando nas conteiras, batendo com as rodas no chão, chiando à medida que as esponjas limpavam os canos, depois disparando de novo para alimentar a nuvem de fumaça que se adensava como uma névoa de Nantucket. Mais canhões chegavam da ala direita de Beauregard. O general rebelde sentiu que o desastre fora evitado, apesar de não ter sido obra sua, e sim porque seus rapazes fazendeiros, estudantes e vendedores de lojas suportaram o ataque ianque e agora contra-atacavam em toda parte ao longo da linha improvisada de

Jackson. Dois exércitos amadores colidiram e a sorte pendia para o lado de Beauregard.

O general Joseph Johnston havia trazido seus homens do vale do Shenandoah, mas, agora que estavam ali, ele não tinha o que fazer, a não ser vê-los serem abatidos. Johnston tinha um posto mais alto que Beauregard, mas Beauregard havia planejado a batalha, conhecia o terreno, enquanto Johnston, por sua vez, era um estranho, por isso estava deixando Beauregard terminar a luta. Johnston estava pronto para assumir o comando caso Beauregard fosse atingido, mas até lá precisaria permanecer em silêncio e tentar entender o fluxo do evento gigantesco que chegara ao clímax terrível no topo da colina. Ele entendia de modo suficientemente claro que o norte enganara Beauregard e conseguira flanqueá-lo mas também viu que as forças sulistas estavam lutando intensamente e ainda poderiam abrir caminho para a vitória. Johnston também sabia que o coronel Nathan Evans, o desvalorizado sujeito da Carolina do Sul, era quem provavelmente salvara a confederação ao colocar sua força debilitada no caminho do ataque de flanco nortista. Johnston procurou Evans e agradeceu, depois, voltando para o leste, encontrou o ferido Washington Faulconer deitado no chão com as costas numa sela. Faulconer fora despido da cintura para cima, seu peito estava enrolado em bandagens e o braço direito numa tipoia ensanguentada.

O general puxou as rédeas e olhou com simpatia o coronel ferido.

— Você é Faulconer, não é?

Washington Faulconer levantou os olhos e viu ofuscantes tranças amarelas, mas os raios de sol difusos pela fumaça estavam atrás do cavaleiro e ele não conseguiu identificar seu rosto.

— Senhor? — respondeu muito cansado, já ensaiando os argumentos que usaria para explicar o fracasso da legião.

— Sou Joseph Johnston. Nós nos encontramos em Richmond há quatro meses, e, claro, tivemos o prazer de jantar juntos na casa de Jethro Sanders no ano passado.

— Claro, senhor. — Faulconer estivera esperando uma reprimenda, porém o general Johnston parecia mais que afável.

— Você deve estar se sentindo mal, Faulconer. O ferimento é grave?

— Um arranhão que vai me deixar de molho por seis semanas, só isso.

Faulconer sabia como parecer modesto da maneira adequada, mas na verdade vinha se reajustando desesperadamente à percepção maravilhosa de que o general Johnston não estava cheio de recriminações. Washington

Faulconer não era idiota e sabia que havia se comportado mal ou, no mínimo, que poderia ser imputado que ele se comportara de modo insensato ao abandonar sua legião, não estando por perto para salvá-la da traição de Nathaniel e da impetuosidade de Bird, mas, se a amabilidade de Johnston servia de orientação, talvez ninguém tivesse notado o abandono do dever.

— Se não fosse o sacrifício de vocês — disse Johnston, derramando bálsamo na autoestima de Faulconer e tornando completa a felicidade do coronel —, a batalha teria sido perdida há duas horas. Graças a Deus vocês estavam com Evans.

Faulconer abriu a boca, não encontrou nada para falar, então a fechou.

— Os federais enganaram Beauregard completamente — continuou Johnston em tom jubiloso. — Ele achou que a coisa seria decidida no flanco direito, e o tempo todo os patifes estavam planejando nos atacar aqui. Mas vocês entenderam certo, e graças a Deus, porque salvaram a Confederação. — Johnston era um homem que gostava de colocar os pingos nos is, detalhista, um soldado profissional de longa experiência que parecia genuinamente comovido com a homenagem que prestava. — Evans me contou sobre sua bravura, Faulconer, e é uma honra saudá-lo! — Na verdade, Evans Canelas havia elogiado a coragem da Legião Faulconer e não mencionara o nome do coronel Faulconer, mas esse era um equívoco bastante simples, e Washington Faulconer não achava que precisaria corrigi-lo nesse momento.

— Fizemos apenas o melhor que pudemos, senhor — conseguiu dizer Faulconer, enquanto na mente já reescrevia toda a história do dia: que, na verdade, ele soubera o tempo inteiro que a esquerda rebelde estava perigosamente exposta. Ele não fizera o reconhecimento dos vaus de Sudley no alvorecer? E não tinha deixado seu regimento bem-posicionado para enfrentar o avanço inimigo? E não se ferira na luta subsequente? — Fico feliz porque pudemos ser úteis de alguma forma, senhor — acrescentou com modéstia.

Johnston gostou da humildade de Faulconer.

— Você é um sujeito corajoso, Faulconer, e vou me certificar de que Richmond saiba quem são os verdadeiros heróis de Manassas.

— Meus homens são os verdadeiros heróis. — Apenas dez minutos antes o coronel estava xingando seus homens, especialmente os músicos que abandonaram duas tubas caras, um trompete e três tambores no esforço desesperado para escapar da perseguição nortista. — Todos são bons homens da Virgínia, senhor — acrescentou, sabendo que Joseph Johnston também era da velha região.

— Saúdo todos vocês! — exclamou Johnston, mas levando a mão ao chapéu especificamente para Faulconer, antes de instigar o cavalo.

Washington Faulconer ficou deitado aproveitando o elogio. Herói de Manassas! Até a dor pareceu diminuir, ou talvez fosse a morfina que o Dr. Danson insistia que ele engolisse, mas, mesmo assim, herói! Era uma boa palavra, e como se ajustava bem a um Faulconer! E talvez seis semanas na casa de Richmond não caíssem mal, desde que, claro, aquela batalha fosse vencida e a Confederação sobrevivesse. Porém, se fosse assim, certamente um herói tinha mais chance de promoção caso jantasse regularmente com os governantes de seu país, não? E que lição isso seria a capachos como Lee, que foram tão arrogantes em sua atitude. Agora teriam de lidar com um herói! Faulconer sorriu para o filho.

— Acho que você mereceu uma promoção, Adam.

— Mas...

— Quieto! Não proteste!

O coronel sempre se sentia bem quando podia se comportar de forma generosa, e esse momento ficou ainda melhor com as esperanças crescentes que seu novo status como herói de Manassas tornava críveis. Certamente poderia obter um posto de general. E certamente poderia arranjar tempo para aperfeiçoar a legião, que então seria capaz de se tornar a joia e o âmago de sua nova brigada. A Brigada de Faulconer. O nome soava bem, e ele imaginou a Brigada de Faulconer comandando a marcha para penetrar em Washington, apresentando armas diante da Casa Branca e escoltando um conquistador a cavalo para uma terra humilhada. Pegou um charuto na caixa ao lado e o apontou para Adam, enfatizando a importância do que dizia.

— Preciso que você se encarregue da legião enquanto convalesço. Preciso que garanta que Pica-Pau não enlouqueça de novo, certo? Que não frite a legião em alguma escaramuça sem importância. Além disso, a legião deve estar nas mãos da família. E você se saiu bem hoje, filho, muito bem.

— Eu não fiz nada, papai — protestou Adam acaloradamente. — E nem sei bem...

— Agora não! Quieto! — Washington Faulconer tinha visto o major Bird se aproximando e não queria que Thaddeus testemunhasse as prevaricações do filho. — Thaddeus! — cumprimentou o coronel com um calor incomum. — O general pediu que eu lhe agradecesse. Você se saiu bem!

O major Bird, que sabia perfeitamente bem que o coronel estava furioso com ele até um momento atrás, parou subitamente e olhou ao redor, como se procurasse outro homem chamado Thaddeus que pudesse ser o destinatário do elogio do coronel.

— Está falando comigo, coronel?

— Você se saiu maravilhosamente! Dou-lhe os parabéns! Você fez exatamente o que eu esperaria de sua parte, exatamente o que eu desejava! Manteve a legião em seu dever até minha chegada. Todos pensaram que a batalha seria na ala direita, mas nós sabíamos que não, hein? Nós nos saímos bem, muito bem. Se meu braço não estivesse quebrado eu apertaria sua mão. Parabéns, Thaddeus, parabéns!

Thaddeus Bird conseguiu conter a gargalhada, mas sua cabeça se sacudiu nervosa para trás e para a frente como se fosse explodir numa risada demoníaca.

— Devo entender — conseguiu finalmente falar sem rir — que você também deve ser parabenizado?

O coronel escondeu a raiva diante da afronta do cunhado.

— Acho que você e eu nos conhecemos o suficiente para dispensar uma troca de homenagens, Thaddeus. Apenas saiba que indicarei seu nome quando estiver em Richmond.

— Não vim aqui para lhe oferecer admiração — disse Thaddeus Bird com honestidade brutal —, mas para sugerir que mandássemos uma equipe de trabalho para encontrar um pouco d'água. Os homens estão morrendo de sede.

— Água? Certo, água. Então você e eu devemos juntar as cabeças e decidir o que será necessário no futuro. O Sr. Little disse que perdemos alguns instrumentos da banda, e não podemos nos dar ao luxo de perder tantos cavalos de oficiais como perdemos hoje.

Instrumentos da banda? Cavalos? Thaddeus Bird olhou boquiaberto o cunhado, imaginando se o osso partido havia acabado com o tino de Faulconer. O que a legião precisava, decidiu Thaddeus Bird enquanto o coronel continuava falando, era de algo como o *Reader*, de McGuffey, ensinando o serviço elementar do soldado, uma cartilha sobre como disparar um fuzil e exercícios, mas sabia que não adiantava dizer isso. A imensa complacência de Faulconer fora estufada pelo elogio de algum idiota e ele já estava se vendo como o conquistador de Nova York. Bird tentou trazer o coronel de volta ao mundo real com uma pequena dose de realidade.

— Quer a conta do açougueiro, Faulconer? — interrompeu ele. — A lista de nossos mortos e feridos?

Washington Faulconer escondeu de novo a irritação.

— É muito ruim? — perguntou desconfiado.

— Não tenho nada com que comparar, e infelizmente está incompleta. Deslocamos muitos homens no decorrer de nossa corajosa vitória, mas sabemos com certeza que pelo menos vinte estão mortos. O capitão Jenkins se foi, e o pobre Burroughs, claro. Presumo que você vá escrever à viúva, não? — Bird fez uma pausa, mas não recebeu resposta, por isso deu de ombros e foi em frente. — Claro, pode haver outros mortos lá fora. Sabemos de vinte e dois feridos, alguns de modo atroz...

— São vinte e três — interrompeu o coronel, e ofereceu um sorriso modesto a Thaddeus Bird. — Eu me considero membro da legião, Thaddeus.

— Eu também, Faulconer, e já contei você entre os heróis. Como eu disse, vinte e dois, alguns gravemente. Masterson não vai sobreviver, e Norton perdeu as duas pernas, de modo que...

— Não preciso de todos os detalhes — disse Faulconer com petulância.

— E ainda parece haver setenta e dois homens desaparecidos — continuou Bird estoicamente com as más notícias. — Não estão necessariamente perdidos para sempre; o garoto do Turner MacLean apareceu há cinco minutos, depois de passar quase duas horas andando pelo campo de batalha, mas ele nunca teve um grama de bom senso. Outros provavelmente morreram. Ouvi dizer que Ridley foi morto.

— Assassinado — insistiu o coronel.

— Assassinado, é mesmo? — Bird já ouvira a história, mas queria provocar o coronel.

— Ele foi assassinado, e eu testemunhei, e você vai colocar isso nos livros do regimento.

— Se algum dia encontrarmos os livros — observou Bird, feliz. — Parece que perdemos toda a bagagem.

— Assassinado! Ouviu? — trovejou Faulconer, provocando uma pontada de dor no peito ferido. — É o que você vai colocar. Que ele foi assassinado por Starbuck.

— E Starbuck está desaparecido — continuou Bird impassível —, lamento dizer.

— Lamenta? — Havia algo muito perigoso na voz do coronel.

— Você também deveria lamentar — continuou Bird, ignorando o tom do coronel. — Starbuck provavelmente salvou nossas bandeiras e certamente impediu que Adam fosse feito prisioneiro. Adam não contou?

— Estive tentando lhe contar, pai — falou Adam.

— Starbuck se foi — observou o coronel com firmeza —, e, se ele estivesse aqui, eu exigiria que você o prendesse por assassinato. Eu o vi atirar em Ridley. Eu vi! Ouviu isso, Thaddeus?

Na verdade, metade da legião podia escutar o coronel, cuja indignação crescia enquanto ele se lembrava da morte do pobre Ridley. Santo Deus, pensou Faulconer, nenhum desses homens acreditava quando ele dizia que tinha visto Starbuck fazer os disparos que mataram Ridley? O coronel tinha se virado sobre a sela e visto quando ele disparou o revólver! E agora Pica-Pau Bird queria afirmar que o sujeito de Boston era algum tipo de herói? Meu Deus, ele, o coronel, era o herói de Manassas! O general Johnston mesmo não dissera isso?

— Você disse que perdemos o pobre Roswell Jenkins? — perguntou, mudando de assunto deliberadamente.

— Foi obliterado por uma explosão de obus — confirmou Bird, depois voltou ao assunto, obstinadamente. — Você está mesmo ordenando que eu prenda Starbuck por assassinato?

— Se o encontrar, sim! — gritou o coronel, depois se encolheu quando uma dor lancinante desceu pelo braço. — Pelo amor de Deus, Thaddeus, por que você sempre tem de fazer tanto estardalhaço com as coisas?

— Porque alguém precisa fazer isso, coronel, alguém precisa. — Bird sorriu e se virou enquanto atrás dele, num platô cercado de fogo, a batalha finalmente chegava ao ponto de ruptura.

James Starbuck não chegou a entender exatamente por que as linhas nortistas se romperam, apenas se lembrava de um pânico desesperado dominando de repente as tropas federais até que, perdendo toda a ordem, não havia nada além de puro medo enquanto o exército de McDowell corria.

Nada que fizeram havia tirado os regimentos sulistas do platô. Nenhum ataque ganhou terreno suficiente para permitir que as tropas de apoio reforçassem o sucesso, e assim os ataques nortistas foram repelidos repetidamente, e cada repulsa criava uma pilha de mortos e agonizantes amontoados em fileiras como destroços de uma maré, marcando os limites de cada ataque federal.

A munição tinha escasseado em alguns regimentos ianques. Os sulistas, empurrados para trás em direção à própria bagagem, distribuíam tubos de cartuchos para suas tropas, mas os suprimentos nortistas continuavam a leste do Bull Run, e cada carroça, armão e cofre precisava ser trazido através do engarrafamento que se desenvolvera ao redor da ponte de pedra, e frequentemente, mesmo quando a munição chegava ao topo do morro, era do tipo errado, e assim tropas armadas com fuzis .58 recebiam munição .69 para mosquetes. E, à medida que os fuzis ficavam silenciosos, eles recuavam deixando uma abertura na linha nortista, por onde os rebeldes de cinza se moviam.

Dos dois lados fuzis e mosquetes emperravam ou se quebravam. Os cones através dos quais as cápsulas de percussão cuspiam seu fogo para as cargas de pólvora se quebravam com frequência, mas, conforme os sulistas pressionavam adiante, podiam pegar as armas dos nortistas mortos e continuar a matança. Porém os ianques continuavam lutando. Os canos de seus fuzis e mosquetes estavam sujos com os restos de pólvora queimada, de modo que era necessário um esforço enorme para socar cada bala, e o dia estava quente e o ar tomado por uma fumaça acre dos disparos, fazendo as bocas e as gargantas dos homens cansados ficarem secas e ásperas. Os ombros estavam com hematomas pretos devido aos coices das armas pesadas, as vozes roucas de tanto gritar, os olhos ardendo por causa da fumaça, os ouvidos zumbindo com as pancadas dos grandes canhões, os braços doendo de tanto socar as balas pelos canos sujos, mas os homens ainda lutavam. Sangravam e lutavam, xingavam e lutavam, rezavam e lutavam. Alguns pareciam atordoados, simplesmente de pé, olhos e bocas abertos, sem perceber os gritos dos oficiais ou a balbúrdia dissonante de balas, canhões, obuses e gritos.

James Starbuck havia perdido toda a noção de tempo. Recarregava o revólver, disparava e recarregava. Mal sabia o que estava fazendo, apenas que cada disparo poderia salvar a União. Sentia-se aterrorizado, mas continuava brigando, sentindo uma coragem estranha ao pensar na irmã mais nova. Decidira que somente Martha iria lamentar sua morte e que ele não poderia desgraçar o afeto dela, e era essa decisão que o mantinha no lugar em que lutava como um soldado raso, disparando e carregando, disparando e carregando, e o tempo todo dizendo o nome de Martha em voz alta, como um talismã para sua coragem. Martha era a irmã cujo caráter mais se parecia com o de Nathaniel, e enquanto James permanecia na confusão de feridos e mortos, poderia ter chorado porque Deus não lhe dera a ousadia despudorada de Martha e Nathaniel.

Então, enquanto colocava as últimas pequenas cápsulas de percussão nos cones do revólver, um grito de comemoração se espalhou pela linha sulista e James ergueu o olhar, vendo a frente inimiga inteira avançar. Ajeitou o braço dolorido e apontou o revólver para o que parecia um vasto exército cinza como um rato chamuscado por queimaduras de pólvora, que se aproximava numa carga diretamente contra ele.

Então, enquanto murmurava o nome da irmã e se encolhia um pouco por causa do som que o revólver faria, viu que estava absolutamente sozinho.

Num momento houvera ali uma batalha e agora havia uma debandada.

Porque o exército federal tinha desmoronado e fugido.

Os soldados corriam morro abaixo, abandonando a disciplina ao vento. Homens largavam fuzis e mosquetes, baionetas e mochilas, e simplesmente fugiam. Alguns corriam para o norte em direção aos vaus de Sudley, enquanto outros escapavam para a ponte de pedra. Uns poucos tentavam conter a carga, gritando para os companheiros nortistas formarem linha e se manterem firmes, mas esses poucos foram suplantados pelos muitos. As tropas em pânico inundaram os campos dos dois lados da estrada principal, na qual um canhão atrelado, com os cavalos chicoteados até galoparem de forma frenética, atropelou soldados de infantaria com suas rodas reforçadas com ferro. Outros homens usavam mastros de bandeiras como lanças com as quais abriam caminho até o riacho.

A perseguição rebelde parou na beira do platô. Uns poucos tiros de mosquete apressavam a retirada nortista, mas ninguém do lado rebelde tinha energia para perseguir. Em vez disso deleitavam-se com a lenta percepção da vitória e com a derrota da horda que fugia em pânico abaixo deles. Os artilheiros rebeldes levaram os canhões sobreviventes à crista do morro e os obuses sulistas partiram ressoando no calor da tarde para explodir em tufos de fumaça ao longo da estrada apinhada e na floresta do outro lado. Um dos tiros estourou no ar bem em cima da ponte de madeira que atravessava o profundo afluente do Run exatamente quando uma carroça passava. Os cavalos feridos entraram em pânico e tentaram sair em disparada, mas o obus fatal havia arrancado uma roda dianteira e o veículo enorme girou, com o eixo quebrado furando a madeira, levando o corpo pesado da carroça a ficar preso entre os parapeitos da ponte, onde seria impossível movê-lo, e assim a principal rota de fuga do exército nortista ficou bloqueada, e mais obuses desciam ressoando para explodir no meio dos ianques em fuga. Os canhões, as carruagens, os armões e as carroças federais ainda à margem oeste do Bull Run foram abandonados enquanto seus cocheiros fugiam para a segurança. Um obus explodiu no riacho, levantando uma grande quantidade de água. Mais obuses caíam atrás, fazendo com que a massa de homens em pânico corresse desesperadamente pela margem escorregadia até entrar na correnteza rápida do Run. Dezenas de homens se afogaram, empurrados para baixo pelos próprios companheiros aflitos. Outros foram capazes de atravessar o riacho fundo e de algum modo conseguiram sair e depois correram na direção de Washington.

Nathaniel Starbuck vira a debandada se derramar pela borda do platô. A princípio não tinha acreditado no que via, depois a incredulidade se transformou em espanto. O sargento que vigiava os prisioneiros olhara para o morro e depois saíra correndo. Um nortista ferido, recuperando-se no pátio, havia se afastado mancando, usando o mosquete como muleta. O médico de barba ruiva chegou à porta com seu avental sujo de sangue, lançou um olhar incrédulo para a cena, balançou a cabeça e voltou para dentro, para seus pacientes.

— O que vamos fazer agora? — perguntou um prisioneiro rebelde a Nathaniel, como se acreditasse que um oficial soubesse qual era a etiqueta para enfrentar a vitória no meio de uma ralé derrotada.

— Vamos ficar bem quietos e educados — aconselhou Nathaniel. Havia ianques fugindo e passando pela casa, e alguns olhavam com raiva os prisioneiros sulistas. — Fiquem sentados e não se mexam, apenas esperem.

Ele viu um canhão nortista sendo retirado do platô. O capitão do canhão havia conseguido juntar duas parelhas de cavalos que, chicoteados pelos cocheiros em pânico até tirar sangue, galopavam insensatamente pela encosta esburacada pelos obuses, de modo que os artilheiros empoleirados no banco estreito do armão se agarravam com força aos suportes de metal. Os cavalos tinham os olhos brancos e apavorados. O canhão em si, atrelado atrás do armão, saltou de forma perigosa quando a roda passou sobre um pequeno riacho ao pé do morro, depois o cocheiro puxou as rédeas e os cavalos assustados viraram depressa demais para a estrada, e Nathaniel viu, horrorizado, primeiro o canhão e depois o armão tombarem, rolarem e deslizarem com força pela estrada até baterem com um ruído de embrulhar o estômago nas árvores da beira do pátio. Houve um momento de silêncio, depois os primeiros gritos rasgaram o ar úmido.

— Ah, meu Deus.

Um homem ferido deu as costas para a carnificina, horrorizado. Um cavalo, com as duas patas traseiras quebradas, tentou se soltar dos destroços sangrentos. Um dos artilheiros tinha ficado preso sob o armão e agarrava debilmente as lascas de madeira que o empalavam. Um sargento de infantaria que passava ignorou o moribundo enquanto cortava os tirantes do cavalo que não estava ferido, soltava as correntes e depois montava nele. Uma bala sólida do armão tombado rolou pela estrada, os cavalos feridos continuaram relinchando e o artilheiro agonizante ainda gritava.

— Ah, meu Deus, não.

Um dos prisioneiros no pátio sombreado pelas árvores era um funcionário de alfândega da Virgínia que agora recitava o pai-nosso repetidamente. Os gritos e relinchos medonhos continuaram até que um oficial nortista se aproximou dos animais feridos e disparou em seus crânios. Foram necessários cinco tiros, mas os animais morreram, deixando apenas o artilheiro berrando, ofegando, retorcendo-se empalado pelos raios partidos da roda do armão. O oficial respirou fundo.

— Soldado!

O homem deve ter reconhecido o tom de autoridade porque ficou em silêncio por apenas um segundo, e esse segundo era tudo de que o oficial necessitava. Apontou o revólver, puxou o gatilho e o artilheiro tombou para trás em silêncio. O oficial nortista estremeceu, jogou fora o revólver descarregado e se afastou chorando. De repente o mundo ficou muito silencioso. Fedia a sangue, mas estava em silêncio, até que o rapaz da alfândega rezou o pai-nosso outra vez, como se a repetição das palavras pudesse salvar sua alma.

— Vocês estão em segurança? — Um oficial de casaca cinza galopou até a encruzilhada.

— Estamos — respondeu Nathaniel.

— Demos uma surra neles, rapazes! Demos uma boa surra! — alardeou o oficial.

— Quer uma maçã, senhor? — Um prisioneiro da Carolina do Sul, agora libertado, estivera remexendo nas mochilas que caíram do armão tombado e pegou algumas maçãs vermelhas no meio dos destroços sangrentos. Jogou uma para o oficial jubiloso. — Vá bater mais um pouco neles!

O oficial pegou a fruta. Atrás dele os primeiros homens da infantaria sulista avançavam para o Bull Run. Nathaniel olhou durante um tempo, depois virou as costas. A loteria da guerra o havia libertado de novo, e ele tinha mais uma promessa a cumprir.

Homens cansados recolhiam os feridos, ao menos os que conseguiam encontrar. Alguns estavam no meio das florestas, condenados a mortes lentas e esquecidas sob o mato baixo. Homens sedentos procuravam água enquanto alguns simplesmente bebiam o líquido imundo dos baldes das esponjas dos canhões, engolindo os restos de pólvora junto do líquido quente e salgado. O vento fraco estava aumentando, agitando as fogueiras que os homens faziam com coronhas partidas dos mosquetes e paus de cerca.

Os rebeldes não estavam em condições de perseguir as tropas federais, por isso ficaram no campo de batalha olhando numa perplexidade atordoada o butim da vitória: os canhões, as carroças e os cofres de munição, os montes de provisões capturados e as hordas de prisioneiros. Um gordo congressista de Rochester, Nova York, estava entre os prisioneiros; fora encontrado tentando esconder a vasta barriga atrás de uma pequena e estreita árvore e levado ao quartel-general do exército onde alardeou a importância de sua posição, exigindo ser solto. Um soldado georgiano, magro como um trilho, lhe disse para calar a maldita boca gorda antes que ele tivesse a maldita língua gorda cortada para ser cozida e servida com molho de maçã, e o congressista ficou em silêncio imediatamente.

No crepúsculo os rebeldes atravessaram o Bull Run para capturar o canhão Parrott de trinta libras e cano estriado que sinalizara o ataque federal naquela manhã. Os nortistas abandonaram vinte e seis outros canhões, junto de quase toda a bagagem do exército. Soldados sulistas encontraram uniformes de gala completos cuidadosamente embrulhados, prontos para a entrada triunfante em Richmond, e um soldado da Carolina do Norte desfilou orgulhoso com os adereços de um general ianque, completo com dragonas, espada, faixa e esporas. Os bolsos dos mortos foram revistados em busca de bens dignos de pena: pentes, baralhos, testamentos, canivetes e moedas. Uns poucos sortudos encontraram cadáveres mais ricos, um com uma pesada corrente de relógio repleta de sinetes de ouro, outro com um anel de rubi no dedo anular. Daguerreótipos de esposas e namoradas, pais e filhos eram jogados fora, porque os vitoriosos não procuravam lembranças despedaçadas de afetos, e sim moedas e charutos, prata e ouro, botas boas, camisas finas, cintos, fivelas ou armas. Um rápido mercado de saque se estabeleceu; finos binóculos de oficiais eram vendidos por um dólar, espadas por três, e revólveres Colt de cinquenta dólares por cinco ou seis. Os mais valiosos eram os retratos posados mostrando damas de Nova York e Chicago sem roupas. Alguns homens se recusavam a olhar, temendo o fogo do inferno, mas a maioria os passava entre si e pensava no saque que encontraria caso fossem chamados para invadir o norte rico, gordo e mole, que gerava aquelas mulheres e quartos tão belos. Médicos do norte e do sul trabalhavam juntos nos hospitais de campanha no campo de batalha queimado e rasgado. Os feridos choravam, pernas, braços, mãos e pés amputados se empilhavam nos quintais, enquanto os mortos eram amontoados como lenha para as sepulturas que deveriam esperar a manhã para serem cavadas.

A noite se aproximava, porém James Starbuck permanecia livre. Tinha se escondido num bosque e agora se arrastava pelo fundo de uma vala em direção ao Bull Run. Sua mente estava caótica. Como aquilo havia acontecido? Como a derrota podia ter caído sobre eles? Era muito amarga, terrível, vergonhosa. Será que Deus era tão descuidado com a justiça que permitiria essa visita medonha à União? Não fazia sentido.

— Eu não daria nem mais um passo, ianque — disse subitamente uma voz divertida acima dele. — Porque isso aí na sua frente é hera venenosa, e você já está encrencado mesmo sem isso.

James levantou os olhos e viu dois rapazes sorridentes que ele suspeitou, corretamente, estarem observando-o nos últimos minutos.

— Sou oficial — conseguiu dizer.

— Prazer em conhecê-lo, oficial. Sou Ned Potter e esse aqui é Jake Spring, e esse aqui é nosso cachorro, Abe. — Potter indicou um pequeno vira-lata maltratado que ele segurava num pedaço de corda. — Nenhum de nós é oficial, mas você é nosso prisioneiro.

James ficou de pé e tentou espanar as folhas mortas e a água estagnada de seu uniforme.

— Meu nome — disse em modo mais enfático, depois parou. O que aconteceria com o filho de Elial Starbuck nas mãos de sulistas? Será que iriam linchá-lo? Será que fariam as coisas terríveis que seu pai dizia que todos os sulistas faziam com negros e emancipadores?

— Não importa seu nome, ianque, só o que tem nos bolsos. Eu, Jake e Abe estamos meio pobres. Até agora só capturamos dois rapazes da

Pensilvânia e eles não tinham nada a não ser bolos de milho duros e três centavos enferrujados. — O mosquete subiu e o riso se alargou. — Para começar você pode nos dar esse revólver.

— Buchanan! — James disse o nome bruscamente. — Miles Buchanan! Ned Potter e Jake Spring fitaram o prisioneiro, sem compreender.

— É um advogado! — explicou James. — Fiquei o dia inteiro tentando lembrar o nome dele! Uma vez ele acusou o juiz supremo Shaw de ser constipado. Quero dizer, intelectualmente constipado... — Sua voz morreu enquanto ele percebia que o pobre Miles Buchanan estava morto, que Abigail Buchanan era viúva e ele próprio fora feito prisioneiro.

— Só entregue o revólver, ianque.

James entregou a arma enegrecida, depois virou os bolsos. Estava carregando mais de dezoito dólares em moedas, um Novo Testamento, um bom relógio numa corrente pesada de sinetes, um binóculo de ópera dobrável, uma caixa de pontas de penas, dois cadernos e um fino lenço de linho em que sua mãe havia bordado suas iniciais. Ned Potter e Jake Spring ficaram maravilhados com a própria sorte, mas James sentiu apenas uma humilhação terrível. Fora entregue na mão de seus piores inimigos e poderia ter chorado pela perda de seu país.

A um quilômetro e meio de James, Nathaniel Starbuck fazia uma busca numa campina marcada por tiros de obus e pegadas de cascos. Os ianques partiram muito antes e a campina estava vazia, a não ser pelos mortos. Era o pasto no qual Washington Faulconer o havia acertado com o chicote de montaria, o lugar onde Ethan Ridley tinha morrido.

Encontrou Ridley mais perto da linha de árvores do que recordava, mas supôs que todas as lembranças da batalha fossem confusas. O corpo era um amontoado horroroso de sangue e ossos, carne rasgada e pele enegrecida. Os pássaros já haviam começado o festim, mas bateram asas, afastando-se relutantes, quando Nathaniel foi até o cadáver que estava começando a feder. A cabeça de Ridley ainda estava reconhecível, a barbicha pontuda estranhamente livre de sangue.

— Seu filho da puta — disse Nathaniel em voz cansada e sem raiva de verdade, mas estava se lembrando da cicatriz no rosto de Sally e do filho que ela havia perdido, e dos estupros e surras que a garota suportara unicamente para que esse homem ficasse livre dela, assim algum insulto parecia adequado para marcar o momento.

O fedor adocicado da morte era denso e nauseante enquanto Nathaniel se ajoelhava perto do cadáver e se preparava. Então estendeu a mão para o que restava do inimigo. Pela graça de Deus, pensou, depois puxou o colarinho da jaqueta de Ridley para livrar os restos da peça de roupa do cadáver sangrento, e algo no interior do corpo inerte fez um som gorgolejante que quase levou o ianque a vomitar. A jaqueta não se soltava da sujeira do corpo e Nathaniel percebeu que teria de abrir o cinturão de couro que, de algum modo, ainda estava no lugar, em volta daquela confusão estripada. Soltou-o, sentindo ânsias de vômito, e uma parte do corpo rolou revelando o revólver que Ridley havia disparado contra ele.

Era o belo revólver inglês com cabo de marfim que Washington Faulconer mostrara a Nathaniel em seu escritório em Seven Springs. Agora o revólver estava entupido com o sangue de Ridley, mas o nortista o limpou no capim, tirou mais sangue com a manga do casaco, depois enfiou a linda arma em seu coldre vazio. Após isso, soltou a caixa de cápsulas e a de cartuchos do cinto de Ridley. Havia uma dúzia de moedas de um dólar na caixa, que enfiou num de seus bolsos encharcados de sangue.

Mas não tinha ido ali simplesmente para saquear o corpo do inimigo, e sim para recuperar um tesouro. Limpou os dedos no capim, respirou fundo outra vez e voltou aos restos sangrentos da jaqueta cinza. Encontrou uma caixa de couro que parecia ter guardado um desenho, mas agora o papel estava tão encharcado de sangue que era impossível dizer qual poderia ter sido a imagem. Havia mais três dólares de prata no bolso e uma pequena bolsinha de couro molhada de sangue, que Nathaniel abriu.

O anel estava ali. Parecia opaco à luz fraca, mas era o anel que ele procurava; o anel francês de prata que pertencera à mãe de Sally e que ele enfiou no bolso enquanto se afastava do cadáver.

— Seu filho da puta — repetiu, depois passou pelo cavalo morto de Ridley. Do outro lado do vale a fumaça das fogueiras de acampamento se afastava do morro para velar o pôr do sol.

A escuridão caía enquanto Nathaniel subia o morro até onde o exército sulista fazia seu bivaque exausto. Alguns oficiais haviam tentado ordenar que seus homens saíssem do topo do morro e descessem até onde o terreno não fedia a sangue, mas os soldados estavam cansados demais para se mexer. Em vez disso sentavam-se ao redor das fogueiras e comiam comida dura capturada do inimigo e toucinho frio. Um homem tocava um violino, as notas maravilhosamente lastimosas à luz cinzenta. Os morros distantes escureciam e as primeiras estrelas reluziam pálidas e nítidas num céu limpo. Um regimento da Geórgia fazia um culto religioso, as vozes dos soldados soando fortes enquanto cantavam louvores pela vitória.

Nathaniel levou uma hora para encontrar a legião. Nesse ponto estava quase totalmente escuro, mas ele viu o rosto característico de Pica-Pau Bird à luz de uma fogueira feita com uma dúzia de paus de cerca que irradiavam das chamas como traves de uma roda. Cada homem em volta da fogueira era responsável por um raio, cutucando-o no fogo à medida que a madeira queimava. Todos ao redor dela eram oficiais que olharam atônitos enquanto Nathaniel chegava mancando à luz da fogueira. Murphy acenou satisfeito ao ver o bostoniano e Bird sorriu.

— Então você está vivo, Starbuck?

— É o que parece, major.

Bird acendeu um charuto e o jogou para o ianque, que o pegou, puxou a fumaça e balançou a cabeça agradecendo.

— Esse sangue é seu? — perguntou Murphy a Nathaniel, cujo uniforme continuava coberto pelo sangue de Ridley.

— Não.

— Mas é muito dramático — comentou Bird numa zombaria gentil, depois se retorceu. — Coronel!

O coronel Faulconer, agora com a camisa e a jaqueta enroladas em volta do braço ferido, estava sentado do lado de fora de sua barraca. Tinha feito um imenso estardalhaço por causa da bagagem perdida da legião e finalmente um grupo de busca relutante descobrira Nelson, o criado do coronel, ainda vigiando o máximo dos pertences de Washington Faulconer que ele pudera carregar para longe do ataque ianque. A maior parte havia sumido, mas a barraca do coronel fora salva e uma cama de cobertores tinha sido arrumada no interior. Adam estava deitado na cama enquanto o pai se sentava num barril junto à porta da barraca.

— Coronel! — chamou Bird outra vez, e finalmente sua insistência fez Washington Faulconer erguer o olhar. — Boas novas, coronel! — Bird mal conseguia se conter para não rir enquanto fazia sua maldade. — Starbuck está vivo.

— Nate! — Adam estendeu a mão para a muleta improvisada com madeira que um homem havia cortado num bosque próximo, mas seu pai o forçou a se sentar de novo.

Faulconer se levantou e foi em direção à fogueira. Um capitão do estado-maior, montado, escolheu esse momento para se aproximar da fogueira, vindo do outro lado do platô. Mas o capitão, que possuía uma mensagem para o coronel Faulconer, sentiu a tensão no local e conteve o cavalo para ver o que acontecia.

Faulconer olhou através das chamas, encolhendo-se diante da aparência horrenda de Nathaniel. O uniforme do nortista estava escuro e rígido de sangue, preto à luz das chamas com o líquido que havia encharcado cada costura e cada trama da sobrecasaca cinza. Ele parecia algo nascido de um pesadelo, mas acenou de modo bastante agradável enquanto soltava fumaça do charuto.

— Boa noite, coronel.

Faulconer não disse nada. Bird acendeu um charuto e olhou Nathaniel.

— O coronel estava se perguntando como Ridley morreu, Starbuck.

— Foi atingido por um obus, coronel. Não restou nada a não ser uma confusão de ossos e sangue — explicou Nathaniel com a voz despreocupada.

— É o que o senhor quer que eu ponha no livro, coronel? — perguntou Thaddeus Bird com inocência fingida. — Que Ridley morreu sob fogo de artilharia?

Washington Faulconer continuou sem falar. Encarava o ianque com o que parecia ódio, mas não conseguia se obrigar a dizer uma palavra sequer.

Bird deu de ombros.

— Mais cedo, coronel, o senhor ordenou que eu prendesse Starbuck por assassinato. Quer que eu faça isso agora? — Bird esperou uma resposta, e, quando ela não veio, olhou de novo Nathaniel. — Você assassinou o capitão Ethan Ridley, Starbuck?

— Não — respondeu o nortista sem rodeios. Em seguida encarou Faulconer, desafiando o coronel a contradizê-lo. O coronel sabia que ele estava mentindo, porém não tinha coragem de fazer a acusação na presença dele. Homens saíram de outras fogueiras da legião e se aproximaram para observar o confronto.

— Mas o coronel viu você cometer o assassinato — insistiu Bird. — O que tem a dizer?

Nathaniel tirou o charuto da boca e cuspiu na fogueira.

— Presumo que a expectoração significa uma negação, não é? — perguntou Bird, animado, depois olhou ao redor, para os homens que se apinhavam à luz das chamas. — Mais alguém aqui viu Ridley morrer? — Bird esperou uma resposta enquanto fagulhas redemoinhavam para cima, a partir da madeira em chamas. — E então?

— Vi o filho da puta virar picadinho acertado por um obus — rosnou Truslow das sombras.

— E Starbuck disparou o obus fatal, sargento? — indagou Bird em voz pedante, e os homens ao redor da fogueira gargalharam da zombaria do major. Faulconer se remexeu, mas permaneceu em silêncio. — Então, coronel, acho que o senhor estava errado — continuou Bird —, e que o tenente Starbuck é inocente da acusação de assassinato. E acho também que o senhor desejará agradecer a ele por ter salvado as bandeiras da legião, não é?

Mas Faulconer era incapaz de suportar mais humilhação por parte daqueles homens que lutaram enquanto ele passeava pelo campo em busca da fama. Virou-se sem dizer uma palavra e nesse momento viu o capitão do estado-maior observando-o de cima do cavalo.

— O que você quer? — perguntou rispidamente.

— O senhor foi convidado para jantar, coronel. — O capitão estava compreensivelmente nervoso. — O presidente chegou de Richmond, senhor, e os generais estão ansiosos por sua companhia.

Faulconer piscou enquanto tentava entender o convite, depois viu nele sua chance de salvação.

— Claro. — E se afastou chamando o filho. Adam havia se levantado com dificuldade e agora andava mancando para cumprimentar Nathaniel, no entanto seu pai exigiu a lealdade do filho. — Adam! Você irá comigo.

Adam hesitou, depois cedeu.

— Sim, pai.

Os dois foram auxiliados a montar e ninguém falou muito enquanto se afastavam. Em vez disso, os homens da Legião Faulconer alimentaram as fogueiras e olharam as fagulhas subirem, mas não disseram praticamente uma palavra até os Faulconers cavalgarem para longe da luz das chamas e serem apenas duas sombras escuras em silhueta contra o céu do sul. De algum modo, ninguém esperava ver Washington Faulconer de volta tão cedo. Bird se voltou para Nathaniel.

— Acho que agora estou no comando. Então obrigado por salvar nossas bandeiras e, mais importante, por me salvar. E agora, o que faço com você?

— O que o senhor quiser, major.

— Então acho que vou castiga-lo por qualquer pecado que você tenha cometido hoje. — Bird riu enquanto falava. — Vou torná-lo o substituto do capitão Roswell Jenkins e lhe dar a companhia do sargento Truslow. Mas apenas se o sargento quiser ter como oficial comandante um miserável filho de pastor, criado em Boston, educado demais e imberbe como você.

— Acho que ele vai servir — disse Truslow laconicamente.

— Então você o alimenta, sargento, e não eu — disse Bird, e levantou a mão dispensando-os.

Nathaniel se afastou junto de Truslow. Quando os dois ficaram longe do alcance da audição dos soldados reunidos ao redor da fogueira dos oficiais, o sargento cuspiu um jato de sumo de tabaco.

— E então, qual é a sensação de assassinar alguém? Você se lembra de ter me perguntado isso? Falei para você descobrir sozinho, então diga agora, capitão.

Capitão? Starbuck notou o tratamento inusitado, mas não disse nada com relação a ele.

— Foi muito satisfatório, sargento.

Truslow assentiu.

— Vi você atirar no filho da puta e fiquei me perguntando por quê.

— Por causa disso. — Nathaniel pegou o anel de prata no bolso e estendeu para o pequeno e barbudo Truslow. — Só por isso — disse, e largou o anel na palma da mão enegrecida de pólvora. A prata brilhou por um instante na noite que fedia a sangue, escurecida de fumaça, e então a mão de Truslow se fechou rapidamente. Sua Emily estava no céu e o anel estava de volta ao lugar de direito, com ele.

Truslow congelara na escuridão. Por um segundo, Nathaniel pensou que o sargento estava chorando, mas então percebeu que era apenas o som de Truslow pigarreando. O sargento começou a andar de novo, sem dizer nada, simplesmente apertando o anel de prata como se fosse um talismã para toda sua vida futura. Não falou de novo até estarem a alguns metros das fogueiras da Companhia K, e então ele segurou o pano endurecido de sangue da manga do ianque. Sua voz, quando falou, estava estranhamente suave.

— E como ela está, capitão?

— Feliz. Surpreendentemente feliz. Foi maltratada, mas superou e está feliz. Porém queria que você ficasse com o anel e quis que eu o tirasse de Ridley.

Truslow pensou nessa resposta durante alguns segundos, depois franziu a testa.

— Eu é que deveria ter matado aquele filho da puta, não é?

— Sally queria que eu fizesse isso. E fiz. Com muito prazer. — Ele não conseguiu se impedir de sorrir.

Truslow ficou imóvel por um longo, longo tempo, depois enfiou o anel num bolso.

— Amanhã vai chover. Sinto o cheiro no ar. A maior parte desses sacanas perdeu os oleados e os cobertores, por isso acho que de manhã você deve deixar a gente rapinar por um tempo. — Ele levou Nathaniel para a luz das fogueiras de sua companhia. — Capitão novo — foi a única apresentação feita por Truslow. — Robert? Vamos querer um pouco daquele toucinho. John? Um pedaço daquele pão que você está escondendo. Pearce? Aquele uísque que você achou. Vamos querer um pouco. Sente-se, capitão, sente-se.

Nathaniel se sentou e comeu. A comida era a mais maravilhosa que já provara e não poderia ter pedido companhia melhor. Acima dele as estrelas tremeluziam num céu em que a fumaça se dissipava. Uma raposa uivou na floresta distante e um cavalo ferido relinchou. Em algum lugar um homem cantava uma canção triste, em seguida um tiro soou na escuridão perdida como um eco final daquele dia de batalha em que um filho de pastor, longe de casa, havia se tornado um rebelde.

Nota histórica

A primeira batalha de Manassas (ou Bull Run, como os nortistas chamam) foi travada de modo bem parecido com o que é descrito em *Rebelde*, mas o romance ignora algumas lutas duras, porém desconexas, que preencheram o espaço entre a retirada da meia brigada de Nathan Evans e o primeiro engajamento da Brigada da Virgínia, de Thomas Jackson, assim como ignora a presença da cavalaria de Jeb Stuart no campo de batalha; mas, nessa batalha, como na maior parte dos grandes embates que viriam na guerra entre os estados, a cavalaria não foi importante para o resultado final. A primeira batalha de Manassas foi vencida por soldados de infantaria, e foi a manobra oportuna de Evans Canelas — que tinha de fato um "barrelito" de uísque constantemente disponível — que salvou a Confederação, apesar de ter sido o nome de "Stonewall" Jackson (Jackson "Muro de Pedra") que ficou famoso naquele dia e cuja estátua ainda domina o morro onde ele ganhou o apelido. Cerca de novecentos homens morreram em 21 de julho de 1861, e o número de feridos foi quase dez vezes maior.

O campo de batalha foi maravilhosamente preservado pelo Serviço de Parques Nacionais. O centro de visitantes na colina Henry House oferece uma introdução esplêndida para um sítio bem-sinalizado e explicado, e fica a uma curta viagem de carro a partir de Washington, D.C. Não existe nenhum Condado de Faulconer na Virgínia nem houve uma Legião Faulconer a serviço do estado.

Este livro foi composto na tipologia Minion Pro,
em corpo 11/14,5, e impresso em papel off-white
no Sistema Cameron da Divisão
Gráfica da Distribuidora Record